La Vénus de Willendorf en Autriche

LA VALLÉE
DES CHEVAUX

A la fin de la glaciation du Würm, de 35 000 à 25 000 avant nos jours, l'Europe largement recouverte de glaces et dont le tracé des côtes était différent de celui d'aujourd'hui connut une période de réchauffement de 10 000 ans . C'est à cette époque que se déroule l'histoire des

Enfants de la Terre

Losadunaï

Lanzadonii

Grande Rivière Mère

Zelandonii

400 km

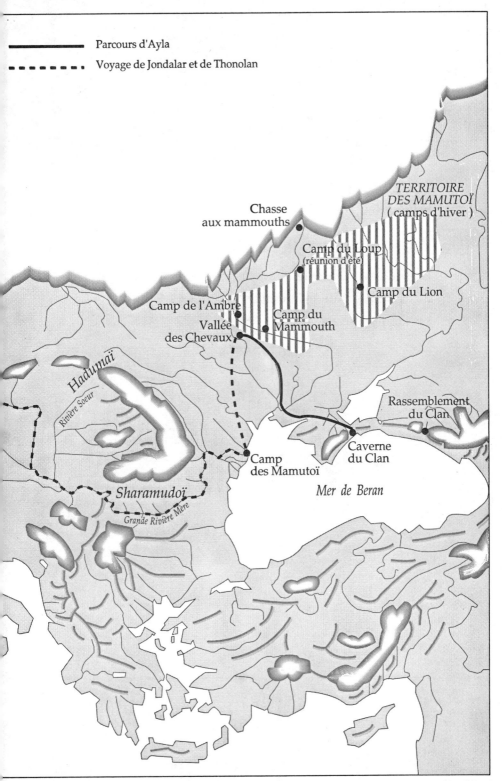

Parcours d'Ayla

Voyage de Jondalar et de Thonolan

TERRITOIRE
DES MAMUTOÏ
(camps d'hiver)

Chasse
aux mammouths

Camp du Loup
(réunion d'été)

Camp du Lion

Camp de l'Ambre

Camp du
Mammouth

Vallée
des Chevaux

Hadumaï

Rivière Soeur

Rassemblement
du Clan

Caverne
du Clan

Camp
des Mamutoï

Sharamudoï

Mer de Beran

Grande Rivière Mère

Cartographie AFDEC

Jean M. Auel

LA VALLÉE DES CHEVAUX

Les Enfants de la Terre

* *

Roman

PRESSES
DE LA CITÉ

Titre original : *The Valley of Horses*

Traduit par Catherine Pageard

© Jean M. Auel, 1982

Éditions originale : Crown Publishers Inc., New York

12 Presses de la cité, 1991, pour la traduction française

ISBN 2-258-03877-4

1

Elle était morte. Peu importait la pluie glaciale qui lui cinglait les joues et les violentes rafales de vent qui plaquaient contre ses jambes la peau d'ours dont elle était vêtue. Son capuchon en fourrure de glouton rabattu sur le visage, la jeune femme continuait à avancer en jetant des coups d'œil autour d'elle pour essayer de se repérer.

Se dirigeait-elle bien vers cette rangée d'arbres irrégulière qu'elle avait aperçue un peu plus tôt, se détachant sur l'horizon ? Elle aurait dû y prêter plus d'attention et regrettait que sa mémoire ne fût pas aussi bonne que celle du Peuple du Clan. Pourquoi raisonnait-elle comme si elle faisait encore partie du Clan ? Elle savait bien qu'elle était née étrangère et qu'aujourd'hui, aux yeux de tous, elle était morte.

Tête baissée, elle se courbait sous le vent. Depuis que la tempête venue du nord avait fondu sur elle en hurlant, elle cherchait désespérément un endroit où s'abriter. Elle ne connaissait pas la région. La lune avait parcouru un cycle complet depuis qu'elle avait quitté le clan de Broud, mais elle ne savait toujours pas où elle allait.

« Dirige-toi vers le nord », lui avait conseillé Iza trois ans auparavant. La nuit où elle était morte, la guérisseuse avait parlé du continent situé au-delà de la péninsule. Elle avait insisté pour qu'elle parte. Le jour où Broud serait le chef, avait-elle dit, il trouverait un moyen de la faire souffrir. Iza ne s'était pas trompée ! Broud l'avait fait souffrir et il avait même réussi à l'atteindre dans ce qu'elle avait de plus cher au monde.

Durc est mon fils, pensa Ayla. Broud n'avait pas le droit de nous séparer. Il n'avait aucune raison de me maudire. C'est lui qui a provoqué la colère des esprits et le tremblement de terre qui a suivi. Ayla avait déjà été maudite : elle savait donc à quoi s'en tenir. Mais, cette fois, tout s'était passé si vite que les membres du Clan eux-mêmes avaient eu du mal à se faire à l'idée qu'elle n'existait plus. Ils n'avaient pourtant pas pu empêcher Durc de la voir au moment où elle avait quitté la caverne.

Alors que Broud l'avait maudite dans un mouvement de colère, Brun, au contraire, avait consulté les membres du Clan avant de lancer sa malédiction. Il avait pourtant de bonnes raisons de la maudire, mais il lui avait laissé une chance de revenir.

Relevant la tête, Ayla s'aperçut qu'il commençait à faire sombre : la nuit n'allait pas tarder à tomber. Malgré les touffes de carex qu'elle avait glissées à l'intérieur de ses chausses en peau pour les isoler de l'humidité, la neige avait fini par les détremper et elle avait les pieds tout engourdis. La vue d'un pin tordu et rabougri la rassura.

Dans les steppes, les arbres étaient peu nombreux : ils ne poussaient qu'aux endroits où le sol était humide. En général, une double rangée de pins, de bouleaux ou de saules, aux troncs tordus par les rafales de vent, signalaient la présence d'un cours d'eau. Durant la saison sèche, dans cette région où les eaux souterraines étaient rares, la vue de ces arbres était toujours bon signe. Et quand le vent, venu des grands glaciers du Nord, soufflait en tempête sans qu'aucune végétation ne l'arrête, ces rideaux d'arbres offraient une protection — aussi maigre soit-elle.

Ayla fit encore quelques pas avant d'atteindre le bord du ruisseau, un mince filet d'eau qui courait entre les berges prises par les glaces. Elle obliqua alors vers l'ouest, dans l'espoir qu'en aval la végétation serait plus dense que les broussailles environnantes.

Elle avançait avec difficulté, le visage toujours protégé par son capuchon, quand, soudain, le vent cessa de souffler. Levant les yeux, elle s'aperçut que de l'autre côté du ruisseau, la berge se relevait pour former un petit escarpement. Aussitôt, elle s'engagea afin de traverser l'eau glacée. Les touffes de carex étaient impuissantes contre la morsure de l'eau glaciale mais, au moins, elle ne sentait plus le vent. La berge, creusée par le courant, formait une saillie qui abritait un tapis de racines et de broussailles emmêlées, et Ayla se dirigea vers cette sorte d'auvent sous lequel la terre était à peu près sèche.

Après avoir défait les courroies du panier qu'elle portait sur le dos, Ayla le posa par terre, puis elle en retira une lourde peau d'aurochs et une branche débarrassée de ses rameaux. Avec la peau d'aurochs, elle dressa une tente basse et pentue, maintenue sur le sol par des pierres et des morceaux de bois flotté, et elle se servit de la branche pour y ménager une ouverture.

En s'aidant de ses dents, elle dénoua les lanières en cuir de ses moufles. De forme à peu près ronde, celles-ci étaient faites d'une peau retournée, resserrée à la hauteur du poignet et fendue à l'intérieur, côté paume, pour permettre le passage de la main ou du pouce lorsqu'elle désirait attraper quelque chose. Les peaux qui recouvraient ses pieds étaient du même modèle — sauf qu'elles étaient dépourvues de fente — et elle dut pas mal batailler avant de réussir à dénouer les courroies mouillées qui les tenaient fermées à hauteur de la cheville. Quand elle se fut déchaussée, elle retira les touffes de carex qui se trouvaient à l'intérieur de ses chausses et les mit de côté.

Elle étala alors sa peau d'ours à l'intérieur de la tente, face mouillée contre le sol, puis posa par-dessus ses moufles, ses chausses en peau et les touffes de carex. Elle pénétra en rampant sous la tente, pieds en avant, et en bloqua l'entrée à l'aide de son panier. Après avoir frotté ses pieds glacés, elle s'enveloppa dans la fourrure. Dès que celle-ci lui eut communiqué sa chaleur, elle se roula en boule et ferma les yeux.

L'hiver n'en finissait pas de mourir. Ce n'est qu'à contrecœur qu'il cédait la place à la saison nouvelle. Et le printemps lui-même semblait hésiter à s'installer : un jour, il faisait froid comme au plein cœur de l'hiver et le lendemain, le soleil brillait, annonciateur des chaleurs de l'été.

Durant la nuit, le temps changea à nouveau et la tempête s'arrêta net. Quand Ayla se réveilla, le soleil se réverbérait sur les plaques de glace et les amas de neige de la rive, et le ciel était d'un bleu profond et lumineux. Quelques nuages s'effilochaient vers le sud.

Elle se glissa en rampant hors de la tente et, pieds nus, courut vers le ruisseau. Elle avait emporté une vessie recouverte de peau qui lui servait de gourde et qu'elle plongea dans le cours d'eau glacial. Après l'avoir remplie, elle but une longue gorgée et se précipita à nouveau sous la tente pour se réchauffer.

Mais elle ne resta pas longtemps à l'intérieur. Maintenant que la tempête s'était calmée et que le soleil brillait, elle n'avait plus qu'une hâte : reprendre sa route. Ses chausses ayant séché pendant la nuit, elle les enfila, attacha sa peau d'ours par-dessus le vêtement en peau qu'elle avait gardé pour dormir et, après avoir fouillé dans son panier pour y chercher un morceau de viande séchée, y rangea sa tente et ses moufles. Tout en mastiquant la viande séchée, elle se remit en route.

Le cours du ruisseau était à peu près droit, en pente légère, et elle n'eut aucun mal à le suivre. Elle marchait en fredonnant toujours le même son d'une voix sans timbre. De temps en temps, elle apercevait des petites taches vertes sur les buissons de la rive et quand elle vit que, tel un visage minuscule, une fleur avait réussi à percer l'épaisse couche de neige, cela la fit sourire. A un moment donné, un gros morceau de glace se détacha soudain de la berge et, après avoir ricoché à côté d'elle, s'éloigna à toute vitesse, entraîné par le courant.

Quand Ayla avait quitté le Clan, le printemps était déjà arrivé. Mais à l'extrême sud de la péninsule, il faisait plus chaud qu'ailleurs et l'hiver durait moins longtemps. Abritée des vents glacials par une chaîne de montagnes, réchauffée et arrosée par les brises venues de la mer intérieure, cette étroite bande côtière orientée au sud bénéficiait d'un climat tempéré. Plus au nord, dans les steppes, le climat était plus rude. Et Ayla, après avoir longé la chaîne de montagnes, avait voyagé dans cette direction. Si bien que, pour elle, c'était toujours le début du printemps.

Alors qu'elle cheminait le long du cours d'eau, elle entendit soudain les cris rauques des hirondelles de mer. Elle leva les yeux et aperçut, tournoyant au-dessus d'elle, ces oiseaux qui ressemblaient à de petites mouettes. La mer ne devait pas être loin. Et les hirondelles étaient certainement en train de nicher. Ce qui voulait dire : des œufs. Mais aussi : des moules sur les rochers, des clams, des bernicles et des flaques pleines d'anémones de mer. Elle accéléra aussitôt l'allure.

Le soleil était presque au zénith lorsqu'elle arriva dans la baie formée par la côte sud du continent et l'extrémité nord-ouest de la péninsule. Elle avait enfin atteint le large goulet qui reliait l'un à l'autre.

Après s'être débarrassée de son panier, Ayla escalada une falaise qui dominait le paysage environnant. Au pied de la paroi se trouvaient de gros rochers arrachés par le ressac. Des hirondelles de mer et des mergules nichaient en haut de l'éperon rocheux et, quand elle ramassa leurs œufs, les oiseaux poussèrent des cris perçants. Elle en goba quelques-uns, encore tièdes de la chaleur du nid, et fourra les autres dans un repli de son vêtement. Puis elle redescendit vers le rivage.

Elle retira alors ses chausses et pénétra dans l'eau pour y rincer les moules légèrement sableuses qu'elle venait de ramasser sur les rochers. Quand, penchée sur une flaque laissée par la marée descendante, elle avança la main pour arracher des anémones de mer, celles-ci replièrent leurs tentacules chatoyants qui ressemblaient à des pétales de fleur. Leur forme et leur couleur lui étant inconnues, elle préféra terminer son repas avec des clams qu'elle dénicha en fouillant dans le sable à un endroit où une légère dépression trahissait leur présence.

Rassasiée par les œufs et les coquillages, la jeune femme se reposa un moment sur le rivage, puis elle escalada à nouveau la falaise. Arrivée en haut, elle s'assit, les genoux entre les mains, respirant à pleins poumons l'air du large.

D'où elle était, elle apercevait parfaitement le doux arc de cercle que traçait en direction de l'ouest la côte sud du continent. A peine masqué par un étroit rideau d'arbres, elle voyait aussi le vaste pays des steppes qui ressemblait en tout point aux froides prairies de la péninsule. Nulle part il n'y avait trace de vie humaine.

Me voilà arrivée sur le continent, se dit-elle, cette terre immense qui se trouve au-delà de la péninsule. Et où dois-je aller maintenant, Iza ? Tu m'as dit que c'était ici que vivaient les Autres. Mais je ne vois personne.

Ayla se souvenait parfaitement des paroles prononcées par Iza la nuit où elle était morte, trois ans auparavant :

— Tu n'appartiens pas au Clan, lui avait rappelé la guérisseuse. Tu es née chez les Autres. Tu dois partir et retrouver les tiens.

— Partir ! Mais où irais-je, Iza ? Je ne connais pas les Autres et je ne saurais même pas où les chercher.

— Dirige-toi vers le nord, lui avait alors conseillé Iza, vers les vastes terres qui se trouvent au-delà de la péninsule : c'est là que vivent les Autres. Va-t'en, Ayla ! avait-elle ajouté. Trouve ton peuple et ton compagnon.

Ayla n'était pas partie au moment où Iza le lui avait conseillé car elle ne s'en sentait pas capable. Mais maintenant, elle n'avait plus le choix : elle était seule au monde et devait trouver les Autres. Il lui était impossible de revenir sur ses pas et elle savait qu'elle ne reverrait jamais son fils.

A la pensée de Durc, ses joues se mouillèrent de larmes. Depuis qu'elle avait quitté le Clan, il avait fallu qu'elle se batte pour rester en vie et avoir du chagrin était un luxe qu'elle ne pouvait pas se permettre. Mais maintenant qu'elle avait commencé à pleurer, elle ne pouvait plus s'arrêter.

Elle versa des larmes sur les membres du Clan qu'elle avait laissés derrière elle et sur Iza, la seule mère dont elle eût gardé le souvenir. Elle pleura en pensant à la solitude qui était la sienne et aux dangers qui l'attendaient dans ce pays inconnu. En revanche, elle fut incapable de verser des larmes sur Creb, l'homme qui l'avait considérée comme sa propre fille. La blessure était trop fraîche : il était trop tôt pour qu'elle puisse affronter le fait que Creb était mort, lui aussi.

Quand ses larmes cessèrent de couler, Ayla se rendit compte qu'elle avait les yeux fixés sur les vagues qui déferlaient au pied de la falaise avant de venir mourir autour des rochers déchiquetés.

Ce serait tellement facile, songea-t-elle.

Non ! ajouta-t-elle aussitôt en hochant vigoureusement la tête. Je lui ai dit qu'il pouvait prendre mon fils, m'obliger à partir et lancer sur moi la Malédiction Suprême, mais que jamais il ne pourrait me faire mourir !

Elle se passa la langue sur les lèvres et, au goût de sel de ses larmes, se prit à sourire. Iza et Creb avaient toujours été étonnés qu'elle puisse pleurer. Les membres du Clan ne pleuraient jamais, sauf lorsque leurs yeux étaient irrités. Durc lui-même avait hérité des yeux bruns du Clan : même s'il lui ressemblait par bien des côtés et était capable d'imiter les sons qu'elle émettait, jamais il ne versait une larme.

Ayla se dépêcha de redescendre. Au moment où elle remettait son panier sur son dos, elle se demanda si les yeux des Autres versaient eux aussi des larmes ou si ses propres yeux étaient simplement fragiles comme le disait Iza. Puis elle se répéta le conseil de la guérisseuse : « Trouve ton peuple et ton compagnon. »

Longeant la côte, la jeune femme s'engagea en direction de l'ouest et traversa sans difficulté de nombreux cours d'eau qui allaient se jeter dans la mer intérieure. Mais un jour, elle se retrouva devant une rivière plus large que les autres. Dans l'espoir de trouver un gué, elle obliqua alors vers le nord, suivant le cours d'eau qui s'enfonçait à l'intérieur des terres. Tant que la rivière avait coulé le long de la côte, elle n'était bordée que de pins et de mélèzes plus ou moins hauts. Mais, dès que le cours d'eau pénétra dans les steppes, aux conifères vinrent s'ajouter des bouquets de saules, de bouleaux et de trembles.

La rivière faisait des tours et des détours et, au fur et à mesure que les jours passaient, l'inquiétude d'Ayla grandissait. La direction générale suivie par le cours d'eau était le nord-est et elle ne souhaitait pas aller vers l'est. Elle savait en effet que les membres du Clan remontaient parfois dans cette partie du continent pour chasser. Et elle ne voulait pas courir le risque de les rencontrer — pas avec la malédiction qui pesait sur elle ! Il fallait absolument qu'elle traverse la rivière.

Quand le cours d'eau s'élargit, se divisant en deux bras autour d'une petite île sablonneuse bordée de rochers et de buissons, elle décida de tenter sa chance. Le lit de galets qu'elle apercevait de l'autre côté de l'île ne semblait pas trop profond et elle estima qu'elle devait pouvoir passer à pied. Elle aurait très bien pu traverser la rivière à la nage mais elle ne voulait mouiller ni le contenu de son panier ni ses vêtements en fourrure. Ceux-ci mettraient du temps à sécher et les nuits étaient encore trop froides pour qu'elle puisse se passer d'eux.

Elle fit quelques aller et retour le long de la berge avant de découvrir un endroit où l'eau semblait moins profonde qu'ailleurs. Elle se déshabilla alors entièrement, rangea ses vêtements dans son panier et, tenant celui-ci à bout de bras, pénétra dans l'eau. Les pierres sur lesquelles elle marchait étaient glissantes, le courant avait tendance à la déséquilibrer et, au milieu du premier bras, l'eau lui arrivait à la taille. Malgré tout, elle réussit à atteindre l'île sans encombre.

Le second bras était plus large et elle doutait de pouvoir le traverser aussi facilement. Elle s'y engagea pourtant, car elle n'avait aucune envie de faire demi-tour. Plus elle avançait et plus le lit de la rivière se creusait, si bien qu'arrivée au milieu, l'eau lui montait déjà jusqu'au cou. Elle posa son panier sur sa tête et continua à avancer sur la pointe des pieds. Mais soudain le sol se déroba. Sa tête s'enfonça dans l'eau et elle but la tasse. Aussitôt ses jambes se mirent en mouvement et, tenant son panier d'une seule main, elle se servit de son autre bras pour essayer de gagner la rive. Elle lutta un court instant contre le courant qui essayait de l'entraîner puis sentit à nouveau des pierres sous ses pieds. Un moment plus tard, elle atteignait la rive.

Après avoir traversé la rivière, Ayla s'enfonça à nouveau dans les steppes. Les pluies s'espacèrent, les journées ensoleillées devinrent plus nombreuses : la belle saison était enfin arrivée. Les buissons et les arbres étrennaient leurs nouvelles feuilles et l'extrémité des branches de conifères se couvrait d'aiguilles d'un vert doux et lumineux. Ayla, qui aimait bien leur saveur légèrement piquante, en cueillait au passage et les mâchonnait tout en marchant.

Elle prit l'habitude de voyager toute la journée et de ne s'arrêter qu'à la tombée de la nuit au bord d'un ruisseau ou d'un torrent. Elle n'avait aucun mal à trouver de l'eau. Sous l'action conjuguée des pluies printanières et de la fonte des neiges, les rivières débordaient et le moindre ruisseau, la moindre ravine se remplissait. Plus tard, ces cours d'eau éphémères s'assécheraient complètement ou, dans le meilleur des cas, ne seraient plus qu'un mince filet de liquide boueux. Toute cette humidité allait être rapidement absorbée par la terre. Mais avant que cela se produise, les steppes auraient eu le temps de refleurir.

Presque du jour au lendemain, le pays se couvrit de fleurs. Blanches, jaunes ou pourpres — plus rarement rouge vif ou d'un bleu lumineux —, elles émaillaient le vert tendre des immenses prairies. Le printemps avait toujours été la saison préférée d'Ayla et, une fois de plus, elle était émue par sa beauté.

Maintenant que les steppes renaissaient à la vie, elle avait de moins en moins besoin de puiser dans les réserves de nourriture qu'elle avait emportées avec elle et commençait à vivre sur le pays. Cette activité la ralentissait à peine : comme toutes les femmes du Clan, elle avait appris à cueillir des fleurs, des feuilles, des bourgeons et des baies tout en continuant à marcher. Pour déterrer rapidement les racines et les bulbes, elle se servait d'un bâton à fouir. Il s'agissait d'une branche débarrassée de ses rameaux et de ses feuilles et dont une des extrémités avait été taillée en pointe avec une lame en silex. La cueillette lui semblait facile maintenant qu'elle n'avait plus qu'elle à nourrir.

En plus, elle avait un avantage sur les autres femmes du Clan : elle pouvait chasser. Uniquement avec une fronde, bien sûr ! Mais dans ce domaine, elle était de loin la plus habile du Clan. Les hommes eux-mêmes avaient été obligés de le reconnaître. Ils avaient eu beaucoup de mal à se faire à l'idée qu'une femme puisse chasser et Ayla avait payé très cher le droit d'user de ce privilège.

Quand les écureuils fossoyeurs, les hamsters géants, les grandes gerboises, les lapins et les lièvres quittèrent leurs gîtes d'hiver, attirés par l'herbe tendre, elle reprit l'habitude de porter sa fronde suspendue à la lanière en cuir qui tenait sa fourrure fermée, à côté de son bâton à fouir. En revanche, son sac de guérisseuse était comme toujours accroché à la ceinture du vêtement qu'elle portait sous sa fourrure.

Si la nourriture était abondante, il était un peu plus difficile de trouver du bois et de faire du feu. Les buissons et les arbres qui s'efforçaient de pousser le long des cours d'eau saisonniers fournissaient à Ayla du bois mort. Elle trouvait aussi sur place des excréments d'animaux. Mais cela ne suffisait pas pour faire du feu chaque soir. Parfois, au moment où elle s'arrêtait, elle ne trouvait pas le bois dont elle avait besoin, ou alors celui-ci était vert ou humide. Il arrivait aussi qu'elle soit trop fatiguée pour avoir le courage d'allumer un feu.

Dormir en plein air, sans feu pour se protéger, ne lui souriait guère. Les vastes prairies qu'elle traversait attiraient de grands troupeaux d'herbivores dont les rangs étaient décimés par toutes sortes de prédateurs. Seul un feu pouvait les tenir à distance. Les membres du Clan le savaient et, lorsqu'ils voyageaient, l'un d'eux avait le privilège de transporter un charbon ardent qui, chaque soir, servait à allumer un nouveau feu. Jusqu'alors, Ayla n'avait pas eu l'idée de faire la même chose. Et quand elle y pensa, elle se demanda pourquoi elle n'y avait pas songé plus tôt.

Même en utilisant une drille à feu et une sole en bois, il était très difficile d'allumer un feu quand le bois était vert ou humide. Le jour où elle trouva un squelette d'aurochs, elle se dit que le problème était résolu.

La lune avait à nouveau parcouru un cycle complet et la chaleur de l'été était en train de remplacer l'humidité printanière. Ayla traversait toujours la large plaine côtière qui descendait en pente douce vers la mer intérieure. Les limons charriés par les inondations saisonnières formaient de larges estuaires barrés en partie par des amas de sable, ou même des mares et des étangs.

C'est au bord d'un petit étang de ce genre qu'Ayla s'arrêta au milieu de la matinée. La veille, elle n'avait pu camper près d'un cours d'eau et sa gourde était presque vide. L'eau semblait stagnante et elle n'était pas sûre qu'elle fût potable. Elle y plongea la main, goûta une gorgée et recracha aussitôt le liquide saumâtre. Puis elle se rinça la bouche avec l'eau de sa gourde.

Est-ce que l'aurochs a bu de cette eau ? se demanda-t-elle en remarquant le squelette blanchi que prolongeait une longue paire de cornes effilées. Puis elle s'empressa de quitter ces eaux croupies où la mort semblait encore rôder. Mais elle ne réussit pas à chasser l'aurochs de ses pensées : elle avait beau s'éloigner, elle continuait à penser à ce squelette et à ses longues cornes incurvées.

Il était près de midi quand elle s'arrêta au bord d'un ruisseau. Elle décida alors de faire du feu pour cuire le lapin qu'elle venait de tuer. Assise au soleil, elle était en train de faire tourner entre ses paumes la drille à feu sur la sole en bois quand elle se surprit à souhaiter que Grod soit là pour lui tendre le charbon ardent enveloppé de mousse ou de lichen qu'il transportait toujours dans une... corne d'aurochs !

Elle sauta aussitôt sur ses pieds, rangea la drille et la sole dans son panier, plaça le lapin par-dessus et rebroussa chemin. Arrivée au bord de l'étang, elle s'approcha du squelette et commença à tirer sur une de ses cornes.

Mais soudain, elle fut prise de remords : dans le Clan, les femmes n'avaient pas le droit de transporter le feu ! Si je ne le fais pas, qui le fera à ma place ? se demanda-t-elle. Et, d'un coup sec, elle détacha la corne. Puis elle se dépêcha de quitter les lieux comme si le simple fait de penser à l'acte interdit avait suffi pour qu'elle sente braqués sur elle des regards désapprobateurs.

Il y avait eu une époque où, pour pouvoir vivre au sein du Clan, il avait fallu qu'elle se conforme à un mode de vie qui ne correspondait pas à sa nature. Maintenant, si elle voulait rester en vie, il fallait au contraire qu'elle surmonte les interdits de son enfance et qu'elle pense par elle-même. La corne d'aurochs était un premier pas dans cette direction et le signe qu'elle était sur la bonne voie.

Ayla se rendit compte très vite que le fait d'avoir une corne d'aurochs n'était pas suffisant, en soi, pour transporter du feu. Le lendemain matin, quand elle voulut ramasser de la mousse sèche pour envelopper le charbon ardent, elle s'aperçut qu'il n'y en avait nulle part. La mousse, si abondante dans les sous-bois autour de la caverne, ne poussait pas dans les steppes, faute de l'humidité nécessaire. Finalement, elle enveloppa le charbon dans de l'herbe. Mais quand elle voulut s'en resservir, la braise s'était éteinte. Elle ne se découragea pas pour autant. Plus d'une fois, elle avait recouvert le feu de cendres pour qu'il dure toute la nuit. Elle savait donc en gros comment s'y prendre. Après moult essais et échecs, elle trouva le moyen de conserver le feu d'un campement à l'autre. Elle portait la corne d'aurochs accrochée à sa ceinture, à côté de son sac de guérisseuse.

Depuis plusieurs jours, Ayla remontait un fleuve trop large pour être traversé à pied. Plus elle avançait, plus le fleuve s'élargissait et, après un brusque crochet, il se dirigeait nettement vers le nord-est.

La jeune femme était trop éloignée maintenant pour risquer de rencontrer les chasseurs du clan de Broud. Malgré tout, elle ne voulait pas aller vers l'est : l'est, c'était le retour vers le Clan. Il n'était pas question non plus qu'elle s'installe dans les vastes plaines qui bordaient le fleuve. Il fallait donc qu'elle trouve un moyen de traverser.

Excellente nageuse, elle aurait très bien pu franchir le fleuve à la nage. Malheureusement, avec un panier sur la tête, la chose devenait impossible. Que faire ?

Elle était assise à l'abri d'un arbre mort dont les branches dénudées traînaient dans l'eau. Le soleil de l'après-midi se reflétait dans le mouvement incessant du courant qui, de temps en temps, charriait quelques débris. Cela lui rappelait le cours d'eau qui coulait près de la caverne. A l'endroit où il se jetait dans la mer intérieure, il regorgeait de saumons et d'esturgeons que le clan pêchait. Ayla allait souvent y nager en dépit des craintes d'Iza. Elle avait toujours su nager bien que personne ne lui ait appris.

Je me demande pourquoi les gens du Clan n'aiment pas nager, pensa-t-elle. Ils disaient toujours que pour m'éloigner autant de la rive, il fallait que je ne sois pas comme les autres. Jusqu'au jour où Ona a failli se noyer...

Ce jour-là, tout le monde lui avait été reconnaissant d'avoir sauvé la petite fille. Brun l'avait même aidée à sortir de l'eau. Elle avait eu l'impression que les membres du Clan la considéraient enfin comme une des leurs. Le fait que ses jambes ne soient pas arquées, qu'elle soit trop mince et trop grande, qu'elle ait les cheveux blonds, les yeux bleus et un haut front, soudain tout cela n'avait plus eu d'importance. Après qu'elle eut sauvé Ona de la noyade, certains membres du Clan avaient essayé d'apprendre à nager. Mais ils n'y étaient pas vraiment arrivé : ils flottaient difficilement et prenaient peur dès qu'ils perdaient pied.

Durc pourrait-il apprendre à nager ? se demanda Ayla. Quand il est né, il était moins lourd que les bébés du Clan et il ne sera jamais aussi musclé que la plupart des hommes. Oui, il y a des chances qu'un jour il puisse nager.

Mais qui lui apprendra ? Uba l'aime autant que s'il était son propre fils et elle prendra soin de lui mais elle ne sait pas nager. Brun non plus. Il lui apprendra à chasser et le prendra sous sa protection. Il ne laissera pas Broud lui faire du mal. Il me l'a promis au moment de mon départ.

Est-ce que Broud est responsable du fait que Durc ait grandi à l'intérieur de mon ventre ? se demanda encore Ayla qui se rappelait en frissonnant comment Broud l'avait forcée. Iza disait que les hommes font ça aux femmes qu'ils aiment mais Broud a agi ainsi parce qu'il savait que je le haïssais. Tout le monde dit que ce sont les esprits des totems qui mettent en route les bébés. Mais aucun homme du Clan ne possédait un totem assez fort pour vaincre mon Lion des Cavernes. Pourtant, ce n'est qu'après avoir été violée par Broud que je suis tombée enceinte. Et tout le monde a été surpris : on pensait que je n'aurais jamais de bébé.

J'aimerais bien voir Durc quand il sera devenu adulte. Il était déjà grand pour son âge, comme moi, et il dépassera tous les hommes du Clan, j'en suis sûre...

Non ! je n'en sais rien ! Et je ne le saurai jamais ! Jamais je ne reverrai mon fils.

Arrête de penser à lui ! s'intima-t-elle en ravalant ses larmes et, quittant l'endroit où elle était assise, elle s'approcha du bord de l'eau.

Plongée dans ses pensées, Ayla n'avait pas remarqué le tronc d'arbre fourchu qui flottait tout près de la rive. Quand celui-ci se trouva emprisonné dans l'enchevêtrement des branches mortes qui se déployaient au ras de l'eau, elle lui jeta un coup d'œil indifférent. Il roulait d'un côté et de l'autre pour se libérer, sous le regard absent d'Ayla. Soudain, elle le vit vraiment et découvrit du même coup tout ce qu'elle pouvait en tirer.

Elle s'avança dans l'eau et hissa le tronc sur la rive. Il s'agissait de la partie supérieure d'un arbre de belle taille qui avait dû être coupé net par une violente inondation en amont du fleuve et qui n'était pas encore trop imbibé d'eau. Ayla fouilla dans un des replis de son vêtement en peau pour en sortir son coup-de-poing. A l'aide de l'instrument, elle coupa la plus longue des deux branches afin qu'elle ait à peu près la même taille que l'autre, puis elle les élagua toutes les deux.

Après avoir jeté un coup d'œil autour d'elle, elle se dirigea vers un bosquet de bouleaux couvert de clématites. Elle tira sur la plante pour en détacher une jeune tige, souple et résistante. Tout en la débarrassant de ses feuilles, elle revint sur ses pas et s'approcha de son chargement. Elle commença par étendre sa tente en peau sur le sol, puis y vida le contenu de son panier. Le moment était venu de dresser l'inventaire de ce qu'elle possédait et de tout ranger à nouveau.

Au fond du panier, elle plaça ses jambières, ses moufles en fourrure, ainsi que le vêtement en peau retourné dont elle n'aurait pas besoin avant l'hiver prochain. Où serai-je à ce moment-là ? se demanda-t-elle en marquant un temps d'arrêt. Balayant d'un geste cette question à laquelle elle ne pouvait pas répondre, elle continua son rangement. Mais à nouveau elle s'arrêta à la vue de la couverture en cuir souple dans laquelle elle plaçait Durc, petit, pour le transporter confortablement calé contre sa hanche.

Pourquoi l'avait-elle emportée ? Elle n'était pas indispensable à sa survie. Mais elle n'avait pas voulu s'en séparer, elle était comme imprégnée de son fils. Après avoir pressé la peau douce contre sa joue, elle la plia avec soin et la rangea au fond du panier. Par-dessus, elle plaça les bandes en peau absorbante qu'elle utilisait pendant ses règles. Puis elle ajouta sa seconde paire de chausses en peau. Elle marchait maintenant pieds nus et ne se chaussait que quand il faisait froid ou humide. Mais elle se félicitait d'avoir emporté les deux paires car elle en avait déjà usé une.

Elle s'occupa ensuite de ses réserves de nourriture. Il lui restait encore une portion de sucre d'érable emballée dans une écorce de bouleau. Elle en cassa un morceau et le mit dans sa bouche en se demandant si elle aurait à nouveau l'occasion de manger du sucre d'érable quand celui-ci serait fini.

Elle avait encore plusieurs galettes de voyage, de celles que les hommes du clan emportaient quand ils partaient chasser, faites d'un mélange de graisse fondue, de viande séchée broyée et de fruits secs. En pensant à la graisse qu'elles contenaient, l'eau lui vint à la bouche. La plupart des animaux qu'elle tuait avec sa fronde ne fournissaient que de la viande maigre et, si elle n'avait pas pu équilibrer ses menus grâce aux végétaux qu'elle cueillait, ce régime ne lui aurait pas permis de vivre longtemps. La graisse, sous quelque forme que ce soit, était nécessaire à sa survie.

Malgré son envie d'en manger une, elle rangea les galettes de voyage dans son panier sans y toucher : mieux valait les garder pour le jour où elle en aurait vraiment besoin. Elle y ajouta les tranches de viande séchée qui lui restaient — aussi dures que du cuir mais nourrissantes —, quelques pommes sèches, une poignée de noisettes, quelques petits sacs de grains ramassés dans les hautes herbes des steppes autour de la caverne et jeta un tubercule pourri. Par-dessus la nourriture, elle posa son bol, son capuchon en fourrure et la paire de chausses usée.

Après avoir détaché de sa ceinture son sac de guérisseuse, elle caressa la peau de loutre brillante et imperméable et sentit sous ses doigts les os des pattes arrière et de la queue. La peau de l'animal avait été incisée à la hauteur du cou. Une lanière en cuir, enfilée à cet endroit, permettait de fermer le sac et la tête de la loutre, toujours attachée au dos et étrangement aplatie, servait de rabat. Iza avait fait ce sac pour elle-même et Ayla en avait hérité le jour où elle était devenue à son tour la guérisseuse du Clan.

Ce sac en loutre lui rappelait son premier sac de guérisseuse, fabriqué lui aussi par Iza, et que Creb avait brûlé, il y a bien des années de cela, lorsqu'elle avait été maudite pour la première fois. Brun avait été obligé d'agir ainsi : les femmes du Clan n'avaient pas le droit d'utiliser des armes et cela faisait des années qu'Ayla se servait en cachette d'une fronde. Malgré tout, Brun lui avait donné une chance de revenir — à condition qu'elle soit capable de rester en vie.

Ce jour-là, il a fait plus que de me donner une chance, songea Ayla. Si je n'avais pas su à quel point le fait d'être maudite pouvait donner envie de mourir, peut-être n'aurais-je pas réussi à rester en vie lorsque Broud à son tour m'a chassée. Même s'il m'a été très difficile de quitter Durc pour toujours, la malédiction de Broud m'a moins touchée que la première. Le jour où Creb a brûlé tout ce qui m'appartenait, j'ai vraiment voulu mourir.

Elle avait aimé Creb, le frère de Brun et d'Iza, au moins autant qu'Iza. Comme il lui manquait un œil et la moitié d'un bras, il n'avait jamais pu chasser mais il était de loin le plus grand magicien de tout le Clan : Mog-ur, craint et respecté de tous. Son vieux visage, borgne et défiguré par une cicatrice, inspirait de l'effroi aux chasseurs les plus courageux. Mais Ayla savait qu'il pouvait aussi refléter une grande douceur. Creb l'avait protégée, s'était occupé d'elle et l'avait aimée comme si elle était la fille de la compagne qu'il n'avait jamais eue.

La mort d'Iza remontait à trois ans, elle avait donc eu le temps de s'y faire. Et, même si elle était séparée de son fils, elle savait qu'il était toujours vivant. Mais la mort de Creb était si récente...

La douleur qu'elle avait gardée au fond d'elle-même depuis le tremblement de terre qui avait tué le vieux magicien resurgit soudain. « Creb... Oh, Creb ! cria-t-elle. Pourquoi es-tu retourné dans la caverne ? Pourquoi fallait-il que tu meures ? »

Eclatant en sanglots, elle enfouit son visage dans la fourrure de son sac, puis elle poussa un gémissement aigu, venu du plus profond d'elle-même. Elle se mit alors à se balancer d'avant en arrière et son gémissement se transforma en une lamentation funèbre qui exprimait son angoisse, son chagrin, son désespoir. Mais il n'y avait personne pour se lamenter avec elle et partager son chagrin. Elle était seule avec sa peine et elle pleurait sur sa propre solitude.

Quand ses sanglots et ses gémissements se calmèrent, elle était épuisée, mais comme délivrée. Au bout d'un moment, elle s'approcha de l'eau et se rafraîchit le visage. Puis elle rangea son sac de guérisseuse dans le panier sans en vérifier le contenu qu'elle connaissait parfaitement. La douleur qu'elle avait éprouvée un peu plus tôt avait maintenant fait place à la colère. Broud ne me fera pas mourir ! dit-elle en jetant rageusement son bâton à fouir.

Puis elle respira à fond et s'approcha à nouveau de son panier. Après y avoir rangé sa drille à feu, sa sole en bois et la corne d'aurochs, elle fouilla dans un des replis de son vêtement et en sortit quelques outils en silex. Dans un autre repli se trouvait un caillou rond qu'elle lança en l'air avant de le rattraper dans le creux de sa main. A condition d'avoir la bonne taille, n'importe quel caillou pouvait être projeté avec une fronde. Mais le tir était bien plus précis lorsqu'on utilisait des projectiles ronds et lisses. Ayla en avait toujours quelques-uns d'avance et elle décida que mieux valait les garder.

Ensuite, elle prit sa fronde, une bande en peau de daim, renflée au milieu pour servir de logement à une pierre et dont les longues extrémités effilées étaient entortillées par l'usage, et la posa à côté des cailloux. Puis elle défit la longue lanière en cuir qui retenait son vêtement en peau de chamois. Cette lanière était enroulée autour d'elle de manière à faire des plis à l'intérieur desquels elle transportait toutes sortes de choses et quand elle l'eut dénouée, la peau de chamois tomba sur le sol. Elle ne portait plus qu'un petit sac suspendu par un cordon autour de son cou — son amulette. Quand elle passa le cordon par-dessus sa tête, elle frissonna : sans amulette, elle se sentait vulnérable. Pour se rassurer, elle toucha du doigt les petits objets durs placés au fond du sac.

Tout était là, tout ce qu'elle possédait, tout ce dont elle avait besoin pour rester en vie — auquel il fallait ajouter : l'intelligence, le savoir, l'habileté, l'expérience, la détermination et le courage.

Elle déposa son amulette, sa fronde et ses outils à l'intérieur de son vêtement en peau, replia celui-ci et le rangea à l'intérieur du panier. Puis elle enveloppa le panier dans la peau d'ours, attacha le tout à l'aide de la lanière en cuir et, après avoir empaqueté son baluchon dans la peau d'aurochs, elle le fixa à l'arrière du tronc fourchu en se servant de la tige de clématite.

Pendant un court instant, elle contempla le large fleuve et la berge opposée qui semblait si lointaine. Elle recouvrit son feu de sable, eut une rapide pensée pour son totem et poussa le tronc d'arbre dans l'eau, en aval de l'arbre mort. Après quoi elle se logea entre les deux branches et, s'y agrippant solidement, lança son radeau dans le courant.

L'eau du fleuve, chargée de la fonte des neiges, était glaciale et Ayla se mit à haleter, le corps engourdi. Le courant était puissant et il entraînait le tronc, bien décidé, semblait-il, à l'emmener jusqu'à la mer. L'arbre tanguait, mais ne se retournait pas grâce aux deux branches qui l'équilibraient. Ayla luttait contre le courant en agitant frénétiquement les pieds pour se frayer un chemin dans cette masse d'eau tourbillonnante. Ses efforts finirent par être récompensés : elle réussit à virer de bord et commença à se diriger vers la rive opposée.

Elle poussait le tronc en travers du courant, sa progression était mortellement lente et chaque fois qu'elle levait les yeux la rive lui semblait désespérément lointaine. A un moment donné, elle crut pouvoir aborder, mais le fleuve l'entraîna et elle s'éloigna à nouveau de la berge. Elle était épuisée. Au contact de l'eau, la température de son corps s'était abaissée et elle frissonnait violemment. Ses muscles étaient douloureux comme si elle avait nagé avec une pierre attachée à chacun de ses pieds.

Trop fatiguée pour lutter, elle finit par s'abandonner à la force inexorable du courant. Heureusement, un peu plus loin, le fleuve faisait un coude et, au lieu de continuer en direction du sud, il obliquait brusquement vers l'ouest, infléchissant son cours au contact d'une avancée rocheuse qui lui barrait la route. Avant de céder au courant, Ayla avait déjà traversé les trois quarts du fleuve et, quand elle aperçut la rive, elle mobilisa toutes ses forces et reprit le contrôle du radeau.

Accélérant ses battements de pieds, elle essaya d'atteindre la berge avant que le fleuve ait fini de contourner cette saillie providentielle. Elle ferma les yeux et se concentra sur les mouvements de ses jambes. Soudain le tronc eut une secousse : il venait de racler le fond et ne tarda pas à s'immobiliser.

Incapable de faire un mouvement, à moitié submergée, Ayla s'accrochait toujours aux deux branches quand un fort remous libéra soudain le tronc des rochers qui le retenaient. Prise de panique, elle se mit à genoux, poussa le tronc devant elle jusqu'à ce qu'il se retrouve sur le sable et retomba dans l'eau.

Même si elle était à bout de forces, elle ne pouvait pas rester là. Tremblant violemment, elle se mit à ramper vers la rive sablonneuse et s'y hissa. Elle tripota maladroitement les nœuds de la tige de clématite, réussit à les défaire et tira son ballot sur le sable.

Ses doigts ne lui obéissaient plus et elle n'arrivait pas à défaire la lanière en cuir. Heureusement, celle-ci finit par casser net et elle put alors récupérer la peau d'ours. Repoussant le panier, elle s'allongea sur la fourrure et la rabattit sur elle. Quand, un instant plus tard, ses tremblements cessèrent, elle s'était endormie.

Après cette traversée périlleuse, Ayla se dirigea à nouveau vers le nord et légèrement à l'ouest. Les journées d'été étaient de plus en plus chaudes, les fleurs des steppes avaient fané et l'herbe lui arrivait à la taille. Elle ne remarquait toujours aucune trace de vie humaine.

Elle ajouta le trèfle et la luzerne à ses menus, ainsi que des tubercules légèrement sucrés qu'elle déterrait après avoir suivi sur le sol le trajet de leurs tiges rampantes. L'astragale lui offrait ses gousses pleines de pois, verts et ovales, en plus de sa racine et elle n'avait aucune difficulté à distinguer l'espèce comestible de ses cousines toxiques. Même s'il était trop tard pour cueillir les bourgeons de l'hémérocalle, les bulbes de cette variété de lis étaient encore tendres. Certaines variétés précoces de groseilles rampantes avaient commencé à prendre couleur et, quand elle voulait ajouter un peu de verdure à ses menus, elle trouvait toujours quelques feuilles tendres d'ansérine, de moutarde ou d'ortie.

Elle ne manquait pas non plus d'occasion d'utiliser sa fronde. Les pikas des steppes, les marmottes, les grandes gerboises et toutes sortes de lièvres, qui avaient échangé leur blanche fourrure d'hiver pour un pelage gris-brun, abondaient dans les steppes. Il y avait aussi, bien que plus rarement, des hamsters géants, omnivores et grands amateurs de souris. La perdrix des neiges et le lagopède des saules au vol lourd étaient un vrai régal même si Ayla, en mangeant de ce dernier, ne pouvait s'empêcher de penser à Creb. L'oiseau dodu et aux pattes recouvertes de plumes était en effet le mets préféré du vieux magicien.

Ces petites créatures n'étaient pas les seules à profiter de la libéralité des vastes plaines et à y festoyer durant l'été. Il y avait aussi des troupeaux de cervidés — rennes, cerfs communs, cerfs géants aux andouillers gigantesques —, des chevaux des steppes trapus, des ânes et des onagres qui se ressemblaient tellement qu'on avait du mal à les distinguer. Parfois Ayla croisait un bison énorme ou une famille de saïgas. Elle rencontrait aussi des troupeaux de bovidés au pelage brun-roux : les mâles atteignaient deux mètres sous le garrot et les veaux, nés au printemps, étaient encore accrochés au pis gonflé de leur mère. Rien que de penser à leur viande nourrie de lait, Ayla avait l'eau qui lui venait à la bouche. Malheureusement, ce n'est pas avec une fronde qu'elle pouvait s'attaquer à un aurochs. Elle aperçut aussi des mammouths laineux en train d'émigrer, des bœufs musqués, en troupe serrée et les petits à l'arrière, qui faisaient face à une bande de loups, et une famille de rhinocéros laineux qu'elle évita avec soin, connaissant leur caractère irascible. Le rhinocéros était le totem de Broud et elle songea qu'il lui convenait parfaitement.

Alors qu'elle continuait à avancer vers le nord, le paysage commença à changer : il devint plus sec et plus désolé. Elle avait atteint l'extrême limite des steppes continentales humides et enneigées en hiver. Au-delà s'étendaient des steppes arides et recouvertes de lœss qui se prolongeaient jusqu'aux vertigineux à-pics des immenses glaciers de l'époque glaciaire.

Les glaciers, ces épaisses couches de neige transformées en glace, enserraient alors le continent et recouvraient l'hémisphère nord. Près d'un quart de la terre était enfoui sous leur masse incommensurable. L'eau emprisonnée dans les glaciers provoquait une baisse du niveau des océans, faisant progresser les côtes et modifiant l'aspect du littoral. Aucune portion du globe n'échappait à leur influence : les pluies inondaient les régions équatoriales et les zones désertiques se raréfiaient. Mais plus on se rapprochait des glaciers, plus les effets en étaient sensibles.

L'immense champ de glace suscitait un phénomène de condensation et l'humidité ainsi produite retombait sous forme de neige. Près du centre, la haute pression étant constante, le froid devenait extrêmement sec et repoussait les chutes de neige aux confins des glaciers. C'est donc là que ceux-ci progressaient. La couche de glace était presque uniforme sur toute son étendue et avoisinait deux milles mètres d'épaisseur.

Comme les franges du glacier recevaient la plupart des chutes de neige, les régions qui le jouxtaient au sud étaient sèches — et gelées. La haute pression régnant au centre du glacier créait un couloir atmosphérique qui canalisait l'air froid et sec vers les zones de basse pression. Le vent venu du nord soufflait sans interruption sur les steppes, charriant des particules de roches pulvérisées qui avaient été broyées par le front du glacier. A peine plus grosses que celles qui composent l'argile, ces particules — ou lœss — se déposaient sur des centaines de kilomètres et sur une épaisseur de plusieurs mètres.

En hiver, les terres nues et glacées étaient balayées par le vent qui poussait devant lui de rares chutes de neige. La terre poursuivait sa rotation et à nouveau les saisons changeaient. Mais la formation d'un glacier étant provoquée par un abaissement de quelques degrés de la moyenne des températures annuelles, les rares journées chaudes avaient bien peu d'effet si elles ne modifiaient pas cette moyenne.

Au printemps, la fine couche de neige qui s'était déposée sur le sol fondait, la croûte extérieure du glacier se réchauffait et les eaux s'infiltraient à travers les steppes. Elles ramollissaient superficiellement le sol et permettaient à quelques plantes aux racines peu profondes de pousser. L'herbe croissait rapidement, sachant que ses jours étaient comptés. Au cœur de l'été, cette herbe ayant séché sur pied, le continent n'était plus qu'une immense réserve de fourrage parsemée d'îlots de forêt boréale et bordée de toundra près des océans.

En lisière des glaciers, là où la couche de neige était peu épaisse, ces pâturages attiraient tout au long de l'année d'innombrables troupeaux d'herbivores et de granivores qui s'étaient adaptés aux rigueurs du climat — ainsi que des prédateurs, capables de supporter n'importe quel climat à condition que celui-ci convienne à leurs proies. Un mammouth pouvait très bien brouter au pied d'un immense mur de glace blanc bleuté qui s'élançait à deux mille mètres au-dessus de lui.

Les cours d'eau saisonniers alimentés par la fonte des glaces se frayaient un passage à travers le lœss et même souvent à travers les roches sédimentaires, atteignant alors la plate-forme granitique qui se trouvait sous le continent. Il n'était pas rare de rencontrer dans ce paysage plat à perte de vue des ravins à pic et des rivières encaissées dans des gorges. Les rivières apportaient de l'humidité et les gorges abritaient du vent : même au cœur des steppes arides, il existait des vallées verdoyantes.

On était maintenant au cœur de l'été et, plus les jours passaient, moins Ayla avait envie de poursuivre sa route. Elle en avait assez de la monotonie des steppes, du soleil implacable, du vent incessant. Sa peau était sèche, rugueuse, et pelait, ses lèvres étaient gercées, ses yeux enflammés et sa gorge constamment irritée par la poussière. Les rares vallées qu'elle rencontrait sur sa route étaient plus verdoyantes que les steppes et ombragées par des arbres, mais elle n'avait pas pour autant envie de s'y arrêter. Et aucune d'elles n'était habitée par l'homme.

Il n'y avait aucun nuage dans le ciel et pourtant l'ombre de l'hiver semblait déjà planer sur les steppes. Ayla était inquiète, elle pensait aux journées glaciales qui n'allaient pas tarder à revenir. Pour les affronter, il fallait des réserves de nourriture et trouver un abri. Elle s'était mise en route au début du printemps et, comme ses recherches n'avaient pas abouti, elle en venait à se demander si elle était condamnée à errer à jamais — ou alors mourir.

Au soir d'un jour qui ressemblait au précédent, elle établit son camp dans un endroit où il n'y avait pas d'eau. La braise de bois qu'elle transportait s'était éteinte et le bois était si rare alentour qu'elle n'eut pas le courage d'allumer du feu. Elle avait tué une marmotte dont elle mangea un morceau cru, et sans aucun appétit. Puis elle jeta ce qui restait de l'animal bien que le gibier se fît rare. La cueillette, elle aussi, devenait de jour en jour plus difficile, car le sol disparaissait sous les plantes sèches. Sans parler du vent qui n'arrêtait pas de souffler.

Cette nuit-là, elle dormit mal, fit de mauvais rêves et se réveilla fatiguée. Ce qui restait de la marmotte avait disparu pendant son sommeil et elle n'avait rien à manger. Elle but un peu d'eau de sa gourde, saisit son panier et se remit en route, toujours en direction du nord.

A midi, elle s'arrêta au bord d'un torrent presque à sec dans le lit duquel il y avait encore quelques flaques et, malgré le goût un peu âcre de l'eau, remplit sa gourde. Elle déterra quelques racines de massettes, douceâtres et filandreuses, qu'elle mâchonna en repartant. Elle n'avait pas particulièrement envie de marcher, mais que faire d'autre ? Déprimée et fatiguée, elle avançait sans regarder où elle allait quand elle fut soudain rappelée à l'ordre par le rugissement d'un lion des cavernes qui se dorait au soleil au milieu de ses congénères.

Son sang ne fit qu'un tour et, revenant aussitôt sur ses pas, elle obliqua vers l'ouest pour quitter le territoire des lions. Fini de voyager en direction du nord ! Elle était sous la protection de l'esprit du Lion des Cavernes — mais non à l'abri de l'animal lui-même. Et, si ce dernier avait l'occasion de se jeter sur elle, il n'hésiterait pas une seconde.

Ayla avait déjà été attaquée par un lion des cavernes et depuis, elle portait quatre longues cicatrices parallèles sur la cuisse gauche. C'est grâce à ces cicatrices que Creb avait pu déterminer quel était son totem. Elle revoyait d'ailleurs régulièrement en rêve la gigantesque patte armée de griffes qui s'était avancée dans l'anfractuosité du rocher où elle s'était cachée alors qu'elle avait cinq ans. Elle avait à nouveau fait ce rêve la nuit précédente. Creb lui avait expliqué que sa rencontre avec le lion était une mise à l'épreuve : elle avait été jugée digne de ce totem et les marques qu'elle portait sur la jambe en étaient le témoignage.

Je me demande pourquoi le Lion des Cavernes m'a choisie ? se dit-elle en touchant sans y penser ses cicatrices.

Le soleil se couchait, Ayla marchait maintenant vers l'ouest, aveuglée par ses derniers rayons. Elle avait suivi une longue déclivité dans l'espoir de découvrir une rivière mais n'avait trouvé aucune trace d'eau. Elle se sentait fatiguée, affamée et était encore sous le coup de sa rencontre avec les lions. Etait-ce un signe ? Est-ce que ses jours étaient comptés ? Comment avait-elle pu croire qu'elle était capable d'échapper à la Malédiction Suprême ?

Elle était tellement éblouie par le soleil qu'elle faillit ne pas voir que le plateau donnait sur un à-pic. Elle s'arrêta et, se protégeant les yeux de la main, regarda en bas du ravin. Tout au fond coulait une petite rivière aux eaux étincelantes, bordée d'arbres et de buissons. La gorge taillée dans les falaises rocheuses s'ouvrait sur une vallée verdoyante et abritée. A mi-pente, dans un pré baigné par les derniers rayons du soleil, une petite horde de chevaux broutait en toute quiétude.

2

— Pourquoi as-tu décidé de m'accompagner ? demanda le jeune homme brun au moment où il s'apprêtait à démonter la tente de peaux lacées ensemble. Tu as dit à Marona que tu allais simplement rendre visite à Dalanar et que tu en profiterais pour m'indiquer le chemin. Ce ne devait être qu'un court Voyage avant de te ranger. Tu étais censé aller à la Réunion d'Été avec les Lanzadonii et arriver là-bas juste à temps pour la Cérémonie de l'Union. Marona va être furieuse et c'est le genre de femme dont je n'aimerais pas provoquer la colère. Tu es sûr que tu n'es pas tout simplement en train de la fuir à toutes jambes ?

Thonolan avait parlé d'un ton léger que démentait son regard sérieux.

— Pourquoi serais-tu le seul de la famille à avoir envie de voyager, Petit Frère ? demanda le blond Jondalar. Si je t'avais laissé partir tout seul, au retour tu n'aurais pas manqué de te vanter au sujet de ton long Voyage. Il faut que quelqu'un t'accompagne pour vérifier la véracité de tes histoires. Et aussi pour t'éviter des ennuis.

Jondalar se baissa pour rentrer sous la tente. Celle-ci était suffisamment haute pour qu'on puisse s'y tenir assis ou à genoux et assez grande pour contenir, en plus de leurs fourrures de couchage, tout leur équipement. La tente s'appuyait sur trois perches, placées en ligne et fichées au centre. Au milieu, à côté de la perche la plus haute, était ménagé un trou muni d'un rabat qui pouvait être ouvert quand on faisait du feu ou fermé en cas de pluie. Jondalar enleva les trois perches et sortit de la tente à reculons.

— M'éviter des ennuis ! s'exclama Thonolan. Tu ferais mieux de penser à toi ! Attends un peu que Marona découvre que tu n'as pas accompagné Dalanar et les Lanzadonii à la Réunion... Elle serait bien capable de se transformer en donii et de voler par-dessus le glacier que nous venons de traverser pour te rattraper.

Saisissant chacun une des extrémités de la tente, ils la replièrent.

— Ça fait drôlement longtemps qu'elle a des vues sur toi, continua Thonolan. Et, juste au moment où elle croit que c'est gagné, toi, tu décides de faire un Voyage. A mon avis, tu n'as aucune envie de glisser ta main dans la lanière de cuir et de laisser notre zelandoni y faire un nœud. L'union te fait peur, Grand Frère. (Les deux hommes posèrent la tente à côté de leurs sacs.) A ton âge, la plupart des hommes ont déjà un ou deux petits dans leur foyer, ajouta Thonolan en baissant la tête pour éviter le coup de poing amical de son frère, ses yeux gris pétillant de malice.

— La plupart des hommes de mon âge ! s'écria Jondalar, feignant d'être en colère. Quand je pense que je n'ai que trois ans de plus que toi ! ajouta-t-il en éclatant de rire.

Il se laissait aller si rarement à rire que ses accès de gaieté surprenaient toujours un peu.

Les deux frères étaient aussi différents que le jour et la nuit. D'humeur insouciante, aimant plaisanter et rire, Thonolan était le bienvenu partout en se faisant facilement des amis. Jondalar était plus sérieux que son frère, plus réfléchi et il fronçait souvent les sourcils d'un air inquiet. Il appréciait la compagnie de son frère, qui l'amusait.

— Qui te dit que, quand nous rentrerons, Marona n'aura pas déjà ramené un petit à mon foyer ? fit-il en aidant son frère à rouler le tapis de sol en cuir qui, tendu sur une seule perche, pouvait leur servir également d'abri.

— Qui te dit qu'elle n'aura pas décidé que mon insaisissable frère n'est pas le seul homme digne de profiter de ses charmes bien connus ? Elle sait comment y faire pour plaire à un homme — quand elle veut. Dommage qu'elle ait aussi mauvais caractère... Même si elle n'est pas commode, Doni seule sait le nombre d'hommes qui auraient bien voulu d'elle ! Mais il n'y a que toi qui sois capable de la mettre au pas, Jondalar. Pourquoi ne t'es-tu pas uni à elle ? Tout le monde attend ça depuis des années.

Jondalar fronça les sourcils et le bleu vif de ses yeux s'assombrit.

— Peut-être justement parce que c'était tout ce que tout le monde attendait, répondit-il. Je n'en sais rien, Thonolan, honnêtement, j'espère toujours m'unir à elle. Qui d'autre pourrais-je choisir comme compagne ?

— Qui ? Celle que tu veux, Jondalar ! Dans toutes les Cavernes, il n'y a pas une femme libre qui laisserait passer la chance de s'unir à Jondalar des Zelandonii, frère de Joharran, chef de la Neuvième Caverne, et de Thonolan, le courageux et fougueux aventurier.

— Tu oublies : fils de Marthona, fondatrice de la Neuvième Caverne, et frère de Folara, qui promet d'être une belle fille dès qu'elle aura grandi, ajouta Jondalar en souriant. Et si tu as décidé de faire la liste de toutes mes attaches, n'oublie pas les élues de Doni...

— Qui pourrait les oublier ? demanda Thonolan en s'approchant des fourrures de couchage coupées à la taille d'un homme, lacées par deux sur les côtés et au fond et munies d'un lacet autour de l'ouverture.

Les deux hommes se mirent alors à remplir leurs sacs. Rigides et évasés vers le haut, ils avaient été fabriqués avec du cuir brut et épais, fixé sur des lames de bois et ils étaient munis de deux courroies en cuir que l'on passait sur les épaules. Sur chacune de ces courroies, il y avait une rangée de boutons en ivoire qui permettaient d'en régler la longueur. Chaque bouton était fixé grâce à un lacet enfilé dans le trou central et noué à un second lacet qu'on faisait passer à travers le même trou, et ainsi de suite.

— A un moment donné, reprit Thonolan, j'ai pensé que tu t'unirais à Joplaya.

— Tu sais bien que je ne peux pas m'unir à elle, rappela Jondalar. Joplaya est ma cousine. En plus, elle est tellement taquine qu'il est impossible de la prendre au sérieux. Nous sommes devenus très bons amis quand je suis allé vivre chez Dalanar pour apprendre mon métier. Il lui apprenait à tailler le silex en même temps qu'à moi. Elle est une des meilleures tailleuses de silex que je connaisse. Mais ne va surtout pas lui répéter ! Entre nous, c'était toujours à qui surpasserait l'autre et elle ferait des gorges chaudes de ce que je viens de te dire.

Jondalar était en train de soulever la lourde poche en cuir qui contenait ses outils de tailleur de silex et quelques rognons de silex d'avance. Il pensait à Dalanar et à la nouvelle Caverne qu'il avait fondée. Les Lanzadonii étaient de plus en plus nombreux. Depuis que Jondalar était parti, leur nombre s'était encore accru. Ils ne vont pas tarder à fonder une Deuxième Caverne, songea-t-il en plaçant la poche en cuir dans son sac. Puis il y rangea les ustensiles de cuisine et la nourriture. Il plaça ses fourrures de couchage et la tente sur le dessus et glissa deux perches dans un étui fixé à gauche de son sac. La troisième perche, c'est Thonolan qui s'en chargeait, ainsi que du tapis de sol. Les deux frères portaient chacun quelques sagaies, glissées dans un étui spécial, à droite de leur sac.

Les sacs prêts, Thonolan remplit de neige sa gourde. Lorsqu'il faisait très froid, comme cela avait été le cas alors qu'ils traversaient le haut plateau glaciaire, Thonolan était obligé de transporter cette gourde à l'intérieur de sa pelisse, directement contre son corps, pour que son contenu ne gèle pas : sur un glacier, en effet, il n'y avait rien pour faire du feu. Ils avaient maintenant laissé le glacier derrière eux mais ils étaient encore trop haut pour espérer trouver un cours d'eau qui ne soit pas pris par les glaces.

— Je suis drôlement content que Joplaya ne soit pas ma cousine, dit Thonolan en levant la tête vers son frère. Franchement, je m'unirais bien à elle. Tu ne m'avais pas dit à quel point elle était belle. Il n'y a pas une femme qui lui arrive à la cheville et, quand elle est là, tous les hommes ont les yeux fixés sur elle. Heureusement que Marthona, notre mère, avait pour compagnon Willomar quand je suis né et qu'elle ne vivait plus avec Dalanar. Au moins, ça me laisse une chance...

— C'est vrai qu'elle est devenue très belle. Cela faisait trois ans que je ne l'avais pas vue. Je pensais qu'elle avait déjà trouvé un compagnon. Je suis content que Dalanar ait décidé d'emmener cette année les Lanzadonii à la Réunion d'Été des Zelandonii. Avec une seule Caverne, les Lanzadonii n'ont pas beaucoup de choix. La Réunion devrait permettre à Joplaya de rencontrer d'autres hommes.

— Marona va avoir une sacrée rivale ! Je regrette presque de ne pas pouvoir assister à la rencontre de ces deux-là. Marona a l'habitude d'être la plus belle de la bande et elle ne va pas tarder à haïr Joplaya. Comme, en plus, tu ne seras pas là, elle risque de ne pas tellement apprécier la Réunion d'Été cette année.

— Tu as raison, Thonolan. Elle va souffrir et elle sera furieuse, et je la comprends. Même si elle a mauvais caractère, c'est une femme de qualité et elle mérite un bon compagnon. Et elle sait s'y prendre pour plaire à un homme. Je crois que j'étais vraiment décidé à nouer le lien, mais maintenant que je ne la vois plus, je ne sais plus très bien... conclut Jondalar en attachant une ceinture autour de sa pelisse après y avoir placé sa gourde.

— J'aimerais que tu me dises quelque chose, intervint Thonolan, l'air soudain sérieux. Quel effet cela te ferait-il si elle décide de s'unir à quelqu'un d'autre pendant ton absence ? Tu sais que c'est très possible.

— Cela me fera de la peine et mon orgueil en souffrira aussi, reconnut Jondalar. Mais je ne lui en voudrai pas. Je pense qu'elle mérite de rencontrer quelqu'un de mieux que moi. Quelqu'un qui ne la laissera pas tomber pour accomplir le Voyage au dernier moment. Et si elle est heureuse, j'en serai content pour elle.

— C'est bien ce que je pensais, dit Thonolan. (Il ajouta avec un sourire malicieux :) Si nous voulons échapper à la donii qui nous court après, nous avons intérêt à nous mettre en route.

Thonolan finit de charger son sac. Puis, relevant sa pelisse, il sortit son bras de la manche et suspendit sa gourde à son épaule.

La pelisse en fourrure des deux frères avait été fabriquée selon un modèle très simple. Deux morceaux de peau à peu près rectangulaires, attachés ensemble sur les côtés et aux épaules, auxquels étaient cousus deux rectangles plus petits, pliés et cousus pour former deux tubes qui faisaient office de manches. Les pelisses avaient un capuchon, attaché aussi dans le dos et bordé de fourrure de glouton pour que la condensation provoquée par la respiration n'y reste pas accrochée sous forme de glace. Elles étaient richement décorées de perles en os, d'ivoire, de coquillages, de dents d'animaux, ainsi que de queues d'hermine, blanches à bout noir. Elles s'enfilaient par-dessus la tête, pendaient en plis lâches, comme des tuniques, et descendaient jusqu'au milieu des cuisses. Une ceinture permettait de les resserrer à la hauteur de la taille.

Sous leur pelisse, Thonolan et son frère portaient une peau de daim taillée sur le même modèle et des pantalons en fourrure, avec un rabat sur le devant, qu'une lanière en cuir retenait autour de la taille. Leurs moufles en peau retournée étaient attachées à un long cordon passé dans une boucle cousue au dos de la pelisse, si bien qu'ils pouvaient les enlever rapidement sans risquer de les perdre. Leurs bottes avaient une semelle épaisse qui, comme pour les mocassins, se rabattait autour du pied. Sur cette semelle était attachée une peau plus souple qui épousait les contours de la jambe et qui, rabattue, était maintenue en place à l'aide d'une lanière. A l'intérieur de leurs bottes, ils glissaient une doublure de laine de mouflon, mouillée et foulée jusqu'à obtenir du feutre. Lorsque le temps était particulièrement humide, ils portaient par-dessus leurs bottes un boyau d'animal, imperméable et adapté à la forme de leur pied. Cette protection s'usant très vite, ils ne s'en servaient que rarement, en cas d'absolue nécessité.

Jondalar venait de prendre une hache en silex, au manche court et solide, et il était en train de la passer dans une boucle de sa ceinture, à côté de son couteau en silex au manche en os, quand il demanda à son frère :

— Jusqu'où comptes-tu aller ? Quand tu as dit que tu comptais descendre la Grande Rivière Mère jusqu'à son embouchure, tu ne parlais pas sérieusement ?

— Mais si ! répondit Thonolan, qui était en train d'enfiler ses bottes.

Pour une fois, il ne plaisantait pas.

— Mais alors nous risquons de ne pas être rentrés pour la Réunion d'Été de l'année prochaine !

— Es-tu en train de changer d'avis, Frère ? Tu n'es pas obligé de m'accompagner. Je ne t'en voudrai pas si tu décides de rebrousser chemin. De ta part, c'était une décision de dernière heure. Et tu sais aussi bien que moi que nous risquons de ne jamais rentrer chez nous. Si tu veux me quitter, fais-le maintenant ! En plein hiver, tu ne pourras jamais retraverser le glacier.

— Ce n'était pas une décision de dernière heure, Thonolan. Je songeais depuis longtemps à entreprendre un Voyage et le moment m'a semblé particulièrement bien choisi.

Le ton adopté par Jondalar laissait entendre qu'il ne reviendrait pas sur sa décision mais on y sentait aussi une légère trace d'amertume qui n'échappa pas à son frère.

— Je n'ai encore jamais fait un vrai Voyage, reprit Jondalar, sur un ton plus léger. C'est maintenant ou jamais. Mon choix est fait, Petit Frère. Tu ne te débarrasseras pas de moi comme ça.

Le ciel était dégagé et le soleil, qui se reflétait sur la neige immaculée, aveuglant. On était au printemps mais, compte tenu de l'altitude, le paysage n'en laissait rien paraître. Jondalar fouilla dans un des petits sacs suspendus à sa ceinture pour y prendre une paire de lunettes protectrices. Taillées dans du bois, elles recouvraient complètement les yeux à l'exception d'une étroite fente horizontale et s'attachaient derrière la tête. Après avoir mis ses lunettes, Jondalar, d'un rapide mouvement de pied, enfila ses raquettes, dont il attacha les courroies autour de ses orteils et de la cheville. Puis il saisit son sac.

Les raquettes avaient été faites par Thonolan. Son métier consistait à fabriquer des sagaies. Il avait d'ailleurs emporté avec lui son redresseur de sagaie favori, un merrain débarrassé de ses andouillers à l'extrémité duquel il avait percé un trou. Il avait décoré cet outil de tout un fouillis d'animaux et de plantes printanières, en partie pour honorer la Grande Mère et La prier d'attirer l'esprit des animaux vers les sagaies de sa fabrication, mais aussi parce qu'il prenait plaisir à graver. Le redresseur était indispensable pour remplacer les sagaies perdues à la chasse. Il servait tout particulièrement pour l'extrémité — là où la main n'avait pas de prise suffisante — qui, insérée dans le trou, était rectifiée par effet de levier. Thonolan savait travailler le bois, chauffé au contact de pierres brûlantes ou à la vapeur, pour redresser ses traits comme pour, au contraire, cintrer des tiges destinées à faire des raquettes.

Jondalar se retourna pour voir si son frère était prêt. Celui-ci hocha la tête et ils s'engagèrent alors sur une pente qui, tout en bas, aboutissait à une rangée d'arbres. Sur leur droite, au-delà des terres couvertes de forêts, ils apercevaient les contreforts montagneux recouverts de neige et, plus loin, les hauts sommets déchiquetés de l'immense chaîne de montagnes. Au sud-est, un pic solitaire et plus haut que ses voisins étincelait au soleil.

En comparaison, la région montagneuse qu'ils venaient de traverser avait presque l'air d'une colline. Elle appartenait à un massif largement érodé et bien plus ancien que la chaîne dont ils apercevaient les sommets dentelés. Ce massif était malgré tout suffisamment élevé pour être lui aussi couvert de glace en altitude tout au long de l'année. Plus tard, quand le glacier continental aurait rejoint son habitat polaire, cette région montagneuse serait recouverte de sombres forêts. Pour l'instant, elle formait un plateau glaciaire, une version en miniature de l'épaisse couche de glace qui recouvrait le nord.

Quand les deux frères furent arrivés à la hauteur des arbres, ils enlevèrent leurs lunettes qui protégaient de la réverbération du soleil mais limitaient la visibilité. Un peu plus bas, ils rencontrèrent un petit torrent. Né de la fonte des glaces, il s'était infiltré dans des crevasses rocheuses, avait coulé sous terre et émergeait à cet endroit, débarrassé de sa boue. Son eau limpide étincelait sous le soleil printanier.

— Qu'en penses-tu ? demanda Thonolan en montrant le torrent à son frère. C'est à peu près là que Dalanar a dit qu'elle devait se trouver.

— Nous n'allons pas tarder à le savoir. Dalanar a dit que le jour où nous aurons atteint l'endroit où convergent trois rivières qui se dirigent vers l'est, nous saurions que nous suivons la Grande Rivière Mère. D'après moi, la plupart de ces petits cours d'eau ont des chances de nous mener dans la bonne direction.

— Tu as raison. Restons du côté gauche. Plus tard, ce sera peut-être plus difficile de traverser.

— Les Losadunaï vivent sur la rive sud, rappela Jondalar. Et nous pourrions peut-être nous arrêter dans une de leurs Cavernes. La rive nord est censée être le territoire des Têtes Plates.

— Ne nous arrêtons pas chez les Losadunaï, proposa Thonolan. Ils vont nous demander de rester chez eux et nous nous sommes déjà suffisamment attardés chez les Lanzadonii. Si nous ne les avions pas quittés à temps, la saison aurait été trop avancée, et au lieu de traverser le glacier, nous aurions été obligés de le contourner par le nord. Et là, en effet, nous aurions croisé le territoire des Têtes Plates. Je tiens à continuer et je pense que nous sommes maintenant suffisamment au sud pour ne plus risquer de les rencontrer. De toute façon, quelle importance ? Tu ne vas pas me dire que tu as peur de quelques malheureux Têtes Plates. Il paraît que tuer un Tête Plate, c'est comme de tuer un ours.

— Je n'ai pas particulièrement envie de me retrouver nez à nez avec un ours, répondit Jondalar en fronçant les sourcils. J'ai entendu dire que les Têtes Plates étaient intelligents et qu'ils étaient presque humains.

— Intelligents, peut-être... Mais pas humains puisqu'ils sont incapables de parler.

— Ce ne sont pas les Têtes Plates qui m'inquiètent, Thonolan. Je pense simplement que les Losadunaï connaissent la région et qu'ils peuvent nous indiquer la bonne route. Nous pouvons faire halte chez eux juste le temps qu'ils nous fournissent quelques points de repère et nous expliquent ce qui nous attend. D'après Dalanar, certains d'entre eux parlent le zelandonii. Nous n'aurons aucun mal à nous comprendre.

— D'accord ! Si tu penses que ça vaut mieux.

Le torrent était déjà trop large pour qu'ils puissent le franchir. Ils aperçurent alors un tronc d'arbre tombé en travers du cours d'eau et qui formait un pont naturel, et s'en approchèrent, Jondalar en tête. Il s'engageait sur des racines apparentes de l'arbre quand soudain Thonolan, qui regardait autour de lui en attendant son tour, lui cria :

— Jondalar ! Attention !

Une pierre lui frôla la tête en sifflant. Aussitôt, il se laissa tomber et saisit une de ses sagaies. Thonolan s'était accroupi, les yeux fixés sur l'endroit d'où était partie la pierre. Lorsque les branches nues et enchevêtrées d'un buisson tout proche bougèrent, il lança son arme. Il s'apprêtait à jeter une seconde sagaie quand six êtres émergèrent des broussailles.

— Des Têtes Plates ! cria-t-il en reculant pour mieux viser.

— Attends ! cria son frère. Ils sont trop nombreux.

— Le costaud a l'air d'être le chef de la bande. Si je réussis à l'atteindre, les autres prendront peut-être la fuite.

— Non ! Ils vont se ruer sur nous avant que nous ayons le temps de les viser à nouveau. Pour l'instant, ils se tiennent à distance et ne font pas mine d'avancer. (Jondalar se releva, tenant toujours sa sagaie.) Ne bouge pas ! conseilla-t-il à son frère. Attendons. Et ne quitte pas le costaud des yeux. Il a très bien compris que c'est lui que tu vises.

Jondalar dévisageait le costaud et avait l'impression déconcertante que les grands yeux bruns étaient aussi en train de l'étudier. C'était la première fois qu'il voyait des Têtes Plates d'aussi près et il était surpris car ils ne correspondaient pas à l'idée qu'il s'en faisait. Les yeux qui l'observaient étaient enfoncés dans des orbites proéminentes, accentuées par des sourcils broussailleux. Le nez aux larges narines, mais étroit en haut, comme une sorte de bec, les faisait apparaître encore plus enfoncés. Le visage disparaissait sous une barbe épaisse et légèrement bouclée. En observant un autre Tête Plate, plus jeune et dont la barbe commençait juste à pousser, Jondalar s'aperçut qu'il n'avait pas de menton, simplement une mâchoire saillante. Quant à leurs cheveux, bruns, ils étaient tout emmêlés, comme leur barbe. Et ils semblaient très poilus, surtout en haut du dos.

C'était facile à voir puisque leur vêtement en fourrure ne couvrait que le torse, laissant les bras et les épaules nus malgré la température presque glaciale. Ce qui surprenait Jondalar, ce n'était pas qu'ils soient aussi peu sensibles au froid, mais le fait qu'ils portent des vêtements. Avait-on jamais vu un animal se vêtir et porter des armes ? Car les Têtes Plates étaient armés. Ils avaient des lances en bois, certainement utilisées pour porter un coup plutôt que comme armes de jet, mais dont l'extrémité pointue ne laissait aucun doute sur leur efficacité. Certains portaient sur l'épaule le tibia d'un herbivore de grande taille, qui leur servait de massue.

Ils n'ont pas une mâchoire d'animal, pensa Jondalar. Elle est simplement plus puissante que la nôtre. Et leur nez est large, sans plus. Par contre leur tête est vraiment différente.

Au lieu d'avoir le front haut comme lui et Thonolan, les Têtes Plates avaient un front bas qui fuyait sur un crâne large et étiré.

Jondalar, qui mesurait un bon mètre quatre-vingt-quinze, dépassait d'au moins trente centimètres le plus grand d'entre eux et même Thonolan, avec son mètre quatre-vingts, semblait un géant comparé au costaud qui devait être leur chef.

Les deux frères étaient bien bâtis, mais la musculature des Têtes Plates était tellement puissante qu'à côté d'eux, ils paraissaient presque efflanqués. Les Têtes Plates avaient des torses de taureau, des membres étonnamment musclés. Leurs jambes étaient arquées, mais ils se tenaient parfaitement droits et marchaient normalement. Plus Jondalar les regardait, plus il trouvait qu'ils ressemblaient à des hommes — mais des hommes comme il n'en avait jamais vu.

Pendant un long moment, personne ne bougea. Thonolan était toujours accroupi, la sagaie à la main. Jondalar se tenait debout, prêt à lancer la sienne en même temps que son frère. Les six Têtes Plates étaient d'une immobilité de pierre mais on les sentait prêts à passer à l'action avec la rapidité de l'éclair. Chacun campait sur ses positions et Jondalar se demandait comment faire pour sortir de cette impasse.

Soudain, le costaud émit un grognement et fit un mouvement du bras. Thonolan arma son bras. Jondalar l'arrêta d'un geste. Seul le jeune Tête Plate avait bougé : il venait de disparaître derrière le buisson qui, un moment plus tôt, avait servi de cachette à toute la bande. Il réapparut presque aussitôt, portant la sagaie de Thonolan, et, à la grande surprise de ce dernier, la lui rapporta. Puis il s'approcha du tronc d'arbre qui enjambait la rivière et ramassa une pierre. Il revint alors vers le costaud et, tenant toujours la pierre, inclina la tête d'un air contrit. La seconde d'après, ils avaient disparu tous les six derrière le buisson sans aucun bruit.

— J'ai bien cru que nous n'arriverions pas à nous en sortir, avoua Thonolan en poussant un soupir de soulagement. Je m'étais juré d'en avoir un ! Il n'empêche que je n'y comprends rien...

— A mon avis, le plus jeune a commencé quelque chose que le costaud n'a pas voulu finir. Mais ce n'est pas parce qu'il avait peur de nous. Il fallait un sacré sang-froid pour faire ce geste en sachant que tu le visais.

— Peut-être n'avait-il pas compris ce qu'il risquait.

— Il avait parfaitement compris, oui ! Il t'avait vu lancer ta première sagaie. Sinon, pourquoi demander au jeune d'aller la chercher et de te la rendre ?

— Crois-tu vraiment qu'il lui ait dit de faire ça ? Mais comment ? Puisqu'ils ne savent pas parler.

— Je n'en sais rien. Mais je suis sûr que le costaud a ordonné au jeune de te rapporter ta sagaie et d'aller rechercher sa pierre. Comme ça, on était quitte. Personne n'a été blessé et je pense que c'est ce qu'il voulait. C'était drôlement futé de sa part. Tu sais, j'ai l'impression que ces Têtes Plates ne sont pas vraiment des animaux. Je ne savais pas qu'ils portaient des fourrures, avaient des armes et marchaient comme nous.

— En tout cas, je comprends pourquoi on les appelle les Têtes Plates ! Et quelle force ! Je n'aimerais pas avoir à me battre à mains nues avec l'un d'eux.

— Oui... J'ai l'impression qu'ils doivent te casser un bras aussi facilement que s'il s'agissait d'une brindille. Et moi qui les imaginais tout petits...

— Courts sur pattes, peut-être... mais pas petits ! Je dois reconnaître, Grand Frère, que tu avais raison : allons rendre visite aux Losadunaï. Ils vivent tous près d'ici et ils doivent en savoir plus que nous sur les Têtes Plates. A mon avis, la Grande Rivière Mère constitue une sorte de frontière. Et j'ai comme l'impression que ces fichus Têtes Plates préféreraient nous voir de l'autre côté.

Pendant plusieurs jours, les deux hommes continuèrent à marcher dans l'espoir de découvrir les points de repère dont leur avait parlé Dalanar. Ils suivaient toujours le même torrent qui, à ce stade, ne semblait guère différent des autres petits ruisseaux qui dévalaient le long des pentes. S'agissait-il de la source de la Grande Rivière Mère ? En réalité, la plupart de ces ruisselets se rejoignaient pour former le cours supérieur de cet immense fleuve qui allait traverser plaines et collines sur près de trois mille kilomètres avant de décharger son énorme cargaison d'eau et de vase dans la mer intérieure du sud-est.

Le massif de roches cristallines qui donnait naissance à ce puissant fleuve était un des plus anciens de la terre. Le large lit avait été creusé par les poussées gigantesques qui avaient soulevé et plissé la chaîne de montagnes aux contours accidentés que les deux frères avaient aperçue scintillant dans toute sa splendeur. Plus de trois cents affluents, de larges rivières pour la plupart, après avoir drainé les pentes montagneuses le long de leur parcours, viendraient grossir ses flots tumultueux.

La région que traversaient Jondalar et son frère subissait l'influence océanique et continentale — modifiée par la présence des montagnes. La flore et la faune étaient un mélange de ce qu'on trouvait dans la toundra-taïga de l'ouest et dans les steppes de l'est. Les versants les plus élevés étaient le domaine des bouquetins, des chamois et des mouflons. Dans les régions boisées, on rencontrait surtout des cerfs. Le tarpan, un cheval sauvage qui, plus tard, serait domestiqué, broutait dans les plaines abritées ou sur les terrasses fluviales. Les loups, les lynx et les léopards des neiges se coulaient dans l'ombre sans faire aucun bruit. Il y avait aussi des ours bruns omnivores, sortant à peine de leur période d'hibernation. L'ours des cavernes, énorme et végétarien, n'avait pas encore fait son apparition. Et de nombreux petits mammifères commençaient à pointer leur museau hors de leurs gîtes d'hiver.

Sur les pentes boisées poussaient surtout des pins, mais aussi parfois des épicéas, des sapins argentés et des mélèzes. Près des rivières, on trouvait en majorité des aulnes, de temps en temps des saules et des peupliers, et beaucoup plus rarement des chênes pubescents et des hêtres nains, si peu développés qu'ils dépassaient tout juste la taille d'arbustes.

La rive gauche du cours d'eau s'élevant graduellement, Jondalar et Thonolan l'escaladèrent et ils se retrouvèrent bientôt au sommet d'une haute colline. Ils aperçurent alors un paysage magnifique, sauvage et accidenté qu'adoucissaient les couches de blanc qui s'étaient déposées dans les creux et nivelaient les affleurements rocheux.

Ils n'avaient pas rencontré un seul groupe de ces gens qu'on appelait les Losadunaï, une peuplade qui faisait, elle aussi, partie des Cavernes — ce qui ne signifiait pas obligatoirement que ces hommes vivaient dans ce type d'habitat. Jondalar en venait à penser qu'ils les avaient ratés.

— Regarde ! s'écria soudain Thonolan en tendant le bras.

Jondalar aperçut une mince volute de fumée qui s'élevait au-dessus de buissons touffus. Les deux frères se précipitèrent dans cette direction et ils ne tardèrent pas à rejoindre un petit groupe de gens rassemblés autour d'un feu.

Ils s'approchèrent à grands pas et levèrent les mains devant eux, paumes en l'air, pour saluer l'assemblée et bien montrer leurs intentions amicales.

— Je suis Thonolan des Zelandonii. Voici mon frère, Jondalar. Nous faisons notre Voyage. Y a-t-il quelqu'un parmi vous qui parle notre langue ?

Aussitôt un homme d'âge moyen fit un pas en avant et leva les mains de la même manière que les deux frères.

— Je suis Laduni des Losadunaï. Au nom de Duna, la Grande Terre Mère, je vous souhaite la bienvenue.

Il prit alors les deux mains de Thonolan dans les siennes. Après avoir renouvelé son geste de bienvenue vis-à-vis de Jondalar, il leur proposa :

— Venez vous asseoir près du feu. Nous n'allons pas tarder à manger. Voulez-vous partager notre repas ?

— C'est très généreux de ta part, répondit cérémonieusement Jondalar.

— Pendant mon Voyage, expliqua Laduni, j'ai marché vers l'ouest et j'ai séjourné dans une de vos Cavernes. C'était il y a bien des années, mais les Zelandonii sont toujours les bienvenus.

Il conduisit les deux jeunes gens vers un tronc d'arbre placé près du feu, protégé par une sorte de brise-vent.

— Débarrassez-vous de votre chargement et reposez-vous, proposa Laduni. Vous devez juste sortir du glacier ?

— Il y a quelques jours, répondit Thonolan en posant son sac.

— Vous l'avez traversé bien tard, remarqua Laduni. Le foehn ne va pas tarder à se lever.

— Le foehn ? demanda Thonolan.

— Le vent du printemps. Chaud et sec. Il vient du sud-ouest. Il souffle tellement fort qu'il déracine les arbres et arrache les branches. Grâce à lui, la neige fond très rapidement. En quelques jours, tout cela sera parti, expliqua Laduni en montrant la neige d'un large geste, et les bourgeons apparaîtront. S'il se met à souffler quand vous êtes sur le glacier, cela peut être fatal. La glace fond tellement rapidement qu'il se forme des crevasses. Des ponts et des corniches de neige s'effondrent brusquement sous vos pieds. Des torrents et même des rivières se mettent soudain à couler sous la glace.

— Et il apporte toujours le Malaise, commenta une jeune femme.

— Le Malaise ? fit Thonolan en se tournant vers elle.

— Les mauvais esprits qui volent dans le vent. Ce sont eux qui rendent tout le monde irritable. Des gens qui ne se battent jamais d'habitude se mettent à se disputer. Ceux qui sont heureux n'arrêtent pas de pleurer. Les mauvais esprits peuvent vous rendre malade et, si vous l'êtes déjà, ils vous donnent envie de mourir. Quand on le sait, c'est plus facile à supporter. Mais il n'empêche que tout le monde est de mauvaise humeur.

— Où as-tu appris à parler le zelandonii ? demanda Thonolan, en lançant à la jeune femme un coup d'œil approbateur.

Celle-ci ne détourna pas les yeux mais, au lieu de lui répondre, elle se retourna vers Laduni.

— Thonolan des Zelandonii, voici Filonia des Losadunaï, la fille de mon foyer, dit Laduni, en s'empressant de répondre à la muette requête de la jeune femme.

En demandant à Laduni de faire les présentations, celle-ci laissait entendre à Thonolan qu'elle n'était pas n'importe qui et que ce n'était pas son genre de discuter avec des inconnus, aussi beaux et excitants soient-ils.

Thonolan leva les deux mains, paumes en l'air, pour la saluer et lui lança à nouveau un regard admiratif. La jeune femme hésita un court instant, comme si elle réfléchissait, puis elle tendit ses deux mains que Thonolan s'empressa de serrer dans les siennes. Il l'attira vers lui.

— Filonia des Losadunaï, Thonolan des Zelandonii est honoré que la Grande Terre Mère l'ait gratifié du Don de ta présence, dit-il avec un sourire entendu.

Filonia rougit légèrement. L'allusion au Don que dispensait la Grande Mère ne lui avait pas échappé même si la phrase prononcée par Thonolan semblait aussi protocolaire que son geste. Le contact des mains de Thonolan la troublait et dans ses yeux se lisait une discrète invite.

— Et maintenant, dis-moi où tu as appris le zelandonii, demanda à nouveau Thonolan.

— Mon cousin et moi avons traversé le glacier durant notre Voyage et nous avons vécu quelque temps dans une Caverne zelandonii. Laduni nous avait déjà un peu appris à parler votre langue. Il parlait souvent zelandonii avec nous pour ne pas l'oublier, car, presque tous les ans, il traverse le glacier pour faire du troc.

— Il est rare qu'une femme fasse un aussi long et dangereux Voyage, remarqua Thonolan qui n'avait toujours pas lâché les mains de Filonia. Que se serait-il passé si Doni t'avait bénie ?

— Ce n'était pas si long que ça, dit-elle, toute fière de l'admiration dont elle était l'objet. Si Doni m'avait bénie, je m'en serais rendue compte très vite et j'aurais fait demi-tour.

— Peu d'hommes entreprennent un Voyage aussi long, insista Thonolan.

Voyant son manège, Jondalar se tourna vers Laduni et lui dit en souriant :

— Mon frère ne manque jamais d'accaparer la plus jolie femme de l'assistance et il a vite fait de la tenir sous son charme.

— Filonia est encore jeune, dit Laduni en riant. Ce n'est que l'an dernier qu'elle a été initiée aux Rites des Premiers Plaisirs. Mais depuis, elle a eu suffisamment d'admirateurs pour que ça lui tourne la tête. Ah... être à nouveau jeune ! Et recevoir pour la première fois le Don du Plaisir de la Grande Mère ! Encore que je n'aie pas à me plaindre : je suis très bien avec ma compagne et j'éprouve moins qu'avant le besoin de nouvelles expériences. Nous avons emmené peu de femmes, ajouta-t-il en se tournant vers Jondalar, car il ne s'agit que d'une partie de chasse. Mais je pense que, parmi les élues de Duna, tu n'auras aucun mal à en trouver une qui veuille partager le Don du Plaisir avec toi. Si aucune ne te plaît, ne t'inquiète pas. Notre Caverne est grande et, lorsque nous avons des visiteurs, nous en profitons pour organiser une fête en l'honneur de la Mère.

— Je doute que nous puissions t'accompagner jusqu'à ta Caverne, Laduni. Nous ne sommes qu'au début de notre Voyage et, comme celui-ci risque d'être long, Thonolan est impatient de continuer. Peut-être pourrons-nous passer vous voir sur le chemin du retour, si tu nous expliques où se trouve votre Caverne.

— Dommage ! J'aurais été heureux de vous accueillir. Ces derniers temps, nous n'avons pas eu beaucoup de visites... Jusqu'où comptez-vous aller ?

— Thonolan a l'intention de suivre la Grande Rivière jusqu'à son embouchure. Mais au départ d'un Voyage, on imagine toujours qu'on va aller très loin. Qui peut dire jusqu'où nous irons ?

— Je croyais que les Zelandonii vivaient près de la Grande Eau. C'est là en tout cas qu'ils étaient installés lorsque j'ai fait mon Voyage. J'ai marché longtemps en direction de l'ouest, puis j'ai obliqué au sud. Mais tu m'as dit que vous veniez de partir.

— Je vais t'expliquer. Notre Caverne se trouve en effet à quelques jours de marche de la Grande Eau. Mais, quand je suis né, Dalanar des Lanzadonii était le compagnon de ma mère et dans sa Caverne, je suis comme chez moi. J'ai vécu trois ans chez lui pendant que j'apprenais mon métier. Mon frère et moi, nous avons donc séjourné chez les Lanzadonii. Notre Voyage a vraiment commencé au moment où nous les avons quittés. Nous avons alors traversé le glacier, et marché quelques jours avant de vous rencontrer.

— Dalanar ! Bien sûr ! Je me disais que tu me rappelais quelqu'un que je connaissais. Tu dois être le fils de son esprit, car tu lui ressembles. Et toi aussi tu es tailleur de silex. Si tu lui ressembles aussi dans ce domaine, tu dois être excellent. Jamais je n'ai rencontré aussi bon tailleur de silex. Je suis allé le voir l'an dernier pour chercher des silex de la mine des Lanzadonii. Il n'y a pas de meilleures pierres que les leurs.

Les gens s'approchaient du feu, leur bol à la main. En humant le délicieux fumet du repas, Jondalar se rendit compte qu'il avait faim. Il s'apprêtait à repousser son sac qui gênait le passage quand, soudain, il eut une idée.

— J'ai emporté quelques silex lanzadonii avec moi, dit-il. Au cas où nous abîmerions des outils en voyageant. Mais ces silex sont lourds et je ne serais pas mécontent de me débarrasser d'une ou deux pierres. Je serais heureux de te les offrir si cela te fait plaisir.

Les yeux de Laduni s'animèrent.

— Je les accepterai avec plaisir, mais à condition de t'offrir quelque chose en retour. Je ne crache jamais sur une bonne affaire, mais je ne voudrais pas escroquer le fils du foyer de Dalanar.

— Tu allégerais mon chargement et tu vas m'offrir un repas chaud, répondit Jondalar en souriant.

— Ce n'est pas assez. Les pierres des Lanzadonii valent plus que ça. Je me sens blessé dans mon orgueil.

Il y avait maintenant un certain nombre de gens autour d'eux et quand Jondalar éclata de rire, tout le monde l'imita.

— Si tu le prends comme ça, Laduni, je ne vais pas te faciliter les choses. Pour l'instant, je n'ai besoin de rien — je ne cherche qu'à alléger mon chargement. Ce que tu me dois pour ces pierres, je te le demanderai plus tard. Es-tu d'accord ?

— Là, c'est lui qui m'escroque ! s'écria Laduni avec un petit rire en se tournant vers les autres pour les prendre à témoin. Dis-moi au moins ce que tu me demanderas.

— Pour l'instant, je n'en sais rien. Mais je viendrai chercher ce que tu me dois quand je repasserai par ici.

— Qui dit que je serai en mesure de te le donner ?

— Je ne te demanderai pas l'impossible.

— Tes conditions sont dures, Jondalar. Mais si je peux, je te donnerai ce que tu me demanderas. D'accord.

Jondalar ouvrit son sac puis, après avoir enlevé ce qui se trouvait dessus, il sortit la poche qui contenait les silex et tendit à Laduni deux rognons de silex déjà dégrossis.

— C'est Dalanar qui les a choisis et préparés, expliqua Jondalar.

A voir son expression, Laduni n'éprouvait aucun embarras à accepter les deux silex que Dalanar avait offerts au fils de son foyer. Malgré tout il grommela, assez fort pour que tout le monde l'entende :

— Dire que je suis en train de troquer ma vie contre deux malheureux silex.

— Est-ce que tu comptes discuter jusqu'à la fin des temps ? demanda Thonolan avec un grand sourire. Nous avons été invités à partager un repas et ce gibier sent bigrement bon.

— La nourriture est prête, dit Filonia, qui se tenait à côté de lui. Et la chasse a été tellement bonne que nous n'avons presque pas eu besoin d'utiliser la viande séchée que nous avions apportée. Maintenant que ton sac est moins lourd, tu trouveras bien un coin pour en emporter.

C'est à Jondalar qu'elle s'adressait, mais elle regardait Laduni.

— Il serait peut-être temps, Laduni, de me présenter la ravissante fille de ton foyer, intervint Jondalar.

— Où allons-nous si la fille de son propre foyer vient saper les affaires, maugréa celui-ci. (Puis il ajouta avec un sourire empli de fierté :) Jondalar des Zelandonii, voici Filonia des Losadunaï.

Filonia se tourna vers Jondalar et elle se sentit aussitôt prise au piège des grands yeux bleus qui lui souriaient. Attirée maintenant par le frère aîné, elle baissa la tête pour cacher son trouble.

— Si tu crois que je n'ai pas vu la lueur qui vient de s'allumer dans tes yeux, Jondalar ! plaisanta Thonolan. Et n'oublie pas que c'est moi qui ai fait sa connaissance en premier. Allons, viens, Filonia. Partons d'ici. Tu n'as rien à faire avec mon frère. Et je suis persuadé que tu n'as aucune envie de rester avec lui... (Il se tourna vers Laduni, l'air faussement outragé.) A chaque fois c'est la même chose. Un seul regard, et c'est dans la poche ! Comme j'aurais aimé hériter des mêmes dons que mon frère...

— De ce côté-là, tu n'as pas trop à te plaindre, il me semble, Petit Frère ! remarqua Jondalar en éclatant de rire.

Filonia se tourna vers Thonolan et fut soulagée de découvrir qu'il était aussi attirant qu'elle l'avait pensé au premier abord. Le jeune homme la prit par l'épaule et l'emmena de l'autre côté du feu. Elle se laissa faire mais ne put s'empêcher de tourner la tête pour jeter un coup d'œil à Jondalar.

— Quand nous avons des visiteurs, confia-t-elle avec un sourire, nous organisons toujours une fête en l'honneur de Duna.

— Ils préfèrent continuer à voyager plutôt que venir à la Caverne, Filonia, prévint Laduni.

La jeune femme parut désappointée mais cela ne l'empêcha pas de sourire à nouveau à Thonolan.

— Ah, être jeune à nouveau ! dit Laduni avec un petit rire. J'ai l'impression, ajouta-t-il, que quand les femmes choisissent des hommes jeunes, elles sont plus souvent bénies par Duna. La Grande Mère accorde plus facilement ses faveurs à ceux qui apprécient le Don du Plaisir.

Jondalar plaça son sac derrière le tronc d'arbre puis se tourna vers le feu. Le ragoût de gibier était en train de cuire dans une peau suspendue au-dessus du feu, soutenue par une armature faite d'os attachés ensemble. Une femme tendit à Jondalar un bol en bois rempli de bouillon et de gibier et s'assit à côté de lui sur le tronc. Pour piquer les morceaux de viande ou de légumes — des tubercules que les Losadunaï avaient apportés avec eux — Jondalar utilisa son couteau en silex, puis il but le bouillon qui restait dans le bol. Quand il eut fini de manger, la femme lui apporta un bol plus petit qui contenait une infusion de plantes. Il la remercia d'un sourire. Elle avait quelques années de plus que lui, juste l'âge voulu pour avoir troqué la grâce de la jeunesse contre la beauté de la maturité. Elle lui sourit en retour et s'installa de nouveau à côté de lui.

— Est-ce que tu parles zelandonii ? demanda-t-il.

— Parle un petit peu, dit-elle. Comprends plus.

— Dois-je demander à Laduni de nous présenter ou puis-je me permettre de te demander ton nom ?

La femme sourit à nouveau, avec cet air de supériorité que donne l'expérience.

— Seules les jeunes filles ont besoin que quelqu'un dise le nom, répondit-elle. Moi, Lanalia. Toi, Jondalar.

— Oui, répondit-il.

Le contact de la jambe de cette femme contre la sienne l'excitait et cela se voyait clairement dans son regard. Dans les yeux de Lanalia se lisait la même attente. Il avança sa main vers sa cuisse. Lanalia se serra encore plus contre lui. Il vit là non seulement un encouragement à aller plus loin mais aussi la promesse d'une femme expérimentée. Bien que ce fût inutile, il hocha la tête en signe d'acquiescement. Lanalia regarda alors par-dessus son épaule. Jondalar suivit son regard et aperçut Laduni qui s'approchait d'eux. Lanalia s'écarta légèrement de lui : il faudrait qu'il attende un peu avant qu'elle puisse tenir sa promesse.

Laduni s'installa près d'eux et, peu après, Thonolan les rejoignit avec Filonia. Très vite il y eut foule autour des deux visiteurs et on échangea des plaisanteries que Laduni traduisait au fur et à mesure pour ceux qui ne comprenaient pas le zelandonii. Finalement, Jondalar décida qu'il était temps d'aborder des questions plus sérieuses.

— Laduni, que sais-tu à propos de ceux qui vivent en aval du fleuve ? demanda-t-il.

— Parfois, il arrive qu'un S'Armunaï nous rende visite, répondit celui-ci. Mais il y a longtemps que nous n'en avons pas vu. Tu sais ce que c'est, Jondalar... Les jeunes qui partent en Voyage choisissent souvent le même itinéraire. Au bout d'un certain temps, comme tout le monde le connaît, cet itinéraire ne présente plus d'intérêt et on l'abandonne. Au bout d'une génération ou deux, seuls les anciens s'en souviennent et, pour les jeunes, cela redevient une aventure. Leurs ancêtres les ont précédés sur ce chemin, mais ils ont l'impression d'innover.

— Pour eux, c'est nouveau, fit remarquer Jondalar, dans l'espoir de couper court à ces considérations philosophiques. (Ce dont il avait besoin, c'était de renseignements pratiques et il demanda :) Connais-tu leurs coutumes ? Ou quelques mots de leur langue ? Comment souhaitent-ils la bienvenue ? Y a-t-il des choses à ne pas faire pour éviter de les offenser ?

— Je ne sais pas grand-chose d'eux, avoua Laduni. Et rien de récent. Il y a quelques années, un homme est parti en direction de l'est, mais il n'est jamais revenu. Peut-être s'est-il fixé là-bas... Il y en a qui disent que leurs dunaï sont faites avec de la boue. Mais, à mon avis, ce sont des racontars. Je ne vois pas pourquoi on se servirait de boue pour reproduire l'image sacrée de la Grande Mère. Tout le monde sait que la boue s'effrite en séchant.

— Peut-être choisissent-ils la boue car c'est plus proche de la terre, observa Jondalar. Certaines personnes aiment la pierre pour cette raison.

Tandis qu'il parlait, Jondalar ne put s'empêcher de tâter la petite statuette en pierre qui se trouvait dans une poche attachée à sa ceinture. Cette statuette représentait une femme obèse : elle avait une énorme poitrine, un ventre proéminent, des fesses et des cuisses impressionnantes. Ses bras et ses mollets étaient insignifiants et à peine esquissés car ce qui comptait, c'était qu'elle possède les attributs de la Mère. Sa tête formait une bosse en haut du corps, ses traits n'étaient pas représentés et ses cheveux, simplement suggérés, recouvraient presque entièrement son visage.

Personne n'avait jamais contemplé le visage grandiose et terrifiant de Doni, la Grande Terre Mère, l'Aïeule Ancestrale, la Première Mère, Créatrice et Soutien de toute vie, Celle qui bénissait les femmes en leur transmettant Son pouvoir de créer et d'engendrer la vie. Et aucune donii, ces petites représentations à Son image et porteuses de Son Esprit, ne suggérait les traits de Son visage. Même quand on la voyait en rêve, Son visage n'apparaissait jamais clairement, bien qu'à en croire les hommes, elle possédât un corps jeune et nubile. Certaines femmes prétendaient qu'elles pouvaient prendre la forme de Son esprit et voler alors aussi vite que le vent pour porter chance ou assouvir une vengeance, et Sa vengeance pouvait être terrible.

Quand on provoquait Sa colère ou qu'on La déshonorait, Elle était capable de commettre des actes effrayants, le plus terrible consistant à reprendre le merveilleux Don du Plaisir, qu'elle offrait aux femmes qui choisissaient de s'ouvrir à un homme. La Grande Mère, et même, prétendait-on, Ceux Qui La Servaient pouvaient donner à un homme le pouvoir de partager Son Don avec autant de femmes qu'il le désirait et aussi souvent qu'il le voulait mais Elle pouvait aussi lui retirer ce pouvoir et l'homme alors ne pouvait plus donner de Plaisir à aucune femme ni en prendre lui-même.

Machinalement, Jondalar caressait les seins pendants de sa donii en espérant que la chance serait de leur côté durant tout leur Voyage. Certains ne revenaient jamais, mais cela faisait partie de l'aventure. Il avait cessé d'écouter ce qui se disait mais quand Thonolan parla des Têtes Plates, il dressa à nouveau l'oreille.

— Que savez-vous des Têtes Plates qui vivent non loin d'ici ? était en train de demander son frère. Nous en avons rencontré une bande il y a quelques jours et j'ai bien cru que c'était la fin de notre Voyage.

Soudain attentifs, tous se tournèrent vers Thonolan.

— Que s'est-il passé ? demanda Laduni d'une voix tendue.

Thonolan raconta ce qui leur était arrivé avec les Têtes Plates.

— Charoli ! s'écria Laduni.

— Qui est Charoli ? demanda Jondalar.

— Un jeune homme de la Caverne des Tomasi. Il dirige une bande de brutes et ils ont décidé de s'amuser avec les Têtes Plates. Jusque-là, nous n'avions eu aucun problème avec eux. Ils vivaient d'un côté de la rivière et nous de l'autre. Quand nous traversions, ils ne s'approchaient jamais de nous, sauf lorsque nous nous attardions. Et même alors, ils se contentaient de nous faire comprendre qu'ils étaient en train de nous observer. Et cela suffisait pour que nous fassions demi-tour. On se sent toujours un peu nerveux quand une bande de Têtes Plates vous observe.

— Absolument vrai ! reconnut Thonolan. Mais que veux-tu dire par « s'amuser avec les Têtes Plates » ? Ça ne me viendrait pas à l'idée d'aller leur chercher des ennuis.

— Au début, c'était histoire de plaisanter. Un des jeunes de la bande a dû en mettre un autre au défi d'attraper un Tête Plate. Et eux, ils ne sont pas commodes quand on les ennuie. Alors les jeunes se sont mis à plusieurs et chaque fois qu'ils rencontraient un Tête Plate isolé, ils l'encerclaient, se moquaient de lui, puis le pourchassaient quand il s'enfuyait. Les Têtes Plates ont du souffle, mais ils ont les jambes courtes. Un homme peut les dépasser à la course, mais il a quand même intérêt à ne pas s'arrêter. J'ignore comment ça a commencé mais les amis de Charoli ont fini par se battre contre eux. Un des Têtes Plates a dû se rebiffer et en attraper un. Les autres lui sont tombés dessus pour venir au secours de leur ami. Quoi qu'il en soit, c'est devenu une habitude. Mais même en se mettant à plusieurs pour attaquer un Tête Plate, il leur est arrivé plus d'une fois d'encaisser des coups.

— Je veux bien te croire, dit Thonolan.

— Mais ce qu'ils ont fait ensuite est encore pire, intervint Filonia.

— Filonia ! C'est dégoûtant ! Je ne veux pas t'entendre parler de ça ! s'écria Laduni qui semblait vraiment en colère.

— Qu'ont-ils fait ? demanda Jondalar. Si nous devons traverser le territoire des Têtes Plates, nous avons besoin de le savoir.

— Je suppose que tu as raison, Jondalar. Mais je n'aime pas parler de ça devant Filonia.

— Je suis une femme maintenant, fit remarquer Filonia, d'un ton qui manquait de conviction.

Après l'avoir observée d'un air pensif, Laduni se décida.

— Quand les mâles ont commencé à se déplacer par deux ou en groupe, Charoli et sa bande n'ont plus osé les attaquer. Ils s'en sont donc pris aux femelles. Mais la femelle Tête Plate ne se défend pas quand on l'attaque : elle essaie de se cacher et elle s'enfuit. Charoli et ses gars n'ont pas dû trouver ça drôle et ils sont passés avec elles à un autre genre de sport. Je ne sais pas qui a commencé... Ce doit être Charoli qui a eu cette brillante idée. C'est tout à fait son genre.

— Quelle idée ? demanda Jondalar.

— Ils ont obligé les femelles à... commença Laduni. (Incapable de continuer, il se leva d'un bond, fou de rage.) C'est une abomination ! s'écria-t-il. Ils déshonorent la Mère ! Ils abusent de Son Don ! Ils se conduisent comme des animaux ! Pire que les animaux ! Pire que les Têtes Plates !

— Tu veux dire qu'ils prennent leur Plaisir avec des femelles Têtes Plates ? demanda Thonolan. Qu'ils les violent ?

— Non seulement ils le font, mais ils s'en vantent ! intervint Filonia. Jamais je ne me laisserai approcher par un homme qui a pris son Plaisir avec une Tête Plate !

— Filonia ! Je ne veux pas entendre ces mots-là de ta bouche ! Tu n'as pas à en parler ! dit-il, le visage figé par la colère.

— Bien, Laduni, fit Filonia, toute honteuse, en baissant la tête.

— Je me demande ce qu'ils en pensent, dit Jondalar. A mon avis, c'est ce qui a poussé le jeune à m'attaquer. Je suppose qu'ils étaient furieux. J'ai entendu dire qu'ils étaient peut-être humains — et si c'est le cas...

— Moi aussi, j'ai déjà entendu ça ! dit Laduni en essayant de retrouver son calme. Mais ne va pas croire des bêtises pareilles !

— Le chef de la bande avec laquelle nous nous sommes retrouvés nez à nez avait l'air débrouillard et ils marchent sur leurs deux jambes, exactement comme nous.

— Les ours aussi marchent sur leurs pattes de derrière parfois. Les Têtes Plates sont des animaux ! Des animaux intelligents mais des animaux ! (Conscient du malaise du groupe, Laduni ajouta d'une voix plus calme :) Les Têtes Plates sont inoffensifs, sauf quand on les embête. Je ne pense pas que le jeune qui vous a attaqués ait agi ainsi à cause des femelles. A mon avis, ils ne savent pas à quel point l'attitude de Charoli et de sa bande déshonore la Mère. On les harcèle et ils se défendent. Exactement comme les animaux : quand on les embête trop, ils finissent par vous attaquer.

— J'ai l'impression, dit Thonolan, que la bande de Charoli ne nous simplifie pas les choses. Nous avions l'intention de passer sur l'autre rive avant que le cours d'eau que nous suivons devienne la Grande Rivière Mère. Car, plus nous avancerons, plus il sera difficile de traverser.

Laduni sourit. Maintenant qu'ils avaient changé de sujet, il avait oublié sa colère.

— La Grande Rivière Mère a de nombreux affluents, Thonolan, expliqua-t-il, et la plupart sont de larges cours d'eau qu'il vous faudra bien traverser si vous comptez suivre la Rivière jusqu'à son embouchure. Si je peux me permettre un conseil : restez sur cette rive jusqu'à ce que vous arriviez à un grand tourbillon. A cet endroit, la Rivière coule dans une région plate et elle se sépare en plusieurs bras ; vous aurez alors beaucoup moins de mal. Par ailleurs, il fera plus chaud. Si vous voulez rendre visite aux S'Armunaï, dirigez-vous vers le nord après avoir traversé.

— Où se trouve le tourbillon ? demanda Jondalar.

— Je vais vous faire une carte, proposa Laduni en sortant son couteau. Passe-moi un morceau d'écorce, Lanalia. Il est possible qu'en chemin d'autres puissent ajouter de nouveaux repères sur cette écorce. En comptant le temps qu'il vous faut pour atteindre l'autre rive et pour chasser, ce devrait être l'été quand vous arriverez à l'endroit où le fleuve bifurque vers le sud.

— L'été, répéta Jondalar d'un air rêveur. J'en ai assez de la glace et de la neige. Je ne sais pas si je pourrai tenir jusqu'à l'été. J'ai besoin de chaleur.

Lanalia rapprocha à nouveau sa jambe de la sienne. Il posa sa main sur sa cuisse et, cette fois-ci, l'y laissa.

3

Quand Ayla amorça sa descente le long de la paroi rocheuse et escarpée qui surplombait la rivière, les premières étoiles apparaissaient dans le ciel du soir. Dès qu'elle eut franchi le bord du ravin, le vent tomba brusquement et elle s'arrêta un court instant pour savourer l'accalmie. Mais la paroi interceptait aussi les dernières lueurs du jour. Et lorsqu'elle parvint au fond, les buissons qui bordaient la rivière n'étaient plus qu'un amas confus se découpant sur le ciel parsemé de myriades d'étoiles.

Après s'être arrêtée au bord du cours d'eau pour boire, elle se dirigea vers la paroi, là où il faisait le plus sombre. La falaise lui donnait un sentiment de sécurité qu'elle n'avait jamais éprouvé dans les immenses plaines et elle ne jugea pas utile de monter sa tente. Elle étendit sa fourrure sur le sol, s'y coucha et rabattit les pans sur elle. Avant de s'endormir, elle aperçut la lune dont le disque presque plein se détachait en haut du ravin.

Elle se réveilla en poussant un cri. Terrorisée, le cœur battant à tout rompre, elle se leva brusquement et tenta de percer les épaisses ténèbres qui l'entouraient. Il y eut comme une détonation et, au même instant, la lueur d'un éclair l'aveugla. Tremblante de peur, elle bondit sur ses pieds. Elle vit alors la cime d'un grand pin, qui venait d'être frappé par la foudre, glisser lentement vers le sol, retenue dans sa chute par la partie du tronc à laquelle elle s'accrochait encore. Aussitôt l'arbre se mit à flamber, projetant des ombres grotesques sur la paroi rocheuse.

Puis il se mit soudain à pleuvoir. Le feu qui, l'instant d'avant, crépitait, chuinta sous l'assaut de la pluie diluvienne et finit par s'éteindre. Blottie contre la paroi, ne sentant ni les larmes qui lui mouillaient le visage ni la pluie, Ayla était encore sous le coup du cauchemar qui l'avait réveillée. Semblable au grondement d'un tremblement de terre, le premier coup de tonnerre avait réactivé un rêve fréquent, dont elle ne se souvenait jamais très bien au réveil mais qui provoquait chez elle un sentiment nauséeux d'inquiétude et une tristesse accablante. Un autre éclair illumina la nuit et Ayla aperçut à nouveau le tronc brisé par la foudre.

Terrorisée, elle saisit son amulette. Le tonnerre et les éclairs n'étaient qu'en partie responsables de la crainte irraisonnée qu'elle éprouvait. Elle n'avait jamais aimé les orages, mais elle y était habituée. Elle savait qu'ils étaient plus bénéfiques que destructeurs. Plus encore que l'orage, c'est le cauchemar qu'elle venait de faire qui l'avait bouleversée. Au cours de sa vie, chaque fois que la terre avait tremblé, elle avait été séparée de ceux qu'elle aimait : à l'âge de cinq ans, elle s'était soudain retrouvée seule au monde et plus récemment, elle avait perdu Creb pour toujours.

Elle finit par se rendre compte qu'elle était mouillée et sortit sa tente de son panier. Elle la posa par-dessus la fourrure, se glissa à l'intérieur et cacha sa tête sous la peau d'aurochs. Le contact de la fourrure la réchauffa mais elle avait toujours aussi peur. Elle attendit que l'orage se calme pour oser se rendormir.

Quand elle se réveilla, toutes sortes d'oiseaux pépiaient, gazouillaient ou croassaient dans l'air matinal. Repoussant la couverture en peau, Ayla contempla avec délice cet univers verdoyant qui, encore humide de pluie, étincelait sous le soleil. Elle se trouvait sur une grande plage rocheuse. A cet endroit, la petite rivière, dont le cours était orienté vers le sud, obliquait légèrement vers l'est.

Sur la rive opposée poussaient des pins vert sombre dont la cime atteignait le haut de la paroi mais sans jamais la dépasser. Toutes les tentatives qu'ils avaient faites pour la dominer avaient été arrêtées net par le vent qui soufflait dans les steppes. Les arbres les plus grands avaient donc une curieuse forme aplatie et, comme la croissance de leurs branches était stoppée en hauteur, celles-ci bifurquaient sur les côtés. La symétrie presque parfaite d'un immense pin était ainsi rompue par sa cime qui avait poussé à angle droit par rapport au tronc. Non loin de là, la cime d'un autre pin s'était carrément retournée, poussant en direction du sol, et formait une sorte de moignon déchiqueté et charbonneux. Tous ces arbres avaient poussé sur une étroite bande de terre entre la paroi et la berge et si près de l'eau parfois que leurs racines se trouvaient à découvert.

Sur la rive où se tenait Ayla, un peu en amont, des saules pleureurs se penchaient au-dessus de la rivière. Un peu plus haut, agitées par une douce brise, les feuilles des trembles bruissaient. Il y avait aussi des bouleaux à écorce blanche et des aulnes à peine plus gros que des arbustes. Des lianes grimpaient et s'enroulaient autour des arbres et la rivière était bordée de buissons couverts de feuilles.

Ayla avait voyagé si longtemps dans les steppes qu'elle avait presque oublié à quel point la nature pouvait être belle quand elle était aussi verdoyante. La rivière étincelait sous le soleil et semblait lui tendre les bras. Ses peurs nocturnes s'étaient envolées : elle bondit sur ses pieds et s'approcha de l'eau. Dans un premier temps, elle ne songeait qu'à se rafraîchir mais très vite elle détacha la longue lanière qui retenait son vêtement, enleva son amulette et plongea. Puis elle se mit à nager en direction de la rive opposée.

Le contact de l'eau froide lui fit du bien et la débarrassa de la poussière des steppes qui lui collait à la peau. Elle nagea à contre-courant jusqu'à ce qu'elle arrive à un étroit goulet formé par les deux parois abruptes. A cet endroit, le lit était moins large, le courant plus fort et l'eau beaucoup plus froide. Elle se retourna sur le dos, fit la planche et se laissa porter par le courant qui la ramenait vers son point de départ. Elle était en train de contempler la bande d'azur du ciel quand, un peu avant d'arriver à la plage, elle remarqua une cavité creusée dans la paroi qui surplombait la rive opposée. Est-ce que par hasard ce serait une caverne ? se demanda-t-elle, toute excitée à cette idée. Je me demande si je pourrais l'atteindre...

Elle regagna la plage et s'assit sur les pierres pour se sécher au soleil. Non loin d'elle, des oiseaux sautillaient sur le sol, tirant sur des vers que la pluie nocturne avait ramenés à la surface, tandis que d'autres voletaient de branche en branche, picorant au passage les baies dont regorgeaient les buissons.

Des framboises ! se dit Ayla. Et elles sont énormes ! Quand elle s'approcha des buissons, les oiseaux battirent frénétiquement des ailes avant d'aller se percher un peu plus loin. Elle cueillit une pleine poignée de baies juteuses et les mangea aussitôt. Puis elle s'approcha à nouveau de la rivière et, après s'être rincé les mains, remit son amulette. Au moment d'enfiler son vêtement en peau, sale et poussiéreux, elle ne put s'empêcher de froncer le nez. Malheureusement, elle n'en avait pas d'autre. Quand elle s'était précipitée dans la caverne, juste après le tremblement de terre, pour y prendre de la nourriture, des vêtements et une tente, elle n'avait emporté que ce qui était indispensable à sa survie. Comment imaginer qu'un jour elle aurait besoin d'une seconde tenue d'été !

Au fond, cela n'avait guère d'importance. Le désespoir qu'elle avait éprouvé à force de voyager dans les steppes arides s'était envolé. Au contact de cette vallée fraîche et verdoyante, elle retrouvait le goût de vivre. Les framboises qu'elle venait de manger lui avaient ouvert l'appétit et elle ressentait le besoin d'une nourriture plus substantielle. Elle retourna donc près de son panier pour y prendre sa fronde et en profita pour étendre sur les pierres chauffées par le soleil la tente et la fourrure trempées par la pluie. Après avoir remis son vêtement en peau, elle se mit en quête de cailloux lisses et ronds.

Très vite elle se rendit compte qu'il n'y avait pas que des pierres sur la rive. Il y avait aussi des bois flottés de teinte grisâtre et des os blanchis qui s'étaient amoncelés contre une avancée de la paroi jusqu'à former un énorme tas. Les violentes crues printanières avaient déraciné des arbres et entraîné des animaux imprudents, les projetant avec violence dans l'étroit goulet qui se trouvait en amont, puis les abandonnant dans le cul-de-sac formé par la saillie de la paroi, là où la rivière faisait une boucle. Ayla découvrit dans le tas d'ossements des andouillers géants, des cornes de bison et quelques énormes défenses en ivoire. Le mammouth lui-même n'avait pu résister à la violence de la crue. Il y avait là aussi des galets et des pierres d'un gris crayeux qui attirèrent aussitôt son attention.

Ça, c'est un silex ! se dit-elle. Pour pouvoir m'en assurer, il faut que j'en fende un avec un percuteur. Mais je suis sûre que c'est un silex !

Très excitée par sa découverte, elle se mit aussitôt à la recherche d'une pierre ovale et lisse qu'elle puisse facilement tenir en main. Lorsqu'elle en eut trouvé une, elle s'en servit pour frapper sur la pierre crayeuse. L'enveloppe blanchâtre finit par se fendre et à l'intérieur apparut une pierre gris foncé à l'éclat sombre.

C'est bien un silex ! se dit-elle. J'avais vu juste ! Et imaginant aussitôt les outils qu'elle allait pouvoir fabriquer, elle ajouta pour elle-même : Je vais faire provision de silex. Si je casse ceux que j'ai emportés, je n'aurai plus à m'inquiéter. Elle mit aussitôt de côté quelques-unes de ces lourdes pierres qui avaient été arrachées en amont de la rivière à des affleurements calcaires et transportées par le courant jusqu'au pied de la paroi. Cette découverte la poussa à poursuivre son exploration.

En temps de crue, la saillie de la paroi formait une barrière contre laquelle les eaux tumultueuses venaient buter mais la rivière avait repris son niveau normal et Ayla n'eut aucun mal à la contourner. Une fois arrivée de l'autre côté, elle s'arrêta pour contempler la vallée qu'elle avait aperçue d'en haut la veille au soir.

Après cette boucle, la rivière s'élargissait et comme elle était moins profonde, le fond rocheux émergeait par endroits. Elle se dirigeait vers l'est, longeant une des parois à pic de la gorge. Sur la rive où se trouvait Ayla, les arbres et les buissons, protégés par cette barrière naturelle, avaient atteint leur plein développement. Sur sa gauche, au-delà de la barrière rocheuse, la paroi de la gorge s'abaissait graduellement et finissait par rejoindre, au nord comme à l'est, la vaste étendue des steppes. En face d'elle, la large vallée formait une luxuriante prairie dont les hautes herbes ondulaient comme des vagues chaque fois que le vent venu du nord soufflait en rafales. Et, à mi-pente, la petite horde de chevaux paissait.

Cette scène était si belle et il en émanait une telle quiétude qu'Ayla en eut le souffle coupé. Elle avait du mal à croire qu'en plein cœur des steppes arides et ventées un tel endroit puisse exister. Cachée par une faille, la vallée formait une oasis, un petit monde luxuriant, comme si la nature, obligée d'économiser ses bienfaits dans les steppes arides, devenait soudain prodigue dès que l'occasion lui en était donnée.

De loin, la jeune femme observa les chevaux. Robustes et massifs, ils avaient des pattes assez courtes, une encolure épaisse, une grosse tête, des naseaux proéminents qui faisaient penser aux narines de certains hommes du Clan. Leur crinière était courte mais fournie, leur pelage long et épais, gris chez certains et chez les autres couleur chamois, allant du beige au jaune doré. Un peu à part se tenait un étalon à la robe couleur de foin et Ayla remarqua que plusieurs poulains avaient le même pelage. Quand l'étalon, relevant la tête, secoua sa crinière et hennit, elle lança en souriant :

— Tu es fier de ton clan, n'est-ce pas ?

Revenant sur ses pas, Ayla s'engagea dans les taillis qui bordaient la rivière, notant machinalement les diverses variétés de plantes qu'elle rencontrait, aussi bien alimentaires que médicinales. Distinguer et ramasser les plantes qui avaient le pouvoir de soigner avait fait partie de son apprentissage de guérisseuse et il en existait très peu qu'elle ne soit pas capable d'identifier instantanément. Mais pour l'instant, elle pensait avant tout à se nourrir.

Au passage, elle remarqua les feuilles et les fleurs en ombelle qui dénotaient la présence de carottes sauvages, enfouies sous le sol, mais elle continua son chemin comme si de rien n'était. Elle avait parfaitement enregistré l'endroit où elles se trouvaient. Pour l'instant, ce qui l'intéressait avant tout, c'était les traces qu'elle venait de découvrir et qui trahissaient la présence d'un lièvre.

Comme tout chasseur digne de ce nom, elle se mit à avancer sans faire de bruit, guidée par des crottes fraîches, une touffe d'herbe couchée, une légère empreinte dans la poussière, et bientôt elle distingua droit devant elle la forme d'un animal tapi dans un fourré où il se dissimulait. Elle détacha la fronde pendue à sa ceinture et sortit d'une des poches de son vêtement deux pierres rondes. Quand le lièvre prit brusquement la fuite, elle était prête. Avec une habileté consommée, acquise grâce à des années de pratique, elle lança une première pierre puis, aussitôt après, une seconde. Clac ! clac ! Le bruit faisait plaisir à entendre et les deux projectiles atteignirent leur but.

En ramassant l'animal, Ayla repensa à l'époque où elle avait appris, toute seule, cette technique du double jet de pierre. Peu de temps avant, elle avait raté un lynx et pris conscience de sa vulnérabilité : une seule pierre ne suffisait pas toujours à tuer un animal. Mais il avait fallu qu'elle s'entraîne énormément pour réussir à positionner la seconde pierre pendant le mouvement de descente du premier lancer. Grâce à cette technique, elle pouvait lancer deux projectiles à intervalles très rapprochés.

Sur le chemin du retour, elle cassa une branche d'arbre dont elle appointa l'une des extrémités à l'aide d'un outil de silex dont la face coupante portait une encoche triangulaire. Elle utilisa ce bâton à fouir pour déterrer les carottes sauvages remarquées un peu plus tôt. Elle fourra les carottes dans un repli de son vêtement, cassa encore deux branches, fourchues celles-là, et regagna la plage. Là, elle déposa le lièvre et les carottes à côté de son panier et retira de celui-ci sa drille à feu et sa sole en bois. Elle retourna alors près de la saillie rocheuse et, après avoir soulevé quelques troncs, fit provision de bois flottés bien secs auxquels elle ajouta des branches mortes ramassées au pied des arbres. Utilisant à nouveau l'outil qui avait servi à appointer le bâton à fouir, elle racla un morceau de bois sec pour en détacher des copeaux d'écorce. Ensuite elle retira l'écorce velue de quelques tiges sèches d'armoise et la bourre que contenaient des cosses d'onagraire.

Quand elle eut trouvé un endroit où elle pouvait s'asseoir à l'aise, elle tria le bois qu'elle avait ramassé — bois d'allumage, bois flotté et grosses bûches — et le disposa autour d'elle. Elle prit sa sole, taillée dans une tige de clématite, et sa drille à feu, une tige de massette de l'année précédente. A l'aide d'un perçoir en silex, elle fit une entaille sur un des côtés de la sole et y inséra la tige de massette afin de vérifier que la cavité avait bien la taille voulue. Elle disposa alors la bourre d'onagraire sous l'entaille qu'elle venait de pratiquer, ajouta les écorces tout autour et bloqua le tout avec son pied. Elle inséra à nouveau la tige de massette dans la cavité et prit une profonde inspiration. Faire du feu exigeait une grande concentration.

Plaçant le haut de la drille entre ses deux paumes, elle commença à la faire tourner tout en exerçant une pression vers le bas. Au fur et à mesure qu'elle la faisait tourner, ses mains descendaient tout en bas de la tige, presque jusqu'à toucher la sole. Si elle n'avait pas été seule, au moment où ses mains se seraient retrouvées en bas, quelqu'un d'autre aurait placé ses paumes en haut de la drille et continué à la faire tourner. Comme elle ne pouvait pas compter sur l'aide de qui que ce soit, chaque fois qu'elle arrivait en bas de la drille, elle était obligée de replacer le plus vite possible ses mains en haut pour ne pas interrompre le mouvement de rotation et exercer une pression constante sur la sole. Dans le cas contraire, la chaleur dégagée par le frottement ne manquerait pas de se dissiper et n'atteindrait jamais le degré suffisant pour que le bois s'embrase.

Prise par le rythme, Ayla ne se rendait pas compte que la sueur ruisselait sur son front. Grâce au mouvement continu, la cavité était en train de se creuser et la sciure de bois tendre s'accumulait. Elle avait mal aux bras mais, quand elle sentit une odeur de bois brûlé et qu'elle vit que l'entaille noircissait puis qu'elle laissait échapper un mince ruban de fumée, cela l'encouragea à continuer. Pour finir, un petit charbon de bois incandescent se détacha de la sole et tomba dans les écorces et la bourre qui se trouvaient en dessous. Tout dépendait maintenant du prochain stade : si le charbon de bois s'éteignait, elle serait obligée de tout recommencer depuis le début.

Elle se pencha, le visage si près de la sole qu'elle sentait la chaleur dégagée par le bois incandescent, et commença à souffler sur celui-ci. Chaque fois qu'elle soufflait, le charbon de bois devenait plus brillant, et quand elle reprenait son souffle, il diminuait comme s'il allait s'éteindre. Elle approcha quelques copeaux de la braise : ils s'enflammèrent immédiatement, puis noicirent aussi vite. Et soudain, il y eut une flamme minuscule. Elle souffla de plus belle, approcha d'autres copeaux et quand ceux-ci formèrent un petit tas rougeoyant, elle ajouta du bois d'allumage.

Quand le feu eut bien pris, elle l'alimenta avec les morceaux de bois flotté. Il n'y avait plus de risque qu'il s'éteigne et elle en profita pour aller chercher d'autres bouts de bois qu'elle plaça tout près du foyer. Elle saisit un autre outil, doté d'une entaille légèrement plus large, et s'en servit pour retirer l'écorce du bâton qu'elle avait utilisé pour déterrer les carottes sauvages. Puis elle planta les deux branches fourchues de chaque côté du feu de manière à pouvoir y poser le bâton. Elle s'occupa alors de dépiauter le lièvre.

Dès que l'animal fut prêt, elle l'embrocha et le mit à rôtir au-dessus des braises. Elle plaça les entrailles dans la dépouille et s'apprêtait à jeter le tout un peu plus loin quand soudain elle changea d'avis. Je pourrais utiliser la fourrure, se dit-elle. Cela ne me prendrait qu'un jour ou deux...

Avant de mettre son projet à exécution, elle rinça les carottes sauvages dans la rivière, les enveloppa dans des feuilles de plantain et les déposa à côté des braises.

En attendant que son repas soit prêt, elle commença à préparer la peau. A l'aide d'un grattoir, elle se mit à racler l'intérieur de la fourrure pour la débarrasser des vaisseaux sanguins, des follicules pileux et de la membrane interne.

Tout en travaillant, ses pensées vagabondaient. Peut-être pourrais-je rester ici quelques jours, se disait-elle. Juste le temps de terminer cette peau. J'en profiterais aussi pour faire quelques outils en silex. Les miens sont abîmés... J'aimerais aussi explorer cette cavité que j'ai aperçue dans la paroi. Si c'est une caverne, je pourrais m'y installer pour quelques nuits... Ce lièvre commence à sentir bon...

Elle se leva pour tourner la broche et reprit son travail. Je ne peux pas rester ici très longtemps, songeait-elle. Il faut que je trouve ceux que je cherche avant l'hiver. Elle s'arrêta soudain de racler la peau en se demandant à nouveau, comme elle n'avait cessé de le faire tous ces derniers temps : Où sont-ils ? Iza m'a dit que les Autres vivaient sur le continent. Si c'est le cas, pourquoi ne les ai-je pas rencontrés ? Où sont-ils, Iza ? En pensant à la vieille guérisseuse, elle fondit en larmes. Comme tu me manques, Iza ! Et comme Durc me manque, lui aussi ! Durc, mon bébé... Dire que j'ai eu tant de mal à te mettre au monde ! Mais tu n'es pas difforme, simplement différent. Comme moi.

Non, pas comme moi, corrigea-t-elle aussitôt. Tu fais partie du Clan. Tu seras simplement un peu plus grand que les autres et ta tête sera légèrement différente. Et tu deviendras un grand chasseur. Toi aussi, un jour, tu sauras manier la fronde. Et tu courras plus vite que tout le monde. Tu gagneras toutes les courses organisées pour le Rassemblement du Clan. Et même si tu n'es pas assez fort pour triompher dans un corps à corps, tu seras malgré tout un homme costaud.

Mais qui s'amusera à t'apprendre de nouveaux sons ? Qui jouera à te les faire répéter ?

Arrête ! s'intima-t-elle en essuyant ses larmes. Je devrais me réjouir qu'il y ait des gens qui t'aiment, Durc. Quand tu seras grand, Ura deviendra ta compagne. Elle non plus, elle n'est pas vraiment difforme. Simplement un peu différente, comme toi. Et moi, se demanda Ayla, est-ce que je trouverai un jour un compagnon ?

Quand elle s'approcha à nouveau du feu, le lièvre n'était pas tout à fait cuit. Elle en mangea quand même un morceau, ne serait-ce que pour se changer les idées. Les carottes sauvages étaient tendres et leur chair jaune pâle avait une saveur un peu piquante. Après avoir déjeuné, elle se sentit mieux. Elle replaça le lièvre au-dessus des braises pour qu'il finisse de cuire et continua à racler la peau de l'animal.

Le soleil était déjà haut dans le ciel quand elle décida qu'il était temps d'aller explorer la cavité qu'elle avait aperçue dans la matinée. Elle se déshabilla à nouveau et traversa la rivière. Puis elle s'accrocha aux racines d'un pin pour sortir de l'eau. La paroi était presque verticale et difficile à escalader. Quand elle atteignit enfin l'étroite corniche qui se trouvait au-dessous de la cavité, elle regretta d'avoir fait autant d'efforts : ce n'était pas une caverne mais un simple trou creusé dans le rocher. Dans un coin, elle aperçut les excréments d'une hyène. Comme l'animal ne pouvait pas avoir escaladé la paroi, il devait exister un autre accès du côté des steppes. Quoi qu'il en soit, cette cavité ne présentait aucun intérêt pour elle.

Elle venait de faire demi-tour et s'apprêtait à descendre quand soudain elle s'immobilisa. D'où elle était, elle apercevait de l'autre côté de la rivière le haut de la saillie rocheuse qu'elle avait contournée dans la matinée. Le surplomb formait une large corniche au fond de laquelle il y avait une autre cavité qui semblait plus profonde que celle qu'elle venait d'explorer. D'en bas, il semblait possible d'y accéder. Son cœur se mit à battre plus vite. S'il s'agissait bien cette fois d'une caverne, elle avait trouvé un endroit où passer la nuit. Elle était tellement pressée de s'en assurer qu'arrivée à mi-parcours, elle plongea dans la rivière.

J'ai dû passer devant hier soir sans la voir, se dit-elle au moment où elle atteignait la rive. Il faisait trop sombre. Se souvenant qu'une caverne inconnue devait toujours être approchée avec prudence, elle alla chercher sa fronde et quelques projectiles.

Lorsque Ayla atteignit la corniche, elle arma sa fronde et avança avec précaution. Tous ses sens étaient en alerte. Elle tendait l'oreille, à l'affût d'un bruit de respiration ou du moindre piétinement, regardait autour d'elle au cas où des traces trahiraient une occupation récente, humait l'air pour tenter d'y détecter l'odeur facilement reconnaissable des carnivores, celle des excréments frais ou de la viande en décomposition, essayait de déterminer si l'intérieur de la grotte ne dégageait aucune chaleur et faisait avant tout confiance à son intuition. Elle s'approcha sans bruit de l'entrée et risqua un coup d'œil à l'intérieur. La grotte était vide.

L'ouverture, orientée au sud-ouest, était relativement petite. En levant le bras, Ayla pouvait toucher la voûte. Le sol commençait par descendre en pente douce, puis se nivelait. Inégal et rocheux à l'origine, il était maintenant recouvert d'une couche de terre sèche et compacte, formée de lœss apporté par le vent et de débris abandonnés par les animaux qui avaient occupé la caverne à différentes époques.

Certaine qu'elle n'avait pas été habitée récemment, Ayla y pénétra. A l'intérieur, il faisait beaucoup plus froid que sur la corniche ensoleillée et elle attendit pour avancer que ses yeux se soient habitués à l'obscurité. Elle avait pensé qu'il ferait beaucoup plus sombre. Mais il y avait juste au-dessus de l'entrée un trou qui laissait entrer la lumière. Elle se dit que cette ouverture serait bien pratique si elle s'installait pour quelques jours dans la caverne : la fumée dégagée par le feu pourrait s'échapper par là.

La caverne était de taille moyenne et avait en gros la forme d'un triangle. A partir de l'entrée — le sommet du triangle — les parois partaient en diagonale, jusqu'à la paroi du fond à peu près droite. La paroi située à l'est étant plus longue que l'autre, l'angle qu'elle formait avec le mur du fond était l'endroit le plus sombre de la caverne. C'est donc celui-là qu'Ayla choisit d'explorer en premier.

Longeant la paroi est, elle s'assura que celle-ci n'avait ni brèche ni passage pouvant communiquer avec d'autres salles. En arrivant au fond, elle s'aperçut qu'à cet endroit le sol était couvert de blocs de rocher détachés de la paroi. Elle grimpa sur les rochers, tâta la paroi, découvrit une saillie et, un peu en retrait, une cavité.

Dans un premier temps, elle songea qu'il serait plus prudent d'aller chercher une torche. Puis elle se dit qu'elle n'avait ni vu, ni entendu, ni senti aucun signe de vie et qu'elle ne risquait donc pas grand-chose à explorer cette cavité. Tenant fermement sa fronde dans une main, elle se hissa sur la saillie.

L'ouverture n'était pas très haute et elle dut se baisser pour y pénétrer. Elle s'aperçut aussitôt que ce n'était qu'un simple renfoncement dans la paroi. Au fond s'empilaient des os. Ayla en prit un et revint dans la caverne. Elle inspecta attentivement la paroi du fond et la paroi ouest et, satisfaite, se dirigea à nouveau vers l'entrée. La caverne lui plaisait : elle ne comportait qu'une seule salle, n'avait qu'une entrée et aucune galerie, si bien qu'elle s'y sentait en sécurité.

Elle sortit de la caverne et, la main en visière sur les yeux pour se protéger de l'éclat du soleil, se dirigea vers l'extrême bord de la corniche et regarda autour d'elle. En bas, sur sa droite, elle apercevait l'amas d'os et de bois flottés et la plage où elle avait passé la nuit. Sur la gauche, elle avait une vue plongeante sur la vallée. La rivière faisait un nouveau coude vers le sud longeant le pied de la falaise qui bordait la rive opposée alors que sur la rive gauche la paroi rocheuse s'abaissait et rejoignait les steppes.

Baissant les yeux, Ayla examina l'os qu'elle tenait toujours à la main. Il s'agissait du tibia d'un cerf géant qui portait encore la marque des crocs qui l'avaient sectionné. La manière dont cet os avait été rongé était éloquente. Ayla était certaine d'avoir affaire à un félin. Elle connaissait parfaitement les carnivores pour les avoir longtemps chassés quand elle faisait encore partie du Clan mais elle ne s'était attaquée qu'à des animaux de taille moyenne. La marque que portait cet os avait été faite par un félin nettement plus gros.

Un lion des cavernes ! s'écria-t-elle soudain. Cette caverne avait dû servir de tanière à des lions et la niche qu'elle avait découverte tout au fond avait certainement été occupée par une lionne et ses lionceaux. Est-il prudent d'y passer la nuit ? se demanda-t-elle. A nouveau, elle regarda le tibia et se sentit aussitôt rassurée : cet os était très vieux et il y avait de grandes chances que la caverne n'ait pas été occupée depuis des années. De toute façon, un bon feu allumé devant l'entrée découragerait les fauves.

C'est une très bonne caverne, songea Ayla. La salle est vaste et le sol parfaitement sec. Les crues du printemps ne doivent pas monter aussi haut. Et il y a même un trou d'évacuation pour la fumée. Je vais aller chercher ma fourrure et mon panier et allumer un feu. Elle redescendit aussitôt vers la plage et revint avec son chargement. Après avoir étendu sa fourrure et sa tente sur les rochers ensoleillés de la corniche, elle posa son panier à l'intérieur de la caverne et alla chercher du bois. Pourquoi ne pas remonter aussi quelques pierres pour le foyer, se dit-elle.

Elle allait descendre à nouveau, mais s'arrêta net. Des pierres pour le foyer ? Pour quoi faire ? Je ne suis là que pour quelques jours. Il va falloir que je reparte si je veux trouver les Autres avant l'hiver...

Mais que va-t-il se passer si je ne les trouve pas ? Cette éventualité l'angoissait tellement qu'elle n'avait jamais osé l'envisager. Que vais-je faire si je n'ai toujours rencontré personne quand l'hiver arrivera ? Je ne pourrai plus me nourrir et rien ne me dit que je trouverai un abri pour me protéger de la neige et du froid. Tandis que cette caverne...

Elle se retourna pour jeter un coup d'œil à la caverne, regarda la vallée, puis à nouveau la caverne. Cette caverne me convient parfaitement, se dit-elle. Il faudra que je voyage longtemps avant d'en retrouver une comme celle-là. En plus, elle est très bien placée : je vais pouvoir chasser, cueillir des végétaux, faire des provisions avant l'hiver. Il y a de l'eau et suffisamment de bois pour se chauffer pendant l'hiver — pendant plusieurs hivers. Il y a même des silex. Et pas de vent. Je trouverai ici tout ce dont j'ai besoin — sauf des gens...

Je ne sais pas si je pourrai supporter de rester seule ici pendant tout l'hiver. Mais la saison est déjà bien avancée. Et si je veux faire des réserves, il faut que je m'y mette dès maintenant. Je n'ai pas réussi à découvrir où habitaient les Autres et rien ne me dit que j'y parviendrai. Et en admettant que je les rencontre, comment m'accueilleront-ils ? Il y a parmi eux des êtres aussi malfaisants que Broud. Oda m'a raconté que les hommes qui l'avaient violée faisaient partie des Autres et qu'ils me ressemblaient. A quoi bon partir à leur recherche ?

Ayla se mit à marcher de long en large sur la corniche, donna un coup de pied dans une pierre, puis s'arrêta en face de la vallée et regarda les chevaux. Elle venait de prendre une décision. Chevaux, dit-elle, je vais m'installer un certain temps dans votre vallée. Au printemps prochain, je repartirai à la recherche des Autres. Si je ne me prépare pas pour affronter l'hiver, quand le printemps reviendra, je serai morte. Pour s'adresser aux chevaux, elle avait utilisé un langage gestuel, riche, complexe et nuancé, ponctué de quelques sons brefs et gutturaux qui lui permettaient de désigner les êtres ou les choses ou de mettre l'accent sur un point particulier. C'était le seul langage dont elle se souvenait.

Maintenant qu'elle avait pris une décision, Ayla se sentait mieux. Elle n'avait aucune envie de quitter cette agréable vallée pour recommencer à voyager dans les steppes arides. Voyager à nouveau ? Alors qu'elle était si bien ici...

Elle regagna la plage rocheuse et se baissa pour prendre son vêtement en peau et son amulette. Elle allait saisir la poche en peau quand soudain son regard fut attiré par un petit bloc de glace.

Comment peut-il y avoir de la glace en plein été ? se demanda-t-elle, en le prenant dans sa main. Le bloc de glace n'était pas froid, il avait des angles vifs et réguliers, ses différentes faces étaient planes et lisses. Quand Ayla le fit tourner entre ses doigts, elle s'aperçut que ses facettes brillaient de mille feux au soleil. A force de le faire tourner, elle le présenta par hasard sous un angle tel que le prisme décomposa la lumière en ses couleurs fondamentales. En voyant cet arc-en-ciel, Ayla eut tellement peur qu'elle le jeta par terre. Jamais encore elle n'avait vu de cristal de roche.

Comme les silex qu'elle avait découverts un peu plus tôt sur la plage, ce cristal avait été arraché à son lieu d'origine par un élément qui lui ressemblait d'aspect — la glace — et entraîné par la fonte, il avait fini par échouer dans le lit de ce torrent glaciaire.

Bouleversée par sa trouvaille, Ayla se mit à trembler et elle dut s'asseoir sur un rocher. Cette pierre lui rappelait quelque chose que Creb lui avait dit quand elle était enfant...

On était alors en hiver et Dorv venait de raconter une des légendes du Clan. Toujours aussi curieuse, Ayla avait posé des questions à Creb et celui-ci lui avait expliqué ce qu'étaient les totems.

— Les totems sont comme nous : pour vivre, ils ont besoin d'un endroit où ils se sentent chez eux. Quand quelqu'un voyage trop longtemps, son totem l'abandonne.

— Mon totem ne m'a jamais abandonnée, Creb, avait dit Ayla. Et pourtant j'étais seule et je n'avais pas de foyer.

— Il te mettait à l'épreuve, lui avait expliqué Creb. Et finalement, il t'a trouvé un foyer, non ? Le Lion des Cavernes est un totem très puissant, Ayla. Il t'a choisie et a décidé de te protéger quoi qu'il arrive — mais les totems sont toujours plus heureux quand ils ont un foyer. Si tu te montres attentionnée, il t'aidera. Il te dira ce que tu dois faire.

— Mais comment s'y prendra-t-il, Creb ? Je n'ai jamais vu l'esprit du Lion des Cavernes. Comment pourrai-je savoir qu'il est en train de me dire quelque chose ?

— L'esprit de ton totem est invisible : il fait partie de toi. Mais cela ne l'empêche pas de te parler. Il faut que tu apprennes à le comprendre.

Si tu dois prendre une décision importante, il t'aidera. Il t'enverra un signe pour te dire que tu as fait le bon choix.

— Quel genre de signe ?

— C'est difficile à dire. En général, c'est toujours quelque chose d'un peu particulier ou d'inhabituel. Par exemple une pierre que tu n'as encore jamais vue ou alors une racine dont la forme sort de l'ordinaire. Dans un cas comme celui-là, tes yeux et tes oreilles ne te serviront à rien. C'est ton cœur et ton esprit qu'il faut écouter. Et si un jour tu découvres que ton totem vient de s'adresser à toi, ramasse le signe qu'il t'a laissé et place-le dans ton amulette.

Lion des Cavernes, demanda Ayla, me protèges-tu toujours ? M'as-tu envoyé un signe ? Essaies-tu de me dire que j'ai raison de vouloir rester dans cette vallée ?

Elle posa le cristal dans le creux de sa main, ferma les yeux et essaya de méditer comme tant de fois elle avait vu Creb le faire, écoutant ce que lui disait son esprit et son cœur afin de savoir si son puissant totem ne l'avait pas abandonnée. Elle repensa à la manière dont elle avait quitté le Clan et au long et harassant voyage qu'elle avait entrepris dans l'espoir de retrouver son peuple, marchant toujours en direction du nord comme lui avait conseillé Iza, jusqu'au jour où...

Jusqu'au jour où elle avait rencontré les lions des cavernes ! C'est mon totem qui me les a envoyés, songea-t-elle, pour que je me dirige vers l'ouest. Il voulait me conduire jusqu'à cette vallée. Il en avait assez de voyager et, lui aussi, il voulait retrouver un foyer. Ce lieu a servi de tanière à des lions des cavernes, il s'y sent bien. Il est toujours à mes côtés ! Il ne m'a pas abandonnée !

Ayla ressentit soudain un immense soulagement. Elle essuya ses larmes et défit en souriant le cordonnet qui fermait le petit sac. Après l'avoir vidé sur ses genoux, elle examina un à un les talismans qu'il contenait.

Pour commencer, il y avait un morceau d'ocre rouge. Tous les membres du Clan possédaient un fragment de la pierre sacrée dont ils héritaient le jour où Mog-ur révélait leur totem. D'habitude, ils n'étaient encore que des nourrissons quand cette cérémonie avait lieu. Tandis qu'Ayla avait cinq ans quand elle avait appris quel était son totem. La cérémonie s'était tenue peu après qu'Iza l'eut recueillie et que Creb eut annoncé qu'elle faisait partie du Clan.

Elle possédait aussi l'empreinte fossilisée d'un gastéropode. On aurait dit un coquillage, mais en pierre. Ce fossile était le premier signe envoyé par son totem pour lui dire qu'elle avait le droit de chasser avec sa fronde, à condition de ne s'attaquer qu'aux prédateurs. Elle n'avait pas le droit de tuer des animaux comestibles car, comme elle chassait en cachette, elle ne pouvait les rapporter à la caverne. Cette règle avait eu du bon : les prédateurs étant rusés et dangereux, ils l'avaient obligée à une plus grande habileté.

Le troisième objet qu'elle conservait précieusement était un talisman de chasse, une petite rondelle découpée dans de l'ivoire de mammouth et teintée d'ocre, que Brun lui avait donné lors de l'impressionnante cérémonie qui avait fait d'elle la Femme Qui Chasse. Ce jour-là, Creb lui avait incisé la gorge et avait recueilli son sang en signe de sacrifice aux Anciens et elle avait encore à la base du cou une petite cicatrice.

Quand elle saisit les trois nodules de pyrite de fer, elle dut faire un immense effort pour ne pas pleurer et les tint serrés un long moment dans son poing fermé. Ces pierres avaient une signification toute particulière : son totem les lui avait envoyées pour lui dire que son fils vivrait.

La dernière pierre qu'elle examina était de couleur noire et il s'agissait d'un morceau de pyrolusite. C'est Mog-ur lui-même qui la lui avait remise quand elle était devenue guérisseuse et en la recevant Ayla avait hérité d'une partie de l'esprit de chaque membre du Clan. En repensant à cette cérémonie, elle fut soudain bouleversée. Cela signifie-t-il qu'en me maudissant Broud a maudi du même coup tous les membres du Clan ? se demanda-t-elle. Quand Iza est morte, Creb a rappelé les esprits pour qu'elle ne les emporte pas avec elle. Mais, dans mon cas, personne ne les a rappelés.

Un sinistre pressentiment l'envahit brusquement. Elle se sentait aussi désorientée que la nuit où elle avait assisté à la cérémonie présidée par Creb lors du Rassemblement du Clan, quand le grand sorcier avait compris à quel point elle pouvait être différente. Elle avait les oreilles bourdonnantes, des fourmillements dans les membres, envie de vomir. Elle avait une peur atroce de ce que sa mort pouvait signifier pour l'ensemble du Clan.

S'efforçant de chasser ce malaise, elle replaça tous ses talismans dans le sac et y ajouta le cristal de roche. Creb lui ayant dit qu'elle mourrait, si elle perdait son amulette, elle vérifia la solidité de la lanière avant de la remettre autour de son cou.

Elle resta un long moment encore assise au soleil à se demander ce qu'avait été sa vie avant qu'elle soit recueillie par le clan. Elle n'avait gardé aucun souvenir de cette période. La seule chose qu'elle savait, c'est qu'elle était différente : trop grande, trop pâle et avec un visage qui ne ressemblait pas à celui des membres du Clan. Un jour, en se regardant dans un étang, elle avait réalisé à quel point elle était laide. Broud lui avait souvent dit qu'elle était affreuse et tous pensaient la même chose. Elle n'était qu'une grande femme laide : aucun homme ne voudrait jamais d'elle. Mieux vaut rester dans cette vallée, songea-t-elle. A quoi bon repartir à la recherche des Autres ? Laide comme je suis, aucun homme ne voudra de moi comme compagne.

4

Accroupi à l'abri des hautes herbes, Jondalar observait la horde de chevaux. Il s'était placé face au vent pour que les animaux ne puissent pas déceler sa présence et s'était enduit le corps et les aisselles de crottin afin que les chevaux ne sentent pas son odeur au cas où le vent tournerait.

Ses épaules en sueur et couleur de vieux bronze brillaient au soleil. Une longue mèche blonde, échappée de la lanière en cuir qui retenait ses cheveux sur la nuque, lui balayait le front à chaque coup de vent et il était entouré d'un nuage de mouches qui, attirées par le crottin, se posaient sur son dos. A force de garder la même position, il commençait à avoir une crampe dans la cuisse gauche.

Insensible à tout ça, il ne quittait pas des yeux l'étalon qui piaffait et reniflait nerveusement comme si quelque sens mystérieux venait de l'avertir du danger qui menaçait son harem. Les juments continuaient à paître comme si de rien n'était. Elles devaient pourtant être inquiètes car elles s'étaient déplacées et se retrouvaient maintenant entre leurs poulains et les deux hommes.

A quelques mètres de là, accroupi lui aussi, Thonolan se tenait prêt, une sagaie à la hauteur de l'épaule droite, l'autre dans sa main gauche. Quand il jeta un coup d'œil à Jondalar, celui-ci leva la tête et regarda en direction d'une jument brune. Thonolan acquiesça en silence et équilibra avec soin son arme.

Avec un ensemble parfait, les deux frères bondirent et se ruèrent sur la horde. L'étalon se cabra et poussa un long hennissement. Thonolan visa la jument tandis que Jondalar se précipitait vers l'étalon en poussant des hurlements pour l'effrayer. La ruse marcha. Habitué à des prédateurs silencieux et furtifs, l'étalon prit peur : il hennit à nouveau, fit quelques pas en direction de Jondalar, puis, après un brusque écart, partit au galop pour rejoindre la horde en fuite.

Les deux frères se précipitèrent à sa suite. Quand l'étalon s'aperçut que la jument blessée ralentissait l'allure, il s'approcha d'elle et lui mordit les flancs pour l'obliger à continuer. Les deux hommes crièrent à nouveau en agitant les bras. Mais cette fois-ci, l'étalon tint bon : il s'interposa entre eux et la jument, ruant pour les empêcher d'approcher. Celle-ci fit encore quelques pas hésitants, puis elle s'immobilisa, la tête pendante. A l'endroit où la sagaie de Thonolan s'était enfoncée dans son flanc, le sang ruisselait sur son pelage et tombait goutte à goutte de ses poils emmêlés.

Jondalar s'approcha le plus près possible et lui porta un coup. La jument eut un sursaut, puis elle trébucha. Quand elle s'effondra, la sagaie de Jondalar vibrait encore à la base de son cou. L'étalon s'approcha d'elle, il la flaira, se cabra et hennit craintivement. Faisant demi-tour, il repartit au galop pour rejoindre la horde et protéger sa fuite.

— Je vais aller chercher nos sacs, proposa Thonolan lorsqu'ils se furent approchés de la jument. Mieux vaut apporter l'eau dont nous avons besoin plutôt que de traîner cette jument jusqu'à la rivière.

— Nous n'avons pas besoin de faire sécher toute cette viande, intervint Jondalar. Prenons ce qu'il nous faut et emportons-le au bord de la rivière. Cela nous évitera de charrier de l'eau.

— Pourquoi pas ? Je vais chercher une hache pour rompre les os.

Quand Thonolan fut parti, Jondalar prit son couteau à manche d'os et, après avoir dégagé les sagaies, il s'en servit pour trancher la gorge de la jument.

— Puisque tu retournes à la Grande Terre Mère, remercie-La, dit-il à l'animal dont la tête baignait dans une mare de sang.

D'un geste inconscient, il caressa la statuette en pierre qu'il portait toujours sur lui. Zelandoni a raison, songea-t-il. Si les enfants de la Terre oublient qui subvient à leurs besoins, un jour ils risquent de s'apercevoir qu'ils n'ont plus de foyer. Reprenant son couteau, il se dit que le moment était venu de puiser dans les réserves de Doni.

— Je viens d'apercevoir une hyène, annonça Thonolan, qui était de retour. J'ai l'impression que nous n'allons pas être les seuls à manger.

— La Mère n'aime pas le gaspillage, rappela Jondalar en levant ses deux bras couverts de sang jusqu'aux épaules. D'une façon ou d'une autre, tout retourne à la Terre. Donne-moi un coup de main, fit-il à l'adresse de son frère.

— Qu'allons-nous faire quand l'hiver arrivera ? demanda Jondalar en ajoutant un morceau de bois dans le feu.

Quelques étincelles jaillirent et disparurent aussitôt dans l'air nocturne.

— L'hiver est encore loin. Avant qu'il ne s'installe, nous aurons obligatoirement rencontré des gens.

— En rebroussant chemin maintenant, nous aurions toutes les chances d'en trouver. Au pire, nous pourrions toujours demander l'hospitalité aux Losadunaï... De ce côté-ci des montagnes, l'hiver risque d'être rude, continua Jondalar en jetant un coup d'œil à son frère. Il y a peu d'endroits où s'abriter et pas tellement d'arbres pour faire du feu. Peut-être aurions-nous dû essayer de trouver les S'Armunaï. Ils nous auraient expliqué ce qui nous attendait et nous auraient parlé des peuplades qui vivent par ici.

— Si tu veux, tu peux faire demi-tour, répondit Thonolan. Je comptais faire ce Voyage tout seul, de toute façon. Ce qui ne veut pas dire que je n'apprécie pas ta compagnie.

— Peut-être que ça vaudrait mieux en effet, reconnut Jondalar. Je ne m'étais pas rendu compte à quel point ce fleuve était long... Regarde-moi ça ! ajouta-t-il en montrant à son frère l'eau qui miroitait sous la lune. Je comprends pourquoi on l'appelle la Grande Rivière Mère. Je n'ai jamais vu un cours d'eau aussi capricieux. Au début, il coulait vers l'est. Maintenant, il se dirige vers le sud et il a tellement de bras que je me demande parfois si nous suivons toujours le bon. J'ai du mal à croire que tu veuilles aller jusqu'au bout... Quant aux hommes que nous risquons de rencontrer, qui te dit qu'ils vont nous faire bon accueil ?

— Si on savait d'avance ce qui nous attend, voyager ne présenterait plus aucun intérêt. Il faut prendre des risques, Grand Frère ! Mais comme je te l'ai dit, tu n'es pas obligé de m'accompagner.

Le regard fixé sur les flammes, Jondalar frappait en cadence le creux de sa main avec un petit morceau de bois. Soudain, il bondit sur ses pieds et jeta le bois dans le feu. Puis il s'approcha des cordes en fibres tressées tendues entre des piquets presque au ras du sol, sur lesquelles des morceaux de viande étaient en train de sécher.

— Je n'ai aucune raison de faire demi-tour, avoua-t-il. Mais si je continue à voyager, qu'est-ce qui m'attend ?

— Le prochain coude de la rivière, le prochain lever de soleil, la prochaine femme qui te tombera dans les bras.

— Est-ce tout ce que tu demandes à la vie ?

— Que lui demander de plus ? On naît, on vit le mieux qu'on peut tant qu'on est là et un beau jour on retourne vers la Mère.

— La vie ne peut pas se résumer à ça ! Elle doit avoir un sens...

— Réfléchis à la question et si tu trouves la réponse, dis-le-moi, proposa Thonolan en bâillant. Pour l'instant, il est temps d'aller dormir. Mais il faut que l'un de nous reste éveillé. Sinon, demain matin, la viande aura disparu.

— Va te coucher. Je reste près du feu. De toute façon, je ne pourrai pas m'endormir.

— Tu te fais trop de soucis, Jondalar. Réveille-moi quand tu seras fatigué.

Quand Thonolan sortit de la tente en se frottant les yeux, il faisait jour.

— Tu n'as pas dormi de la nuit ! s'étonna-t-il. Je t'avais pourtant dit de me réveiller.

— J'avais besoin de réfléchir, lui répondit son frère. J'ai fait une infusion de sauge. Sers-toi. Elle doit être encore chaude.

— Merci, dit Thonolan, en remplissant son bol en bois.

L'air matinal était encore frais et l'herbe humide de rosée. Thonolan, les reins couverts d'un pagne, s'accroupit près du feu. Tout en buvant son infusion, il regardait les oiseaux qui se précipitaient en gazouillant sur les rares buissons et les arbres le long du fleuve. Les grues qui nichaient dans l'île, au milieu du bras d'eau, avaient quitté l'abri des saules et elles prenaient, elles aussi, leur petit déjeuner, composé de poisson.

— As-tu fini par trouver ? demanda Thonolan.

— Trouver quoi ?

— Si, oui ou non, la vie a un sens ? Hier soir, quand je suis allé me coucher, tu étais en train d'y réfléchir. J'espère que tu as trouvé la réponse. A quoi bon, sinon, rester éveillé toute la nuit ? S'il y avait une femme, encore, je comprendrais... Peut-être qu'une des élues de Doni se cache derrière ces saules.

— Si c'était le cas, je ne te le dirais pas, répondit Jondalar avec un sourire contraint. (Puis il ajouta, en souriant franchement cette fois :) Inutile de faire des mauvaises plaisanteries pour me dérider, Petit Frère. J'ai bien l'intention de continuer à voyager avec toi, jusqu'à l'embouchure du fleuve s'il le faut. J'aimerais simplement savoir ce que nous ferons là-bas.

— Tout dépendra de ce que nous découvrirons. Pour l'instant, je ferais mieux d'aller me recoucher. Quand tu broies du noir, ta compagnie n'a rien d'agréable. Il n'empêche que je suis content que tu aies décidé de m'accompagner. J'ai fini par m'habituer à ta présence et même à tes mauvaises humeurs.

— En cas de danger, mieux vaut être deux.

— Du danger, je n'en vois pas beaucoup pour l'instant. Dommage ! Au moins on aurait de quoi s'occuper en attendant que cette viande ait fini de sécher.

— Il faudra compter quelques jours avant de pouvoir repartir, fit remarquer Jondalar. Mais puisque tu ne tiens pas en place, inutile que je te dise ce que j'ai vu...

— Vas-y ! De toute façon, tu finiras toujours par me le raconter.

— Il y a dans le fleuve un esturgeon tellement gros... commença Jondalar. Mais à quoi bon essayer de le pêcher ? Il faudrait attendre qu'il sèche et ça, tu...

— Gros comment ? coupa Thonolan en se levant aussitôt.

— Il est tellement gros que je ne suis pas sûr qu'à nous deux nous réussissions à le sortir de l'eau.

— Montre-le-moi.

— Pour qui me prends-tu ? Je ne suis pas la Grande Mère, moi ! Je ne peux pas demander aux poissons de sortir de l'eau sous tes yeux. (Comme Thonolan semblait déçu, il ajouta :) Suis-moi, je vais te montrer où je l'ai vu.

Les deux frères firent quelques pas le long de la rive et s'arrêtèrent près d'un arbre effondré dont une partie était à moitié immergée dans l'eau. Au moment où ils se penchaient pour regarder, une ombre impressionnante remonta sans bruit le courant puis s'immobilisa sous les branches de l'arbre, tout près du fond, ondulant légèrement à contre-courant.

— Ça doit être la grande mère de tous les poissons, murmura Thonolan.

— Crois-tu que nous arriverions à le sortir de l'eau ?

— Nous pouvons toujours essayer !

— Il y a de quoi nourrir toute une Caverne ! Qu'allons-nous en faire si nous l'attrapons ?

— C'est toi-même qui m'as dit que la Grande Mère n'aimait pas le gaspillage. Les hyènes et les gloutons se partageront les restes. Allons chercher nos sagaies, proposa Thonolan pressé de passer à l'action.

— Elles ne nous serviront à rien. Nous avons besoin d'une gaffe.

— Il faut du temps pour fabriquer une gaffe, intervint Thonolan, et cet esturgeon risque de ne plus être là quand nous aurons fini.

— Si tu utilises la sagaie, il va filer. Il nous faut une perche avec un croc. Nous n'aurons aucun mal à en fabriquer une. Regarde cet arbre là-bas. Il suffit de choisir une belle branche fourchue et de la couper au-dessous de la fourche. Nous n'aurons pas besoin de la consolider puisque nous ne nous en servirons qu'une fois. Quant au croc, continua Jondalar en accompagnant ses explications des gestes appropriés, nous n'avons qu'à raccourcir une des deux bifurcations de la fourche et la tailler en pointe...

— A quoi bon se donner tout ce mal si l'esturgeon n'est plus là ? l'interrompit Thonolan.

— Il est déjà venu deux fois à cet endroit — il doit aimer s'y reposer. Même s'il s'en va, je suis sûr qu'il reviendra.

— N'empêche... ça va nous prendre du temps.

— Au moins, ça nous occupera.

— D'accord ! Tu as gagné ! Occupons-nous de cette gaffe.

Les deux frères s'apprêtaient à rejoindre leur tente quand soudain ils s'immobilisèrent : un groupe d'hommes les entouraient et leur attitude était pour le moins hostile.

— D'où sortent-ils ? chuchota Thonolan.

— Ils ont dû apercevoir notre feu. A mon avis, ça fait un bon bout de temps qu'ils nous guettent. Avant de s'approcher, ils ont attendu que nous ne soyons plus sur nos gardes. Je te signale que nos sagaies sont restées dans la tente.

— Ils n'ont pas l'air très sociables. Aucun d'eux ne nous a salués. Que faisons-nous ?

— Fais-leur un grand sourire, le plus amical possible, et le geste de bienvenue, Petit Frère.

Thonolan s'obligea à sourire d'un air qu'il espérait engageant. Puis, levant les deux mains en signe de bienvenue, il se mit à avancer vers les inconnus.

— Je suis Thonolan des Zelan...

Il s'interrompit brusquement : un épieu venait de se ficher à ses pieds.

— Pas d'autres suggestions, Jondalar ?

— Je crois que nous n'avons pas le choix.

Un des inconnus prononça quelques mots dans une langue qu'ils ne connaissaient pas. Deux hommes se détachèrent aussitôt du groupe. Ils placèrent la pointe de leurs épieux dans le dos des deux frères pour les obliger à avancer.

— Inutile de faire le méchant, dit Thonolan à l'homme qui le poussait. C'est justement là que je comptais aller.

Les hommes les emmenèrent jusqu'au feu de camp et les firent asseoir sans ménagement. Le chef de la troupe donna un nouvel ordre. Ses hommes se faufilèrent à l'intérieur de la tente et sortirent tout ce qu'elle contenait. Ils se saisirent des sagaies et vidèrent le contenu des deux sacs sur le sol.

— De quel droit faites-vous ça ! cria Thonolan en essayant de se lever.

On le fit rasseoir de force et il sentit un filet de sang couler le long de son bras.

— Calme-toi, conseilla Jondalar. Ils ont l'air furieux. Ils ne semblent pas d'humeur à discuter.

— Est-ce que c'est une façon de traiter les Visiteurs ? Pourquoi ne respectent-ils pas le droit de passage de ceux qui voyagent ?

— Rappelle-toi ce que tu as dit, Thonolan.

— Qu'est-ce que j'ai dit ?

— Qu'il fallait prendre des risques. Que sans risques, voyager ne présentait aucun intérêt.

— Merci, répondit Thonolan en jetant un coup d'œil à la longue estafilade qu'il portait sur le bras. Un peu plus, et je l'oubliais.

Un nouvel ordre fusa. Les deux frères se retrouvèrent debout. Thonolan, qui ne portait qu'un pagne, eut droit à une inspection rapide. En revanche, ils fouillèrent Jondalar. Un des hommes lui retira son couteau en silex. Puis il voulut prendre la sacoche attachée à sa ceinture. Jondalar avança la main pour l'en empêcher. Aussitôt après, il ressentit une vive douleur derrière la tête et s'effondra sur le sol.

Quand il ouvrit les yeux, il avait les mains attachées dans le dos. Thonolan était penché sur lui et le regardait d'un air inquiet.

— C'est toi qui l'as dit, lui rappela-t-il.

— Qu'est-ce que j'ai dit ?

— Qu'ils ne semblent pas d'humeur à discuter.

— Merci, répondit Jondalar en remuant avec précaution sa tête douloureuse. (Puis il ajouta :) Un peu plus, et je l'oubliais.

— Que vont-ils faire de nous ? demanda Thonolan avec inquiétude.

— S'ils voulaient nous tuer, ça serait déjà fait.

— Peut-être nous réservent-ils un traitement spécial...

— Nous verrons bien.

Allongés sur le sol, les mains ligotées, les deux frères ne pouvaient qu'attendre la suite des événements. Les étrangers s'activaient dans leur camp et bientôt ils sentirent une odeur de viande grillée qui leur fit venir l'eau à la bouche. La chaleur accompagnait la course du soleil et la soif commença à les tarauder. En fin d'après-midi, Jondalar, qui n'avait pas dormi de la nuit et souffrait toujours de la tête, ferma les yeux et finit par s'endormir. Il fut réveillé par une agitation intense et des cris. Quelqu'un venait d'arriver.

On les remit debout et ils aperçurent alors les nouveaux venus : un homme robuste s'avançait vers eux, portant sur son dos une vieille femme toute ratatinée. Le destrier humain s'arrêta et se mit à quatre pattes. Un homme s'approcha avec respect de la vieille femme et l'aida à descendre de sa monture.

— Ce doit être un personnage important, chuchota Jondalar.

Un coup de poing dans les côtes lui rappela que le silence était de mise.

S'appuyant sur un bâton de commandement dont l'extrémité supérieure était sculptée, la femme vint vers eux. Jamais encore Jondalar n'avait vu une femme aussi vieille. Voûtée par l'âge, elle n'était pas plus grande qu'une gamine. Ses cheveux blancs étaient si fins qu'ils laissaient voir la peau de son crâne et son visage si ridé qu'il n'avait plus rien d'humain. Son regard, par contre, n'avait rien de sénile : ses yeux, au lieu d'être éteints et chassieux, brillaient d'intelligence. Une autorité indéniable émanait de toute sa personne et Jondalar se dit, avec quelque crainte, que l'événement devait être important puisqu'elle s'était déplacée.

Elle s'adressa au chef de la troupe d'une voix chevrotante mais encore étonnamment puissante. Ce dernier répondit en lui montrant Jondalar. Elle se tourna alors vers lui pour lui adresser ce qui semblait être une question.

— Je suis désolé, répondit-il, je ne comprends pas.

La femme recommença à parler et, se frappant la poitrine de son poing noueux, elle répéta à plusieurs reprises un mot qui semblait être : « Haduma ». Puis elle pointa son index en direction de Jondalar.

— Je m'appelle Jondalar des Zelandonii, fit-il à tout hasard.

Elle dressa l'oreille comme si elle venait d'entendre un son familier et répéta à voix lente :

— Zel-an-don-yee.

Jondalar hocha la tête et se passa nerveusement la langue sur les lèvres.

Pendant un court instant, la femme l'observa en réfléchissant, puis elle lança un ordre bref et, lui tournant le dos, se dirigea vers le feu. Un des hommes sortit alors un couteau. Les deux frères se regardèrent : ils éprouvaient tous les deux les mêmes craintes. S'armant de courage, Jondalar adressa une prière silencieuse à la Grande Terre Mère et ferma les yeux.

Il les rouvrit presque aussitôt en sentant qu'on le débarrassait de ses liens. Un homme s'approchait d'eux portant une outre pleine d'eau. Jondalar but une longue gorgée et passa l'outre à son frère qui avait maintenant lui aussi les mains libres. Il voulut parler puis, se souvenant du coup qu'il avait reçu dans les côtes, se dit qu'il était plus sage de garder le silence.

Toujours sous bonne escorte, ils furent conduits près du feu. L'homme qui, un peu plus tôt, transportait la vieille femme sur son dos, alla chercher une bûche, étendit une fourrure par-dessus et s'immobilisa, la main droite sur le manche de son couteau. La vieille femme s'installa sur la bûche et les deux frères s'assirent en tailleur en face d'elle, en prenant bien garde à ne faire aucun mouvement qui puisse être interprété comme une menace dirigée contre la vieille femme. Il était clair qu'au moindre geste inconsidéré, les hommes n'hésiteraient pas à faire usage de leurs lances.

Les yeux de la vieille femme se posèrent à nouveau sur Jondalar. Elle ne disait rien. Il soutint son regard mais, comme son silence se prolongeait, il finit par se sentir mal à l'aise. Soudain, les yeux brillant de colère, elle se mit à déverser un flot de mots — incompréhensibles mais disant clairement sa fureur — et, après avoir fouillé dans un des replis de son vêtement, brandit la donii de Jondalar, cette petite statuette en pierre qui représentait la Mère. L'homme qui surveillait de près Jondalar tressaillit fortement, comme si la vue de cette statuette l'offusquait.

La vieille femme termina sa tirade et, levant le bras d'une manière dramatique, jeta la statuette sur le sol. Fou de rage, Jondalar bondit en avant pour la saisir. Insensible à la sagaie pointée dans son dos, il récupéra la statuette et la cacha à l'intérieur de ses deux mains.

La vieille femme lança un ordre bref. L'homme retira sa sagaie. Jondalar fut surpris de voir qu'elle souriait et qu'une lueur d'amusement dansait au fond de ses prunelles.

Quittant le tronc sur lequel elle était installée, la femme s'approcha de lui. Debout, elle n'était pas plus grande que lui assis. Elle le regarda longuement dans les yeux, puis recula un peu pour l'examiner sous toutes les coutures. Après avoir tâté les muscles de ses bras et évalué sa largeur d'épaules, d'un geste elle lui fit comprendre qu'il devait se mettre debout. Jondalar obéit. Elle renversa sa tête en arrière et le regarda de bas en haut puis vérifia que les muscles de ses jambes valaient ses biceps. Jondalar avait l'impression d'être jaugé comme une marchandise de prix et il rougit soudain en réalisant qu'il était en train de se demander si cet examen serait à son avantage.

Thonolan fut invité à se mettre debout. Après lui avoir jeté un bref coup d'œil dans le but de le comparer à son frère, la vieille femme reporta son attention sur Jondalar. Quand elle lui fit signe d'ouvrir son pantalon, il rougit à nouveau, hocha la tête en signe de refus et lança un regard noir à son frère qui souriait d'un air moqueur. Sur l'ordre de la femme, un des hommes le ceintura et un autre, visiblement embarrassé, se pencha pour défaire le rabat de son pantalon.

D'un mouvement brusque, Jondalar desserra l'étreinte et montra à la vieille femme ce qu'elle désirait voir. Il tourna la tête et lança un regard farouche à Thonolan qui se mordait les lèvres dans le vain espoir de réprimer son fou rire. La tête légèrement penchée sur le côté, la vieille femme examina son sexe, puis elle le toucha.

De rouge Jondalar devint écarlate quand il s'aperçut qu'il était en érection. La femme gloussa, les hommes eurent un sourire en coin, mais l'assistance semblait néanmoins saisie d'une crainte respectueuse. Plié en deux, Thonolan riait sans retenue. Jondalar s'empressa de refermer son pantalon. Il était furieux et avait l'impression de passer pour un imbécile.

— Pour réussir à bander devant cette vieille sorcière, il faut vraiment que tu aies besoin d'une femme, Grand Frère, lança Thonolan entre deux hoquets.

— J'espère que la prochaine fois, ce sera ton tour, rétorqua Jondalar dans l'espoir de le faire taire.

La vieille femme fit signe à l'homme qui les avait arrêtés et se mit à parler avec lui. La discussion semblait animée. A plusieurs reprises, Jondalar entendit la femme prononcer le mot « Zelandonyee » et, à chaque fois, l'homme lui montrait la viande qui était en train de sécher à côté du feu. Finalement, elle lança un ordre impérieux. Après avoir jeté un coup d'œil à Jondalar, l'homme fit signe à un adolescent et lui dit quelques mots. Ce dernier quitta le camp à toute vitesse.

Les deux frères furent ramenés près de leur tente et on leur remit leurs sacs, sans pour autant leur rendre leurs sagaies et leurs couteaux. Debout à quelque distance, un homme armé les surveillait. On leur apporta à manger et quand ils eurent terminé leur repas, ils se faufilèrent à l'intérieur de la tente. Thonolan n'avait nulle envie de dormir. Il dut pourtant s'y résoudre car Jondalar n'était pas d'humeur à discuter avec quelqu'un qui éclatait de rire chaque fois qu'il le regardait.

Lorsqu'ils se réveillèrent, le camp semblait en pleine effervescence. Au milieu de la matinée, des cris de bienvenue saluèrent l'arrivée d'un important groupe de gens. Ils se mirent aussitôt à dresser leurs tentes, et le camp des deux frères, réduit à sa plus simple expression la veille encore, finit par prendre des allures de Grande Réunion d'Été. Ils assistèrent avec intérêt au montage d'une grande tente de forme circulaire dont les parois verticales étaient en peau et qui était surmontée par un toit en dôme couvert de chaume. Les différentes parties étant préassemblées, le montage eut lieu dans un temps record.

Tout le temps que dura la préparation du repas, il y eut une accalmie. Puis, en début d'après-midi, la foule commença à se rassembler autour de la grande tente. La bûche qui servait de siège à la vieille femme fut placée devant l'entrée de la tente et à nouveau couverte avec la fourrure. Dès que l'aïeule apparut, la foule fit silence et forma un cercle autour d'elle, mais à distance respectable. Elle appela aussitôt un homme en lui montrant Thonolan et Jondalar.

— A mon avis, elle veut que tu recommences à lui montrer à quel point tu la désires, dit Thonolan en souriant malicieusement.

— Plutôt mourir ! s'écria Jondalar.

— Tu veux dire que tu n'as pas l'intention de te taper cette beauté ? demanda Thonolan, feignant d'être surpris. A te voir hier, j'aurais plutôt pensé le contraire...

Comme il se remettait à rire, Jondalar lui tourna carrément le dos.

Les deux frères furent conduits devant la vieille femme, qui les invita à s'asseoir en face d'elle.

— Zel-an-don-yee ? demanda-t-elle en regardant Jondalar.

— Oui, répondit-il. Je m'appelle Jondalar des Zelandonii.

La femme tapota le bras du vieil homme assis à côté d'elle.

— Je... Tamen... dit-il avant de prononcer quelques mots incompréhensibles pour Jondalar. Hadumaï... reprit-il. Tamen... longtemps... (encore un mot incompréhensible) ouest... Zelandonii.

Jondalar avait saisi au vol les quelques mots prononcés dans sa langue.

— Tu t'appelles Tamen, commença-t-il. Tu fais partie des Hadumaï. Tu as fait il y a longtemps un Voyage vers l'ouest. Tu as rencontré les Zelandonii ! s'écria-t-il, tout fier d'avoir réussi à décrypter le message du vieil homme. Parles-tu zelandonii ?

— Voyage, oui, répondit le vieil homme. Pas parler... Trop longtemps...

Il s'interrompit pour écouter ce que la vieille femme avait à lui dire, puis se tourna à nouveau vers les deux frères.

— Haduma, dit-il en désignant du doigt la femme assise à côté de lui. Mère, ajouta-t-il en montrant d'un large geste la foule qui les entourait.

— Tu veux dire qu'Haduma fait partie de Ceux Qui Servent La Mère ? demanda Jondalar.

L'homme hocha la tête en signe de dénégation. Il réfléchit un court instant, puis fit signe à quelques personnes de s'approcher et les disposa en ligne à côté de lui.

— Haduma... Mère... Mère... Mère... dit-il en montrant du doigt la vieille femme, puis lui-même, puis chacun de ceux qui étaient alignés.

Jondalar observa avec attention le groupe qui se trouvait en face de lui. Bien que vieux, Tamen était moins âgé qu'Haduma. L'homme à droite était d'âge mûr. Ensuite venait une jeune femme qui tenait par la main un enfant en bas âge. Et soudain, il comprit.

— Il y a là cinq générations ! s'écria-t-il en écartant les cinq doigts de sa main. Cet enfant est son arrière-arrière-petit-fils...

— Cinq... générations... répéta Tamen.

— Grande Doni ! s'exclama Jondalar. (Il se tourna vers son frère.) Imagine l'âge qu'elle doit avoir !

— Haduma... Enfants... reprit Tamen en montrant son ventre.

Puis il se mit à tracer des marques dans la poussière.

— Un, deux, trois... compta Jondalar au fur et à mesure. Seize ! s'écria-t-il quand le vieil homme eut terminé. Haduma a donné naissance à seize enfants ?

Tamen acquiesça. Puis montrant les marques au sol, il reprit :

— Beaucoup fils... Beaucoup filles... Vivants... Tous vivants... Six Cavernes... Hadumaï.

— Je comprends mieux leur attitude d'hier, intervint Thonolan. Si nous avions eu le malheur de la regarder de travers, ils nous auraient tués sur-le-champ. Elle est leur mère à tous : la Première Mère des Hadumaï. Et toujours vivante...

Jondalar était aussi impressionné que Thonolan mais il y avait malgré tout quelque chose qui lui échappait.

— Je suis honoré d'avoir fait la connaissance d'Haduma, dit-il à Tamen. Mais il y a quelque chose que je ne comprends pas. Pourquoi nous avoir faits prisonniers ?

Tamen montra du doigt la viande en train de sécher au-dessus du feu, puis le jeune chef qui les avait capturés.

— Jeren chasser... dit-il. Faire...

Il s'interrompit soudain pour dessiner sur le sol un cercle incomplet qui s'ouvrait en V vers l'extérieur.

— Hommes zelandonii faire... faire fuir... (A nouveau il s'interrompit, réfléchit un long moment, puis ajouta tout fier de lui :) Faire fuir cheval.

— Ça y est, j'ai compris ! s'écria Thonolan. Ils avaient dû construire un piège circulaire et ils attendaient que les chevaux s'en approchent. En tuant cette jument, nous avons fait fuir toute la horde.

— Je comprends que Jeren et ses hommes aient été furieux, dit Jondalar en s'adressant à Tamen. Mais nous ne savions pas que nous étions sur votre territoire de chasse. Nous allons chasser pendant quelques jours et vous restituer ce que vous avez perdu à cause de nous. Il n'empêche que ce n'est pas une façon de traiter les Visiteurs. Jeren ne sait-il pas qu'il y a un droit de passage pour ceux qui font le Voyage ?

Le vieil homme n'avait pas dû comprendre tous les mots employés par Jondalar, mais il avait saisi le sens général.

— Pas beaucoup Visiteurs... Pas voyager ouest depuis longtemps... Coutumes oubliées.

— Il faudra les lui rappeler, dit Jondalar. Jeren est jeune. Un jour peut-être, lui aussi, il voudra faire le Voyage.

Jondalar n'avait toujours pas digéré la manière dont ils avaient été traités. Mais il jugea plus sage d'arrêter là la discussion. Pour l'instant, il désirait savoir ce que les Hadumaï leur voulaient et le moment semblait mal choisi pour les offenser.

— Pourquoi Haduma s'est-elle déplacée ? demanda-t-il à Tamen. Comment avez-vous pu accepter qu'elle fasse un aussi long parcours à son âge ?

— Pas le choix, répondit Tamen en souriant. Haduma a décidé... Jeren... trouver dumai... Mauvais sort ?

Jondalar hocha la tête pour indiquer que le mot employé par Tamen était correct. Pour le reste, il n'y comprenait rien.

— Jeren donner dumai... continua Tamen. Homme courir... Demander Haduma chasser mauvais sort... Haduma venir.

— Dumai ? Dumai ? répéta Jondalar. Tu veux dire ma donii ? demanda-t-il en sortant la statuette de sa bourse.

Les gens qui se trouvaient autour de lui reculèrent et un murmure de colère s'éleva de la foule. Haduma leur dit quelques mots et aussitôt ils se calmèrent.

— Mais cette donii est un porte-bonheur ! protesta Jondalar.

— Porte-bonheur... femme, oui. Homme... continua Tamen en essayant de retrouver le mot dans sa mémoire... sacrilège, conclut-il.

— Si ma donii est un porte-bonheur pour les femmes, pourquoi Haduma l'a-t-elle jetée ? demanda Jondalar en levant le bras comme s'il allait lui aussi jeter la statuette sur le sol.

En voyant son geste, Haduma se pencha vers Tamen et lui dit quelques mots.

— Haduma... vivre très longtemps, tenta d'expliquer Tamen. Beaucoup de chance... Grande magie... Haduma dire coutumes zelandonii... pas pareilles coutumes hadumaï. Haduma demander homme zelandonii pas content ?

Jondalar hocha la tête.

— A mon avis, elle a voulu te mettre à l'épreuve, intervint Thonolan.

Elle savait que nos coutumes n'étaient pas les mêmes que les leurs et elle se demandait comment tu réagirais en voyant qu'elle déshonorait...

— Déshonorer, oui, coupa Tamen, saisissant le mot au vol. Haduma... voulait savoir.

— Cette donii est très ancienne, protesta aussitôt Jondalar. C'est ma mère qui me l'a donnée. Elle a été transmise de génération en génération.

— Oui, oui, convint Tamen. Haduma savoir... Très sage... Vivre très longtemps... Grande magie... Chasser le mauvais sort. Haduma savoir homme zelandonii bon... Haduma vouloir... homme zelandonii honore la Mère, conclut-il.

Thonolan commença à s'esclaffer. Jondalar, lui, était au supplice.

— Haduma vouloir yeux bleus, expliqua Tamen en montrant du doigt les yeux de Jondalar. Homme zelandonii honorer la Mère. Esprit zelandonii faire enfants avec des yeux bleus.

— Tu viens encore de séduire ! s'écria Thonolan. Et toujours à cause de ces fameux yeux bleus ! Elle est amoureuse ! continua-t-il. (Il avait une folle envie de rire et essayait de se retenir pour ne pas offenser les deux vieillards assis en face d'eux.) Eh bien ! Rien que pour raconter ça, j'aimerais que nous soyons déjà rentrés chez nous. Jondalar, l'homme que toutes les femmes désirent ! Es-tu toujours décidé à faire demi-tour ? Parce que, dans ce cas, je rentre avec toi...

Incapable de continuer, il éclata de rire.

— Je... heu... commença Jondalar en se raclant la gorge. Est-ce qu'Haduma pense que la Grande Mère... heu... peut encore... la bénir avec un enfant ? réussit-il à demander.

Tamen regarda Jondalar d'un air perplexe. Puis il jeta un coup d'œil à Thonolan qui, plié en deux, continuait à rire. Un grand sourire illumina son visage. Il parla à la femme assise à côté de lui, suffisamment fort pour être entendu de tous. Aussitôt, un énorme éclat de rire secoua la foule. Et Haduma riait au moins aussi fort que les autres. Seul Jondalar restait insensible à la folle gaieté qui régnait autour de lui.

— Non, non, homme zelandonii, dit Tamen dès qu'il eut retrouvé son sérieux. Noria, appela-t-il en faisant signe à quelqu'un d'approcher.

Une jeune fille se détacha du groupe et vint se placer en face de Jondalar, un timide sourire aux lèvres. Ce n'était plus une enfant mais elle était tout juste nubile.

— Noria, cinquième génération, précisa Tamen en montrant les cinq doigts de sa main droite. Noria avoir enfant... sixième génération. (Il leva un autre doigt.) Homme zelandonii honorer la Mère. Premiers Rites, dit-il, tout fier de se souvenir de ces deux mots.

Jondalar se sentait mieux. Il avait à nouveau le visage détendu et un léger sourire aux lèvres.

— Haduma bénir, expliqua Tamen. Esprit faire enfant Noria avec yeux zelandonii.

Jondalar se mit à rire. Puis il se tourna vers son frère qui, lui, ne riait plus.

— Toujours aussi pressé de rentrer pour raconter à tout le monde avec quelle vieille sorcière j'ai couché ? demanda-t-il. (Puis il ajouta à l'intention de Tamen :) Dis à Haduma que ce sera un plaisir pour moi d'honorer la Mère et de partager les Premiers Rites de Noria.

Il adressa un grand sourire à la jeune fille qui le regarda timidement. Incapable de résister au charme de ses grands yeux bleus, elle finit par lui rendre son sourire.

Après avoir écouté ce que lui disait Tamen, Haduma hocha la tête et fit signe aux deux frères de se lever. Elle examina une dernière fois Jondalar, plongea son regard dans le sien, gloussa et, lui tournant le dos, pénétra à l'intérieur de la grande tente circulaire. La foule se dispersa. Tout le monde discutait de la méprise dont Jondalar avait été victime et nombreux étaient ceux qui en riaient encore.

Plutôt que de regagner leur tente, Jondalar et Thonolan continuèrent à discuter avec Tamen.

— Quand as-tu rendu visite aux Zelandonii ? demanda Thonolan. Te souviens-tu de quelle Caverne il s'agissait ?

— Très longtemps, répondit le vieil homme. Tamen, homme jeune. Comme homme zelandonii.

— Tamen, intervint Jondalar, cet homme s'appelle Thonolan. C'est mon frère. Et moi, je m'appelle Jondalar des Zelandonii.

— Bienvenue, Jondalar, répondit Tamen en souriant. Bienvenue, Thonolan. Moi, Tamen, troisième génération des Hadumais.

— Troisième génération ? s'étonna Jondalar. Je pensais que tu étais le fils d'Haduma.

— Tamen n'est pas le fils d'Haduma, corrigea l'intéressé. Haduma avoir une fille... première fille...

— Sa fille aînée, corrigea Jondalar.

— Fille aînée, répéta Tamen. Fille aînée avoir fils aîné. Fils aîné : Tamen, expliqua-t-il en pointant son index vers sa propre poitrine. Compagne de Tamen... (Il attendit de voir la réaction de Jondalar avant de continuer. Celui-ci hocha la tête pour montrer qu'il avait compris.)... mère de la mère de Noria.

— Je crois que je m'y retrouve, dit Jondalar. Tu es le fils aîné de la fille aînée d'Haduma et ta compagne est la grand-mère de Noria.

— Grand-mère, oui. Noria faire... grand honneur à Tamen. Sixième génération !

— C'est aussi un grand honneur pour moi d'avoir été choisi pour les Premiers Rites.

— Noria avoir bébé avec yeux zelandonii. Haduma très heureuse. Haduma dit grand homme zelandonii... posséder esprit puissant... faire forts Hadumaï.

— Il se peut que Noria n'ait pas d'enfant de mon esprit, crut bon de rappeler Jondalar.

— Si Haduma bénit, Noria avoir enfant, expliqua Tamen en souriant. Grande magie. Femme n'a pas d'enfant, Haduma...

Incapable de trouver le mot, Tamen montra du doigt l'aine de Jondalar.

— ... touche, dit Jondalar, finissant la phrase à sa place.

L'humiliation éprouvée la veille était encore si cuisante qu'il rougit à nouveau.

— Haduma toucher, femme avoir des enfants. Femme pas de... lait. Haduma toucher, femme avoir du lait. Haduma faire grand honneur à Jondalar. Beaucoup d'hommes vouloir cet honneur. Très virils après, précisa-t-il avec un sourire. Beaucoup de femmes. Très souvent, Haduma, grande magie. (Il se tut un court instant et, sans sourire cette fois, ajouta :) Pas mettre Haduma... en colère. Magie terrible quand Haduma en colère.

— Et moi qui ai osé rire ! s'écria Thonolan. Crois-tu qu'elle accepterait de me toucher, moi aussi ?

— Tu n'as nullement besoin qu'Haduma te touche, Petit Frère. Le regard d'invite de n'importe quelle jolie femme te fera exactement le même effet.

— Toi non plus tu n'en avais pas besoin. Qui est-ce qui va partager les Premiers Rites ? Certainement pas ton jeune frère qui a eu le malheur de naître avec des yeux gris...

— Comme je te plains ! Dire qu'il y a tellement de femmes dans ce camp et que tu vas malgré tout passer la nuit tout seul. Ce sera bien la première fois de ta vie.

Ils rirent tous deux de bon cœur. Et Tamen, qui avait compris de quoi il était question, se mit à rire, lui aussi.

— Peut-être faudrait-il que tu m'expliques quelles sont vos coutumes pour les Premiers Rites, proposa Jondalar dès qu'il eut retrouvé son sérieux.

— Avant que vous parliez de ça, intervint Thonolan, j'aimerais que Tamen donne des ordres pour qu'on nous rende nos couteaux et nos armes. Je crois que j'ai une idée, expliqua-t-il au vieil homme. Pendant que mon frère s'occupera de séduire cette jeune beauté, moi, je vais me débrouiller pour me réconcilier avec le jeune chasseur.

— Comment t'y prendras-tu ? demanda Jondalar.

— Je vais lui montrer la grande mère de tous les poissons, expliqua Thonolan.

Tamen n'avait rien compris. Il haussa les épaules en mettant ça sur le compte de la langue.

Le soir même et pendant toute la journée du lendemain, les deux frères eurent à peine le temps de se voir car Jondalar devait accomplir les rites de purification. Même quand Tamen était présent, sa méconnaissance de la langue hadumaï constituait un terrible handicap. Et, quand il se retrouvait tout seul avec les vieilles femmes renfrognées, il avait bien envie de tout planter là. Heureusement, Haduma venait souvent le voir. En sa présence il se sentait plus détendu car elle faisait tout son possible pour aplanir les difficultés.

Ses désirs étaient des ordres et personne n'osait lui refuser quoi que ce soit. Elle était crainte et respectée à la fois. L'aura magique qui l'entourait venait surtout du fait qu'elle avait conservé toutes ses facultés mentales malgré son grand âge. Elle avait d'ailleurs le don d'intervenir chaque fois que Jondalar était en difficulté. A un moment donné, alors qu'il était certain d'avoir transgressé un tabou sans le vouloir, les yeux brillants de colère, elle brandit son bâton et se mit à rosser les vieilles femmes qui se trouvaient là. Maintenant qu'elle avait décidé que la sixième génération hériterait des yeux bleus de Jondalar, il n'était pas question qu'elle s'en prenne à lui.

En fin de journée, quand les rites purificatoires furent terminés, on le conduisit vers la grande tente circulaire. Dès qu'il eut pénétré à l'intérieur, il s'immobilisa pour regarder autour de lui. La tente était divisée en deux parties. Celle où il se trouvait, bien plus grande que l'autre, était éclairée par deux lampes en pierre, remplies de graisse et dans lesquelles brûlaient des mèches de mousse sèche. Le sol était recouvert de fourrures et les murs décorés de tentures formées de bandes d'écorce entrelacées. Derrière l'estrade couverte de fourrures était suspendue la peau d'un cheval blanc, décorée de têtes rouges de jeunes pics épeiches. Noria était assise tout au bord de l'estrade et elle semblait perdue dans la contemplation de ses deux mains posées sur ses genoux.

Des peaux suspendues et couvertes de signes ésotériques servaient de cloison entre les deux parties. L'une de ces peaux, découpée en fines lanières, formait une sorte de rideau. Quand Jondalar regarda de ce côté, il aperçut une main qui écartait les bandes de cuir et reconnut aussitôt les yeux brillants d'intelligence d'Haduma. Il poussa un soupir de soulagement. Lors des Premiers Rites, il y avait toujours au moins une gardienne pour veiller à ce que la transformation de la jeune fille en femme soit menée jusqu'à son terme et sans brutalité. Comme il était un étranger, il avait craint qu'on ne lui délègue un important groupe de gardiennes qui, ensuite, n'hésiteraient pas à le critiquer. Maintenant qu'il avait reconnu Haduma, il n'éprouvait plus aucune inquiétude. Il se demanda s'il devait la saluer ou faire comme s'il ne l'avait pas vue. Avant qu'il ne prenne une décision, les lanières en cuir retombèrent et le visage de la vieille femme disparut.

Levant les yeux, Noria l'aperçut et aussitôt elle se mit debout. Jondalar s'avança vers elle en souriant. Elle n'était pas très grande et ses longs cheveux châtain clair lui encadraient le visage. Elle était pieds nus et portait une jupe en fibre végétale, serrée à la taille, et dont les bandes de couleurs descendaient au-dessous de ses genoux. Son buste était couvert d'une chemise en daim souple ornée de plumes ébarbées et teintes, fermée de haut en bas par des lacets en cuir et suffisamment ajustée pour mettre en valeur sa poitrine.

Quand Jondalar s'approcha, elle tenta vainement de lui sourire et lui lança un regard effrayé. Il alla s'asseoir sur l'estrade en prenant bien garde à ne faire aucun mouvement brusque. Noria se détendit un peu et finit par s'asseoir à côté de lui, pas assez près malgré tout pour que leurs genoux se touchent.

Si nous parlions la même langue, ce serait plus facile, songea-t-il. Elle a peur de moi. Et c'est normal : non seulement elle ne me connaît pas, mais je suis un étranger.

Il avait soudain envie de la protéger et commençait à la trouver attirante.

Il aperçut sur un socle tout proche un récipient en bois et deux bols, et voulut se lever pour aller se servir. Mais Noria le devança et remplit un des bols. Il toucha la main qui lui tendait le liquide ambré. Elle sursauta, voulut retirer sa main et finalement la laissa. Jondalar la lui pressa tendrement, puis il prit son bol et en but une gorgée. C'était une boisson fermentée au goût doux-amer, plutôt agréable. Craignant qu'elle lui tourne la tête, il préféra ne pas en abuser.

— Merci, Noria, dit-il.

— Jondalar ? demanda-t-elle en levant les yeux vers lui.

Noria avait les yeux clairs mais les lampes n'éclairaient pas assez pour qu'il puisse dire s'ils étaient bleus ou gris.

— Oui, répondit-il aussitôt. Jondalar des Zelandonii.

— Jondalar... homme zelandonyee.

— Noria, femme hadumaï.

— Fem-me ?

— Femme, répéta Jondalar en touchant sa jeune et ferme poitrine.

Noria fit un bond en arrière.

Jondalar délaça la lanière qui fermait sa tunique et montra le haut de sa poitrine couvert de poils blonds.

— Pas femme, expliqua-t-il. Homme.

Noria eut un petit rire.

— Noria, femme, reprit Jondalar en lui touchant à nouveau la poitrine.

Elle ne recula pas et sourit d'un air plus détendu.

— Noria, femme, répéta-t-elle. (Puis avec un regard malicieux, elle montra l'aine de Jondalar et ajouta :) Jondalar, homme.

A nouveau, elle eut l'air effrayée comme si elle craignait d'être allée trop loin et se précipita pour remplir le bol de Jondalar.

Quand elle le lui tendit, ses mains tremblaient un peu. Il but quelques gorgées puis l'invita à boire à son tour. D'un signe de tête elle accepta, Jondalar approcha le bol de ses lèvres et elle referma ses mains sur les siennes pour faire couler la boisson entre ses lèvres. Il posa ensuite le bol sur le sol, s'empressa de lui reprendre les mains et embrassa l'intérieur de ses paumes. Elle parut surprise mais ne se recula pas. Il se pencha alors vers elle et l'embrassa dans le cou. Noria le laissa faire : elle était encore tendue mais éprouvait aussi de la curiosité et se demandait ce qui allait suivre.

Jondalar en profita pour emprisonner un de ses seins et il l'embrassa à nouveau dans le cou. Puis il remonta le long de sa gorge, mordilla une de ses oreilles et trouva sa bouche. Il glissa sa langue entre ses deux lèvres et tout doucement les entrouvrit.

Quand il se recula, Noria avait les yeux fermés, la bouche ouverte et elle respirait plus vite. A nouveau il l'embrassa et commença à délacer la lanière qui fermait sa chemise. Elle se raidit aussitôt. Jondalar la regarda, sourit et, sans se presser, continua à délacer sa chemise. Noria ne bougeait pas et le regardait, fascinée, tandis qu'il retirait jusqu'au dernier lacet.

Son corsage s'ouvrit, dévoilant sa jeune poitrine : deux globes fermes aux aréoles gonflées. Le sexe soudain durci, Jondalar repoussa son corsage et lui embrassa les épaules à pleine bouche. Puis il posa ses lèvres sur l'un de ses seins et, après en avoir fait doucement le tour, emprisonna l'extrémité du mamelon. Noria se mit à gémir. Lui reprenant la bouche, il la poussa avec douceur en arrière jusqu'à ce qu'elle s'allonge sur l'estrade.

Nichée dans la fourrure, Noria ouvrit les yeux et dévisagea l'homme penché au-dessus d'elle. Ses pupilles étaient dilatées et ses yeux lumineux. Ceux de Jondalar étaient maintenant d'un bleu profond et si attirants qu'elle ne pouvait en détacher son regard.

— Jondalar, homme, Noria, femme, dit-elle.

Il répéta la phrase à son tour et se débarrassa de sa tunique. Penché sur elle, il recommença à la caresser et quand à nouveau elle gémit, sa propre respiration s'accéléra.

Cela fait si longtemps que je ne me suis pas trouvé avec une femme, se dit-il, tenaillé par le désir de la prendre sur-le-champ. Un peu de patience ! s'intima-t-il. Il ne faut pas l'effrayer. Pour elle, c'est la première fois. Tu as toute la nuit devant toi. Attends qu'elle soit prête, elle aussi.

Il se redressa et effleura du bout des doigts la peau nue de la jeune femme en dessous de ses seins. Il descendit jusqu'à sa taille et défit la lanière en cuir qui retenait sa jupe. Noria tressaillit. Jondalar s'immobilisa un court instant. Quand il sentit qu'elle était à nouveau détendue, il glissa sa main à l'intérieur de la jupe, effleura au passage la douce toison de son pubis, et comme elle le laissait faire, il laissa sa main descendre un peu plus bas.

Ne voulant pas l'effaroucher, il retira sa main presque aussitôt et fit glisser sa jupe le long de ses hanches. Il laissa tomber la jupe sur le sol et contempla les douces courbes de son corps éclatant de jeunesse. Il défit la ceinture de son pantalon et quand il se retrouva nu devant elle, Noria sursauta et un éclair de crainte passa à nouveau dans ses yeux.

Elle avait déjà eu maintes fois l'occasion d'écouter les femmes qui parlaient des Rites des Premiers Plaisirs. On lui avait expliqué que, même si ce n'était pas toujours agréable, les femmes devaient faire en sorte que les hommes prennent du plaisir avec elles car c'était là le seul moyen qu'elles aient de se les attacher. Quand leurs désirs étaient assouvis, les hommes allaient chasser, ils rapportaient de la nourriture et des peaux pour faire des vêtements. Les femmes pouvaient alors mettre au monde des enfants et les allaiter sans inquiétude. Celles qui avaient parlé à Noria des Premiers Rites ne lui avaient pas caché que c'était toujours douloureux pour la femme. Et la jeune fille se demandait avec inquiétude comment elle pourrait accueillir le sexe énorme qu'elle avait maintenant sous les yeux.

Jondalar n'était pas étonné par sa réaction. Il savait que c'était l'instant critique. Pour qu'une femme s'éveille aux Plaisirs du Don de la Mère, il fallait faire preuve de délicatesse et de doigté. Peut-être un jour pourrai-je donner du plaisir à une femme pour la première fois sans craindre de lui faire mal, songea-t-il. Malheureusement, ce rêve était irréalisable : pour la femme, les Rites des Premiers Plaisirs ne pouvaient être que douloureux.

Jondalar s'assit à côté de Noria. Il lui prit tendrement la main et la posa sur son sexe. La jeune fille le laissa faire. Quand le sexe de Jondalar, doux et chaud et comme animé d'une vie propre, remua entre ses doigts, elle éprouva une sensation de picotement agréable à l'intérieur des cuisses. Elle essaya de sourire, mais la crainte assombrissait encore ses yeux.

Il s'allongea à côté d'elle et l'embrassa. Noria plongea son regard dans le sien. Elle y lut sa tendresse, son désir — mais aussi une force irrésistible. Fascinée, submergée, anéantie par le bleu insondable de ses yeux, elle éprouva à nouveau la même sensation agréable. Elle le désirait. Elle avait peur d'avoir mal, mais elle le désirait. Elle ferma les yeux, ouvrit la bouche et se pressa contre lui.

Jondalar l'embrassa et, quand elle eut exploré sa bouche, il se mit à descendre le long de sa gorge, de ses seins, puis, du bout de la langue il lui effleura le ventre, les cuisses, et remonta vers la poitrine. Il attendit pour lui prendre le sein qu'elle place elle-même sa bouche à cet endroit. Il avança alors la main entre ses cuisses et saisit le petit renflement érectile. Noria poussa un cri.

Il suça et mordit gentiment son sein tout en la caressant. Noria gémit. Jondalar descendit plus bas, effleura son nombril du bout de la langue, puis il se laissa glisser en bas de l'estrade jusqu'à ce que ses genoux touchent le sol. Il écarta alors les jambes de Noria et goûta pour la première fois à la saveur salée et légèrement piquante. Noria frémit et laissa échapper un cri. Elle gémit à nouveau en balançant la tête d'avant en arrière et leva les hanches vers lui.

La langue de Jondalar avait atteint le clitoris. Les cris que poussait Noria ne faisaient qu'accroître son propre désir et il luttait pour ne pas y céder. Quand la respiration de Noria se fit haletante, il releva le buste, et guida son sexe gonflé vers cette tendre ouverture que personne n'avait encore pénétrée. Il serra les dents pour se contrôler au fur et à mesure qu'il s'enfonçait dans ces étroites profondeurs, humides et chaudes.

Quand Noria lui entoura la taille de ses jambes, il sentit une obstruction à l'intérieur. Il commença à bouger tout doucement d'avant en arrière jusqu'à ce que les gémissements de Noria se transforment en cri de douleur. Il se retira, puis la pénétra à nouveau, plus fort cette fois, et sentit qu'il forçait le barrage tandis que Noria poussait des cris de plaisir et de douleur et que lui-même laissait échapper un cri étouffé au moment où, le corps secoué par des spasmes, il laissait libre cours à son désir refoulé. Il se retira, puis la pénétra à nouveau le plus loin possible, et quand il sentit qu'il avait laissé s'écouler toute l'essence de son plaisir, se laissa retomber sur Noria.

La tête sur la poitrine de Noria, il attendit que sa respiration se calme, puis s'allongea à côté d'elle. Complètement abandonnée, la jeune femme avait fermé les yeux et il fit de même.

Un instant plus tard, deux mains se posèrent sur son front. Il rouvrit les yeux et aperçut le visage d'Haduma penché au-dessus de lui. Elle lui sourit aussitôt, hocha la tête pour lui montrer qu'elle était satisfaite, puis entonna un chant. Noria ouvrit les yeux à son tour et parut tout heureuse de voir que la vieille femme plaçait ses mains sur son ventre. Sans cesser de chanter, Haduma continua à faire des gestes au-dessus d'eux. Puis elle récupéra la fourrure blanche tachée de sang qui recouvrait l'estrade. Noria lui lança un regard reconnaissant : pour une femme, le sang de ses Premiers Rites était chargé d'un pouvoir magique.

La vieille femme s'approcha de Jondalar et toucha son sexe en souriant. Celui-ci se redressa un court instant, puis retomba aussitôt. Haduma gloussa, puis elle sortit de la tente, les laissant seuls.

Ils restèrent allongés l'un près de l'autre jusqu'à ce que Noria s'assoie et regarde Jondalar d'un air langoureux.

— Jondalar, homme. Noria, femme, lui rappela-t-elle avant de se pencher vers lui pour l'embrasser.

Jondalar sentit qu'il la désirait à nouveau. Un peu étonné, il se demanda si ce n'était pas dû au dernier geste d'Haduma. Mais il n'eut pas le temps de s'appesantir sur cette question : le moment était venu d'initier Noria à de nouveaux plaisirs.

Quand Jondalar se leva, l'esturgeon géant avait été pêché. Au lever du jour, Thonolan avait passé la tête dans l'ouverture de la tente et montré à son frère les gaffes qu'il tenait à la main. Celui-ci l'avait chassé d'un geste et, enlaçant Noria, il s'était rendormi. A son réveil, Noria n'était plus là. Il enfila son pantalon et se dirigea vers la rivière. Son frère s'y trouvait en compagnie de Jeren et de quelques jeunes Hadumaï. Ils avaient l'air de beaucoup s'amuser et, en les entendant rire, Jondalar regretta un peu de ne pas être venu pêcher avec eux.

— Enfin debout ! s'écria Thonolan en l'apercevant. Il faut avoir les yeux bleus pour rester coucher pendant que les autres se démènent pour sortir de l'eau cette vieille Haduma, ajouta-t-il en montrant à son frère le gigantesque esturgeon.

— Haduma ! Haduma ! répéta Jeren en riant aux éclats.

Il se pavana autour du poisson et s'immobilisa en face de sa tête qui ressemblait à celle d'un requin. Mais, contrairement au requin, l'esturgeon n'était pas dangereux : il portait des barbillons comme tous les poissons qui se nourrissent au fond de l'eau. C'était surtout sa taille qui avait fait de cette partie de pêche un réel exploit : il devait bien mesurer cinq mètres de long.

Avec un sourire polisson, le jeune chasseur se mit à balancer son bassin d'avant en arrière devant la gueule ouverte du poisson, en criant : « Haduma ! Haduma ! » comme s'il suppliait l'esturgeon de le toucher. Sa prestation fut saluée par des éclats de rire obscènes et même Jondalar sourit. Les autres Hadumaï se mirent à danser eux aussi autour du poisson, balançant le bassin à qui mieux mieux et criant : « Haduma ! »

C'était à qui réussirait à s'approcher de la tête du poisson. Ils se poussaient les uns les autres et Jeren finit par tomber dans l'eau. Il en sortit aussitôt et attrapant un jeune Hadumaï, l'entraîna à sa suite. Très vite, tout le monde se retrouva dans l'eau. Seul Jondalar était encore debout sur la rive. Quand Thonolan s'en aperçut, il se hissa sur la berge et empoigna son frère.

— Ne crois pas que tu vas rester là bien au sec ! lui cria-t-il. (Puis, comme Jondalar résistait, il lança :) Viens m'aider, Jeren ! Nous allons lui faire boire la tasse.

En entendant son nom, Jeren accourut aussitôt. Les autre Hadumaï s'approchèrent. Les uns tiraient, les autres poussaient et quand ils arrivèrent à l'extrémité de la berge, ils sautèrent tous dans l'eau, Jondalar avec eux. Ruisselant d'eau et riant toujours, ils regagnèrent la rive et aperçurent alors la vieille femme, debout à côté de l'esturgeon.

— Haduma, hein ? dit-elle en leur lançant un regard sévère.

L'air penaud, ils baissèrent la tête comme des gamins pris en faute. Haduma se mit à rire et, debout en face de l'esturgeon, elle balança son bassin d'avant en arrière comme ils l'avaient fait un peu plus tôt. Les jeunes éclatèrent de rire et se précipitèrent autour d'elle. Chacun d'eux se mit à quatre pattes et la supplia de monter sur son dos.

Ce n'était certainement pas la première fois qu'ils jouaient à ce petit jeu avec elle et, en les voyant faire, Jondalar ne put s'empêcher de sourire. C'était un plaisir de voir que non seulement la tribu révérait cette aïeule, mais que tous ses membres l'aimaient et s'amusaient avec elle. Quand, de la main, elle indiqua que c'était sur le dos de Jondalar qu'elle désirait monter, les jeunes gens firent de grands gestes pour inviter celui-ci à s'approcher et aidèrent aussitôt la vieille femme à s'installer. Jondalar, qui s'était mis à quatre pattes, se releva tout doucement. La vieille femme ne pesait presque rien, mais elle s'agrippait fermement à ses épaules et, malgré son grand âge, ne semblait rien avoir perdu de sa poigne.

Comme les jeunes Hadumaï couraient et prenaient de l'avance, elle lui tapa sur l'épaule pour qu'il accélère l'allure. Il se mit à courir lui aussi, traversa la plage et ne s'arrêta, hors d'haleine, qu'à l'entrée du camp. Haduma descendit, reprit son bâton, et elle se dirigea dignement vers les tentes.

— Quelle femme exceptionnelle ! s'écria Jondalar à l'adresse de Thonolan. Seize enfants, cinq générations et toujours en forme. Je suis sûr qu'elle va vivre assez longtemps pour voir naître la sixième génération.

— Sixième génération, Haduma mourir.

Jondalar tourna la tête et reconnut Tamen.

— Que veux-tu dire ? demanda-t-il.

— Haduma dire : Noria avoir fils aux yeux bleus, puis Haduma mourir. Elle dire longtemps ici, temps de partir. Nom du bébé : Jondal, sixième Hadumaï. Haduma contente de l'homme zelandonii. Haduma dire : Premiers Rites pour une femme, difficiles. Plaisir avec homme zelandonii. Homme zelandonii, très bien.

— Si elle pense que le moment est venu pour elle de partir, personne ne peut l'en empêcher, reconnut Jondalar. Mais j'en suis très triste.

— Tous les Hadumaï tristes, dit Tamen.

— Ai-je le droit de revoir Noria si peu de temps après les Premiers Rites ? demanda Jondalar. Est-ce que vos coutumes le permettent ?

— Coutumes, non. Mais Haduma dire oui. Jondalar et Thonolan partir bientôt ?

— Si Jeren pense que l'esturgeon suffit à payer notre dette pour avoir fait fuir les chevaux, je pense que nous n'allons pas tarder à vous quitter.

Tamen ne semblait nullement surpris.

— Haduma dire hommes zelandonii nous quitter, dit-il.

Durant l'après-midi, tout le monde s'occupa de découper en fines tranches la chair de l'esturgeon et celles-ci furent aussitôt mises à sécher. Le soir même, un repas fut organisé pour fêter l'exploit des pêcheurs.

Quand Jondalar put enfin revoir Noria, la nuit était tombée depuis longtemps. La jeune femme était escortée par deux vieilles femmes qui les suivirent discrètement quand ils se dirigèrent vers le fleuve. Cette rencontre tout de suite après les Premiers Rites était une entorse aux coutumes et il était hors de question qu'elle ait lieu sans témoins.

La tête basse, les deux jeunes gens s'arrêtèrent près d'un arbre sans rien dire. Prenant le menton de Noria, Jondalar l'obligea gentiment à le regarder. Le visage de la jeune femme était baigné de larmes. Jondalar lui caressa tendrement la joue et porta son index mouillé à ses lèvres.

— Oh... Jondalar ! s'écria-t-elle en s'approchant de lui.

Il la prit dans ses bras et l'embrassa, tendrement au début, puis avec passion.

— Noria, dit-il. Noria femme. Noria belle femme.

— Jondalar faire... faire une femme... de Noria, dit-elle avant de laisser échapper un sanglot.

Elle aurait tellement aimé connaître le zelandonii pour lui dire ce qu'elle ressentait.

— Je sais, Noria, je sais...

Desserrant son étreinte, Jondalar se recula un peu et tapota gentiment le ventre de Noria. La jeune femme sourit aussitôt.

— Noria avoir Zelandonyee, dit-elle en touchant les yeux de Jondalar. Jondal, continua-t-elle avec fierté.

— Je sais. Tamen me l'a dit. Le premier représentant de la sixième génération hadumaï s'appellera Jondal. (Jondalar ouvrit le petit sac suspendu à sa ceinture et en sortit la donii en pierre.) Je te la donne, dit-il à Noria. C'est pour toi.

Il aurait aimé pouvoir expliquer à la jeune femme à quel point il tenait à cette statuette qui lui avait été remise par sa mère après avoir été transmise de génération en génération. Comme elle risquait de ne rien comprendre à ses explications, il préféra lui dire :

— Cette donii est mon Haduma. L'Haduma de Jondalar. Maintenant, elle est devenue l'Haduma de Noria.

— Haduma de Jondalar ? fit-elle tout étonnée. Haduma de Jondalar pour Noria ?

Jondalar hocha la tête. La jeune femme ne put retenir ses larmes. Prenant la statuette dans ses deux mains, elle l'approcha de ses lèvres et y déposa un baiser.

— Haduma de Jondalar, dit-elle entre deux sanglots.

Elle serra Jondalar dans ses bras, l'embrassa avec passion, puis faisant soudain demi-tour, s'enfuit en courant pour rejoindre le campement.

Au moment du départ, tout le monde était là. Noria était debout à côté d'Haduma. Jondalar s'immobilisa un court instant en face des deux femmes. Haduma lui sourit et hocha la tête pour lui montrer qu'elle était satisfaite. Noria avait les larmes aux yeux. Quand Jondalar lui effleura tendrement la joue, elle réussit à sourire. Non loin d'elle se trouvait le jeune garçon aux cheveux bouclés qui, sur l'ordre de Jeren, était allé prévenir les Hadumaï de l'arrivée des étrangers. Il couvait Noria du regard et quand Jondalar s'en aperçut, il fut tout heureux pour la jeune femme.

Noria était une vraie femme maintenant. Son fils, béni par Haduma, serait accueilli à bras ouverts dans le foyer de n'importe quel homme. Très vite le bruit courrait qu'elle avait éprouvé du plaisir durant les Premiers Rites et qu'en conséquence elle ferait une bonne compagne. Elle n'aurait aucun mal à trouver un compagnon parmi les jeunes gens de la tribu.

— Crois-tu vraiment que Noria sera enceinte d'un enfant de ton esprit ? demanda Thonolan dès qu'ils eurent quitté le camp.

— Je ne le saurai jamais, répondit Jondalar. Mais je pense qu'Haduma est une vieille femme très sage. Le nombre de choses qu'elle sait doit être inimaginable. Elle possède une « grande magie », comme dit Tamen. Si c'est en son pouvoir, elle se débrouillera pour que Noria ait un enfant aux yeux bleus.

Les deux frères suivaient à nouveau le fleuve et ils marchèrent un long moment sans échanger un mot jusqu'à ce que Thonolan dise :

— Il y a quelque chose que j'aimerais bien savoir...

— Ne te gêne pas, lui conseilla Jondalar.

— Tu dois avoir un don surnaturel, dit Thonolan. Même si la plupart des hommes se vantent d'avoir été choisis pour les Premiers Rites, il y en a beaucoup que cela effraie. J'en connais quelques-uns qui ont carrément refusé. Moi, je n'ai jamais refusé, mais cela me met toujours un peu mal à l'aise. Tandis qu'avec toi, c'est toujours une réussite. Elles tombent toutes amoureuses. Comment te débrouilles-tu ?

— Je n'en sais rien, avoua Jondalar, visiblement embarrassé. J'essaie simplement de faire très attention.

— Tous les hommes font comme toi. Mais cela ne suffit pas. Comme le disait Tamen : « Premiers Rites difficiles pour une femme. » Comment fais-tu pour qu'elles éprouvent du plaisir ? Moi, quand j'ai réussi à ne pas trop leur faire mal, je m'estime déjà heureux. Tu dois avoir une recette miracle. Et tu devrais la partager avec ton jeune frère. J'avoue que cela ne me déplairait pas si toute une bande de jeunes beautés me couraient après...

— Tu t'en lasserais très vite, fit remarquer Jondalar. C'est en partie à cause de ça que je me suis promis à Marona. Cela me fournissait une excuse, avoua-t-il en fronçant les sourcils. Il faut imaginer ce que représentent les Premiers Rites pour la femme. Souvent, celle qu'on initie n'est encore qu'une jeune fille. Elle ignore la différence entre courir après les garçons et s'offrir à un homme. Il est très difficile de lui faire comprendre sans la peiner qu'après l'avoir initiée aux Premiers Rites, un homme a besoin de se détendre avec une femme plus expérimentée. Toutes, elles veulent vous accaparer ! Et moi je ne peux tout de même pas tomber amoureux de toutes les femmes avec lesquelles je passe une nuit.

— Amoureux, tu ne l'es jamais, fit remarquer Thonolan.

— Que veux-tu dire ? demanda Jondalar qui s'était mis à marcher plus vite. J'ai aimé beaucoup de femmes...

— Tu les as aimées, comme tu dis. Mais ce n'est pas la même chose.

— Comment le sais-tu ?

— Je suis déjà tombé amoureux, rappela Thonolan. Et même si ça n'a pas duré, je sais ce que c'est. Inutile de marcher aussi vite ! ajouta-t-il. Si tu préfères que je me taise, dis-le-moi.

— Tu as raison, reconnut Jondalar en ralentissant. C'est vrai que je n'ai jamais été réellement amoureux...

— Comment ça se fait ? Toutes ces femmes que tu as rencontrées, que leur manquait-il ?

— Si je le savais, crois-tu que... commença Jondalar d'une voix coléreuse. (Puis, après avoir réfléchi, il ajouta :) Je crois que je demande trop. J'aimerais rencontrer une femme, une vraie, et que malgré tout elle soit comme une jeune fille lors des Premiers Rites. Une femme ardente, au cœur sincère. Une femme pour qui l'amour sera une chose totalement neuve mais à qui je ne craindrai pas de faire mal. Je la veux à la fois jeune et vieille, naïve et sage.

— Ça fait beaucoup, remarqua Thonolan.

— C'est vrai. Mais je pense avoir répondu à ta question.

Les deux frères marchèrent en silence.

— A ton avis, quel âge a Zelandoni ? demanda soudain Thonolan. Elle doit être légèrement plus jeune que notre mère, non ?

— Pourquoi ? demanda Jondalar, soudain sur ses gardes.

— Il paraît qu'elle était extraordinairement belle quand elle était plus jeune, et même il y a peu d'années encore. Les anciens disent qu'aucune femme ne pouvait lui être comparée. Même si cela semble incroyable, ils disent aussi qu'elle est jeune pour être la Grande Prêtresse Zelandoni, la Première parmi Ceux Qui Servent La Mère. (Thonolan se tut pendant un court instant comme s'il hésitait à continuer. Puis il ajouta :) Est-ce que c'est vrai ce qu'on dit sur toi et Zelandoni ?

Jondalar s'arrêta et se retourna lentement pour regarder son frère :

— Que dit-on sur moi et Zelandoni ? demanda-t-il, les dents serrées.

— Désolé, s'excusa aussitôt Thonolan. Je suis allé trop loin. N'y pense plus.

5

Ayla sortit de la caverne en se frottant les yeux, puis elle fit quelques pas sur la corniche. Il faisait grand jour, mais le soleil n'était pas encore très haut. Comme chaque matin au réveil, elle jeta un coup d'œil dans la vallée pour voir si les chevaux étaient là. Grâce à eux, elle se sentait un peu moins seule.

A force de les observer, elle commençait à connaître leurs habitudes : elle savait à quel endroit de la rivière ils allaient boire durant la matinée et à l'ombre de quels arbres ils aimaient stationner dans l'après-midi. Et elle les distinguait parfaitement les uns des autres. Il y avait un poulain dont la robe grise était si claire qu'elle semblait presque blanche. Il portait le long de l'échine une rayure plus foncée, de la même couleur que le bas de ses jambes, et une épaisse crinière. Il y avait aussi une jument à la robe brun grisâtre et une jeune pouliche couleur de foin comme l'étalon. Et puis l'étalon lui-même, chef incontesté de la horde jusqu'au jour où il serait supplanté par l'un des poulains que pour l'instant il tolérait tout juste.

— Bonjour, clan des chevaux.

Pour s'adresser aux chevaux, Ayla avait fait un geste communément utilisé en signe de bienvenue mais qu'elle avait légèrement modifié pour bien montrer qu'il s'agissait d'un salut matinal.

— Je me suis levée bien tard ce matin, ajouta-t-elle, toujours avec des gestes. Vous avez déjà dû aller boire à la rivière — et moi, je vais faire comme vous.

Elle se mit à courir en direction de la rivière, le pied fermement assuré sur l'étroit sentier qu'elle connaissait bien maintenant. Aussitôt après s'être rafraîchie, elle enleva son vêtement en peau et plongea dans l'eau. C'était toujours le même vêtement, mais elle l'avait lavé, puis elle avait travaillé la peau pour qu'elle retrouve toute sa souplesse. Ayla avait toujours aimé l'ordre et la propreté. Cette tendance, naturelle chez elle, avait été renforcée par l'éducation d'Iza. Les nombreuses plantes qu'utilisait la guérisseuse étaient toujours parfaitement rangées et Iza faisait la chasse à la poussière et à la saleté à cause des risques d'infection. Ayla avait hérité de ses qualités et maintenant qu'elle ne voyageait plus et vivait près d'une rivière, elle prenait soin d'elle-même comme lorsqu'elle vivait avec le Clan.

Ce matin, je vais me laver les cheveux, se dit-elle en passant ses mains dans son abondante chevelure blonde qui lui descendait jusqu'au milieu du dos. La veille, elle avait découvert des plants de saponaire juste après le coude que faisait la rivière, et elle alla chercher quelques rhizomes. En revenant, elle remarqua un large rocher qui émergeait de l'eau et dont la surface était creusée de cuvettes. Elle choisit un galet sur la plage et s'approcha du rocher. Après avoir rincé les rhizomes, elle les déposa dans une des cuvettes qu'elle remplit d'eau puis se servit du galet pour les écraser. Aussitôt, l'eau se mit à mousser. Elle mouilla alors ses cheveux, puis les lava avec l'eau pleine de saponine. Elle se frotta le corps avec l'eau qui restait au fond de la cuvette et plongea dans la rivière pour se rincer.

Un gros rocher, qui s'était détaché il y a bien longtemps de la falaise, émergeait en partie de l'eau, formant une petite île, séparée de la rive par un bras d'eau étroit et peu profond. Une partie du rocher se trouvait au soleil, l'autre était ombragée par un saule dont les racines à nu plongeaient dans le courant comme autant de doigts noueux. Ayla grimpa sur l'îlot et s'installa au soleil pour faire sécher ses cheveux. Elle arracha une petite branche à un buisson tout proche et, après l'avoir écorcée avec ses dents, s'en servit comme d'un peigne pour démêler sa chevelure.

Elle contemplait rêveusement le reflet du saule dans le courant quand soudain un léger mouvement accrocha son regard. Elle se pencha un peu et aperçut l'éclair argenté d'une grosse truite qui se trouvait sous les racines à nu. Elle n'avait pas pêché depuis longtemps et se dit que cette truite ferait un excellent petit déjeuner.

Elle se laissa glisser sans bruit dans l'eau, fit quelques brasses dans le sens du courant, puis revint à pied vers l'île. La main droite dans l'eau, les doigts ballants, elle avançait avec d'infinies précautions et finit par apercevoir la truite qui ondulait légèrement dans le courant pour que celui-ci ne l'entraîne pas hors de l'abri que lui offraient les racines.

Même si les yeux d'Ayla brillaient d'excitation, elle faisait très attention à ne pas glisser et plus elle approchait de la truite, plus elle devenait prudente. Elle glissa sa main en dessous du ventre du poisson, la fit remonter tout doucement et effleura la truite pour trouver les ouïes. Elle l'agrippa brusquement, la sortit de l'eau et la lança sur la berge. Echouée sur le sable, la truite se débattit pendant quelques instants, puis elle cessa de lutter.

Ayla, qui avait eu beaucoup de mal à apprendre à pêcher à la main quand elle était enfant, eut un sourire fier, comme si c'était la première fois qu'elle réussissait à sortir une truite de l'eau. Elle se promit de surveiller l'endroit, certaine d'y trouver d'autres truites. Celle-ci était de belle taille et suffirait amplement pour deux repas. A la pensée du goût exquis de la truite cuite sur des pierres chaudes, Ayla sentit l'eau lui venir à la bouche.

En attendant que son repas cuise, elle commença à fabriquer un panier avec du yucca qu'elle avait cueilli la veille. Ce panier serait purement utilitaire, mais elle en modifiait parfois le motif, juste pour le plaisir des yeux. Non seulement ce panier serait joli mais elle le tressait si serré qu'il serait aussi étanche. En le remplissant de pierres chaudes, elle pourrait y cuire des aliments. Pour l'instant, elle comptait l'utiliser pour conserver des provisions et, tout en travaillant, elle fit la liste de ce qui lui restait à faire avant que la mauvaise saison arrive.

Les groseilles que j'ai ramassées hier seront sèches dans quelques jours, se dit-elle en jetant un coup d'œil aux baies qu'elle avait étalées sur des nattes tout près de l'entrée de la caverne. Je vais aussi pouvoir faire provision de myrtilles et ramasser quelques pommes. Il y a aussi un merisier, couvert de fruits, mais ils risquent d'être trop mûrs. Il faudra que je m'en occupe aujourd'hui. Et que je ne tarde pas trop à ramasser des graines de tournesol, sinon les oiseaux vont tout manger. Près du pommier, j'ai cru voir des noisetiers, mais ils sont beaucoup plus petits que ceux qui poussaient près de la caverne du clan. Il faudra que je vérifie s'ils portent bien des noisettes. Quant à ces grands pins, je suis sûre que c'est la variété qui donne des pignons. Eux peuvent attendre.

Par contre, il va falloir que je commence à faire sécher des bulbes, des lichens, des champignons et des racines. Certaines racines se conserveront parfaitement au fond de la caverne sans qu'il soit nécessaire de les faire sécher. Il faudra aussi que je fasse provision de grains. J'ai vu qu'il y avait déjà dans la prairie des épis bien mûrs. C'est toujours une cueillette un peu longue mais qui vaut le coup. Aujourd'hui, je vais m'occuper des merises et des grains. Le problème, c'est qu'il me faudrait d'autres paniers... Je peux toujours fabriquer quelques récipients en écorce de bouleau. Mais l'idéal serait d'avoir de grandes peaux pour tout envelopper.

Dire que quand je vivais avec le Clan, nous ne manquions jamais de peaux. Aujourd'hui, si j'avais simplement une autre fourrure pour l'hiver, je m'estimerais heureuse. Les lapins et les hamsters sont trop petits pour que je puisse m'en servir pour fabriquer des vêtements. Et puis leur chair est si maigre... Mon rêve, ce serait de tuer un mammouth. Le mammouth est si gras que j'aurais même de quoi alimenter une lampe pendant tout l'hiver.

Ayla interrompit sa rêverie pour aller surveiller la cuisson de la truite. Elle écarta une des feuilles qui entouraient le poisson et piqua la chair à l'aide d'un bâtonnet : la truite n'était pas encore tout à fait cuite.

J'aimerais bien avoir un peu de sel, se dit-elle. Mais la mer est trop loin. Le pas-d'âne donne un goût salé et il y a aussi bien d'autres plantes qui permettent d'aromatiser la nourriture. Dommage qu'Iza ne soit plus là ! Grâce aux herbes qu'elle utilisait, ses repas étaient toujours un régal.

En songeant à la vieille guérisseuse, Ayla sentit sa gorge se nouer. Elle secoua la tête pour chasser ses larmes et s'obligea à revenir à des préoccupations plus matérielles.

Pour faire sécher des plantes aromatiques et médicinales, je vais avoir besoin de claies, se dit-elle. Pour les montants, je peux toujours abattre quelques arbustes, mais il me faudrait des boyaux frais pour les attacher ensemble. En séchant, les boyaux se resserreraient et mes claies ne bougeraient plus. Les arbres morts et les bois flottés me suffiront pour faire du feu. J'utiliserai aussi du crottin. Dès qu'il est sec, il brûle très bien. Il faudra que je commence à entreposer du bois dans la caverne et aussi que je fabrique quelques outils. Quelle chance d'avoir trouvé des silex !

Ayla mangea la truite sur les pierres de cuisson et elle se dit qu'elle ferait bien de fouiller dans le tas d'os pour voir s'il ne s'y trouvait pas des omoplates ou des os de la hanche qu'elle pourrait utiliser en guise d'assiettes. Elle versa l'eau que contenait sa gourde dans un récipient et quand celle-ci commença à frissonner sous l'action des pierres chaudes qu'elle avait ajoutées, elle y lança une poignée de cynorrhodons sortis de son sac de guérisseuse. Ces fruits de l'églantier, cueillis secs, étaient excellents pour soigner un rhume et permettaient aussi de faire de délicieuses infusions.

Ayla continua à tresser son panier tout en réfléchissant à ce qu'elle devait faire avant l'hiver. L'ampleur de la tâche ne lui faisait pas peur. Au contraire ! Plus elle était occupée et moins elle pensait à sa solitude. Malgré tout, il y avait un problème qu'elle n'arrivait pas à résoudre : où trouver la viande et la graisse dont elle aurait besoin durant la saison froide ? Sans parler d'une seconde couverture en fourrure pour dormir au chaud dans la caverne, des boyaux qui lui manquaient pour fabriquer ses claies. Il lui faudrait aussi une outre beaucoup plus grande que sa gourde, pour conserver de l'eau à l'intérieur de la caverne, et seul l'estomac d'un animal de grande taille pouvait convenir à cet usage.

Soudain, elle lâcha son panier et fixa un point dans l'espace comme si la réponse à la question qu'elle se posait venait de se matérialiser sous ses yeux. Il suffisait qu'elle tue un animal de grande taille ! Un seul ! Et tous ses problèmes seraient résolus.

Quand elle eut terminé le petit panier, elle le plaça à l'intérieur de celui dont elle se servait quand elle voyageait et fixa ce dernier sur son dos. Elle rangea ses outils dans les replis de son vêtement, prit sa fronde et se dirigea vers la prairie. En arrivant près du merisier, elle se débarrassa de son panier, cueillit tous les fruits qu'elle pouvait atteindre et monta dans l'arbre pour compléter sa récolte. Elle en profita aussi pour manger ces cerises sauvages qui, bien que trop mûres, gardaient un goût aigrelet.

En redescendant, elle décida de faire provision d'écorce de merisier, un excellent remède contre la toux. A l'aide de son coup-de-poing, elle retira un morceau d'écorce et se servit de son couteau pour détacher l'aubier du bois dur. Cela lui rappela le jour où, alors qu'elle était encore une petite fille, Iza l'avait envoyée chercher de l'écorce de merisier. Ce jour-là, elle avait espionné les hommes du Clan qui étaient en train de s'entraîner au maniement des armes dans une clairière. Elle savait que c'était défendu, mais craignant d'être surprise au moment où elle s'en irait, elle avait préféré rester tapie et avait écouté les explications de Zoug sur le maniement de la fronde.

Elle savait que les femmes n'avaient pas le droit de toucher aux armes, mais en voyant la fronde que Broud avait oubliée, elle n'avait pas pu résister et l'avait emportée, cachée à l'intérieur de son vêtement. Si je n'avais pas pris cette fronde, serais-je encore en vie aujourd'hui ? se demanda-t-elle. Si je ne l'avais pas utilisée, peut-être que Broud ne m'aurait pas autant détestée. Peut-être ne m'aurait-il pas maudite...

Peut-être ! Peut-être ! songea-t-elle avec colère. Cela ne sert à rien de réfléchir après coup à ce qui aurait pu se passer. La seule chose qui importe, c'est qu'avec cette fronde je ne peux pas chasser un gros animal. Il me faudrait un épieu !

Elle traversa un bosquet de jeunes trembles et s'approcha de la rivière pour boire et laver ses mains tachées par le jus des merises. Elle allait repartir quand soudain elle s'immobilisa pour regarder les troncs parfaitement droits des jeunes arbres. Elle venait de trouver de quoi fabriquer un épieu !

Si Brun était là, il serait furieux, songea-t-elle aussitôt. Il m'a dit que je n'avais pas le droit de me servir d'une autre arme que la fronde. Il...

Elle s'interrompit soudain. Il ne peut plus me punir, reprit-elle. Je suis déjà morte ! Et à part moi, il n'y a pas un seul être humain dans cette vallée.

Comme une corde trop tendue finit par se rompre, quelque chose se brisa à l'intérieur d'Ayla. Elle se laissa tomber à genoux. Comme j'aimerais qu'il y ait quelqu'un près de moi ! Quelqu'un... N'importe qui ! Même Broud serait le bienvenu. S'il me donnait la permission de revenir et de revoir mon fils, je lui promettrais de ne plus toucher une fronde de ma vie. Cachant sa tête entre ses mains, elle se mit à sangloter.

Les petites créatures qui vivaient dans la prairie et dans les bois ne prêtèrent aucune attention à ces sons incompréhensibles. Il n'y avait personne dans cette vallée capable de comprendre la tristesse d'Ayla. Tant qu'elle avait voyagé, elle avait été soutenue par l'espoir de rencontrer d'autres êtres humains, des hommes et des femmes qui lui ressemblaient. Cet espoir, maintenant qu'elle s'était installée dans la vallée, il fallait qu'elle y renonce : elle devait accepter sa solitude et apprendre à vivre avec elle.

Pleurer lui avait fait du bien : elle se releva et, prenant son coup-de-poing, se mit à entailler rageusement la base du jeune tronc. Puis elle s'attaqua à un second tremble. J'ai souvent vu les hommes fabriquer des épieux, se dit-elle en débarrassant les deux arbres de leur feuillage. Ça n'avait pas l'air si difficile que ça. Quand elle eut fini, elle mit de côté les deux perches et se dirigea à nouveau vers la prairie. Elle passa le reste de l'après-midi à ramasser des grains de blé épeautre et de seigle et, après avoir récupéré les deux perches, reprit le chemin de la caverne.

En arrivant, elle mit à sécher les merises qu'elle avait ramassées, fit cuire une poignée de seigle qu'elle mangea avec le reste de la truite et, après avoir écorcé les deux troncs, elle les débarrassa de toutes leurs aspérités jusqu'à ce qu'ils soient parfaitement lisses. Ensuite, comme elle l'avait tant de fois vu faire par les hommes du Clan, elle prit un des épieux et, s'en servant comme d'une toise, y porta une marque juste au-dessus de sa tête. Elle pénétra dans la caverne et plaça l'extrémité qui portait la marque dans le feu. Elle fit tourner plusieurs fois l'extrémité de l'épieu et quand celle-ci fut bien noire, elle se servit de son grattoir denticulé pour faire sauter la partie carbonisée. Elle renouvela l'opération jusqu'à ce qu'elle obtienne une pointe durcie au feu. Elle fit de même pour le second épieu.

Quand Ayla eut terminé, il faisait nuit depuis longtemps. Elle était fatiguée et s'en félicita : elle aurait moins de mal à s'endormir. Elle couvrit son feu et se dirigea vers l'ouverture de la caverne. Elle contempla un court instant la voûte étoilée en cherchant une bonne raison de ne pas aller se coucher car, pour elle, c'était le moment le plus difficile de la journée. N'en trouvant pas, elle se dirigea à pas lents vers sa couche. Elle avait creusé près d'une des parois une fosse peu profonde qu'elle avait remplie d'herbes sèches et c'est là qu'elle dormait, enveloppée dans sa fourrure. Elle s'y allongea et, les yeux fixés sur la faible lueur du feu, tendit l'oreille.

Autour d'elle, tout était silencieux. Personne ne faisait bruire les herbes de sa couche, aucun couple ne gémissait dans un foyer tout proche, pas le moindre ronflement ou grognement. Elle ne percevait que le souffle de sa propre respiration. N'y tenant plus, elle alla chercher le vêtement qu'elle utilisait pour porter Durc, en fit une boule qu'elle serra contre sa poitrine et, le visage baigné de larmes, s'allongea. A force de pleurer, elle finit par s'endormir.

Le lendemain matin, quand Ayla se réveilla, elle s'aperçut qu'il y avait du sang sur ses jambes. Elle fouilla dans ses affaires pour y chercher les bandes absorbantes et la ceinture qui lui permettait de les maintenir en place. A cause de nombreux lavages, les bandes avaient perdu toute souplesse. Elle aurait dû les brûler la dernière fois qu'elle s'en était servi. Mais par quoi les remplacer ? Elle songea soudain à la peau du lapin qu'elle avait préparée le lendemain de son arrivée dans la vallée. Elle l'avait mise de côté en pensant l'utiliser lorsque l'hiver serait là. Mais elle aurait l'occasion de tuer d'autres lapins. Alors, autant s'en servir tout de suite.

Après avoir découpé la peau en larges bandes, elle descendit vers la rivière pour se baigner. J'aurais dû savoir que cela allait venir, se disait-elle. Et j'aurais dû prendre des précautions. Maintenant que je saigne, je ne vais plus rien pouvoir faire, excepté...

Elle s'interrompit soudain et éclata de rire. La malédiction qui pesait sur les femmes du Clan pendant quelques jours par mois n'avait plus aucune importance ici. Personne n'allait lui rappeler qu'elle n'avait pas le droit de lever les yeux sur les hommes, de préparer les repas ou d'aller ramasser quoi que ce soit. Maintenant qu'elle vivait seule, elle n'avait plus à se préoccuper de ce genre d'interdits.

Il n'empêche que j'aurais dû le savoir ! se dit-elle à nouveau. Mais le temps a passé si vite... Depuis quand suis-je installée dans cette vallée ? Elle essaya de s'en rappeler, mais les jours se ressemblaient tellement qu'elle dut y renoncer. Est-il possible que l'hiver soit beaucoup plus proche que je ne le pense ? se demanda-t-elle, soudain épouvantée. C'est impossible, corrigea-t-elle aussitôt. Jamais la neige n'arrive avant que les arbres aient perdu leurs feuilles. Quoi qu'il en soit, il faut désormais que je tienne un compte exact des jours que je vais passer dans cette vallée.

Il y a longtemps de ça, Creb lui avait expliqué comment s'y prendre : il suffisait de faire une entaille dans un bâton pour chaque jour passé. A l'époque, il avait été surpris qu'Ayla suive avec autant de facilité ses explications. Et il lui avait fait jurer de garder le secret : jamais il n'aurait dû partager avec elle cette connaissance qui était l'apanage du sorcier et de ses servants. Et le jour où il avait découvert qu'elle se servait d'un bâton pour compter les jours entre deux pleines lunes, il s'était mis très en colère.

— Si tu me regardes du monde des esprits, je t'en prie, ne te fâche pas, Creb ! dit-elle. Tu dois savoir que je ne peux pas faire autrement.

Elle alla chercher une longue branche parfaitement lisse et y fit une entaille avec son couteau en silex. Après avoir réfléchi, elle ajouta encore deux entailles. Elle posa un doigt dans chaque encoche et regarda sa main. Je pense que ça fait un peu plus longtemps que ça, se dit-elle. Mais je ne saurais pas dire combien de jours de plus. Je referai une marque ce soir et j'en ajouterai une chaque soir. Elle étudia le bâton qu'elle avait sous les yeux et, après avoir réfléchi, creusa un peu plus profondément la troisième entaille : comme ça elle saurait quand elle avait commencé à saigner.

La lune avait parcouru la moitié de son cycle depuis qu'Ayla avait fabriqué ses épieux et elle n'avait toujours aucune idée de l'animal qu'elle allait chasser.

La veille au soir, alors qu'elle prenait le frais devant l'ouverture de la caverne, elle avait décidé de partir de bon matin pour les steppes. Depuis quelques jours, elle portait une tenue mieux adaptée aux grosses chaleurs que son lourd vêtement en peau : elle avait attaché autour de sa taille des peaux de lapin débarrassées de leurs poils et une autre peau lui couvrait la poitrine. Cette tenue était bien plus pratique pour chasser et marcher.

Au petit jour, elle prit ses deux épieux et partit en direction des steppes. Sachant qu'elle ne pourrait pas franchir la haute falaise qui longeait la rivière à l'ouest, elle suivit la douce déclivité qui, à l'est du cours d'eau, rejoignait les vastes plaines. Arrivée là, elle aperçut des troupeaux de cerfs et de bisons, des hordes de chevaux et même un petit troupeau de saïgas. Mais jamais elle ne put s'approcher suffisamment des animaux pour utiliser ses épieux. Finalement, elle regagna la caverne avec des lagopèdes et une grande gerboise.

Les jours suivants, elle ne cessa de réfléchir à ce problème et, dans l'espoir de le résoudre, essaya de se rappeler les conversations des hommes du Clan qui, en général, portaient exclusivement sur la chasse. A force de les avoir écoutés raconter leurs exploits, elle savait comment ils s'y prenaient. Leur technique favorite, semblable à celle des loups, consistait à isoler un des animaux du troupeau et à le poursuivre, en se relayant à plusieurs, jusqu'à ce qu'il soit complètement épuisé. Les hommes s'approchaient alors et le tuaient. Mais pour utiliser ce genre de tactique, il fallait chasser en groupe et Ayla était seule.

Il arrivait aussi qu'ils parlent de la manière dont les félins chassaient. Soit ils se postaient à l'affût, puis bondissaient sur leur proie toutes griffes dehors, soit ils profitaient de leur formidable détente pour la clouer au sol avant qu'elle ait pu s'enfuir. Mais Ayla n'avait ni griffes, ni crocs et, pour la détente, elle ne pouvait rivaliser avec un félin.

Elle se creusa la cervelle et finit par avoir une idée. A cause de la nouvelle lune, elle ne cessait de penser au Rassemblement du Clan, la Fête de l'Ours des Cavernes, qui avait toujours lieu quand la lune tournait le dos à la terre. A l'occasion de cette fête, chaque clan proposait la reconstitution d'une partie de chasse. L'année où Ayla avait pris part au Rassemblement, c'est Broud qui dirigeait la danse de leur clan et il avait mimé avec beaucoup de talent une chasse au mammouth, poursuivant sa proie imaginaire avec des torches jusqu'au fond d'un canyon sans issue. Bien que sa prestation eût été très appréciée, il avait dû se contenter de la seconde place, la première revenant au clan qui les recevait cette année-là. Celui-ci avait reconstitué une chasse au rhinocéros laineux : après avoir creusé une fosse sur le trajet qu'empruntait habituellement l'animal pour aller boire, les chasseurs avaient harcelé leur proie jusqu'à ce qu'elle se précipite droit dans le piège. Ayla n'avait nullement l'intention de s'attaquer à un rhinocéros laineux, animal imprévisible et dangereux. En revanche, grâce à ces deux épisodes de chasse, elle tenait enfin une idée qui, à son avis, devrait marcher.

Le lendemain matin, lorsqu'elle sortit de la caverne, pour la première fois depuis qu'elle habitait dans la vallée, elle ne salua pas les chevaux. Ils lui tenaient compagnie et étaient devenus presque des amis mais, si elle voulait rester en vie, elle n'avait pas le choix.

Elle passa la majeure partie des jours suivants à les observer, étudiant tous leurs mouvements. Quand elle sut à quel endroit de la rivière ils allaient boire, quel endroit ils choisissaient pour dormir et où ils aimaient brouter, un plan commença à germer dans son esprit. Elle travailla les détails, examina l'une après l'autre toutes les éventualités et finalement se mit à l'œuvre.

Il lui fallut une journée entière pour constituer la réserve de bois dont elle aurait besoin. Elle commença par abattre des petits arbres et couper des buissons qu'elle transporta tout près de la rivière. Ensuite, elle ramassa quelques brassées d'herbe sèche, des écorces de pin et de sapin toutes poisseuses de résine et de grosses branches de pin bien sèches, prélevées sur de vieux arbres morts et qui s'enflammeraient donc facilement. En attachant ensemble les écorces et l'herbe autour des branches de pin, elle prépara des torches.

Le lendemain matin, elle sortit sa tente de la caverne, ainsi que la corne d'aurochs. En fouillant parmi les ossements, elle trouva un grand os plat dont elle affûta une des extrémités pour la rendre tranchante. Elle sortit de ses affaires toutes les lanières et les cordes qu'elle put trouver, y ajouta des lianes, prises sur les arbres avoisinants, et en fit un tas qu'elle laissa sur la plage rocheuse. Elle alla chercher du bois mort et des bois flottés qu'elle apporta au même endroit.

En fin de journée, tout était prêt. En attendant que la nuit tombe, Ayla faisait les cent pas sur la plage et regardait avec inquiétude les nuages qui s'amoncelaient dans le ciel à l'est. Si jamais ils se rapprochaient, ils obscurciraient la lune et elle serait obligée de renoncer à son expédition nocturne.

Juste avant de partir, elle fouilla à nouveau dans le tas d'ossements et choisit l'humérus d'un cerf, un os long à l'extrémité arrondie. Le prenant par un bout, elle s'en servit pour frapper sur une défense de mammouth avec une telle force qu'elle en eut mal au bras. L'os tint bon : il ferait une excellente massue.

Un peu avant que le soleil se couche, la lune apparut dans le ciel : le moment était venu de se mettre en route. Ayla aurait aimé connaître les rites de chasse pratiqués par le Clan. Malheureusement, les femmes n'y avaient pas accès car les chasseurs pensaient qu'elles risquaient de leur porter malheur.

Jusqu'ici, bien que je sois une femme, j'ai toujours eu de la chance à la chasse, songea-t-elle. Mais je ne me suis jamais attaquée à un animal de grande taille. Pour se rassurer, elle saisit son amulette et pensa à son totem. Au fond, c'était le Lion des Cavernes qui l'avait poussée à chasser la première fois. Sans lui, jamais elle n'aurait pu devenir aussi habile à la fronde et même surpasser les hommes du Clan. Elle espérait que son puissant totem allait lui venir en aide cette nuit.

Quand Ayla atteignit le coude de la rivière près duquel les chevaux passaient la nuit, le soleil se couchait. Elle avait emporté avec elle sa tente en peau et l'os plat à bord tranchant. Elle se dirigea sans bruit vers la trouée où, la veille, elle était allée porter du bois. C'est à cet endroit que les chevaux venaient boire au lever du jour. Pour l'instant, c'était le crépuscule, le feuillage des arbres prenait une teinte grisâtre dans la lumière déclinante et, un peu plus loin, on apercevait des arbres dont les troncs noirs se détachaient sur le ciel rougeoyant. Ayla étendit sa tente sur le sol et se mit à creuser avec sa pelle en os.

En surface, le sol était dur, mais dès qu'elle eut entamé cette couche superficielle, elle creusa avec plus de facilité. Au fur et à mesure qu'elle retirait de la terre, elle la lançait sur la peau et, quand celle-ci fut entièrement recouverte, elle la tira vers les bois et y déversa la terre. Lorsque la fosse fut plus large et plus profonde, elle posa la peau au fond du trou et s'en servit pour sortir la terre au fur et à mesure. Elle y voyait tout juste et c'était une tâche épuisante. Bien plus dure que quand elle aidait les femmes du Clan à creuser une fosse qui servait à rôtir des quartiers de viande. Cette fois-ci, elle était seule à travailler et les dimensions de la fosse étaient bien plus importantes.

Les bords de la fosse lui arrivaient à la taille quand soudain elle sentit de l'eau sous ses pieds. Elle avait creusé trop près de la rivière ! L'eau montait rapidement et le fond était déjà tout boueux quand elle se précipita hors de la fosse, sa tente à la main.

Pourvu que ce soit assez profond, songea-t-elle. De toute façon, elle devait s'arrêter là : plus elle creuserait et plus l'eau monterait. Relevant la tête, elle regarda la lune et fut surprise de voir à quel point elle était déjà haute. Si elle voulait avoir fini ses préparatifs avant le lever du jour, elle devait se dépêcher.

Elle courut vers l'endroit où elle avait empilé du bois, trébucha sur une racine qu'elle n'avait pas vue, et tomba de tout son long sur le sol. C'est le moment d'être prudente, se dit-elle en frottant son menton douloureux. Les paumes de ses mains et ses genoux la brûlaient et un filet de sang coulait le long de sa jambe droite.

Et si je m'étais cassé la jambe ? se demanda-t-elle, soudain paniquée. Qu'est-ce que je fais ici en pleine nuit ? Sans feu pour me protéger au cas où un animal m'attaquerait ? Se souvenant soudain d'un lynx qui, une fois, l'avait attaquée, elle crut voir deux yeux briller sous le couvert des arbres. Elle toucha la fronde qu'elle portait attachée à sa ceinture et ce contact la rassura un peu. De toute façon, je suis déjà morte, se dit-elle. Ce qui doit arriver arrivera. Si je commence à m'inquiéter, je ne serai jamais prête quand le soleil se lèvera.

Elle s'approcha du bois qu'elle avait empilé au bord de la rivière et commença à le transporter aux abords de la fosse. Elle savait que si elle se précipitait sans crier gare sur les chevaux, ceux-ci s'éparpilleraient dans la nature. Elle savait aussi qu'il n'existait dans la vallée aucun endroit sans issue où elle puisse acculer un des chevaux, comme Broud avait fait avec le mammouth. Mais, à force de réfléchir, elle avait fini par avoir un éclair de génie — comme il lui était déjà arrivé d'en avoir lorsqu'elle faisait partie du Clan. Il n'y a pas ici de canyon sans issue, s'était-elle dit, mais je peux peut-être en créer un.

A ses yeux, c'était une trouvaille sans grande valeur. Elle avait simplement l'impression d'adapter une des techniques de chasse du Clan à ses propres besoins. En réalité, c'était une invention majeure car elle allait permettre à une femme seule de tuer un animal qu'aucun homme du Clan n'aurait jamais osé chasser sans l'aide de ses congénères.

Avec les troncs et les branches ramassés la veille, Ayla construisit deux palissades qui, par rapport à deux des côtés de la fosse, formaient une sorte d'entonnoir. Elle en boucha tous les trous pour qu'il n'y ait aucune brèche et les suréleva légèrement en rajoutant des branches sur le faîte. Quand elle eut terminé, le ciel commençait à s'éclaircir et les oiseaux pépiaient pour saluer la venue du jour.

Elle contempla alors son travail. La fosse était légèrement plus longue que large. Ses bords étaient boueux à cause des dernières pelletées de terre qu'Ayla y avait jetées et légèrement en pente. Le triangle formé par les deux palissades convergeait vers l'entrée de la fosse. Quand on se plaçait de ce côté-là, on apercevait au fond de la trouée la rivière qui commençait à scintiller sous les premiers rayons du soleil. Sur l'autre rive, on commençait tout juste à distinguer dans le lointain les sommets de la falaise qui barrait la vallée au sud.

Ayla regarda autour d'elle pour déterminer exactement la position des chevaux. L'autre versant de la vallée remontait en pente douce vers l'ouest et formait la haute barrière rocheuse qui se trouvait en face de sa caverne. Puis celle-ci redescendait graduellement pour rejoindre à l'est le fond de la vallée où dormaient les chevaux. Bien qu'il fît encore très sombre à cet endroit, Ayla eut l'impression qu'ils commençaient à bouger.

Elle reprit sa tente et l'os qui lui avait servi de pelle et revint en courant vers la plage. Elle rajouta du bois sur son feu qui était en train de mourir, se servit d'un bâton pour aller pêcher au centre du foyer une braise qu'elle plaça dans la corne d'aurochs. Elle ramassa au passage les torches qu'elle avait préparées, les deux épieux et sa massue en os et, toujours courant, revint vers la fosse. Elle posa un des épieux d'un côté de la fosse, l'autre de l'autre côté avec la massue, puis elle décrivit une large boucle pour se retrouver derrière les chevaux avant qu'ils ne se mettent à bouger.

Maintenant, il ne lui restait plus qu'à attendre. Mais cette attente était plus difficile à supporter que la longue nuit passée à faire tous les préparatifs. Elle se demandait avec inquiétude si elle n'avait rien oublié, repassait dans sa tête toutes les phases de son plan en espérant qu'il marcherait. Elle vérifia si le charbon de bois brûlait toujours, examina les torches. Les chevaux commencèrent à remuer. Elle fut tentée de se précipiter derrière eux pour qu'ils avancent plus vite, mais se ravisa. Il fallait encore attendre.

Au lieu d'avancer normalement, les chevaux tournaient en rond. Ayla se dit qu'ils semblaient bien nerveux. Finalement, la jument prit la tête de la petite troupe et se dirigea vers la rivière. Les autres suivirent, s'arrêtant ici et là pour brouter. Plus ils approchaient de la rivière et plus ils semblaient inquiets. Ils avaient dû sentir l'odeur de la terre retournée et celle d'Ayla. Quand la jeune femme, qui ne les quittait pas des yeux, vit que la jument allait faire demi-tour, elle se dit que le moment était venu de passer à l'attaque.

Elle se servit de son charbon de bois pour allumer les deux torches. Lorsque celles-ci se furent enflammées, elle abandonna derrière elle la corne d'aurochs et s'élança en direction des chevaux en agitant les torches au-dessus de sa tête et en poussant des cris stridents. Malheureusement, elle était encore trop loin pour que les chevaux la voient. En revanche, ils avaient senti l'odeur de la fumée et, craignant d'instinct un feu de prairie, ils partirent au galop. En arrivant près de la rivière et de la fosse creusée par Ayla, ils réalisèrent qu'un nouveau danger les guettait et une partie de la horde amorça un mouvement vers l'est. Ayla prit la même direction dans l'espoir de leur couper la route. Arrivée à hauteur de la horde, elle s'aperçut que la plupart des chevaux faisaient un large détour pour éviter le piège et elle courut au milieu d'eux en hurlant. Ils s'écartèrent aussitôt. Les oreilles basses, les naseaux dilatés, hennissant de terreur, ils essayaient de s'échapper. Et s'ils réussissaient à s'enfuir ? A cette seule idée, Ayla sentait, elle aussi, la panique l'envahir.

Elle se trouvait à l'extrémité est de la palissade quand elle aperçut soudain la jument qui venait vers elle. Tenant toujours ses deux torches à bout de bras, elle se précipita à sa rencontre en hurlant de plus belle. Le choc semblait inévitable. Au dernier moment, la jument fit un écart pour l'éviter. Puis elle partit au galop. Malheureusement pour elle, du mauvais côté. Arrêtée par la palissade, elle la longea au galop dans l'espoir de sortir du piège. Hors d'haleine et les jambes en feu, Ayla courait derrière elle.

Quand la jument aperçut la rivière tout au bout de la trouée, elle se crut sauvée. Puis elle vit la fosse. Trop tard ! Elle ramassa ses pattes sous elle pour sauter, mais les bords de la fosse étaient glissants, et, entraînée par son élan, elle tomba au fond du piège.

Ayla, qui était à bout de souffle, continua pourtant à courir jusqu'à ce qu'elle arrive au bord de la fosse. Elle aperçut alors la jument qui, les yeux fous, remuait la tête en poussant des hennissements déchirants. Elle s'était cassé une jambe et se débattait dans la boue pour s'extraire de la fosse. Bien campée sur le sol, Ayla saisit son épieu à deux mains et le plongea dans la fosse. Elle s'aperçut trop tard qu'elle avait visé le flanc de la jument. Le coup qu'elle venait de lui porter n'était pas mortel. Elle courut de l'autre côté de la fosse pour aller chercher son second épieu, glissa sur la terre humide et manqua rejoindre la jument.

Cette fois-ci, elle prit le temps de viser. Quand l'épieu s'enfonça dans le cou de la jument, celle-ci fit vaillamment un dernier effort pour s'échapper, avant de lancer un hennissement de douleur qui ressemblait à un gémissement. Un coup de massue, appliqué sur le sommet du crâne, mit fin à ses souffrances.

Ayla était trop hébétée pour réaliser ce qui arrivait. Debout à côté de la fosse, elle s'appuyait de tout son poids sur la massue qu'elle tenait toujours à la main et, le souffle court, contemplait sans bien comprendre la jument qui gisait au fond de la fosse. Sa robe grisâtre tachée de sang et maculée de boue, elle ne bougeait plus.

Petit à petit, Ayla sentit monter en elle une émotion qu'elle n'avait encore jamais ressentie. Venu du plus profond d'elle-même, un cri de victoire franchit ses lèvres. Elle avait réussi !

A cette seconde, dans une vallée solitaire nichée au cœur d'un vaste continent, à la frontière entre les steppes arides du nord et les prairies plus verdoyantes du sud, une jeune femme, armée d'une massue en os, mesurait pour la première fois l'étendue de son pouvoir. Elle était capable de rester en vie ! Elle resterait en vie.

L'exaltation d'Ayla fut de courte durée. Un coup d'œil lui suffit pour comprendre qu'elle ne pourrait jamais sortir l'animal de la fosse. Elle devrait découper la jument sur place et transporter la viande jusqu'à la plage avant que l'odeur du sang n'attire les prédateurs. Seul le feu saurait les éloigner et il faudrait qu'elle l'entretienne jusqu'à ce que la viande ait fini de sécher.

Même si elle était épuisée par la nuit qu'elle venait de passer, elle ne pouvait pas se permettre de se reposer. C'était bon pour les hommes du Clan d'aller s'allonger après la chasse en laissant aux femmes le soin de découper le gibier et de le transporter. Pour Ayla, le travail ne faisait que commencer.

Après avoir tranché la gorge de la jument, elle retourna à la plage pour prendre sa tente en peau d'aurochs et ses outils en silex. En revenant vers la fosse, elle aperçut la horde de chevaux qui, galopant toujours, se trouvait maintenant à l'extrême limite de la vallée.

Aussitôt, elle se mit à l'ouvrage. Pataugeant dans la boue et le sang, elle commença à découper l'animal en essayant de ne pas abîmer la peau plus qu'elle ne l'était déjà. Au fur et à mesure, elle plaçait les morceaux de viande dans la peau d'aurochs. Quand celle-ci fut pleine, les charognards étaient déjà arrivés et ils arrachaient des lambeaux de chair aux os de la jument qu'elle avait mis de côté. En arrivant à la plage, Ayla déchargea la viande le plus près possible du feu et alimenta celui-ci avec de grosses branches.

Cette fois-ci, lorsqu'elle s'approcha de la fosse, elle tenait sa fronde à la main et s'en servit aussitôt contre un renard qui s'enfuit en poussant un glapissement. Ayla l'aurait bien tué, mais elle n'avait plus de cailloux. Elle s'avança jusqu'au bord de la rivière pour en choisir quelques-uns et en profita pour se rafraîchir avant de se remettre au travail.

Lorsqu'elle revint pour la seconde fois sur la plage, elle se servit à nouveau de sa fronde et tua un glouton qui s'était approché du feu et était en train d'emporter un énorme quartier de viande. Avant de repartir, elle récupéra la dépouille du glouton et la plaça près du feu, comme la viande, en se disant que la fourrure de l'animal lui serait bien utile pendant l'hiver.

Elle eut moins de chance en revanche avec une hyène qui s'était approchée de la fosse et qui réussit à emporter un des jarrets de la jument. Jamais, depuis qu'elle vivait dans la vallée, elle n'avait vu autant de carnassiers. Il n'y avait pas que les renards, les hyènes et les gloutons qui s'intéressaient à son gibier. Des loups et, plus cruels qu'eux encore, des dholes tournaient autour de la fosse en restant hors de portée de la fronde. Les faucons et les milans se montraient beaucoup plus téméraires et ne s'enfuyaient d'un coup d'aile qu'à l'approche d'Ayla. Elle s'attendait à tout moment à voir apparaître un lynx, un léopard ou le terrible lion des cavernes.

Quand elle eut terminé de transporter la totalité de la viande jusqu'à la plage, l'après-midi était bien avancé. Elle se laissa tomber près du feu. Elle n'avait pas dormi de la nuit, pas eu le temps de manger et elle était épuisée. Finalement, ce furent les mouches qui l'obligèrent à se relever. En les entendant bourdonner autour d'elle, elle se rendit compte à quel point elle était sale : son corps et ses vêtements étaient couverts de boue et de sang. Elle se dirigea vers la rivière et y plongea tout habillée.

L'eau fraîche lui fit du bien. Elle remonta vers la caverne, mit ses vêtements mouillés à sécher devant l'ouverture, enfila son vêtement en peau et alla chercher sur sa couche la fourrure sous laquelle elle dormait. Avant de redescendre, elle s'avança au bord de la corniche et jeta un coup d'œil dans la vallée. Les chevaux avaient disparu, par contre une intense activité semblait régner autour de la fosse.

Soudain, Ayla se souvint des deux épieux qu'elle avait laissés là-bas. Devait-elle prendre le risque d'aller les rechercher ? Se souvenant du temps qu'elle avait mis pour les fabriquer, elle se dit que mieux valait les récupérer. Elle déposa sa fourrure sur la plage, reprit sa fronde qu'elle avait enlevée pour se baigner et remplit les replis de son vêtement de cailloux avant de repartir.

Quand elle arriva sur place, elle tomba en plein carnage. Une partie de la palissade avait été renversée par les animaux impatients de s'approcher, l'herbe était piétinée et la fosse, rougie de sang, faisait penser à une blessure béante. Deux loups étaient en train de grogner autour de ce qui restait de la tête de la jument. Des renardeaux se disputaient en glapissant la jambe de devant de l'animal, tirant sur les longs poils et s'attaquant même au sabot.

Quand Ayla s'approcha, une hyène releva la tête, soudain sur ses gardes, les milans s'enfuirent à tire-d'aile, mais le glouton qui se trouvait juste à côté de la fosse ne bougea pas. Je ferais bien de me dépêcher, se dit-elle en lançant une pierre sur le glouton qui s'enfuit aussitôt. Il va falloir que j'allume plusieurs feux pour protéger la viande. La hyène recula hors de portée de sa fronde en ricanant. Fiche le camp de là, affreuse ! songea Ayla qui détestait les hyènes. Elle ne pouvait pas voir une hyène sans songer aussitôt à celle qui avait essayé d'emporter le bébé d'Oga et qu'elle avait tuée avec sa fronde.

Alors qu'elle se penchait pour ramasser ses épieux, un mouvement derrière une des brèches de la palissade attira soudain son attention. Elle aperçut alors des hyènes qui s'approchaient sans bruit de la jeune pouliche couleur de foin.

Je suis désolée pour toi, songea Ayla. Je n'avais pas l'intention de tuer ta mère. Mais comme c'est elle qui est tombée dans le piège, je n'avais pas le choix. Elle n'éprouvait aucune culpabilité. Dans le monde où elle vivait, il y avait les chasseurs et les chassés. Et les chasseurs pouvaient devenir des proies. Si Ayla n'avait eu ni feu ni armes, cela aurait été son cas. La chasse faisait partie de la vie.

Elle savait que, sans sa mère, la jeune pouliche était condamnée et elle éprouvait de la pitié pour cet animal sans défense. Que de fois avait-elle ramené à Iza des animaux blessés pour que la guérisseuse les soigne, et provoqué du même coup la colère de Brun !

Les hyènes étaient en train d'encercler la jeune pouliche. Celle-ci leur lançait des regards apeurés et essayait de leur échapper. S'il n'y a plus personne pour s'occuper d'elle, autant qu'elle meure tout de suite, se dit Ayla. Mais, quand une hyène s'élança vers la pouliche et lui entailla le flan, elle ne put s'empêcher d'intervenir. La fronde à la main, elle s'avança dans la trouée et bombarda de pierres les assaillants. Une des hyènes s'effondra sur le sol, les autres s'éloignèrent. Ayla n'avait pas l'intention de les poursuivre : leur peau tachetée ne l'intéressait pas. Elle voulait seulement qu'elles laissent la jeune pouliche tranquille. Celle-ci s'était reculée en la voyant, mais elle n'était pas allée loin. Elle avait encore plus peur des hyènes que d'Ayla.

La jeune femme s'approcha peu à peu de la pouliche, la main tendue en avant et en chantonnant d'une voix douce, comme elle l'avait déjà fait avec d'autres animaux apeurés. D'instinct, elle savait s'y prendre avec les animaux. La pitié qu'elle éprouvait pour les créatures sans défense s'étendait à tous les êtres vivants et son activité de guérisseuse n'avait fait que la renforcer. Iza était comme elle : elle aussi, elle n'avait pas hésité à recueillir une petite fille blessée et affamée, malgré la désapprobation du clan.

Quand la jeune pouliche avança la tête pour renifler les doigts d'Ayla, celle-ci en profita pour s'approcher un peu plus et lui caresser l'encolure. Le jeune animal s'enhardit et se mit à sucer bruyamment le bout de ses doigts.

Pauvre bébé ! songea-t-elle en faisant un effort pour ne pas pleurer. Tu as faim et ta mère n'est plus là pour te nourrir. Ce n'est pas moi qui vais te donner du lait, je n'en avais déjà pas assez pour nourrir Durc. Cela n'a pas empêché mon fils de grandir. Je trouverai bien quelque chose pour te nourrir. Toi aussi, il va falloir te sevrer. Viens avec moi,. bébé, ajouta-t-elle en entraînant la jeune pouliche vers la plage.

En arrivant près du feu, Ayla aperçut un lynx qui était en train de lui voler un morceau de cette viande si difficilement gagnée. Lâchant la pouliche, elle saisit sa fronde et, quand le lynx releva la tête, lança deux pierres coup sur coup.

Avec une fronde, tu peux tuer un lynx, lui avait dit Zoug un jour. Mais ne t'attaque jamais à un animal plus gros que le lynx. Et Ayla avait eu maintes fois l'occasion de vérifier que Zoug avait raison.

Elle replaça la viande près du feu et y traîna le corps sans vie du félin. En voyant son tableau de chasse — l'imposant tas de viande, la peau couverte de boue de la jument, la fourrure du glouton et celle du lynx — elle éclata soudain de rire. J'avais besoin de viande, se dit-elle. J'avais besoin de fourrure. Et maintenant, je n'aurai pas assez de mes deux mains pour m'occuper de tout ça.

Effrayée par le feu, la jeune pouliche s'était légèrement éloignée. Ayla alla chercher une longue lanière et, s'approchant avec précaution de l'animal, elle la lui passa autour du cou et la ramena vers la plage où elle l'attacha au tronc d'un arbuste. Elle retourna prendre ses épieux qu'elle avait laissés près de la fosse et, à son retour, comme la jeune pouliche recommençait à lui sucer les doigts, elle se demanda ce qu'elle pourrait lui donner à manger.

Elle lui proposa une brassée d'herbes, mais le petit cheval ne semblait pas savoir ce que c'était. Elle songea alors aux céréales qu'elle avait fait cuire la veille au soir et auxquelles elle avait à peine touché. Si les petits des chevaux étaient comme les bébés du Clan, ils devaient pouvoir manger la même nourriture que leur mère à condition que celle-ci soit liquide. Ayla ajouta de l'eau dans le récipient qui contenait les céréales et les écrasa pour obtenir une bouillie qu'elle proposa à la jeune pouliche. Celle-ci renifla la bouillie, puis recula quand Ayla lui enfonça le museau dans le récipient.

Comme elle recommençait à sucer les doigts d'Ayla, la jeune femme plongea ses deux mains dans le récipient. La jeune pouliche accepta alors d'y goûter. La bouillie dut lui plaire car, sans qu'Ayla ait besoin d'insister, elle nettoya le contenu du récipient.

J'ai l'impression qu'il va falloir que je ramasse plus de grains que prévu, songea Ayla. Dire qu'elle avait tué la mère de ce poulain pour pouvoir se nourrir et que maintenant, elle serait obligée de faire provision de grains pour nourrir le bébé ! Si les membres du Clan étaient là, ils ne manqueraient pas de dire qu'elle se conduisait d'une manière bien étrange. Maintenant que je suis seule, je fais ce que je veux, se dit-elle en enfonçant l'extrémité d'une petite branche dans un morceau de viande qu'elle plaça au-dessus des braises. Dès qu'elle eut fini de manger, elle se mit au travail.

Quand la lune apparut à nouveau dans le ciel, elle était toujours en train de découper la viande en fines tranches. Autour de la plage brûlaient de nombreux feux qu'elle avait disposés en cercle et qu'elle alimentait régulièrement avec des bois flottés. A l'intérieur de ce cercle, la viande, placée sur des cordes, était en train de sécher. Roulées un peu à l'écart se trouvaient la fourrure fauve du lynx et celle, marron, du glouton, dont elle ne pourrait s'occuper que plus tard. Elle avait lavé la peau de la jument et l'avait mise à sécher sur des pierres. Après avoir nettoyé l'estomac de l'animal, elle l'avait rempli d'eau pour qu'il reste souple et posé à côté de la peau. Elle avait aussi mis à sécher les tendons, nettoyé les intestins, rangé en tas les os et les sabots et mis de côté la graisse qu'elle ferait fondre plus tard et verserait à l'intérieur des intestins pour la conserver. En dépiautant les deux carnassiers, elle avait réussi à récupérer un peu de graisse qu'elle utiliserait pour des lampes ou pour imperméabiliser des peaux. Elle s'était débarrassée de leur chair, dont le goût lui déplaisait.

Elle allait retourner à la rivière pour y laver un dernier quartier de viande quand soudain elle changea d'avis. Ce travail pouvait attendre. Jamais elle ne s'était sentie aussi fatiguée. Elle alimenta à nouveau les feux pour qu'ils continuent à brûler pendant son sommeil et se roula dans sa couverture en fourrure.

La petite pouliche, qui avait réussi à se détacher, s'approcha pour la renifler et vint s'étendre à côté d'elle. A moitié endormie, Ayla posa son bras sur l'encolure du cheval et, bercée par sa respiration et les battements de son cœur, sombra aussitôt dans un sommeil sans rêve.

6

Jondalar frotta son menton rugueux et allongea le bras pour prendre son sac posé contre le tronc d'un pin rabougri. Après avoir fouillé à l'intérieur, il en sortit une pochette en cuir souple, défit le lacet qui la tenait fermée, la déplia devant lui, choisit une fine lame de silex, au bord plat et tranchant.

Un coup de vent agita soudain les branches du vieux pin couvert de lichen. La rafale souleva le rabat en peau à l'entrée de la tente, s'engouffra à l'intérieur, tira sur les cordes et ébranla les piquets, puis, changeant d'avis, plaqua à nouveau le rabat contre l'ouverture. Haussant les épaules d'un air fataliste, Jondalar rangea la lame dans la pochette et referma celle-ci.

— Le moment est venu de laisser pousser sa barbe ? demanda Thonolan.

Jondalar, qui ne l'avait pas entendu arriver, le regarda d'un air surpris.

— En été, je n'aime pas porter la barbe, dit-il. Dès qu'on transpire, ça vous démange. Par contre, l'hiver, la barbe tient chaud. Et j'ai bien l'impression que l'hiver arrive.

Thonolan s'approcha du feu qu'ils avaient allumé tout près de la tente, s'assit en tailleur à côté du foyer et approcha ses mains des flammes pour les réchauffer.

— A part un buisson ici ou là dont les feuilles sont encore rouges, tout le reste tourne au jaune et au brun, annonça-t-il en montrant à son frère les immenses prairies qui se trouvaient derrière eux. Même les pins ont légèrement jauni. Il y a de la glace sur les flaques et les cours d'eau gèlent en surface. Les feuilles ne vont pas tarder à tomber.

— Il n'y en a plus pour longtemps en effet, reconnut Jondalar en s'installant en face de son frère. Au lever du jour, j'ai vu passer un rhinocéros qui se dirigeait vers le nord.

— La neige ne devrait pas tarder.

— Tant que les mammouths et les rhinocéros ne seront pas partis, nous ne risquons pas d'être surpris par une tempête de neige. De petites chutes de neige ne les gênent pas mais dès qu'ils sentent venir une tempête, ils filent en direction du glacier. « Quand le mammouth va vers le nord, ne te mets pas en route. » C'est vrai aussi pour les rhinocéros. Mais celui que j'ai aperçu ce matin ne semblait nullement pressé.

— Je me souviens d'une chasse qui a tourné court sans que nous ayons tué quoi que ce soit, simplement parce que les rhinocéros se ruaient vers le nord, fit remarquer Thonolan. Je me demande s'il neige beaucoup ici...

— L'été a été sec. Si l'hiver est pareil, il ne devrait pas tomber beaucoup de neige. Les mammouths et les rhinocéros resteront sur place. Mais, pour l'instant, on ne peut rien dire. Nous sommes descendus très bas et l'hiver risque d'être plus humide que dans le nord. S'il y a des gens dans les montagnes qui se trouvent à l'est, ils doivent savoir. Peut-être aurions-nous dû rester chez ceux qui nous ont fait traverser le fleuve en radeau. Nous avons absolument besoin de trouver un endroit où passer l'hiver. Et vite !

— Tu sais ce qui me ferait plaisir ? dit Thonolan en souriant. Une Caverne agréable où nous serions reçus à bras ouverts et qui serait remplie de belles femmes.

— Qu'une Caverne nous reçoive à bras ouverts et je m'estimerai déjà heureux.

— Tu n'as pas plus envie que moi de passer l'hiver sans la réconfortante présence d'une femme, non ?

— L'hiver sera moins froid avec une femme, reconnut Jondalar. Mais ce n'est pas en restant ici que nous en trouverons. Il est temps de se mettre en route, dit-il en se levant.

— Tout à fait d'accord, répondit Thonolan.

Tournant le dos au feu, il s'apprêtait lui aussi à se lever quand soudain il se figea.

— Jondalar ! chuchota-t-il. Ne bouge pas et regarde de l'autre côté de la tente. Tu verras ton ami de ce matin, ou un autre qui lui ressemble comme un frère.

Jondalar risqua un coup d'œil prudent de l'autre côté de la tente. Il aperçut alors un énorme rhinocéros laineux à deux cornes qui se balançait d'un pied sur l'autre, comme s'il avait du mal à équilibrer sa masse imposante. La tête de côté, il regardait Thonolan. S'il avait conservé la tête droite, il n'aurait pas pu le voir car ses yeux étaient situés tellement en arrière de son crâne que, dans cette position, il était quasiment aveugle. Son ouïe et son odorat très développés compensaient largement sa vision déficiente.

C'était un animal parfaitement adapté aux grands froids. Il possédait deux fourrures : un fin duvet bien fourni, caché sous de longs poils brun-roux. Et, en dessous de son pelage, une couche de graisse épaisse de huit centimètres. Il avançait toujours la tête basse, une de ses cornes pratiquement au ras du sol, pour déblayer le terrain. Quand la neige qui recouvrait les pâturages n'était pas trop épaisse, cette corne lui servait à se frayer un passage. A cause de sa fourrure, il ne pouvait pas supporter la chaleur qui régnait dans le sud durant l'été ni affronter un froid humide car, alors, ses longs poils auraient gelé. Il arrivait donc à l'automne pour paître dans les immenses prairies et emmagasiner de la graisse en prévision de la saison froide. Il ne s'attardait pas et repartait en direction du nord, au début de l'hiver, avant les grosses chutes de neige, et rejoignait les steppes froides et sèches au pied du glacier.

Sa longue corne antérieure ne lui servait évidemment pas qu'à déblayer la neige et pour l'instant, son extrémité effilée se trouvait à courte distance de Thonolan.

— Ne bouge pas ! dit Jondalar entre ses dents.

D'un geste vif, il se baissa pour attraper les sagaies qui se trouvaient près de son sac.

— Nos sagaies sont trop légères, fit remarquer Thonolan sans se retourner. (Il n'avait pas besoin de regarder Jondalar pour savoir ce qu'il était en train de faire.) Tu sais bien que pour tuer un rhinocéros, il faut l'atteindre à l'œil. Tu auras beau lancer ton arme, tu ne toucheras jamais une cible aussi petite. Il faudrait une sagaie plus robuste, capable de lui porter un coup mortel. Malheureusement, nous n'en avons pas...

— Tais-toi, conseilla Jondalar. Tu vas finir par attirer son attention. Peut-être que je n'ai pas l'arme qu'il faut, mais toi, tu n'as rien du tout. Je vais faire le tour de la tente et tenter le coup.

— Attends, Jondalar ! Avec ta sagaie, tu vas le rendre furieux, c'est tout ! Je te parie que tu n'arriveras même pas à le blesser. J'ai une idée... continua Thonolan. Est-ce que tu te souviens comment nous harcelions les rhinocéros quand nous étions enfants ? L'un de nous se mettait à courir devant l'animal, puis faisait brusquement un mouvement de côté tandis que quelqu'un d'autre attirait l'attention du rhino. Nous l'obligions à courir jusqu'à ce qu'il n'en peuve plus. C'est ce que nous allons faire. Je vais partir en courant pour qu'il me charge et toi, tu prendras le relais.

— Non ! hurla Jondalar.

Mais il était trop tard, son frère courait déjà à toute vitesse.

Impossible de prévoir les réactions d'un rhinocéros ! Au lieu de se lancer à la poursuite de Thonolan, celui-ci se rua vers la tente dont les peaux remuaient sous le vent. Il donna un coup de corne dedans, fendit les peaux, rompit les cordes et finit par s'y empêtrer. Quand il réussit enfin à se libérer, il dut se dire que l'endroit n'était guère hospitalier, car il repartit au petit trot sans faire de mal à qui que ce soit.

Jetant un coup d'œil derrière son épaule, Thonolan s'aperçut que le rhinocéros n'était plus là et il se dépêcha de rejoindre son frère.

— Imbécile ! s'écria celui-ci en jetant sa sagaie sur le sol avec une telle force que la hampe en bois se brisa net au-dessus de la pointe en os. Tu avais envie de te faire tuer ? Grande Doni, Thonolan ! Il faut être nombreux pour harceler un rhinocéros ! A deux, jamais nous n'y serions arrivés ! Que se serait-il passé s'il s'était élancé à ta poursuite ? Qu'aurais-je fait, hein, s'il t'avait donné un coup de corne ?

Surpris par cette sortie, Thonolan faillit se mettre en colère. Mais finalement, il sourit à son frère.

— Alors, comme ça, tu t'es fait du souci pour moi... Peut-être ai-je eu tort de tenter une sortie mais il était hors de question que je te laisse attaquer le rhinocéros avec une sagaie aussi légère. Qu'aurais-je fait, hein, s'il t'avait donné un coup de corne ? demanda-t-il avec un grand sourire. (Il ajouta, les yeux pétillant de malice, comme un enfant tout fier de vous avoir joué un bon tour :) De toute façon, il ne m'a même pas couru après.

Jondalar n'en voulait pas vraiment à son frère. Il était surtout soulagé de voir qu'il s'en était sorti sans mal.

— Tu as eu de la chance, dit-il en soupirant. Nous en avons eu tous les deux. Mais nous aurions intérêt à fabriquer deux sagaies mieux adaptées à ce genre de gibier.

— Il n'y a pas d'ifs par ici, fit remarquer Thonolan en commençant à ranger la tente. Mais nous trouverons facilement des frênes ou des aulnes sur notre route.

— Même un saule ferait l'affaire. Et mieux vaudrait s'occuper de ces sagaies avant de partir.

— Ne restons pas ici, Jondalar. Nous avions décidé d'atteindre les montagnes avant la nuit.

— L'idée de voyager sans une arme capable d'arrêter les rhinocéros qui se baladent par ici ne me plaît pas tellement.

— Nous pourrons nous arrêter plus tôt que d'habitude. De toute façon, il faudra réparer la tente. Nous en profiterons pour chercher les arbres dont nous avons besoin. Inutile d'attendre sur place que ce rhinocéros revienne.

— Tu oublies qu'il peut aussi nous suivre... rappela Jondalar qui savait très bien que chaque matin son frère était impatient de se remettre en route. D'accord ! convint-il finalement. Nous allons essayer d'atteindre les montagnes. Mais nous nous arrêterons bien avant la nuit.

— D'accord, Grand Frère.

Les deux frères s'étaient remis en route et suivaient la rive du fleuve. Tout naturellement, ils avaient adopté la même allure et savouraient cette marche silencieuse. Ce Voyage en commun les avait beaucoup rapprochés. Chacun connaissait maintenant la force et les faiblesses de l'autre. Ils se partageaient tout naturellement les tâches quand venait le moment d'établir leur camp et dépendaient étroitement l'un de l'autre en cas de danger. Ils étaient jeunes, forts, en parfaite santé et si sûrs d'eux qu'ils étaient persuadés de pouvoir faire face à n'importe quelle situation.

Vivant en parfaite harmonie avec la nature, ils réagissaient instinctivement à n'importe quel changement dans leur environnement. Et à la moindre menace, ils se tenaient sur leurs gardes. En revanche, ils prêtaient peu d'attention au vent froid qui, ce jour-là, remuait les branches, aux nuages qui s'amoncelaient sur les premiers contreforts enneigés de la montagne située en face d'eux ou même aux eaux profondes qui coulaient le long de la berge.

Le parcours de la Grande Rivière Mère était canalisé par les hautes chaînes montagneuses du continent. Après être sortie des montagnes septentrionales aux sommets couverts de glace, elle coulait d'abord en direction de l'est. De l'autre côté se trouvait un haut plateau et, plus à l'est, une seconde chaîne en arc de cercle. A l'endroit où les confins montagneux rencontraient les premiers contreforts de ce second massif, le fleuve se frayait un passage à travers la barrière rocheuse et obliquait brusquement vers le sud.

Après s'être glissé entre les plateaux karstiques, le fleuve dessinait des méandres dans les steppes verdoyantes et se divisait alors en plusieurs bras, qui finissaient par se rejoindre en un seul coulant vers le sud. Pendant la traversée des plaines, le fleuve lent et paresseux donnait l'impression de ne subir aucun changement. En réalité, avant qu'elle n'atteigne, à l'extrême sud de ces immenses plaines, la région montagneuse qui allait à nouveau l'obliger à obliquer vers l'est, la Grande Rivière Mère avait reçu tous les cours d'eau venus des faces nord et est de la première chaîne de montagnes.

Gros de tous ces affluents, le fleuve faisait alors une grande boucle pour contourner l'extrémité sud du second massif. Les deux frères avaient suivi la rive gauche, traversant les bras du fleuve au fur et à mesure que ceux-ci leur barraient la route. Sur la rive droite, le pays était très escarpé. De leur côté, la berge du fleuve s'élevait graduellement et formait des collines moutonnantes.

— Je ne pense pas que nous atteindrons l'embouchure du fleuve avant l'hiver, fit remarquer Jondalar.

— Et moi, je suis sûr du contraire, répliqua Thonolan. Regarde comme il est large, continua-t-il en montrant le cours d'eau à son frère. Je n'aurais jamais cru qu'il puisse atteindre une telle taille. Je ne serais pas étonné que nous soyons tout près de l'embouchure.

— C'est impossible ! Nous n'avons pas encore rencontré la Rivière Sœur. Tamen nous a dit que cet affluent était aussi large que la Grande Rivière Mère.

— A force de parler de la Sœur, on a dû exagérer sa taille. Comment imaginer qu'il puisse y avoir un autre cours d'eau aussi large que celui-là !

— Tamen n'a pas dit qu'il avait vu la Sœur. Mais ça m'étonnerait qu'il se soit trompé. Tous les indications qu'il nous a données se sont révélées justes. Il nous avait dit que le fleuve obliquait à nouveau vers l'est et nous avait parlé des gens qui nous ont aidés à traverser le bras le plus large sur un radeau.

— On a toujours tendance à exagérer les merveilles qui sont loin de chez soi, rappela Thonolan. Je pense que la fameuse « Sœur » dont nous a parlé Tamen n'est qu'un autre bras du fleuve, beaucoup plus loin à l'est.

— Souhaitons que tu aies raison, Petit Frère. Car si la Sœur existe vraiment, nous serons obligés de la traverser pour atteindre ces montagnes.

— Tant que je ne l'aurai pas vue, je n'y croirai pas.

Un gros nuage noir surgi à l'horizon attira soudain l'attention de Jondalar. En entendant le bruit que faisait cet étrange nuage qui se déplaçait dans le sens contraire du vent, il sut aussitôt que c'était des oies sauvages. Quand elles arrivèrent à l'aplomb des deux frères, leur formation dessinait dans le ciel un V parfait et leurs cris étaient assourdissants. Virant de bord toutes ensemble, elles obscurcirent un instant le ciel, descendirent en piqué et s'éparpillèrent en approchant du sol, battant des ailes pour freiner. Elles s'étaient posées derrière le coude que faisait le fleuve, hors de vue des deux frères.

— Ces oies sauvages ne se sont pas arrêtées par hasard ! s'écria aussitôt Thonolan. Il doit y avoir un marais. Peut-être même un lac ou une mer. Je parie que nous avons atteint l'embouchure du fleuve.

— Montons en haut de cette colline, proposa Jondalar, sur un ton qui indiquait clairement qu'il ne partageait pas l'avis de son frère. Nous verrons bien.

La montée était rude, les deux frères respiraient bruyamment et, quand ils arrivèrent au sommet, la perspective qu'ils découvrirent acheva de leur couper le souffle. Au-delà de la boucle, le fleuve s'élargissait et son cours devenait de plus en plus tumultueux au fur et à mesure qu'il approchait d'une vaste étendue d'eau boueuse qu charriait toutes sortes de débris. Des branches brisées, des cadavres d'animaux et même des arbres entiers tournoyaient à la surface de l'eau, agités en tous sens par des courants contraires.

Les deux frères n'avaient pas atteint l'embouchure de la Grande Rivière Mère mais l'endroit où la Sœur se jetait dans l'immense fleuve.

La Sœur avait pris naissance tout en haut des montagnes qui se trouvaient en face d'eux. Elle n'était d'abord que torrents et ruisseaux. Puis ces petits cours d'eau se transformaient en rivières, dévalant le long des pentes de la face ouest de la seconde chaîne de montagnes. Comme aucun lac, aucune retenue ne venait freiner leur course, les eaux tourbillonnantes gagnaient en force et en vitesse au fur et à mesure qu'elles s'approchaient de la plaine où elles se réunissaient enfin. Le seul frein que rencontrait la Sœur turbulente était la Grande Rivière Mère dans laquelle elle venait se jeter.

L'affluent était presque aussi large que le fleuve et, à l'endroit où ces deux géants se rencontraient, ils luttaient l'un contre l'autre de toute la force de leurs courants antagonistes. Vaincu par le fleuve, l'affluent reculait, puis repartait à l'assaut, jetant dans la bataille toute la panoplie de ses courants. Les tourbillons entraînaient les débris vers le fond, puis les rejetaient à la surface un peu plus loin en aval. La confluence des deux cours d'eau créait un lac aux contours changeants et si vaste que les deux frères ne pouvaient apercevoir la rive opposée.

Avec la fin des crues, le niveau des eaux avait baissé. Les berges boueuses formaient un vaste marécage qui offrait un spectacle de désolation : amas de bois flottés, branches brisées net, arbres entiers dont les racines étaient tournées vers le ciel, poissons morts gisant le ventre en l'air et cadavres d'animaux échoués. Les oiseaux aquatiques festoyaient et une hyène était en train de se régaler des restes d'un cerf, insensible aux battements d'ailes des cigognes noires qui se posaient autour d'elle.

— Grande Doni ! s'écria Thonolan, abasourdi.

— Ce doit être la Sœur, dit Jondalar, trop ému pour rappeler à son frère qu'une fois de plus c'est lui qui avait raison.

— Comment allons-nous faire pour traverser ?

— Je n'en sais rien. Nous serons obligés de remonter l'affluent.

— Remonter ? Jusqu'où ? La Sœur est aussi large que la Grande Rivière Mère.

— Nous aurions dû suivre les conseils de Tamen, dit Jondalar en fronçant les sourcils d'un air soucieux. La saison est si avancée qu'il peut se mettre à neiger du jour au lendemain. Même si nous rebroussons chemin, nous ne pourrons pas nous permettre d'aller très loin. Je n'ai aucune envie d'être surpris par une tempête de neige alors que nous nous trouvons encore à découvert dans les plaines.

Une brusque rafale de vent rabattit le capuchon de Thonolan en arrière. Il le remit aussitôt en place et ne put réprimer un frisson. Pour la première fois depuis qu'ils s'étaient mis en route, il se demandait comment ils allaient se débrouiller pour rester en vie durant la saison froide.

— Et maintenant, que faisons-nous ? demanda-t-il à son frère.

— Il faut trouver un endroit pour établir notre campement, répondit celui-ci. (Après avoir observé attentivement les abords du cours d'eau, il ajouta :) Nous allons nous installer là-bas, un peu en amont, au pied de cette rangée d'aulnes. Il y a là un petit torrent qui rejoint la Sœur. Son eau doit être bonne à boire.

— Nous pourrions attacher nos deux sacs sur un tronc, proposa Thonolan, puis passer la corde autour de nos poitrines, comme ça nous serions sûrs de traverser sans que le courant nous sépare.

— Je te savais intrépide, Petit Frère, mais pas imprudent. Même sans chargement, je ne suis pas sûr de pouvoir traverser à la nage. Cette rivière doit être très froide. Si elle n'est pas prise par les glaces, c'est uniquement à cause de la force de son courant. Ce matin au réveil, elle était gelée en surface. Et que ferons-nous si nous nous trouvons empêtrés dans les branches d'un arbre ? Nous pouvons alors être entraînés par le courant ou, encore pire, au fond de la rivière.

— Est-ce que tu te souviens de cette Caverne près de la Grande Eau ? Ils se servent de troncs évidés pour traverser les rivières.

— Les troncs dont tu me parles proviennent d'arbres de grande taille, rappela Jondalar. Jamais nous n'en trouverons ici. Regarde comme les arbres sont petits et rabougris.

— J'ai entendu parler d'une Caverne qui fabriquait des coques en écorce de bouleau. Mais ce doit être très fragile...

— J'ai déjà vu ce genre de coques, mais je ne sais pas comment on les fabrique et quel type de colle on utilise pour que l'embarcation ne prenne pas l'eau. De toute façon, les bouleaux qu'ils utilisent sont beaucoup plus gros que par ici.

Thonolan regarda autour de lui dans l'espoir de trouver une idée que son frère ne pourrait pas démolir à coups d'arguments logiques. Il observa un court instant la rangée d'aulnes qui poussait en haut de la butte au sud et se mit à sourire.

— Et si nous construisions un radeau ? Il suffirait d'attacher plusieurs rondins ensemble. Les aulnes qui se trouvent en haut de ce monticule feraient parfaitement l'affaire. Regarde comme ils ont poussé droit et haut.

— En admettant que nous arrivions à construire un radeau avec ces aulnes, je ne vois pas de branche suffisamment longue et solide pour que nous puissions en faire une perche capable d'atteindre le fond de la rivière. Tu sais bien que même sur une rivière beaucoup plus petite, il est toujours difficile de conserver le contrôle d'un radeau.

Le sourire plein d'assurance de Thonolan s'effaça aussitôt. Il était incapable de déguiser ses sentiments. Il possédait une nature candide et impulsive, caractéristique qui le rendait particulièrement sympathique, notamment aux yeux de son frère. Devant son air déçu, ce dernier réprima un sourire.

— Ton idée n'est pas si mauvaise que ça, dit-il autant pour faire plaisir à son frère que parce qu'il ne voyait pas d'autre solution. Mais il va falloir que nous remontions la rivière. Plus haut, elle doit être plus large, donc moins profonde et moins rapide. Nous traverserons plus facilement.

— Mettons-nous en route tout de suite, proposa Thonolan.

— Je veux d'abord aller voir ces aulnes. Nous avons absolument besoin de sagaies plus solides que les nôtres. Nous aurions dû nous en occuper hier soir.

— Tu t'inquiètes encore à cause de ce rhinocéros ? s'étonna Thonolan. Il doit être loin maintenant.

— Je vais couper le bois, ce sera toujours ça de fait.

— Coupes-en donc pour moi. Pendant ce temps-là, je prépare la tente.

Jondalar prit son coup-de-poing en silex et, après en avoir vérifié le tranchant, partit en direction de la colline où poussaient les aulnes. Il examina avec attention les arbres et en choisit finalement un au tronc haut et droit. Il l'avait abattu et débarrassé de ses branches et était en train d'en sélectionner un second pour Thonolan quand, soudain, il entendit un grondement, puis des grognements, non loin de là. Son frère se mit à crier. L'instant d'après, il hurlait de douleur. Puis ce fut le silence, un silence qui laissait présager le pire.

— Thonolan ! Thonolan ! hurla Jondalar en dévalant la colline.

Tenant toujours le jeune arbre qu'il venait de couper, il courut comme un fou : il vit un énorme rhinocéros laineux qui poussait devant lui la forme inanimée d'un homme. La bête semblait ne pas savoir quoi faire de sa victime. Jondalar ne perdit pas de temps à réfléchir. Se servant du tronc de l'aulne comme d'une massue, il fonça sur l'animal et lui en assena un coup sur le groin, juste au-dessous de sa longue corne incurvée. Puis, à nouveau, il le frappa au même endroit. Le rhinocéros recula. Il s'immobilisa, comme s'il hésitait à charger ce fou furieux qui venait de lui faire mal, et partit au petit trot avant que Jondalar ait pu le frapper une troisième fois. Les coups n'avaient pas dû lui faire grand mal mais l'incitaient à décamper.

La longue hampe en aulne traversa l'air en sifflant, ratant de peu l'arrière-train de l'énorme bête. Jondalar courut la ramasser, puis il se précipita vers son frère qui gisait toujours sur le ventre dans la position où le rhinocéros l'avait abandonné.

— Thonolan ? Thonolan ! cria Jondalar en retournant son frère sur le dos.

Les pantalons en peau de Thonolan étaient déchirés à la hauteur de l'aine et couverts de sang.

— Thonolan ! Oh, Doni !

Posant l'oreille sur la poitrine de son frère, Jondalar eut l'impression que son cœur battait toujours. Mais peut-être n'était-ce qu'une illusion ? Quand il vit que la poitrine du blessé se soulevait régulièrement, il poussa un soupir de soulagement.

— Il est vivant ! Mais que vais-je faire de lui ? se demanda-t-il à haute voix en soulevant avec précaution son frère inanimé. Oh, Doni ! Oh, Grande Terre Mère ! Ne le prends pas encore ! Laisse-le vivre, je T'en prie... supplia-t-il, un sanglot dans la voix.

Laissant tomber son visage contre l'épaule de son frère, il pleura sans retenue. Puis il releva la tête et transporta Thonolan à l'intérieur de la tente.

Après l'avoir déposé avec précaution sur une des fourrures, il prit son couteau et découpa les pantalons et la tunique de son frère. La seule blessure visible était celle qu'il portait en haut de la jambe gauche : la corne du rhinocéros avait déchiré la chair et pénétré jusqu'au muscle. Mais Thonolan avait dû aussi être touché plus haut, car sa poitrine était violacée du côté gauche. Jondalar tâta avec précaution l'endroit tuméfié et s'aperçut aussitôt qu'il avait plusieurs côtes cassées.

En voyant que la blessure de la jambe continuait à saigner, il fouilla dans son sac et en sortit sa tunique d'été. Il épongea le sang qui imprégnait la peau sur laquelle Thonolan était couché et posa la tunique sur la blessure.

— Doni ! Doni ! Je ne sais pas quoi faire, s'écria-t-il en passant nerveusement ses mains pleines de sang dans ses cheveux. Je ne suis pas un Homme Qui Guérit, je ne suis pas un zelandoni...

De l'écorce de saule, je vais faire une infusion d'écorce de saule, se dit-il. Comme tout le monde, il savait qu'on utilisait l'écorce de saule chaque fois qu'on avait mal à la tête ou pour soulager d'autres douleurs mineures. L'écorce de saule était-elle efficace en cas de blessure grave ? Il l'ignorait mais ne perdrait rien à essayer.

Il mit de l'eau à chauffer au-dessus du feu, revint vers la tente pour jeter un coup d'œil à Thonolan et ressortit à nouveau. Comme l'eau tardait à bouillir, il ajouta une énorme brassée de bois et faillit mettre le feu au cadre sur lequel était posé le récipient.

Je n'ai pas d'écorce de saule ! se dit-il soudain. Après avoir jeté un nouveau coup d'œil à son frère, il se précipita vers la rivière, s'approcha d'un arbre dont les longues branches traînaient à la surface de l'eau, y préleva l'écorce dont il avait besoin et revint en courant vers la tente.

En son absence, l'eau s'était mise à bouillir, débordait et risquait d'éteindre le feu. Jondalar prit un bol pour prélever un peu de liquide, puis il mit les écorces de bouleau dans le récipient et ajouta du petit bois sur le feu. Passant la tête dans l'ouverture de la tente, il vit alors que la tunique qu'il avait posée sur la blessure de Thonolan était maintenant imbibée de sang. Complètement terrifié, il fouilla à l'intérieur du sac de son frère et, comme il n'arrivait pas à trouver ce qu'il cherchait, vida carrément le contenu du sac sur le sol.

Il saisit la tunique d'été de son frère et retourna auprès de lui. Thonolan n'avait toujours pas ouvert les yeux, mais il gémissait. Jondalar songea à l'infusion en train de bouillir. Il se précipita dehors et vida ce qui restait d'infusion dans un bol en espérant que le mélange ne serait pas trop fort. Après avoir posé le bol dans un coin, il s'approcha de son frère et retira la tunique qu'il avait placée sur la blessure. Il recula, épouvanté : la peau sur laquelle Thonolan était couché était, elle aussi, couverte de sang !

Il est en train de se vider de tout son sang ! se dit-il. Oh, Grande Doni ! Il a absolument besoin d'un zelandoni. Que faire ? Il faut que j'aille chercher de l'aide ! Mais où ? Où trouver un zelandoni ? Je ne peux pas traverser la Sœur, même à la nage. Et je ne peux pas non plus le laisser seul. Il risque d'être dévoré par des hyènes ou des loups attirés par l'odeur du sang.

Et cette tunique ! songea-t-il encore. Elle aussi, elle va les attirer ! Il roula la peau en boule et alla la jeter dehors. Qu'est-ce que je suis en train de faire ? se demanda-t-il aussitôt. C'est encore pire ! Il ramassa la tunique et regarda autour de lui dans l'espoir de découvrir un endroit où il pourrait la déposer, le plus loin possible de leur camp.

Il était insensé de croire que cette tunique ensanglantée attirerait les carnassiers et que, du coup, ceux-ci laisseraient Thonolan tranquille. Mais Jondalar était sous le choc et fou de chagrin à la pensée qu'il ne pouvait rien faire pour sauver son frère. Plutôt que de l'admettre, il préférait se raccrocher à cette idée saugrenue.

Voulant à tout prix se débarrasser de la tunique, il courut vers la colline au sommet de laquelle poussaient les jeunes aulnes et accrocha le vêtement ensanglanté à la cime d'un des arbres. Puis il revint vers la tente et se pencha vers Thonolan.

Son frère gémissait toujours. Au bout d'un moment, il remua la tête et ouvrit les yeux. En apercevant Jondalar, agenouillé auprès de lui, il eut un pâle sourire.

— Encore une fois, c'est toi qui avais raison, Grand Frère, dit-il. Jamais nous n'aurions dû laisser ce rhinocéros derrière nous.

— Je préférerais mille fois m'être trompé, Thonolan ! Comment te sens-tu ?

— Tu veux que je te réponde franchement ? Je souffre. A ton avis, c'est grave ?

Thonolan voulut se relever, mais il en était incapable et grimaça de douleur.

— Ne bouge pas, lui conseilla son frère. Je vais te faire boire un peu d'écorce de saule.

Jondalar souleva la tête de son frère et approcha le bol de ses lèvres. Thonolan réussit à avaler quelques gorgées puis il laissa retomber sa tête sur la fourrure. Non seulement il souffrait, mais il commençait à avoir peur.

— Dis-moi la vérité, Jondalar, exigea-t-il. Est-ce grave ?

— Ce n'est pas beau à voir, admit Jondalar.

— Ça, je m'en doute, répondit Thonolan. (Il baissa les yeux et aperçut les mains couvertes de sang de son frère.) Est-ce mon sang ? demanda-t-il aussitôt. Tu ferais mieux de me dire la vérité.

— Tu es blessé à l'aine et tu as perdu beaucoup de sang. Mais le rhinocéros a dû aussi te piétiner car tu as plusieurs côtes cassées. Pour le reste, je n'en sais rien. Je ne suis pas zelandoni...

— Et pour en trouver un, il faudrait que tu puisses traverser cette rivière. Ce qui est impossible !

— Exact, Petit Frère !

— Aide-moi à me relever, dit Thonolan. Je veux voir ce que j'ai.

Jondalar faillit refuser, mais finalement accepta et le regretta aussitôt. Au moment où Thonolan voulut s'asseoir, il cria de douleur et retomba, inconscient, sur la fourrure.

— Thonolan ! hurla Jondalar.

La blessure de son frère qui, l'instant d'avant, saignait un peu moins, s'était rouverte. Il alla chercher la tunique propre et, après l'avoir pliée en quatre, la posa sur la plaie. Puis il sortit de la tente et s'occupa du feu qui était en train de mourir. Il l'alimenta, remit de l'eau à chauffer et coupa du bois pour en avoir d'avance.

Quand il revint voir son frère, il s'aperçut que la tunique qui lui servait de pansement était à nouveau pleine de sang. Cette fois-ci, il ne s'affola pas. Il écarta le pansement, examina la blessure et se rendit compte aussitôt qu'elle avait cessé de saigner. Il alla chercher dans son sac un vêtement dont il se servait quand il faisait très froid, l'étendit sur la blessure et rabattit la couverture en fourrure sur son frère. Puis, prenant la tunique ensanglantée, il se dirigea vers la rivière pour la laver. Il en profita pour se nettoyer les mains et, repensant à cette tunique qu'il était allé porter en haut de la colline dans l'espoir qu'elle attirerait les carnassiers, il se sentit un peu ridicule. Comment avait-il pu céder aussi facilement à la panique ?

Jondalar ne savait pas que, dans certaines situations extrêmes, quand tous les moyens rationnels ont échoué, la panique peut se révéler bonne conseillère. Parfois, un acte irrationnel ouvre une solution à laquelle on n'aurait jamais pensé et qui peut vous sauver la vie.

Ayant recouvré son sang-froid, Jondalar revint près du feu, alla chercher l'aulne qu'il avait coupé avant que son frère soit blessé, s'assit près de la tente et commença à l'écorcer rageusement. Même si ça ne rimait plus à rien de fabriquer cette sagaie, au moins ce travail l'occupait et il se sentait moins inutile.

La journée suivante fut un véritable cauchemar pour Jondalar. Il avait passé une très mauvaise nuit. Il s'était levé pour aller voir son frère chaque fois que celui-ci, à moitié inconscient, gémissait, et lui avait fait boire de l'infusion de saule, la seule chose qu'il puisse lui offrir. Dans la matinée, il lui avait préparé un bouillon, mais le blessé y avait à peine touché. Il grelottait de fièvre, sa blessure était brûlante, son côté gauche tout contusionné et il supportait à peine le contact de la fourrure sur son corps douloureux.

En fin de journée, alors que le soleil venait de disparaître à l'horizon, il ouvrit à nouveau les yeux. Jondalar se trouvait à côté de lui car, un moment plus tôt, il l'avait entendu gémir dans son sommeil. Il commençait à faire sombre à l'intérieur de la tente, mais pas assez pour qu'il ne remarque pas à quel point le regard de Thonolan était vitreux.

— Comment te sens-tu ? demanda-t-il avec un sourire qu'il espérait encourageant.

Thonolan souffrait trop pour lui rendre son sourire et l'inquiétude qu'il lisait dans le regard de son frère n'était pas faite pour le rassurer.

— Je ne me sens pas en état de chasser le rhinocéros, répondit-il.

Les deux frères restèrent silencieux un long moment. Thonolan avait refermé les yeux en soupirant. Il n'en pouvait plus de lutter contre la douleur. Sa poitrine le faisait souffrir chaque fois qu'il respirait et la douleur qu'il ressentait au niveau de l'aine irradiait maintenant dans tout son corps. S'il avait eu la moindre chance de s'en sortir, il aurait supporté plus facilement son état mais il voyait bien à quel point la situation était désespérée : plus Jondalar restait de ce côté-ci du fleuve et plus il avait de chance d'y être surpris par une tempête de neige. Thonolan se savait perdu mais ce n'était pas une raison pour que son frère meure, lui aussi.

— Jondalar, dit-il en ouvrant les yeux, nous savons tous les deux que sans aide, je ne m'en sortirai pas. Ce n'est pas une raison pour que tu...

— Tu es jeune et fort, l'interrompit Jondalar. Il n'y a aucune raison que tu ne t'en remettes pas.

— La saison est trop avancée. Si jamais il y a une tempête de neige, nous sommes perdus. Il faut que tu partes, Jondalar !

— Tu délires !

— Non, je...

— Si tu n'avais pas de fièvre, tu ne dirais pas des choses pareilles. Essaie de retrouver des forces et laisse-moi m'occuper du reste. Nous ne resterons pas longtemps ici. J'ai trouvé une solution.

— Quelle solution ?

— Il faut encore que je réfléchisse à certains détails. Dès que mon plan sera au point, je te l'expliquerai. Veux-tu manger quelque chose ?

Thonolan ne voulait rien manger, il voulait en finir le plus vite possible pour que son frère puisse repartir.

— Je n'ai pas faim, dit-il. (Voyant qu'il faisait de la peine à Jondalar, il ajouta aussitôt :) Je boirais bien un peu d'eau.

Après lui avoir fait boire l'eau qui restait au fond de la gourde, Jondalar annonça :

— Il n'y en a plus. Je vais aller la remplir.

Ce n'était qu'une excuse pour quitter la tente et échapper au regard de son frère. Il lui avait menti : il n'avait trouvé aucune solution. Mais il n'avait pas renoncé pour autant à sauver Thonolan. Il faut absolument que je trouve un moyen de traverser cette rivière pour aller chercher de l'aide, se dit-il.

Longeant la berge, il aperçut soudain une branche coincée dans l'anfractuosité d'un rocher, juste au niveau de l'eau. Il resta un long moment à la regarder, éprouvant de la peine pour elle. Elle aussi, elle était prisonnière. Sans réfléchir, il s'approcha du rocher et libéra la branche. Puis il la regarda filer dans le courant en se demandant jusqu'où elle irait avant d'être arrêtée par un nouvel obstacle.

Finalement, il s'approcha du torrent qui se jetait dans la Sœur et lui apportait son minuscule tribut d'eau. Il avait rempli sa gourde et s'apprêtait à rebrousser chemin quand soudain, sans raison précise, il leva la tête et regarda en amont de la rivière. Il s'immobilisa alors, bouche bée.

Un monstrueux oiseau aquatique glissait sur l'eau, se dirigeant droit vers la rive où il se trouvait. Son long cou incurvé se terminait par une tête fière et crêtée et il possédait deux grands yeux aveugles. Quand l'oiseau se rapprocha, Jondalar aperçut les petites créatures qui se trouvaient sur son dos. L'une d'elles agita la main et cria :

— Holà !

Jamais encore Jondalar n'avait été aussi heureux d'entendre une voix humaine.

7

Ayla essuya du dos de la main son front couvert de sueur. Puis elle sourit au petit cheval qui venait de pousser son coude pour essayer d'insinuer son museau dans le creux de sa main. La jeune pouliche ne supportait pas d'être loin d'elle et la suivait partout. Et Ayla la laissait faire car elle était heureuse d'avoir de la compagnie.

— Quelle quantité de grains veux-tu que je ramasse pour toi ? demanda-t-elle en remuant les mains.

La jeune pouliche la regardait, attentive à chacun de ses gestes. Son attitude rappela à Ayla l'époque où, enfant, elle apprenait le langage par signes du Clan.

— Es-tu en train d'apprendre à parler ? Comme tu n'as pas de mains, tu ne pourras pas t'exprimer. Mais je suis sûre que tu essaies de me comprendre.

Chaque fois que, pour accompagner ses gestes, Ayla émettait un son, le jeune animal dressait les oreilles.

— Tu m'écoutes, n'est-ce pas, petite pouliche ? Je t'appelle petite pouliche ou petit cheval, mais ça ne va pas. Il faudrait que je te trouve un nom. Je me demande comment ta mère t'appelait ? Malheureusement, même si je connaissais le nom qu'elle te donnait, je ne serais pas capable de le dire...

La jeune pouliche n'avait pas quitté Ayla des yeux. Elle savait que la jeune femme était en train de s'adresser à elle et, quand les mains d'Ayla s'immobilisèrent, elle hennit comme si elle voulait lui répondre.

— Es-tu en train de me répondre ? Whiiinneeey[1] !

Ayla avait essayé de reproduire approximativement le son émis par la pouliche. Celle-ci remua aussitôt la tête pour montrer qu'elle avait reconnu le son familier et hennit à nouveau.

— Est-ce que c'est ton nom ? demanda Ayla en souriant.

A nouveau, la pouliche remua la tête, puis elle fit un saut de côté et revint vers Ayla.

— Si c'est le cas, tous les petits chevaux doivent porter le même nom, remarqua Ayla en éclatant de rire.

Elle recommença à hennir et à nouveau la petite pouliche lui répondit. Cela lui rappela le jeu auquel elle jouait avec Durc qui, lui, était capable de répéter tous les sons que sa mère émettait. Creb avait expliqué à Ayla que lorsque Iza l'avait recueillie, elle s'exprimait à l'aide d'une gamme de sons nettement plus étendue que celle utilisée par le Clan. Et

---

1. En anglais *whinny* signifie : hennissement. *(N.d.T.)*

elle avait été heureuse de découvrir que son fils pouvait reproduire ces sons.

Ayla reprit sa cueillette, toujours suivie par la jeune pouliche. Elle ramassait du blé épeautre et une variété de seigle semblable à celle qui poussait près de la caverne du Clan. Tout en récoltant des grains, elle réfléchissait au nom qu'elle pourrait donner au petit cheval. Je n'ai encore jamais donné de nom à qui que ce soit, pensa-t-elle. Que diraient les membres du Clan s'ils savaient ça ? Et s'ils apprenaient que je vis avec cette jeune pouliche ? Elle jeta un coup d'œil à l'animal qui était en train de gambader non loin de là. Je suis tellement heureuse qu'elle vive maintenant avec moi ! se dit-elle, la gorge serrée par l'émotion. Je me sentais si seule avant. Je ne sais pas ce que je ferais si elle venait à me quitter.

Quand Ayla s'immobilisa et leva la tête, le soleil était en train de décliner. Le ciel était vide, immense, sans aucun nuage et d'un bleu qui semblait immuable. A l'ouest pourtant, il commençait à rougir. Pour évaluer le temps qui la séparait de la tombée de la nuit, Ayla observa la distance que le soleil devait encore parcourir avant de disparaître derrière le sommet de la falaise. Elle décida qu'il était temps de rentrer.

La jeune pouliche avait remarqué qu'elle s'était arrêtée et elle s'approcha aussitôt en hennissant joyeusement.

— Allons boire, proposa Ayla en posant sa main sur l'encolure du cheval et en l'entraînant vers la rivière.

Tel un kaléidoscope qui aurait reflété les couleurs changeantes des différentes saisons, la végétation qui poussait au bord de la rivière avait enrichi sa palette de toutes les teintes automnales : au vert sombre des pins et des sapins s'ajoutaient maintenant des ors lumineux, des bruns, quelques touches de jaune pâle et de rouge feu. Sans ce brillant échantillonnage de couleurs qui tranchait sur le beige monotone des steppes, on se serait cru au cœur de l'été, car il faisait encore très chaud dans la vallée protégée du vent par les falaises. Mais ce n'était qu'une illusion : l'hiver n'était pas loin.

— Il faudra aussi que je ramasse de l'herbe, rappela Ayla à sa jeune compagne. La dernière fois que j'ai changé ta litière, tu en as mangé une partie.

Lorsque la jeune pouliche se rendit compte de la direction que prenait Ayla, elle se mit à trotter un peu en avant.

— Whinney ! Whinney ! appela Ayla en reproduisant presque parfaitement le hennissement du jeune animal.

Tournant la tête, la pouliche regarda du côté d'Ayla et revint vers elle.

Ayla lui frotta la tête et lui gratta les flancs. La jeune pouliche était en train de perdre son pelage hirsute de bébé et ses longs poils d'hiver poussaient. Cela la démangeait et elle appréciait qu'Ayla lui gratte les flancs.

— J'ai l'impression que ce nom te plaît, dit-elle, et qu'il te va parfaitement. Nous allons faire une cérémonie pour t'attribuer un nom. Je ne pourrai pas te porter dans mes bras et Creb ne sera pas là pour tracer à l'ocre rouge le signe de ton totem. J'ai l'impression que c'est moi qui vais faire office de mog-ur.

Un mog-ur femme... On aura tout vu ! songea-t-elle en souriant.

En arrivant en vue du piège, elle fit un large détour pour l'éviter. Bien qu'elle l'eût rempli de terre, la jeune pouliche reniflait et grattait le sol avec ses sabots, chaque fois qu'elle s'en approchait, comme si elle sentait une odeur qui l'inquiétait ou qui lui rappelait quelque chose. Chassée par le feu et le bruit qu'avait faits Ayla, la petite troupe de chevaux n'était jamais revenue.

Ayla emmena donc la pouliche boire un peu plus près de la caverne. Les berges de la rivière étaient boueuses, et, s'approchant de l'eau, Ayla fit gicler de la boue. Quand elle vit la longue traînée qui maculait une de ses jambes, cela lui rappela la marque à l'ocre rouge que Creb avait tracée sur le front de son fils le jour où il lui avait attribué un nom. Il était inutile qu'elle cherche de l'ocre rouge : cette boue ferait parfaitement l'affaire.

Fermant les yeux, elle essaya de se remémorer ce que Creb avait fait lors de la cérémonie. Elle revoyait, comme si c'était hier, son vieux visage ravagé, le morceau de chair qui recouvrait l'emplacement où aurait dû se trouver son œil, son large nez et son front bas aux arcades proéminentes. Même si, à cette époque, sa barbe commençait à se clairsemer, même si ses tempes s'étaient dégarnies, même s'il n'était plus tout jeune, il n'avait rien perdu de son immense pouvoir.

En repensant à ce visage taillé à la serpe qu'elle avait tant aimé, les émotions qu'elle avait éprouvées ce jour-là l'envahirent à nouveau. La peur qu'elle avait eu de perdre son fils et la joie à la vue du bol qui contenait la pâte d'ocre rouge. La gorge nouée, elle essuya les larmes qui lui montaient aux yeux. Et quand la jeune pouliche s'approcha d'elle, sentant son besoin d'affection, elle se laissa tomber à genoux et, entourant l'animal de ses bras, posa son front contre son encolure.

Cette cérémonie a pour but de te donner un nom, dit-elle en s'adressant par la pensée à la pouliche. Elle se servit de sa main gauche pour ramasser une pleine poignée de boue et leva son bras droit vers le ciel comme Creb levait son bras atrophié chaque fois qu'il voulait invoquer les esprits. Ayla allait les invoquer à son tour quand soudain elle s'arrêta : les esprits du Clan verraient peut-être d'un mauvais œil qu'on fasse appel à eux pour attribuer un nom à un animal. Après avoir plongé ses doigts dans la boue, elle traça une ligne qui partait du crâne de la pouliche et s'arrêtait à la hauteur de ses naseaux, imitant le geste qu'avait fait Creb sur le front de son fils.

— Whinney, prononça-t-elle distinctement. (Puis elle ajouta, à l'aide de gestes cette fois :) Cette jeune pouliche s'appelle Whinney.

Le jeune animal remua la tête pour se débarrasser de la boue mouillée.

— Ne t'inquiète pas, Whinney, lui dit Ayla en riant. Cela ne va pas tarder à sécher.

Après avoir lavé ses mains dans la rivière, elle remit son panier sur ses épaules et se dirigea vers la caverne. Elle marchait lentement et sans regarder autour d'elle, perdue dans ses pensées. La cérémonie qui venait d'avoir lieu lui rappelait douloureusement la vie du Clan. Comme elle se sentait seule ! Bien sûr Whinney marchait maintenant à ses côtés, mais ce n'était qu'un animal : la jeune pouliche ne pouvait pas savoir qu'elle était en train de pleurer.

Quand elles arrivèrent sur la plage rocheuse, Ayla dut cajoler la pouliche et la guider pour que celle-ci accepte de la suivre sur l'étroit sentier qui menait à la caverne.

— Allez Whinney, un petit effort. Je sais bien que tu n'es pas une antilope saïga, mais tu es malgré tout capable de grimper là-haut.

Quand elles eurent atteint la corniche, elles pénétrèrent à l'intérieur de la caverne. Ayla commença par s'occuper du feu qui était en train de mourir, puis elle mit des grains d'épeautre à cuire. La jeune pouliche mangeait aussi de l'herbe, mais Ayla continuait à lui préparer de la bouillie car elle savait qu'elle aimait ça.

Pendant que l'épeautre cuisait, elle prit les deux lapins qu'elle avait tués un peu plus tôt dans la journée et s'installa dehors pour les dépiauter. Quand elle eut fini de les préparer, elle mit les lapins à cuire et les peaux de côté pour s'en occuper plus tard. Elle avait maintenant toutes sortes de peaux en réserve : peaux de lapin, de lièvre, de hamster et d'autres animaux qu'elle avait eu l'occasion de tuer. Elle ne savait pas encore très bien ce qu'elle en ferait et comptait les travailler durant l'hiver. Comme les jours raccourcissaient et que les nuits devenaient de plus en plus froides, elle ne cessait de songer à l'hiver. Et ce soir-là, bien qu'elle sût parfaitement ce que contenait la caverne, elle éprouva le besoin de vérifier ses réserves.

Elle commença par examiner les paniers et les récipients en écorce qu'elle avait remplis de viande séchée, de fruits et de légumes secs, de grains de céréales, de noix et de graines. Puis elle jeta un coup d'œil aux tubercules et aux fruits qu'elle avait entreposés au fond de la caverne, dans l'endroit le plus sombre, et s'assura qu'ils ne portaient aucune trace de moisissure.

Contre le mur du fond, elle avait empilé du bois, du crottin de cheval sec qu'elle était allée ramasser dans la vallée et un énorme tas d'herbes sèches. Dans l'angle opposé, elle avait placé des paniers remplis de grains destinés à Whinney.

Ayla revint près du foyer pour retourner les deux lapins. Puis elle longea l'endroit où elle avait installé sa couche et alla voir les claies sur lesquelles étaient en train de sécher plantes, racines et écorces. Elle avait enfoncé les montants en bois dans le sol non loin du feu pour que les aromates puissent bénéficier durant le séchage de la chaleur dégagée par le foyer.

De l'autre côté des claies, elle avait entreposé des matériaux divers : morceaux de bois, petites branches, plantes et écorces, peaux, os, cailloux et même un sac de sable qu'elle avait prélevé sur la plage. Ces matériaux lui permettraient de s'occuper durant l'hiver. Elle savait que durant la saison froide il n'y aurait ni fête ni veillée autour du feu, ni conversation ni ragot ni discussion avec Iza ou Uba au sujet des mérites comparés des plantes médicinales, ni possibilité de tendre l'oreille pour écouter les hommes racontant leurs parties de chasse. Elle ne pourrait supporter de rester inactive et fabriquerait donc toutes sortes d'objets — et plus ils seraient difficiles à faire, mieux cela vaudrait.

Avec les morceaux de bois, elle ferait des bols de différentes tailles. Pour creuser le bois, elle se servirait de son coup-de-poing comme d'une gouge et d'un couteau. Ensuite, elle polirait l'intérieur du bol avec le sable et un galet rond. Les peaux qu'elle avait mises de côté lui permettraient de faire des moufles, des jambières et des chausses. Celles qu'elle n'utiliserait pas pour se protéger du froid, elle les débarrasserait de leur fourrure et les travaillerait jusqu'à ce qu'elles deviennent aussi douces et souples que la peau d'un bébé. Elle s'en servirait comme bandes absorbantes.

Avec le yucca, les tiges de massette, les joncs, les branches de saule qu'elle avait ramassés, elle confectionnerait des paniers qu'elle utiliserait comme récipients de cuisson ou de cuisine, des tamis à grains, des nattes qui, selon leur taille, lui serviraient soit pour s'asseoir, soit pour faire sécher ou présenter de la nourriture. Elle tresserait aussi des cordes de diamètres différents en utilisant des fibres végétales, des écorces, des tendons ou les crins de queue de la jument. Elle voulait aussi faire des lampes : elle creuserait un trou à l'intérieur d'une pierre, le remplirait de graisse et y placerait une mèche en mousse sèche qui se consumerait sans faire de fumée. C'est dans ce but qu'elle avait mis de côté la graisse des quelques carnivores qu'elle avait tués.

Elle avait aussi récupéré des os plats pour faire des assiettes, d'autres qui pourraient servir de louches ou de cuillers afin de remuer soupes et bouillies. Elle utiliserait la bourre de certaines plantes pour allumer son feu ou comme rembourrage, en y ajoutant des plumes et du crin. Elle profiterait aussi de l'hiver pour fabriquer une série d'outils en silex.

Parmi tous ces objets, il y en avait beaucoup qu'elle avait déjà fabriqués pendant les longues soirées d'hiver passées au sein du clan. Mais elle avait décidé de s'attaquer aussi à quelque chose de tout nouveau pour elle : des armes de chasse.

Elle voulait faire des lances, des massues qu'elle aurait bien en main et de nouvelles frondes. Peut-être se lancerait-elle aussi dans la fabrication des bolas, comme celles qu'utilisait Brun. Il s'agissait d'un travail de précision. Il fallait façonner trois boules, les attacher chacune à une corde et ensuite les fixer ensemble de telle sorte que l'arme soit parfaitement équilibrée. Le maniement des bolas exigeait autant d'habileté que la fronde.

Est-ce que Brun apprendra à Durc ? se demanda Ayla en revenant près du feu.

La nuit tombait et son feu était presque éteint. Les céréales étaient cuites. Elle s'en servit un plein bol et allongea le reste avec de l'eau pour Whinney. Elle plaça la bouillie dans un panier étanche qu'elle alla déposer contre le mur du fond près de l'endroit où Whinney dormait.

Les premiers jours, Ayla avait dormi avec la jeune pouliche au bord de la rivière. Puis elle avait décidé que l'animal pouvait passer la nuit à l'intérieur de la caverne. Bien entendu, Whinney avait tenu à dormir à côté d'elle. Mais Ayla, qui utilisait pourtant du crottin sec pour allumer son feu, n'appréciait guère la présence d'excréments frais sur sa fourrure. Elle savait aussi que son lit serait bientôt trop petit pour les contenir toutes les deux. Quand venait le moment de se coucher, elle poussait donc gentiment la jeune pouliche vers sa litière et l'obligeait à y rester.

— J'espère que les réserves que j'ai faites pour toi seront suffisantes, dit-elle à Whinney. J'aimerais bien savoir combien de temps dure l'hiver dans cette partie du continent...

Cette incertitude la déprimait un peu. S'il n'avait pas fait nuit, elle serait bien allée marcher pour se changer les idées.

Lorsqu'elle vit que Whinney était en train de mordiller le panier dans lequel elle avait placé la bouillie, elle alla chercher une brassée de foin.

— Halte-là, Whinney ! Tu n'es pas censée manger le récipient dans lequel se trouve ta nourriture.

Sentant que le petit cheval avait besoin d'affection, Ayla lui gratta gentiment la tête. Quand elle s'arrêta, Whinney approcha son museau de sa main et lui présenta son flanc.

— J'ai l'impression que ça te démange, dit Ayla en la grattant à nouveau. Attends ! Je crois que j'ai une idée.

Elle alla fouiller dans le coin où elle avait placé les divers matériaux qu'elle comptait utiliser durant l'hiver et en sortit une touffe de cardères. Quand la fleur de cardère est sèche, il reste un capitule épineux, allongé, de forme ovoïde. Ayla en détacha un de sa tige et s'en servit pour brosser le flanc de Whinney. Elle la brossa à un autre endroit et, comme la jeune pouliche semblait apprécier le traitement, finit par l'étriller entièrement.

Lorsqu'elle eut terminé, elle prit tendrement Whinney par l'encolure et se laissa tomber à côté d'elle.

Ayla se réveilla en sursaut. Elle resta sans bouger, les yeux ouverts. Quelque chose clochait. Pourquoi sentait-elle un courant d'air froid ? Elle avait aussi l'impression d'avoir entendu un reniflement. Venait-il du fond de la caverne ou de dehors ? Il faisait tellement sombre qu'elle n'arrivait pas à voir quoi que ce soit.

Il faisait tellement sombre... Mais oui ! Elle savait ce qui clochait : aucune lueur provenant du foyer n'éclairait l'intérieur de la caverne. Et puis elle n'était pas couchée à l'endroit habituel. La paroi contre laquelle elle se trouvait n'était pas du bon côté. Et voilà que ça recommençait ! A nouveau ce reniflement ! Pourquoi suis-je couchée sur la litière de Whinney ? se demanda-t-elle. J'ai dû m'endormir près d'elle et j'ai oublié de couvrir le feu. Et maintenant il est éteint. C'est la première fois que ça m'arrive depuis que je vis dans la vallée.

Ayla frissonna et sentit ses cheveux se dresser sur sa tête. Elle aurait été incapable de définir avec des mots ou des gestes le pressentiment qui venait de l'envahir, mais elle était persuadée de l'imminence du danger. Quelque chose allait arriver. Quelque chose qui était lié à l'absence de feu. Elle le sentait.

Ce n'était pas la première fois qu'elle éprouvait ce genre de pressentiment. Elle était douée de cette faculté depuis la nuit où elle avait assisté à la cérémonie nocturne que présidait Creb. Cette nuit-là, Creb ne pouvait pas la voir, mais il avait senti sa présence à l'intérieur de la caverne. Et elle-même avait senti qu'il prenait possession de son esprit. Elle avait alors eu la vision de choses qu'elle ne pouvait pas expliquer. Ensuite, il lui était arrivé de faire preuve de prescience dans certaines situations. Par exemple, elle savait que Broud était en train de la regarder même lorsqu'elle lui tournait le dos et elle n'ignorait plus rien de la haine qu'il éprouvait à son égard. Avant le tremblement de terre, elle savait d'avance qu'il allait se passer quelque chose qui entraînerait la mort et la destruction dans la caverne du clan.

Mais jamais ce sentiment n'avait été aussi fort que maintenant. Elle éprouvait à la fois de l'anxiété et de la peur — non pas à cause de l'absence de feu, elle s'en rendait compte soudain, ni pour elle-même, mais pour un être qu'elle chérissait.

Sans faire de bruit, elle se mit debout et se dirigea vers le foyer dans l'espoir qu'il y restait encore une braise qu'elle pourrait ranimer. Le feu était bien mort. Eprouvant tout d'un coup un besoin naturel, elle s'approcha de la paroi de la caverne et la suivit en tâtonnant jusqu'à ce qu'elle se retrouve devant l'entrée. Au moment où elle allait sortir, une rafale de vent glacial s'engouffra à l'intérieur, faisant voler les cendres froides.

Au lieu de se diriger vers le sentier qui permettait d'accéder à la caverne, Ayla prit la direction opposée et s'arrêta à l'extrémité de la corniche pour y faire ses besoins.

Il n'y avait pas d'étoiles dans le ciel et une épaisse couche nuageuse obscurcissait en partie la lueur de la lune. On y voyait à peine plus qu'à l'intérieur de la caverne. Ce fut l'ouïe d'Ayla et non sa vue qui l'avertit du danger. Elle entendit un bruit de respiration et un reniflement. Puis elle entrevit un mouvement furtif.

Quand elle voulut saisir sa fronde, elle se rendit compte qu'elle ne la portait pas sur elle. Elle avait compté sur le feu pour éloigner les prédateurs des environs immédiats de la caverne et maintenant que celui-ci était éteint, elle devait reconnaître qu'elle avait fait preuve de négligence. Sans feu pour la protéger, la jeune pouliche était une proie facile pour la plupart des carnivores.

Soudain, elle entendit un rire saccadé, aussitôt suivi par un hennissement craintif. Whinney était prisonnière à l'intérieur de la caverne et les hyènes en bloquaient l'entrée.

Encore elles ! songea Ayla. Elle détestait ces animaux dont le pelage tacheté était affreux et le ricanement fou. Chaque fois qu'elle en rencontrait, elle ne pouvait s'empêcher de repenser aux cris de détresse qu'avait poussés Oga en voyant que les hyènes emportaient son bébé. Cette fois-ci, c'est à Whinney qu'elles s'en prenaient.

Ayla n'avait pas sa fronde, mais cela ne l'arrêta pas. Ce n'était pas la première fois qu'elle oubliait sa propre sécurité pour voler au secours d'un être sans défense. Elle se précipita aussitôt vers la caverne.

— Sortez de là ! Fichez-moi le camp ! hurla-t-elle en brandissant le poing.

Les hyènes détalèrent. L'assurance d'Ayla y était pour quelque chose. Il y avait aussi l'odeur du feu qui, même après que celui-ci se fut éteint, persistait encore à l'intérieur de la caverne. En plus, les hyènes devaient se souvenir des pierres qu'Ayla leur avait lancées juste après la mort de la jument.

La voie étant libre, la jeune femme se précipita à l'intérieur de la caverne pour y prendre sa fronde. Elle ne se souvenait pas où elle l'avait mise et, dans l'obscurité presque absolue, elle n'avait aucune chance de la retrouver.

En revanche, elle savait où se trouvaient les pierres du foyer et, sans plus attendre, se baissa pour en ramasser une. Quand une des hyènes se hasarda suffisamment pour que sa silhouette se découpe dans l'ouverture de la caverne, elle s'aperçut aussitôt que, même sans sa fronde, Ayla était capable de viser juste. La jeune pouliche n'était pas une proie si facile et les hyènes préférèrent décamper.

Ayla ne dormit pas de la nuit et monta la garde, assise près de Whinney. Dès qu'un peu de jour pénétra dans la caverne, elle se mit à la recherche de sa fronde. Quand elle l'eut retrouvée, elle sortit sur la corniche. Les hyènes avaient disparu. Elle revint aussitôt à l'intérieur pour enfiler son vêtement en fourrure et mettre ses chausses. La température avait considérablement baissé. Durant la nuit, le vent avait changé de direction. Venant du nord-est, il s'engouffrait dans la vallée pour buter sur la haute falaise et la boucle de la rivière puis s'écrasait par rafales désordonnées à l'intérieur de la caverne.

Ayla descendit au bord de la rivière avec sa gourde et brisa le léger film transparent qui recouvrait le cours d'eau. Elle se demanda, étonnée, comment il pouvait faire si froid alors qu'il avait fait si chaud la veille. Non seulement le ruisseau avait gelé mais il y avait aussi dans l'air une odeur bien particulière, annonciatrice de neige. Comme le temps avait changé en l'espace d'une nuit ! Elle devrait désormais redoubler de vigilance.

Jamais je n'aurais pensé que le vent puisse s'engouffrer à l'intérieur de la caverne, se dit-elle. C'est peut-être en partie à cause de ça que mon feu s'est éteint. Bien entendu, j'aurais dû le couvrir avant d'aller me coucher. Mais il faut reconnaître aussi que le bois flotté brûle très rapidement quand il est sec. Il faudrait peut-être que je coupe un peu de bois vert. Il aura plus de mal à prendre mais il se consumera plus lentement. J'en profiterai pour fabriquer un brise-vent avec des pieux. Je vais prendre mon coup-de-poing et aller couper quelques jeunes arbres. Inutile d'allumer du feu si le vent l'éteint l'instant d'après.

Avant de remonter, Ayla ramassa quelques morceaux de bois flotté. Whinney l'attendait sur la corniche et, après l'avoir saluée d'un joyeux hennissement, elle approcha sa tête de la main d'Ayla pour se faire caresser. Ayla, qui avait les deux mains pleines, lui sourit et entra dans la caverne pour y déposer le bois qu'elle portait.

Whinney l'avait suivie à l'intérieur et à nouveau elle approcha son museau de la main d'Ayla.

— D'accord, Whinney, dit-elle en se débarrassant de son fardeau.

Elle caressa la jeune pouliche, puis remplit son panier de grains. En guise de petit déjeuner, elle termina les restes du lapin et but un peu d'eau. Il faisait froid dans la grotte et elle aurait aimé pouvoir préparer une infusion. Mais ce serait pour plus tard.

Après avoir réchauffé ses mains glacées en les plaçant sous ses aisselles, Ayla alla chercher le sac qui contenait ses outils et qu'elle rangeait à la tête de son lit.

Au début de son séjour dans la vallée, elle avait fabriqué quelques outils neufs, puis elle avait négligé cette activité car il y avait toujours quelque chose de plus important à faire. Elle ne possédait qu'un seul coup-de-poing, celui qu'elle avait emporté avec elle le jour où elle avait quitté le Clan. Elle sortit dehors pour l'examiner à la lumière du jour. Quand on savait s'en servir, le coup-de-poing était un outil extrêmement tranchant car, à chaque utilisation, de minuscules éclats se détachaient du bord si bien que celui-ci était toujours coupant. En revanche, quand on le maniait mal, on risquait de détacher de gros éclats, voire de le briser.

Ayla était tellement habituée à la présence de la jeune pouliche que, quand celle-ci s'approcha d'elle, elle n'y fit pas attention et continua à examiner l'outil. Toujours avide de caresses, Whinney approcha son museau du coude d'Ayla et releva brusquement la tête. Le coup-de-poing tomba sur la corniche en pierre et se brisa en plusieurs morceaux.

— Whinney ! s'écria Ayla. C'était mon seul coup-de-poing ! Comment vais-je faire pour couper les arbres dont j'ai besoin ?

Il y a quelque chose qui ne va pas, songea-t-elle aussitôt. Mon feu s'éteint juste au moment où il commence à faire froid. Les hyènes en profitent pour attaquer Whinney. Et maintenant, voilà que mon coup-de-poing se casse... Ce n'est pas de bon augure.

Quoi qu'il en soit, il fallait qu'elle fabrique un nouveau coup-de-poing si elle voulait couper des arbres. Après avoir récupéré les morceaux de silex susceptibles de lui être encore utiles, elle alla les mettre à côté du feu. Puis elle s'approcha de la niche qui se trouvait derrière son lit et en sortit un paquet enveloppé dans une peau de hamster géant et l'emporta sur la plage rocheuse.

Whinney l'avait suivie. Mais quand elle vit Ayla trop occupée pour la caresser, elle s'éloigna et partit faire un tour dans la vallée.

Pour ouvrir le paquet, Ayla adopta une attitude pleine de respect comme le conseillait Droog, qui fabriquait les outils du clan et enseignait la taille du silex. Elle prit un galet de forme ovale qui lui servait de percuteur. La première fois qu'elle avait voulu tailler un silex, elle avait cherché un galet qui soit assez dur pour résister aux chocs et qu'elle ait bien en main. Tous les outils servant à la taille avaient leur importance, mais le percuteur jouait un rôle fondamental.

Celui d'Ayla était ébréché par endroits. Mais beaucoup moins que celui de Droog qui, lui, s'en servait continuellement. Aussi endommagé soit-il, jamais Droog n'aurait accepté de se séparer de son percuteur. Expert dans son domaine et capable de fabriquer des outils de précision, il prenait grand soin de tous ses instruments et savait comment rendre heureux l'esprit qui habitait le percuteur. Ayla en serait-elle capable maintenant qu'il n'y avait plus personne pour la guider dans ce domaine ? Elle savait qu'il existait des rituels pour conjurer le mauvais sort lorsqu'on cassait un percuteur, d'autres capables d'apaiser l'esprit d'une pierre ou de persuader un esprit d'aller habiter dans une nouvelle pierre. Malheureusement, elle ne les connaissait pas.

Elle plaça le percuteur à côté d'elle et sortit de son paquet un morceau de tibia d'herbivore. Elle examina ce percuteur en os pour voir s'il ne s'était pas fendu depuis qu'elle l'avait utilisé pour la dernière fois. Il était en excellent état et elle le posa à côté de l'autre. Elle prit alors une canine de félin qu'elle avait dénichée dans le tas d'ossements situé au pied de la saillie rocheuse et qui allait lui permettre de retoucher le futur outil en silex. Elle possédait aussi un retouchoir en pierre qu'elle plaça à côté des autres outils et fit le compte des rognons de silex qu'elle avait ramassés depuis qu'elle habitait dans la vallée.

Ayla avait appris à tailler en observant le travail de Droog, en écoutant ses conseils et en s'exerçant longuement. Droog suivait avec intérêt ses progrès, mais il n'intervenait jamais directement : Ayla ne faisait pas partie de ses apprentis. A ses yeux, cela ne valait pas la peine d'enseigner le métier à une femme car le nombre d'outils qu'elles avaient le droit de fabriquer était limité. Elles n'avaient pas le droit de tailler des silex qui seraient utilisés à la chasse ou pour fabriquer des armes. Aux yeux d'Ayla, il n'y avait pas de réelle différence : qu'il soit fabriqué par un homme ou par une femme, un couteau restait un couteau et une lame denticulée pouvait aussi bien être employée pour tailler l'extrémité d'un bâton à fouir que celle d'une lance.

Elle allait se mettre au travail quand elle s'aperçut qu'il lui manquait quelque chose. Elle avait besoin d'une enclume pour poser le silex qu'elle allait tailler. Lorsque Droog taillait un coup-de-poing, il ne se servait jamais d'une enclume et n'utilisait celle-ci que lorsqu'il s'attaquait à des outils dont la taille était plus délicate. Mais Ayla préférait travailler sur un support. Il fallait que celui-ci soit plat, solide, et pas trop dur pour que le silex ne se fracasse pas lorsqu'elle le frapperait avec le percuteur. Sachant que Droog utilisait toujours un os de pied de mammouth comme enclume, elle décida d'aller fouiller dans le tas d'ossements pour voir si elle en trouvait un.

Parmi les os, il y avait des défenses de mammouths. Logiquement il devait aussi y avoir des os de pied. Afin de s'en assurer, Ayla alla chercher une grosse branche qui lui servit de levier pour déplacer les ossements les plus lourds. Elle finit par trouver ce qu'elle cherchait tout au fond de la pile, près de la paroi.

En revenant vers la plage, son regard fut soudain attiré par une pierre grisâtre qui brillait au soleil. Intriguée par ce morceau de pyrite de fer qui lui rappelait quelque chose, elle s'arrêta pour le ramasser.

Mon Lion des Cavernes m'a donné une pierre exactement semblable à celle-là pour m'annoncer que mon fils vivrait, se souvint-elle dès qu'elle eut la pierre en main. Elle se rendit compte pour la première fois que la plage était couverte de pierres du même genre. Quand j'ai trouvé la mienne, se dit-elle, il n'y en avait pas d'autres autour. Ici, elles sont si nombreuses que le fait d'avoir trouvé cette pierre ne signifie rien de particulier.

Elle jeta la pierre qu'elle venait de trouver et retourna s'asseoir sur la plage. Elle plaça l'os de mammouth entre ses jambes et posa la peau de hamster sur ses genoux. Puis elle prit le silex qu'elle désirait façonner et le tourna d'un côté et de l'autre afin de choisir l'angle de frappe le mieux approprié. Elle n'arrivait pas à se décider. Pourquoi ne parvenait-elle pas à se concentrer ? Le rocher sur lequel elle était installée était-il trop dur ou trop froid ?

Elle alla chercher une natte dans la caverne et en profita pour prendre sa sole, sa drille à feu et un petit tas d'herbes sèches qui s'enflammeraient facilement. Elle ne serait pas mécontente d'allumer un feu. La matinée était déjà bien avancée et il faisait toujours aussi froid.

Lorsqu'elle revint sur la plage, elle s'installa sur la natte, replaça l'os entre ses jambes, la couverture sur ses genoux et plaça le silex sur le support en os. Elle saisit son percuteur et le soupesa pour l'avoir bien en main. Mais, au lieu de s'en servir, elle le laissa retomber. Qu'est-ce qui m'arrive ? se demanda-t-elle. Pourquoi suis-je aussi nerveuse ? Droog invoquait toujours l'aide de son totem avant de se mettre au travail. Je ferais bien de faire la même chose.

Etreignant son amulette, elle ferma les yeux et s'obligea à respirer profondément pour retrouver son calme. Elle ne demanda rien de précis à son totem et tenta simplement d'entrer en communication par l'esprit et le cœur avec le Lion des Cavernes.

Quand elle ouvrit à nouveau les yeux, elle se sentait parfaitement détendue et, après avoir remué plusieurs fois les doigts, reprit son percuteur.

Dès qu'elle eut appliqué quelques coups pour faire sauter l'enveloppe crayeuse, elle s'arrêta pour examiner l'intérieur du silex. Il était gris foncé et brillant : la couleur était bonne. Son grain, en revanche, n'était pas des plus fins. Heureusement, il n'avait aucune inclusion et, puisqu'il s'agissait de fabriquer un coup-de-poing, il ferait l'affaire. Ayla reprit son travail. Les larges éclats qu'elle détachait à l'aide de son percuteur ne seraient pas perdus : elle les destinait à d'autres usages. Chacun d'eux portait à la base un petit renflement — le bulbe de percussion — à l'endroit qui avait été frappé par le percuteur. Ils étaient de forme conique et se terminaient en pointe. Un grand nombre d'entre eux s'étaient brisés selon une ligne de fracture semi-circulaire, si bien qu'ils ne pourraient être utilisés que pour des gros travaux. Ayla s'en servirait pour découper une peau épaisse ou de la viande ou alors, en guise de faucille, pour couper de l'herbe.

Lorsqu'elle eut obtenu en gros la forme qu'elle désirait, elle abandonna le percuteur en pierre pour celui en os. Les chocs transmis allaient être moins violents et, avec l'outil en os, elle pourrait mieux contrôler son travail. Elle risquait moins d'abîmer le bord fin, tranchant et légèrement tremblé du silex. Calculant très exactement son angle de frappe, elle recommença à donner des coups le plus près possible du bord. Les éclats qu'elle détachait maintenant étaient plus fins, plus longs et plus rarement de forme semi-circulaire ; le bulbe de percussion était plus petit. En moins de temps qu'il lui avait fallu pour dégrossir le silex, le coup-de-poing fut prêt.

Il mesurait à peu près douze centimètres. Il avait la forme allongée d'une poire mais il était plat et se terminait en pointe. Son extrémité pointue et ses deux bords étaient parfaitement tranchants. Sa base en revanche était arrondie pour qu'on puisse l'avoir bien en main. Il pourrait être utilisé comme une hache pour couper des arbres — ou alors pour creuser l'intérieur d'un morceau de bois et fabriquer un bol. Ayla pourrait aussi s'en servir pour sectionner une défense de mammouth ou découper un animal qu'elle aurait tué. C'était un outil solide qui lui rendrait de nombreux services.

Ayla avait retrouvé sa confiance en elle et elle décida de s'attaquer à un autre outil, plus difficile à fabriquer. Elle choisit un autre rognon de silex, reprit son percuteur en pierre et attaqua l'enveloppe extérieure. Elle se rendit compte très vite que le silex était défectueux : la couche de calcaire qui le recouvrait avait pénétré jusqu'au cœur du rognon. Cette inclusion rendait la pierre inutilisable.

Quel manque de chance ! se dit Ayla que cette interruption dans son travail énervait au plus haut point. La série noire continuait. Refusant de s'avouer vaincue, elle examina le silex de plus près pour voir si elle ne pourrait pas au moins en utiliser certaines parties. Elle se servit de son percuteur en pierre pour détacher un éclat. Comme celui-ci exigeait des retouches, elle posa son percuteur à côté d'elle et tendit la main pour attraper son retouchoir en pierre. Au lieu de regarder là où elle avait posé ses outils, elle avait toujours les yeux fixés sur le rognon de silex, si bien qu'au lieu de prendre le retouchoir, elle saisit une des pierres qui se trouvaient sur la plage — déclenchant du même coup un événement qui allait changer sa vie.

Les découvertes sont parfois fortuites et provoquées par un événement imprévu. Tout le problème est d'en tirer parti. Il ne suffit pas que tous les éléments nécessaires à cette découverte soient réunis, encore faut-il que le hasard les agence comme il faut. C'est lui qui joue alors un rôle essentiel. Si le hasard ne s'en était pas mêlé, personne — et moins que quiconque la jeune femme assise sur cette plage au cœur d'une vallée solitaire — n'aurait eu l'idée de faire une telle expérience.

Au moment où Ayla avait voulu prendre son retouchoir en pierre, sa main s'était posée sur un morceau de pyrite de fer qui était sensiblement de même taille. Quand elle frappa l'éclat de silex qu'elle désirait retoucher avec la pyrite de fer, il se produisit une étincelle qui tomba sur le petit tas d'herbes sèches qu'Ayla avait apporté un peu plus tôt sur la plage dans le but d'allumer du feu. Le hasard voulut qu'Ayla soit justement en train de regarder à cet endroit : elle vit l'étincelle retomber sur l'herbe sèche. Durant un court instant, l'herbe brûla sans faire de flamme, puis elle laissa échapper un mince filet de fumée et finit par s'éteindre.

L'événement imprévu avait eu lieu. Il fallait maintenant qu'Ayla en tire parti. Elle connaissait parfaitement le processus qui permettait de faire du feu. Pour elle c'était une nécessité vitale et elle n'avait pas peur d'innover. Il lui fallut tout de même un certain temps avant de comprendre ce qui avait provoqué le phénomène qu'elle venait d'observer. Elle commença par se demander d'où pouvait bien venir le filet de fumée qu'elle avait aperçu. Elle réfléchit et finit par se dire qu'il y avait un rapport entre la fumée et l'étincelle qu'elle avait entrevue juste avant. Mais l'étincelle posait un problème plus ardu encore. Qu'est-ce qui avait bien pu la provoquer ? Tout en réfléchissant, Ayla baissa les yeux et regarda la pierre qu'elle tenait à la main.

Ce n'était pas la bonne pierre ! Au lieu de prendre son retouchoir, elle avait saisi une de ces pierres brillantes qui se trouvaient sur la plage. Il n'empêche que c'était une pierre et qu'une pierre ne pouvait pas brûler. Pourtant, quelque chose avait fait jaillir une étincelle, puisqu'elle avait observé un filet de fumée. L'herbe avait bien laissé échapper de la fumée, non ?

Pour s'en assurer, Ayla passa son doigt dans le trou creusé à l'intérieur du petit tas d'herbes sèches. Quand elle vit que son doigt ressortait noir de suie, elle se dit qu'elle n'avait pas rêvé. Elle reprit le morceau de pyrite de fer et l'examina avec attention. Comment une étincelle avait-elle pu sortir de cette pierre ? Qu'avait-elle fait exactement ? Tenant toujours la pyrite de fer dans sa main droite, elle saisit de la main gauche l'éclat de silex. Puis elle cogna les deux pierres l'une contre l'autre. Rien ne se produisit.

A quoi est-ce que je m'attendais ? se dit-elle. Elle recommença pourtant à les cogner l'une contre l'autre, plus violemment que la première fois. Elle vit alors une étincelle jaillir. Et soudain elle eut une idée. Une idée qui lui fit un peu peur et l'excita à la fois.

Elle posa avec précaution les deux pierres sur la peau qui recouvrait l'os de pied de mammouth et réunit les matériaux qui lui servaient à faire du feu : le tas d'herbes sèches, quelques écorces et du petit bois. Quand elle fut prête, elle reprit les deux pierres et les frotta l'une contre l'autre tout près de l'herbe. Une étincelle jaillit, puis mourut aussitôt. Ayla recommença à frapper sous un angle différent. Elle aperçut une étincelle qui, après être retombée à peu près au centre du tas, roussit quelques herbes et laissa échapper un filet de fumée. Le feu s'éteignit aussitôt. Mais elle était sur la bonne voie. Elle recommença à nouveau et cette fois, elle eut de la chance : une brusque rafale de vent fit s'enflammer les herbes avant qu'à nouveau le feu ne s'éteigne.

Pourquoi n'y ai-je pas pensé plus tôt ? se dit-elle. Si je veux que le feu prenne, il faut que je souffle dessus. Elle changea de position et refit une étincelle. Quand celle-ci atterrit en plein milieu du tas, elle se mit à souffler sur les herbes jusqu'à ce qu'une flamme apparaisse. Elle ajouta aussitôt des écorces et du petit bois. Avant qu'elle ne se rende compte de ce qui arrivait, le feu avait pris.

C'était si simple qu'elle avait encore du mal à y croire. Elle éprouva le besoin de se le prouver à nouveau. Elle disposa un peu plus loin de quoi allumer un feu et recommença l'expérience. Elle alluma ensuite un troisième feu, puis un quatrième. Toute à la joie de la découverte, elle recula pour mieux contempler les quatre feux qui brûlaient séparément. Elle éprouva alors un mélange de crainte et de respect et un profond étonnement.

Attirée par l'odeur du feu qui, pour elle, représentait maintenant la sécurité, Whinney arrivait en trottant. Ayla se précipita à sa rencontre.

— Whinney ! cria-t-elle. Regarde ! Regarde tous ces feux ! Je les ai allumés avec des pierres ! Avec des pierres, Whinney !

Au moment où la jeune femme tentait de partager avec la jeune pouliche la joie qu'elle éprouvait, le soleil perça les nuages et la plage se mit à étinceler. J'ai eu tort de penser que ces pierres n'avaient rien de spécial, songea Ayla. Puisque mon totem m'avait fait cadeau de l'une d'elles, j'aurais dû me douter que ce n'était pas sans raison. Maintenant que je sais à quoi elles servent, je vois le feu qui vit à l'intérieur de chacune d'elles.

Après avoir réfléchi à ce qui venait d'arriver, elle se demanda : Pourquoi moi ? Dans quel but mon totem m'a-t-il montré ça ? La première fois, le Lion des Cavernes m'a donné cette pierre pour me dire que mon fils vivrait. Que désire-t-il me faire comprendre maintenant ?

Repensant à l'étrange prémonition qu'elle avait eue lorsque son feu s'était éteint la nuit précédente, elle se mit à frissonner. A nouveau, elle éprouvait le même sentiment. Mais il lui suffit de jeter un coup d'œil aux quatre feux qui brûlaient sur la plage pour oublier aussitôt ses craintes.

8

— Holà ! Holà ! cria Jondalar en courant vers la rive.

Il se sentait si soulagé ! Il avait failli renoncer mais, en entendant cette voix inconnue, il avait aussitôt repris espoir. Il ne se posait même pas la question de savoir si ces étrangers risquaient de se montrer hostiles. Tout valait mieux que de se retrouver seul et sans aide alors que Thonolan était en train de mourir.

L'homme qui l'avait salué ne semblait nullement mal disposé : il était en train de soulever un rouleau de cordage fixé à l'une des extrémités de l'étrange oiseau aquatique. Maintenant que celui-ci s'était rapproché, on voyait clairement qu'il s'agissait d'une embarcation.

L'homme lança la corde à Jondalar. Celui-ci la rata et il entra dans la rivière pour la récupérer. Deux autres hommes sautèrent alors dans l'eau qui leur arrivait en haut des cuisses et halèrent le bateau à l'aide d'une seconde corde. Voyant que Jondalar ne savait pas quoi faire de l'amarre, l'un d'eux la lui prit des mains et, après avoir rapproché l'embarcation de la rive, il l'enroula autour d'un arbre. L'autre amarre fut fixée à la branche d'un grand arbre tombé au bord de l'eau et à demi submergé.

Quittant l'embarcation, un quatrième homme sauta sur le tronc d'arbre pour vérifier sa stabilité et prononça quelques mots incompréhensibles. On lui fit passer une passerelle qui ressemblait à une échelle et il la posa sur le tronc. Un curieux personnage s'approcha alors de la passerelle. Soutenu d'un côté par une femme, de l'autre par le quatrième homme, il descendit sur le rivage.

Manifestement, il inspirait le plus grand respect et son maintien était impérieux, mais il y avait en lui, de plus, quelque chose d'insaisissable, d'ambigu qui étonna Jondalar. Ses longs cheveux blancs étaient attachés à hauteur de la nuque, son visage ridé par les ans était glabre — ou rasé de près — mais il avait le teint frais et lumineux, comme seuls ont les êtres jeunes. Il possédait de fortes mâchoires et un menton saillant. Mais peut-être n'était-ce que le reflet de sa force de caractère ?

Sur un signe de ce mystérieux personnage, Jondalar sortit de l'eau et s'approcha. Il s'arrêta en face de l'inconnu et examina à nouveau ce visage qui lui souriait d'un air compatissant et ces yeux à la couleur indéfinissable, ni gris ni bruns. Quelque chose lui échappait. Et soudain il réalisa ce qu'impliquait la présence de ce personnage dont il essayait vainement de déterminer le sexe.

Sa taille intermédiaire — il était trop grand pour être une femme, un peu petit pour être un homme — ne lui apprenait rien. Les détails anatomiques de son corps étaient cachés sous des vêtements informes et volumineux. Rien dans sa démarche ne permettait de répondre à la question que Jondalar se posait. Mais plus il était perplexe, et plus il se sentait soulagé. Il avait déjà entendu parler de ces êtres qui héritaient d'un certain sexe à la naissance, mais qui possédaient les penchants de l'autre. Ils n'appartenaient à aucun des deux sexes ou aux deux à la fois et, en général, allaient rejoindre les rangs de Ceux Qui Servent La Mère. Possédant à la fois les éléments masculins et féminins, ils bénéficiaient des pouvoirs appartenant aux deux sexes et avaient la réputation d'avoir d'extraordinaires dons pour guérir.

Jondalar était loin de chez lui et il ignorait les coutumes de ce peuple mais, pour lui, il ne faisait aucun doute que ce mystérieux personnage était un Homme Qui Guérit. Qu'il soit ou non de Ceux Qui Servent La Mère n'avait aucune espèce d'importance. Thonolan avait besoin d'un Homme Qui Guérit et l'Homme Qui Guérit était là.

Comment ces inconnus avaient-ils pu savoir qu'il avait besoin de soins ? Comment avaient-ils appris qu'il avait besoin d'aide ?

Après avoir ajouté un bout de bois dans le feu, Jondalar glissa ses fesses nues à l'intérieur de ses fourrures de couchage et s'allongea pour contempler la voûte étoilée. Une forme indécise apparut soudain dans son champ visuel, obscurcissant le peu de clarté que dispensaient les étoiles. Lorsque ses yeux se furent adaptés à l'obscurité, il discerna le visage d'une jeune femme qui se penchait vers lui et lui tendait un bol d'infusion.

Jondalar se redressa aussitôt. Puis il s'aperçut que ses fourrures avaient glissé, laissant voir le haut de ses cuisses. Il se dépêcha de les remonter et jeta un coup d'œil à ses pantalons qui étaient en train de sécher à côté du feu.

La jeune femme se mit à sourire. Un sourire radieux illumina son joli visage un peu grave et lui conféra soudain une beauté éclatante. Jamais encore Jondalar n'avait assisté à une transformation aussi étonnante et, lorsqu'il lui sourit à son tour, son expression indiquait clairement à quel point il la trouvait attirante. La jeune femme ne s'en aperçut pas car elle avait baissé vivement la tête pour réprimer son fou rire de crainte de blesser cet étranger. Lorsqu'elle le regarda à nouveau, seuls ses yeux pétillaient encore de malice.

— Tu as un très beau sourire, lui dit Jondalar en prenant le bol qu'elle lui tendait.

La jeune femme hocha la tête, puis elle dit quelques mots qui, d'après Jondalar, devaient signifier qu'elle ne l'avait pas compris.

— Même si tu ne peux pas me comprendre, continua-t-il, je tiens à ce que tu saches à quel point je suis heureux que tu sois là.

La jeune femme semblait aussi désireuse que lui de communiquer et il continua à parler, ne serait-ce que pour qu'elle ne s'en aille pas. Après avoir goûté à l'infusion, il reprit en montrant le bol et en hochant la tête d'un air appréciateur :

— C'est délicieux. J'ai l'impression qu'il s'agit d'une infusion de camomille.

Après avoir hoché la tête pour lui montrer qu'elle avait compris qu'il appréciait l'infusion, la jeune femme s'assit à côté du feu et dit quelques mots incompréhensibles. Jondalar trouvait sa voix agréable et goûtait sa compagnie.

— Je ne sais pas ce que je serais devenu si vous n'étiez pas arrivés, reprit-il en fronçant les sourcils d'un air soucieux. Je me demande comment vous avez su que nous campions près de la rivière et que nous avions besoin d'un zelandoni. Ou d'un Homme Qui Guérit, si tu préfères...

La jeune femme lui montra la tente qui avait été montée non loin de là et qu'illuminait le feu allumé à l'intérieur. Puis elle lui expliqua quelque chose. Jondalar remua la tête en signe d'impuissance. Il se sentait très frustré : la jeune femme semblait comprendre à peu près ce qu'il lui disait alors que lui était incapable de saisir un mot.

— J'aimerais que votre Homme Qui Guérit me donne la permission de rester avec Thonolan, dit-il. Ce n'est pas que je doute de ses dons. Mais j'aimerais être auprès de mon frère.

Sensible à la gravité qui se lisait au fond de ses yeux, la jeune femme lui posa la main sur le bras pour le rassurer. Jondalar lui sourit d'un air un peu contraint. Le rabat de la tente s'ouvrit alors, livrant passage à une vieille femme.

— Jetamio ! appela-t-elle, avant d'ajouter quelques mots inconnus.

La jeune femme bondit sur ses pieds. Jondalar lui prit la main pour la retenir.

— Jetamio ? demanda-t-il en pointant le doigt vers elle. (Et comme elle acquiesçait, il ajouta en tapant sur sa poitrine :) Jondalar.

— Jondalar, répéta-t-elle lentement.

Après avoir jeté un coup d'œil en direction de la tente, elle tapota sa poitrine, puis celle de Jondalar et lui montra du doigt la tente.

— Thonolan, répondit-il. Mon frère s'appelle Thonolan.

— Thonolan, répéta la jeune femme en se dépêchant de gagner la tente.

Jondalar, qui la suivait des yeux, remarqua qu'elle boitait légèrement. Mais cela n'avait pas l'air de la gêner.

Jondalar enfila ses pantalons qui étaient encore humides et, sans prendre la peine de les fermer ou de mettre ses bottes, il s'élança vers les taillis tout proches.

Depuis son réveil, il s'était retenu de satisfaire un besoin naturel car ses autres pantalons se trouvaient dans son sac, à l'intérieur de la tente où l'on soignait Thonolan. Il se souvenait du sourire amusé qu'avait eu Jetamio la veille au soir et n'avait aucune envie de se balader dans le camp simplement vêtu de sa courte tunique. Il ne voulait pas non plus violer les coutumes et les tabous de ces gens qui était en train de s'occuper de son frère. S'il n'y avait eu que des hommes encore... Mais il craignait d'offusquer les deux femmes.

Il avait d'abord essayé de se lever et d'avancer sans sortir de ses fourrures de voyage. Il lui avait fallu un certain temps avant de se rendre compte que c'était irréalisable et de songer à enfiler ses pantalons humides. Il était alors tellement pressé de gagner l'abri des taillis qu'il remarqua à peine le rire de Jetamio qui fusait derrière lui.

— Ne te moque pas de lui, Tamio. Ce n'est pas gentil.

Incapable de garder son sérieux plus longtemps, la vieille femme éclata de rire à son tour.

— Je ne me moque pas de lui, Rosh. Mais c'est tellement drôle ! L'as-tu vu lorsqu'il essayait d'avancer dans ses fourrures ? Pourquoi n'est-il pas allé derrière ces taillis dans la tenue où il était ?

— Peut-être ses coutumes sont-elles différentes des nôtres. J'ai l'impression que ces deux hommes viennent de loin. C'est la première fois que je vois des vêtements comme les leurs. La langue qu'il parle n'a rien à voir avec la nôtre. Je serais incapable de prononcer un mot.

— Tu dois avoir raison, Rosh. Pour lui, cela doit être inconvenant d'être vu sans vêtements. Hier soir, quand il s'est aperçu que je pouvais voir ses cuisses, il est devenu tout rouge. Quoi qu'il en soit, il était drôlement heureux que nous soyons là.

— Je comprends son soulagement.

— Comment va l'autre ? demanda Jetamio. Le shamud a-t-il dit quelque chose ?

— Il n'a plus de fièvre, son côté gauche est beaucoup moins enflé et il dort d'un sommeil calme. Le shamud pense qu'il a reçu un coup de corne de rhinocéros. Il a bien de la chance de ne pas avoir été tué sur le coup. Si l'homme qui l'accompagne n'avait pas pensé à signaler sa présence, en indiquant qu'il avait besoin qu'on vienne à son secours, il serait mort. Ils ont eu de la chance que nous les trouvions. Mudo devait les protéger. La Mère accorde toujours sa grâce aux hommes jeunes et beaux.

— Cela n'a pas empêché celui qui s'appelle Thonolan d'être blessé... Quel coup de corne il a reçu ! Crois-tu qu'il pourra à nouveau marcher ?

Roshario sourit tendrement à la jeune femme.

— S'il fait preuve d'autant de détermination que toi, je peux t'assurer qu'il remarchera.

Jetamio rougit et, pour cacher sa gêne, elle s'empressa de dire :

— Je crois que je vais aller voir si le shamud n'a pas besoin de moi.

Elle se dirigeait vers la tente en essayant de boiter le moins possible quand Roshario lui cria :

— Profites-en pour rapporter son sac au grand gars. Comme ça, la prochaine fois, il n'aura pas besoin de mettre des culottes mouillées.

— Il y a deux sacs dans la tente et je ne sais pas lequel est le sien.

— Apporte-lui les deux. Ça fera de la place. Et demande au shamud à quel moment nous pourrons transporter... Comment s'appelle-t-il déjà ? Thonolan ?

Jetamio hocha la tête.

— Si nous devons rester ici un certain temps, continua Roshario, il va falloir que Dolando organise une partie de chasse. Nous n'avons pas emporté beaucoup de nourriture et je ne pense pas que les Ramudoï puissent pêcher quand la rivière est comme ça. Encore que si on les écoutait, ceux-là, on passerait sa vie sur l'eau... Moi, je préfère sentir le sol sous mes pieds.

— Tu dirais exactement le contraire si tu étais la compagne d'un Ramudoï au lieu d'être celle de Dolando, rappela Jetamio.

La vieille femme lui lança un coup d'œil perçant.

— Est-ce que par hasard un de ces rameurs t'a fait des avances ? Même si je ne suis pas ta vraie mère, Jetamio, tout le monde sait que je te considère comme ma fille. Laisse-moi te dire une bonne chose : un homme qui n'a même pas la politesse de te demander si tu désires vivre avec lui ne mérite pas que tu t'y intéresses. Tu ne peux pas faire confiance à ces hommes du fleuve...

— Ne t'inquiète pas, Rosh. Je n'ai pas l'intention de m'enfuir avec un homme du fleuve. Pas encore... ajouta-t-elle avec un sourire malicieux.

— Je connais bien des Shamudoï qui seraient heureux de venir vivre chez nous. Qu'est-ce qui te fait rire ? demanda soudain la vieille femme.

Les deux mains plaquées sur la bouche, Jetamio était en train de pouffer de rire. Quand Roshario se tourna pour regarder dans la même direction, elle dut se retenir à deux fois pour ne pas éclater de rire, elle aussi.

— J'ai intérêt à aller chercher ces deux sacs, réussit finalement à dire Jetamio. Notre grand ami a besoin de vêtements secs. On dirait un gamin qui s'est oublié, ajouta-t-elle en recommençant à rire.

Quand elle entra dans la tente, elle riait toujours et le guérisseur lui demanda :

— Puis-je connaître la cause de cette hilarité ?

— Je m'excuse, répondit aussitôt Jetamio. C'est simplement...

— Ou bien je suis dans l'autre monde ou bien tu es une donii et c'est toi qui m'as transporté ici. Aucune femme ne pourrait être aussi belle. Malheureusement, je ne comprends rien à ce que tu dis.

Jetamio et le shamud se retournèrent pour regarder le blessé. Celui-ci réussit à sourire à Jetamio. Le sourire de la jeune femme s'effaça aussitôt.

— C'est moi qui ai troublé son sommeil ! s'écria-t-elle en s'agenouillant près de Thonolan.

— Continue à sourire, ma belle donii, dit Thonolan en lui prenant la main.

— Oui, ma chère, tu as troublé son sommeil, intervint le shamud. Mais ne t'en fais pas. Ce n'est rien en comparaison du trouble qu'il va éprouver si tu continues à t'occuper de lui.

Jetamio, qui n'avait pas compris l'allusion, jeta un coup d'œil intrigué au shamud.

— J'étais venue demander si je pouvais être utile à quoi que ce soit, expliqua-t-elle.

— C'est déjà fait, répondit le shamud.

Jetamio parut encore plus perplexe. Que voulait dire le shamud ?

Le regard perçant de celui-ci s'adoucit, mais il restait néanmoins légèrement ironique.

— J'ai fait tout ce que j'ai pu. C'est à lui de faire le reste. Mais, à ce stade, tout ce qui peut lui redonner le goût de vivre ne peut qu'aider à son rétablissement. Et c'est ce que tu viens de faire avec ton merveilleux sourire, ma chère petite.

Jetamio rougit et baissa la tête. Elle se rendit compte alors que Thonolan tenait toujours sa main dans la sienne. Levant à nouveau les yeux, elle rencontra le regard du blessé. Et, voyant que celui-ci lui souriait, elle ne put s'empêcher de sourire à son tour.

Le shamud se racla la gorge. Jetamio lâcha aussitôt la main du blessé. Elle se sentait confuse d'avoir regardé si longtemps l'étranger.

— Si tu veux te rendre utile, tu pourrais lui apporter un peu de bouillon maintenant qu'il est réveillé, proposa le shamud. Si c'est toi qui le fais boire, je suis sûr qu'il acceptera.

— Bien sûr, répondit Jetamio en se précipitant dehors pour cacher son embarras.

Elle aperçut alors Roshario qui tentait de communiquer avec Jondalar. Debout en face d'elle, ce dernier ne semblait pas très à l'aise, même s'il faisait tout son possible pour avoir l'air ravi. Se souvenant soudain de la mission dont on l'avait chargée, Jetamio revint dans la tente.

— Je vais prendre leurs sacs, dit-elle au shamud. (Puis elle ajouta :) Roshario aimerait savoir dans combien de temps Thonolan pourra être transporté.

— Quel nom as-tu dit ?

— Thonolan. C'est l'autre qui m'a dit qu'il s'appelait ainsi.

— Dis à Roshario qu'il faut attendre un jour ou deux avant de repartir. Il n'est pas encore en état de supporter les secousses d'un trajet sur l'eau.

— Comment sais-tu mon nom, belle donii ? demanda Thonolan.

Jetamio, qui allait quitter la tente avec les deux sacs, se retourna pour lui sourire.

Thonolan allait à nouveau fermer les yeux quand il prit soudain conscience de la présence du shamud à ses côtés. En apercevant pour la première fois ce visage énigmatique, il ne put réprimer un léger frisson. Le shamud lui souriait d'un air entendu et plein de sagesse — mais aussi comme un félin qui se délecte à l'avance de sa proie.

— L'amour naissant est toujours une chose magnifique, commenta-t-il.

Même si Thonolan était incapable de comprendre, il perçut clairement le sarcasme qui perçait sous ces paroles. La voix qu'il venait d'entendre l'intriguait. Elle n'était ni franchement grave ni franchement aiguë et pouvait aussi bien appartenir à une femme qu'à un homme. Rien dans les vêtements ou l'allure de cet énigmatique personnage ne pouvait trancher la question. Aussi intrigué soit-il, Thonolan éprouva un certain soulagement. Il savait qu'il était entre de bonnes mains.

Jondalar, quant à lui, sembla si soulagé lorsque Jetamio lui apporta les deux sacs que la jeune femme s'en voulut un peu de ne pas l'avoir fait plus tôt. Après l'avoir remerciée avec des mots qu'elle ne pouvait pas comprendre mais qui exprimaient clairement sa gratitude, il disparut derrière une rangée d'arbres pour enfiler ses vêtements secs.

Quand il revint vers le feu, il se sentait tellement mieux qu'il n'en voulait plus à Jetamio de s'être moquée de lui. Je devais avoir l'air passablement ridicule, pensa-t-il. Mais ces pantalons étaient si humides et si froids... Ces gens-là m'ont rendu un tel service que je peux bien les laisser s'amuser à mes dépens. Sans eux, je ne sais pas ce que j'aurais fait... Comment ont-ils su que j'avais besoin d'aide ? Leur Homme Qui Guérit possède-t-il ce genre de pouvoir ? S'il est capable de soigner Thonolan, le reste n'a pas d'importance... Mais en est-il vraiment capable ? se demanda-t-il soudain. Je n'ai pas revu Thonolan. Je ne sais pas s'il va mieux. Je pense que le moment est venu d'aller voir ce qui se passe. Thonolan est mon frère. Ils ne peuvent pas m'empêcher de le voir.

Jondalar déposa ses deux sacs puis, après avoir mis ses vêtements à sécher bien en évidence à côté du feu, il se dirigea vers la tente.

Au moment où il allait y pénétrer, l'Homme Qui Guérit en sortait et ils faillirent se heurter. Avant qu'il ait pu dire quoi que ce soit, le shamud sourit d'un air prévenant, fit un pas de côté et d'un geste exagérément gracieux lui proposa d'entrer.

Pendant un court instant, ils se mesurèrent du regard. Celui du shamud, toujours aussi perçant, n'avait rien perdu de son autorité. Mais il était difficile d'y discerner une intention précise. Il demeurait aussi ambigu que la couleur indéfinissable de ses yeux. Et à y regarder de plus près, son sourire prévenant avait quelque chose d'un peu ironique. Jondalar sentit que, comme la plupart de ses pairs, ce guérisseur pouvait être un ami puissant ou un ennemi implacable.

Il hocha la tête, comme s'il réservait son jugement, sourit rapidement en signe de remerciement et pénétra dans la tente. Il fut un peu surpris de voir que Jetamio s'y trouvait déjà. Tenant la tête de Thonolan, elle était en train d'approcher un bol de ses lèvres.

Fou de joie de voir que son frère était réveillé et qu'il semblait aller mieux, Jondalar lui lança :

— J'aurais dû m'en douter. Tu as encore fait des tiennes.

— Qu'est-ce que j'ai fait, Grand Frère ?

— Il a suffi que tu ouvres les yeux pour que la plus belle femme du coin accoure à ton chevet.

— Tu as raison de dire qu'elle est la plus belle, répondit Thonolan en regardant tendrement Jetamio. Mais que viens-tu faire dans le monde des esprits ? Au cas où tu l'ignorerais, je tiens à te rappeler que cette ravissante personne est ma donii personnelle. Inutile d'essayer sur elle le fameux pouvoir de tes grands yeux bleus.

— Ne t'inquiète pas pour ça, Petit Frère. Mes grands yeux bleus ont sur elle un drôle d'effet : chaque fois qu'elle me voit, elle se moque de moi et éclate de rire.

— Elle peut rire de moi autant qu'elle veut, dit Thonolan en souriant à la jeune femme. (Et comme Jetamio lui souriait à son tour, il ajouta, d'un air extasié :) Sortir des griffes de la mort et ouvrir les yeux pour voir ça !

Un peu étonné que son frère soit tombé amoureux d'une femme avec laquelle il n'avait pu échanger un mot, Jondalar examina de plus près Jetamio en essayant de faire preuve d'objectivité.

La jeune femme avait les cheveux châtain clair et elle était plus petite et plus mince que les femmes qui, en général, attiraient Thonolan. Elle aurait pu facilement passer pour une jeune fille. Avec son visage en forme de cœur et ses traits assez réguliers, elle était plutôt jolie, mais n'avait rien d'exceptionnel — jusqu'au moment où elle souriait.

Une sorte de transformation alchimique se produisait alors, un changement subtil, une mystérieuse redistribution de la lumière et des ombres et elle devenait belle, totalement belle. Il suffisait qu'elle sourie pour donner cette impression. Jondalar lui-même en avait fait l'expérience. Malgré tout, elle ne devait pas sourire souvent et, au début, il l'avait trouvée plutôt timide et réservée. Il avait bien du mal à la reconnaître maintenant : elle était rayonnante et débordante de vie. Thonolan ne la quittait pas des yeux et, languissant d'amour, lui souriait d'un air un peu idiot.

Ce n'est pas la première fois qu'il tombe amoureux, se dit Jondalar. J'espère qu'elle ne souffrira pas trop quand nous partirons.

Allongé dans sa tente, les yeux grands ouverts, Jondalar regardait en direction du trou percé tout en haut pour laisser échapper la fumée. Le rabat semblait mal fermé. Ce n'était pourtant pas ça qui l'avait réveillé.

Immobile, aux aguets, il essayait de déterminer ce qui lui avait donné ce sentiment de danger imminent. Ne percevant rien d'inhabituel, il se glissa hors de ses fourrures de couchage et alla jeter un coup d'œil dehors.

Les quelques personnes assemblées autour du feu de camp ne semblaient nullement inquiètes. Pourquoi se sentait-il aussi nerveux ? Etait-ce à cause de Thonolan ? Non, son frère allait beaucoup mieux. Grâce aux soins du shamud — et à l'attentive présence de Jetamio. Qu'est-ce donc qui le tracassait ?

— Holà, dit-il en apercevant Jetamio.

La jeune femme lui sourit aussitôt d'un air amical. Bien qu'ils ne puissent communiquer que par gestes ou à l'aide des quelques mots que Jondalar avait appris, le fait qu'elle ait pris si à cœur la guérison de Thonolan les avait beaucoup rapprochés.

Jetamio lui apporta un bol plein de liquide et Jondalar la remercia avec le mot qui convenait. Il goûta la préparation et fronça les sourcils, un peu étonné. Le matin, en général, la jeune femme lui proposait un bouillon de viande. Mais aujourd'hui il s'agissait d'autre chose. D'après l'odeur, le récipient en bois placé au-dessus du feu devait contenir un bouillon de racines et de céréales. Et la raison en était bien simple : il n'y avait plus de viande et personne n'était allé chasser.

Quand Jondalar eut fini de boire, il se précipita vers sa tente. En attendant que son frère aille mieux, il n'était pas resté inactif et avait fini de fabriquer deux robustes sagaies. Leur manche était en bois d'aulne, la pointe en silex. Il alla les chercher à l'arrière de sa tente et décida aussi de prendre quelques lances plus légères. Puis il revint vers le feu. Il n'avait pas besoin de connaître la langue de ses hôtes pour communiquer son désir de partir à la chasse. Sa proposition fit très vite le tour du camp et les chasseurs affluèrent bientôt autour du feu.

Jusqu'au dernier moment, Jetamio hésita. Elle aurait bien aimé rester auprès de l'étranger blessé dont le regard malicieux la faisait sourire chaque fois qu'elle levait les yeux vers lui et elle avait aussi très envie de partir à la chasse. Finalement, c'est Roshario qui la décida :

— Ne t'inquiète pas, lui dit-elle. Le shamud s'occupera de lui en ton absence. Et moi aussi, je reste là.

Les chasseurs s'étaient déjà mis en marche et Jetamio dut les appeler pour qu'ils l'attendent. Quittant le camp à la hâte, elle courut pour les rattraper. Jondalar ne fut pas étonné qu'elle se joigne à eux. Les femmes zelandonii chassaient elles aussi lorsqu'elles étaient jeunes. Elles cessaient lorsqu'elles avaient des enfants et restaient alors au campement en attendant le retour des chasseurs. Néammoins, lorsqu'une battue était organisée, tous les individus valides, hommes et femmes, y participaient car il fallait être nombreux pour acculer un troupeau dans un piège ou au bord d'une falaise.

Jondalar appréciait les femmes qui chassaient — sentiment partagé par la plupart des hommes des Cavernes mais dont il avait appris qu'il n'était pas universellement répandu. Chez les Zelandonii, on disait qu'une femme qui avait chassé connaissait les difficultés rencontrées par les hommes et qu'elle était en conséquence une compagne plus compréhensive. La mère de Jondalar était connue pour lever le gibier et elle n'aurait jamais raté une partie de chasse, même après qu'elle eut fait des enfants.

Dès que Jetamio les eut rejoints, la petite troupe se remit en route. Jondalar avait l'impression que la température avait baissé mais comme ils marchaient d'un bon pas, il n'en était pas sûr. Cette impression devint une certitude lorsqu'ils atteignirent un petit ruisseau qui se frayait un chemin dans la steppe avant d'aller se jeter dans la Rivière Mère. En se penchant pour remplir d'eau sa gourde, il remarqua l'épaisse couche de glace qui recouvrait les rives.

Un des chasseurs ayant repéré des traces en amont du ruisseau, il s'approcha pour les examiner. Une famille de rhinocéros s'était arrêtée là pour boire et les traces étaient toutes fraîches. Avec un bâton, Jondalar dessina sur le sable de la rive un plan d'attaque. Dolando, le compagnon de Rosharion, lui posa une question en se servant lui aussi d'un bâton. Jondalar ajouta un détail au plan qu'il avait dessiné et, quand les deux hommes furent tombés d'accord, la petite troupe se remit en route.

Suivant les traces, ils marchaient à vive allure. Jondalar repoussa son capuchon en arrière. Au contact de l'air glacé, ses longs cheveux blonds se mirent à crépiter et s'accrochèrent dans la fourrure de glouton. Il leur fallut plus de temps qu'ils ne le pensaient pour rattraper les rhinocéros. Quand Jondalar aperçut enfin une croupe laineuse loin en avant, il comprit pourquoi. Les animaux avançaient plus vite que d'habitude — et ils fonçaient vers le nord.

Jondalar regarda le ciel avec inquiétude. A l'exception de quelques nuages qui fuyaient à l'horizon, le ciel était bleu et aucune tempête de neige ne semblait se préparer. Malgré tout, il aurait aimé faire demi-tour, rentrer au camp pour rejoindre Thonolan et partir aussitôt. Les autres chasseurs ne paraissaient pas partager son inquiétude. Maintenant qu'ils avaient aperçu les rhinocéros, ils n'avaient aucune envie de rentrer. Est-ce qu'ils savent que la fuite des rhinocéros vers le nord annonce la neige ? se demanda Jondalar.

C'est lui qui avait proposé de partir à la chasse. Comment leur dire maintenant qu'il voulait faire demi-tour ? Ne connaissant pas leur langue, jamais il ne parviendrait à leur expliquer qu'une tempête de neige s'annonçait bien qu'il n'y eût pratiquement aucun nuage dans le ciel. La seule solution, c'était de tuer un rhinocéros. Ils pourraient alors regagner le campement.

Quand ils eurent rejoint les animaux, Jondalar se porta en avant dans le but de dépasser un jeune rhinocéros qui était un peu à la traîne et semblait avoir du mal à suivre ses congénères. Courant devant lui, il se mit à hurler et à agiter les bras dans l'espoir de le faire changer de direction ou ralentir. Uniquement préoccupé par sa course en direction du nord, le jeune animal ne lui prêta aucun attention. Il en déduisit aussitôt que la tempête de neige allait arriver encore plus tôt que prévu.

Jetant un coup d'œil autour de lui, il aperçut Jetamio qui arrivait à sa hauteur. La jeune femme avait beau boiter, cela ne l'empêchait pas de courir aussi vite que les autres et Jondalar hocha la tête pour lui montrer qu'il appréciait sa performance. Le reste des chasseurs essayait d'encercler un des animaux et de semer la panique parmi les autres. Mais les rhinocéros ne ressemblaient en rien aux herbivores vivant en troupeaux : ce n'était pas des animaux grégaires qui prenaient peur dès qu'ils étaient séparés de leurs congénères. Le rhinocéros était un animal solitaire et agressif, qui supportait tout juste la compagnie de sa propre famille, un animal dangereux car imprévisible. Les chasseurs qui s'en approchaient avaient intérêt à se méfier.

Sans avoir besoin de se concerter, ils concentrèrent leurs efforts sur le jeune animal qui était à la traîne. Mais ils avaient beau l'encercler en hurlant, le rhinocéros ne modifiait pas son allure. Finalement Jetamio réussit à attirer son attention en faisant des moulinets avec son capuchon qu'elle venait d'enlever. L'animal ralentit et tourna la tête en direction de la fourrure qui voltigeait dans le vent, hésitant quant à la marche à suivre.

Sautant sur l'occasion, les chasseurs se déployèrent en cercle autour de lui. Ceux qui étaient armés de lourdes lances étaient les plus proches du rhinocéros. Les autres, aux lances plus légères, se tenaient un peu en retrait, pour prêter main-forte aux attaquants si besoin était. Le rhinocéros s'immobilisa sans se rendre compte qu'il se coupait du reste de la horde qui continuait à avancer. Virant de bord, il partit au pas de course en direction du capuchon qui tournoyait dans le vent. Jondalar se rapprocha de Jetamio et Dolando fit de même.

A ce moment-là, l'homme du fleuve qui avait hélé Jondalar du haut de l'embarcation prit le relais : il brandit son capuchon et se précipita à la rencontre du rhinocéros. Surpris, l'animal, qui fonçait tête baissée sur la jeune femme, changea de direction et se lança à la poursuite de l'homme. Ne pouvant plus faire confiance à son odorat à cause des nombreux chasseurs qui l'encerclaient, il préféra suivre cette cible qui était plus grande que la précédente. Mais, au moment où il allait l'atteindre, une autre silhouette s'interposa. A nouveau il s'immobilisa, incapable de décider laquelle des deux cibles il allait pourchasser.

La seconde étant plus proche de lui, c'est celle-là qu'il finit par charger. Mais un autre chasseur s'interposa en faisant voltiger la fourrure qui lui servait de manteau. Le jeune rhinocéros chargea de ce côté, mais au dernier moment, un quatrième chasseur jaillit devant lui, si près que la fourrure rousse lui frôla le visage. L'animal était maintenant fou furieux. Il reniflait et grattait le sol du pied et quand une autre silhouette apparut dans son champ visuel, il se rua sur elle à toute allure.

L'homme du fleuve avait bien du mal à tenir la distance. Quand il fit un crochet, le rhinocéros l'imita, sans ralentir l'allure. Heureusement, il commençait à être fatigué. Quand un autre capuchon voltigea devant lui, au lieu de se lancer à sa poursuite, il s'arrêta, baissa la tête jusqu'à ce que la plus longue de ses cornes touche le sol et concentra toute son attention sur la silhouette claudicante qui bougeait non loin de lui, tout en restant hors d'atteinte.

Jondalar arriva en courant, la sagaie levée, et bien décidé à frapper avant que l'animal n'ait retrouvé son souffle. Dolando devait avoir eu la même idée car il avançait lui aussi en brandissant sa lance. Tous les chasseurs se rapprochaient. Jetamio ne cessait de faire voltiger son capuchon au-dessus de sa tête pour continuer à capter l'attention du rhinocéros tout en progressant avec prudence. Jondalar espérait que le jeune animal était aussi fatigué qu'il en avait l'air.

Tout le monde avait les yeux fixés sur Jetamio et sur le rhinocéros. Jondalar ne sut jamais ce qui l'amena à regarder en direction du nord — peut-être perçut-il un mouvement à la limite de son champ visuel.

— Attention ! hurla-t-il en se précipitant en avant. Là, au nord ! un rhinocéros !

Il avait beau crier, les autres chasseurs ne comprenaient rien à ce qu'il disait et pourquoi il gesticulait ainsi. Aucun d'eux n'avait aperçu le rhinocéros femelle qui leur fonçait dessus.

— Jetamio ! Jetamio ! là, au nord ! hurla à nouveau Jondalar en pointant sa sagaie en direction de la femelle.

Jetamio regarda vers le nord et se mit à crier à son tour pour avertir le jeune chasseur que la femelle était en train de charger. Tous les chasseurs partirent dans cette direction pour lui prêter main-forte, oubliant un instant le jeune mâle. Sans doute stimulé par l'odeur de la femelle toute proche, celui-ci chargea soudain en direction de ce capuchon qui continuait à voltiger juste devant lui.

Jetamio eut de la chance que l'animal soit aussi près. Sans élan, sans avoir eu le temps de prendre de la vitesse, le rhinocéros attaquait en reniflant bruyamment, ce qui attira aussitôt son attention, ainsi que celle de Jondalar. Au moment où l'animal arrivait sur elle, elle fit un bond de côté, évitant de justesse la corne du rhinocéros.

L'animal ralentit, cherchant la cible qui venait de disparaître, et il ne prit pas garde à l'homme qui s'approchait de lui à grandes enjambées. Et il fut trop tard. L'un de ses yeux minuscules perdit soudain toute acuité visuelle : Jondalar venait d'enfoncer sa sagaie dans ce point particulièrement vulnérable et l'extrémité en silex pénétra jusqu'au cerveau. L'instant d'après, l'animal ne voyait plus rien : Jetamio avait planté son arme dans l'autre œil. Le rhinocéros sembla surpris, puis il trébucha, tomba à genoux et finit par s'affaler sur le sol, privé de vie.

Quelqu'un poussa un cri. Les deux chasseurs levèrent les yeux et s'éloignèrent à toute vitesse, chacun dans une direction différente. Le rhinocéros femelle se précipitait sur eux à toute allure. En arrivant près du jeune mâle, elle ralentit, le dépassa de quelques foulées avant de réussir à s'arrêter et fit alors demi-tour pour s'en approcher. Elle lui donna quelques coups de corne pour l'obliger à se relever. Voyant qu'il ne bougeait pas, elle tourna la tête d'un côté puis de l'autre, balança sa masse imposante sur la droite puis sur la gauche, comme si elle n'arrivait pas à se décider.

Certains chasseurs essayèrent d'attirer son attention en brandissant leur capuchon ou leur manteau, mais rien n'y fit. Après avoir poussé une dernière fois le jeune mâle du bout de sa corne, elle obéit à un instinct profondément ancré en elle et reprit la direction du nord.

— Nous l'avons échappé belle, expliqua Jondalar. Mais cette femelle n'avait qu'une idée en tête : filer vers le nord.

— Tu penses que la neige ne va pas tarder à tomber ? demanda Thonolan en jetant un coup d'œil à l'emplâtre posé sur sa poitrine avant de regarder à nouveau son frère qui semblait très inquiet.

Jondalar hocha la tête.

— Je ne sais pas comment expliquer à Dolando que nous aurions intérêt à partir avant que la tempête arrive. Même si je savais parler leur langue, ils ne me croiraient pas : il n'y a pas un seul nuage dans le ciel.

— Cela fait plusieurs jours que ça sent la neige. C'est une sacrée tempête qui se prépare.

Jondalar était sûr que la température était en train de baisser et il en eut une preuve de plus le lendemain matin lorsqu'il découvrit que l'infusion qu'il avait laissée près du feu durant la nuit était recouverte d'une mince couche de glace. Il essaya à nouveau de communiquer ses inquiétudes à Dolando, mais sans succès.

Quand le compagnon de Rosharío lui annonça qu'ils allaient lever le camp, il se sentit soulagé et s'occupa aussitôt de ranger sa tente et de préparer son sac, ainsi que celui de son frère. Dolando lui sourit pour lui montrer qu'il était content de sa vélocité. Puis son sourire s'effaça pour laisser place à une expression inquiète et il montra la rivière à Jondalar. Le cours d'eau était agité par de forts remous et l'embarcation en bois oscillait d'un côté et de l'autre en tirant sur les cordes qui la retenaient. Jondalar comprit aussitôt pourquoi Dolando semblait si nerveux. Lui-même n'en menait pas large à l'idée de la traversée qui les attendait. Les hommes qui vinrent chercher les deux sacs et les déposèrent à côté de la carcasse du rhinocéros ne montraient aucun signe de nervosité. Jondalar n'en fut pas rassuré pour autant. Il était content de partir, mais inquiet quant au moyen de transport qu'ils allaient utiliser. Et comment s'y prendraient-ils pour transporter Thonolan jusqu'au bateau ? Il s'approcha de la tente où se trouvait son frère pour voir s'il pouvait donner un coup de main.

Quand il se rendit compte que les hommes démontaient le camp avec rapidité et efficacité, il se dit que, sous prétexte de les aider, il risquait plutôt de les gêner. Il se contenta donc de les regarder travailler. Grâce à de légères variantes dans leurs vêtements, Jondalar était maintenant capable de différencier les Shamudoï, qui habitaient à terre, des Ramudoï qui vivaient sur des bateaux.

Bien qu'appartenant à deux tribus différentes, Ramudoï et Shamudoï semblaient parfaitement s'entendre. Ils se connaissaient trop bien pour faire assaut de politesse et plaisantaient entre eux. Ils parlaient la même langue, prenaient leurs repas ensemble et se partageaient toutes les tâches. A terre, c'est Dolando qui paraissait commander. Mais sur le bateau, c'était un autre homme qui donnait des ordres.

Le shamud sortit de la tente, suivi par deux hommes qui portaient Thonolan sur une civière très ingénieuse. Pour la fabriquer, ils s'étaient servis de deux troncs de jeunes aulnes et d'une des cordes qui leur servait à amarrer le bateau. Enroulée autour des montants et passant de l'un à l'autre, cette corde formait un solide support sur lequel était couché Thonolan. Pour plus de sécurité, le blessé avait même été attaché sur la civière.

Dès qu'ils furent sortis, Roshario se dépêcha de défaire la tente en jetant des coups d'œil inquiets en direction du ciel et de la rivière. Jondalar comprit qu'elle n'en menait pas large, elle non plus, à l'idée du voyage qui les attendait. Sans plus attendre, il courut rejoindre son frère.

— Ces nuages m'ont l'air pleins de neige, fit remarquer Thonolan quand son frère se retrouva à sa hauteur. On ne voit plus les sommets des montagnes. Il doit déjà neiger là-haut. Je peux t'assurer, ajouta-t-il, qu'on ne voit plus le monde de la même manière quand on le regarde dans la position où je suis.

Levant la tête, Jondalar aperçut les nuages qui s'amoncelaient sur les montagnes et cachaient les pics enneigés. Ils se poussaient, roulaient les uns par-dessus les autres, se bousculaient, comme s'ils avaient hâte de remplir le ciel bleu. Malgré son inquiétude, Jondalar réussit à plaisanter.

— Tu dis ça car tu as besoin d'une excuse pour rester couché, dit-il en souriant.

Lorsqu'ils arrivèrent près du tronc d'arbre qui s'avançait dans l'eau, il s'effaça pour laisser passer les deux Ramudoï. S'équilibrant mutuellement, ils montèrent sur le tronc instable avec leur fardeau et réussirent à hisser à bout de bras le brancard en haut de la passerelle. En les voyant faire, Jondalar comprit pourquoi ils avaient pris la peine d'attacher son frère. Il s'engagea à son tour sur le tronc et eut bien du mal à garder l'équilibre. Il en éprouva d'autant plus d'admiration pour les deux hommes.

Le ciel était maintenant complètement couvert et, au moment où Roshario et le shamud rejoignaient le bateau, portant la tente qui avait abrité Thonolan, quelques flocons se mirent à tomber. Après que deux Ramudoï les eurent débarrassés de leur chargement, ils s'engagèrent à leur tour sur le tronc.

La rivière reflétait les sautes d'humeur du ciel : elle était trouble, agitée de violents remous, et le tronc qui bougeait sans cesse avait tendance à s'éloigner de l'embarcation. Se penchant par-dessus le bord du bateau, Jondalar tendit la main à Roshario. La vieille femme la prit avec reconnaissance et se laissa pratiquement hisser jusqu'au dernier échelon de la passerelle, puis à l'intérieur du bateau. Le shamud accepta lui aussi l'aide de Jondalar et, dans le regard de gratitude qu'il lui lança, il n'y avait plus trace de sarcasme.

Il restait encore un homme sur le rivage. Il détacha une des amarres, courut à toute vitesse sur le tronc et grimpa à l'intérieur de l'embarcation.

La passerelle fut remontée rapidement. La lourde embarcation qui essayait de s'éloigner de la rive pour s'engager dans le courant n'était plus retenue que par une seule corde et les pagaies à long manche que maniaient les rameurs. La seconde amarre lâcha brutalement et, profitant de sa soudaine liberté, l'embarcation bondit en avant. Elle se mit à tanguer si fort que Jondalar dut agripper le bord du bateau qui filait maintenant au beau milieu de la Rivière Sœur.

La tempête faisait rage et la neige réduisait la visibilité. Les eaux de la Sœur charriaient toutes sortes de débris : de lourds troncs d'arbres gorgés d'eau, des arbustes enchevêtrés, des cadavres d'animaux boursouflés et même un petit iceberg qui faillit entrer en collision avec le bateau. Jondalar contemplait le rivage qui s'éloignait quand soudain son regard fut attiré par quelque chose qui se trouvait à la cime d'un des aulnes, tout en haut de la colline, et claquait dans le vent. Une brusque rafale réussit à l'emporter vers la rivière, dans l'eau. En voyant de plus près cette peau tachée de brun, Jondalar réalisa alors qu'il s'agissait de sa tunique d'été. La tunique flotta un court instant en surface, avant de disparaître dans les flots.

Repensant à son mouvement de panique, juste après l'accident de Thonolan, Jondalar fronça les sourcils. Puis il se souvint de la joie qu'il avait éprouvée lorsqu'il avait aperçu le bateau. Comment ont-ils pu savoir que nous étions là ? se demanda-t-il à nouveau. Une pensée lui traversa l'esprit : peut-être était-ce cette tunique ensanglantée qui avait signalé leur présence. Mais comment expliquer que les Shamudoï et les Ramudoï soient justement passés par là ? Et pourquoi avaient-ils amené avec eux leur shamud ?

L'important, se disait Jondalar, c'est que Thonolan ait été sauvé. Il n'était plus sur son brancard et on l'avait adossé contre le bord de l'embarcation. Son visage était très pâle, il devait souffrir et semblait effrayé par la traversée. Mais cela ne l'empêchait pas de sourire à Jetamio qui se trouvait juste à côté de lui.

Etonné par les performances de cette solide embarcation qui bondissait sur l'eau agitée, Jondalar l'examina avec curiosité. Le fond, d'une seule pièce, avait été creusé dans un arbre de grande taille. Il était renflé au milieu. Il s'élargissait ensuite grâce à des rangées de planches qui se chevauchaient et étaient solidement fixées les unes aux autres sur les deux côtés du bateau. Ces planches formaient les flancs de l'embarcation et se rejoignaient à la hauteur de la proue. A l'intérieur du bateau, il y avait des appuis placés à intervalles réguliers sur lesquels étaient posées des planches qui servaient de bancs pour les rameurs. Trois d'entre eux étaient assis à l'avant du bateau sur le premier banc.

Jondalar s'absorbait toujours dans la contemplation de l'embarcation quand son regard fut attiré par un tronc d'arbre, poussé par le courant contre la proue. Son cœur fit un bond dans sa poitrine. Il regarda à nouveau pour s'assurer qu'il ne rêvait pas. Mais non. A l'avant de la proue, prise dans les branches de l'arbre, il y avait sa tunique d'été souillée de sang.

9

— Ne sois pas si gourmande, Whinney, conseilla Ayla en voyant que la jeune pouliche était en train de lécher les quelques gouttes d'eau qui restaient encore au fond du récipient en bois. Si tu bois tout, je vais être obligée de faire fondre à nouveau de la glace.

Whinney s'ébroua, secoua la tête et replongea son museau dans le récipient.

— Bon, puisque tu es vraiment assoiffée, il va falloir descendre chercher de la glace. Tu viens avec moi ?

Vivant seule avec la jeune pouliche, Ayla avait pris l'habitude de converser avec elle. Au début, elle avait surtout utilisé les gestes, les mimiques et les différentes postures qui composaient le langage du Clan. Puis elle s'était rendue compte que Whinney était aussi très sensible aux sons qu'elle émettait et cela l'avait amenée à communiquer plus souvent de cette manière avec elle.

Contrairement aux membres du Clan, Ayla n'avait aucune difficulté à utiliser toute une série de sons et d'inflexions. Son fils en était lui aussi capable et pour eux deux, c'était devenu un jeu d'imiter les syllabes dépourvues de sens qu'ils émettaient chacun à leur tour. Et, à force, certaines de ces syllabes avaient fini par acquérir une signification précise.

Depuis qu'Ayla conversait avec le jeune cheval, sa tendance à verbaliser s'était encore accrue. Elle imitait les sons émis par l'animal et inventait de nouveaux mots en combinant des sons dépourvus de sens qu'elle s'amusait à prononcer devant son fils. Comme il n'y avait plus personne pour lui reprocher d'émettre des sons inutiles, son vocabulaire oral était plus étendu qu'avant. Mais ce langage n'était compréhensible que pour elle — et dans une certaine mesure pour Whinney.

Après avoir enfilé ses jambières taillées dans la peau de la jument, elle mit son capuchon et enfila ses moufles. Passant les mains à travers la fente de ses moufles, elle attacha sa fronde à sa ceinture et plaça son panier sur son dos. Puis elle alla chercher l'os qu'elle utilisait pour casser la glace. Pour fabriquer ce pic à glace, elle avait utilisé un des fémurs de la jument : après en avoir retiré la moelle, elle l'avait taillé en pointe et meulé contre une pierre.

— En route, Whinney, dit-elle en écartant la lourde peau d'aurochs qui, avant, lui servait de tente, et faisait maintenant office de brise-vent à l'entrée de la caverne, solidement attachée à des pieux enfoncés dans le sol.

La pouliche trottant derrière elle, elle emprunta le sentier qui menait à la rivière. En arrivant près du cours d'eau, elle baissa un peu la tête pour se protéger du vent qui soufflait avec violence. Dès qu'elle eut trouvé un endroit où la glace semblait moins épaisse, elle s'y attaqua avec son pic.

— Il est plus facile de ramasser de la neige que de casser la glace, Whinney, expliqua-t-elle à la jeune pouliche en plaçant les blocs de glace à l'intérieur de son panier.

Elle s'arrêta au pied de la falaise pour prendre quelques morceaux de bois flottés dans la pile qui se trouvait là et remonta vers la caverne.

— L'hiver est sec par ici, expliqua-t-elle à la pouliche. Plus froid aussi. La neige me manque, Whinney. Les petites chutes de neige que nous avons eues jusqu'ici ne me suffisent pas. Elles n'ont apporté que du froid.

Ayla plaça les blocs de glace dans un grand bol qu'elle posa à côté du feu. Il fallait que la glace fonde légèrement avant qu'elle puisse la transvaser dans un récipient en peau pour la mettre à chauffer au-dessus du feu. Sans eau au fond, le récipient en peau risquait de brûler.

Puis elle jeta un coup d'œil autour d'elle et examina différents objets en cours de fabrication. Lequel allait-elle choisir aujourd'hui ? Aucun de ces travaux ne la tentait.

Et si j'allais chasser ? se dit-elle en apercevant les épieux qu'elle avait fabriqués récemment. Cela fait un bon bout de temps que je ne suis pas allée dans les steppes. Inutile de les emporter, ajouta-t-elle aussitôt en fronçant les sourcils. Jamais je ne pourrai m'approcher suffisamment d'un animal pour pouvoir m'en servir. Je vais simplement emporter ma fronde et faire un tour. Cela me fera du bien.

Elle choisit quelques cailloux arrondis parmi ceux qu'elle avait entreposés dans la caverne au cas où les hyènes s'aventureraient à nouveau jusque-là, les fourra dans les replis de son vêtement et ajouta un peu de bois sur le feu.

Lorsqu'elle s'engagea dans la montée escarpée qui reliait la caverne et les steppes, Whinney voulut la suivre et hennit derrière elle.

— Ne t'inquiète pas, Whinney. Je ne serai pas absente longtemps. Tu ne risques rien.

En arrivant en haut, Ayla dut resserrer les cordons de son capuchon car le vent soufflait si fort qu'il faillit arracher la fourrure de glouton qui lui couvrait la tête. Elle s'arrêta un instant pour regarder autour d'elle. Aussi arides et desséchées soient-elles en été, les steppes semblaient alors pleines de vie si on les comparait à l'aspect désolé qu'elles présentaient en hiver. Le vent soufflait en rafales, émettant une mélopée funèbre aux accents discordants. Sa plainte déchirante s'enflait jusqu'au cri perçant, puis diminuait jusqu'à n'être plus qu'un gémissement étouffé. Il balayait sans relâche la terre brun grisâtre et allait chercher les cristaux de neige qui se trouvaient au fond des creux, projetant à nouveau dans l'air ces flocons glacés.

La neige balayée par le vent avait la consistance des grains de sable et sous sa morsure, Ayla eut bientôt le visage en feu. Elle rapprocha le plus possible les pans de son capuchon, baissa la tête et continua à avancer face au vent qui venait du nord-est. L'herbe gelée crissait sous ses pas. Chaque fois qu'une nouvelle rafale de vent chargée de neige l'atteignait, ses narines se pinçaient et sa gorge lui faisait mal. Sa respiration était devenue sifflante et elle se mit à tousser.

Mais qu'est-ce que je fais là ? se demanda-t-elle. Jamais je n'aurais pensé qu'il fasse aussi froid. Je ferais mieux de rentrer.

Elle allait faire demi-tour quand, soudain, elle s'immobilisa en dépit du froid intense. De l'autre côté du ravin, un petit groupe de mammouths laineux avançait à pas pesants, énormes tertres ambulants à la fourrure brun-roux et aux longues défenses incurvées. Ils vivaient dans cette morne région en se nourrissant exclusivement d'herbe gelée sur pied. En s'adaptant à cet environnement, ils avaient perdu toute capacité d'évoluer dans un milieu différent. Leurs jours étaient comptés et ils s'éteindraient dès qu'il n'y aurait plus de glaciers.

Ayla attendit que les formes indistinctes aient disparu de sa vue, happées par la neige tourbillonnante, pour se remettre en route. Elle ne traîna pas en chemin et poussa un soupir de soulagement lorsque, après avoir franchi la crête, elle se retrouva à nouveau à l'abri du vent. Elle se sentait aussi heureuse que le jour où elle avait découvert pour la première fois son sanctuaire. Que serais-je devenue si je n'avais pas trouvé cette vallée ? se dit-elle. Quand elle atteignit la corniche, qui se trouvait en face de la caverne, elle étreignit Whinney, puis s'avança tout au bout du piton rocheux pour regarder la vallée. La couche de neige était légèrement plus épaisse que dans les steppes et, là où le vent avait soufflé, il y avait même quelques congères.

Debout sur la corniche, Ayla entendit le hurlement d'un loup. Baissant les yeux, elle aperçut un renard polaire qui était en train de traverser le cours d'eau gelée. Sa fourrure blanche se confondait si bien avec la neige que, lorsqu'il s'immobilisa sur l'autre rive, elle le perdit pratiquement de vue. Elle nota alors un mouvement en bas de la vallée et reconnut la silhouette d'un lion des cavernes. Son pelage épais et fourni était si clair qu'il semblait presque blanc. Tous ces prédateurs quadrupèdes s'adaptaient à l'environnement de leur proie. A l'inverse, Ayla et ses semblables faisaient en sorte que l'environnement s'adapte à eux.

La jeune femme allait partir quand elle entendit un ricanement au-dessus d'elle. Levant la tête, elle aperçut alors une hyène qui se penchait par-dessus le bord de la corniche. Elle saisit aussitôt sa fronde. Mais, avant qu'elle ait pu s'en servir, la hyène s'éloigna de son pas traînant et disparut en direction des steppes. Whinney s'approcha d'Ayla en hennissant doucement et la poussa de la tête. Prenant la jeune pouliche par l'encolure, Ayla se dirigea vers la caverne.

Allongée sous sa fourrure, Ayla regardait la voûte de la caverne en se demandant ce qui avait bien pu la réveiller. Elle tourna la tête pour regarder Whinney : la pouliche avait, elle aussi, les yeux ouverts mais on n'y lisait aucune inquiétude. Pourtant, il y avait quelque chose de changé.

Ayla se blottit frileusement sous ses fourrures et, profitant de la lumière qui entrait par le trou placé au-dessus de l'entrée, elle jeta un coup d'œil à ses claies auxquelles étaient maintenant suspendues, à côté des herbes et des racines, des petites saucisses blanches qu'elle avait fabriquées en remplissant les intestins de la jument avec la graisse de l'animal, puis en pinçant et en faisant tourner la membrane à intervalles réguliers.

En voyant les saucisses, elle se mit à penser à son petit déjeuner. Un bouillon de viande séchée, un peu de graisse, quelques plantes pour assaisonner, une poignée de céréales et des raisins secs. Elle était trop réveillée pour rester plus longtemps au lit et repoussa les couvertures. S'enveloppant dans la fourrure de lynx qui gardait encore la chaleur de son corps, elle courut vers l'entrée de la caverne, écarta le brise-vent et s'arrêta, médusée.

Les contours escarpés de la corniche étaient recouverts d'une épaisse couche de neige tombée durant la nuit, qui brillait uniformément au soleil et reflétait le ciel d'un bleu transparent où subsistaient encore quelques nuages floconneux. L'air était immobile, il n'y avait plus trace de vent.

Située à cheval entre les steppes continentales plus humides et les steppes sèches, arides et recouvertes de lœss, la vallée subissait l'influence des deux types de climats. Le froid était donc sec par moments, humide à d'autres. L'épaisse couche de neige tombée pendant la nuit rappelait à Ayla les conditions climatiques qui régnaient autour de la caverne du clan. Elle avait soudain l'impression de se retrouver chez elle.

— Whinney ! appela-t-elle. Viens voir ! Il a neigé ! De la vraie neige pour une fois.

Si Ayla s'était précipitée dehors un instant plus tôt, c'était avant tout pour satisfaire un besoin naturel, aussi se dépêcha-t-elle de gagner l'extrémité de la corniche. Quand elle revint vers la caverne, elle aperçut la jeune pouliche qui avançait avec précaution une de ses pattes dans cette substance immatérielle. Baissant la tête, Whinney renifla la surface gelée, puis elle s'ébroua. En voyant Ayla, elle se mit à hennir plaintivement.

— Approche-toi, Whinney ! Tu ne risques rien.

C'était la première fois que la jeune pouliche voyait autant de neige. Quand, avançant un peu plus, elle sentit son sabot s'enfoncer dans l'épaisse couche, elle hennit à nouveau en direction d'Ayla comme si elle éprouvait le besoin d'être rassurée. Celle-ci s'approcha et l'aida à avancer sur la corniche enneigée jusqu'à ce qu'elle se sente plus à l'aise. La curiosité naturelle de la jeune pouliche et son goût du jeu finirent par prendre le dessus et elle se mit à gambader joyeusement autour d'Ayla.

— Je vais faire chauffer une infusion et préparer à manger, dit-elle en sentant qu'elle commençait à avoir froid. Je n'ai presque plus d'eau. Il va falloir casser de la glace. (S'interrompant soudain, elle éclata de rire.) Je n'ai pas besoin de glace ! Il suffit que je remplisse un bol avec de la neige. Que dirais-tu ce matin d'une bouillie chaude, Whinney ?

Quand elles eurent fini de manger, Ayla s'habilla chaudement et quitta la caverne. L'air avait une douceur inhabituelle à cause de l'absence de vent. Mais ce qu'elle appréciait surtout, c'était le plaisir de marcher dans la neige. Après avoir rempli de neige des bols et des paniers, elle plaça ceux-ci près du feu pour que leur contenu fonde.

C'était tellement plus facile que de casser de la glace qu'elle se dit qu'elle allait en utiliser une partie pour se laver. Quand elle vivait encore au sein du Clan, elle se lavait régulièrement avec de la neige fondue. Dans la vallée, elle avait tellement de mal à se procurer la glace dont elle avait besoin simplement pour boire et cuisiner qu'elle avait dû renoncer à se laver. Mais le moment était venu de renouer avec cette saine habitude.

Elle ajouta du bois dans le feu en piochant dans les réserves qui se trouvaient à l'intérieur de la caverne, puis elle ressortit et se mit à dégager la pile de bois de chauffe qui se trouvait près de l'entrée.

Si je pouvais empiler de la neige comme j'empile du bois, ce serait bien pratique, se dit-elle. Le vent risque de se remettre à souffler et alors, fini la neige...

Elle transporta à l'intérieur de la caverne une partie du bois qu'elle venait de dégager et en profita pour prendre un bol afin de retirer plus rapidement la neige.

Elle venait de remplir son bol et d'en déverser le contenu à côté de la pile de bois quand elle remarqua que le petit tas de neige conservait la forme du bol lorsqu'elle retirait le récipient. Pourquoi ne pas empiler de la neige comme ça ? Exactement comme j'empile mon bois...

Pleine d'enthousiasme à cette idée, elle se mit aussitôt à ramasser la neige qui recouvrait la corniche et l'entassa contre la paroi à côté de l'entrée de la caverne. Quand elle eut terminé, elle s'attaqua à l'étroit sentier qui descendait vers la rivière. Whinney profita du fait que la voie était dégagée pour aller faire un tour dans la vallée.

Les yeux brillants et les joues rougies par le froid, Ayla s'arrêta et sourit d'un air satisfait en contemplant l'imposant tas de neige qui se trouvait près de l'entrée. Jetant un coup d'œil autour d'elle, elle s'aperçut qu'il restait encore un peu de neige à l'extrémité de la corniche et se dirigea aussitôt de ce côté. De loin, elle vit Whinney en train de se frayer un chemin au milieu de ces masses de neige inhabituelles, levant bien haut les pattes.

Lorsqu'elle eut complètement dégagé la corniche et qu'elle s'arrêta pour examiner à nouveau le tas de neige, la forme de celui-ci la fit sourire. D'où elle était, les diverses bosses faites par le bol suggéraient les contours d'un visage.

Pour que ça ressemble vraiment à Brun, il faudrait que le nez soit un peu plus gros, songea-t-elle en ajoutant un peu de neige à l'endroit voulu. Puis elle approfondit un creux, aplatit légèrement une bosse et se recula pour contempler son œuvre.

— Bonjour, Brun, dit-elle avec un sourire malicieux en utilisant les gestes appropriés.

Mais son sourire s'effaça aussitôt. Brun n'apprécierait peut-être pas tellement que l'on se serve de son nom pour s'adresser à un tas de neige. Le nom qu'on portait revêtait trop d'importance pour qu'on l'utilise à tort et à travers. Ce visage ressemble pourtant à celui de Brun, se dit Ayla avec un petit rire étouffé. Mais je devrais être plus polie lorsque je m'adresse à lui. Quand on est une femme, il n'est pas

correct de parler au chef de la tribu avant que celui-ci vous en donne
la permission. Se prenant au jeu, elle s'assit en face du tas de neige et
baissa les yeux, dans la position qu'adoptaient les femmes du Clan
lorsqu'elles demandaient à un homme la permission de s'adresser à lui.

Immobile, les yeux fixés sur le sol, Ayla attendait comme s'il y avait
quelque chance que Brun lui tape sur l'épaule pour lui indiquer qu'elle
avait le droit de lui parler. Rien ne se produisait et le silence devenait
de plus en plus pesant. Le sol rocheux sur lequel elle était assise était
glacé et elle commençait à se sentir un peu ridicule dans cette position.
Ce tas de neige avait beau ressembler à Brun, jamais il ne lui taperait
sur l'épaule. Brun lui-même était resté insensible à sa requête la dernière
fois qu'elle s'était assise en face de lui, juste après avoir été injustement
maudite, alors qu'elle voulait lui demander de prendre Durc sous sa
protection. Le vieux chef s'était détourné d'elle car il était trop tard —
elle était déjà morte aux yeux du clan.

Au souvenir des événements qui l'avaient obligée à partir, son humeur
changea du tout au tout. Bondissant sur ses pieds, elle s'approcha du
visage sculpté dans la neige et se mit à le bourrer de coups de poing et
de pied.

— Tu n'es pas Brun ! dit-elle en tentant de détruire toute ressemblance
avec l'original. Tu n'es pas Brun ! Jamais plus je ne le reverrai ! Jamais
je ne reverrai Durc ! Jamais plus je ne reverrai qui que ce soit ! Je suis
toute seule ! ajouta-t-elle en laissant échapper un gémissement de
désespoir. Oh ! pourquoi suis-je si seule ?

Elle s'effondra à genoux en pleurant et se laissa tomber dans la
neige. Ramenant celle-ci sur elle, elle se blottit au creux de cette
humidité glaciale, essayant de s'y enterrer et appelant de tous ses vœux
l'engourdissement mortel dans l'espoir qu'il mette fin une fois pour
toutes à ses souffrances et à sa solitude. Quand son corps commença à
être parcouru de frissons, elle ferma les yeux et essaya d'oublier la
sensation de froid qui la pénétrait maintenant jusqu'aux os.

Elle sentit soudain quelque chose de chaud et d'humide sur son visage
et entendit le hennissement d'un cheval. Comme elle ne bougeait
toujours pas, la pouliche se mit à la pousser de la tête. Ouvrant les
yeux, elle aperçut les deux grands yeux noirs du petit cheval. Levant
les bras, elle entoura le cou de l'animal et cacha son visage dans ses
longs poils.

— Tu veux que je me lève, n'est-ce pas, Whinney ? demanda-t-elle
en lâchant la pouliche.

Whinney leva la tête, puis la baissa comme si elle avait compris la
question d'Ayla et y répondait par l'affirmative. Cela suffit pour que
la jeune femme reprenne courage. C'est vrai qu'elle se sentait seule.
Mais ce n'était pas une raison suffisante pour renoncer à la vie. Même
lorsqu'elle vivait au sein du clan, entourée d'affection, elle était si
différente des autres qu'elle avait appris très vite ce que c'était que la
solitude. Et sa seule force avait été l'amour qu'elle prodiguait aux
autres. A Iza, quand elle était tombée malade, à Creb, dans sa vieillesse,

à son jeune fils. Le fait qu'ils aient besoin d'elle lui avait toujours fourni des raisons de continuer de vivre.

— Tu as raison, Whinney. Il vaut mieux que je me lève. Je ne peux pas te laisser seule. Que deviendrais-tu sans moi ? Regarde comme je suis mouillée, ajouta-t-elle. Je vais mettre d'autres vêtements et te préparer une bouillie bien chaude. Cela te fera plaisir, n'est-ce pas ?

Ayla observait deux renards polaires en train de se montrer les dents et de se mordre. Ils se battaient pour une renarde et leur odeur de mâles en rut était si forte qu'elle parvenait jusque sur la corniche où la jeune femme se trouvait. Leur pelage était magnifique en hiver alors qu'en été il était d'un brun terne. Si je veux une fourrure blanche, c'est le moment ou jamais, se dit Ayla. Mais au lieu de prendre sa fronde, elle continua à les regarder. Le combat était terminé et le mâle victorieux exigeait son dû. Quand il grimpa sur la femelle, celle-ci lança un cri perçant.

Je me demande si elle aime ça, se dit Ayla. Moi, même quand cela a cessé de me faire mal, je n'ai jamais aimé ça. Les autres femmes m'ont dit qu'elles éprouvaient du plaisir. Pourquoi ne suis-je pas comme les autres ? Est-ce parce que je n'aimais pas Broud ? Peut-être est-ce différent quand on aime un homme. Cette renarde aime-t-elle le mâle qui la monte ? Apprécie-t-elle ce qu'il est en train de lui faire ? En tout cas, elle n'essaie pas de lui échapper.

Ce n'était pas la première fois qu'Ayla se retenait de chasser pour pouvoir observer des renards ou d'autres carnivores. Elle avait passé des journées entières à observer les proies que son totem lui avait donné la permission de chasser, afin de connaître leurs coutumes et leurs habitats, et elle s'était rendu compte que c'était des animaux intéressants et attachants. Les hommes du Clan chassaient presque exclusivement des herbivores, pour se nourrir, et ne tuaient des carnivores que pour se procurer des fourrures. Ils les connaissaient donc beaucoup moins bien qu'Ayla.

En regardant les deux renards en train de s'accoupler, elle pensait à ce qui allait suivre. Elle savait que l'accouplement avait toujours lieu à la fin de l'hiver et que la renarde mettait bas au printemps quand son pelage tournait au brun. Je me demande si elle va s'installer tout près d'ici à l'abri du tas d'ossements et de bois flotté ou si elle va creuser sa renardière ailleurs, songeait-elle. J'espère qu'elle leur fera manger de la viande qu'elle régurgitera pour eux. Ensuite elle leur apportera des proies mortes, des souris, des taupes, des oiseaux et, de temps à autre, des lapins. Dès qu'ils seront un peu plus grands, elle leur amènera des proies encore vivantes et leur apprendra à chasser. A l'automne, les renardeaux seront devenus adultes et, l'hiver prochain, les renardes se mettront à nouveau à glapir quand un mâle les approchera.

Pourquoi font-ils ça ? se demanda Ayla. Qu'est-ce qui les pousse à s'accoupler ? Je pense que ce mâle met en train les petits renards. Si, pour avoir des petits, il suffisait que la femelle avale un esprit, comme Creb me l'a toujours dit, pourquoi ces renards s'accouplent-ils ainsi ?

Tout le monde croyait que je n'aurais jamais d'enfant, car l'esprit de mon totem était trop fort. Mais j'en ai eu un. Si Durc a été mis en train quand Broud m'a fait ce qu'est en train de faire ce renard, la force de mon totem n'avait plus d'importance.

Mais les êtres humains ne sont pas comme les renards. Ils peuvent en avoir toute l'année. Et les femmes n'ont pas d'enfant chaque fois qu'elles vont avec un homme. Peut-être Creb disait-il vrai... Peut-être faut-il que l'esprit du totem de l'homme pénètre à l'intérieur de la femme. Mais elle ne l'avale pas. A mon avis, elle reçoit l'esprit du totem quand l'homme la pénètre avec son organe. Soit le totem de la femme repousse celui de l'homme, soit elle attend un enfant.

Je crois que je vais me passer de cette fourrure blanche, continua Ayla. Si je tue un de ces renards, les autres vont partir et je ne saurai jamais combien de petits la renarde a mis bas. Je vais plutôt tuer cette hermine que j'ai aperçue en aval de la rivière. Sa fourrure est blanche et douce et le bout de sa queue noir. C'est vraiment très joli.

Mais que vais-je faire d'une peau aussi petite ? Il y aura à peine de quoi fabriquer une moufle. Et l'hermine aura elle aussi des petits au printemps. Autant attendre l'hiver prochain quand elles seront plus nombreuses. Je n'irai pas chasser aujourd'hui. Je pense que je vais plutôt terminer le bol que j'ai commencé hier.

Ayla ne se rendait pas compte qu'elle était en train de penser aux animaux qui seraient là l'hiver prochain alors qu'elle avait décidé de quitter la vallée au printemps. Au fond, elle avait fini par s'habituer à sa solitude. Celle-ci ne lui pesait que le soir, quand elle faisait une nouvelle entaille dans un bâton et apercevait alors la pile de bâtons accumulés depuis son arrivée dans la vallée.

D'un geste vif, Ayla repoussa la mèche de cheveux qui lui tombait dans les yeux. Elle était en train de fendre une racine secondaire d'un arbre dans le but de confectionner un panier à larges mailles. Depuis le début de l'hiver, elle avait expérimenté de nouvelles techniques de vannerie : elle utilisait toutes sortes de matériaux et les associait pour obtenir des textures différentes et des mailles de différentes tailles. Elle éprouvait un tel intérêt pour les travaux de vannerie — tressage, tissage, nouage des fibres végétales — et la fabrication des cordes, sangles et cordons, que cette tâche l'absorbait plus que toute autre. Même si le résultat était parfois décevant, cela ne l'empêchait pas de continuer à innover et elle en venait à entrelacer ou à tresser tout ce qui lui tombait sous la main.

Elle avait commencé à travailler en début de matinée sur un procédé de vannerie particulièrement compliqué et il fallut que Whinney pousse de la tête le brise-vent qui se trouvait à l'entrée pour qu'elle s'aperçoive que la nuit était tombée.

— Je ne m'étais pas rendu compte qu'il était si tard, Whinney, dit-elle en se levant aussitôt. Il faut que je prépare quelque chose à manger.

Ayla commença par nourrir Whinney, puis elle changea sa litière. En revenant vers la caverne, elle s'arrêta pour ramasser de la neige. Le tas

avait beaucoup diminué et elle se dit que dans peu de temps, elle serait
à nouveau obligée de descendre chercher de l'eau à la rivière. Après
avoir pesé le pour et le contre, elle décida de se laver les cheveux avant
que cette opération devienne trop compliquée.

Elle mit de la neige à fondre près du feu pendant que son repas
cuisait et attendit d'avoir mangé pour se laver les cheveux. Quand sa
chevelure fut propre, elle commença à la démêler en se servant comme
d'habitude de ses doigts et d'une brindille. Puis soudain son regard
tomba sur la cardère sèche dont elle s'était servie le matin même pour
démêler les fibres d'une écorce qu'elle comptait tresser. C'était le fait
d'étriller régulièrement Whinney qui lui avait donné l'idée d'utiliser les
capitules de cardère pour démêler des fibres végétales et tout naturellement elle songea à s'en servir pour peigner ses cheveux.

Le résultat lui plut beaucoup. Ses longs cheveux blonds et fournis
étaient maintenant souples et doux au toucher. Elle les ramena en avant
pour les examiner à la lueur du feu et trouva que leur couleur était
plutôt belle. Elle ne se lassait pas de les toucher et, avant qu'elle réalise
ce qu'elle était en train de faire, elle en saisit une partie et se mit à la
tresser.

Quand elle eut terminé, elle attacha l'extrémité de la tresse avec un
tendon et recommença l'opération jusqu'à ce que sa tête soit couverte
de longues tresses. Elle remua alors la tête en souriant, étonnée par
cette sensation toute nouvelle. Les tresses qui encadraient son visage la
gênaient un peu et, comme elle n'arrivait pas à les faire tenir derrière
ses oreilles, elle finit par les replier et les attacha sur le devant, un peu
au-dessus de son front. Celles qui retombaient sur ses épaules et dans
son dos ne la gênaient pas et elle les laissa pendre librement.

Au début, ce fut la nouveauté de la chose qui lui plut. Mais très vite
elle se rendit compte que porter des tresses était aussi bien pratique :
ses cheveux restaient en place et elle n'était plus sans cesse obligée de
repousser en arrière les mèches qui lui tombaient dans les yeux.

Peu de temps après qu'elle eut adopté cette nouvelle coiffure, elle
dut s'occuper à nouveau de son approvisionnement en eau car elle avait
entièrement utilisé le tas de neige qui se trouvait à côté de la caverne.
Il était inutile qu'elle recommence à casser de la glace car la neige était
tombée en si grande quantité qu'il y avait maintenant un peu partout
des congères. Quand elle examina celles qui se trouvaient juste en
dessous de la caverne, elle s'aperçut qu'à cet endroit la neige était
couverte de cendres et de suie qui provenaient de son feu. Elle se mit
alors à remonter la rivière pour trouver un endroit où la neige serait
propre.

Elle avançait avec précaution sur la surface gelée du cours d'eau et,
lorsqu'elle se retrouva à l'entrée de l'étroite gorge, au lieu de ramasser
la neige qu'elle était venue chercher, elle continua à marcher, poussée
par la curiosité. C'était la première fois qu'elle explorait cette partie de
la rivière. Le courant y étant plus fort, elle ne s'y était encore jamais
aventurée. A l'intérieur de la gorge, le froid avait gelé l'eau projetée
contre les parois, construisant des édifices de glace fantastiques, dignes

d'un pays de rêve. Ayla souriait de plaisir en contemplant ces formations merveilleuses, sans savoir qu'elle allait bientôt découvrir un spectacle encore plus étonnant.

Cela faisait déjà un bon moment qu'elle marchait et elle songeait à faire demi-tour car il faisait très froid au fond de cette gorge privée de soleil. Elle décida donc qu'elle n'irait pas plus loin que la prochaine boucle de la rivière. Mais arrivée là, elle ne put s'empêcher de jeter un coup d'œil de l'autre côté et s'arrêta, médusée. Les deux parois de la gorge se rejoignaient, formant une haute falaise rocheuse dont le sommet arrivait à la hauteur des steppes et le long de laquelle descendait une cascade gelée d'un blanc éblouissant.

Cette sculpture de glace était d'une telle splendeur qu'Ayla en eut le souffle coupé. Elle avait l'impression que la force de l'eau emprisonnée par la main de l'hiver était sur le point de se précipiter sur elle. La tête lui tournait et elle restait pourtant sans bouger, clouée au sol par la magnificence du spectacle et le corps parcouru de frissons. Avant de faire demi-tour, elle crut apercevoir une goutte d'eau à l'extrémité d'une des chandelles de glace et frissonna de plus belle.

Ce fut le vent qui réveilla Ayla. Ouvrant les yeux, elle regarda vers l'entrée de la caverne et constata alors que la peau d'aurochs s'était en partie détachée et battait contre un des pieux. Après avoir réparé le brise-vent, elle avança la tête au-dehors pour voir quel temps il faisait.

— Il fait meilleur, Whinney, annonça-t-elle. Je suis sûre que le vent est un peu moins froid.

Whinney remua les oreilles et la regarda avec l'air d'attendre quelque chose. Mais Ayla ne proposait rien de précis, elle ne faisait que lui parler. Elle n'avait pas fait de geste ni produit de son qui exigeât une réponse de la pouliche : elle ne lui avait pas fait signe de s'approcher ou de s'en aller, elle ne lui annonçait pas qu'il était temps de venir manger, et le message qu'elle venait d'émettre n'indiquait pas qu'elle ait l'intention de l'étriller ou de la caresser. Considérant Whinney comme une amie et une compagne, Ayla ne l'avait pas dressée. Mais celle-ci commençait à comprendre que certains sons et signaux étaient associés à des activités bien particulières et elle s'était mise à y répondre de la manière qui convenait.

Et Ayla, elle aussi, commençait à comprendre le langage de Whinney. Ayant l'habitude du langage par signes, il lui suffisait d'observer l'attitude et l'expression de la jeune jument pour savoir aussitôt ce que celle-ci ressentait ou désirait lui dire. L'hiver, en les obligeant à vivre côte à côte, avait renforcé le lien qui les unissait et leur avait permis d'atteindre un haut niveau de communication et de compréhension. Ayla savait maintenant quand Whinney était heureuse, contente, nerveuse ou bouleversée et elle était en mesure de répondre aux demandes de l'animal, que Whinney ait soif, faim ou besoin d'affection. Intuitivement, c'est elle qui avait assumé depuis le début le rôle dominant, qui avait commencé à donner des directives à l'animal et à émettre des signaux auxquels Whinney répondait.

Debout à l'entrée de la caverne, elle était en train d'examiner la peau qui servait de brise-vent. Elle devrait refaire des trous un peu au-dessous de ceux qui s'étaient déchirés pour y enfiler une longue lanière afin de pouvoir réattacher la peau sur la traverse horizontale. Soudain, elle sentit quelque chose d'humide à la base de son cou.

— Arrête, Whinney, dit-elle en se retournant.

Ce n'était pas Whinney car celle-ci n'avait pas bougé. Quand une deuxième goutte lui tomba dans le cou, Ayla releva la tête et aperçut la longue pointe de glace qui pendait dans le trou à fumée. La buée dégagée par la respiration des deux occupantes et la cuisson des aliments était transportée par la chaleur du feu vers la voûte de la caverne et, en rencontrant l'air froid qui rentrait par le trou, se transformait en glace. Mais le vent sec qui soufflait sans relâche chassait suffisamment l'humidité pour que, durant l'hiver, le sommet du trou à fumée n'ait été décoré que d'une frange de glace. Ayla fut donc très surprise de voir la longue chandelle, grise de cendres et de suie, qui pendait à cet endroit.

Une troisième goutte d'eau tomba sur le sommet de son crâne avant qu'elle ait eu le temps de se reculer. Elle alla s'essuyer et poussa un cri de joie.

— Whinney ! Whinney ! dit-elle en se précipitant vers la jeune jument pour la prendre par le cou. La glace commence à fondre ! Le printemps n'est pas loin ! Bientôt les arbres vont bourgeonner et tout va reverdir. Tu vas pouvoir manger de l'herbe tendre. Je suis sûre que tu adoreras ça !

Lâchant le cou de Whinney, Ayla courut sur la corniche, comme si elle espérait y découvrir un paysage déjà verdoyant. La neige n'avait nullement disparu durant la nuit et le vent était si froid qu'elle rentra prestement à l'intérieur de la caverne.

Les jours suivants, elle fut bien déçue : au lieu du printemps tant attendu, le blizzard se mit à souffler. Il fit encore plus froid qu'au cœur de l'hiver. Malgré tout, le printemps arrivait, talonnant sans relâche l'hiver, et le soleil, déjà plus chaud, faisait fondre la croûte gelée qui recouvrait le sol. Les gouttes qui étaient tombées dans le cou d'Ayla annonçaient bien que la glace allait se transformer en eau — et les effets de la fonte seraient plus impressionnants qu'elle n'aurait jamais osé l'imaginer.

Non seulement la neige et la glace fondaient, mais il se mit aussi à pleuvoir, ce qui accéléra encore le processus de la fonte, et les steppes bénéficièrent de cet apport d'humidité. Il ne s'agissait nullement d'un phénomène localisé. La source de la rivière qui coulait dans la vallée était alimentée par la fonte de l'immense glacier, et toutes sortes d'affluents, qui étaient déjà à sec lorsque Ayla était arrivée dans la vallée, venaient s'y jeter aussi.

Ces torrents dévalant des lits qui, l'instant d'avant, étaient encore à sec, surprenaient les animaux qui avaient le malheur de s'y trouver et les entraînaient en aval. Leur force et leur violence étaient telles que les cadavres qu'ils charriaient étaient broyés et dénudés jusqu'à l'os.

Parfois, négligeant d'anciens tracés, l'eau de la fonte choisissait un nouveau parcours, déracinant au passage les arbres et les buissons qui avaient vaillamment réussi à pousser depuis des années dans un environnement hostile. Des pierres, des galets et même de gros rochers étaient entraînés au passage par cette marée de débris.

Les parois de la gorge en amont de la caverne bridaient le flot furieux qui se déversait par-dessus la cascade. La résistance que rencontrait la rivière lui donnait encore plus de force et faisait monter le niveau des eaux. Les renards qui avaient installé leur terrier sous le tas d'ossements et de bois flottés étaient maintenant inondés.

Le spectacle de la crue était si impressionnant qu'Ayla passait une partie de la journée sur la corniche à observer ces eaux tumultueuses et couvertes d'écume dont le niveau montait un peu plus chaque jour. Surgissant de l'étroite gorge, l'eau se précipitait avec violence contre la saillie rocheuse, déposant à la base de celle-ci son lot de débris variés. Ayla comprenait enfin pourquoi autant d'os, de bois flottés et de blocs erratiques avaient pu s'accumuler à cet endroit et elle se félicitait que la caverne soit située aussi haut.

Lorsqu'un gros rocher ou un arbre venait s'écraser contre la saillie rocheuse, le choc se répercutait jusque sur la corniche. A chaque fois, Ayla sursautait, effrayée. Puis elle oubliait ses craintes. Elle était devenue fataliste. Si le moment était venu pour elle de mourir, tant pis ! De toute façon, elle était morte le jour où Broud l'avait maudite. Elle n'était pas de taille à combattre les forces qui présidaient à son destin. Même si la corniche où elle se trouvait devait être emportée par les eaux, elle ne pouvait rien faire pour empêcher cela. Et elle était fascinée par la violence aveugle de la nature.

La crue était si forte qu'un jour elle finit par entraîner un des arbres qui poussaient au pied de la paroi rocheuse sur la rive opposée. En tombant, l'arbre heurta violemment la corniche, puis il fut entraîné à toute vitesse par le cours d'eau qui, de l'autre côté de la boucle, avait formé un lac long et étroit dans la partie basse des prés, inondant les berges et submergeant la végétation qui y poussait. Pendant un court instant, le géant entraîné par la crue fut retenu par les branches des arbres qui, sous l'eau, s'accrochaient au sol de toute la force de leurs racines. Puis le courant l'arracha brutalement à leur étreinte, déracinant au passage les arbres qui tentaient vainement de résister.

Le jour où Ayla entendit un craquement qui se répercuta le long des parois de la gorge, elle comprit que la chute d'eau venait enfin de se délivrer de l'emprise de l'hiver. Entraînés par les remous qui les faisaient s'entrechoquer, les blocs de glace vinrent buter contre la saillie rocheuse, puis ils la contournèrent. Lorsqu'ils disparurent, ils avaient déjà en partie fondus et allèrent grossir les eaux du lac qui se trouvait en contrebas.

Lorsque le niveau des eaux eut baissé suffisamment pour qu'elle puisse à nouveau emprunter l'étroit sentier qui conduisait à la rivière, Ayla s'aperçut que la plage avait changé d'aspect. Le tas boueux qui se trouvait à la base de la saillie rocheuse était plus important qu'avant.

En plus des os et des bois flottés, il y avait aussi maintenant des arbres entiers et des cadavres d'animaux. La forme de la plage avait changé et certains arbres avaient disparu, entraînés par le courant. Mais une partie de la végétation avait réussi à résister à la force de la crue. Dans cette région au climat essentiellement sec, les racines des arbres et des buissons s'enfonçaient profondément dans la terre, surtout lorsque ceux-ci poussaient un peu en retrait des berges. Habitués aux inondations annuelles, la plupart d'entre eux étaient solidement ancrés dans le sol.

Dès que les framboisiers se couvrirent de petites baies vertes, Ayla se mit à songer aux fruits qu'elle mangerait et cela lui posa un problème. Pourquoi penser à des baies qui ne seraient pas mûres avant le début de l'été quand elle savait qu'à cette époque elle aurait depuis longtemps quitté la vallée ? L'arrivée du printemps l'obligeait à prendre une décision : quand exactement allait-elle se remettre en route et partir à la recherche des Autres ?

Elle était en train d'y réfléchir, assise à l'extrémité de la corniche, un endroit où elle aimait s'installer parce qu'il était plat et qu'elle pouvait poser ses pieds un peu plus bas sur une légère saillie. Là où elle était, elle apercevait la vallée et, en tournant la tête, elle pouvait voir le début de la gorge en amont de la rivière. Pour l'instant, elle regardait vers la vallée et elle venait d'apercevoir Whinney qui rentrait après une promenade dans la prairie. Quand la jument arriva à la hauteur de la saillie rocheuse, elle disparut à la vue d'Ayla mais celle-ci entendit bientôt le bruit de ses sabots sur l'étroit sentier.

Elle sourit en apercevant la tête épaisse du cheval, ses oreilles noires et sa crinière brune et fournie. Le pelage jaune s'ornait maintenant d'une rayure brun foncé qui courait le long de l'échine, et la longue queue était aussi sombre que les oreilles. Les jambes de devant, brun foncé dans leur partie inférieure, portaient plus haut de légères zébrures, à peine perceptibles. Whinney jeta un coup d'œil à Ayla et hennit doucement, pour demander si elle désirait quelque chose, puis gagna la caverne. Bien qu'elle n'en eût pas encore tout à fait la carrure, elle avait atteint sa taille adulte.

Se retournant vers la vallée, Ayla réfléchit à nouveau au problème qui l'avait préoccupée ces derniers jours. Je ne peux pas partir maintenant, se dit-elle. Il faut d'abord que je chasse un peu pour faire des réserves de viande et que j'attende que certains fruits soient mûrs. Et que vais-je faire de Whinney ? Je ne peux pas la laisser ici. Mais que se passera-t-il quand je rencontrerai les Autres ? Me laisseront-ils la garder ? Jamais Brun n'aurait accepté que je garde un jeune cheval à la chair si tendre. Si les Autres décident de tuer Whinney, elle ne s'enfuira pas et les laissera faire. Et il n'est pas certain qu'ils m'écoutent si je leur demande de la laisser en vie. S'ils sont comme Broud, ils ne m'écouteront pas. Qui me dit qu'ils ne sont pas comme lui ? Ou même pire ? Après tout, même s'ils ne l'ont pas fait exprès, ils ont tué le bébé d'Oga.

Même si je dois partir à la recherche des Autres, je peux très bien rester un peu plus longtemps ici. Jusqu'à ce que j'aie reconstitué des réserves de viande et de tubercules. J'attendrai que ceux-ci aient suffisamment poussé, puis je m'en irai.

Soulagée d'avoir pris une décision, Ayla se leva et se dirigea vers l'autre côté de la corniche. Elle y fut accueillie par l'odeur de viande en putréfaction que dégageait le tas de débris récemment amoncelés à la base de la saillie rocheuse. Elle aperçut alors une hyène qui serrait dans ses mâchoires puissantes la patte avant de ce qui avait dû être un cerf. De tous les prédateurs et nécrophages, la hyène était la seule à posséder une telle force dans les mâchoires et dans le train avant. Cette dernière particularité lui conférait d'ailleurs une allure déséquilibrée.

La première fois qu'Ayla avait aperçu une hyène en train de renifler le tas de débris, il avait fallu qu'elle se retienne à deux fois pour ne pas la tuer avec sa fronde. En voyant la hyène extraire un morceau de charogne de dessous le tas, elle préféra lui laisser la vie sauve, consciente du service que l'animal rendait. Elle connaissait parfaitement ces animaux et savait que lorsqu'ils chassaient, ils s'attaquaient directement au bas-ventre ou aux glandes mammaires de leur proie, faute de posséder une détente suffisante comme les félins et les loups.

Mais leur menu habituel restait la charogne. Pour les hyènes, c'était un plat de roi. Elles ne se gênaient pas d'ailleurs pour fouiller les amoncellements d'ordures des humains et s'attaquaient aux morts lorsque ceux-ci n'avaient pas été enterrés assez profondément. Leur morsure était souvent mortelle pour l'homme et elles s'attaquaient aux enfants en bas âge.

Ayla frissonna de dégoût en observant la hyène en train de festoyer en bas de la corniche. Elle n'était plus toute seule, un glouton venait de s'approcher, attiré lui aussi par la charogne. Le glouton ressemblait à un ourson, mais il possédait une longue queue et des glandes aussi nauséabondes que celles du putois. Nécrophages, comme la hyène, les gloutons pénétraient parfois dans les campements en plein air ou les cavernes et se comportaient alors en véritables vandales. D'humeur batailleuse et intelligents, ils étaient très courageux et n'hésitaient pas à s'attaquer à n'importe quelle proie, même un cerf géant, alors qu'ils auraient pu se contenter de souris, d'oiseaux, de grenouilles, de poissons et de baies. Ayla avait déjà vu des gloutons se battre avec des animaux beaucoup plus gros qu'eux pour défendre la proie qu'ils venaient de tuer. Ils étaient dignes de respect et leur fourrure était très recherchée car elle était la seule à protéger efficacement du gel.

En entendant des battements d'aile, Ayla leva la tête et aperçut un couple de milans qui venaient de quitter leur nid installé à la cime d'un arbre sur la rive opposée. Lorsqu'ils se posèrent sur la plage, elle admira leurs ailes brunâtres largement ouvertes et leur queue fourchue. Même s'ils se nourrissaient eux aussi de charognes, cela ne les empêchait pas de chasser des petits mammifères et des reptiles. La femelle était un peu plus grande que le mâle et leur plumage était si beau qu'Ayla ne se lassait pas de les regarder.

Quant aux vautours, malgré leur tête chauve et hideuse, et leur odeur pestilentielle, elle les tolérait car elle aimait observer leur vol majestueux.

C'était toujours très impressionnant de les voir planer sans effort et se laisser porter par les courants, jusqu'à ce que, apercevant une proie, ils plongent vers le sol et se précipitent sur le cadavre en allongeant le cou et en refermant à moitié les ailes.

Tous ces nécrophages festoyaient et il y avait même maintenant parmi eux quelques corneilles noires. Ayla se félicitait d'une telle aubaine : plus vite ils nettoieraient le charnier et mieux cela vaudrait. L'odeur écœurante qui s'en dégageait finit par tellement l'incommoder qu'elle décida de changer d'air.

— Whinney ! appela-t-elle.

En entendant son nom, le cheval passa la tête par l'entrée de la caverne.

— Je vais marcher, expliqua Ayla. Viens-tu avec moi ?

Reconnaissant le signal, Whinney s'approcha en remuant la tête de bas en haut.

Elles s'engagèrent sur l'étroit sentier, firent un détour pour éviter la plage et ses bruyants occupants et, après avoir contourné la paroi rocheuse, marchèrent le long de la rivière qui avait retrouvé son aspect habituel. Whinney semblait plus détendue maintenant qu'elles avaient laissé derrière elles le charnier et surtout les hyènes qui lui inspiraient une crainte irraisonnée depuis qu'elles avaient tenté de la dévorer.

Après être restée si longtemps enfermée, Ayla appréciait de pouvoir marcher librement au soleil, même si l'air était encore piquant et chargé d'humidité. A un moment donné, elle ralentit pour observer un couple de pics épeiches qui se livraient à des acrobaties aériennes, frappaient du bec sur une souche et se poursuivaient dans les arbres. Le mâle était facilement reconnaissable à la bande cramoisie à l'arrière de la tête. Connaissant les pics épeiches, Ayla savait qu'ils nichaient dans un vieil arbre creux et se servaient de copeaux pour faire leur nid. La femelle y pondrait six œufs environ qu'elle couverait avec soin. Mais dès que les petits seraient élevés, le couple se séparerait. Chacun repartirait de son côté et, cramponné à un tronc d'arbre, en frapperait l'écorce pour en faire sortir des larves. Dans les bois résonnerait alors leur appel qui ressemblait à un rire strident.

Les alouettes étaient bien différentes. Ces oiseaux vivaient en volées et ne formaient des couples qu'au moment de la reproduction. Le mâle défendait alors son territoire contre ses amis d'antan comme un véritable coq de combat. Pour l'instant, un couple s'élevait verticalement dans les airs et Ayla entendait son chant glorieux. Le volume était tel que même lorsque les oiseaux ne furent plus que deux petits points se balançant loin au-dessus d'elle, elle le percevait encore. Brusquement, ils se laissèrent retomber, comme des pierres, puis remontèrent en chantant à nouveau.

Ayla était arrivée à l'endroit où elle avait creusé la fosse. Du moins en avait-elle l'impression, car il n'en restait plus aucune trace. La crue avait emporté les buissons qui bordaient le piège et nivelé la dépression. Elle s'avança alors vers la rivière et but un peu d'eau. Quand elle se releva, elle aperçut une bergeronnette qui courait sur la rive. Elle ressemblait à l'alouette, en plus élancé, et le dessous de son corps était jaune. Pour ne pas mouiller sa longue queue, elle ne cessait de l'agiter de haut en bas.

Un flot de notes limpides attira alors l'attention d'Ayla sur un autre couple qui n'avait pas peur, lui, de se mouiller. Deux merles d'eau, en pleine parade, se faisaient des révérences. Une fois de plus, la jeune femme se demanda comment ils se débrouillaient pour garder leur plumage sec lorsqu'ils sortaient de l'eau où ils avaient plongé.

Lorsqu'elle regagna la prairie, Whinney était en train de brouter. Elle sourit en entendant le *chick-chick* de deux troglodytes mignons qu'elle venait de déranger en passant un peu trop près de l'arbuste où ils étaient perchés. Dès qu'elle se fut éloignée, un chant clair et mélodieux remplaça le cri d'alerte. Puis le mâle se tut et aussitôt après, la femelle s'exprima à son tour.

Ayla s'arrêta et alla s'asseoir sur un tronc pour écouter tranquillement les oiseaux. A un moment donné, quand une fauvette des buissons se joignit au concert en imitant le chant des autres oiseaux, elle fut extrêmement surprise. Impressionnée par la virtuosité de la petite créature, elle aspira l'air qui se trouvait dans ses poumons pour manifester son admiration et fut plus surprise encore d'entendre le sifflement qu'elle venait d'émettre. Le bruant qui se trouvait tout près d'elle lui répondit en lançant une note qui ressemblait à un sifflement aspiré et la fauvette imita le bruant.

Ayla était tellement heureuse de participer au concert qu'elle voulut recommencer. Aspirant l'air à nouveau, elle n'émit qu'un sifflement asthmatique. La fois suivante, elle prit une telle inspiration qu'elle fut contrainte d'expirer avec force, émettant alors un sifflement digne de ce nom. Ce son se rapprochait beaucoup plus du chant des oiseaux et l'incita à continuer. Après bien des essais, elle réussit à émettre un sifflement plus aigu même s'il manquait encore de volume.

Elle était tellement absorbée par ses efforts qu'elle ne remarqua pas que Whinney dressait les oreilles chaque fois qu'elle réussissait à siffler. Étonné par ce son nouveau, le cheval ne savait comment y répondre. Il finit par s'approcher d'Ayla en dressant les oreilles d'une manière cocasse.

— Cela t'étonne, n'est-ce pas, Whinney, que je puisse imiter le chant des oiseaux ? Moi aussi, j'avoue que je suis surprise. Je ne savais pas que j'étais capable de chanter comme eux. Enfin, presque comme eux... Je suis sûre qu'avec un peu d'entraînement, je finirai par y arriver. Voyons voir ce que ça donne.

Ayla prit une inspiration, pinça les lèvres, puis laissa échapper un long sifflement. Whinney remua la tête, hennit et se mit à piaffer. Quittant le tronc où elle était assise, Ayla s'approcha d'elle et la prit par le cou.

— Comme tu as grandi, Whinney ! s'étonna-t-elle. Tu as presque atteint ta taille adulte. Tu dois courir drôlement vite, maintenant. (Elle donna une claque sur la croupe de la jument.) Allez, Whinney, cours avec moi ! proposa-t-elle en se mettant elle-même à courir.

Whinney eut vite fait de la distancer et, allongant le pas, se mit à galoper. Ayla la suivit pour le plaisir de courir. Elle continua jusqu'à épuisement et s'arrêta pour reprendre son souffle. Après avoir galopé jusqu'en bas de la vallée, la jument fit une large boucle et revint vers Ayla au petit galop. Comme j'aimerais pouvoir courir ainsi ! se disait la jeune femme. Nous pourrions partir ensemble partout où ça nous chanterait. Je me demande si je serais plus heureuse si j'étais un cheval ? Au moins, je ne serais pas toute seule.

Je ne suis pas toute seule, corrigea-t-elle aussitôt. Whinney me tient compagnie. Je n'ai qu'elle et elle n'a que moi. Malgré tout, j'aimerais bien pouvoir la suivre quand elle court comme elle le fait.

Elle éclata soudain de rire en voyant que Whinney, qui était couverte d'écume, se roulait dans l'herbe en agitant ses pattes en l'air et en poussant des petits gémissements de plaisir. Après s'être ébroué, l'animal s'éloigna pour aller brouter un peu plus loin.

Quand Ayla, qui avait repris son entraînement, émit un sifflement perçant, Whinney s'approcha aussitôt au petit galop. La jeune femme la prit par le cou, tout heureuse qu'elle ait répondu, puis elle se demanda à nouveau comment elle pourrait faire pour courir avec Whinney.

Et soudain, elle eut une idée.

Jamais cette idée ne lui serait venue à l'esprit si elle n'avait pas considéré Whinney comme une compagne et une amie avec laquelle elle venait de vivre pendant tout l'hiver ou si elle avait encore fait partie du Clan. Mais depuis qu'elle vivait seule, elle faisait confiance à ses impulsions.

Est-ce qu'elle va accepter et me laisser faire ? se demanda-t-elle en emmenant la pouliche près d'un tronc d'arbre qui se trouvait sur le sol. Elle grimpa sur le tronc, attrapa Whinney par l'encolure et leva une de ses jambes. Emmène-moi avec toi quand tu cours, Whinney, songea-t-elle en se hissant sur le dos de la jument.

Whinney, qui n'avait pas l'habitude de sentir un poids sur son dos, baissa les oreilles et se mit à piaffer nerveusement. Même si ce poids l'incommodait, la présence d'Ayla lui était familière et les bras de la jeune femme autour de son cou finirent par la rassurer. Elle se cabra un peu, puis, voyant qu'elle ne pouvait se débarrasser de son fardeau, elle partit au galop vers le bas de la vallée.

Menant une vie sédentaire, n'appartenant pas à une horde qui l'aurait entraînée dans son sillage, n'ayant jamais eu à échapper à des prédateurs, Whinney n'avait pas l'habitude de galoper longtemps et lorsqu'elle arriva au fond de la vallée, elle ralentit l'allure et s'immobilisa. Ses flancs palpitaient sous l'effort et elle laissa retomber sa tête.

— C'était merveilleux, Whinney ! dit Ayla en descendant du cheval.

Les yeux brillant d'excitation, elle prit le museau de Whinney et y posa sa joue. Puis elle serra affectueusement la tête de l'animal sous son bras, comme elle le faisait quand Whinney était encore toute jeune. Cette marque d'affection était réservée aux grandes occasions.

Ayla était folle de joie. Elle trouvait merveilleux d'avoir pu galoper sur le dos de Whinney. Jamais elle n'aurait imaginé que ce fût possible. Personne encore ne l'avait imaginé.

10

Ayla éprouvait une joie inexprimable à monter Whinney, surtout lorsque la jeune jument galopait à toute vitesse. Jamais encore elle n'avait ressenti une émotion si vive. Et Whinney elle-même semblait y prendre plaisir maintenant qu'elle avait l'habitude de porter Ayla sur son dos. Très vite, la vallée leur sembla trop petite et elles allèrent chevaucher dans les steppes à l'est de la rivière.

Ayla savait que bientôt elle devrait se remettre à chasser, à cueillir et à engranger les réserves que lui offrait la nature. Mais on n'était qu'au début du printemps et la terre tardait à s'éveiller : il n'y avait encore ni tubercule ni bourgeon et elle s'estimait heureuse quand elle pouvait ramasser un peu de verdure pour varier son menu d'hiver. Elle profitait de ces loisirs forcés pour monter Whinney le plus souvent possible et la plupart du temps, elle partait le matin avec la jument et ne revenait que tard le soir.

Au début, elle s'était laissé porter passivement par sa monture, allant où l'humeur de Whinney l'entraînait. Il ne lui était pas venu à l'idée de donner des directives à la jument pour une raison très simple : les signaux auxquels Whinney répondait étaient principalement visuels et elle ne pouvait pas les capter quand la jeune femme était juchée sur son dos. Mais pour Ayla, les mouvements du corps constituaient un mode de communication aussi important que les gestes. Maintenant qu'elle montait Whinney, elle était en étroit contact physique avec l'animal.

Dès qu'elle eut pris l'habitude des longues randonnées et cessa d'avoir des courbatures, elle commença à remarquer le jeu des muscles de sa monture et Whinney, accoutumée à son fardeau, devint sensible au fait que les muscles d'Ayla soient tendus ou en état de relaxation. Lorsque Ayla désirait aller dans une direction précise, inconsciemment elle se penchait de ce côté et le mouvement de ses muscles se transmettait à sa monture. Whinney réagissait à ces messages en changeant de direction ou d'allure.

Ce fut une période d'apprentissage réciproque : chacune apprenait au contact de l'autre. Mais très vite, Ayla prit la direction des opérations. Le mode de communication qu'elles avaient établi était si subtil et, pour Ayla, le passage d'une attitude passive à un comportement directif si naturel, qu'elle ne se rendit pas compte de ce changement. Les longues randonnées en compagnie de Whinney prirent l'allure de séances d'entraînement intensif. Leur relation devint si étroite et les réactions de Whinney si bien adaptées qu'il suffisait qu'Ayla *désire* aller dans une certaine direction pour qu'aussitôt la jument réponde, comme si elle était une extension de son propre corps. La jeune femme ne réalisait pas que ses nerfs et ses muscles avaient émis des signaux qui s'étaient transmis à la peau hautement sensible de sa monture.

Ayla n'avait nullement l'intention de dresser Whinney. Si elle y parvint, ce fut grâce à l'amour et à l'attention qu'elle témoignait à la jument et en raison aussi des différences innées qui existent entre le cheval et l'homme. Whinney était curieuse, intelligente et capable d'apprendre, elle possédait une mémoire à long terme, mais son cerveau était moins évolué que celui d'Ayla et organisé d'une manière différente. Les chevaux étant des animaux sociaux, qui vivent habituellement en horde et ont besoin de la présence et de la chaleur de leurs congénères, chez Whinney, le sens du contact était particulièrement développé. De plus, son instinct la poussait à aller dans la direction qu'on lui indiquait. Quand une horde de chevaux cédait à la panique, même les étalons qui se trouvaient en tête prenaient la fuite.

Jamais gratuites, les actions d'Ayla étaient dictées par un cerveau où les facultés d'anticipation et d'analyse étaient en interaction constante avec le savoir et l'expérience. Sa position vulnérable aiguisait ses réflexes et l'obligeait à être constamment sur le qui-vive pour tout ce qui touchait à son environnement. Ces deux facteurs précipitèrent et accélérèrent le processus de dressage. Même quand elle montait Whinney pour le plaisir, il suffisait qu'elle aperçoive un lièvre ou un hamster géant pour qu'aussitôt elle saisisse sa fronde et brûle d'envie de se lancer à la poursuite de l'animal. Whinney ne tarda pas à interpréter son désir, et la première fois qu'elle s'y plia marqua le début d'un contrôle total sur la jument. Ayla n'en prit vraiment conscience que le jour où elle tua un hamster géant.

On était encore au début du printemps quand Ayla et Whinney débusquèrent l'animal sans le vouloir. Apercevant le hamster qui s'enfuyait, Ayla se pencha dans cette direction et saisit sa fronde tandis que Whinney se précipitait derrière l'animal. Lorsqu'elles le rattrapèrent, Ayla, qui voulait descendre, changea de position et Whinney s'arrêta aussitôt, lui permettant de mettre pied à terre et de lancer son projectile.

Ce sera bien agréable de manger de la viande fraîche ce soir, se dit-elle en rejoignant Whinney qui l'attendait. Je devrais chasser plus souvent. Mais c'est tellement plus amusant de monter Whinney...

Mais je montais Whinney ! corrigea-t-elle. Elle s'est lancée à la poursuite du hamster. Et elle s'est arrêtée quand j'ai voulu ! Dire qu'au début c'est elle qui m'entraînait où elle voulait...

Et comme Whinney s'était éloignée pour brouter quelques touffes d'herbe tendre, elle l'appela :

— Whinney !

La jument releva la tête et dressa les oreilles. Ayla était stupéfaite. Elle se sentait incapable d'expliquer ce qui venait de se passer. Non seulement elle montait Whinney, mais voilà que la jument allait où elle désirait aller et qu'elle lui obéissait !

Comme Whinney s'était approchée, elle la prit par l'encolure.

— Oh, Whinney ! dit-elle, d'une voix étranglée par les sanglots, sans savoir pourquoi elle était aussi émue.

La jument souffla de l'air par les naseaux et posa sa tête sur l'épaule d'Ayla.

Quand vint le moment de repartir, au lieu de sauter directement sur le dos de sa monture comme d'habitude, Ayla se sentait si gauche qu'elle éprouva le besoin de monter sur un rondin comme elle le faisait au tout début. Après un moment d'hésitation, Whinney reprit le chemin de la caverne.

Comprenant que Whinney répondait mieux lorsqu'elle la montait d'une manière détendue, elle recommença à se fier à ses propres réflexes. La saison s'avançant, elle chassait de plus en plus. Au début, elle arrêtait Whinney et sautait à terre avant d'utiliser la fronde. Mais très vite elle essaya de chasser sans quitter sa monture. Le fait qu'elle rate ses proies la poussa à continuer car elle y voyait un nouveau défi. Elle avait appris seule le maniement de la fronde, qu'elle considérait plutôt comme un jeu. Elle s'amusait toujours autant, ce qui ne l'empêchait pas de prendre au sérieux cette nouvelle activité. Son habileté était déjà telle qu'il ne fallut pas longtemps pour que son tir devienne aussi précis lorsqu'elle était à cheval qu'au sol. Mais même alors, elle ne pouvait imaginer tous les bénéfices potentiels de cette méthode de chasse.

Au lieu de placer les proies qu'elle venait de tuer dans un panier fixé sur son dos, comme elle faisait lorsqu'elle chassait seule, elle commença par les poser en travers de l'échine de Whinney. Dans un second temps, elle eut l'idée de fabriquer un panier spécial que la jeune jument pouvait transporter sur son dos. Puis, après avoir longuement réfléchi, elle finit par trouver un système encore plus pratique : deux paniers placés contre les flancs de l'animal, reliés par une large lanière attachée autour du ventre de Whinney. Le jour où elle ajouta un second panier au premier, elle commença à réaliser quels avantages elle pouvait tirer de sa monture. Pour la première fois, elle était en mesure de ramener à la caverne un chargement plus important qu'à l'ordinaire.

Une fois qu'Ayla eut compris ce qu'elle pouvait accomplir grâce à l'aide de la jument, ses méthodes changèrent. Et son mode de vie changea lui aussi. Elle restait dehors plus longtemps, s'aventurait beaucoup plus loin et rentrait avec plus d'animaux et de plantes qu'auparavant. Puis elle passait quelques jours d'affilée à la caverne pour apprêter les produits de ses raids.

Le jour où elle s'aperçut que les fraises sauvages étaient en train de mûrir, au lieu de les cueillir sur place, elle chercha un endroit où ces fruits poussaient en grande quantité afin d'en rapporter le plus possible. Elle s'aventura si loin et eut tellement de difficultés à trouver des fruits mûrs que quand elle se remit en route, le soleil se couchait. De jour, elle n'avait aucun mal à se repérer mais, quand elle arriva dans la vallée, il faisait nuit noire, si bien qu'elle dut s'en remettre à l'instinct de Whinney pour regagner la caverne.

Le lendemain, au moment de partir, elle emporta la fourrure dans laquelle elle dormait, au cas où la nuit la surprendrait. Et un soir, comme il était trop tard pour rentrer, elle décida de coucher dehors, tout heureuse de dormir à nouveau à la belle étoile. Elle alluma un feu et s'allongea à côté de Whinney. Elle aurait pu se passer de feu car, enroulée dans sa fourrure et réchauffée par la jument, elle n'avait nullement froid. Mais l'odeur de la fumée avait l'avantage de tenir à distance les prédateurs qui craignaient les feux de prairie.

Ayla prit l'habitude de dormir de temps à autre à la belle étoile et il lui arriva même de ne pas rentrer durant deux nuits. Profitant de ces randonnées, elle se mit à explorer toujours plus loin la région qui se trouvait à l'est de la caverne.

Même si elle ne se l'avouait pas, elle recherchait les Autres, espérant et craignant à la fois de les trouver. Cela lui permettait aussi de repousser sa décision de quitter la vallée. Elle n'avait aucune envie de partir, elle s'y sentait chez elle. En plus, elle était inquiète pour Whinney. Elle ignorait comment les Autres réagiraient vis-à-vis de la jument. Si jamais elle réussissait à les dénicher, se disait-elle, elle les observerait d'abord de loin avant de se montrer, histoire d'en savoir un peu plus sur eux.

Elle était peut-être née chez les Autres, mais ne gardait aucun souvenir de sa vie parmi eux. Elle savait seulement qu'on l'avait trouvée au bord d'une rivière, inconsciente, affamée et brûlante de fièvre. Blessée par un lion, elle était pratiquement mourante quand Iza l'avait recueillie. Dès qu'elle tentait de remonter dans sa mémoire, elle était envahie par une peur nauséeuse et l'impression déconcertante que la terre bougeait sous ses pieds.

Le tremblement de terre qui avait privé une petite fille de cinq ans de sa famille, l'abandonnant à la merci du destin — et à la pitié d'un peuple totalement différent du sien —, avait été trop traumatisant pour son jeune esprit. Ayla n'avait aucun souvenir du tremblement de terre ni de ceux chez qui elle était née. Pour elle, comme pour les membres du Clan, cela se résumait à un mot : les Autres.

A l'instar du printemps, qui passait sans transition des averses glaciales aux journées ensoleillées, Ayla était d'une humeur capricieuse. Durant la journée, comme elle était toujours occupée, tout allait bien. Son seul désir était de rester dans la vallée avec Whinney. Mais le soir, de retour dans la caverne, avec pour seule compagnie son feu et Whinney, elle aurait bien aimé qu'un être humain soit là pour adoucir sa solitude. Celle-ci lui pesait plus maintenant que le printemps était arrivé. Ses pensées se tournaient alors vers le Clan et ceux qu'elle aimait et elle souffrait de ne pouvoir serrer son fils dans ses bras. Chaque soir, elle se promettait de commencer dès le lendemain ses préparatifs de départ, et chaque matin elle oubliait ses résolutions de la veille et repartait vers les steppes.

A force d'explorer la région qui se trouvait à l'est de la vallée, elle finit par connaître parfaitement les vastes prairies et les animaux qui y vivaient. Les troupeaux d'herbivores avaient commencé à émigrer et en les voyant passer, Ayla se dit que le moment était venu de chasser à nouveau un animal de grande taille. Cette idée ne tarda pas à occuper toutes ses pensées et lui permit, dans une certaine mesure, d'oublier sa solitude.

Bien qu'elle ne sût pas encore comment les utiliser, elle décida d'emporter les épieux fabriqués durant l'hiver. Ces longs épieux étant encombrants, elle eut l'idée de fabriquer des supports qu'elle plaça dans chacun des paniers que portait la jument.

Elle vit passer des hordes de chevaux, mais aucune ne vint s'installer dans la vallée. C'était sans importance : Ayla n'avait pas l'intention de chasser à nouveau des chevaux. En revanche, une idée germa dans son esprit lorsqu'elle aperçut un troupeau de rennes. Notant leur courte ramure, elle crut dans un premier temps avoir affaire à des rennes mâles. Puis elle s'aperçut que le troupeau comptait de nombreux petits. Évoquant soudain les récits de chasse des hommes du Clan, elle se souvint alors que parmi les femelles de cervidés, celle du renne était la seule à porter une ramure. Il s'agissait donc d'un troupeau de rennes femelles.

Faisant à nouveau appel à sa mémoire, elle se souvint aussi d'une chose que les hommes du Clan disaient : les rennes, quand ils émigraient vers le nord au printemps, suivaient toujours la même voie, comme s'ils empruntaient un sentier qu'ils étaient les seuls à voir, et ils se séparaient pour voyager. Les femelles partaient en premier avec les petits, puis les jeunes mâles se mettaient en route et, lorsque la saison était plus avancée, les vieux mâles s'en allaient à leur tour par petits groupes.

Ayla chevauchait sans se presser, suivant un troupeau de rennes femelles accompagnées de leurs petits. Ces rennes avaient quitté les régions plus chaudes du sud, pour fuir les mouches et les moustiques qui s'installaient dans leur fourrure, plus particulièrement autour des yeux et des oreilles, et ils remontaient vers le nord où, sous un climat plus froid, ces insectes étaient moins abondants.

Quand Ayla avait quitté la caverne, il y avait encore des poches de brouillard dans les creux et les dénivellations. Les rayons du soleil les avaient dissipées mais, à cause de ces brouillards matinaux, il faisait plus humide dans les steppes que d'ordinaire. Elle n'avait aucun mal à suivre le troupeau de rennes qui avaient l'habitude des chevaux et ne faisaient pas attention à Whinney et à son passager humain, sauf lorsqu'ils s'approchaient trop près.

Tout en les observant, Ayla pensait à la chasse. Si les jeunes mâles suivent les femelles, se disait-elle, ils ne vont pas tarder à apparaître. Puisque je connais d'avance leur itinéraire, je vais peut-être pouvoir en tuer un. Encore faut-il que je m'approche assez près pour utiliser mes épieux. Et si j'essayais le coup de la fosse ? Le problème, c'est qu'ils n'auront aucune difficulté à l'éviter et qu'il n'y a pas assez de buissons pour construire une barrière suffisamment haute. Sans barrière, je peux peut-être les poursuivre dans l'espoir que l'un d'entre eux tombe dans le piège.

Et que se passera-t-il alors ? Je ne veux plus découper d'animal au fond d'une fosse. En plus, il faudra faire sécher la viande sur place. A moins que je trouve un moyen de la transporter jusqu'à la caverne...

Ayla et sa monture continuèrent à suivre le troupeau de rennes, s'arrêtant de temps à autre pour se reposer ou manger, jusqu'au moment où les nuages prirent une couleur rose et où le bleu du ciel commença à foncer. Ayla n'était jamais allée aussi loin au nord et la région où elle se trouvait maintenant lui était inconnue. De loin, elle avait remarqué une ligne de végétation. Quand elle l'atteignit, le ciel rouge vermillon se reflétait dans un cours d'eau bordé d'arbustes touffus. Les rennes avancèrent à la file indienne pour s'engager dans l'étroit passage qui menait à la rivière et s'arrêtèrent pour boire.

Dans la lumière crépusculaire, les vertes prairies prenaient une teinte terne et grisâtre alors que le ciel s'embrasait à l'ouest, comme si la couleur volée par la nuit à la terre était restituée au ciel pour lui donner encore plus d'éclat. Ayla se demanda si ce cours d'eau était le même que celui qu'elle avait traversé à plusieurs reprises avec Whinney. On avait parfois l'impression d'avoir affaire à des torrents et des ruisseaux différents alors qu'il s'agissait souvent d'une seule et même rivière qui serpentait à travers les prairies, rebroussant chemin pour former des bras morts et se divisant en canaux. Si c'était le cas, une fois sur la rive opposée, elle pourrait regagner la vallée sans avoir à franchir d'autre cours d'eau de cette taille.

Les rennes avaient traversé et broutaient. Ils semblaient décidés à passer la nuit là. Ayla décida de les imiter. La nuit n'allait pas tarder à tomber et elle était trop loin de la vallée pour songer à faire demi-tour. Elle se laissa glisser au sol, débarrassa Whinney de ses paniers et, pendant que la jument batifolait, elle établit son campement. Grâce à la pierre à feu et au silex qu'elle avait emportés, elle n'eut aucun mal à faire une flambée qu'elle alimenta avec des branches sèches et des bois flottés. Pour son repas, elle fit griller des tubercules enveloppés dans des feuilles et un hamster géant farci d'herbes comestibles. Puis elle monta sa tente. Elle siffla alors Whinney et se glissa sous sa fourrure, laissant juste dépasser sa tête hors de l'abri.

Les nuages s'étaient retirés à l'horizon et il y avait tellement d'étoiles qu'on aurait cru une seule source de lumière, d'un éclat extraordinaire, tentant de traverser l'écran noir du ciel nocturne. Creb disait que ce sont des feux allumés dans le ciel, songeait Ayla en regardant les étoiles, les foyers du monde des esprits et aussi les foyers des totems. Voici le foyer d'Ursus et, un peu au-dessus, celui de mon totem, le Lion des Cavernes. Comme il est étrange que ces foyers bougent dans le ciel mais qu'ils conservent toujours le même dessin. Je me demande si les totems partent chasser, puis s'ils retournent ensuite à leurs cavernes...

Moi, en tout cas, il faut que je trouve le moyen de chasser un renne. Et le plus vite possible. Les rennes mâles ne vont pas tarder à émigrer. Eux aussi traverseront la rivière à cet endroit.

— Tu as senti quelque chose, Whinney ? demanda Ayla en voyant que la jument se rapprochait d'elle et du feu.

Pour s'adresser à Whinney, elle venait d'utiliser et d'assembler des sons qui ne ressemblaient en rien à ceux utilisés par le Clan. Elle était capable de pousser un hennissement, impossible à distinguer de celui de Whinney, de glapir comme un renard, de hurler comme un loup et elle était presque arrivée à siffler comme certains oiseaux. Elle s'était libérée de l'interdit qui, au sein du Clan, frappait l'usage des sons inutiles et son langage personnel s'était beaucoup enrichi. La capacité qu'avaient les êtres de son espèce à articuler des mots était en train de reprendre ses droits.

Recherchant un maximum de sécurité, la jument s'était installée entre le feu et Ayla.

— Pousse-toi, Whinney, lui dit celle-ci. Tu me prives de la chaleur du feu.

Comme la jument ne semblait nullement décidée à bouger, ce fut Ayla qui se leva. Elle rajouta un peu de bois dans le feu et entoura de son bras l'encolure de Whinney pour la rassurer. Je crois qu'au lieu de me recoucher je vais entretenir le feu, se dit-elle. Quel que soit l'animal qui a fait peur à Whinney, j'ai l'impression qu'il s'attaquera de préférence aux rennes avant de s'en prendre à elle si elle reste à côté du feu. J'ai donc intérêt à ce qu'il ne s'éteigne pas avant un certain temps.

Elle s'accroupit en face du feu et regarda les flammes, suivant des yeux les étincelles qui disparaissaient dans la nuit chaque fois qu'elle ajoutait un nouveau morceau de bois. Quand elle entendit du bruit de l'autre côté de la rivière, elle se dit qu'un renne venait d'être la proie d'un félin quelconque. Et elle, comment s'y prendrait-elle pour en tuer un ? Elle était en train d'y réfléchir quand, à un moment donné, elle fut obligée de pousser Whinney pour prendre du bois. Cela lui donna soudain une idée.

Elle attendit pour se recoucher que Whinney fût détendue, ce qui lui donna tout loisir pour méditer. Quand elle se glissa sous sa fourrure, son idée de départ s'était transformée en un plan dont elle possédait déjà les grandes lignes. Au moment de s'endormir, elle se mit à sourire en songeant à quel point cette idée était audacieuse et quelles merveilleuses possibilités elle offrait.

Le lendemain matin, quand elle traversa la rivière, le troupeau de rennes s'était déjà remis en route. Ayla n'avait nullement l'intention de les suivre. Elle revint vers la vallée au triple galop. Elle avait beaucoup à faire si elle voulait être prête à temps.

— Avance, Whinney ! disait Ayla en guidant patiemment la jument. Ce n'est pas si lourd que ça.

Le poitrail et le dos harnachés de cordes et de courroies, Whinney tirait un lourd rondin. Pour commencer, Ayla avait placé ces lanières sur le front de la jument, imitant la sangle frontale dont se servaient les femmes du Clan lorsqu'elles transportaient un lourd chargement. Puis elle s'était rendue compte que la jument avait besoin de pouvoir remuer la tête et qu'elle traînait plus facilement un poids à l'aide de son poitrail et de ses reins. Malgré tout, le cheval des steppes n'avait pas l'habitude de traîner quoi que ce soit et il était encore gêné par son harnachement. Ayla était pourtant décidée à continuer car c'était la seule manière d'exécuter son plan.

Elle en avait eu l'idée au moment où elle repoussait Whinney pour prendre du bois. Remarquant à quel point la jument avait grandi et était maintenant pleine de force, elle s'était dit qu'elle serait peut-être capable de sortir un renne mort de la fosse.

Ensuite, elle avait réfléchi au problème que lui posait la préparation de la viande. Si elle découpait le renne sur place, l'odeur du sang ne manquerait pas d'attirer les inévitables carnivores. Peut-être n'était-ce pas un lion des cavernes qui, cette nuit-là, s'était attaqué au troupeau de rennes, mais il s'agissait certainement d'un félin. Et même si les tigres, les panthères et les léopards étaient deux fois moins grands que le lion des cavernes, la fronde d'Ayla serait inefficace en face d'eux. Elle pouvait tuer un lynx, mais pas ces grands félins, surtout en plein air. En revanche, si elle se trouvait à proximité de la caverne et d'une paroi rocheuse pour protéger ses arrières, elle pourrait toujours les éloigner avec sa fronde. Si Whinney était capable de sortir un renne du piège, pourquoi ne le ramènerait-elle pas jusqu'à la caverne ?

Pour que cela soit possible, elle devait faire de Whinney un cheval de trait. Elle avait d'abord pensé qu'il suffisait qu'elle trouve un moyen d'attacher avec des cordes et des lanières le renne mort à la jument. Il ne lui était pas venu à l'idée que Whinney puisse se dérober. Elle s'en rendit compte aussitôt qu'elle lui mit un harnais. Whinney finit par s'y faire. Mais cela n'était pas suffisant : encore fallait-il lui apprendre à traîner un poids derrière elle. En usant de patience et après bien des tentatives infructueuses, Ayla y parvint. Elle se dit alors que le plan qu'elle avait imaginé avait des chances de réussir.

Tout en observant la jument en train de tirer le lourd rondin, elle songeait aux hommes du Clan. S'ils savaient que je vis avec un cheval, ils trouveraient déjà cela bizarre, se disait-elle. Mais je me demande ce qu'ils penseraient s'ils voyaient ce que je suis en train de faire maintenant. Mais eux, ils partent toujours chasser à plusieurs et les femmes sont là pour transporter la viande et la faire sécher. Tandis que moi, je suis toute seule.

Spontanément, elle se serra contre Whinney. Jamais je n'aurais pensé que tu puisses me rendre de tels services ! Sans toi, je ne sais pas ce que je deviendrais. Jamais je ne laisserai qui que ce soit te faire du mal. (Puis, après avoir débarrassé la jument de son harnachement, elle ajouta :) Il est temps d'aller jeter un coup d'œil sur ce troupeau de jeunes rennes mâles.

Les rennes mâles s'étaient mis en route peu de jours après les femelles. Ils émigraient à une allure tranquille. Dès qu'Ayla les eut repérés, il ne lui fut pas difficile de vérifier qu'ils suivaient bien la même voie et encore moins de réunir son équipement et de partir au galop afin d'arriver avant eux à l'endroit qui l'intéressait. Elle commença par installer son camp un peu en amont de l'endroit où les rennes femelles avaient traversé la rivière. Puis elle prit son bâton à fouir pour ameublir le sol, l'os plat aux bords tranchants qui allait lui servir de pelle pour creuser la fosse, sa tente en peau d'aurochs pour retirer la terre et la transporter, et elle rejoignit le lieu de passage des rennes femelles.

Deux voies principales et deux sentiers secondaires traversaient les buissons qui bordaient le cours d'eau. Elle décida de creuser la fosse dans une des deux voies, pas trop loin de la rivière pour être certaine que les rennes avanceraient alors en file indienne et pas trop près afin que l'eau ne remonte pas dans le profond trou qu'elle allait creuser.

Lorsqu'elle eut fini, le soleil de fin d'après-midi n'était pas loin d'atteindre l'horizon. Elle siffla Whinney, revint en arrière pour vérifier la position du troupeau et estima qu'il atteindrait la rivière à un moment quelconque de la journée du lendemain.

Elle retourna alors à l'endroit où elle avait creusé la fosse et se rendit compte que, même à la nuit tombante, le piège était bien trop évident. Les rennes vont le voir, se dit-elle, complètement découragée, et ils feront un détour pour l'éviter. Il est trop tard pour faire quoi que ce soit. Peut-être aurai-je une idée demain matin.

Mais quand elle se réveilla, elle en était toujours au même point. Le ciel s'était couvert de nuages pendant la nuit et elle fut réveillée par une grosse goutte de pluie qui tomba sur son visage. La veille, comme sa peau d'aurochs était humide et boueuse, elle l'avait mise à sécher non loin de là et ne s'en était pas servie pour monter sa tente. Pour se protéger de l'averse, elle s'enveloppa dans la fourrure où elle avait dormi, rabattant un des pans sur sa tête, et recouvrit à la hâte les restes noircis du feu.

Un éclair crépita et illumina les vastes plaines jusqu'à l'horizon. Un instant plus tard, un lointain grondement de tonnerre se fit entendre en guise d'avertissement. Comme s'ils obéissaient à ce signal, les nuages déversèrent aussitôt un veritable déluge. Ayla attrapa la peau d'aurochs et s'en enveloppa.

La lumière du jour chassa peu à peu les ombres qui se trouvaient au fond des creux et le paysage émergea de la nuit. Une pâleur grise s'installa sur les steppes, comme si les nimbus avaient effacé toutes les couleurs printanières. Le ciel lui-même était d'une teinte indéfinissable, ni blanc, ni bleu, ni franchement gris.

Lorsque la fine couche de sol perméable, qui recouvrait le permafrost, fut saturée, l'eau commença à s'accumuler en surface. En dessous de la couche de terre arable, le sol était gelé en permanence et aussi dur que le mur de glace qui se trouvait au nord. Pour cette raison, les eaux de pluie ne pouvaient être drainées en profondeur. Dans certaines conditions, le sol gorgé d'eau pouvait se transformer en véritables fondrières, capables d'engloutir traîtreusement un mammouth adulte. Et si cela arrivait au pied du glacier, il suffisait qu'il se mette à geler juste après ces pluies torrentielles pour que le mammouth soit alors conservé dans la glace pour des millénaires.

Le ciel plombé laissait tomber de grosses gouttes d'eau à l'endroit où, précédemment, Ayla avait allumé son feu. En voyant la pluie creuser des cratères dans cette mare noirâtre, puis s'étaler en cercles concentriques, la jeune femme aurait tout donné pour se retrouver bien au sec à l'intérieur de la caverne. Elle avait eu beau graisser la peau épaisse de ses chausses et remplir celles-ci de touffes de carex, le cuir laissait passer l'humidité et elle finissait par avoir froid aux pieds. Le marécage que formaient maintenant les rives du cours d'eau avait considérablement refroidi son désir de tuer un renne.

Quand les mares se mirent à déborder et que le trop-plein d'eau commença à ruisseler en direction de la rivière, emportant au passage des branches, des herbes et les feuilles de l'automne précédent, Ayla alla se réfugier sur un tertre. Pourquoi ne pas rentrer ? se demanda-t-elle en grimpant là-haut avec ses deux paniers. Elle jeta un coup d'œil sous les couvercles et s'aperçut que les paniers en tiges de massette n'avaient pas laissé passer l'eau : le contenu était sec. Cela ne l'avançait pas à grand-chose. Je ferais mieux de rentrer, se dit-elle. Jamais je n'arriverai à prendre un renne au piège. Aucun d'eux ne va se précipiter dans cette fosse simplement parce que j'en ai envie. Ce sera pour une autre fois. J'essaierai de tuer un des vieux retardataires quand ils passeront par là. Sa viande sera beaucoup moins tendre et sa peau toute couturée, mais tant pis.

En soupirant, Ayla s'installa en haut du tertre et ramena sa fourrure et la peau d'aurochs autour d'elle. Il m'a fallu tellement de temps et d'effort pour mettre mon plan au point, se dit-elle, que ce n'est pas une petite pluie qui va m'arrêter. Peut-être n'arriverai-je pas à tuer de renne, mais ce ne sera pas la première fois qu'un chasseur rentre bredouille. De toute façon, je ne risque rien à essayer.

Quand l'inondation commença à saper la base du monticule en terre sur lequel elle s'était réfugiée, elle s'installa sur une formation rocheuse et essaya de percer des yeux le rideau de pluie pour voir si une éclaircie s'annonçait. Les prairies plates à perte de vue n'offraient aucun abri : ni arbre de belle taille, ni rochers sous lesquels elle aurait pu trouver refuge. Tout comme la jeune jument ruisselante d'eau qui se trouvait à ses côté, Ayla resta assise sous la pluie en attendant que celle-ci s'arrête. Elle espérait que les rennes faisaient comme elle. Elle n'était pas prête pour les prendre au piège. En milieu de matinée, elle faillit flancher à nouveau, mais finalement resta sur place.

Capricieux comme il l'est toujours au printemps, le temps changea brusquement à la mi-journée : la couverture nuageuse se disloqua et le vent se mit à souffler. En début d'après-midi, il n'y avait plus trace de nuages et les steppes humides de pluie resplendissaient sous le soleil printanier. Le vent sec qui avait chassé les nuages absorba avidement l'humidité de l'air, comme s'il craignait que le glacier lui confisque sa part.

Même si elle ne se faisait aucune illusion sur l'issue de la chasse, Ayla retrouva un peu de courage. Elle étendit la peau d'aurochs détrempée sur des buissons dans l'espoir qu'elle commence à sécher et revint vers l'endroit où les rennes devaient passer. Quand elle s'aperçut que la fosse qu'elle avait creusée la veille avait disparu, son cœur fit un bond dans sa poitrine. En regardant de plus près, elle finit par retrouver le trou, transformé par la pluie en une mare pleine de branches, de feuilles et de débris végétaux de toutes sortes.

Nullement démoralisée, elle alla chercher un panier dont elle se servait pour puiser de l'eau. Comme elle revenait avec cet ustensile, elle se rendit compte que, de loin, il était très difficile de voir la fosse. Cette constatation la fit sourire. Si j'ai du mal à apercevoir ce piège à cause des feuilles et des branches qui s'y trouvent, il y a des chances pour qu'un renne arrivant à vive allure ne le voie pas du tout, se dit-elle. Le problème, c'est qu'il faut que je le vide. Mais peut-être existe-t-il un autre moyen de le cacher...

Pourquoi ne pas utiliser des branches de saule ? Ces branches seraient assez longues pour s'appuyer d'un bord à l'autre et je pourrais les recouvrir de feuilles et de rameaux.

Et soudain Ayla éclata de rire. Whinney lui répondit en hennissant joyeusement.

— Peut-être que cette pluie n'était pas une si mauvaise chose, Whinney.

Après avoir écopé l'eau, elle trouva que la fosse était moins profonde qu'avant et voulut la creuser à nouveau. Mais elle dut s'arrêter presque aussitôt car elle se remplissait d'eau au fur et à mesure. Non seulement la pluie avait fait monter le niveau de la rivière, mais elle avait ramolli en surface la couche de sol gelé qui se trouvait au-dessous de la terre arable.

Camoufler le piège ne fut pas aussi facile qu'elle le pensait. Les buissons de saule étaient tellement rabougris qu'elle dut suivre la rivière pendant un certain temps avant de réussir à ramasser une brassée de branches et, comme ce n'était pas suffisant, elle y ajouta des roseaux. Elle eut beau entrecroiser les branches, le camouflage végétal s'affaissait au centre et elle fut obligée de le bloquer sur les bords. Quand elle l'eut recouvert de feuilles et de brindilles, il s'affaissa à nouveau. Ayla n'était pas entièrement satisfaite mais elle ne pouvait faire mieux.

Elle retourna alors vers son campement et retira avec un soupir de soulagement ses vêtements humides et maculés de boue ainsi que ses chausses. Après s'être baignée, elle étendit ses vêtements sur un rocher qui affleurait près de la rive et se trouvait en plein soleil. C'était l'endroit rêvé pour allumer un feu.

En général, les branches mortes qui se trouvaient à la base des pins restaient sèches même quand il pleuvait à verse et celles du pin rabougri qui se trouvait près de son campement ne faisaient pas exception à la règle. Ayla emportait toujours avec elle les écorces et herbes sèches dont elle avait besoin pour allumer un feu et, avec son silex et sa pyrite de fer, elle eut vite fait de les enflammer. Au début, elle alimenta son feu avec des brindilles et des petites branches, disposant les branches humides au-dessus du foyer pour les faire sécher avant de les utiliser. Grâce à cette méthode, elle pouvait faire du feu même quand il pleuvait, à condition qu'il ne s'agisse pas d'une pluie diluvienne.

Après avoir mangé des galettes de voyage, elle se fit une infusion qu'elle but avec plaisir. Comme sa tente était toujours mouillée, elle la plaça près du feu pour qu'elle finisse de sécher pendant la nuit. Pourvu qu'il ne se remette pas à pleuvoir, se dit-elle en jetant un coup d'œil aux nuages qui, à l'ouest, masquaient les étoiles. Et après avoir donné à Whinney une tape affectueuse, elle s'enveloppa dans sa fourrure.

Il faisait sombre. Ayla était étendue sans bouger et elle était tout ouïe. Whinney remuait et soufflait doucement. La jeune femme s'assit pour regarder autour d'elle. Le son qu'elle entendit lui fit courir un frisson dans le dos. Et elle comprit ce qui l'avait réveillée. Bien qu'elle l'eût rarement entendu, elle sut aussitôt que le rugissement appartenait à un lion des cavernes, qui se trouvait de l'autre côté de la rivière. Whinney se mit à hennir nerveusement et Ayla se leva.

— Tout va bien, Whinney, dit-elle en ajoutant du bois dans le feu. Ce lion est loin d'ici.

Ce devait être un lion que j'ai entendu la dernière fois que nous étions ici, songea-t-elle. Ils doivent vivre non loin de l'autre rive. Eux aussi vont chasser le renne quand le troupeau traversera. Heureusement qu'il fera jour quand nous serons obligées de traverser leur territoire. J'espère que les rennes nous auront précédées et que les lions seront rassasiés. Je vais faire une infusion et me préparer.

Le ciel était en train de rosir à l'est quand Ayla eut terminé de tout ranger à l'intérieur de ses paniers et de sangler Whinney. Elle plaça un épieu dans chaque panier et serra les attaches qui les retenaient. Puis elle monta sur Whinney et s'installa devant son chargement entre les deux épieux en bois dont les extrémités pointaient vers le ciel.

Elle revint sur ses pas et fit un grand cercle pour se retrouver à l'arrière du troupeau de rennes qui s'approchait de la rivière. Elle poussa Whinney jusqu'à ce qu'elle aperçoive les jeunes mâles, puis elle ralentit et adopta la même allure que les rennes. Installée sur le dos de la jument, elle voyait parfaitement l'ensemble du troupeau. Elle remarqua que le renne de tête ralentissait l'allure en s'approchant de la rivière et qu'il reniflait la voie où elle avait creusé la fosse. Un courant d'anxiété se propagea dans le troupeau, gagnant les bêtes qui se trouvaient à l'arrière si bien qu'Ayla elle-même en eut conscience.

Lorsqu'elle vit que le renne de tête pénétrait au milieu des buissons qui bordaient la berge et qu'il allait s'engager dans la seconde voie, elle se dit que le moment était venu d'agir. Elle respira profondément, se pencha en avant pour que Whinney accélère et poussa un hurlement féroce.

Le dernier renne du troupeau bondit en avant, dépassant les bêtes qui se trouvaient devant lui. En voyant arriver ce cheval au galop et en entendant les cris que poussait Ayla, les autres rennes firent de même et se précipitèrent vers la rivière. Aussi effrayés soient-ils, la plupart évitaient d'emprunter la voie où elle avait creusé la fosse et ceux qui s'y aventuraient sautaient par-dessus ou faisaient un bond de côté pour éviter le piège.

Ayla pensait avoir perdu la partie quand, soudain, elle remarqua une agitation au sein du troupeau en fuite. Puis elle crut voir une des ramures disparaître et elle s'aperçut qu'à cet endroit les rennes s'agitaient et s'écartaient de plus belle. Tirant d'un coup sec ses deux épieux de leurs supports, elle se laissa glisser de sa monture et courut à toute vitesse vers cet endroit. Les yeux fous, enfoncé jusqu'à mi-corps dans la boue au fond de la fosse, un renne essayait vainement de sauter. Cette fois-ci, Ayla prit le temps de viser. Elle enfonça son épieu dans le cou du renne et sectionna une artère. Le jeune mâle à la magnifique ramure s'affaissa au fond du trou, tué sur le coup.

C'était fini. Terminé. Et tellement plus facile qu'Ayla l'avait imaginé ! Les préparatifs avaient été longs et lui avaient demandé beaucoup de réflexion et d'efforts. La chasse, en revanche, ne lui avait posé aucune difficulté et elle sentait encore en elle un trop-plein d'énergie et une tension qu'elle avait besoin d'extérioriser.

— Whinney ! Nous avons réussi ! lança-t-elle à la jument en criant et en gesticulant.

Puis elle sauta sur le dos de Whinney et se lança dans une course effrénée à travers les plaines.

Ses longues tresses volant derrière elle, les yeux brillants d'excitation, un sourire fou sur le visage, elle était en proie à une sorte d'ivresse. Mais le plus impressionnant, c'était qu'un animal sauvage, dont le regard fiévreux et les oreilles rabattues dénotaient une frénésie d'une autre nature, partage avec elle cette folle équipée.

Quand, après avoir parcouru un large cercle, elles revinrent vers la rivière, Ayla arrêta Whinney, puis, sautant au bas de sa monture, elle termina le trajet en courant.

Lorsqu'elle eut retrouvé son souffle, elle s'approcha de la fosse, récupéra l'épieu planté dans le cou du renne et siffla Whinney. La jument montrait des signes d'inquiétude et Ayla dut la calmer avant de pouvoir lui passer le harnais. Puis elle la guida jusqu'au bord de la fosse. N'ayant ni bride, ni licou, elle était obligée de cajoler la jument pour l'inciter à obéir. Quand Whinney se tint tranquille, elle attacha l'extrémité des cordes aux bois du renne.

— Tire, Whinney, dit-elle pour encourager la jument. Comme lorsque tu tirais le rondin.

Whinney fit quelques pas en avant, sentit la résistance et recula aussitôt. Ayla insistant, elle recommença à avancer et se pencha en avant quand les cordes du harnais commencèrent à se tendre. Petit à petit, Ayla l'aidant du mieux qu'elle pouvait, la jument réussit à sortir le renne de la fosse.

Ayla était folle de joie : au moins, elle ne serait pas obligée de découper le renne à l'intérieur de la fosse. Whinney allait-elle accepter de ramener le renne jusque dans la vallée et en aurait-elle la force ? La jeune femme n'en savait rien et elle désirait agir par étapes. Elle commença donc par emmener la jument au bord de la rivière pour qu'elle puisse se rafraîchir, puis elle plaça un des paniers à l'intérieur de l'autre, attacha les épieux et arrima le tout sur son dos. Gênée par son chargement, elle dut grimper sur un rocher pour pouvoir monter sur Whinney. Elle avait retiré ses chausses et releva le bas de son vêtement en fourrure au moment où elle s'engageait avec Whinney dans la rivière.

En temps normal, à cet endroit, il était facile de traverser à gué et c'est d'ailleurs pour cette raison que les rennes avaient instinctivement choisi ce passage. Mais le niveau de la rivière avait monté à cause de la pluie et le courant était si rapide que Whinney dut faire attention où elle posait les pieds. Une fois dans l'eau, le renne se mit à flotter, ce qui facilita la progression de la jument. Ce bain eut aussi l'avantage de débarrasser l'animal de la boue et du sang qui le recouvraient et arrivé sur l'autre rive, le renne était propre.

Lorsque Whinney sentit à nouveau une résistance, elle refusa d'avancer. Ayla descendit et l'aida à tirer le renne sur une courte distance. Elle défit alors les cordes qui le retenaient à la jument. Avant de se mettre en route pour rejoindre la vallée, elle devait accomplir une tâche qui ne pouvait attendre. Avec une lame en silex, elle trancha la gorge du renne, puis elle fit une longue incision en ligne droite qui partait de l'anus et rejoignait la gorge en passant par l'estomac, la poitrine et le cou. L'index posé sur le dos de la lame, elle avait introduit le bord tranchant juste en dessous de la peau. Si cette première incision était faite correctement, sans toucher à la chair, il serait beaucoup plus facile ensuite de dépouiller l'animal.

L'incision suivante, plus profonde, lui permit d'enlever les entrailles. Elle lava dans la rivière les organes qu'elle comptait utiliser — l'estomac, l'intestin et la vessie — et les replaça dans la cavité abdominale avec les parties comestibles.

Elle alla chercher une grande natte roulée dans l'un des paniers, la déploya sur le sol et, non sans mal, réussit à y placer le renne. Elle rabattit les deux extrémités de la natte par-dessus la carcasse et la ficela solidement avec des cordes. Puis elle attacha les deux extrémités du harnais de Whinney à ces cordes. Elle remit les paniers en place sur les flancs de la jument, plaça les épieux dans leur support et vérifia que le tout était solidement arrimé. Puis elle remonta sur le dos de Whinney.

Quand, pour la troisième fois, elle dut descendre de sa monture pour libérer son chargement d'un obstacle qui entravait sa progression — rocher ou buisson — elle se dit qu'il valait mieux marcher à côté de Whinney. A un moment donné, comme elle ne cessait de faire des allées et venues pour dégager le renne, elle voulut remettre ses chausses et remarqua alors la bande de hyènes qui la suivait. Les pierres qu'elle lança obligèrent les nécrophages à se replier mais ne les dissuadèrent pas pour autant de la suivre.

La présence des hyènes perturbait Whinney et accroissait sa nervosité et Ayla se demandait avec inquiétude si la jument parviendrait à regagner la vallée avant la nuit.

Arrivées à un endroit où la rivière faisait une boucle, elles s'arrêtèrent pour se reposer. Ayla remplit d'eau sa gourde et un grand panier étanche et elle donna à boire à Whinney. Elle prit une galette de voyage et s'assit sur un rocher pour la manger. Les yeux baissés, elle était en train de réfléchir à un moyen plus pratique pour transporter le renne quand soudain elle remarqua que la terre avait été remuée en surface. Le sol avait été piétiné, l'herbe foulée et les traces semblaient toutes fraîches. En les examinant de plus près, elle finit par reconstituer ce qui s'était passé.

D'après les empreintes laissées dans la boue sèche au bord de la rivière, elle se trouvait sur le territoire d'une bande de lions des cavernes. Il devait y avoir non loin de là une petite vallée avec des parois rocheuses escarpées et une caverne bien abritée où une lionne avait certainement mis au monde deux lionceaux un peu plus tôt dans l'année. Les lions devaient aimer venir se reposer à cet endroit. Par jeu, les lionceaux se battaient entre eux pour arracher avec leurs dents de lait des lambeaux de chair à un quartier de viande sanguinolente, tandis que les mâles rassasiés paressaient sous le soleil matinal et que les femelles au poil lisse regardaient d'un œil indulgent leurs petits en train de s'amuser.

Ces énormes félins étaient les rois incontestés de leur domaine. Ne risquant pas d'être attaqués par d'autres animaux, ils ne craignaient rien. Normalement, jamais les rennes n'auraient dû s'aventurer aussi près de leurs prédateurs naturels. Mais l'intervention d'Ayla avait semé la panique dans le troupeau et la rivière n'avait nullement ralenti sa fuite éperdue. Fonçant droit devant eux, les rennes avaient dû faire irruption en plein milieu de la bande de lions. Se rendant compte trop tard qu'en fuyant un danger ils venaient d'en rencontrer un autre, pire encore, ils s'étaient alors éparpillés dans toutes les directions.

Suivant toujours les traces, Ayla finit par découvrir ce qui constituait la conclusion de l'histoire : trop lent pour éviter ce déferlement de sabots, un des lionceaux avait été piétiné par le troupeau.

Ayla s'agenouilla à côté du bébé lion et, en bonne guérisseuse, elle l'examina pour voir s'il vivait encore. Le lionceau était chaud, et il avait certainement les côtes cassées. Il semblait mal en point mais respirait encore. D'après les traces laissées autour de lui dans la poussière, sa mère avait dû l'encourager à se relever avant de se rendre compte que cela ne servait à rien. Suivant la loi de la nature selon laquelle les plus faibles sont amenés à disparaître pour que l'espèce survive, elle avait abandonné le petit blessé pour rejoindre le reste de la bande.

Seul l'homme faisait exception à cette règle. Pour lui, la survivance de l'espèce ne dépendait pas uniquement de la force et de la bonne santé de ses membres. Chétifs en comparaison de ces carnivores, il fallait que les hommes s'entraident et fassent preuve de compassion.

Pauvre bébé, songeait Ayla. Ta mère ne pouvait rien faire pour toi. Ce n'était pas la première fois que la jeune femme avait pitié d'une créature blessée et sans défense. Pendant un court instant, elle se dit qu'elle allait ramener le lionceau à la caverne, puis elle y renonça. Lorsqu'elle vivait au sein du clan, Brun et Creb l'avaient autorisée à ramener des animaux blessés afin qu'elle apprenne son métier de guérisseuse en les soignant. Mais Brun lui avait interdit de soigner un louveteau. Ce lionceau avait déjà presque la taille d'un loup et un jour prochain, il serait aussi grand que Whinney.

Après un dernier coup d'œil au lionceau mourant, Ayla se releva en hochant la tête et s'approcha de Whinney. Au moment où elle repartait, elle nota que les hyènes recommençaient à la suivre. Elle allait saisir une pierre quand elle s'aperçut que la petite troupe avait changé d'avis. Les hyènes venaient de découvrir le lionceau et s'apprêtaient à lui faire un sort. Ce qui était logique. Sauf aux yeux d'Ayla, incapable de conserver son calme dès que les hyènes étaient en cause.

— Fichez-moi le camp, saletés ! Et laissez ce bébé tranquille !

Courant pour s'approcher du lionceau, Ayla lança une grêle de pierres. En entendant un hurlement, elle comprit que son tir avait porté et vit que les hyènes se repliaient devant elle.

Elles n'oseront pas s'approcher, se dit-elle en se plaçant devant le lionceau, les jambes écartées pour le protéger. Qu'est-ce que je suis en train de faire ? se demanda-t-elle aussitôt. A quoi sert de les tenir à distance d'un lionceau qui, de toute façon, va mourir ? J'ai tout intérêt à ce que les hyènes s'occupent de lui, elles cesseront alors de me suivre.

Je ne peux pas emmener ce lionceau. Il est trop lourd pour que je puisse le porter. J'ai déjà suffisamment à faire avec le renne sans m'occuper en plus de lui. C'est vraiment ridicule de songer à une chose pareille.

Est-ce vraiment si ridicule que ça ? Que me serait-il arrivé si Iza ne m'avait pas recueillie ? Creb m'a dit que c'était l'esprit d'Ursus ou celui du Lion des Cavernes qui m'avait placée à l'endroit où elle devait passer car, elle mise à part, personne d'autre dans le Clan ne se serait arrêté. Iza ne pouvait supporter de voir un malade ou un blessé sans lui venir aussitôt en aide. C'est pour ça qu'elle était une aussi bonne guérisseuse.

Moi aussi, je suis guérisseuse et je tiens mon savoir d'Iza. Peut-être que ce lionceau a été placé là pour que je m'occupe de lui. Le jour où j'ai ramené pour la première fois un lapin blessé, Iza m'a dit que cela signifiait que j'étais faite pour être guérisseuse. Ce lionceau est blessé et je ne peux pas laisser les hyènes le dévorer.

Mais comment faire pour le transporter ? S'il a les côtes cassées, il faut d'abord que je le bande, sinon il risque de mourir. Je n'ai qu'à utiliser cette large lanière que j'ai emportée avec moi et poser le lionceau sur le dos de Whinney.

Ayla siffla Whinney et fut toute surprise de voir que, pour une fois, le fardeau de la jument n'était arrêté par aucun obstacle. Préoccupée par le sort du lionceau, elle ne remarqua pas à quel point Whinney était nerveuse. La jument avait déjà du mal à accepter ce chargement qui l'empêchait d'avancer normalement et sa nervosité s'était encore accrue depuis qu'elle avait pénétré avec Ayla sur le territoire des lions.

Lorsque la jeune femme, qui venait de bander le lionceau, voulut le poser sur le dos de la jument, Whinney fit un bond de côté. Complètement affolée, elle se cabra, remua la tête de bas en haut dans l'espoir de se débarrasser de son harnais et de son chargement, puis elle se mit à caracoler à travers les steppes. Le renne, toujours enveloppé dans la natte, rebondissait et tressautait derrière la jument jusqu'au moment où il resta coincé contre un rocher. Contrainte de s'arrêter, Whinney s'affola de plus belle et recommença à se cabrer.

Brusquement, les lanières auxquelles le renne était attaché se rompirent et, sous la secousse, les deux paniers, déséquilibrés par les épieux, basculèrent. Libérée de ses entraves, la jument partit au triple galop et le contenu des paniers se déversa sur le sol. Les deux épieux, toujours attachés aux paniers, traînaient maintenant derrière elle, pointes en bas, et ne semblaient nullement la ralentir.

Ayla, qui avait observé toute la scène, vit aussitôt le parti qu'elle pouvait en tirer. Elle avait enfin trouvé le moyen de transporter jusqu'à la caverne à la fois le renne et le lionceau blessé. Elle appela Whinney et la siffla. Répondant à ce signal, qui était pour elle synonyme d'affection et de sécurité, la jument fit un grand cercle pour revenir vers la jeune femme.

Quand, épuisée et couverte d'écume, la jument s'approcha, Ayla ne put s'empêcher de la serrer dans ses bras tellement elle était soulagée. Elle retira le harnais et les sangles et l'examina avec soin pour voir si elle n'était pas blessée. Les pattes avant écartées, reniflant bruyamment et tremblant de tout son corps, Whinney se pencha vers Ayla avec un hennissement plaintif.

— Repose-toi, lui conseilla Ayla quand elle cessa de trembler. De toute façon, il faut que je m'occupe de ce harnais.

Il ne serait pas venu à l'idée d'Ayla de réprimander la jument sous prétexte que celle-ci s'était cabrée, qu'elle s'était enfuie et avait renversé son chargement. Elle n'avait pas le sentiment que Whinney lui appartienne ou qu'elle doive lui obéir. La jument était une amie et une compagne. Si elle s'était affolée, c'est qu'elle avait des raisons, Ayla avait trop exigé d'elle. Elle devait apprendre à connaître les limites de la jument plutôt que d'essayer de modifier son comportement. A ses yeux, lorsque Whinney l'aidait c'est qu'elle le voulait bien, et elle-même se sentait libre vis-à-vis de l'animal.

Après avoir ramassé ce qui était tombé des paniers, Ayla remania complètement tout son système de sangles et de harnais, fixant solidement les deux épieux aux paniers dans la position où ils avaient basculé, pointes en bas. Puis elle posa et attacha la natte qui lui avait servi à envelopper le renne sur les deux longues perches en bois, suffisamment haut pour qu'elle ne touche pas le sol. Elle hissa la carcasse du renne sur ce travois et y posa avec précaution le lionceau blessé. Whinney ayant retrouvé son calme, elle la harnacha à nouveau.

Quand tout fut prêt, elle monta sur la jument et se remit en route. Alors qu'elle avançait en direction de la vallée, elle songeait avec étonnement à l'efficacité de ce nouveau système de transport. Comme seules les pointes des épieux touchaient le sol, la carcasse du renne ne heurtait plus les obstacles et Whinney traînait bien plus facilement son chargement. Néanmoins, Ayla ne se sentit vraiment tranquille que lorsqu'elles eurent atteint la vallée.

Elle s'arrêta au pied de la caverne pour que Whinney se repose et alla lui chercher à boire. Elle en profita aussi pour examiner le lionceau. Même s'il respirait toujours, elle n'était pas sûre qu'il vive encore longtemps. Pourquoi a-t-il été placé sur mon chemin ? se demanda-t-elle. Au moment où elle avait aperçu le lionceau, elle avait pensé à son totem. L'esprit du Lion des Cavernes voulait-il qu'elle prenne soin de lui ?

Puis une autre idée lui traversa l'esprit. Si elle n'avait pas décidé d'emmener le lionceau, jamais elle n'aurait pensé à fabriquer ce travois. Son totem avait-il choisi ce moyen pour l'amener à faire cette découverte ? Etait-ce un présent de sa part ? En tout cas, présent ou pas, elle ferait tout ce qu'elle pourrait pour sauver la vie du lionceau.

11

— Ce n'est pas parce que je reste ici que tu es obligé de faire la même chose, Jondalar.

— Qui te dit que c'est à cause de toi que je reste ? demanda Jondalar sans réussir à dissimuler l'irritation qu'il éprouvait.

La remarque de son frère le touchait plus qu'il ne voulait l'avouer, car elle contenait une part de vérité.

Il avait longtemps refusé de croire que Thonolan puisse effectivement s'unir à Jetamio et s'installer chez les Sharamudoï. Mais cela ne faisait plus aucun doute. Et du coup, lui aussi, il allait rester. Il n'avait aucune envie de repartir seul. Sans son frère, le voyage du retour risquait de lui sembler bien long.

— Tu n'aurais jamais dû partir avec moi, reprit Thonolan. J'ai toujours pensé que je ne reviendrais jamais chez nous. Je ne savais pas alors que j'allais rencontrer la femme de ma vie, mais j'avais l'impression qu'il fallait que je voyage jusqu'à ce que je trouve une bonne raison de m'arrêter. Les Sharamudoï me plaisent. Ça ne me gêne pas de m'installer chez eux et de devenir un des leurs. Tandis que toi, Jondalar, tu resteras toujours un Zelandonii où que tu ailles. Jamais tu ne te sentiras chez toi ailleurs. Retourne là-bas, Grand Frère. Choisis une de ces femmes qui te courent après et rends-la heureuse. Fonde une famille et raconte aux enfants de ton foyer le long Voyage que tu as fait avec ton frère. Qui sait ? Peut-être qu'un des enfants de ton foyer, ou un du mien, décidera-t-il un jour de prendre la route à son tour pour retrouver des parents...

— Qu'est-ce qui te fait penser que je suis plus zelandonii que toi ? Pourquoi ne serais-je pas heureux moi aussi en restant ici ?

— Toi, tu n'es pas tombé amoureux. Et même si tu l'étais, tu ferais des projets pour emmener l'élue de ton cœur avec toi au lieu de rester ici avec elle.

— Pourquoi ne rentrerions-nous pas avec Jetamio ? Elle est intelligente, débrouillarde et indépendante. Elle sait même chasser. Elle ferait une parfaite Zelandonii.

— Je ne veux pas perdre une année à voyager. Je suis pressé de vivre avec la femme que j'aime et j'ai envie qu'elle ait des enfants le plus vite possible.

— Qu'est donc devenu le Thonolan qui voulait voyager jusqu'à l'embouchure de la Grande Rivière Mère ?

— Un jour, j'irai. Rien ne presse. Ce n'est pas si loin que ça. Je pense que je demanderai à Dolando de m'emmener la prochaine fois qu'il ira troquer du sel. Je proposerai à Jetamio de m'accompagner. Je pense que ça lui fera plaisir. A condition, bien entendu, que nous ne soyons pas absents trop longtemps. N'ayant jamais connu sa mère, elle est très attachée à sa tribu. C'est quelque chose que je comprends très bien. Toi aussi, tu es comme elle, Grand Frère.

— Pourquoi en es-tu si sûr ? demanda Jondalar en baissant les yeux pour éviter le regard de Thonolan. Qui te dit que je ne suis pas, moi aussi, amoureux ? Serenio est très belle. Quant à Darvo, ajouta-t-il en souriant pour la première fois, il a absolument besoin qu'un homme s'occupe de lui. Je suis sûr qu'il fera un excellent tailleur de silex plus tard.

— Je te connais trop bien, Grand Frère. Ce n'est pas parce que tu vis avec une femme que tu l'aimes pour autant. Je sais que tu adores cet enfant, mais ce n'est pas suffisant pour que tu t'engages vis-à-vis de sa mère et surtout pour que tu décides de t'installer ici. Rentre chez toi et choisis une femme d'un certain âge, qui ait déjà pas mal d'enfants. Comme ça, tu seras assuré de pouvoir former toute une ribambelle de tailleurs de silex.

Avant que Jondalar ait pu répondre, un gamin de douze ans arriva en courant. Il était grand pour son âge et élancé, et les traits de son visage étaient fins et délicats, comme ceux d'une fille. Ses cheveux châtain clair étaient raides et ses yeux couleur noisette brillaient d'intelligence.

— Jondalar ! s'écria-t-il en essayant de retrouver son souffle. Je t'ai cherché partout ! Dolando est prêt et les hommes du fleuve attendent.

— Va dire que nous arrivons, Darvo, répondit Jondalar dans le langage des Sharamudoï.

Le jeune garçon repartit à toute vitesse. Les deux frères s'apprêtaient à le suivre quand soudain Jondalar s'arrêta.

— J'ai l'impression que le moment est venu de te souhaiter tout le bonheur possible, Petit Frère, dit-il avec un grand sourire. Je dois avouer que je ne m'attendais pas à ce que tu fasses ça dans les formes. Mais n'essaie pas d'en profiter pour te débarrasser de moi. Ce n'est pas tous les jours que le frère d'un homme trouve la femme de sa vie. Je ne raterai pas votre Union, même pour l'amour d'une donii.

Un sourire illumina le visage de Thonolan.

— Sais-tu, Jondalar, que quand j'ai vu Jetamio pour la première fois, j'ai cru qu'il s'agissait d'un esprit envoyé par la Mère pour agrémenter mon Voyage vers l'autre monde. Je n'avais aucune envie de résister et j'étais prêt à la suivre n'importe où...

Emboîtant le pas à son frère, Jondalar ne dit rien, mais fronça les sourcils. Cela l'inquiétait que Thonolan soit prêt à mourir pour suivre Jetamio.

Les deux frères grimpèrent par un sentier qui descendait en zigzaguant à travers une forêt à l'ombre profonde. Le sentier débouchait sur une trouée. Quand Jondalar et Thonolan y parvinrent, ils s'approchèrent du sommet de la falaise. La paroi avait été laborieusement entaillée et l'étroit passage pratiqué permettait tout juste à deux hommes de s'avancer de front. Par mesure de prudence, Jondalar préféra marcher derrière son frère. Bien qu'il eût déjà passé tout l'hiver chez les Shamudoï, chaque fois qu'empruntant ce passage il apercevait tout en bas de la corniche les eaux de la Grande Rivière Mère, la tête lui tournait. Et pourtant ce sentier à pic constituait l'accès le plus commode pour atteindre la Caverne de Dolando.

Tous les hommes des Cavernes ne vivaient pas dans ce type d'habitat. Ils habitaient aussi des abris construits en plein air. Malgré tout, les caches naturelles creusées dans le rocher avaient à leurs yeux une valeur inestimable, surtout pendant la saison froide. Bien souvent, ils choisissaient d'habiter un endroit qui normalement n'aurait pas dû les intéresser pour l'unique raison que celui-ci possédait une caverne ou un abri sous roche. Et pour pouvoir s'y installer, ils étaient prêts à affronter des difficultés quasi insurmontables. Ce n'était pas la première fois que Jondalar séjournait dans une caverne située près d'une falaise à pic mais celle où les Shamudoï avaient choisi de vivre dépassait tout ce qu'il avait vu jusqu'ici.

A une très lointaine époque, l'écorce terrestre, constituée de sédiments calcaires, de grès et de schiste, s'était soulevée et avait formé de hauts sommets coiffés de glace. Ces roches tendres s'étaient alors mélangées à des roches cristallines plus dures rejetées par les volcans en éruption. Ces montagnes entouraient une vaste mer intérieure dont le bassin, asséché, deviendrait un jour l'immense plaine que les deux frères avaient traversée durant l'été. Pendant des millions d'années, le déversoir de cette mer intérieure avait creusé un passage à travers les montagnes qui, à l'époque, reliait les hautes chaînes du nord à celles du sud, finissant par assécher complètement cette mer intérieure.

Mais l'eau n'avait pu attaquer que les parties tendres des montagnes et, comme les roches plus dures lui résistaient, le passage qu'elle s'était frayée ne constituait qu'un étroit défilé. C'est par là que s'engouffraient les eaux de la Grande Rivière Mère, grossies de celles de la Sœur et de tous les autres affluents. Long d'environ cent kilomètres, ce défilé se terminait par une succession de quatre gorges et, après être passé à travers ces portes, la Grande Rivière Mère se dirigeait vers sa destination finale. Alors qu'à certains endroits de son parcours le fleuve atteignait près de deux kilomètres de large, dans ce défilé il ne mesurait plus parfois que cent soixante dix mètres et coulait alors entre de hautes falaises aux parois nues.

Au cours du processus qui avait permis de traverser de part en part cent kilomètres de chaîne montagneuse, l'eau qui se déversait de la mer intérieure avait formé des torrents, des chutes d'eau et les lacs qui, bien après l'assèchement de cette mer, avaient laissé des traces dans toute la région.

En haut de la paroi rocheuse qui bordait la rive gauche du fleuve, non loin de l'étroit passage emprunté par les deux frères, se trouvait un vaste renfoncement : une large plate-forme dont la base était parfaitement plane. Il y avait eu précédemment à cet endroit une petite baie, l'anse protégée d'un lac qui s'était vidé au cours du temps. En disparaissant, ce lac avait laissé derrière lui une terrasse en forme de U, bien plus haute que le niveau des eaux existantes. Si haute que, même pendant les crues printanières, les eaux du fleuve n'atteignaient jamais cette plate-forme rocheuse.

La terrasse était recouverte d'une couche de terre suffisamment épaisse pour que l'herbe pousse jusqu'à l'extrême bord de la corniche. A partir du milieu apparaissaient des buissons et des arbustes qui se cramponnaient dans les anfractuosités rocheuses. Près du mur du fond, les arbres atteignaient une taille respectable et les buissons, plus épais, s'accrochaient le long de la forte pente. Sur une des parois latérales, à l'arrière, se trouvait un surplomb en grès, profondément creusé par en dessous, qui faisait tout l'intérêt de cette haute terrasse. Sous ce surplomb, il y avait plusieurs abris en bois, qui constituaient autant d'habitations, et une aire circulaire avec un grand foyer et d'autres plus petits, servant à la fois d'entrée et de lieu de rassemblement.

Cette terrasse possédait un autre atout : dans l'angle opposé se trouvait une cascade. Jaillissant au-dessus d'un éperon rocheux, elle bondissait parmi des rochers déchiquetés, puis coulait sur un petit surplomb avant de former une retenue d'eau. Ensuite, ce torrent longeait la paroi rocheuse et passait par-dessus le bord de la corniche. C'est là que Dolando et quelques hommes attendaient les deux frères.

Dès que Thonolan et Jondalar, qui venaient de contourner la saillie rocheuse, s'avancèrent sur la terrasse, Dolando les héla. Puis, sans les attendre, il enjamba le rebord de la corniche pour descendre vers le fleuve. Thonolan traversa la terrasse en petites foulées, suivi par Jondalar, et lorsqu'il arriva à l'endroit où Dolando se trouvait l'instant d'avant, il enjamba à son tour le rebord de la corniche et s'engagea dans le sentier périlleux qui longeait l'itinéraire emprunté par le petit torrent. Celui-ci rebondissait sur une succession de saillies rocheuses et rejoignait le fleuve. A certains endroits du parcours, aucun homme n'aurait pu passer, aussi avait-on taillé la roche pour former des marches étroites, et placé le long de la descente une solide corde qui servait de garde-corps. Le torrent et les projections d'eau permanentes rendaient cette descente traîtreusement glissante, même en été. En hiver, lorsque l'eau gelait, cet accès devenait impraticable.

Au printemps, bien que ce sentier fût inondé par les crues et qu'il y eût encore des plaques de glace, les Sharamudoï — les chasseurs de chamois Shamudoï et les Ramudoï qui habitaient sur le fleuve — y circulaient allégrement, telles les antilopes qui vivaient dans cette région accidentée. En regardant son frère s'engager dans la descente avec la même insouciance que ceux qui étaient nés ici, Jondalar se dit que

Thonolan avait raison sur un point au moins. Même s'il passait toute sa vie ici, jamais il ne s'habituerait à cette descente. Après avoir jeté un coup d'œil aux eaux turbulentes de l'énorme fleuve, il serra les dents, respira un bon coup et enjamba le rebord de la corniche.

Chaque fois que son pied glissait sur une plaque de glace invisible, il avait une pensée reconnaissante pour la corde qui lui permettait de ne pas tomber et quand il arriva à la hauteur du fleuve, il poussa un soupir de soulagement. Le ponton flottant, fabriqué avec des troncs d'arbre attachés ensemble, qui oscillait au gré du courant, lui parut presque stable, comparé à la descente. Une bonne moitié du ponton supportait une plate-forme surélevée, sur laquelle on avait construit une succession d'abris en bois semblables à ceux qui se trouvaient sous le surplomb rocheux.

Au passage, Jondalar salua quelques-uns des habitants, puis il rejoignit Thonolan qui, arrivé à l'extrémité du ponton, venait de monter dans un des bateaux amarrés à cet endroit. Dès que Jondalar fut monté à bord, ils s'éloignèrent et commencèrent à remonter le fleuve. Les Ramudoï maniaient leurs rames à long manche tandis que Dolando et ses hommes ne quittaient pas des yeux les débris qui flottaient sur le fleuve en crue. Jondalar, à l'arrière de l'embarcation, réfléchissait à l'exemple, unique, d'interrelation atteint par les Sharamudoï.

Dans toutes les peuplades qu'il avait eu l'occasion de rencontrer, il y avait toujours un partage des tâches, variable, et il s'était souvent demandé ce qui amenait les gens à choisir un mode de vie plutôt qu'un autre. Chez certains, les coutumes cantonnaient les hommes dans telles tâches et les femmes dans telles autres si bien qu'à la longue aucune femme ne pouvait accomplir les fonctions réservées aux hommes et vice versa. Dans d'autres, le partage des tâches et des corvées dépendait de l'âge : les individus les plus jeunes accomplissaient les travaux les plus durs, tandis que les plus âgés étaient chargés des corvées à l'intérieur du camp. Dans certains groupes, c'était exclusivement les femmes qui s'occupaient des enfants, dans d'autres l'éducation était confiée aux anciens, hommes et femmes.

Chez les Sharamudoï, le partage des tâches s'était fait sur d'autres bases. Les Shamudoï chassaient le chamois sur les flancs escarpés des montagnes, tandis que les Ramudoï pêchaient les énormes esturgeons, longs de neuf mètres, qui remontaient le fleuve, ainsi que des carpes, des perches et des brochets. Cette division du travail les avait amenés à se séparer en deux tribus distinctes, mais qui collaboraient étroitement.

Les Shamudoï étaient experts dans le travail de la peau de chamois. Ces peaux magnifiques et aussi souples que du velours étaient uniques en leur genre et on venait de très loin pour s'en procurer. Le secret de fabrication était bien gardé, mais Jondalar avait cru comprendre que le procédé employé supposait l'utilisation de certaines huiles de poisson. Les Shamudoï avaient donc tout intérêt à conserver des liens avec les Ramudoï. Et réciproquement. Les Ramudoï avaient besoin de chêne pour fabriquer leurs embarcations, de hêtre et de pin pour les assemblages, et pour river les longs madriers placés sur les flancs de leurs bateaux ils se servaient d'if et de saule. Pour se procurer les arbres adéquats, ils faisaient appel aux Shamudoï qui, à force d'y chasser, connaissaient parfaitement la forêt.

Au sein de la tribu des Sharamudoï, chaque famille shamudoï était jumelée avec une famille ramudoï. Entre ces deux familles existaient des liens de parenté complexes, bien qu'elles ne soient pas obligatoirement parentes par le sang. Ainsi, quand Jetamio serait devenue la compagne de Thonolan, Jondalar allait soudain se retrouver une ribambelle de « cousins » shamudoï et ramudoï, même si Jetamio n'avait pas de famille à proprement parler. Cette union impliquait un certain nombre d'obligations mutuelles qui se résumeraient, pour Jondalar, à employer des titres de respect quand il s'adresserait à certains membres de sa parenté.

Etant célibataire, il serait libre de s'en aller s'il le désirait, mais personne ne le pousserait à partir. Les liens entre les deux groupes étaient si forts que lorsque la place manquait et qu'une famille shamudoï décidait de fonder une nouvelle Caverne, la famille ramudoï avec laquelle elle était jumelée était obligée de partir avec elle.

Des rites particuliers étaient prévus pour échanger les liens de parenté quand une famille jumelée ne voulait pas partir et qu'une autre famille était prête à le faire à sa place. Néanmoins, les Shamudoï étant maîtres à terre, ils pouvaient obliger leurs parents ramudoï à les suivre. Mais les Ramudoï étant maîtres sur le fleuve, ils pouvaient alors refuser de transporter leurs parents sur leur embarcation et ne pas les aider à trouver un nouveau lieu de vie. Dans la pratique, la décision de fonder une nouvelle Caverne était donc presque toujours prise d'un commun accord.

Entre Shamudoï et Ramudoï s'étaient développés des liens supplémentaires, à la fois pratiques et rituels, qui n'avaient fait que renforcer la collaboration des deux groupes, en particulier pour tout ce qui concernait les bateaux. Toutes les décisions touchant à l'usage des bateaux étaient prises par les Ramudoï. Mais ces mêmes bateaux appartenaient également aux Shamudoï. Ils avaient donc droit à une part sur ce que rapportaient les bateaux, calculée en fonction des services rendus aux Ramudoï. Dans la pratique, les litiges étaient rares, chaque groupe respectant tacitement les droits de l'autre et n'empiétant pas sur son domaine.

La construction des bateaux était le résultat d'un travail en commun : les Shamudoï apportaient leur connaissance de la forêt et les Ramudoï leur pratique du fleuve. Cela permettait aux Shamudoï de revendiquer un droit sur les bateaux utilisés par les Ramudoï. Un homme qui n'aurait pas su se prévaloir de ce droit ne pouvait espérer s'unir avec une femme appartenant à l'un des deux groupes. Avant de prendre Jetamio pour compagne, il fallait donc que Thonolan participe à la construction ou à la remise en état d'une embarcation.

Jondalar attendait ce moment avec impatience. Les bateaux des Sharamudoï l'intriguaient beaucoup et il se demandait comment ils étaient fabriqués. Même s'il n'était pas enchanté que Thonolan ait choisi de prendre pour compagne une femme shamudoï, depuis le début ces gens l'intéressaient au plus haut point. La facilité avec laquelle ils se déplaçaient sur le large fleuve et pêchaient les énormes esturgeons dépassait les capacités de toutes les tribus dont il avait entendu parler.

En plus, ils faisaient preuve d'une ingéniosité exceptionnelle. En hiver, lorsque le passage qui reliait la terrasse au fleuve était gelé et que les Ramudoï n'étaient pas encore montés rejoindre leurs parents shamudoï sous le surplomb rocheux, les échanges entre les deux tribus se faisaient au moyen de longues cordes et de monte-charge en vannerie. Suspendus par-dessus le rebord de la terrasse, ces paniers pouvaient être descendus jusque sur le ponton flottant ou remontés selon les besoins.

Le jour de l'arrivée de Thonolan et de Jondalar, l'accès qui longeait le torrent n'était pas encore gelé, mais Thonolan n'était pas en état de l'emprunter. Les deux frères avaient donc été hissés en haut de la terrasse à l'intérieur d'un de ces paniers.

Quand Jondalar, arrivé presque en haut de la falaise, avait contemplé pour la première fois le fleuve dans toute son étendue et les montagnes aux sommets arrondis qui se trouvaient de l'autre côté, il était devenu très pâle et les battements de son cœur s'étaient accélérés. Emerveillé par ce spectacle et plein de respect pour l'extraordinaire pouvoir de création de la Mère, il L'avait remerciée d'avoir donné naissance à un fleuve aussi majestueux.

Depuis, il avait appris qu'il existait un autre accès pour rejoindre la terrasse, plus long, plus aisé et bien moins impressionnant. Il s'agissait d'un des tronçons de la piste tracée d'ouest en est à travers la montagne qui, après avoir emprunté les cols et franchi la porte la plus à l'est, finissait par rejoindre la vaste plaine où coulait le fleuve. Le tronçon oriental de cette piste traversait la région montagneuse qui conduisait à l'entrée des gorges et il était donc beaucoup plus accidenté, mais, à certains endroits, il redescendait vers le fleuve. C'est vers un de ces endroits que le bateau se dirigeait.

L'embarcation quittait le milieu du lit pour s'approcher de la rive où, debout sur une plage de sable gris, des gens saluaient leur arrivée en faisant de grands gestes de la main, quand, soudain, Jondalar entendit un cri de stupéfaction.

— Regarde ! s'écria Thonolan en lui montrant l'énorme iceberg qui fonçait sur eux.

L'iceberg filait au milieu du lit, là où le fleuve était le plus profond. Les facettes de ses bords translucides réfléchissaient la lumière, le nimbant d'une lueur immatérielle tandis qu'un sombre abîme bleu-vert emprisonnait son cœur qui n'avait pas fondu. Avec une habileté consommée, les rameurs accélérèrent leur mouvement et changèrent de direction. Puis, ramenant leurs avirons à plat, ils s'immobilisèrent pour regarder la masse de glace glisser à côté du bateau et s'éloigner avec une redoutable indifférence.

— Il ne faut jamais tourner le dos au fleuve, rappela l'homme qui se trouvait en face de Jondalar.

— A mon avis, c'est la Rivière Sœur qui l'a amené, Markeno, précisa son voisin.

— Comment... un morceau de glace aussi gros... vient jusqu'ici, Carlono ? demanda Jondalar.

— Cet iceberg peut venir d'un glacier en mouvement dans l'une de ces montagnes, expliqua Carlono en montrant du menton les pics d'une blancheur étincelante qui se trouvaient derrière son épaule. Ou alors il vient de beaucoup plus loin au nord et c'est la Sœur qui l'a amené, continua-t-il en se remettant à ramer. A cette époque de l'année, elle est particulièrement profonde à cause des crues. Et il faut qu'elle le soit pour charrier une telle masse de glace. La partie de l'iceberg que tu as vue est beaucoup moins importante que celle qui se trouve dans l'eau.

— C'est difficile à croire, dit Jondalar. Un iceberg aussi gros... venir de si loin.

— Nous en voyons passer chaque année. Mais ils ne sont pas toujours aussi gros que celui-là. Il n'en a plus pour longtemps d'ailleurs, la glace est complètement rongée. Un bon choc et il se brisera. Il y a un rocher un peu en aval qui affleure à la surface, il va certainement le heurter. Ça m'étonnerait qu'il arrive entier jusqu'à la porte, conclut Carlono.

— Le choc aurait pu être pour nous, intervint Markeno, et notre bateau se serait brisé. C'est pourquoi il ne faut jamais tourner le dos au fleuve.

— Markeno a raison, dit Carlono. Avec le fleuve, ce n'est jamais gagné. Si on ne s'occupe pas de lui, il trouve aussitôt le moyen de se rappeler à votre bon souvenir.

— Cela me rappelle certaines femmes, intervint Thonolan. Pas toi, Jondalar ?

Jondalar pensa aussitôt à Marona. En voyant le sourire entendu de son frère, il se rendit compte qu'ils avaient eu tous les deux la même idée. Il n'avait pas pensé à la jeune femme depuis un certain temps. La reverrait-il un jour ? Elle était vraiment très belle. Mais Serenio l'était aussi. Peut-être devrait-il lui demander de devenir sa compagne. Elle était plus âgée que lui, mais cela ne faisait qu'ajouter à l'attirance qu'il éprouvait pour elle. Pourquoi ne pas profiter de l'Union de Jetamio et de Thonolan pour lui proposer de devenir sa compagne et s'installer chez les Sharamudoï ?

Depuis combien de temps sommes-nous partis ? se demanda Jondalar. Plus d'une année. Nous avons quitté la Caverne de Dalanar au printemps dernier. Et Thonolan ne veut plus rentrer. Tout le monde est très excité et attend le grand jour avec impatience. Mieux vaut attendre avant de proposer quoi que ce soit à Serenio. Elle pourrait penser qu'il s'agit d'une réflexion après coup. Je verrai plus tard...

— Pourquoi avez-vous mis si longtemps ? demanda un des hommes qui se trouvaient sur le rivage. Nous sommes venus par la piste, qui est le chemin le plus long, et c'est nous qui sommes arrivés les premiers.

— Il a fallu attendre ces deux-là. J'ai l'impression qu'ils se cachaient, répliqua Markeno en riant.

— Il est trop tard pour se cacher, Thonolan, lança un autre homme en pénétrant dans l'eau pour tirer le bateau vers le rivage. Jetamio t'a harponné, ajouta-t-il en faisant mine de lancer un harpon, puis de tirer d'un coup sec pour engager l'hameçon.

Jetamio, qui s'était, elle aussi, approchée du bateau, ne put s'empêcher de rougir.

— Reconnais, Barono, que c'est une belle prise, dit-elle en souriant.

— Toi, bon pêcheur, renchérit Jondalar. Avant, Thonolan toujours s'enfuir.

Tout le monde éclata de rire. Même si Jondalar ne maîtrisait pas encore parfaitement leur langue, les Sharamudoï étaient contents qu'il puisse plaisanter avec eux.

— Qu'est-ce qu'il faut pour attraper un gros poisson comme toi, Jondalar ? demanda Barono.

— Le bon appât ! lança Thonolan avec un grand sourire.

On tira le bateau sur une étroite bande de sable et de graviers et, quand les occupants furent descendus, on le hissa jusqu'à une clairière située au milieu d'une dense forêt de chênes pubescents. A l'évidence, cet endroit était utilisé depuis des années. Le sol était jonché de bouts de bois et de copeaux et on ne devait avoir aucune difficulté à alimenter le foyer qui se trouvait en face d'un vaste abri servant de coupe-vent. C'est là que les Sharamudoï fabriquaient leurs embarcations et presque tout l'espace était occupé par des bateaux en cours d'achèvement.

Le bateau déposé, les nouveaux arrivants s'approchèrent du feu. Les Sharamudoï qui étaient en train de travailler tout autour se joignirent à eux. Chacun s'approcha d'un récipient en bois qui contenait une infusion odorante et plongea son bol à l'intérieur de la bûche évidée, sans en laisser une goutte.

Deux hommes prirent alors la bûche et la renversèrent sur le sol pour la débarrasser des feuilles qui avaient servi à faire l'infusion, tandis qu'un troisième homme plaçait des pierres dans le foyer. On refit une infusion afin que chacun puisse se resservir quand il en aurait envie et on laissa les pierres dans le foyer pour qu'elles servent à réchauffer un bol dont le liquide aurait refroidi.

Après avoir échangé de nombreuses plaisanteries sur le futur jeune couple, chacun posa son bol et s'apprêta à reprendre le travail. Le moment était venu pour Thonolan de s'initier à la fabrication des bateaux et aujourd'hui, il allait commencer par le plus facile, à savoir : couper un arbre.

Comme il s'éloignait en compagnie d'un groupe de Sharamudoï, Jondalar en profita pour demander à Carlono :

— Quels arbres font les bons bateaux ?

Heureux de voir que ce jeune étranger s'intéressait à leur travail, Carlono se lança aussitôt dans des explications détaillées.

— Le mieux, répondit-il, c'est le chêne vert. C'est un bois résistant et flexible à la fois, et pas trop lourd. Quand il est sec, il est moins facile à travailler. Mais on peut le couper en hiver et mettre les troncs en réserve dans un marécage ou une mare pendant un an ou deux. Il ne faut pas le conserver plus longtemps, car si le bois est imbibé d'eau, il est plus difficile à travailler et le bateau risque d'être mal équilibré. Mais le plus important, c'est le choix de l'arbre.

— Il faut qu'il soit grand ? demanda Jondalar.

— Ce n'est pas qu'un problème de taille. Pour la partie inférieure du bateau et les madriers, il faut des arbres avec des troncs parfaitement droits.

Carlono entraîna Jondalar à la lisière de la forêt et lui montra des arbres qui avaient poussé serrés les uns contre les autres.

— Dans les forêts très denses, les arbres sont obligés de pousser très haut car ils cherchent le soleil...

— Jondalar ! appela soudain Thonolan.

Levant la tête, Jondalar aperçut son frère au pied d'un chêne énorme.

— Ton jeune frère a besoin de toi, expliqua Thonolan. Avant de pouvoir m'unir à Jetamio, il faut que je construise un bateau et pour construire un bateau, il paraît qu'il faut que j'abatte cet arbre. C'est lui qui va servir à faire les « bordages » comme ils disent. Je n'ai rien compris, mais ça ne fait rien. Regarde ce monstre ! continua-t-il en montrant l'immense chêne. J'en ai pour une éternité à l'abattre. A ce train-là, je risque d'avoir les cheveux blancs le jour où j'aurai enfin le droit de prendre Jetamio pour compagne.

— Les bordages, ce sont les madriers qui sont utilisés pour fabriquer les flancs des grandes embarcations, précisa Jondalar. Si tu dois devenir sharamudoï, il faudrait tout de même que tu saches ça.

— Je serai un Shamudoï et je laisserai les bateaux aux Ramudoï. Chasser le chamois est une activité dans mes cordes. Il m'est déjà arrivé de chasser le mouflon et l'ibex dans les montagnes et ça ne me fait pas peur. Par contre, j'aimerais bien que tu me donnes un coup de main. Tes fameux biceps seront les bienvenus.

— Si je ne veux pas que Jetamio attende trop longtemps, j'ai en effet l'impression qu'il faut que je t'aide, fit remarquer Jondalar. (Il se tourna vers Carlono et ajouta en sharamudoï :) Jondalar aider à abattre l'arbre. Parler plus tard.

Carlono hocha la tête en signe d'assentiment, puis il se recula pour attendre Jondalar. Mais il comprit très vite qu'ils en avaient pratiquement pour toute la journée et il retourna à son propre travail en se disant qu'il reviendrait comme tout le monde au moment où l'arbre serait prêt à tomber.

Pour abattre cet énorme chêne, il fallait l'entailler en biseau et en faire le tour. Les haches en pierre n'étaient pas très efficaces pour ce genre de travail. Pour résister aux chocs, le tranchant de la lame devait être assez épais, ce qui réduisait considérablement son pouvoir de pénétration. Au fur et à mesure qu'ils approchaient du centre, le tronc de l'arbre semblait plutôt grignoté par leurs outils que réellement coupé. Malgré tout, chaque copeau qui tombait sur le sol creusait un peu plus dans le cœur du géant.

La journée touchait à sa fin et tous, dans la clairière, s'étaient rassemblés autour de l'arbre quand Thonolan donna les derniers coups de hache. Il se recula en entendant le tronc craquer et vit qu'il commençait à osciller. Le chêne s'écroula doucement au début, puis de plus en plus vite au fur et à mesure qu'il se rapprochait du sol, arrachant au passage des branches à ses voisins et même quelques jeunes chênes. Puis dans un grondement de tonnerre, il atterrit sur le sol. Il rebondit une dernière fois, ses feuilles frissonnèrent, et il s'immobilisa définitivement.

Le silence envahit la forêt et même les oiseaux cessèrent de chanter, comme si la mort du vieux chêne exigeait cette marque de respect. L'arbre majestueux avait été abattu, séparé à jamais de ses racines, et dans ce sous-bois aux teintes terreuses et sourdes sa souche fraîchement coupée semblait une cicatrice encore à vif. S'approchant avec dignité, Dolando s'agenouilla à côté de la souche, puis, creusant un trou dans la terre avec sa main, il y déposa un gland.

— Puisse la Bienheureuse Mudo accepter notre offrande et donner la vie à un autre arbre, dit-il en recouvrant le gland de terre et en l'arrosant d'un peu d'eau.

Lorsqu'ils s'engagèrent sur la piste qui rejoignait la terrasse, les derniers rayons du soleil éclairaient l'horizon embrumé, transformant les nuages en autant de flammèches dorées. Durant le trajet, les ors et les bronzes du ciel tournèrent au rouge, puis au mauve. Au moment où il contournait la paroi rocheuse, Jondalar s'arrêta soudain, frappé par la beauté du panorama. Les eaux calmes de la Grande Rivière Mère, à peine agitées en surface par le courant, reflétaient les teintes changeantes du ciel et les montagnes aux sommets arrondis. Uniquement préoccupé par ce paysage d'une beauté à couper le souffle, Jondalar s'avança sur la corniche, oubliant pour une fois ses craintes.

— C'est beau, n'est-ce pas ?

Reconnaissant la voix de Serenio, Jondalar tourna la tête et sourit à la femme qui s'était approchée de lui.

— Très beau, Serenio.

— Il y a une grande fête ce soir, rappela-t-elle. Pour célébrer la future Union de Jetamio et de Thonolan. Ils t'attendent pour commencer. Allons-y.

Elle allait repartir. Mais Jondalar lui prit la main pour la retenir et contempla les derniers rayons du soleil qui se reflétaient dans ses yeux.

Serenio, qui n'avait que quelques années de plus que Jondalar, était une femme douce et complaisante. Jamais elle n'exigeait quoi que ce soit des autres. Mais elle n'était pas pour autant une femme soumise. Elle savait ce qu'était la souffrance, car elle en avait eu plus que sa part : son premier compagnon était mort, puis un second amour, auquel elle n'avait pas eu le temps de s'unir, et elle avait alors fait une fausse-couche. Tous ces deuils l'avaient rendue apte à comprendre et à soulager les souffrances d'autrui. Ceux qui avaient de la peine se tournaient tout naturellement vers elle et repartaient soulagés car elle n'exigeait jamais rien en retour de la compassion qu'elle leur témoignait.

Compte tenu de l'effet apaisant qu'elle pouvait avoir sur les patients anxieux et angoissés, elle aidait souvent le shamud et, grâce à cette association, elle avait acquis certaines connaissances médicales. Quand Thonolan était arrivé chez les Sharamudoï, elle s'était occupée de lui avec le shamud et c'est ainsi que Jondalar avait fait sa connaissance. Dès que Thonolan avait été rétabli, il était allé vivre dans le foyer de Dolando et de Rosario, pour se rapprocher de Jetamio, et Jondalar s'était installé dans le foyer de Serenio et de son fils Darvo. Cela s'était fait tout naturellement : Jondalar n'avait rien demandé et Serenio n'avait rien exigé de lui en retour.

Il est impossible de lire quoi que ce soit au fond de ses yeux, songeait-il en l'embrassant tendrement avant de se diriger vers le feu. Peut-être cela valait-il mieux. Il avait parfois l'impression que Serenio le connaissait mieux qu'il ne se connaissait lui-même. Elle devait savoir qu'il était incapable de s'abandonner complètement et de tomber amoureux comme Thonolan. Elle avait peut-être même compris que l'habileté consommée qu'il montrait lorsqu'il lui faisait l'amour était une manière de cacher son manque de sentiments. Elle s'en accommodait parfaitement, de même qu'elle acceptait qu'il soit parfois déprimé. Et dans ces cas-là, jamais elle ne lui en tenait rigueur.

Elle n'était pas à proprement parler réservée — elle souriait facilement et parlait sans se gêner — mais toujours discrète et difficilement accessible. Les seules fois où Jondalar l'avait vue se laisser aller, c'est quand elle regardait son fils.

— Qu'est-ce qui vous a retenu si longtemps ? demanda Darvo en les voyant arriver. Le repas est prêt, mais tout le monde vous attend pour commencer.

Darvo avait aperçu de loin Jondalar et sa mère, mais il n'avait pas voulu les interrompre. Au début, il n'avait pas apprécié de devoir partager l'affection que lui témoignait sa mère avec cet étranger qui venait de s'installer dans leur foyer. Mais très vite il s'était aperçu que ce désavantage était largement compensé par le fait que quelqu'un d'autre s'occupe de lui. Jondalar racontait les aventures qui lui étaient arrivées durant son Voyage, lui parlait de la chasse ou des coutumes de son peuple et il écoutait avec un intérêt évident tout ce que l'enfant lui disait. En plus, il avait commencé à lui enseigner la taille du silex. Et Darvo se montrait un élève très doué.

Le jeune garçon avait été tout heureux d'apprendre que Thonolan allait s'unir à Jetamio et s'installer chez les Sharamudoï car il avait aussitôt pensé que Jondalar allait faire de même et s'unir à sa mère. Depuis, il se tenait à l'écart chaque fois que Serenio et Jondalar se trouvaient ensemble pour ne pas les gêner et, sans le savoir, il les encourageait.

En fait, Jondalar n'avait cessé de penser à Serenio tout au long de la journée. Physiquement, elle lui plaisait. Ses cheveux étaient plus clairs que ceux de son fils : blond foncé au lieu d'être châtain. Sa haute taille la faisait paraître plus mince qu'elle ne l'était en réalité. Debout, elle arrivait à la hauteur du menton de Jondalar. Elle avait les yeux couleur noisette comme son fils et les mêmes traits fins, qui conféraient une grande beauté à son visage.

Je pourrais être heureux avec elle, songeait Jondalar. Pourquoi ne pas m'unir à elle ?

— Serenio... commença-t-il.

La jeune femme se retourna pour le regarder et aussitôt elle fut prise au piège de ces yeux incroyablement bleus. Le charme de Jondalar, d'autant plus puissant qu'il en était inconscient, était en train de battre en brèche les défenses qu'elle avait mises en place pour ne plus souffrir. Elle se sentait invinciblement attirée par lui et totalement vulnérable.

— Jondalar...

Le ton de sa voix disait clairement qu'elle était prête d'avance à accepter tout ce qu'il lui proposerait.

— Je... réfléchis beaucoup aujourd'hui, reprit Jondalar qui avait bien du mal à trouver les mots capables d'exprimer ce qu'il pensait. Thonolan... mon frère... voyager loin ensemble. Maintenant, il aime Jetamio, il veut rester... Si tu... Je veux...

— Venez tous les deux ! cria Thonolan. Tout le monde a faim et le repas...

Il s'interrompit en voyant à quel point Serenio et Jondalar étaient proches l'un de l'autre.

— Désolé, s'excusa-t-il aussitôt. J'ai l'impression que je tombe mal.

Jondalar et Serenio se séparèrent. Le moment était passé.

— Ce n'est pas grave, Thonolan, dit Jondalar. Nous n'allons pas faire attendre tout le monde. Nous pourrons reparler de ça plus tard.

Jetant un coup d'œil à Serenio, il s'aperçut que la jeune femme était surprise et gênée, comme si elle ne comprenait pas très bien ce qui venait de lui arriver, et qu'elle faisait un effort pour retrouver son sang-froid habituel.

Ils s'approchèrent du grand feu qui brûlait dans le foyer central sous le surplomb rocheux. Dès qu'ils furent là, tous les assistants se disposèrent en cercle autour de Jetamio et de Thonolan qui se tenaient debout dans l'espace laissé libre derrière le feu. La Fête de la Promesse marquait le début de la période rituelle qui culminerait avec la Cérémonie de l'Union. Durant cet intervalle, les deux jeunes gens auraient très peu de contacts, lesquels seraient sévèrement réglementés.

Pour l'instant, Jetamio et Thonolan se tenaient par la main et ils attendaient avec impatience de pouvoir confirmer leur engagement mutuel. Quand le shamud s'approcha d'eux, ils s'agenouillèrent pour que le guérisseur et guide spirituel des Sharamudoï puisse poser sur leur tête une couronne d'aubépines en boutons. On leur fit faire trois fois le tour du feu et de l'assemblée, toujours la main dans la main, puis on les ramena à leur place, refermant ainsi le cercle que leur amour venait de tracer autour de la Caverne des Sharamudoï.

Le shamud se retourna pour leur faire face et, levant les bras, il se mit à prononcer les formules rituelles.

— Tout cercle commence et se termine au même endroit, dit-il. La vie est un cercle qui commence avec la Mère et finit avec Elle. (La voix vibrante du shamud couvrait sans mal les crépitements du feu et chacun se taisait pour l'écouter.) La bienheureuse Mudo, créatrice de toute vie, se trouve au commencement et à la fin. D'Elle nous venons, et vers Elle nous retournons. C'est Elle qui subvient à tous nos besoins. Nous sommes Ses Enfants et Elle nous octroie sans compter tout ce qu'Elle possède. Son corps nous fournit ce qui est nécessaire à notre subsistance : l'eau, la nourriture et les abris. Son esprit nous offre sagesse et chaleur : le talent et l'habileté, le feu et l'amitié. Mais le plus grand de Ses Dons, c'est l'amour qu'Elle porte à tous les êtres.

« La Grande Mère de la Terre se réjouit de voir Ses enfants heureux. C'est pourquoi Elle nous a offert Son merveilleux Don du Plaisir. Partager ce Don, c'est L'honorer et faire preuve de respect à Son égard. Mais, parmi nous, les Bénies de Mudo ont reçu un Don plus grand encore : la Mère les a dotées de Son merveilleux pouvoir de donner la Vie.

Le shamud se tut un court instant. Puis, se tournant vers Jetamio, il reprit :

— Jetamio, tu fais partie des Bénies de Mudo. Si tu L'honores, tu seras dotée du Don de Vie de la Mère et tu donneras naissance à ton tour. N'oublie jamais que l'esprit de Vie qui te permet de mettre des enfants au monde vient uniquement de la Grande Mère.

« Et toi, Thonolan, continua-t-il, au moment où tu t'engages à assurer la subsistance d'un autre être, n'oublie pas que tu deviens semblable à Celle qui assure la subsistance de tous. En voyant que tu L'honores, Elle peut te doter, toi aussi, du pouvoir de créer : l'enfant mis au monde par la femme dont tu prends soin sera alors l'enfant de ton esprit.

Quittant des yeux le jeune couple, le shamud s'adressa au groupe assemblé en face de lui.

— Chacun de nous, conclut-il, quand il prend soin des autres et assure leur subsistance, honore la Mère et tous, en retour, nous profitons de Ses innombrables bienfaits.

Jetamio et Thonolan se sourirent et, quand le shamud recula, ils s'assirent sur des nattes tissées. La fête pouvait commencer. On apporta au jeune couple une boisson fermentée à base de miel et de fleurs de pissenlit, qui avait été préparée lors de la dernière pleine lune. Quand Jetamio et Thonolan en eurent bu chacun une coupe, la boisson passa à la ronde.

Markeno et Tholie, qui représentaient la famille jumelée ramudoï du jeune couple, s'approchèrent alors pour leur présenter le premier plat du repas. Il s'agissait d'un filet de corégone, cuit près du feu et servi avec une sauce à l'oseille sauvage.

Ce goût, tout nouveau pour Jondalar, lui plut immédiatement et il trouva que cette sauce à l'oseille convenait parfaitement au poisson. Quand on passa à la ronde, pour accompagner le poisson, des paniers remplis de petits oléagineux, il se pencha vers Tholie pour lui demander ce que c'était.

— Des faînes, répondit-elle. Ramassées à l'automne dernier.

Tholie poursuivit en lui expliquant que le fruit du hêtre contenait une amande comestible. On commençait par débarrasser cette amande de l'enveloppe dure comme du cuir qui l'entourait à l'aide d'une petite lame en silex. Puis on faisait griller les amandes en les plaçant avec des braises chaudes dans des paniers à fond plat que l'on ne cessait de remuer pour que les amandes ne soient pas roussies. Pour finir, les amandes grillées étaient roulées dans du sel marin.

— Tholie a apporté le sel, intervint Jetamio. C'est un de ses cadeaux de noce.

— Tous les Mamutoï vivent près de la mer ? demanda Jondalar.

— Non, répondit Tholie. Notre camp est le plus proche de la mer. La plupart des Mamutoï vivent plus au nord. Les Mamutoï sont des chasseurs de mammouths, ajouta-t-elle non sans une pointe de fierté. Tous les ans, nous quittons notre camp pour aller chasser.

— Comment tu as fait pour avoir une compagne mamutoï, Markeno ? interrogea Jondalar.

— Je l'ai enlevée, répondit celui-ci, avec un clin d'œil à la jeune femme bien en chair.

— C'est vrai, confirma Tholie en souriant. Bien entendu, cet enlèvement était arrangé d'avance.

— Nous nous sommes rencontrés lors de ma première expédition vers l'est. Pour faire du troc, j'ai descendu la Grande Rivière Mère jusqu'au delta. C'est là que j'ai rencontré Tholie. Je me moquais de savoir si elle était sharamudoï ou mamutoï et j'ai décidé que je ne rentrerai pas sans elle.

Markeno et Tholie racontèrent à Jondalar toutes les difficultés soulevées par leur Union. Il avait fallu de longues négociations avant d'arriver à un arrangement et comme certaines coutumes restaient incontournables, Markeno avait été obligé d'enlever Tholie. Avec son accord, bien entendu. Pareille situation s'était déjà produite. Les cas étaient rares mais il existait des précédents.

Les peuplements humains étaient très clairsemés et si espacés que l'on empiétait rarement sur le territoire du voisin. Comme les contacts étaient peu fréquents, l'arrivée d'un étranger constituait un événement. Même si les gens se montraient un peu méfiants au début, l'étranger était généralement bien accueilli. La plupart des peuples de chasseurs avaient l'habitude de voyager loin et régulièrement puisqu'ils suivaient les migrations des troupeaux d'herbivores, et chez eux il y avait souvent une forte tradition de Voyages individuels.

Quand il y avait des désaccords, ils se produisaient plutôt au sein même de la communauté. Mais ce genre de frictions étaient, elles aussi, assez rares. Les tempéraments violents étaient refrénés par un code de bonne conduite et par des coutumes ritualisées. Les Sharamudoï et les Mamutoï entretenaient de bonnes relations commerciales et leurs mœurs comme leur langage se ressemblaient sur bien des points. Chez les Sharamudoï, la Grande Terre Mère s'appelait Mudo, chez les Mamutoï Mut, mais quel que soit son nom, elle restait l'Aïeule Ancestrale, la Première Mère et la Divinité.

Les Mamutoï avaient une très haute idée d'eux-mêmes, ce qui ne les empêchait pas d'être ouverts et amicaux. En groupe, ils ne craignaient personne — ce qui semblait logique pour des chasseurs de mammouths. Ils avaient tellement confiance en eux qu'ils étaient souvent présomptueux et se montraient parfois un peu naïfs. Ils avaient tendance à croire que la haute idée qu'ils avaient d'eux-mêmes était partagée par tous.

Tholie était une Mamutoï typique : ouverte, chaleureuse et persuadée que tout le monde l'appréciait. Et c'est vrai qu'il était difficile de résister à son enthousiasme dénué d'arrière-pensées. Personne ne s'offusquait lorsqu'elle posait des questions personnelles car il était évident qu'elle le faisait sans mauvaises intentions. Elle s'intéressait simplement aux gens et ne voyait pas de raison de ne pas satisfaire sa curiosité.

Une petite fille s'approcha d'elle pour lui apporter un bébé.

— Shamio vient de se réveiller, Tholie. Je crois qu'elle a faim.

Après avoir remercié la fillette, Tholie donna le sein au bébé, sans que pour autant le repas soit interrompu. On fit passer à la ronde des samares qui avaient été mises à tremper dans un mélange d'eau et de cendres de bois, puis conservées dans de la saumure, ainsi que des tubercules semblables à des carottes sauvages. Ils avaient d'abord un goût de noisette, puis un arrière-goût plus épicé de radis. Il s'agissait d'un des mets favoris des Sharamudoï que Jondalar, pour sa part, n'appréciait qu'à moitié. Quand Dolando et Roshario eurent offert au jeune couple le second plat — un ragoût de chamois, servi avec un vin de myrtille — Jondalar se pencha vers son frère et lui dit :

— J'ai trouvé le poisson délicieux, mais ce chamois est vraiment superbe.

— Jetamio m'a dit que c'était le plat traditionnel des Shamudoï. Le ragoût est aromatisé avec des feuilles sèches de myrte des marais. L'écorce de cette plante est utilisée pour tanner les peaux de chamois et c'est elle qui leur donne cette teinte jaune. Nous avons eu de la chance que les Sharamudoï ramassent cette plante à la fin de l'automne dans les marais qui se trouvent là où la Sœur se jette dans la Grande Rivière car, sinon, jamais ils ne nous auraient trouvés.

— Tu as raison, répondit Jondalar en fronçant les sourcils au souvenir de cet épisode. Nous avons vraiment eu de la chance.

— Ce vin est un des cadeaux de noce de Jetamio, expliqua Serenio.

Jondalar saisit sa coupe, but une gorgée et hocha la tête d'un air appréciateur.

— C'est bon, dit-il. Beaucoup bon.

— Très bon, corrigea Tholie. C'est très bon.

Ayant eu elle-même quelques difficultés à apprendre le sharamudoï, elle trouvait normal de reprendre Jondalar.

— Très bon, répéta Jondalar en souriant à la femme petite et trapue qui nourrissait son bébé au sein.

Il appréciait le franc-parler de Tholie et sa nature extravertie qui triomphaient si facilement de la timidité et de la réserve des autres.

— Elle a raison, Thonolan, ajouta-t-il en se tournant vers son frère. Ce vin est vraiment excellent. Même notre mère serait d'accord là-dessus. Et pourtant, elle est une spécialiste en ce qui concerne la fabrication des vins. Je suis certain qu'elle aurait donné son accord en ce qui concerne Jetamio.

Jondalar regretta aussitôt ce qu'il venait de dire. Jamais Thonolan ne présenterait sa compagne à Marthona. Jamais sans doute il ne la reverrait...

— Jondalar, tu devrais parler sharamudoï, intervint Tholie. Quand tu parles zelandonii avec ton frère, personne ne comprend ce que tu dis. Si tu ne parlais que sharamudoï, tu apprendrais cette langue beaucoup plus vite.

Jondalar rougit et eut un sourire d'excuse. Il n'en voulait pas à Tholie. Elle n'avait pas tort de lui faire cette remarque : en parlant une langue que personne ne comprenait, il se montrait impoli.

Voyant la mine déconfite de Jondalar, Tholie essaya aussitôt d'arranger les choses.

— Il faudrait que je t'apprenne le mamutoï et toi, tu m'apprendrais le zelandonii, dit-elle. A force de ne pas parler notre propre langue, nous risquons de l'oublier. J'aimerais savoir parler zelandonii. C'est une langue si musicale...

— Même si toi, tu as envie d'apprendre le zelandonii, il se peut qu'ils n'aient pas envie d'apprendre à parler mamutoï, intervint Markeno. Tu n'y as pas pensé ?

— Non, reconnut Tholie en rougissant à son tour.

— J'aimerais apprendre le zelandonii et le mamutoï, dit Jetamio. Je trouve que c'est une bonne idée.

— Moi aussi, dit Jondalar.

— Nous faisons un sacré mélange tous les quatre, fit remarquer Markeno en souriant à sa compagne. Un Ramudoï à moitié mamutoï et une Shamudoï qui ne pas tarder à être à moitié zelandonii.

Même s'ils sont aussi différents physiquement, Markeno et Tholie sont bien assortis, se dit Jondalar. Markeno était presque aussi grand que lui et, par comparaison, Tholie semblait plus petite et plus ronde encore qu'elle ne l'était en réalité.

— Est-ce que vous accepteriez que d'autres se joignent à vous ? demanda Serenio. Je serais heureuse d'apprendre le zelandonii et je pense que si Darvo veut faire du troc plus tard, il aurait tout intérêt à parler mamutoï.

— Pourquoi pas ? s'écria Thonolan en riant. A l'est comme à l'ouest, quand on est en Voyage, la connaissance des autres langues n'est jamais inutile. Mais même quand on ignore une langue, continua-t-il en se tournant vers son frère, ça ne vous empêche pas de comprendre ce qu'attend de vous une belle femme, n'est-ce pas, Jondalar ? Surtout quand on a de grands yeux bleus.

— Tu devrais parler sharamudoï, Thonolan, fit remarquer Jondalar en faisant un clin d'œil à Tholie.

Prenant son couteau de la main gauche — chez les Sharamudoï, la coutume voulait qu'on se serve de cette main pour manger — il sortit une tige qui se trouvait dans son bol et demanda ce que c'était.

— De la bardane, répondit Jetamio.

Comprenant soudain que pour Jondalar ce mot ne voulait rien dire, elle alla fouiller dans le tas de détritus qui se trouvait près de l'endroit où l'on cuisinait et lui montra les grandes feuilles gris-vert et duveteuses qui avaient été arrachées de la tige. Jondalar reconnut aussitôt la plante dont elle parlait. Quand Jetamio lui fit sentir l'odeur de longues tiges vertes qu'elle avait aussi apportées, il dit à son frère :

— Je me doutais bien qu'il y avait de l'ail dans ce plat. Comment appelez-vous ça ?

Après lui avoir répondu, Jetamio lui montra des tiges sèches et, cette fois, c'est Tholie qui intervint :

— Ce sont des algues que j'ai apportées. On trouve ces algues dans la mer et on les utilise pour épaissir la sauce du ragoût.

Tholie expliqua à Jondalar que cet ingrédient inhabituel avait été ajouté au plat traditionnel, non seulement dans un but culinaire, mais aussi pour montrer les liens de parenté qu'elle avait avec le jeune couple.

— Cela faisait aussi partie de mon cadeau de noce, conclut-elle en tapotant le dos de son bébé qui avait fini de téter. (Se tournant vers Jetamio, elle demanda :) As-tu déjà fait ton offrande à l'Arbre de la Bénédiction, Tamio ?

Jetamio baissa la tête et sourit d'un air un peu gêné. En général, on ne posait pas ce genre de question d'une manière aussi directe.

— J'espère que la Mère bénira mon union en me donnant un bébé en aussi bonne santé et aussi heureux que le tien, répondit-elle.

— Veux-tu me la garder un instant ? demanda Tholie. J'ai besoin d'aller faire un petit tour.

Quand Tholie revint, le ton de la conversation avait changé. Le repas était terminé, les bols débarrassés et on venait de resservir du vin. Un des convives était en train de frapper en rythme sur un tambour formé d'une seule peau et improvisait les paroles d'une chanson. Dès que Tholie eut récupéré son bébé, Thonolan et Jetamio se levèrent et tentèrent de s'éclipser. En vain. Plusieurs personnes les entourèrent en souriant.

En général, le couple dont on fêtait la future Union était censé s'en aller le plus tôt possible pour profiter des derniers moments avant la séparation qui allait lui être imposée pendant la période qui précédait la cérémonie. Mais comme ils étaient les invités d'honneur et qu'il aurait été impoli de s'en aller alors qu'il y avait des gens désireux de leur parler, ils devaient essayer de s'esquiver sans qu'on le remarque. Tout le monde étant au courant, ce départ devenait un jeu : le jeune couple s'enfuyait alors que tout le monde faisait semblant de regarder ailleurs, puis, quand on l'avait rattrapé, il s'excusait poliment. Après un échange de plaisanteries, les deux promis avaient le droit de s'en aller et la fête continuait sans eux.

L'homme qui se trouvait le plus près de Thonolan lui demanda :

— Tu n'es pas pressé de partir, n'est-ce pas ?

— Il se fait tard, répondit Thonolan en souriant.

— Pas si tard que ça ! Je suis sûr que Jetamio aimerait bien encore manger un morceau.

— J'ai tellement mangé que je ne pourrai pas avaler une bouchée de plus.

— Une coupe de vin, alors ? Tu ne vas tout de même pas refuser une coupe de ce merveilleux vin de myrtille, n'est-ce pas, Thonolan ?

— D'accord... un petit peu de vin.

— Une coupe pour toi aussi, Tamio ?

S'approchant de Thonolan, Jetamio jeta un coup d'œil derrière son épaule avec un air de conspirateur.

— Juste une gorgée, répondit-elle. Mais il va falloir que quelqu'un aille chercher nos coupes. Elles doivent être restées à l'endroit où nous étions assis.

Une femme se détacha du groupe pour aller chercher les coupes et tous les assistants tournèrent la tête avec un bel ensemble pour la regarder. Thonolan et Jetamio en profitèrent pour se glisser dans l'ombre, derrière le feu.

— Thonolan, Jetamio ! appela l'homme qui avait discuté avec eux. Je croyais que vous alliez boire une coupe avec nous.

— Nous allons revenir, promit Jetamio. Nous avons juste besoin d'aller faire un petit tour. Tu sais ce que c'est après un bon repas...

Jondalar, qui avait assisté de loin à la scène, se rapprocha de Serenio. Il désirait reprendre avec elle la conversation interrompue avant le dîner et lui proposer de partir dès que le jeune couple aurait réussi à s'éclipser. S'il voulait s'engager vis-à-vis d'elle, il avait intérêt à le faire maintenant, avant que sa répugnance habituelle à s'engager durablement ne reprenne le dessus.

La gaieté était maintenant générale. Le vin de myrtille, plus fort que d'habitude, y était pour beaucoup. Les plaisanteries fusaient, on continuait à taquiner Jetamio et Thonolan et tout le monde riait. Quelques personnes chantaient. Quelqu'un voulait qu'on réchauffe le ragoût. Quelqu'un d'autre était en train de faire chauffer de l'eau pour une infusion. Les enfants, nullement pressés d'aller dormir, se pourchassaient autour du feu. La fête battait son plein.

Au moment où des cris fusaient pour saluer le couple qui avait enfin réussi à s'échapper, un des enfants bouscula un homme qui tenait à peine debout. L'homme trébucha et heurta une femme qui passait à côté de lui, un bol d'infusion brûlante à la main.

Même si personne n'entendit le premier cri, les vagissements insistants du bébé mirent rapidement fin à l'agitation qui régnait autour du feu.

— Mon bébé ! cria Tholie. Elle est brûlée !

— Grande Doni ! s'écria Jondalar.

Serenio et lui se précipitèrent à l'endroit où se trouvait Tholie. Le bébé criait, la mère pleurait, tout le monde voulait les aider et la confusion était à son comble.

— Laissez approcher le shamud, conseilla Serenio. Poussez-vous.

Le shamud déshabilla le bébé.

— De l'eau froide, Serenio. Vite ! Non ! Attends ! Darvo, va me chercher de l'eau. Et toi, Serenio, de l'écorce de tilleul. Tu sais où elle est ?

— Oui, répondit Serenio en se dépêchant d'aller chercher ce qu'on lui demandait.

— Y a-t-il de l'eau sur le feu, Roshario ? demanda le shamud. S'il n'y en a pas, mets-en à chauffer. Il faut faire une décoction d'écorce de tilleul pour le bébé mais aussi pour Tholie. Elle aussi, elle a été ébouillantée.

Darvo revint avec un récipient plein d'eau qu'il était allé chercher à la cascade.

— C'est bien, fils, tu as fait vite, dit le shamud en aspergeant les brûlures avec de l'eau fraîche. Nous aurions besoin d'un pansement en attendant que la tisane soit prête, ajouta-t-il en voyant les cloques en train de se former.

Apercevant les feuilles de bardane que Jetamio avait apportées un peu plus tôt pour les montrer à Jondalar, le shamud s'exclama :

— Ces feuilles de bardane, est-ce qu'il en reste ?

— Oui, beaucoup, répondit aussitôt Jetamio. Pour le ragoût, nous n'avons utilisé que les tiges.

— Va m'en chercher ! Vite !

Quand Jetamio les lui apporta, le shamud les trempa dans l'eau et les posa sur les brûlures à vif du bébé et de la mère. Sous l'effet apaisant des feuilles de bardane, les cris déchirants du bébé cessèrent, pour laisser place à quelques sanglots entrecoupés de hoquets.

— Cela fait du bien, dit Tholie.

Sur le coup, elle ne s'était même pas rendu compte qu'elle était elle aussi brûlée. Elle était assise par terre et, pour pouvoir parler tranquillement, avait remis son bébé au sein. Quand l'infusion bouillante s'était répandue sur elles, elle avait uniquement pensé à Shamio.

— Est-ce grave pour le bébé ? demanda-t-elle au shamud.

— Shamio va avoir des cloques. Mais je ne pense pas que ça laisse des cicatrices, répondit celui-ci.

— C'est terrible ! intervint Jetamio. Pauvre Shamio ! J'ai vraiment de la peine pour elle.

— Pourquoi êtes-vous encore ici, toi et Thonolan ? demanda Tholie. C'est votre dernière nuit ensemble.

— Je n'ai pas le cœur à partir alors que Shamio et toi, vous êtes dans cet état, expliqua Jetamio.

Comme le bébé recommençait à crier, le shamud demanda :

— Est-ce que la tisane est prête, Serenio ?

Les feuilles de bardane posées sur les brûlures avaient cessé de faire effet et il les remplaça par des feuilles fraîches.

— L'écorce de tilleul a bouilli suffisamment longtemps, mais la tisane est trop chaude pour qu'on la fasse boire au bébé, répondit Serenio. Je ne sais pas ce que je pourrais faire pour qu'elle refroidisse plus vite...

— Moi, je sais ! s'écria Thonolan.

En le voyant disparaître, Jetamio demanda à Jondalar :

— Où va-t-il ?

Jondalar haussa les épaules et secoua la tête en signe d'ignorance. Mais la réponse ne se fit pas attendre. Thonolan revint un moment plus tard avec des morceaux de glace qu'il était allé chercher sur les premières marches du passage qui descendait vers le fleuve.

— Est-ce que cela peut être utile ? demanda-t-il.

— Ce garçon est vraiment intelligent, fit remarquer le shamud avec, comme toujours, une pointe d'ironie.

Non seulement l'écorce de tilleul soulageait la douleur, mais elle avait un effet sédatif : Tholie et Shamio avaient fini par s'endormir. On avait réussi à convaincre Jetamio et Thonolan de se retirer. Mais l'insouciance et la gaieté de la Fête de la Promesse s'étaient évanouies. Bien que personne n'osât l'avouer, cet accident semblait de mauvais présage pour l'Union du jeune couple.

Tout le monde était allé se coucher et il ne restait plus autour du feu mourant que Jondalar, Serenio, Markeno et le shamud. Ils parlaient à voix basse en buvant une dernière coupe de vin. Serenio essayait de convaincre Markeno d'aller se coucher.

— Tu ne peux plus rien faire pour elles, disait-elle. Va donc dormir. Je vais passer la nuit à leur chevet.

— Elle a raison, Markeno, intervint le shamud. Tout va bien maintenant. Même toi, Serenio, tu peux aller te coucher.

Tout le monde se leva. Après avoir tendrement caressé la joue de Jondalar, Serenio entraîna Markeno vers les abris en bois.

— S'il y a un problème, je vous réveillerai, dit-elle en les quittant.

Quand ils eurent disparu, Jondalar remplit deux coupes et en offrit une au personnage énigmatique qui attendait dans l'obscurité maintenant silencieuse. Le shamud accepta la coupe, montrant par là qu'il avait compris qu'ils avaient encore un certain nombre de choses à se dire. Jondalar rassembla les braises rougeoyantes au sommet du cercle noirci du foyer presque éteint et ajouta du bois jusqu'à ce que le feu recommence à flamber. Les deux hommes s'assirent à côté du feu et restèrent là un court instant à boire du vin sans échanger un mot.

Lorsque Jondalar releva la tête, il s'aperçut que les yeux du shamud, dont la couleur indéfinissable semblait plus foncée à la lueur du feu, étaient fixés sur lui. Impressionné par l'intelligence et la force qu'il y lisait, Jondalar s'obligea néanmoins à soutenir ce regard. A cause de l'ombre projetée par les flammes, il avait du mal à distinguer les traits de son visage, mais il savait que, même en plein jour, ce visage ne livrait à aucun moment son secret. Même l'âge du shamud restait un mystère.

Son air ferme et résolu, apanage de la jeunesse, contrastait singulièrement avec ses cheveux blancs et les rides qui marquaient son visage. Malgré ses vêtements informes, on voyait bien qu'il était maigre et fluet, mais il avait conservé une démarche de jeune homme. Ses mains elles-mêmes, parcheminées et déformées par l'arthrite, semblaient appartenir à un être très âgé. Malgré tout, alors qu'il portait la coupe à sa bouche, aucun tremblement ne les agitait.

Au moment où le fond de la coupe escamotait le regard scrutateur du shamud, Jondalar se demanda si ce dernier ne l'avait pas fait exprès dans le but de faire baisser la tension qui régnait entre eux. Après avoir bu une gorgée, il dit :

— Le shamud, grand talent pour guérir.

— C'est un don de Mudo, répondit-il.

Jondalar avait beau concentrer toute son attention sur le timbre de voix du shamud, il ne parvenait pas à décider s'il avait affaire à un homme ou à une femme. Mais quel que soit le sexe de cet énigmatique personnage, une chose était sûre : il n'était pas resté toute sa vie célibataire. Ses reparties moqueuses et ses regards entendus en étaient la meilleure preuve. Jondalar mourait d'envie de le questionner à ce sujet, mais il ne savait comment formuler sa question et craignait de manquer de tact.

— La vie du shamud, pas facile, dit-il. Il a dû renoncer à beaucoup de choses. L'Homme Qui Guérit a jamais désiré s'unir à quelqu'un ?

L'espace d'un instant, le shamud ouvrit de grands yeux. Puis il éclata d'un rire sardonique.

— Qui aurait accepté de s'unir avec moi, Jondalar ? demanda-t-il. Si *tu* avais croisé ma route lorsque j'étais plus jeune, peut-être me serais-je laissé tenter... Mais toi, aurais-tu succombé à mes charmes ? Si j'avais offert à l'Arbre de la Bénédiction un collier de perles, aurais-tu pour autant partagé ma couche ?

Tout en parlant, le shamud avait penché la tête d'un air un peu effarouché. L'imitation était si parfaite que Jondalar était persuadé que c'était une jeune femme qui venait de s'adresser à lui.

— Mais peut-être aurait-ce été une erreur de te faire des avances, reprit le shamud. Je ne sais pas si j'aurais réussi à satisfaire tes appétits sexuels et à éveiller ta curiosité envers d'autres formes de plaisir ?

Jondalar piqua un fard. Il s'était trompé. Cela ne l'empêchait pas de se sentir maintenant attiré par le regard sensuel et lascif de son vis-à-vis et par la grâce féline de son corps. C'est un homme, se dit-il, mais il a les goûts sexuels d'une femme. A nouveau, le shamud éclata de rire.

— La vie de Celui Qui Guérit est déjà difficile, continua-t-il, mais c'est encore pire pour celle qui vit avec lui. La compagne d'un homme est ce qui compte le plus à ses yeux. Comment abandonner en pleine nuit une femme comme Serenio, par exemple, pour aller soigner quelqu'un ?

Non seulement c'est un homme, mais il a les mêmes goûts que moi, se dit Jondalar en remarquant la petite lueur qui s'était allumée au fond des yeux du shamud quand il avait été question de la ravissante Serenio. Il n'y comprenait plus rien. Mais soudain, la virilité du shamud sembla prendre une tout autre tournure.

— Je ne crois pas que j'aurais supporté de la laisser seule avec tous ces hommes en train de lui tourner autour comme des rapaces, ajouta-t-il, presque avec rage.

Pour éprouver une telle animosité envers les hommes, le shamud est une femme, se dit Jondalar. Mais une femme d'un genre très particulier. Une femme avec des goûts d'homme. Mais ne se trompait-il pas encore une fois ?

S'adressant pour la première fois à Jondalar comme à un égal, capable de le comprendre, l'Homme Qui Guérit reprit :

— J'aimerais bien que tu me dises lequel de ces visages est vraiment le mien, Jondalar. Et avec lequel tu aimerais t'unir. Certains d'entre nous essaient d'avoir une relation suivie avec un autre être, mais cela ne dure jamais longtemps. Les dons dont nous héritons ne sont pas une bénédiction sans mélange. Celui Qui Guérit n'a pas d'identité, sauf au sens le plus large du terme. Le shamud n'a plus de nom, son moi s'est effacé, il ne vit plus que dans l'essence. Même s'il en tire certains bénéfices, il est rare que l'Union en fasse partie. Quand on est jeune, il est parfois difficile d'accepter son destin. On supporte mal d'être différent des autres et on n'a pas toujours envie de perdre son identité. Mais cela n'a pas d'importance : on ne peut échapper à sa destinée. Ceux qui possèdent physiquement à la fois l'essence de l'homme et de la femme n'ont pas d'autre choix.

A la lueur du feu mourant, le shamud semblait aussi vieux que la Terre elle-même. Il regardait les braises sans les voir, comme s'il contemplait un lieu éloigné dans le temps et dans l'espace qu'il était le seul à voir. Jondalar se leva pour ajouter un peu de petit bois et il attendit que le feu ait repris avant de se rasseoir.

Le shamud s'était ressaisi et il avait retrouvé son expression légèrement ironique.

— Tout ça s'est passé il y a très longtemps. Et depuis, il y a eu des... compensations. J'ai découvert mon talent pour guérir et j'ai acquis des connaissances. Quand on répond à l'appel de la Mère, cela n'implique pas que des sacrifices.

— Le shamud, entré très jeune au service de la Mère, intervint Jondalar. Chez les Zelandonii, ce n'est pas toujours comme ça. Moi aussi, j'ai voulu servir Doni. Mais tout le monde n'est pas appelé...

L'amertume contenue dans les propos de Jondalar n'échappa pas au shamud. Aussi favorisé par le sort soit-il, ce grand garçon blond cachait de secrètes blessures.

— C'est vrai qu'il ne suffit pas de le désirer pour être appelé et que ceux qui sont appelés n'ont pas tous les mêmes talents — ou les mêmes dispositions. Mais lorsque la vocation n'est pas certaine, il existe des moyens de le découvrir, de mettre sa foi et sa volonté à l'épreuve. Avant d'être initié, il faut passer un certain temps dans la plus complète solitude. Je conseille toujours à ceux qui veulent entrer au service de la Mère de vivre seuls pendant un certain temps. Si on en est incapable, inutile de persévérer : jamais on ne pourra affronter les épreuves plus sévères qui viendront ensuite.

— Quel genre d'épreuves ? demanda Jondalar qui était fasciné par les propos du shamud.

— Des périodes d'abstinence pendant lesquelles nous renonçons à tous les Plaisirs. Des périodes de silence où nous n'avons pas le droit d'adresser la parole à quiconque. Des périodes de jeûne où il nous est interdit de dormir. Et d'autres épreuves encore. Nous apprenons à utiliser ces méthodes pour tâcher d'obtenir des réponses ou des révélations de la Mère, en particulier durant notre initiation. Au bout d'un certain temps, on est capable de provoquer l'état propice par la seule force de la volonté. Mais il est bénéfique pour un shamud de continuer à se soumettre à ce genre d'épreuves.

Il y eut un long silence. Le shamud savait que Jondalar désirait lui poser une question. S'il lui avait si longuement parlé, c'était aussi pour lui faciliter les choses.

— Le shamud pourrait-il dire ce que tout cela signifie ? finit par demander Jondalar en montrant d'un grand geste la terrasse et les abris construits sous le surplomb de la falaise.

— Je crois comprendre ce que tu aimerais savoir, répondit le shamud. Tu es inquiet pour ton frère après ce qui s'est passé ce soir et, plus largement, quant à son avenir avec Jetamio — quant à ton avenir donc.

Jondalar hocha la tête en signe d'acquiescement.

— Rien n'est jamais certain... Tu le sais ?

A nouveau, Jondalar hocha la tête. Le shamud l'étudiait pour savoir ce qu'il pouvait lui révéler. Puis il tourna son visage vers le feu et, les yeux perdus dans le vague, il commença à parler d'une voix qui semblait venir de très loin.

— L'amour que tu éprouves pour ton frère est très fort, dit-il. Cela t'effraie car tu as l'impression de le suivre dans la voie qu'il a choisie au lieu de vivre ta propre vie. Mais tu te trompes. Ton frère te guide dans la direction où tu dois aller et que tu n'emprunterais pas sans lui. Tu suis ta propre destinée et non la sienne. Pour l'instant, vous formez un tandem, mais cela ne durera pas. Vous êtes très différents l'un de l'autre. Tu possèdes un très grand pouvoir lorsque le besoin s'en fait sentir. J'ai su que tu avais besoin de moi pour sauver ton frère bien avant que nous découvrions la tunique ensanglantée qui était accrochée à la cime de l'arbre pour signaler votre présence.

— Je ne l'ai pas accrochée là-haut pour ça, corrigea Jondalar. C'était un coup du hasard.

— Le hasard n'a rien à voir là-dedans. Je ne suis pas le seul à avoir senti que tu avais besoin qu'on te porte secours. On ne peut rien te refuser. La Mère Elle-même ne le pourrait pas. Tu as ce don... Mais méfie-toi des Dons de la Mère ! A cause de ce don, tu as une dette vis-à-vis d'Elle. Pour t'avoir fait cadeau d'un don aussi puissant, c'est qu'Elle a des visées sur toi. On n'a jamais rien sans rien. Le Don du Plaisir lui-même n'est pas une simple largesse de Sa part. Il obéit à un dessein plus large, même si celui-ci nous reste impénétrable...

Le shamud se tut pendant un court moment, puis il reprit :

— Rappelle-toi ceci : tu suis le dessein de la Mère. Tu n'as pas besoin d'être appelé, car c'est ta destinée. Mais tu seras mis à l'épreuve. Tu feras souffrir et tu souffriras. (Comme Jondalar le regardait d'un air étonné, il répéta :) Tu souffriras. Tu te sentiras frustré dans l'accomplissement de tes désirs et, au lieu de la certitude attendue, tu rencontreras l'indécision. Tu as été très avantagé : tu es beau physiquement, intelligent, doué de nombreux talents et tu as hérité d'une sensibilité hors du commun. C'est trop pour un seul homme et cela explique tes difficultés. Mais, dans l'épreuve, tu apprendras à faire bon usage de toutes tes capacités. N'oublie jamais que le service de la Mère n'implique pas que des sacrifices. Tu trouveras ce que tu cherches, car c'est ta destinée.

— Et Thonolan, alors ?

— J'aperçois une rupture. Ta propre destinée t'entraînera dans une voie différente. Thonolan fait partie des favoris de Mudo.

Jondalar fronça les sourcils d'un air inquiet. Chez les Zelandonii, on disait que la Mère était jalouse de Ses favoris et qu'Elle les rappelait à Elle le plus tôt possible. Pour Thonolan, ce n'était pas particulièrement bon signe.

Il attendit un long moment dans l'espoir que le shamud reprenne la parole. Il aurait aimé le questionner au sujet de Thonolan et aussi lui demander ce qu'il entendait par ce « pouvoir » qu'il était censé posséder et ce « dessein » de la Mère à son égard. Mais le moment était passé et, comme le shamud continuait à se taire, il finit par se lever. Alors qu'il se dirigeait vers les abris situés sous le surplomb rocheux, il entendit soudain le shamud crier dans l'obscurité :

— Non ! Pas la mère et l'enfant...

Aussitôt Jondalar songea à Tholie et à sa fille. Etaient-elles brûlées plus gravement qu'il le pensait ? Ce cri qui semblait venir de l'autre monde lui fit courir un frisson dans le dos.

12

— Jondalar ! appela Markeno.

Le jeune Zelandonii attendit que Markeno l'ait rattrapé.

— Essaie de trouver un moyen de retenir Thonolan ce soir, lui dit Markeno. Depuis la Fête de la Promesse, il a été soumis à un dur régime : il a besoin de se détendre.

Markeno retira le bouchon de la gourde qu'il avait apportée avec lui et, avec un sourire malicieux, il lui fit respirer le vin de myrtille qu'elle contenait. Jondalar hocha la tête en souriant.

Même s'il existait des différence entre son peuple et les Sharamudoï, certaines coutumes semblaient universelles. Il n'était donc pas étonné que les jeunes gens aient organisé un « rituel » à leur manière pour enterrer la vie de garçon de Thonolan.

Les deux hommes repartirent d'un bon pas sur la piste.

— Comment vont Tholie et Shamio ? demanda Jondalar.

— Elles sont presque guéries. Mais Tholie a peur que Shamio garde des cicatrices. Serenio lui a dit que les brûlures ne laisseraient pas de marques. Mais ni elle ni le shamud n'en sont vraiment sûrs.

Au détour de la piste, les deux hommes rejoignirent Carlono, qui sourit en les apercevant. Quand il souriait, cela accentuait encore sa ressemblance avec Markeno. Il était un peu plus petit que le fils de son foyer, mais il avait comme lui un corps mince et nerveux.

— Cet arbre ne me plaît pas, annonça-t-il en montrant aux deux hommes l'arbre qu'il était en train d'examiner à leur arrivée.

— Pourquoi ? demanda Jondalar.

— Aucune de ses branches, même émondée, ne s'adaptera à la forme intérieure du bateau, répondit Carlono.

— Comment tu sais ? Le bateau n'est pas terminé.

— Il le sait, assura Markeno. Carlono trouve toujours les branches qui conviennent. Tu peux rester avec lui, il t'expliquera tout ça. Je descends vers la clairière.

Dès que Markeno eut disparu, Carlono expliqua à Jondalar :

— Cette fois-ci, ce n'est pas un tronc parfaitement droit qu'il nous faut, mais un arbre aux branches maîtresses incurvées. Il faut donc trouver un arbre qui n'ait pas été gêné dans sa croissance par ses voisins. Les arbres ressemblent aux hommes. Certains ont besoin de compagnie pour pousser : cela les oblige à dépasser leurs voisins. D'autres, au contraire, poussent mieux lorsqu'ils sont isolés. Ce qui n'enlève rien à la valeur des uns et des autres.

Quittant la piste principale, Carlono s'engagea dans un sentier. Jondalar l'y suivit.

— Il y a aussi des arbres qui poussent par paire comme ceux-là, continua Carlono en montrant à Jondalar deux arbres étroitement entrelacés. Nous appelons ça des couples d'amoureux. Si on coupe un des deux arbres, il arrive que l'autre meure.

Pris d'une soudaine inquiétude, Jondalar fronça les sourcils.

Les deux hommes avaient atteint une clairière et Carlono se dirigea alors vers un chêne énorme et noueux qui poussait en haut d'une pente ensoleillée. Au fur et à mesure qu'ils s'en approchaient, Jondalar était de plus en plus étonné par les étranges fruits que portait le chêne. Lorsqu'il se retrouva au pied de l'arbre, il se rendit compte que les fruits en question étaient en réalité des objets, suspendus au bout des branches. Il y avait des petits paniers tressés et décorés de plumes peintes, des petits sacs en peau ornés de perles de coquillages, des cordes tressées avec motif. Un long collier avait été suspendu autour du fût énorme à une si lointaine époque qu'il était en partie serti dans le tronc. En l'examinant de plus près, Jondalar s'aperçut qu'il était constitué de perles de coquillages, taillées avec soin et percées au milieu, qui alternaient avec des vertèbres de poissons, enfilées par le conduit de la moelle épinière. Il remarqua aussi, décorant les branches, de minuscules bateaux sculptés, des canines attachées à de longues lanières en cuir, des plumes d'oiseaux et des queues d'écureuil.

— C'est l'Arbre de la Bénédiction, lui expliqua Carlono en voyant son étonnement. Je suppose que Jetamio y a déjà suspendu son offrande. C'est ce que font les femmes qui désirent que Mudo les bénisse avec un enfant. Mais cet Arbre n'est pas pour autant réservé aux femmes. Certains hommes y suspendent, eux aussi, une offrande pour que Mudo leur porte chance lors de leur première partie de chasse, ou alors pour qu'Elle protège un nouveau bateau ou une future Union. On ne fait pas appel à Mudo très souvent et uniquement la veille d'événements importants.

— Qu'il est grand ! s'écria Jondalar.

— Il s'agit de l'Arbre de la Mère. Il n'est pas question de le couper, mais je voulais te le montrer car c'est exactement le genre d'arbre que je cherche pour fabriquer les appuis du bateau. Lorsque j'en aurai trouvé un qui lui ressemble, je l'étudierai afin de choisir les branches les mieux à même de s'adapter à l'intérieur de la coque.

Reprenant un autre sentier, Carlono et Jondalar rejoignirent la clairière où l'on construisait les bateaux. Markeno et Thonolan étaient en train d'évider à l'herminette un tronc dont la circonférence et la longueur étaient énormes. L'extérieur du tronc avait été grossièrement taillé à la hache et le travail n'était pas assez avancé pour qu'on devine déjà la forme élancée du futur bateau. La proue et la poupe ne seraient sculptées qu'une fois l'intérieur de l'embarcation terminé.

— Jondalar s'intéresse beaucoup à la construction des bateaux, dit Carlono en s'approchant du fils de son foyer.

— Nous devrions essayer de lui trouver une femme du fleuve pour qu'il devienne ramudoï, plaisanta Markeno. Ce serait normal maintenant que son frère va faire partie des Shamudoï. Si j'en crois les regards que j'ai surpris, nous n'aurons aucun mal à persuader une de nos Ramudoï de se dévouer.

— Tant que Serenio se trouvera à proximité, aucune Ramudoï n'osera aller très loin, dit Carlono en faisant un clin d'œil à Jondalar. Sans compter que, parfois, les meilleurs constructeurs de bateaux sont shamudoï. Pour être un homme du fleuve, ce qui compte ce n'est pas de construire un bateau, mais de savoir naviguer.

— Si la construction des bateaux t'intéresse tellement, pourquoi ne prends-tu pas une herminette pour nous donner un coup de main ? demanda Thonolan. (Ses mains étaient couvertes de suie et une longue traînée noire maculait une des ses joues.) Je vais même te prêter la mienne, ajouta-t-il en lançant l'outil à son frère.

Jondalar attrapa l'herminette au vol — une robuste lame en pierre sur laquelle était fixé, à angle droit, un manche —, se noircissant les mains au passage.

Thonolan sauta sur le sol et s'approcha du feu, un tas de braises rougeoyantes que léchaient ici et là des flammes orange. Il alla chercher un bout de madrier, dont le dessus était criblé de trous carbonisés et y fit glisser des braises à l'aide d'une branche. Il revint vers le tronc et déversa les braises à l'intérieur de la cavité qu'ils étaient en train de creuser. Markeno ajouta quelques morceaux de bois dans le feu, puis il s'approcha avec un récipient plein d'eau. Il fallait que l'intérieur du tronc brûle, mais sans prendre feu pour autant.

Thonolan étala les braises à l'aide d'un bâton, puis il les arrosa avec un filet d'eau. Le chuintement de la vapeur et l'odeur du bois brûlé témoignèrent du combat qu'étaient en train de se livrer les deux éléments. L'eau finit par gagner la bataille. Après avoir retiré les morceaux de charbon de bois humides, Thonolan réintégra l'intérieur du bateau et recommença à racler le bois carbonisé, creusant et élargissant à la fois la cavité.

— Laisse-moi te remplacer, proposa Jondalar après avoir observé comment s'y prenait son frère.

— Je me demandais quand tu allais enfin t'y mettre, fit remarquer Thonolan avec un sourire.

Lorsque les deux frères se retrouvaient ensemble, ils ne pouvaient s'empêcher de parler leur langue. Mais ils faisaient tous deux des progrès rapides en sharamudoï et Thonolan le parlait déjà presque couramment.

Après avoir donné quelques coups d'herminette, Jondalar s'arrêta pour examiner la lame de l'outil. Il essaya de l'utiliser selon un angle différent, en vérifia à nouveau le tranchant et finit par trouver le rythme approprié. Les trois hommes travaillèrent un long moment sans échanger un mot, puis ils s'arrêtèrent pour se reposer.

— Jamais vu encore utiliser des braises pour creuser le fond du bateau, remarqua Jondalar alors qu'ils se dirigeaient vers l'auvent. D'habitude, seulement une herminette.

— Le feu permet d'aller plus vite, fit remarquer Markeno. Le chêne est un bois dur. Certaines de nos embarcations sont en pin. C'est un bois plus tendre, plus facile à travailler. Mais, même alors, nous utilisons des braises.

— Beaucoup de temps pour faire un bateau ? demanda Jondalar.

— Cela dépend à quel rythme on travaille et du nombre d'hommes qui participent à la construction. Ce bateau va être fini très vite. Thonolan y tient beaucoup, puisqu'il doit avoir terminé avant de s'unir à Jetamio. (Markeno ne put s'empêcher de sourire.) J'ai rarement vu quelqu'un travailler aussi dur et il pousse les autres à faire comme lui. Il n'a pas tort de s'y atteler ainsi. Mieux vaut finir le bateau le plus vite possible. Comme ça, le bois n'a pas le temps de sécher. Cet après-midi, nous allons fendre l'arbre qui va servir à faire les bordages. Est-ce que tu comptes nous aider ?

— Il a intérêt ! s'écria Thonolan.

Le chêne énorme, que Thonolan et Jondalar avaient coupé le jour de la Fête de la Promesse, avait été débarrassé de ses branches et transporté de l'autre côté de la clairière. La plupart des hommes valides avaient donné un coup de main pour le transport et ils étaient encore là pour fendre le tronc. Jondalar, quant à lui, n'aurait manqué ça pour rien au monde.

Pour ce genre de travail, les Sharamudoï se servaient de coins en andouillers. Ils commencèrent par les placer en ligne le long du tronc en suivant le fil du bois. Puis ils les enfoncèrent avec de gros maillets en pierre. Sous l'action des coins le tronc commença à se fendre. Ils sectionnèrent alors les fibres qui, entre les coins, offraient encore une résistance, tout en continuant à enfoncer les coins triangulaires jusqu'à ce que le tronc s'ouvre en deux avec un claquement.

Jondalar hocha la tête d'un air admiratif. Mais ce n'était que le début. Les coins furent placés au centre des deux moitiés du tronc, les maillets entrèrent de nouveau en action et le tronc fut fendu en quatre. Les Sharamudoï répétèrent l'opération autant de fois que nécessaire et, en fin de journée, l'énorme tronc était réduit à un tas de madriers, effilés vers le cœur du bois et plus épais côté écorce. Il y avait beaucoup plus de madriers que ce dont on avait besoin pour fabriquer les bordages du bateau. Le surplus serait utilisé à la construction d'un abri pour le jeune couple sous le surplomb en pierre de la terrasse, relié à celui de Rosario et Dolando, et suffisamment grand pour accueillir Markeno, Tholie et Shamio au moment le plus froid de l'hiver. Le fait que le même arbre serve à la fois pour un bateau et un logement avait aussi une signification symbolique : la solidité du chêne était un gage de durée pour la future relation du jeune couple.

Au fur et à mesure que le jour baissait, la plupart des jeunes gens qui avaient aidé à fendre le chêne disparurent dans les bois et Jondalar, sur un signe de Markeno qui désirait s'éclipser lui aussi, proposa à Thonolan de reprendre l'évidage du tronc. Ils ne tardèrent pas à se retrouver seuls à travailler dans la clairière. Finalement Thonolan reconnut qu'on n'y voyait plus assez pour continuer.

— Il va faire encore plus sombre dans un instant ! lança une voix moqueuse.

Avant que Thonolan ait pu voir qui l'interpellait, on lui glissa un bandeau sur les yeux et on le ceintura.

— Que se passe-t-il ? cria-t-il en se débattant.

Pour toute réponse, il entendit un rire étouffé. Il fut alors soulevé de terre, transporté sur une courte distance et débarrassé de ses vêtements au moment où on le remettait sur ses pieds.

— Arrêtez ! cria-t-il à nouveau. Qu'est-ce qui vous prend ? Il fait froid !

— Tu ne vas pas avoir froid longtemps, lança Markeno au moment où on lui enlevait son bandeau.

Thonolan aperçut alors une douzaine de jeunes gens, nus comme lui, et qui lui souriaient. Il ne connaissait pas le lieu où on l'avait amené, mais il savait qu'ils se trouvaient près du fleuve.

Autour de lui, la forêt formait une masse dense et sombre, sauf à un endroit où elle s'éclaircissait, laissant voir quelques arbres isolés qui se profilaient sur le ciel bleu lavande. Au-delà de ces arbres, dans une trouée créée par un sentier assez large, on apercevait le reflet des eaux calmes de la Grande Rivière Mère. Tout près du sentier se trouvait un abri en bois rectangulaire, petit et bas, dont les fentes laissaient filtrer la lueur d'un feu. Appuyé contre un des angles, un tronc d'arbre, dans lequel on avait taillé des marches, permettait d'accéder à l'ouverture située dans le toit de la hutte. Empruntant ce passage, les jeunes gens se faufilèrent à l'intérieur, entraînant Thonolan et Jondalar avec eux.

Une fosse occupait le centre de la hutte et servait de foyer. Des pierres avaient été mises à chauffer au-dessus du feu. Autour de la fosse, le sol était recouvert de planches poncées qui servaient de banquettes. Quand tous les jeunes gens furent à l'intérieur, on referma l'ouverture du toit presque hermétiquement. La fumée continuerait à s'échapper par les fentes des parois en bois.

Thonolan dut reconnaître que Markeno avait raison : il n'avait plus froid. Un des hommes arrosa les pierres avec de l'eau et la hutte s'emplit aussitôt de vapeur, rendant indistincts les visages des hommes assemblés à l'intérieur.

— Où est-elle ? demanda un des hommes assis à côté de Markeno.

— La voilà, répondit celui-ci en brandissant la gourde qui contenait le vin de myrtille.

— Fais-la passer, proposa l'homme. Tu as bien de la chance de t'unir à une femme qui fabrique un aussi bon vin, Thonolan, ajouta-t-il.

Tout le monde éclata de rire et se déclara satisfait du vin qui passait à la ronde.

— J'ai aussi apporté autre chose, annonça Chalono en montrant un sac en cuir.

— Je me demandais pourquoi on ne t'avait pas vu de la journée, remarqua un autre homme. Tu es sûr qu'ils sont bons au moins ?

— Ne t'inquiète pas, Rondo, répondit Chalono. Je m'y connais en champignons.

— Je ne sais pas si tu t'y connais, mais tu devrais ! Tu ne rates pas une occasion de cueillir des champignons.

A nouveau des rires fusèrent.

— Peut-être veut-il devenir shamud, plaisanta Rondo.

— Ce ne sont pas les champignons que ramasse le shamud, n'est-ce pas ? demanda Markeno. Les siens sont rouges avec des points blancs et ils sont mortels si on ne les prépare pas correctement.

— Ces petits champignons sont sans danger, expliqua Chalono. Quand on en mange, on se sent bien, c'est tout. Je ne m'amuse pas à essayer ceux du shamud. Je n'ai pas envie qu'une femme se glisse à l'intérieur de moi... Je préfère me glisser à l'intérieur d'une femme, précisa-t-il en ricanant.

— Qui a le vin ? demanda Tarluno.

— Je l'ai fait passer à Jondalar.

— Reprends-lui. Grand et fort comme il est, il risque de tout boire.

— Je l'ai fait passer à Chalono, dit Jondalar.

— Et ces champignons, alors ? demanda Rondo.

— Laisse-moi le temps d'ouvrir ce fichu sac, répondit Chalono. Ça y est ! A toi l'honneur, Thonolan.

— Est-ce vrai, Markeno, que les Mamutoï préparent une boisson meilleure encore que le vin et les champignons réunis ? demanda Tarluno.

— Je ne sais pas si c'est vraiment meilleur. Je n'en ai goûté qu'une fois.

— Encore un peu de vapeur, proposa Rondo, qui, sans attendre l'assentiment des autres, aspergea les pierres avec de l'eau.

— Certaines tribus de l'ouest mettent quelque chose dans la vapeur, dit Jondalar.

— Nous avons visité une Caverne qui aspirait la fumée d'une plante, ajouta Thonolan. Ils nous ont fait essayer mais ne nous ont pas dit de quelle plante il s'agissait.

— Vous deux, vous avez dû essayer presque tout durant votre Voyage, remarqua Chalono. J'aimerais bien faire comme vous : essayer tout ce qui existe.

— J'ai entendu dire que les Têtes Plates buvaient quelque chose... commença Tarluno.

— Les Têtes Plates sont des animaux, intervint Chalono. Ils boiraient n'importe quoi...

— Ne viens-tu pas de dire que tu aimerais faire la même chose ? railla Rondo, provoquant une nouvelle explosion de rires.

Rondo avait le chic pour faire rire les autres, parfois même à ses dépens. Pour ne pas être en reste, Chalono rappela une histoire bien connue de tous.

— Vous connaissez celle du vieil homme aveugle qui a couché avec une Tête Plate en croyant que c'était une femme ? demanda-t-il à la cantonade.

— Il a dû débander vite fait ! lança Rondo. Tu me dégoûtes, Chalono, avec tes histoires ! Jamais un homme ne pourrait faire une telle erreur.

— Pas toujours une erreur, intervint Thonolan. Certains hommes le font exprès. Des hommes d'une lointaine Caverne de l'ouest. Ils prennent leur Plaisir avec des Têtes Plates. Beaucoup d'ennuis pour la Caverne.

— Tu plaisantes !

— Pas une plaisanterie, intervint Jondalar à son tour. Une bande de Têtes Plates nous cernaient. Très en colère. Après, nous avons appris que des hommes avaient violé des femelles Têtes Plates.

— Comment avez-vous fait pour vous en sortir ?

— Ils nous ont laissés partir, répondit Jondalar. Le chef de la bande, très dégourdi. Les Têtes Plates sont plus intelligents que ce qu'on pense.

— J'ai entendu parler d'un homme qui a couché avec une Tête Plate parce qu'on l'avait mis au défi de le faire, dit Chalono.

— Cet homme, ce serait pas toi, par hasard ? demanda Rondo. Tu as dit que tu voulais tout essayer.

Chalono voulait se défendre, mais il riait tellement qu'il dut attendre que son fou rire soit passé avant de reprendre la parole.

— Quand j'ai dit ça, je voulais parler du vin, des champignons et de ce genre de choses, dit-il. Beaucoup de jeunes gens, qui ne connaissent pas encore les femmes, racontent des tas d'histoires sur les femelles Têtes Plates. L'un d'eux m'a dit qu'il avait couché avec une Tête Plate.

— Les jeunes gens racontent n'importe quoi, fit remarquer Markeno.

— Et les filles, de quoi crois-tu qu'elles parlent ? demanda Tarluno.

— Peut-être qu'elles parlent des mâles Têtes Plates, dit Chalono.

— Arrêtez vos bêtises, intervint Rondo.

— Toi aussi, tu parlais de ça quand tu étais plus jeune, Rondo, lui rappela Chalono.

— D'accord ! Mais j'ai vieilli depuis. Et j'imagine que tu es dans le même cas. Tu me dégoûtes, Chalono, avec tes histoires de Têtes Plates.

Chalono bondit sous l'insulte et, comme il était un peu ivre, il décida de lui en donner pour son argent.

— Si c'est comme ça, Rondo, laisse-moi te raconter l'histoire de cette femme qui avait pris son plaisir avec un Tête Plate et qui a mis au monde un enfant d'esprit mêlé.

— Quelle horreur ! s'écria Rondo avec un frisson de dégoût. Il ne faut pas plaisanter avec ces choses-là, Chalono. Qui l'a invité à notre petite réunion ? demanda-t-il en se tournant vers les autres. Fichez-le dehors. J'aime bien plaisanter, mais, lui, il va trop loin.

— Rondo a raison, dit Tarluno. Tu devrais t'en aller, Chalono.

— Non, intervint Jondalar. Ne l'obligez pas à partir. Il dit vrai. Bébés à l'esprit mêlé ne sont pas une plaisanterie. Mais qui sait vraiment quelque chose là-dessus ?

— Des enfants mi-humain mi-animal, quelle abomination ! s'écria Rondo. Je ne veux pas parler de ça. Il fait trop chaud ici. Si je ne sors pas tout de suite, je sens que je vais être malade.

— Cette réunion a été organisée pour que Thonolan se détende, rappela Markeno. Je vous propose d'aller faire un petit plongeon dans le fleuve, puis de revenir ici pour continuer la soirée. Il reste encore pas mal de vin. Je ne vous l'ai pas encore dit, mais j'ai apporté une deuxième gourde.

— J'ai l'impression que les pierres ne sont pas assez chaudes, dit Markeno, soudain inquiet.

— Il ne faut pas laisser de l'eau dans le bateau trop longtemps, rappela Carlono. La coque risque de gonfler alors que nous voulons simplement que le trempage l'assouplisse. Thonolan, ajouta-t-il, est-ce que tu as mis les entretoises près du bateau afin de pouvoir nous les passer quand nous en aurons besoin ?

— Tout est prêt, répondit Thonolan en montrant les perches en aulne, coupées à la longueur voulue et posées sur le sol à côté de la coque remplie d'eau.

— Nous ferions mieux de nous y mettre, Markeno. Espérons que les pierres seront suffisamment chaudes.

Le travail avait considérablement avancé. L'intérieur du tronc avait été creusé à la gouge et poncé et, extérieurement, il possédait maintenant les lignes gracieuses d'un long canoë. La coque n'était pas plus épaisse que la longueur d'une phalange, sauf à l'endroit de la poupe et de la proue. Jondalar avait observé Carlono lorsque celui-ci travaillait avec son herminette et il avait été émerveillé de voir qu'il était capable de détacher des copeaux aussi fins qu'une brindille. Après s'y être essayé, il avait mesuré l'habileté et la dextérité du Sharamudoï. La proue du bateau se terminait par un éperon, qui s'avançait loin en avant. La poupe était moins effilée que la proue et la carène du bateau légèrement aplatie. C'était une embarcation très allongée.

Les quatre hommes se dépêchèrent de placer les galets brûlants dans l'eau qui remplissait à ras bords le bateau. Celle-ci se mit à bouillonner et à lancer de longs jets de vapeur. Markeno et Carlono se placèrent alors au milieu de l'embarcation, chacun d'un côté de la coque, puis ils se mirent à tirer sur les flancs pour les écarter l'un de l'autre, en prenant bien soin de ne pas faire éclater le bois. Lorsque le milieu de l'embarcation eut atteint la largeur voulue, Jondalar et Thonolan leur firent passer les entretoises les plus longues, qui furent aussitôt placées en diagonale à l'intérieur du bateau. Les quatre hommes retenaient leur respiration. Le bateau tenait le coup : c'était gagné !

Après avoir placé les entretoises centrales, ils fixèrent les autres, de taille décroissante, sur toute la longueur de l'embarcation. Puis ils écopèrent une partie de l'eau, retirèrent les pierres et renversèrent la coque pour la débarrasser de l'eau qui restait au fond. Pour finir, ils placèrent le bateau sur les cales pour qu'il sèche.

Les quatre hommes se reculèrent pour admirer leur travail. Le bateau mesurait près de quinze mètres de long et plus de deux mètres de large. La traction exercée sur ses flancs avait modifié ses lignes : au fur et à mesure que la section centrale s'élargissait, l'avant et l'arrière du bateau se relevaient. Ce procédé de construction avait un double avantage. Non seulement l'accroissement sensible de la largeur de l'embarcation lui donnait plus de stabilité, mais sa proue et sa poupe surélevées allaient lui permettre de fendre l'eau plus facilement, surtout par gros temps.

— Maintenant, c'est le bateau du paresseux, dit Carlono alors qu'ils se dirigeaient tous les quatre vers un autre endroit de la clairière.

— Paresseux, tu en as de bonnes ! s'écria Thonolan en songeant au travail accompli.

Nullement surpris par sa réaction, Carlono lui expliqua aussitôt :

— Chez nous, on raconte l'histoire d'un homme paresseux qui avait laissé son bateau dehors tout l'hiver. Quand il voulut le récupérer, le bateau était plein d'eau et, sous l'action de la neige et de la glace, il s'était élargi. Tout le monde se dit que le bateau était fichu. Mais comme cet homme n'en avait pas d'autre, après l'avoir fait sécher, il le remit à l'eau et s'aperçut alors qu'il était beaucoup plus facile à manœuvrer. C'est à partir de cette époque que les Ramudoï, conquis par ce procédé, se mirent à fabriquer des bateaux sur le modèle de celui du paresseux.

— C'est vraiment une drôle d'histoire, dit Markeno.

— A mon avis, elle contient une part de vérité, reprit Carlono. Même nos petits bateaux sont fabriqués ainsi. Par contre, ils ne comportent pas de bordages.

Ils venaient de rejoindre le groupe de gens qui étaient en train de percer des trous sur les bords des madriers à l'aide de forets en os. Ce travail difficile avançait vite du fait qu'ils étaient nombreux et, animé par les conversations, il leur paraissait moins fastidieux.

— Si j'avais eu la chance de pouvoir construire un petit bateau, nous aurions déjà fini, et Jetamio serait ma compagne, fit remarquer Thonolan qui venait d'apercevoir l'élue de son cœur.

— Vous avez l'air contents, dit la jeune femme. (Elle s'adressait à Carlono, mais ne pouvait s'empêcher de regarder Thonolan.) Cela veut dire que ça s'est bien passé.

— Avant de se prononcer, il faut attendre que le bois ait séché, répondit prudemment Carlono pour ne pas tenter le sort. Où en sont les bordages ?

— Nous avons terminé et nous travaillons sur les madriers de la maison, répondit une vieille femme qui ressemblait à Carlono et aussi à Markeno. Un bateau n'est pas tout dans la vie. Un jeune couple a aussi besoin d'autre chose, mon cher frère.

— Ton frère est aussi pressé que toi de les voir s'unir, Carolio, intervint Barono en jetant un coup d'œil aux deux jeunes gens qui se souriaient amoureusement sans échanger un mot. Mais, quand on n'a pas de bateau, à quoi sert une maison ?

Carolio lança à Barono un regard chagriné. Cet aphorisme ramudoï, tant de fois répété, en devenait assommant.

— Ah ! s'exclama Barono. Je viens encore d'en casser un !

— Il est bien maladroit aujourd'hui ! dit Carolio. Cela fait le troisième foret qu'il casse. J'ai l'impression qu'il cherche une excuse pour pouvoir nous fausser compagnie.

— Tu es bien dure pour ton compagnon, dit Carlono. Tout le monde casse des forets. Il est impossible de faire autrement.

— Elle n'a pas tout à fait tort, dit Barono. Je ne rêve que d'une chose : pouvoir lui fausser compagnie, ajouta-t-il en faisant un clin d'œil à Carlono.

— Et il se croit drôle, en plus ! s'écria Carolio.

Tout le monde sourit. Carolio et Barono avaient beau se chamailler, cela ne les empêchait pas de s'aimer profondément.

— S'il reste un foret, je pourrais peut-être percer des trous, proposa Jondalar.

— Ce garçon doit avoir un grain, remarqua Barono en se levant aussitôt pour céder sa place. Il ne sait pas qu'il n'y a rien de plus ennuyeux que de percer des trous.

— Jondalar s'intéresse à la construction de nos bateaux, dit Carlono. Il a mis la main à tout ce que nous avons fait jusqu'ici.

— Peut-être finirons-nous par en faire un Ramudoï ! dit Barono. J'ai toujours pensé que c'était un garçon intelligent. Je ne sais pas si on peut en dire autant de son frère, ajouta-t-il en souriant à Thonolan qui, uniquement préoccupé de Jetamio, n'avait nullement suivi la conversation. J'ai l'impression que même si un arbre lui tombait dessus, il ne s'en rendrait pas compte. Est-ce que nous ne pourrions pas lui proposer de faire quelque chose pendant que son frère perce des trous ?

— Il peut écorcer les branches de saule qui vont servir à fixer les bordages, répondit Carlono. Dès que la coque sera sèche et que nous y aurons percé des trous, nous cintrerons les bordages et les mettrons en place. A ton avis, dans combien de temps aurons-nous fini, Barono ? Il faudrait peut-être prévenir le shamud pour qu'il décide du jour de la Célébration... Et le dire à Dolando pour qu'il envoie des messagers prévenir les autres Cavernes.

— Que reste-il à faire ? demanda Barono en se dirigeant vers un autre endroit de la clairière où de solides pieux étaient enfoncés dans le sol.

— Les montants de la proue et de la poupe doivent encore être assemblés et... Tu viens, Thonolan ?

— Oh... Oui, j'arrive.

Quand ils furent partis, Jondalar prit un foret en os emboîté dans un manche en andouiller et, après avoir regardé comment Carolio s'y prenait, il se mit au travail.

— Pourquoi ces trous ? demanda-t-il après en avoir percé un certain nombre.

La sœur jumelle de Carlono s'y connaissait en bateau au moins autant que son frère et elle était aussi experte dans l'assemblage et l'ajustage du bois que lui pour creuser un tronc à la gouge et le façonner. Plutôt que de se lancer dans de longues explications, elle préféra emmener Jondalar vers une autre aire de travail de la clairière où se trouvait un bateau en partie dégréé.

A la différence des radeaux qui flottaient sur l'eau parce qu'ils étaient construits avec des bois insubmersibles, le principe de construction des bateaux sharamudoï consistait à enfermer une poche d'air à l'intérieur d'une coque en bois. Grâce à ce procédé, leurs embarcations étaient plus maniables et pouvaient transporter d'importants chargements. Les madriers utilisés pour transformer le tronc évidé en un bateau plus large étaient d'abord cintrés à chaud de manière à s'ajuster à la forme incurvée de la coque, puis littéralement « cousus » avec des branches de saule passées dans des trous et enfin solidement chevillés aux montants de la proue et de la poupe. Des appuis, placés à intervalles réguliers le long des flancs du bateau, permettaient de renforcer l'assemblage et de fixer des bancs.

Même soumises aux tractions et aux tensions que supposait un usage intensif, ces embarcations duraient de nombreuses années. Lorsque les tiges de saule étaient abîmées, le bateau était démantelé et entièrement reconstruit. On en profitait alors pour changer les madriers défectueux. Ce qui accroissait considérablement la longévité de l'embarcation.

— Regarde l'endroit où les bordages ont été retirés, dit Carolio en montrant à Jondalar le bateau démantelé. Tu dois apercevoir les trous qui ont été percés sur le bord supérieur du tronc creusé.

Puis Carolio lui montra un madrier cintré pour s'adapter à la forme de la coque.

— Voici le premier bordage, expliqua-t-elle. Les trous percés dans la partie la plus mince du madrier tombent juste en face de ceux percés dans la coque. Regarde... On les fait se chevaucher comme ça. Puis on coud le madrier au bord supérieur du tronc creusé. Ensuite le madrier du dessus est cousu à celui-là.

Faisant le tour de l'embarcation, Carolio montra à Jondalar l'autre flanc du bateau qui n'avait pas encore été démantelé.

— Il y a longtemps que ce bateau aurait dû être réparé, mais tu peux voir comment les bordages se chevauchent. Sur les petites embarcations, il n'y en a pas. Elles sont donc moins maniables en cas de mauvais temps et on risque plus facilement d'en perdre le contrôle.

— Comment vous cintrez les madriers ? demanda Jondalar.

— Nous utilisons le même procédé que pour élargir la coque du bateau : la vapeur et la tension. Les pieux que tu vois là-bas, là où se trouvent ton frère et Carlono, sont utilisés pour les cordages de serrage qui maintiennent en place les bordages contre la coque pendant que nous les fixons avec les branches de saule. Une fois que les trous ont été percés, cette opération ne prend pas beaucoup de temps car tout le monde donne un coup de main. Le plus difficile, c'est de percer les trous. Nous avons beau affûter nos forets, ils cassent facilement.

Le soir, lorsqu'ils eurent tous réintégré la haute terrasse, Thonolan, remarquant que son frère se taisait et semblait réfléchir, lui demanda :

— A quoi penses-tu ?

— A la construction des bateaux, répondit Jondalar. Jamais je n'aurais cru que c'était aussi compliqué. Les Ramudoï sont vraiment très ingénieux. Et ils font preuve d'une habileté surprenante. J'ai examiné leurs outils de près et j'ai l'impression que si j'arrivais à détacher un éclat de lame de l'herminette qu'utilise Carlono, elle aurait alors une face interne de forme concave et serait plus facile à utiliser. Je pense aussi que je pourrais fabriquer un burin en silex qui leur permettrait de percer les trous beaucoup plus vite.

— Quand je pense qu'ils sont tous persuadés que tu t'intéresses à la construction de leurs bateaux ! s'écria Thonolan en riant. J'aurais dû m'en douter. Ce ne sont pas les bateaux qui t'intéressent mais les outils qu'ils utilisent pour les fabriquer. Tu es vraiment tailleur de silex dans l'âme !

Jondalar sourit en songeant que Thonolan avait raison. Aussi fascinante que soit la fabrication des bateaux, c'était surtout les outils qui le captivaient. Il y avait de bons tailleurs de silex chez les Sharamudoï, mais aucun d'eux ne s'était vraiment spécialisé dans ce domaine et il ne leur venait pas à l'idée qu'on puisse améliorer un outil en le modifiant, même légèrement. Jondalar avait toujours eu plaisir à fabriquer des outils adaptés à des tâches bien précises et il imaginait d'avance les améliorations qu'il pourrait apporter dans l'équipement des Sharamudoï. Grâce à son savoir-faire unique en son genre, il s'acquitterait ainsi de la dette qu'il avait contractée envers ces gens.

— Mère ! Jondalar ! cria Darvo en faisant irruption dans l'abri. Il y a encore des gens qui viennent d'arriver. Avec toutes les tentes qu'il y a déjà, je ne sais pas où ils vont pouvoir s'installer.

Darvo n'était entré que pour annoncer ce qui se passait dehors. Il était si excité par l'agitation qui régnait sur la terrasse qu'il ressortit aussitôt en courant.

— Il y a encore plus de monde que pour l'Union de Markeno et de Tholie, dit Serenio. Dire qu'à l'époque j'avais trouvé que c'était déjà beaucoup ! Il faut dire que les gens connaissaient les Mamutoï, au moins de nom. Tandis que personne n'a jamais entendu parler des Zelandonii.

— Est-ce qu'ils imaginent que nous n'avons pas deux yeux, deux bras et deux jambes comme eux ? demanda Jondalar.

Il était atterré par le nombre d'invités. La Réunion d'Été des Zelandonii réunissait plus de monde encore, mais ici, à l'exception des membres de la Caverne de Dolando et du Ponton de Carlono, il s'agissait d'étrangers. La nouvelle de cette union s'était répandue si vite que même les autres Cavernes sharamudoï avaient tenu à venir. Il y avait aussi tous les parents et amis de Tholie, plus quelques curieux qui s'étaient joints à eux. Sans parler de ceux qui habitaient en amont du fleuve et même en amont de la Rivière Sœur.

Chez les Zelandonii, la coutume voulait que plusieurs Unions soient célébrées en même temps. Il était donc étonné que tant de gens se déplaçent pour l'Union d'un seul couple. En plus, comme il était le seul parent de Thonolan, il allait jouer un rôle important dans le déroulement de la cérémonie, ce qui le rendait nerveux.

— Pas mal de gens seraient étonnés de voir que tu n'es pas toujours aussi sûr de toi que tu en as l'air, lui dit Serenio, en s'approchant de lui et en le prenant par le cou. Ne t'inquiète pas, tu vas être parfait. Tu l'es toujours.

Ces paroles rassurantes lui firent du bien et il pressa ses lèvres contre les siennes, tout heureux de pouvoir oublier un instant ses appréhensions. Mais dès qu'il se sépara de Serenio, son inquiétude reprit le dessus.

— Tu crois que je suis correctement habillé ? demanda-t-il. Ma tenue de voyage n'est pas très adaptée à ce genre de cérémonie...

— Personne ne saura qu'il s'agit de vêtements de voyage. Les gens qui sont là n'ont encore jamais vu ce type de vêtement, ils trouveront ça très original. Si tu étais habillé comme nous, ils seraient déçus. Ils se sont déplacés autant pour toi que pour Thonolan. Tu te sentiras plus à l'aise si tu portes tes propres vêtements. Et cette tenue te va parfaitement.

Jondalar s'approcha d'une des cloisons de l'abri et jeta un coup d'œil à travers les fentes. En voyant la foule qui se pressait sur la terrasse, son inquiétude ne fit qu'augmenter et il se mit à faire les cent pas à l'intérieur de l'abri.

— Je vais te préparer une infusion, proposa Serenio. Un mélange spécial que m'a enseigné le shamud. Grâce à cette infusion, tu te sentiras moins nerveux.

— J'ai l'air nerveux ?

— Un peu, reconnut gentiment Serenio. Et cela se comprend. Tu as quelques raisons de l'être.

Après avoir rempli d'eau une boîte en bois de forme rectangulaire,

Serenio y ajouta des pierres chaudes. Jondalar s'assit sur un tabouret en bois. Perdu dans ses pensées, il contemplait d'un air absent les dessins géométriques gravés sur le récipient : une série de lignes obliques et parallèles tracées au-dessus d'une seconde rangée de lignes qui partaient dans l'autre sens, si bien que l'ensemble faisait penser à des arêtes de hareng.

Les côtés de ces boîtes étaient fabriqués à partir d'un morceau de bois d'un seul tenant, dans lequel étaient pratiquées trois rainures verticales. On chauffait alors le bois à la vapeur pour le rendre flexible, puis on le pliait à l'endroit des rainures pour former trois des angles de la boîte et on chevillait le quatrième angle. Une rainure était pratiquée en bas de la boîte dans laquelle on engageait une pièce de bois rectangulaire qui constituait le fond du récipient. Le bois gonflait dès que le récipient était rempli d'eau et ces boîtes étaient donc parfaitement étanches. Elles possédaient toutes un couvercle démontable si bien qu'on pouvait les utiliser soit comme ustensiles de cuisine, soit pour conserver des provisions.

En contemplant cette boîte, Jondalar pensa à son frère. Thonolan avait rapidement compris les méthodes employées par les Sharamudoï pour cintrer et façonner le bois car, lorsqu'il fabriquait des sagaies, il employait des techniques semblables. Qu'il s'agisse de redresser un bois de lance ou de cintrer celui qui servirait à fabriquer des raquettes, le principe était le même. En pensant aux raquettes qu'ils portaient tous deux au début de leur Voyage, Jondalar éprouva une poignante nostalgie. Reverrait-il un jour son pays ?

Il se leva brusquement, renversant le tabouret sur lequel il était assis. En se penchant pour le ramasser, il faillit heurter Serenio qui s'approchait, un bol d'infusion chaude à la main. L'accident évité de justesse rappela à Jondalar celui qui avait eu lieu pendant la Fête de la Promesse. Même si Tholie et Shamio étaient maintenant parfaitement remises, il ne pouvait s'empêcher de repenser à sa conversation avec le shamud et les derniers mots prononcés par le guérisseur ne cessaient de le hanter.

— Bois ton infusion, lui conseilla Serenio. Cela te fera du bien.

Jondalar avala une gorgée de liquide. L'infusion avait un goût agréable, sans doute à base de camomille. Très vite, il se sentit moins tendu.

— Serenio a raison, dit-il. Nettement mieux.

— Ce n'est pas tous les jours qu'un frère prend une compagne. Je comprends que tu sois un peu nerveux.

Il prit la jeune femme dans ses bras et l'embrassa avec passion, regrettant de devoir partir aussi vite.

— Ce soir, lui murmura-t-il tendrement à l'oreille.

— Ce soir, il y a une Fête en l'honneur de la Mère, lui rappela Serenio. Avec tant de visiteurs, mieux vaut ne pas prendre d'engagement. Chacun de nous sera libre de faire ce qu'il veut.

Jondalar hocha la tête en signe d'acquiescement. Mais il avait l'impression que Serenio repoussait ses avances. Comme c'est étrange, se dit-il. C'est la première fois que j'éprouve ce genre de sentiment. D'habitude, lorsqu'il y avait une fête, c'était toujours lui qui insistait pour reprendre sa liberté. Pourquoi se sentait-il blessé que Serenio lui ait facilité les choses ? Sur le moment, il se dit qu'il passerait la nuit avec elle — Fête ou pas.

— Jondalar ! appela Darvo qui venait à nouveau de faire irruption dans l'abri. Ils t'attendent ! s'écria-t-il, tout fier qu'on lui ait confié une tâche d'une telle importance. Dépêche-toi !

— Calme-toi, Darvo, lui conseilla Jondalar en souriant. Je viens. Pas manquer la Cérémonie de l'Union de mon frère.

Darvo sourit d'un air penaud en réalisant qu'en effet la cérémonie ne commencerait pas sans Jondalar. Incapable de réprimer son impatience, il repartit en courant. Jondalar prit une profonde inspiration et sortit de l'abri.

Lorsqu'il s'avança sur la terrasse, un murmure parcourut la foule. Heureusement pour lui, Roshario et Tholie l'attendaient et l'emmenèrent aussitôt vers un tertre situé près d'une des parois latérales. Debout en haut de ce tertre, dominant de la tête et des épaules la foule qui s'était assemblée là, se trouvait le shamud aux cheveux blancs, la moitié du visage cachée par un masque représentant une tête d'oiseau.

En apercevant son frère, Thonolan sourit nerveusement. Jondalar lui retourna son sourire d'un air compréhensif. Il était lui-même si tendu qu'il n'avait aucun mal à imaginer dans quel état devait se trouver Thonolan et il déplorait que les coutumes des Sharamudoï ne lui permettent pas de se tenir à ses côtés. Constatant que Thonolan ne détonnait pas dans cette foule, qu'au contraire il y semblait parfaitement à sa place, Jondalar éprouva un sentiment de regret d'autant plus poignant qu'il n'y était pas préparé. Jamais deux hommes n'avaient été aussi proches que son frère et lui durant leur Voyage et, maintenant qu'ils avaient pris chacun une route différente, Jondalar se sentait privé d'une partie de lui-même et il en souffrait terriblement.

Il ferma les yeux et serra les poings pour retrouver son calme. Dans le flot de paroles échangées autour de lui par les invités, il crut saisir le mot « grand » et « vêtements ». Lorsqu'il ouvrit à nouveau les yeux, il réalisa soudain que si Thonolan semblait si parfaitement à sa place, c'est parce qu'il était entièrement habillé de vêtements sharamudoï.

J'ai l'impression que ma tenue suscite beaucoup de commentaires, se dit-il en pensant qu'il aurait peut-être mieux fait de suivre l'exemple de son frère. Mais non, au fond, il avait eu raison : Thonolan avait été adopté par les Sharamudoï, tandis que lui restait zelandonii.

Jondalar rejoignit le groupe formé par la nouvelle parenté de son frère, qui était aussi la sienne, même s'il n'était pas officiellement sharamudoï. C'était eux, ainsi que les parents de Jetamio, qui avaient fourni la nourriture et les cadeaux qui allaient être distribués aux invités. Plus il y avait de monde et plus cette contribution était importante. Ces nombreux visiteurs ne pouvaient que rehausser le statut du jeune couple, ou le rabaisser au contraire si les invités repartaient insatisfaits.

Un silence soudain amena la foule assemblée sur le tertre à tourner la tête en direction du groupe qui approchait.

— Est-ce que tu la vois ? demanda Thonolan en se dressant sur la pointe des pieds.

— Non, répondit Jondalar. Mais elle arrive. Cela ne fait aucun doute.

En arrivant à la hauteur de Thonolan, le groupe se scinda soudain, révélant son trésor, et Thonolan, la gorge sèche, aperçut alors une beauté parée de fleurs qui lui adressait le plus radieux sourire qu'il ait jamais vu. Son bonheur était si évident que Jondalar eut un sourire amusé. Comme une abeille attirée par une fleur, Thonolan se dirigea vers la femme qu'il aimait, entraînant dans son sillage le cortège de sa parenté.

Les deux groupes fusionnèrent, puis des couples se formèrent tandis que le shamud jouait d'un flageolet, tirant de son instrument une série de sifflements répétitifs, semblables à ceux lancés par les oiseaux. Pour soutenir le rythme, une autre personne, le visage à demi caché par un masque figurant un oiseau, tapait en cadence sur un grand tambour à une seule peau. Un autre shamud, se dit Jondalar. Il avait l'impression d'avoir déjà vu cette femme quelque part. Ce qui n'avait rien d'étonnant : tous Ceux Qui Servaient la Mère se ressemblaient.

Alors que les membres des deux parentés formaient et reformaient toutes sortes de figures, apparemment compliquées, mais réduites en réalité à quelques variations sur une unique série de pas, le shamud aux cheveux blancs continuait à jouer de sa petite flûte. Il s'agissait d'un long bout de bois parfaitement droit, alésé à l'aide d'un charbon de bois, muni d'une embouchure, percé de trous sur toute sa longueur et dont l'extrémité était sculpté en forme de bec d'oiseau ouvert. Certains sons tirés de l'instrument ressemblaient à s'y méprendre à ceux émis par les oiseaux.

Les deux groupes finirent par se placer face à face, formant deux rangées. Tout le monde leva les bras et joignit les mains afin de former une longue arche. Le couple qui se trouvait au début s'engagea sous l'arche, les autres suivirent au fur et à mesure jusqu'à ce que le cortège, shamud en tête, gagne l'extrémité de la terrasse et contourne la paroi de la falaise. Thonolan et Jetamio se trouvaient juste derrière le joueur de flûte, suivi par Markeno et Tholie, puis par Jondalar et Roshario, leurs parents les plus proches. Ensuite venaient, par ordre, le reste de la parenté, la totalité des membres de la Caverne et les invités. Le shamud en visite, jouant toujours du tambour, suivait avec les membres de sa propre Caverne.

Le shamud aux cheveux blancs leur fit descendre le sentier qui menait à la clairière où l'on fabriquait les bateaux, mais un peu avant d'y arriver, il obliqua dans un sentier latéral et les emmena vers l'Arbre de la Bénédiction. Pendant que la foule prenait place dans la clairière autour de l'énorme chêne, le shamud s'adressa à Thonolan et Jetamio, leur donnant des conseils pour qu'ils soient heureux et qu'ils appellent sur leur couple les bienfaits de la Mère. Seuls les parents les plus intimes se trouvaient assez près pour entendre cette partie de la cérémonie. Le reste des invités se tenait un peu à l'écart et les gens discutaient entre eux.

Lorsque les invités s'aperçurent que le shamud attendait tranquillement que le brouhaha se calme, ils se turent aussitôt. Le cri rauque d'un geai troua le silence et le staccato d'un pic épeiche résonna dans les bois, suivi aussitôt par le chant plus doux d'une alouette qui prenait son vol.

Comme s'il leur donnait la réplique, le personnage au masque d'oiseau invita les deux jeunes gens à s'approcher. Puis il présenta une corde, qu'il noua de manière à former une boucle. Les yeux dans les yeux, Jetamio et Thonolan unirent leurs deux mains et les glissèrent à l'intérieur de la boucle.

— Jetamio et Thonolan, Thonolan et Jetamio, je vous lie l'un à l'autre, dit le shamud en attachant leurs deux poignets à l'aide d'un nœud serré. Ce nœud que je viens de faire vous engage non seulement l'un vis-à-vis de l'autre mais aussi envers votre parenté et la Caverne tout entière. A l'occasion de cette Union, vous complétez le carré formé par Markeno et Tholie. (Les deux autres jeunes gens s'approchèrent à leur tour et joignirent leurs mains à celles de Jetamio et Thonolan.) De même que les Ramudoï partagent les dons de la terre et les Shamudoï ceux de l'eau, en tant que Sharamudoï, vous vous devez pour toujours assistance mutuelle.

Tholie et Markeno se reculèrent et, accompagnés par les sons de la flûte du shamud, Thonolan et Jetamio se mirent à tourner à pas lents autour du vénérable chêne. Lorsqu'ils repassèrent pour la seconde fois devant les invités, ceux-ci leur souhaitèrent tout le bonheur et lancèrent sur eux du duvet d'oiseaux, des pétales de fleurs et des aiguilles de pin.

Quand ils entamèrent leur troisième circuit autour de l'Arbre de la Bénédiction, les invités se joignirent à eux en riant et en faisant grand bruit. L'un d'eux entama un chant traditionnel, rapidement repris en chœur, d'autres sortirent leur flûte pour accompagner les chanteurs. D'autres encore tapaient en mesure sur des tambours et des tubes creux. Avec un maillet, un des Mamutoï frappa sur une omoplate de mammouth. Le son retentissant surprit les assistants et tous cessèrent de chanter et de jouer pour écouter cet instrument étonnant, capable, selon l'endroit où on le frappait, de produire un timbre différent et des sons de hauteur variable et donc d'accompagner la mélodie jouée par le shamud. Sans cesser de jouer, celui-ci entraîna à sa suite la foule vers la clairière proche de la rivière.

Jondalar, qui n'avait pas assisté aux dernières finitions, ne put retenir une exclamation de surprise en apercevant le bateau amarré sur le fleuve. Sa longueur était maintenant parfaitement équilibrée par ses hauts flancs garnis de madriers incurvés et par un étambot qui s'élevait fièrement à l'arrière du bateau. Mais c'était surtout la proue qui provoquait les exclamations émerveillées des invités. Elle se prolongeait pour former la tête d'un oiseau aquatique au long cou, sculpté dans du bois et dont les joints biseautés étaient solidement chevillés.

La proue était peinte avec de l'ocre jaune et de l'ocre rouge, du noir de manganèse et de la chaux blanche. Les yeux peints en bas de la coque regardaient sous l'eau afin d'éviter les dangers qui risquaient de menacer l'embarcation. La proue et la poupe étaient couvertes de dessins géométriques. On avait installé des bancs pour les rameurs, placés dans le sens de la largeur, et des rames toutes neuves, à long manche et à large pale, étaient prêtes à entrer en action. Une tente en peau de chamois protégeait la partie centrale de l'embarcation de la pluie et de la neige et le bateau tout entier était décoré de fleurs et de plumes d'oiseaux.

Ce bateau était splendide et, en le regardant, on était saisi d'une crainte émerveillée. Jondalar se sentit tout fier et très ému d'avoir participé à sa construction.

Ce n'était pas tous les jours que les Sharamudoï se lançaient dans la construction d'un bateau d'une telle taille et d'une telle splendeur. Le hasard avait voulu qu'au moment où Jetamio et Thonolan déclaraient leur intention de s'unir, le besoin d'un bateau d'un fort tonnage s'était fait sentir. Compte tenu du nombre de visiteurs qui s'étaient déplacés pour assister à l'Union, ce choix semblait particulièrement judicieux.

Le couple nouvellement uni monta dans le bateau et alla s'installer sur le siège du milieu, au-dessous de la tente en peau de chamois. La plupart des parents les plus proches prirent place sur le bateau et quelques-uns parmi eux saisirent les rames toutes neuves. Pour empêcher le bateau de tanguer, on l'avait calé contre la rive avec des troncs d'arbre. Les visiteurs qui se trouvaient sur le rivage le libérèrent de ses cales et l'embarcation fut lancée à l'eau.

Au début, on navigua près du rivage pour éprouver la qualité du bateau. Mais dès que celui-ci eut fait ses preuves, les rameurs prirent la direction du ponton des Ramudoï, situé en aval de la clairière. Des bateaux de tailles variées vinrent rejoindre l'énorme oiseau aquatique et filèrent dans son sillage comme autant de canetons.

L'assistance restée sur la berge se dépêcha d'emprunter la piste qui menait à la terrasse dans l'espoir d'y arriver avant l'accostage du jeune couple. Quelques Ramudoï, qui se trouvaient déjà sur le ponton, grimpèrent à toute vitesse le passage creusé dans la falaise et se préparèrent à descendre le grand panier plat qui avait servi à remonter Thonolan et Jondalar le jour de leur arrivée et allait maintenant être utilisé pour hisser le jeune couple en haut de la terrasse.

Une fois tout le monde installé, on servit de la nourriture, arrosée de vin de pissenlit, et chaque visiteur reçut le cadeau qui lui était destiné. En fin de journée, les invités commencèrent à affluer dans le nouvel abri du jeune couple. Ils y entraient sans se faire remarquer et laissaient tous un « petit quelque chose » avant de ressortir. Ces cadeaux étaient offerts d'une manière anonyme pour ne pas éclipser l'opulence dont faisait preuve la Caverne qui vous recevait. Mais en réalité la valeur des cadeaux reçus serait comparée à celle des marchandises offertes au jeune couple et comptabilisée dans le détail. Ce genre de calcul était facile à faire car ces cadeaux étaient beaucoup moins anonymes qu'ils n'en avaient l'air.

La forme, le dessin et les motifs peints ou gravés sur les objets permettaient de déterminer le donateur aussi infailliblement que si le cadeau avait été offert au vu et au su de tous, non pas l'individu qui avait fabriqué l'objet, ce qui importait peu, mais la famille, le groupe ou la Caverne qui était à l'origine de ce don. A travers un système de valeurs connu et reconnu de tous, les présents offerts et reçus auraient des répercussions sur le prestige des différents groupes et leurs statuts respectifs. Bien que non violente, la lutte pour le prestige était néanmoins acharnée.

— J'ai l'impression qu'il ne va pas rester seul longtemps, dit Jetamio en jetant un coup d'œil aux jeunes femmes qui tournaient autour de Jondalar, adossé pour l'instant contre un arbre près du surplomb rocheux.

— C'est toujours comme ça, répondit Thonolan en tendant à Jetamio une gourde de vin de myrtille qu'il avait réussi à soustraire aux invités. Ses grands yeux bleus attirent les femmes comme... la lueur du feu attire les papillons. Il ne t'a jamais attirée ?

— C'est toi qui m'as souri le premier, lui rappela-t-elle. Mais je crois comprendre ce que tu veux dire. Ce n'est pas dû qu'à ses yeux. Il a fière allure, surtout avec ces vêtements. Ils lui vont vraiment bien. En plus les femmes doivent sentir qu'il cherche... ou qu'il attend quelqu'un. Il est tellement sensible. Et puis il est grand et très bel homme. C'est vrai aussi que ses yeux sont très spéciaux. As-tu remarqué qu'ils devenaient violets à la lueur du feu ?

— Je croyais que tu avais dit qu'il ne t'attirait pas... intervint Thonolan qui semblait consterné.

Jetamio lui fit un clin d'œil, puis elle demanda gentiment :

— Est-ce que tu es jaloux de lui ?

— Non, répondit Thonolan après avoir réfléchi. Jamais. Beaucoup d'hommes jaloux de lui. Quand on le voit, on croit qu'il a tout. Bel homme, comme tu disais. Mais intelligent aussi. Et habile de ses mains. Tout le monde l'aime. Les hommes, les femmes. Il devrait être heureux. Il ne l'est pas. Il faudrait qu'il trouve quelqu'un comme toi, Jetamio...

— Non, pas quelqu'un comme moi. Quelqu'un, simplement. J'aime beaucoup ton frère, Thonolan. Je serais heureuse qu'il trouve la femme qu'il cherche. Peut-être une de celles qui lui tournent autour ce soir...

— Je ne crois pas. J'ai déjà vu ça avant. Il fera l'amour avec une femme. Ou plusieurs. Mais il ne trouvera pas celle qu'il cherche.

Après avoir bu une dernière gorgée de vin, Thonolan et Jetamio se dirigèrent vers l'endroit où se trouvait Jondalar.

— Et Serenio, alors ? demanda Jetamio. Il semble avoir de l'affection pour elle et elle, elle l'aime plus qu'elle ne le dit.

— De l'affection aussi pour Darvo. Mais jamais amoureux d'une femme. Peut-être court-il après un rêve ou après une donii... La première fois que tu m'as souri, j'ai cru que tu étais une donii.

— Les Sharamudoï disent que la Mère prend la forme d'un oiseau.

Qu'Elle éveille le soleil avec Son chant et que c'est Elle qui ramène le printemps quand Elle revient du sud. En automne, les oiseaux qui restent là le font pour que nous n'oubliions pas la Mère. Les oiseaux de proie, les cigognes, tous les oiseaux représentent Mudo.

Jetamio et Thonolan s'arrêtèrent un instant pour laisser passer une bande d'enfants qui se pourchassaient en riant.

— Les enfants désobéissants craignent les oiseaux, reprit Jetamio. Ils croient que c'est la Mère qui les observe et qu'Elle voit tout. C'est ce que leur disent parfois leurs mères. Il paraît qu'il y a même des adultes qui avouent leurs mauvaises actions en apercevant certains oiseaux. On dit aussi que la Mère vous aide à retrouver votre chemin quand on est perdu.

— Chez nous, on dit : l'esprit de la Mère se transforme en donii, Elle vole sur le vent. Peut-être Elle ressemble à un oiseau, en effet, reconnut Thonolan. (Se penchant vers Jetamio, il ajouta dans un murmure :) Je suis tellement heureux de t'avoir rencontrée.

Il voulut la prendre dans ses bras mais s'aperçut que leurs poignets étaient toujours attachés.

— Quand allons-nous pouvoir couper cette corde ? demanda-t-il. Je veux pouvoir te serrer dans mes bras.

— Peut-être sommes-nous censés découvrir que nous sommes trop attachés l'un à l'autre, répondit Jetamio en riant. Nous n'allons pas tarder à quitter la fête. Apportons un peu de vin à ton frère avant qu'il n'y en ait plus et allons-nous-en.

— Peut-être qu'il n'en veut pas. Il n'aime pas être ivre, ne plus savoir ce qu'il fait.

Au moment où ils allaient s'approcher de Jondalar, une jeune femme les interpella. Thonolan ne la connaissait pas car elle appartenait à une autre Caverne de Ramudoï. Elle était jeune et pleine de vivacité.

— Vous voilà enfin ! dit-elle. Je voulais te présenter tous mes vœux de bonheur, Jetamio. Tu as bien de la chance ! J'aimerais que d'aussi beaux visiteurs viennent passer l'hiver chez nous, ajouta-t-elle en souriant d'un air engageant à Jondalar qui, malheureusement pour elle, ne regardait pas de son côté.

— Tu as raison, j'ai bien de la chance, reconnut Jetamio en souriant d'un air attendri à son compagnon.

— Ils sont tellement beaux tous les deux que je crois que j'aurais été incapable d'en choisir un, soupira la jeune femme après avoir jeté un coup d'œil à Thonolan.

— Et tu n'aurais eu ni l'un ni l'autre, Cherunio, intervint une autre jeune femme qui s'appelait Radonio. Si tu veux faire comme Jetamio, il va bien falloir que tu te décides.

Tout le monde éclata de rire. Jondalar tourna la tête pour voir ce qui se passait. Cherunio sauta aussitôt sur l'occasion.

— Je n'ai encore jamais rencontré un homme auquel j'ai envie de m'unir, dit-elle en souriant à Jondalar.

Jusqu'alors Jondalar n'avait pas fait particulièrement attention à elle. Mais maintenant qu'il l'avait en face de lui, cette petite jeune femme vive et enjouée l'attirait. Elle était à peu de chose près le contraire de Serenio. Le regard qu'il lui lança disait clairement qu'elle l'intéressait.

Soudain, Cherunio tourna la tête et tendit l'oreille.

— On commence à danser, dit-elle. Viens, Jondalar.

— Pas connaître les pas, dit-il.

— Ce n'est pas difficile, je vais te montrer, proposa Cherunio en l'entraînant vers l'endroit d'où venait la musique.

Jondalar ne se fit pas prier pour la suivre.

— Attendez-nous, leur dit Jetamio.

Les autres jeunes femmes étaient dépitées de voir que Cherunio avait réussi à attirer aussi vite l'attention de Jondalar.

— C'est aussi simple que ça... pour l'instant ! lança Radonio dans le dos des deux jeunes gens.

— Voici la dernière gourde de vin, Jondalar, annonça Thonolan lorsqu'ils furent arrivés près du lieu où l'on dansait. Elle est pour toi. Jetamio et moi, nous n'allons pas tarder à partir. Nous ouvrirons le bal puis nous nous éclipserons.

— Tu ne veux pas la garder avec toi ? Pour fêter l'événement en privé...

— Nous en avons déjà mis une de côté, avoua Thonolan en souriant. Mais je ne crois pas que nous en aurons besoin. Le fait de me retrouver seul avec Jetamio me suffira amplement.

— Leur langue est vraiment agréable à entendre, n'est-ce pas Jetamio ? dit Cherunio. Est-ce que tu comprends ce qu'ils disent ?

— Un peu, répondit Jetamio. Je finirai par savoir parler zelandonii. Et aussi mamutoï. Grâce à Tholie. C'est elle qui a lancé l'idée d'apprendre la langue des autres Cavernes.

— Tholie dit : meilleur moyen d'apprendre le sharamudoï, c'est de parler tout le temps, intervint Jondalar. Désolé, Cherunio. Pas poli parler zelandonii.

— Ça ne me gêne pas, mentit Cherunio.

Même si elle n'était pas très contente de ne pas pouvoir participer à la conversation entre les deux frères, elle était touchée que Jondalar ait pris la peine de s'excuser et le fait de se retrouver aux côtés du jeune et beau Zelandonii compensait largement cette impolitesse. Elle avait d'ailleurs parfaitement conscience des regards envieux que lui lançaient les autres jeunes femmes.

On passa la gourde à la ronde, puis un groupe de danseurs se forma non loin du feu de joie et les deux jeunes femmes montrèrent aux deux frères les pas de base de la danse. Les flûtes, les tambours et les crécelles commencèrent à jouer un morceau entraînant, que rythmaient les coups frappés sur l'os de mammouth.

Très vite, Jondalar remarqua que les pas de base variaient en fonction de l'imagination et de l'habileté des danseurs. D'ailleurs, lorsque la prestation d'un couple devenait exceptionnelle, les autres s'arrêtaient de danser et, tout en les encourageant de la voix, tapaient du pied en cadence sur le sol. Des gens s'étaient approchés et ils entouraient les danseurs, en chantant et en se balançant sur place. La musique ne s'arrêtait jamais et le changement de tempo se faisait sans que les musiciens marquent une pause. De nouveaux danseurs entraient dans le cercle, d'autres s'en allaient, les musiciens eux-mêmes confiaient leurs instruments à d'autres invités pour pouvoir aller danser à leur tour, les chanteurs devenaient danseurs et vice versa, d'où d'innombrables variations de timbre, de pas, de rythme et de mélodie qui dureraient aussi longtemps qu'il y aurait des gens désireux de prendre la relève.

Cherunio était une merveilleuse partenaire et Jondalar, qui avait bu plus de vin que d'habitude, était maintenant parfaitement dans l'ambiance. Quelqu'un entonna une chanson connue de tous. Un autre invité prit la suite. Un peu surpris au début, Jondalar finit par comprendre que les paroles de la chanson étaient improvisées au fur et à mesure pour s'adapter à la situation présente et qu'elles avaient pour but de faire rire l'assemblée grâce à des sous-entendus qui, presque tous, avaient trait au Don du Plaisir. C'était à qui serait le plus amusant et certains des chanteurs n'hésitaient pas à ajouter des grimaces aux paroles pour obtenir l'effet désiré. A un moment donné, un des participants s'avança au milieu du cercle de ceux qui se balançaient en frappant du pied et il lança en chantonnant :

— Jondalar est si grand et si fort qu'aucune femme ne lui résiste. Cherunio est mignonne, mais toute petite. S'il veut l'embrasser, il va falloir qu'il se plie en deux.

La plaisanterie eut l'effet escompté : tout le monde se mit à rire à gorge déployée.

— Comment vas-tu faire, Jondalar ? demanda un autre invité.

— Pas plier en deux, répondit Jondalar en soulevant Cherunio du sol pour l'embrasser tandis que la foule l'acclamait.

Les pieds battant l'air, la jeune femme le prit par le cou et l'embrassa à son tour passionnément. Jondalar, qui avait remarqué que certains couples avaient déjà quitté la fête pour s'isoler dans les tentes ou sur les nattes placées à l'écart, se dit qu'il n'allait pas tarder à les imiter.

S'ils partaient maintenant, tout le monde se moquerait d'eux. Jondalar attendit donc que de nouveaux arrivants se joignent au groupe des chanteurs et des danseurs et que le pas de danse change à nouveau pour quitter la fête. Poussant Cherunio devant lui, il avait presque atteint les derniers rangs de la foule massée autour des danseurs quand Radonio fit soudain irruption devant lui.

— Tu l'as eu pour toi toute seule toute la soirée, Cherunio, dit-elle. Ne crois-tu pas que le moment est venu de partager ? Je te rappelle qu'il s'agit d'une fête en l'honneur de la Mère et que nous sommes censés partager le Don du Plaisir.

Sans attendre la réponse de Cherunio, Radonio s'insinua entre elle et Jondalar, et, plaquant ses lèvres contre celles du jeune homme, se mit à l'embrasser. Puis d'autres femmes l'enlacèrent et se mirent à le caresser. Au début, Jondalar se laissa faire, mais quand une main essaya de s'insinuer entre les lanières qui fermaient son pantalon, il commença à changer d'avis. En matière de Plaisir, il tenait à avoir le choix. Il entendit quelques bruits étouffés, comme si on se battait à côté de lui mais il ne put voir ce qui se passait, occupé qu'il était à se débarrasser des mains qui tiraient sur son pantalon. C'en était trop.

Il repoussa brutalement les jeunes femmes qui s'agrippaient à lui. Quand elles comprirent qu'il ne se laisserait pas faire, elles reculèrent en minaudant. Brusquement, Jondalar constata que Cherunio n'était plus là.

— Où Cherunio est ? demanda-t-il.

Les jeunes femmes se regardèrent d'un air surpris en poussant de hauts cris.

— Où Cherunio est ? répéta-t-il.

Et comme, au lieu de lui répondre, les jeunes femmes se mettaient à ricaner bêtement, il s'avança vers Radonio et lui saisit le bras.

— Nous avons pensé qu'elle devait partager avec nous, répondit Radonio avec un sourire forcé. Tout le monde a envie du beau et fort Zelandonii.

— Zelandonii envie de personne... Où Cherunio est ?

Le bras de Radonio commençait à lui faire mal, mais elle était bien décidée à ne pas répondre et elle tourna la tête.

— Envie du fort Zelandonii ? s'écria Jondalar d'une voix furieuse. Tu vas l'avoir !

Faisant pression sur le bras de Radonio, il l'obligea à s'agenouiller.

— Tu me fais mal ! dit-elle. Aidez-moi, au lieu de rester plantées là ! ajouta-t-elle à l'intention des autres jeunes femmes.

Mais ces dernières n'avaient aucune envie de s'approcher. Lâchant le bras de Radonio, Jondalar la prit par les épaules et la poussa jusqu'à ce qu'elle s'effondre sur le sol non loin du feu. La musique s'était tue et les gens regardaient en souriant, ne sachant pas très bien s'il fallait intervenir ou non. Radonio voulut se lever, mais Jondalar la maintint fermement par terre.

— Tu veux fort Zelandonii, tu l'as ! lança-t-il. Et maintenant : dire où est Cherunio.

— Je suis là, intervint Cherunio en s'approchant. Elles me tenaient et m'avaient mis quelque chose dans la bouche. Elles m'ont dit que c'était pour te faire une farce.

— Mauvaise farce, dit Jondalar en aidant Radonio à se lever.

La jeune femme avait les larmes aux yeux et elle frottait son bras douloureux.

— Tu m'as fait mal au bras ! cria-t-elle.

Réalisant soudain qu'il pouvait très bien s'agir d'une plaisanterie, Jondalar se dit qu'il ne s'était pas montré à la hauteur. N'ayant pas été à proprement parler agressé, jamais il n'aurait dû faire mal à Radonio. Sa colère se mua aussitôt en chagrin.

— Je... je ne voulais pas faire mal, dit-il.

— Tu ne lui as pas fait aussi mal qu'elle le dit, Jondalar, intervint un des jeunes gens qui avaient assisté à la scène. De toute façon, c'est bien fait pour elle. Il faut toujours qu'elle fasse des avances aux hommes et après, elle s'étonne qu'il y ait des histoires.

— Tu aimerais bien qu'elle t'en fasse des avances, non ? dit une des

jeunes femmes — maintenant que le rapport de forces était mieux
équilibré, elle pouvait se permettre de prendre la défense de Radonio.

— Vous croyez peut-être que ça fait plaisir à un homme qu'on lui
saute dessus comme ça, rétorqua le jeune homme. Eh bien, ce n'est
pas le cas.

— Tu mens ! lança Radonio. Comme tous les hommes ! Si tu crois
que je ne connais pas les plaisanteries que vous faites sur les femmes
lorsque vous vous croyez seuls. Une fois, je vous ai entendus dire que
vous aimeriez faire l'amour avec plusieurs femmes à la fois. Vous avez
même dit que vous rêviez de coucher avec des jeunes filles qui n'auraient
pas encore participé aux Premiers Rites alors que vous savez très bien
que c'est strictement interdit.

Le jeune homme rougit de honte et Radonio, voyant son embarras,
en profita pour décocher une nouvelle flèche.

— Certains d'entre vous parlent même de coucher avec des femelles
Têtes Plates.

Surgissant brusquement de l'ombre, une femme de haute taille et
monstrueusement obèse s'approcha d'eux. Même si elle était originaire
d'une lointaine contrée, comme le laissaient supposer ses yeux bridés et
son visage tatoué, elle portait la tunique en peau des Shamudoï.

— Radonio ! dit-elle. Ce n'est pas bien de tenir des propos de ce
genre lors d'une fête en l'honneur de la Mère.

— Je m'excuse, shamud, dit la jeune femme.

En la voyant baisser la tête et rougir comme une gamine prise en
faute, Jondalar se rendit compte soudain à quel point elle était jeune.
Quelle bourde il avait fait !

— Un homme ne doit pas être pris d'assaut comme une forteresse,
ma chère petite, insista la shamud.

— Mais nous ne lui avons pas fait de mal ! se défendit Radonio.
Nous pensions qu'il aimerait ça...

— C'est peut-être ce qui se serait produit si vous aviez fait preuve
d'un peu plus de subtilité. Personne n'aime qu'on lui force la main.
Toi-même, quand tu t'es rendue compte qu'il voulait t'obliger à
répondre à sa question, tu n'as pas tellement apprécié.

— Il m'a fait mal !

— En es-tu vraiment sûre ? J'ai l'impression que ce qui t'a fait
surtout souffrir c'est qu'il t'oblige à faire quelque chose contre ta
volonté. Et Cherunio, alors ? Avez-vous pensé un instant à ce qu'elle
pouvait éprouver ? Vous ne pouvez obliger personne à partager les
Plaisirs. Ce n'est pas ainsi qu'on honore la Mère. Et c'est même abuser
de son Don.

— Shamud, c'est à toi de jouer... intervint un des invités.

— J'arrive, répondit la shamud. Allons-y, Radonio ! Le soir de la
Fête, Mudo désire que Ses enfants soient heureux. Ce n'est qu'un
incident sans importance — cela ne doit pas gâcher ta soirée, ma chère
petite. La danse a repris. Va vite rejoindre les danseurs.

Dès que la femme eut fait demi-tour pour rejoindre ceux qui jouaient
aux dés, Jondalar s'approcha de Radonio.

— Je... m'excuse, commença-t-il. Je ne pensais pas. Je ne voulais pas faire mal. J'ai honte... Je t'en prie... Pardonner ?

La première réaction de Radonio fut de repousser Jondalar. Mais quand elle vit l'expression d'honnêteté que reflétaient son visage et ses grands yeux violets, elle oublia aussitôt sa colère et, ne songeant même plus à bouder, répondit d'une voix douce :

— C'était vraiment idiot de notre part. Une plaisanterie de gamines.

Incapable de résister à cet homme si séduisant, elle se pencha vers lui et Jondalar en profita pour la serrer dans ses bras et lui donner un long baiser.

— Merci, Radonio, dit-il avant de s'en aller de son côté.

— Jondalar ! appela Cherunio. Où vas-tu ?

Je l'avais oubliée ! se dit-il, non sans honte. Il revint sur ses pas pour rejoindre cette petite femme ravissante et si désirable, la souleva de terre comme il l'avait fait un peu plus tôt et l'embrassa ardemment — et avec une pointe de regret.

— Déjà engagé vis-à-vis de quelqu'un, Cherunio, dit-il. Si facile d'oublier la promesse quand tu es là... J'espère... Une autre fois. S'il te plaît, ne sois pas en colère.

Faisant demi-tour, Jondalar se dirigea vers les abris qui se trouvaient sous le surplomb rocheux. Dans son dos, il entendit Cherunio demander à Radonio :

— Pourquoi a-t-il fallu que tu t'en mêles et que tu gâches tout ?

Le rabat en peau à l'entrée de l'abri que Jondalar partageait avec Serenio était baissé mais aucune planche ne barrait l'accès à l'intérieur. Jondalar poussa un soupir de soulagement. Au moins, elle ne se trouvait pas à l'intérieur avec quelqu'un d'autre. Quand il poussa le rabat en peau, il s'aperçut qu'il faisait noir. Peut-être Serenio n'était-elle pas rentrée. Peut-être passait-elle la soirée avec quelqu'un. Maintenant qu'il y repensait, il se rendait compte qu'il ne l'avait pas vue depuis la fin de la cérémonie. C'est elle qui, la première, lui avait rendu sa liberté. Et s'il s'était promis de passer la nuit avec elle, il ne lui en avait rien dit. Peut-être avait-elle des projets de son côté. Ou alors elle l'avait aperçu en compagnie de Cherunio...

Jondalar se dirigea à tâtons vers le fond de l'abri, là où se trouvait une plate-forme surélevée, recouverte d'un matelas de plumes et de fourrures. En passant à côté du lit de Darvo, il vit que celui-ci était vide. Cela ne le surprit pas. Le jeune garçon avait dû profiter de la fête pour se faire de nouveaux amis et il passerait certainement la nuit avec eux sans fermer l'œil.

En s'approchant de la plate-forme, Jondalar écouta de toutes ses oreilles. Était-ce bien le bruit d'une respiration ? Il avança la main vers la plate-forme et en reconnaissant le bras qui pendait sous la fourrure, un sourire de joie illumina son visage.

Il se recula, alla chercher une petite lampe en pierre et alluma la mèche en mousse en se servant d'une braise qui rougeoyait encore dans le foyer central. Puis il s'approcha du seuil et y posa deux bouts de bois, placés en croix, pour indiquer à un éventuel visiteur qu'il ne désirait pas être dérangé. La lampe à la main, il s'approcha du lit et regarda la femme endormie. Devait-il la réveiller ? Oui, se dit-il, mais doucement et tendrement.

Il retira ses vêtements et se glissa sous les fourrures, lovant son corps contre celui de Serenio.

Serenio marmonna dans son sommeil et se retourna vers le mur. Jondalar commença à la caresser, heureux de sentir sous sa main la chaleur de son corps et de respirer son odeur de femme. Il explora tous les contours de son corps : ses bras jusqu'à l'extrémité de ses doigts, ses omoplates saillantes, sa colonne vertébrale jusqu'au bas du dos, si sensible aux caresses, le renflement de ses fesses, puis ses cuisses, le creux de ses genoux, ses mollets et ses chevilles. Serenio recula ses pieds quand il en caressa la plante. La main de Jondalar remonta vers sa poitrine et il sentit la pointe de son sein durcir à l'intérieur de sa paume. Il avait envie de lui sucer les seins, mais se retint, se contentant de se presser contre son dos pour embrasser ses épaules et son cou.

Il aimait la toucher et explorer son corps. Pas seulement celui de Serenio, il le savait. Il aimait le corps de toutes les femmes, pour eux-mêmes et à cause des sensations que son propre corps en tirait. Son sexe était en érection, mais il contrôlait son désir. Il préférait se retenir encore.

— Jondalar ? demanda une voix ensommeillée.

— Oui, dit-il.

Serenio se retourna et ouvrit les yeux.

— La fête est finie ?

— Non, répondit Jondalar. Mais j'ai décidé d'honorer la Mère avec toi.

— Laisse-moi le temps de me réveiller, dit Serenio en lui souriant. Est-ce qu'il reste encore un peu d'infusion ? J'ai la bouche pâteuse à cause du vin.

— Je vais voir, dit Jondalar en se levant.

Alors qu'il revenait avec un bol, Serenio lui sourit d'un air languide. Parfois, le simple fait de le regarder lui suffisait. Elle aimait contempler les muscles de son dos qui jouaient sous la peau lorsqu'il marchait, son torse puissant couvert de poils blonds et bouclés, son ventre dur et ses longues jambes musclées. Son visage était presque trop parfait : un menton carré, le nez droit, une bouche sensuelle. Mais Jondalar était trop viril pour qu'on puisse dire de lui qu'il était beau, le mot *beauté* s'appliquant plutôt aux femmes. Ses mains étaient puissantes et sensibles à la fois. Quant à ses yeux d'un bleu invraisemblable, ils étaient si expressifs et si irrésistibles qu'il suffisait qu'il jette un coup d'œil à une femme pour que le cœur de celle-ci batte plus vite et qu'elle désire aussitôt faire l'amour avec lui.

La première fois que Serenio avait vu le membre viril de Jondalar dressé devant elle, elle avait été un peu effrayée par sa taille exception-nelle. Mais Jondalar était si expert dans l'art de faire l'amour à une femme qu'elle n'avait jamais eu à en souffrir, bien au contraire.

Elle s'assit sur le lit et but l'infusion qu'il venait de lui apporter.

— Il faut que j'aille faire un tour dehors, dit-elle. Dois-je m'habiller ? Ou les gens sont-ils déjà allés se coucher ?

— Encore tôt, répondit Jondalar. Invités en train de danser. Personne ne fera attention.

Quand elle vint le rejoindre, Jondalar en profita pour la regarder. Comme elle était belle ! Un visage ravissant encadré par une longue chevelure, des jambes longues et fines, des seins petits mais parfaits — comme ceux d'une jeune fille. Les quelques vergetures sur son ventre étaient les seules marques que lui avait laissées la maternité et les petites rides qu'elle avait au coin des yeux le seul signe de son âge.

— Je pensais que tu rentrerais plus tard, dit-elle. A cause de la fête en l'honneur de la Mère.

— Pourquoi es-tu là ? Tu as dit : « Pas d'engagement. »

— Je n'ai rencontré personne d'intéressant et j'étais fatiguée.

— Toi, intéressante... Pas fatiguée, dit Jondalar en souriant.

Il la prit dans ses bras, plaqua ses lèvres contre les siennes et la serra contre lui. En sentant son sexe dur palpiter contre son ventre, Serenio fut inondée par un flot de désir.

Jondalar avait compté se contrôler et attendre le plus longtemps possible mais au lieu de ça il lui prit avidement la bouche, puis lui suça les seins. Sa main descendit vers sa toison et pénétra dans la fente chaude et humide. Serenio poussa un léger cri quand il toucha le petit organe dur à l'intérieur des chauds replis. Elle se releva et se pressa contre lui tandis qu'il caressait cet endroit qui, il le savait, lui donnait du plaisir.

Il sentit ce qu'elle désirait cette fois-ci. Ils changèrent de position — Jondalar roula sur le côté et Serenio s'allongea sur le dos. Elle leva une de ses jambes et la mit sur la hanche de Jondalar et plaça l'autre entre ses jambes. Et tandis qu'il continuait à caresser le centre de son plaisir, elle saisit son membre viril et le guida vers les profondeurs de son sexe. Elle poussa un cri passionné quand il la pénétra et éprouva le plaisir exquis de deux sensations à la fois.

Il se sentit enveloppé par sa chaleur intime tandis qu'elle se glissait vers lui pour l'accueillir le plus loin possible. Il ressortit, puis la pénétra à nouveau jusqu'à ce qu'il ne puisse pas aller plus loin. Elle prit sa main et il la caressa de plus belle en plongeant le plus loin possible. Il était sur le point de jouir et Serenio poussait des cris en sentant que le moment approchait. Transportés par de puissantes vagues houleuses, ils furent soulevés à une hauteur insupportable et atteignirent ensemble une merveilleuse libération. Quelques instants plus tard, un frisson les parcourut, avant l'extase totale.

Le souffle court, les jambes encore enlacées, ils restèrent allongés sans bouger. Maintenant seulement, juste avant que son membre encore dur se détende complètement, Serenio pouvait l'accueillir entièrement à l'intérieur d'elle-même. Il semblait toujours lui donner plus que ce qu'elle pouvait lui offrir. Jondalar n'avait pas envie de bouger — il était prêt à s'endormir, mais il n'en avait aucune envie. Il se retira de Serenio et se blottit contre elle.

Il laissa son esprit vagabonder et repensa soudain à Cherunio et à Radonio et aux autres jeunes femmes. Il aurait certainement été très excitant de sentir autour de soi ces jeunes corps nubiles, ces cuisses brûlantes de désir, ces jeunes seins qui se seraient gonflés sous ses caresses. Rien que d'y penser, il avait à nouveau envie de faire l'amour. Pourquoi les avait-il repoussées ? Parfois, il se comportait vraiment comme un idiot...

Est-ce que Serenio s'était endormie ? Il lui souffla dans l'oreille. Elle le regarda en souriant tendrement. C'était vraiment une femme merveilleuse. Pourquoi ne puis-je pas tomber amoureux ? se demanda Jondalar.

13

Quand Ayla se retrouva aux abords de la caverne, un nouveau problème se posa à elle. Elle avait prévu de dépecer et de faire sécher la viande sur la plage comme la première fois. Mais le lionceau blessé ne pouvait pas être soigné en plein air. Il fallait qu'elle l'installe dans la caverne. Elle n'aurait aucune difficulté à le transporter là-haut dans ses bras : il était un peu plus gros et trapu qu'un renard. Mais le renne, c'était une autre histoire... Les épieux qui servaient de supports au travois étaient trop écartés pour que Whinney puisse s'engager avec son chargement dans l'étroit sentier. Et pourtant, il faudrait bien hisser le renne jusque là-haut. Il n'était pas question de le laisser sur la plage alors que des hyènes se trouvaient à proximité.

Ayla avait raison de s'inquiéter. Quand elle redescendit de la caverne, après y avoir déposé le lionceau blessé, les nécrophages étaient en train de renifler la natte qui enveloppait le renne, en dépit des ruades de Whinney. Ayla n'attendit pas d'être arrivée en bas pour se servir de sa fronde et elle fit mouche du premier coup. Surmontant le dégoût que lui inspirait cet animal, elle saisit la hyène morte par les pattes arrière et alla la déposer de l'autre côté de la saillie rocheuse. Elle se lava les mains dans la rivière pour chasser l'odeur infecte que dégageait la bête et rejoignit Whinney.

Tremblante et couverte de sueur, Whinney battait l'air de sa queue. Elle avait eu tellement peur en voyant les hyènes qu'elle avait tenté de fuir, mais une des perches du travois s'était coincée entre deux rochers. Elle était complètement paniquée.

— Tu as eu une dure journée, n'est-ce pas, Whinney ? dit Ayla en entourant de ses bras l'encolure de la jument, comme elle aurait serré contre elle un enfant apeuré.

La présence d'Ayla finit par calmer Whinney, elle cessa de trembler et sa respiration reprit un rythme régulier. Ayla la lâcha et décida que mieux valait la débarrasser de son chargement, même si elle ne savait toujours pas comment faire pour transporter le renne jusqu'à la caverne. Après avoir desserré un des épieux, elle s'aperçut qu'il se rapprochait de celui qui restait en place, réduisant du même coup la largeur du travois. Son problème était résolu. Elle bloqua la perche qu'elle avait desserrée le plus près possible de l'autre et s'engagea avec Whinney dans le sentier. Le chargement manquait de stabilité, mais la distance à parcourir était très courte.

Le renne pesait à peu près le même poids que Whinney et la montée était rude : la jument peina pour arriver jusqu'en haut, fournissant une fois de plus la preuve des services qu'elle pouvait rendre. Lorsqu'elle s'arrêta en face de l'entrée de la caverne, Ayla la débarrassa de son harnachement et lui donna une tape amicale. Elle allait pénétrer à l'intérieur de la caverne quand un hennissement plaintif de Whinney la fit se retourner.

— Que se passe-t-il ? demanda-t-elle.

Le lionceau ! se dit-elle aussitôt. Whinney avait senti l'odeur du félin et n'osait pas la suivre à l'intérieur.

— Tout va bien, Whinney, dit-elle en posant son bras sur l'encolure de la jument et en la poussant gentiment à l'intérieur. Ce lionceau ne peut pas te faire de mal.

Ayla s'approcha avec Whinney du petit lion toujours étendu sur le sol. La jument le renifla, puis elle recula en poussant un hennissement peureux. Ayla ne l'avait pas lâchée et sa présence était si rassurante que Whinney, après avoir à nouveau reniflé le lionceau, finit par se diriger vers son emplacement habituel. Oubliant l'intrus, elle s'attaqua aussitôt au foin qui se trouvait dans son panier.

Ayla s'approcha alors du lionceau. Sa livrée beige très clair était marquée de taches légèrement plus foncées. Il semblait tout jeune. Mais elle était incapable de déterminer son âge exact. Les lions des cavernes hantaient les steppes ; elle avait seulement étudié les carnivores qui vivaient dans les régions boisées proches de la caverne du Clan. A cette époque-là, elle ne chassait pas en terrain ouvert.

Elle tenta de se rappeler ce qui disaient les chasseurs du Clan de ces animaux. Ils conseillaient aux femmes de se méfier des lions car leur pelage, de la même teinte que l'herbe sèche ou que la poussière, se confondait si bien avec leur environnement que l'on risquait de ne les apercevoir qu'au dernier moment — quand il était trop tard. Une bande de lions, endormis à l'ombre des buissons ou au milieu des pierres et des affleurements rocheux à quelques pas de leur repaire, pouvaient très bien passer pour des rochers.

Ainsi s'expliquait le fait que la livrée de ce lionceau soit légèrement plus claire que celle des lions qui vivaient plus au sud. Son pelage beige très clair s'harmonisait parfaitement avec la teinte qui dominait dans les steppes.

D'une main exercée, Ayla explora le corps du lionceau pour voir où il était blessé. Une de ses côtes était cassée. Quand elle toucha l'endroit qui le faisait souffrir, il émit un petit miaulement plaintif. Pour l'instant, il était impossible de dire s'il souffrait de blessures internes. Il avait à la tête une plaie ouverte, provoquée par un coup de sabot.

Le feu était éteint depuis longtemps mais elle s'empressa de le rallumer et mit aussitôt de l'eau à chauffer. Après avoir entouré les côtes du lionceau avec une bande en cuir souple, elle retira la peau noire qui recouvrait les racines de consoude qu'elle avait déterrées sur le chemin du retour et récupéra le mucilage visqueux qui s'en échappait. Elle jeta des fleurs de soucis dans l'eau bouillante et quand la décoction eut pris une belle teinte dorée, elle la laissa refroidir, puis y trempa un morceau de peau absorbante afin de laver la blessure que le lionceau portait à la tête.

Lorsqu'elle retira le sang séché, la blessure se remit à saigner, mais elle avait eu le temps de voir que la boîte crânienne était fêlée et non écrasée. Après avoir fendu en deux la racine de consoude, elle appliqua directement sur la plaie la substance gluante — qui arrêterait le saignement et faciliterait la consolidation de la boîte crânienne. Puis elle enveloppa la tête du lionceau avec une autre bande en cuir souple.

Ce n'était pas la première fois qu'elle soignait un animal blessé mais jamais elle n'aurait pensé exercer un jour son talent de guérisseuse sur un lionceau. Brun serait drôlement surpris s'il pouvait me voir, se dit-elle. Lui qui m'avait interdit de ramener à la caverne un louveteau blessé, que dirait-il s'il savait que je soigne un lionceau ! Il n'empêche que si ce bébé s'en sort, j'apprendrai beaucoup de choses sur les lions des cavernes.

Bien qu'ignorant comment faire pour que le lionceau absorbe ce remède, Ayla remit de l'eau à bouillir et elle prépara une infusion de camomille et de feuilles de consoude. Puis elle ressortit pour s'occuper du renne. Elle avait écorché l'animal et commencé à découper la viande en fines lanières quand elle réalisa soudain qu'elle aurait bien du mal à la faire sécher. Comment ferait-elle pour planter dans la roche les bouts de bois auxquels elle fixait ses cordes ?

Énervée par ce nouveau contretemps, elle jeta rageusement le bout de bois qu'elle tenait à la main. Elle était exténuée et inquiète aussi à l'idée d'avoir ramené le lionceau à la caverne. N'était-ce pas une erreur ? Au lieu de préparer son futur départ de la vallée, il faudrait qu'elle s'occupe maintenant de l'animal blessé. Elle ferait aussi bien de le ramener dans les steppes et de l'abandonner à son destin... Jamais je ne pourrais faire une chose pareille ! se dit-elle. Abandonné à lui-même, il mourra ! Il n'empêche que si elle décidait de garder le lionceau, elle ne pourrait pas quitter la vallée comme elle avait prévu de le faire.

Elle revint à l'intérieur de la caverne pour jeter un coup d'œil au blessé. Il n'avait toujours pas bougé. Sa poitrine était chaude et il respirait normalement. Sa fourrure toute frisottée faisait penser au pelage de Whinney quand Ayla l'avait recueillie. Il était si mignon ce bébé lion et si drôle avec ce bandage qui lui couvrait la tête qu'elle ne put s'empêcher de sourire. Ce mignon bébé va devenir un lion énorme, se dit-elle. Mais tant pis ! Maintenant que je l'ai ramené, je ne peux pas le laisser mourir.

Ayla alla rechercher le bâton qu'elle avait jeté et regarda autour d'elle dans l'espoir de trouver un endroit où le planter. Tout au bout de la corniche, il y avait un tas de pierres qui s'étaient détachées de la paroi rocheuse. Elle y enfonça le bout de bois. Il tenait droit mais jamais il ne pourrait supporter la traction que la viande exercerait sur les cordes. Malgré tout, Ayla tenait là une idée. Elle alla chercher un panier, descendit vers la plage et remonta avec un chargement de pierres.

Après quelques essais infructueux, elle découvrit qu'il fallait qu'elle donne au tas de pierres la forme d'une pyramide et qu'elle utilise un bâton plus long que d'habitude. Elle fit quelques corvées supplémentaires jusqu'à la plage pour rapporter plus de pierres, coupa des bâtons à la longueur voulue et tendit les cordes en travers de la corniche. Avant de se remettre à découper la viande, elle alluma un petit feu sur la corniche et en profita pour y griller une épaisse tranche de renne qu'elle mangea aussitôt.

Qu'allait-elle donner à manger au lionceau ? Les bébés absorbaient la même nourriture que les adultes, se souvint-elle, à condition que celle-ci soit réduite en bouillie pour qu'ils puissent l'avaler sans avoir à mâcher. Le mieux, c'était de préparer un bouillon de viande en coupant très finement des tranches de renne. Et pourquoi ne pas mettre la viande à cuire dans l'infusion qu'elle venait de préparer ?

Aussitôt, Ayla se mit au travail. Elle coupa la viande en petits morceaux et la mit à cuire dans l'infusion de camomille et feuilles de consoude.

Un moment plus tard, quand elle jeta un coup d'œil dans la caverne, elle s'aperçut que le lionceau était réveillé. Incapable de se relever, il poussait des miaulements plaintifs. En la voyant s'approcher, il se mit à grogner et à siffler et essaya de reculer. Nullement impressionnée, Ayla se pencha vers lui en souriant.

Pauvre petite chose apeurée, songeait-elle. Comme je te comprends ! Ouvrir les yeux et se retrouver dans un endroit qu'on ne connaît pas et en face de quelqu'un qui ne ressemble pas à sa mère. (Elle approcha sa main du museau de l'animal.) Ouille ! Tes petites dents sont drôlement pointues ! Vas-y, ne te gêne pas. Goûte ma main et renifle mon odeur. Comme ça, tu auras moins de mal à t'habituer à moi. C'est moi qui vais être ta mère maintenant, car ta vraie mère ne saurait pas prendre soin de toi. Je ne connais pas très bien les lions des cavernes. Mais cela n'a pas d'importance. Un bébé est un bébé et j'ai déjà élevé une petite pouliche. As-tu faim ? Je ne peux pas te donner de lait. Mais je t'ai préparé un bouillon de viande.

Ayla se releva pour aller chercher le récipient dans lequel avait cuit le bouillon. En refroidissant, celui-ci avait pris une consistance épaisse qui l'étonna beaucoup. Elle le remua avec l'os qui lui servait de cuillère et s'aperçut que les morceaux de viande formaient un bloc compact et gélatineux au fond du récipient. Et soudain, elle comprit ce qui s'était passé et éclata de rire.

Je comprends pourquoi la consoude est bonne pour les blessures, se dit-elle. Si elle rapproche l'une de l'autre les chairs déchirées comme elle a figé ce bouillon autour des morceaux de viande, cela doit en effet faciliter la cicatrisation.

— Veux-tu un peu de ce bouillon, bébé ? demanda-t-elle, par gestes, au lionceau.

Elle versa un peu de bouillon gélatineux dans un petit récipient en écorce de bouleau et le plaça sous le museau du lionceau qui avait réussi à se remettre debout. Celui-ci recula en sifflant.

Ayla entendit le bruit des sabots de Whinney et, l'instant d'après, la jument pénétra dans la caverne. Le lionceau était parfaitement réveillé et comme il bougeait, Whinney s'approcha pour le renifler. Effrayé par cet animal de grande taille qu'il ne connaissait pas, le bébé lion recula en grognant et alla se réfugier entre les jambes d'Ayla. Un peu rassuré par la chaleur de son corps et cette odeur qu'il commençait à connaître, il se blottit contre elle. Il se passait vraiment de drôles de choses dans cette caverne.

Ayla souleva le lionceau et le posa sur ses genoux. Puis elle l'entoura de ses bras et commença à le bercer en chantonnant d'une voix apaisante — comme elle aurait fait pour n'importe quel bébé.

— Tout va bien. Tu vas t'habituer à nous.

Whinney remua la tête et poussa un hennissement. Maintenant que le lionceau était niché dans les bras d'Ayla, elle n'en avait plus peur. Le fait de vivre avec un être humain avait déjà modifié son comportement. Il y avait des chances qu'elle finisse par accepter la présence du jeune félin.

Rassuré par les caresses d'Ayla, le lionceau fourrait son museau dans les replis de son vêtement, cherchant à téter.

— Tu as faim, n'est-ce pas, bébé ? demanda Ayla en récupérant le récipient où elle avait versé le bouillon.

Comme le lionceau reniflait l'épais bouillon sans y toucher, elle y trempa ses doigts et les fourra dans la gueule de l'animal. Il comprit tout de suite ce qu'on attendait de lui et, comme n'importe quel bébé, se mit à téter.

Assise sur le sol de la petite caverne, se balançant d'avant en arrière pour bercer le lionceau tandis que celui-ci continuait à sucer le bout de ses doigts, Ayla était tellement absorbée par le souvenir de son fils qu'elle ne se rendit pas compte que des larmes coulaient le long de ses joues et tombaient sur la fourrure de l'animal niché sur ses genoux.

Pendant ces premiers jours — et ces premières nuits où le jeune lion s'endormait contre elle en suçant le bout de ses doigts —, entre la jeune femme solitaire et le lionceau des cavernes, un lien se forma, un lien très différent de celui qu'aurait eu le jeune animal avec sa mère naturelle. Les lois de la nature sont sans pitié, tout particulièrement à l'égard des petits du plus puissant des prédateurs. Même si la lionne nourrissait ses petits à la mamelle durant les premières semaines — et qu'elle les laissait encore téter, occasionnellement, jusqu'à ce qu'ils aient atteint l'âge de six mois — dès que les lionceaux ouvraient les yeux, ils commençaient à manger de la viande. Mais, dans une troupe de lions, il existait une hiérarchie très stricte et ces animaux ne s'embarrassaient pas de sentiments.

La lionne chassait et, contrairement aux autres félins, elle ne chassait jamais seule, mais en compagnie de deux ou trois autres lionnes. La petite bande constituait une fantastique équipe de prédateurs. Les lionnes n'hésitaient pas à s'attaquer à un cerf géant ou à un jeune aurochs mâle. Seul le mammouth était à l'abri de leurs attaques, à condition d'être adulte ou de ne pas être affaibli par l'âge. Mais les lionnes ne chassaient pas pour nourrir leurs petits. Les proies qu'elles ramenaient étaient destinées au mâle. Le mâle dominant avait droit à « la part du lion » : pour que les lionnes puissent manger, il fallait d'abord qu'il soit rassasié. Quand elles avaient eu leur part, les jeunes mâles de la bande s'approchaient à leur tour. Les lionceaux se disputaient les restes — quand il y en avait.

Si un des lionceaux affamés avait le malheur de s'emparer d'un morceau de viande avant que ce soit son tour, il recevait aussitôt un coup de patte, qui pouvait lui être fatal. Les lionnes empêchaient donc leurs petits de s'approcher, quitte à ce qu'ils meurent de faim. Les trois quarts des lionceaux n'atteignaient pas l'âge adulte. Ceux qui échappaient à cette sélection impitoyable étaient souvent exclus de la bande à l'âge adulte et devenaient alors des nomades rejetés de partout, à plus forte raison s'il s'agissait de mâles. Les femelles étaient moins mal loties : une bande qui manquait de chasseurs acceptait qu'une lionne nomade rejoigne ses rangs, à condition que celle-ci reste en marge de la troupe.

Pour un mâle, le seul moyen de se faire accepter était de se battre, parfois jusqu'à ce que mort s'ensuive. Quand un mâle dominant était âgé ou blessé, il était chassé par un jeune membre de la bande ou, plus vraisemblablement, par un vagabond, qui prenait aussitôt sa place. Le mâle assurait alors deux fonctions : défendre le territoire de la troupe — marqué par ses glandes à sécrétion odoriférante et par l'urine des lionnes — et assurer la reproduction.

Il arrivait parfois qu'un mâle et une femelle nomades s'accouplent pour former le noyau d'une nouvelle bande. Mais cela les obligeait à se tailler à coups de griffe un territoire chèrement gagné sur celui de leurs congénères. C'était là une existence bien précaire.

Mais Ayla n'était pas une lionne. Comme tous les humains, elle ne se contentait pas de protéger ses petits, elle assurait aussi leur subsistance. Bébé, comme elle continuait à l'appeler, était traité comme aucun lionceau ne l'avait été jusque-là. Il n'avait pas besoin de se battre avec ses congénères pour un morceau de viande et ne risquait pas de recevoir un coup de griffes de ses aînés. C'est Ayla qui chassait pour lui. Mais, si elle lui laissait sa part, elle n'abandonnait pas pour autant la sienne. Elle lui permettait de sucer ses doigts chaque fois qu'il en éprouvait le besoin et le laissait dormir avec elle.

Dès que le lionceau avait été rétabli et avait pu sortir de la caverne, il avait pris tout naturellement des habitudes de propreté. Même lorsqu'il faisait ses besoins dehors, la vue de son urine déclenchait chez lui une telle grimace de dégoût qu'Ayla ne pouvait s'empêcher de sourire. Il lui arrivait aussi de rire aux éclats devant les farces du jeune lion. Une de ses plaisanteries préférées consistait à la suivre furtivement. Ayla faisait semblant de ne pas s'en apercevoir, puis simulait la surprise quand il lui sautait sur le dos. Parfois, elle se retournait au dernier moment et recevait le lionceau dans ses bras. Ce jeu les amusait autant l'un que l'autre.

Au sein du Clan, les enfants étaient rarement punis. Quand l'un d'eux faisait une bêtise pour se faire remarquer, on se contentait de l'ignorer. Au fur et à mesure que les enfants grandissaient, ils devenaient plus sensibles au statut accordé à leurs aînés et aux adultes. Ils renonçaient progressivement à se faire dorloter comme des bébés et se mettaient à imiter les adultes. Comme ce comportement leur valait l'approbation générale, ils continuaient dans cette voie.

Au début, Ayla avait choyé le lionceau comme un bébé. Mais comme celui-ci grandissait, il arrivait qu'il lui fasse mal sans faire exprès en jouant avec elle. Quand il la griffait ou qu'il la faisait tomber sur le sol, elle cessait aussitôt de jouer et pour se faire clairement comprendre, elle utilisait le geste du Clan qui signifiait : « Arrête ! » Bébé percevait ce geste et, quand Ayla l'utilisait, il essayait aussitôt de se faire pardonner : il lui suçait le bout des doigts ou adoptait une attitude qui, il le savait, ne manquerait pas de la faire sourire.

Le lionceau se mit à répondre au signal « Arrête ! » en adoptant une attitude qui correspondait à l'ordre qui lui était donné. Sensible aux gestes et aux postures, à cause du langage du Clan, la jeune femme remarqua très vite ce comportement. Chaque fois qu'elle désirait que le lionceau cesse immédiatement de faire quelque chose, elle utilisait ce signal. Pour Ayla, il ne s'agissait pas de dressage. Il n'empêche que le lionceau apprenait vite. Il fut bientôt capable de s'arrêter en pleine course ou d'interrompre un de ses bonds à la simple vue de ce signal. Quand l'ordre lancé par Ayla était particulièrement impératif, il éprouvait le besoin, après avoir obéi, d'aller lui sucer les doigts comme s'il avait quelque chose à se faire pardonner.

Ce signal d'arrêt mis à part, Ayla n'exigeait rien du lionceau qui était aussi libre de ses mouvements qu'elle et Whinney. Jamais il ne lui serait venu à l'idée d'attacher ou d'enfermer dans un enclos les deux animaux qui vivaient avec elle. Ils représentaient sa famille et sa tribu. Ils étaient ses seuls amis.

Elle était tellement habituée à vivre avec des animaux qu'elle ne s'étonnait plus d'une situation qui aurait fait pousser les hauts cris aux membres du Clan. En revanche, elle était très surprise par la relation de la jument et du jeune lion. Lorsqu'elle avait ramené le lionceau à la caverne, elle n'était pas sûre que les deux animaux puissent vivre ensemble. Pour le cheval, le lion, c'était l'ennemi, le prédateur dont la proie se méfiait instinctivement. Non seulement les deux animaux cohabitaient, mais ils s'entendaient à merveille.

Au début, Whinney avait fait mine d'ignorer la présence du lionceau. Mais elle n'avait pas pu conserver longtemps cette attitude. Quand elle avait vu qu'Ayla tirait sur un des côtés d'une vieille peau tandis que le bébé lion tenait l'autre côté entre ses dents et qu'il tirait de toutes ses forces en grognant et en remuant la tête, cela avait aussitôt attiré sa curiosité. Elle n'avait pu s'empêcher de s'approcher et, après avoir reniflé la peau, elle en avait saisi à son tour un bout entre les dents. Lorsque Ayla arrêtait de jouer, la jument et le lion continuaient à tirer chacun de leur côté.

A un moment donné, Bébé prit l'habitude de traîner une peau — sous son corps et entre ses pattes antérieures, comme, plus tard, il traînerait une proie — et d'aller la placer sur le passage de la jument pour l'inciter à en saisir une des extrémités et à jouer avec lui. Et en général, Whinney se pliait à ses désirs.

Le lionceau avait inventé un autre jeu que la jument appréciait moins, même si lui le trouvait irrésistible : il jouait à lui attraper la queue. Il commençait par s'approcher furtivement de la jument. Accroupi derrière elle, il regardait cette queue qui battait l'air et bougeait d'une manière si tentante tandis qu'il se relevait sans bruit, tremblant d'excitation. Il frétillait à l'idée de ce qui allait suivre, puis bondissait, ravi de pouvoir refermer la gueule sur une grosse touffe de poils. Parfois, Ayla aurait juré que la jument était partie prenante de ce jeu et que, parfaitement consciente de l'intense désir que provoquait sa queue, elle faisait semblant de ne rien remarquer. La jeune jument était joueuse, elle aussi. Et, avant que le lionceau arrive, il n'y avait personne pour s'amuser avec elle. Ayla aurait été bien incapable d'inventer des jeux : elle ne savait pas ce que c'était.

Quand Whinney en avait assez de ce jeu, elle se retournait contre l'attaquant et lui mordait la croupe. Même si elle était patiente, il n'était pas question qu'elle renonce à son rôle dominant. Bébé avait beau être un lion des cavernes, il était encore tout jeune. Si Ayla était sa mère, Whinney devint sa nurse. Jouer ensemble les avait déjà rapprochés, mais l'attitude tolérante de Whinney se transforma bientôt en une prise en charge beaucoup plus active. Et ce, pour une raison bien précise : Bébé adorait le crottin.

Les excréments des carnivores ne l'intéressaient pas. En revanche, il aimait les excréments des herbivores et quand ils allaient tous les trois dans les steppes, il se roulait dans tous ceux qu'il trouvait. Pour l'instant, c'était avant tout un jeu. Mais cette habitude l'aiderait plus tard à chasser : l'odeur des excréments de sa proie masquerait sa propre odeur. Cela n'empêchait pas Ayla de rire aux éclats chaque fois que le lionceau découvrait un nouveau tas d'excréments. Il avait une prédilection pour les crottes de mammouth qu'il désagrégeait avec ses pattes avant de se coucher dedans.

Mais il y avait encore mieux que les crottes de mammouth : c'était le crottin de Whinney. Le jour où il découvrit la réserve de crottin sec qu'Ayla conservait, en plus de son bois, pour alimenter le feu, ce fut une véritable révélation. Il éparpilla le crottin partout, se roula dedans, joua avec et finit par s'enfouir au fond du tas — ou plutôt, de ce qu'il en restait. Quand Whinney revint à la caverne, elle renifla le lionceau et reconnut sa propre odeur. A partir de ce moment-là, elle abandonna toute nervosité à son égard et l'adopta complètement. Elle se mit à l'emmener avec elle, veilla sur lui et même si parfois certains comportements du lionceau l'étonnaient, cela ne l'empêcha pas de continuer à prendre soin de lui.

Cet été-là, Ayla fut plus heureuse qu'elle ne l'avait jamais été depuis qu'elle avait quitté le Clan. Whinney avait été pour elle plus qu'une amie et elle ne savait pas ce qu'elle serait devenue si elle avait dû passer l'hiver sans la réconfortante présence de la jument. Mais grâce au lionceau, Ayla découvrit que, dans la vie, on pouvait aussi rire et s'amuser.

Par une chaude journée d'été, ils étaient tous les trois dans la prairie, non loin de la rivière. Whinney et Bébé venaient d'inventer un nouveau jeu. Ils se pourchassaient en formant un grand cercle. D'abord, le lionceau ralentissait l'allure juste assez pour que la jument puisse le rattraper. Il restait en tête et, tandis que Whinney ralentissait, il parcourait le cercle à vive allure jusqu'à ce qu'il se retrouve derrière elle. Whinney filait devant, parcourait le cercle à son tour tandis que Bébé réglait son allure sur la sienne avant de la dépasser, et la jument finissait par se retrouver à nouveau derrière lui. Le jeu alors recommençait. Ayla n'avait jamais rien vu d'aussi drôle et elle riait tellement qu'elle dut s'appuyer contre un arbre en se tenant les côtes.

Quand ses hoquets se calmèrent, elle se demanda, tout étonnée, ce qui lui arrivait. Quel était ce bruit qu'elle faisait quand quelque chose l'amusait ? Que se passait-il alors ? Était-ce normal ? Si oui, comment expliquer que les membres du Clan lui aient toujours dit que cette manifestation de gaieté n'était pas convenable ? A l'exception de son fils, dans le Clan, personne ne riait ni ne souriait. Et pourtant ils étaient sensibles à l'humour. Mais quand quelqu'un racontait une histoire drôle, ils se contentaient de hocher la tête pour montrer qu'ils appréciaient la plaisanterie et le plaisir qu'ils éprouvaient se lisait dans leurs yeux. Il leur arrivait parfois de faire une grimace qui ressemblait à un sourire, mais celle-ci exprimait soit une menace, soit une nervosité craintive, jamais la joie qu'Ayla ressentait lorsqu'elle riait.

Pourquoi les membres du Clan jugeaient-ils que c'était mal de rire alors qu'à elle, cela lui faisait tellement plaisir ? Les gens comme elle riaient-ils eux aussi ? Le fait de repenser aux Autres mit fin à son accès de gaieté. N'était-ce pas une erreur d'avoir cessé toutes recherches ? Non seulement elle avait désobéi à Iza mais, en vivant seule, elle prenait des risques. Que se passerait-il si elle tombait malade ou si elle avait un accident ?

Pourtant, elle était si heureuse dans cette vallée avec sa petite famille d'animaux ! Whinney et Bébé ne lui lançaient pas de regards désapprobateurs quand elle courait. Ils ne lui interdisaient pas de sourire ou de pleurer. Ils ne lui disaient pas ce qu'elle devait chasser et quelle arme elle devait utiliser. Elle faisait ce qu'elle voulait et se sentait entièrement libre. Le temps qu'elle passait à subvenir à ses besoins ne limitait pas sa liberté. Au contraire. Comme elle était capable de se débrouiller seule, elle avait de plus en plus confiance en elle.

Avec le temps, la tristesse qu'elle éprouvait à vivre séparée de ceux qu'elle aimait avait beaucoup diminué. Même si elle souffrait du manque de contacts humains, elle s'était si bien habituée à cette situation qu'elle la trouvait normale. Tout ce qui pouvait atténuer sa solitude était une véritable joie et les deux animaux avec lesquels elle vivait comblaient en grande partie le vide de sa vie. A ses yeux, Whinney et elle jouaient le rôle que Creb et Iza avaient tenu auprès d'elle lorsqu'elle était enfant. Et quand le soir, avant de s'endormir, Bébé rentrait ses griffes et la serrait entre ses pattes de devant, elle s'imaginait parfois que Durc était à nouveau blotti contre elle.

Elle n'avait pas particulièrement envie de repartir à la recherche des Autres. Elle craignait de devoir à nouveau se plier à des coutumes inconnues et à des interdits. Les Autres risquaient de la priver de cette merveilleuse faculté de rire. Je ne les laisserai pas faire, se dit-elle. Personne, à l'avenir, ne m'empêchera de rire quand j'en ai envie.

Les deux animaux s'étaient lassés de leur jeu. Whinney était en train de brouter et Bébé se reposait, la langue pendante. Ayla siffla. La jument s'approcha aussitôt, suivie par le lionceau qui avançait à pas feutrés.

— Il faut que j'aille chasser, Whinney, annonça Ayla, par gestes. Ce lion mange énormément et il est de plus en plus gros.

Dès que ses blessures avaient été guéries, le lionceau s'était mis à suivre Ayla et Whinney dans leurs déplacements : les lionceaux n'étaient jamais laissés seuls dans une troupe de lions. Il en était de même pour les bébés du Clan, et Ayla avait donc trouvé ça tout à fait normal. En revanche, elle s'était dit que cela allait lui poser un problème pour chasser. Finalement, grâce à l'attitude protectrice de Whinney, le problème avait été résolu de lui-même. De même que lorsque la lionne chassait, elle confiait ses petits à une lionne plus jeune qui en avait alors la garde, Bébé avait très facilement accepté que ce soit Whinney qui joue ce rôle. Ayla savait qu'aucune hyène, ou animal du même genre, n'oserait braver les ruades de Whinney lorsque celle-ci avait la garde du jeune lionceau. Mais cet arrangement supposait qu'elle recommence à chasser seule et à pied.

Ses expéditions dans les steppes proches de la caverne à la recherche d'animaux qu'elle puisse tuer avec sa fronde eurent un avantage inattendu. Alors que jusque-là, elle avait toujours évité le territoire des lions des cavernes, situé à l'est de la vallée, elle commença à s'y aventurer et se dit que le moment était venu de mieux connaître cet animal qui incarnait son totem.

Cette nouvelle occupation n'était pas sans risque. De chasseur, elle pouvait très bien devenir une proie. Comme elle avait déjà observé des prédateurs, elle savait se montrer discrète. Les lions étaient conscients de sa présence, mais, très vite, ils choisirent de l'ignorer. Ayla savait qu'elle n'était pas à l'abri d'une saute d'humeur des félins. Néanmoins, elle était tellement fascinée qu'elle ne pouvait s'empêcher de les observer.

Ils passaient une grande partie de leur temps à se reposer ou à dormir au soleil, mais quand ils chassaient, ils faisaient preuve d'une rapidité et d'une violence extraordinaires. Les loups, qui ne chassaient qu'en bande, pouvaient tuer un grand cerf. Une lionne à elle toute seule arrivait au même résultat et beaucoup plus rapidement. Les lions ne chassaient que lorsqu'ils avaient faim et ils pouvaient rester sans manger plusieurs jours d'affilée. Ils n'avaient pas besoin de faire, comme Ayla, des réserves de nourriture : ils chassaient toute l'année.

En été, comme il faisait chaud dans la journée, ils chassaient de préférence la nuit. Pendant la saison froide, quand ils avaient retrouvé leur épais pelage d'hiver, d'une blancheur d'ivoire, qui leur permettait de se fondre dans le paysage, ils chassaient durant la journée. Le froid intense leur évitait de s'échauffer trop malgré la prodigieuse énergie qu'ils dépensaient à la chasse. La nuit, quand la température tombait, ils dormaient, entassés les uns contre les autres, dans une grotte ou sous un surplomb rocheux à l'abri du vent ou encore sur les moellons d'un canyon, qui restituaient la nuit la chaleur qu'ils avaient emmagasinée le jour.

Plus Ayla observait les lions et plus elle respectait ces animaux qui incarnaient l'esprit de son totem. Un jour elle vit que les lionnes n'avaient pas hésité à s'attaquer à un vieux mammouth dont les défenses étaient si longues qu'elles s'étaient recourbées et croisées. Toute la troupe festoya sous ses yeux. En fin de journée, sur le chemin du retour, elle se demanda comment elle avait fait pour échapper à un tel prédateur lorsqu'elle avait cinq ans. Elle comprenait mieux maintenant l'étonnement du Clan à la vue des quatre cicatrices qu'elle portait sur la jambe. Pourquoi ai-je été choisie par le Lion des Cavernes ? se demanda-t-elle. Pour toute réponse, elle éprouva soudain un étrange pressentiment. Rien de bien précis. Si ce n'est que ce pressentiment avait quelque chose à voir avec Durc.

Au moment où elle rejoignait la vallée, elle abattit à la fronde un lièvre destiné à Bébé et, une fois encore, elle se demanda s'il était bien sage d'avoir ramené ce lionceau à la caverne. Qu'allait-il se passer quand Bébé serait devenu un lion adulte ? Ses craintes s'envolèrent quand le lionceau, tout heureux de la voir rentrer, se précipita vers elle pour lui lécher le bout des doigts avec sa langue râpeuse.

En fin de soirée, après avoir dépouillé le lièvre qu'elle coupa en morceaux pour Bébé, après avoir changé la litière de Whinney à qui elle donna du foin frais, Ayla se prépara à dîner et, quand elle eut fini de manger, elle s'installa en face du feu pour boire une infusion. Le lionceau s'était endormi au fond de la caverne, à bonne distance du foyer. Les yeux fixés sur les flammes, Ayla se demanda à nouveau pourquoi elle avait adopté le jeune animal. Elle se dit qu'en agissant ainsi, elle n'avait fait qu'obéir au désir de son totem. Elle n'en connaissait pas les raisons, mais l'esprit du Lion des Cavernes lui avait envoyé un de ses représentants pour qu'elle l'élève.

Elle saisit son amulette, toujours suspendue autour de son cou par une lanière, et s'adressa à son totem, en utilisant le langage solennel et silencieux du Clan :

Cette femme ignorait à quel point le Lion des Cavernes était puissant. Cette femme est reconnaissante de le savoir. Cette femme ne sait toujours pas pourquoi elle a été choisie, mais elle est reconnaissante pour le bébé et le cheval. (Ayla se tut pendant un instant, puis elle reprit :) Un jour cette femme saura pourquoi le lionceau lui a été envoyé... si le Grand Lion des Cavernes choisit de le lui dire.

Maintenant qu'Ayla avait décidé de rester dans la vallée, elle devait à nouveau faire des réserves en prévision de l'hiver. Le renne ne suffirait pas à assurer ses besoins en viande et ceux du lionceau. Car Bébé était uniquement carnivore et sa croissance rapide exigeait d'importantes quantités de viande. Il fallait qu'elle tue un autre animal de grande taille et pour ce faire, elle avait besoin de Whinney.

Le jour où Ayla, après avoir sifflé Whinney, lui remit son harnachement, Bébé comprit qu'il se passait quelque chose. Le travois avait fait ses preuves, mais Ayla désirait y apporter quelques améliorations avant de s'en resservir. Elle voulait trouver un autre moyen d'attacher les deux longues perches aux paniers placés contre les flancs de la jument afin de pouvoir continuer à se servir de ceux-ci. Elle voulait aussi qu'une des deux perches soit mobile pour que Whinney puisse monter le chargement jusqu'à la caverne. Pour elle, c'était bien plus pratique de faire sécher la viande sur la corniche.

Quand tout fut prêt, Ayla grimpa sur le dos de Whinney et se mit en route. Bébé les suivait, un peu en arrière, comme il aurait suivi sa mère à la trace. C'était tellement plus pratique de rejoindre la région située à l'est de la vallée qu'à l'exception de quelques randonnées d'exploration, jamais Ayla n'allait chasser à l'ouest. De ce côté, la falaise continuait sur plusieurs kilomètres jusqu'à une pente escarpée et caillouteuse qui permettait d'accéder aux plaines de l'est. Grâce à Whinney, Ayla aurait pu facilement atteindre cette trouée, mais elle préférait se cantonner dans les plaines de l'est où elle était maintenant comme chez elle.

Pour les avoir tant de fois observés, elle connaissait les itinéraires suivis par les troupeaux, les endroits où ils traversaient la rivière et à quelle époque de l'année ils émigraient vers le nord. En revanche, elle était toujours obligée de creuser une fosse pour pouvoir les prendre au piège, une tâche particulièrement difficile maintenant qu'elle devait l'accomplir en compagnie d'un lionceau à l'énergie débordante et persuadé que sa mère adoptive venait d'inventer un nouveau jeu rien que pour lui.

Il s'approchait en rampant de la fosse, effritait les bords avec ses griffes, s'amusait à sauter par-dessus, se laissait tomber au fond du trou et en ressortait aussi facilement. Il se roulait aussi dans la terre qu'Ayla venait de sortir de la fosse et qu'elle avait placée sur la peau d'aurochs. Quand la jeune femme commença à tirer sur la peau pour aller en vider le contenu plus loin, Bébé, persuadé qu'elle voulait jouer comme d'habitude, tira de son côté, éparpillant la terre sur le sol.

— Bébé ! Comment vais-je faire pour creuser cette fosse ! s'écria Ayla, exaspérée. (Elle n'avait pu s'empêcher de sourire, encourageant du même coup le lionceau à continuer ses facéties.) Je vais te donner quelque chose que tu pourras traîner.

Elle alla chercher une couverture en peau qu'elle avait emportée au cas où il pleuvrait.

— Voilà de quoi t'amuser, Bébé, dit-elle en traînant la couverture sur le sol devant le lionceau qui s'en empara aussitôt, tout heureux de pouvoir saisir quelque chose entre ses pattes avant.

Ayla en profita pour finir de creuser la fosse, puis elle plaça une peau sur le trou, la maintint en place à l'aide de quatre piquets et la recouvrit d'une fine couche de terre. Bébé, qui s'était approché pour voir ce qu'elle faisait, tomba dans le piège. Il en ressortit aussitôt, l'air indigné et, se le tenant pour dit, resta à l'écart.

Dès que le piège fut prêt, Ayla siffla Whinney et fit une grande boucle pour se retrouver derrière le troupeau d'onagres. Jamais elle n'avait recommencé à chasser des chevaux et elle se sentait un peu mal à l'aise à l'idée de tuer un âne sauvage, car ces animaux ressemblaient beaucoup aux chevaux des steppes. Mais la position du troupeau était telle que les onagres ne pourraient pas éviter le piège et elle ne voulait pas laisser passer une pareille occasion.

Le comportement de Bébé changea du tout au tout lorsqu'ils se retrouvèrent tous les trois derrière le troupeau d'onagres. Ayla avait craint qu'il continue à s'amuser comme il l'avait fait un peu plus tôt autour de la fosse. Mais son instinct de prédateur prit aussitôt le dessus et il se mit à suivre furtivement les onagres, comme s'il allait plaquer au sol un des ânes, adoptant la même attitude que lorsqu'il voulait attraper la queue de Whinney. Les jeux du lionceau constituaient une version en miniature de l'habileté de chasseur dont il ferait preuve lorsqu'il serait devenu adulte. Il était un chasseur-né et adoptait instinctivement l'approche furtive qui lui permettrait, plus tard, de surprendre ses proies.

Ayla découvrit à sa grande surprise que la présence du lionceau, au lieu de la gêner, l'aidait au contraire. Quand les onagres se retrouvèrent suffisamment près du piège pour sentir son odeur et celle du lionceau et qu'ils voulurent faire un crochet, elle lança Whinney en avant en poussant des hurlements pour semer la panique dans le troupeau. Le lionceau comprit que le moment était venu de passer à l'attaque et se lança, lui aussi, à la poursuite des animaux. L'odeur du lion des cavernes accrut encore la panique des onagres qui se jetèrent tête baissée dans le piège.

Ayla se laissa glisser par terre et, un épieu à la main, se précipita vers la fosse, guidée par les braiments de l'onagre qui était tombé au fond. Mais Bébé fut plus rapide qu'elle. Même s'il ne savait pas encore comment s'y prendre pour étouffer une proie, il sauta sur le dos de l'onagre et planta ses dents de lait, trop petites pour avoir un quelconque effet, à l'arrière du cou de l'animal.

Si Bébé avait fait partie d'une troupe de lions, jamais il n'aurait pu s'approcher d'une proie. Et s'il avait eu le malheur de le faire, un coup de patte meurtrier l'aurait stoppé net. Aussi rapides soient les lions, ils étaient des sprinters alors que leurs proies étaient des coureurs de fond. Si le lion ne tuait pas sa proie en début de course, celle-ci avait de grandes chances de lui échapper. Ils ne pouvaient donc pas laisser un lionceau s'entraîner à la chasse et cet entraînement n'avait lieu, sous forme de jeu, que lorsque les lions étaient pratiquement adultes.

Mais Ayla était un être humain. Elle ne pouvait courir ni comme un lion ni comme ses proies. Elle n'avait ni griffes ni crocs. Sa seule arme, c'était son intelligence. Grâce à celle-ci, elle avait inventé un moyen qui remédiait à son manque de dons pour la chasse. Le piège — en permettant à un être humain lent et faible de chasser — fournissait aussi au lionceau la possibilité de s'y essayer.

Quand Ayla, à bout de souffle, s'approcha de la fosse, l'onagre, prisonnier au fond du trou et attaqué par un petit lion des cavernes qui feulait et tentait de le tuer avec ses dents de lait, était fou de terreur. Elle mit fin à sa lutte d'un coup d'épieu. L'onagre s'affala au fond de la fosse, les dents du lionceau toujours plantées à la base de son cou. Bébé n'abandonna sa proie que lorsque celle-ci eut cessé tout mouvement. Telle une mère fière de l'exploit de son rejeton, Ayla sourit en voyant que le lionceau, debout sur un animal beaucoup plus gros que lui et persuadé que c'était lui qui l'avait tué, essayait de rugir.

Puis elle sauta dans la fosse et repoussa le lionceau.

— Pousse-toi Bébé. Il faut que j'attache cette corde autour de son cou pour que Whinney puisse le sortir de là.

Tandis que Whinney hissait l'onagre hors de la fosse, le lionceau ne tenait pas en place : il ne cessait de sauter dans le piège pour en ressortir aussitôt. Lorsque l'animal se retrouva sur le sol, il bondit sur son dos, puis en sauta. Il ne savait pas quoi faire de lui-même. Le lion qui venait de tuer une proie était, en général, le premier à prélever sa part. Mais les lionceaux ne chassaient jamais. Et, suivant les lois de la dominance, ils étaient toujours les derniers à se nourrir.

Ayla s'approcha de l'onagre pour l'inciser de l'anus à la gorge. Un lion aurait ouvert l'animal de la même manière, en partant du bas. Tandis qu'elle incisait la partie inférieure de l'animal, Bébé la regardait avidement. Quand elle eut fini, elle fit basculer l'animal et lui écarta les pattes pour pouvoir continuer à couper.

Incapable d'attendre plus longtemps, Bébé se précipita sur l'abdomen ouvert et saisit les viscères sanguinolents qui s'en échappaient. Il réussit à planter ses dents piquantes comme des aiguilles dans ces tissus tendres et se mit à tirer sur quelque chose. Serrant les mâchoires, il commença à reculer exactement comme s'il tirait sur une peau dont Ayla aurait tenu l'autre extrémité.

Ayla termina l'incision et se retourna pour regarder le lionceau. Bébé avait saisi un morceau d'intestin et, comme il ne rencontrait aucune résistance, il continuait à reculer, déroulant sur le sol plusieurs mètres d'entrailles. Son air surpris était si drôle qu'Ayla fut prise de fou rire. Elle riait tellement qu'elle finit par s'affaler sur le sol en se tenant les côtes.

Etonné de la voir allongée sur le sol, Bébé lâcha le morceau d'intestin pour s'approcher d'elle. La jeune femme lui prit la tête dans les mains et frotta sa joue contre la fourrure du lionceau. Puis elle le gratta derrière les oreilles et caressa ses babines tachées de sang. Bébé se coula contre ses jambes et, pressant alternativement ses pattes avant sur ses cuisses, il se mit à lui sucer les doigts en émettant un grondement sourd et continu.

Je ne sais pas ce qui t'a amené, Bébé, songea Ayla. Mais je suis vraiment heureuse que tu sois là.

14

A l'automne, le lion des cavernes était plus grand qu'un loup de belle taille. Le bébé trapu était devenu une bête élancée, avec des muscles puissants et de longues pattes qui lui donnaient une démarche dégingandée. Pour le reste, c'était encore un lionceau, toujours aussi joueur, et Ayla arborait parfois un bleu ou des égratignures. Elle ne le frappait jamais — car, pour elle, il restait un bébé. Mais il lui arrivait de le réprimander.

— Arrête, Bébé ! lui intimait-elle en le repoussant. Ça suffit, ajoutait-elle en s'en allant. Tu es vraiment trop brutal !

C'était assez pour que le lionceau la suive en adoptant une posture de soumission, comme le faisaient ses congénères vis-à-vis des lions dominants de la troupe. Ayla se laissait aussitôt attendrir. Les manifestations de joie exubérante qui suivaient son pardon étaient plus inoffensives. Bébé rentrait ses griffes avant de poser ses pattes sur ses épaules et il la faisait tomber en douceur — au lieu de la plaquer au sol — pour pouvoir la serrer entre ses pattes antérieures. Ayla était obligée de le serrer à son tour contre elle et même si, alors, il montrait les crocs et prenait son épaule ou son bras dans sa mâchoire — comme plus tard il mordrait la lionne avec laquelle il s'accouplerait — il faisait preuve de douceur et ne lui entamait jamais la peau.

Ayla acceptait ces démonstrations d'affection et elle les lui rendait. Mais, dans le Clan, tant qu'un garçon n'était pas capable de chasser seul, il n'était pas considéré comme un adulte et obéissait à sa mère. Le lionceau devait donc faire pareil. Puisque Ayla était sa mère, elle trouvait tout à fait normal qu'il lui obéisse.

La jeune femme et la jument lui tenaient lieu de bande. Les rares fois où il avait rencontré d'autres lions alors qu'il se trouvait avec Ayla dans les steppes, dès qu'il s'était approché, il avait été repoussé à grand bruit, comme le prouvait la cicatrice qu'il portait sur le museau. Après que Bébé eut reçu ce coup de griffe, Ayla évita de s'aventurer en sa compagnie sur le territoire des lions. Mais cela ne l'empêcha pas de continuer à les observer quand elle était seule.

Elle en profitait pour comparer Bébé aux lionceaux sauvages. Il semblait grand pour son âge. Contrairement aux autres lionceaux, il ignorait ce qu'était la faim, il n'avait jamais, comme certains d'entre eux, les côtes saillantes ou un pelage terne et râpé. Avec Ayla pour veiller sur lui et assurer sa subsistance, il allait pouvoir atteindre son plein développement physique. Semblable à une femme du Clan fière de son bébé bien nourri et en bonne santé, elle était tout heureuse de voir que le lionceau avait un beau poil et qu'il était énorme comparé à ses congénères du même âge.

Bébé ne se contentait pas de dépasser en taille les autres lionceaux, il était aussi un chasseur précoce. Depuis que l'onagre avait été pris au piège, jamais Ayla ne partait à la recherche de gibier sans l'emmener avec elle. Il pouvait ainsi s'entraîner sur des proies réelles, alors que sa mère naturelle l'en aurait empêché. Ayla, au contraire, l'encourageait à chasser car elle appréciait son aide. Les méthodes instinctives de Bébé s'accordaient si bien avec les siennes qu'à eux deux ils formaient une excellente équipe.

Une fois pourtant, Bébé avait déclenché trop vite les hostilités et dispersé le troupeau qui se dirigeait vers le piège. Ayla avait alors été si fâchée qu'il avait compris qu'il venait de commettre une faute grave. La fois suivante, il n'avait pas quitté des yeux la jeune femme, avançant à la même allure qu'elle jusqu'à ce qu'elle lance Whinney au galop. Même si jusqu'ici il n'avait pas encore réussi à tuer un animal pris au piège avant elle, Ayla savait que cela n'allait pas tarder.

Bébé aimait aussi l'accompagner quand elle partait chasser avec sa fronde. Si elle en profitait pour cueillir des plantes, activité qui ne l'intéressait pas, il s'amusait à poursuivre tout ce qui bougeait ou alors il faisait la sieste. En chassant avec Ayla, il apprit à se figer sur place comme elle le faisait dès qu'elle voyait du gibier. Il attendait qu'elle ait sorti sa fronde et une pierre et se précipitait en avant au moment où elle lançait le projectile. Souvent, il se contentait de lui rapporter le gibier. Mais parfois, il plantait ses crocs dans la gorge de l'animal. Elle se demandait alors si c'était son tir qui avait tué la bête ou si Bébé l'avait achevée en bloquant la trachée-artère, comme le faisaient les lions pour tuer leurs proies. Enfin le jour arriva où il tua sa première proie.

Ce matin-là, il avait joué avec un morceau de viande qu'Ayla venait de lui donner, puis il s'en était désintéressé et était allé dormir. Il s'était réveillé un peu plus tard en entendant Ayla grimper l'étroit sentier qui conduisait aux steppes au-dessus de la caverne. Whinney n'était pas là. Il n'était pas question que le lionceau aille seul dans les steppes. Pour les hyènes et autres prédateurs, la chasse était ouverte et Bébé le savait. Il décida donc de suivre Ayla. Il marchait à côté d'elle et Ayla le vit s'immobiliser avant d'apercevoir le hamster géant qui s'enfuyait. Bébé bondit à la poursuite de l'animal avant qu'elle n'ait eu le temps de lancer son projectile. Tout se passa si vite qu'elle ne fut pas certaine d'avoir visé juste.

Quand elle s'approcha du hamster, Bébé avait déjà les crocs plongés dans les entrailles sanguinolentes. Ayla le repoussa pour voir si l'animal portait la marque de son projectile. Il résista un instant seulement — le temps pour Ayla de lui faire les gros yeux — puis recula sans insister. Même après avoir examiné le hamster, la jeune femme ne réussit pas à déterminer de quoi il était mort. Mais elle l'abandonna au lionceau, pour le récompenser d'avoir si bien chassé. Bébé en profita aussitôt pour dépecer le hamster, ce qui était pour lui le fin du fin.

Le jour où elle rata un lièvre, elle fut alors certaine que c'était Bébé qui l'avait tué. Elle avait mal lancé son projectile — ce qui était rare — et la pierre avait atterri à quelques pas seulement d'elle. Mais le mouvement de la fronde avait servi de signal pour le lionceau. Il s'était précipité sur la proie et, à l'arrivée d'Ayla, il était déjà en train de la déviscérer.

— Tu es merveilleux, Bébé ! dit Ayla en utilisant un mélange de sons et de gestes qui n'appartenait qu'à elle, exactement comme elle aurait félicité un garçon du Clan venant de tuer son premier gibier.

Le jeune lion comprit tout de suite qu'elle était contente de lui. Le sourire, l'attitude et la posture d'Ayla exprimaient clairement ce sentiment. Bien que tout jeune encore, il avait satisfait son instinct de chasseur et provoqué du même coup l'approbation du membre dominant de sa troupe : il avait bien agi et le savait.

Quand les vents froids, annonciateurs de l'hiver, se mirent à souffler et que la rivière se couvrit d'une fine pellicule de glace, Ayla commença à se faire du souci. Elle avait fait suffisamment de réserves de nourriture pour elle, mais la viande séchée mise de côté pour Bébé ne durerait pas tout l'hiver. Elle avait aussi ramassé des céréales et du foin pour Whinney. Ce fourrage était un luxe. En hiver, les chevaux sauvages broutaient ce qu'ils pouvaient trouver. Quand la couche de neige était trop épaisse, ils avaient bien du mal à s'alimenter et certains d'entre eux mouraient avant que les beaux jours ne reviennent.

Durant la saison froide, les prédateurs ne restaient pas inactifs. Ils débarrassaient les troupeaux des éléments les plus faibles, si bien que les autres avaient plus à manger. Le nombre des proies et des prédateurs augmentait et diminuait d'une manière cyclique, mais en général ces deux populations s'équilibraient. Certaines années, quand les herbivores et les ruminants étaient en petit nombre, il arrivait que les prédateurs eux-mêmes meurent de faim. Pour tous les habitants des steppes, la saison froide était la plus dure.

L'inquiétude d'Ayla augmenta encore quand l'hiver s'installa. Elle ne pouvait pas chasser d'animal de grande taille lorsque le sol était gelé car il devenait impossible de creuser une fosse. La plupart des animaux qu'elle pouvait atteindre avec sa fronde hibernaient ou restaient au fond de leur gîte avec des réserves de nourriture. Ne possédant pas le flair des prédateurs, Ayla ne pouvait espérer les déloger.

Elle avait profité du début de la saison froide pour chasser le plus d'animaux possible et, comme il faisait suffisamment froid pour congeler de la viande, elle avait entassé ces réserves à l'abri sous des pierres empilées qui lui servaient de caches. C'était la première fois qu'elle chassait en hiver et, connaissant mal les mouvements hivernaux des troupeaux d'herbivores, il lui arrivait souvent de rentrer les mains vides. Même si elle était parfois inquiète au point de ne pas dormir de la nuit, jamais pourtant elle ne regrettait d'avoir adopté le lion des cavernes. Bébé continuait à la faire rire et, grâce à lui et à Whinney, elle supportait parfaitement la longue claustration de l'hiver.

Chaque fois qu'elle fouillait dans l'une de ses caches, Bébé essayait de tirer sur le cadavre gelé dès qu'elle se mettait à déplacer les pierres.

— Bébé ! Attends que j'aie fini !

Mais au lieu d'attendre, le lion essayait de se faufiler sous l'amas de pierres. C'est lui qui transportait l'animal tout raide jusqu'à la caverne et, arrivé là, il l'emmenait dans la niche creusée dans la paroi. Sans savoir qu'elle avait déjà été utilisée par des lions des cavernes, il en avait fait instinctivement sa tanière. Installé au fond de la niche, il s'attaquait aussitôt à un morceau de viande gelé qu'il rongeait avec délice. Ayla attendait que l'animal soit dégelé pour prélever le morceau qui lui était destiné.

Quand elle se rendit compte que ses réserves avaient considérablement diminué, elle se dit que le moment était venu de repartir à la chasse — ou, au moins d'essayer. Elle choisit pour son expédition une froide journée d'hiver où le ciel était dégagé. Elle ne savait pas comment elle allait s'y prendre pour tuer un animal et ne désirait pas y réfléchir à l'avance. Elle se disait qu'elle finirait bien par avoir une idée. Même si elle ne ramenait rien, elle profiterait de cette sortie pour examiner le terrain de plus près.

Elle n'eut pas plus tôt placé les paniers sur le dos de la jument que Bébé comprit qu'ils partaient chasser. Il se précipita dehors, revint à toute allure dans la caverne et continua ses allées et venues pendant toute la durée des préparatifs en grognant d'impatience. Whinney remuait la tête et hennissait, aussi heureuse que lui à l'idée de sortir. Dès qu'ils se retrouvèrent dans les steppes, les inquiétudes d'Ayla s'envolèrent, remplacées par la joie de prendre de l'exercice.

Les steppes étaient couvertes d'une fine couche de neige qu'effleurait un vent léger. L'air était si froid qu'il y aurait aussi bien pu ne pas y avoir de soleil. A chaque fois qu'ils respiraient, ils exhalaient un jet de vapeur et quand Whinney s'ébrouait, le givre qui recouvrait son museau était projeté dans l'air. Ayla ne regrettait pas d'avoir chassé autant d'animaux : les fourrures qu'elle portait ce jour-là n'étaient pas de trop et elle se félicitait d'avoir mis son capuchon en glouton.

Jetant un coup d'œil au souple félin qui avançait sans bruit à ses côtés, elle réalisa soudain que Bébé était presque aussi long, des épaules à l'arrière-train, que Whinney et qu'il n'allait pas tarder à avoir la même stature que la jument. Ce n'était plus un lionceau, mais un jeune lion et sa crinière rousse commençait à pousser.

Soudain déterminé, Bébé fila devant elle, la queue droite. Ayla avait beau ne jamais avoir chassé en plein cœur de l'hiver, elle remarqua aussitôt les traces laissées dans la neige par une bande de loups. Les empreintes n'avaient pas eu le temps d'être effacées par la neige ou le vent. Elles étaient très nettes et indubitablement fraîches. Elle partit au galop et, au moment où elle allait rattraper Bébé, elle aperçut une bande de loups qui s'approchaient d'un vieux mâle à la traîne derrière un troupeau de saïgas.

Le jeune lion les avait vus, lui aussi, et il était tellement excité qu'il fondit au milieu de toute la bande, dispersant le troupeau et interrompant l'attaque des loups. En voyant l'air surpris et furieux de ceux-ci, Ayla faillit éclater de rire. Mais elle se retint car elle ne voulait pas encourager Bébé. Il est simplement un peu énervé, se dit-elle. Il y a longtemps que nous n'avons pas chassé.

Bondissant de tous côtés, complètement paniquées, les antilopes filaient à travers les steppes. Les loups se regroupèrent et suivirent le troupeau à une allure plus raisonnable : ils économisaient leurs forces en vue de l'attaque finale tout en gagnant régulièrement du terrain.

Quand Ayla eut retrouvé son sérieux, elle jeta un regard sévère à Bébé qui se glissa aussitôt derrière elle.

Tandis qu'ils suivaient tous trois la bande de loups, une idée commença à germer dans l'esprit d'Ayla. Elle se dit que, même si elle ne pouvait blesser une antilope avec sa fronde, elle pouvait tuer un loup. Si Bébé était suffisamment affamé, il pourrait toujours se repaître de l'animal.

Les loups venaient d'accélérer l'allure. Et à nouveau le vieux mâle se retrouvait à la traîne du troupeau d'antilopes, trop fatigué pour les suivre. Ayla se pencha en avant pour que Whinney augmente sa vitesse. Les loups étaient en train d'encercler l'antilope, à bonne distance malgré tout de ses cornes et de ses sabots. Ayla se rapprocha d'eux et dès qu'elle eut choisi le loup qu'elle voulait tuer, elle lança deux pierres coup sur coup.

Elle avait visé juste. Le loup s'effondra. Une agitation s'ensuivit qu'Ayla attribua d'abord à la chute du loup. Puis elle comprit ce qui se passait. En la voyant utiliser sa fronde, Bébé s'était dit que le moment était venu de foncer sur la proie. Mais le loup ne l'intéressait pas. Pourquoi s'occuper d'un loup alors qu'il avait à portée de ses crocs une antilope à la chair autrement plus délectable ? La bande de loups s'effaça devant la jument lancée au galop, sa cavalière armée d'une fronde, et le lion qui semblait déterminé à charger.

Mais Bébé n'était pas un chasseur émérite — pas encore. Il n'avait pas la puissance et la ruse du lion adulte. Non, Bébé ! se dit Ayla. Ce n'est pas le bon animal ! Puis elle corrigea aussitôt : Bien sûr qu'il a choisi le bon. Cramponné à la vieille antilope, à qui la peur donnait des ailes, le lion essayait d'asphyxier sa proie.

Ayla sortit un épieu du panier placé derrière elle. Whinney se précipita à la suite de la vieille antilope. La pointe de vitesse de celle-ci fut de courte durée. L'animal ralentissait. La jument en profita pour la rattraper. Ayla équilibra son arme et, dès qu'elle se retrouva à la hauteur de l'antilope, elle frappa en poussant un exubérant cri de joie.

Après avoir fait volte-face, elle revint au trot et trouva Bébé installé sur le dos de l'antilope. Pour la première fois, le jeune lion éprouvait le besoin de proclamer sa victoire. Même si le rugissement qu'il poussa n'avait pas encore toute la puissance de celui d'un mâle adulte, il était sur la bonne voie. En l'entendant rugir, même Whinney eut peur, et elle broncha.

Ayla se laissa glisser sur le sol et tapota l'encolure de la jument pour la rassurer.

— Tout va bien, Whinney. Ce n'est que Bébé.

La jeune femme repoussa le lion pour pouvoir vider l'antilope. Il ne lui vint pas à l'idée qu'il pouvait se rebeller et qu'il risquait de la blesser gravement. Bébé s'écarta. Il trouvait normal de lui obéir, mais il s'inclinait aussi devant autre chose : l'assurance que donnait à Ayla l'amour qu'elle lui portait.

Ayla décida d'aller chercher le loup et de le dépecer, car la fourrure de ces animaux était chaude. Quand elle eut fini, elle s'aperçut que Bébé était en train de traîner l'antilope. Il semblait bien décidé à ramener le gibier jusqu'à la caverne, malgré son poids. Si Ayla le laissait faire, la peau de l'animal risquait d'être abîmée. Les antilopes vivaient aussi bien dans les montagnes que dans les plaines mais elles étaient peu nombreuses, et c'était la première fois qu'Ayla avait l'occasion d'en tuer une. En plus, l'antilope était le totem d'Iza. La jeune femme avait donc très envie de cette peau.

— Arrête ! intima-t-elle.

Bébé hésita un court instant avant de lâcher « sa » proie. Il fit les cent pas autour du travois tout le temps que dura le voyage du retour jusqu'à la caverne et il ne quitta pas des yeux l'animal tandis qu'Ayla le dépeçait. Dès qu'elle le laissa faire, il emporta l'antilope au fond de la niche. Même quand il fut rassasié, il continua à veiller sur sa proie et s'endormit à côté d'elle.

Son manège amusa Ayla. Elle avait l'impression que, pour Bébé, cette antilope avait quelque chose de spécial. Elle éprouvait le même genre de sentiment, mais pour d'autres raisons. Ce qui l'avait excitée, ce n'était pas seulement la vitesse, la poursuite et la chasse mais surtout le fait qu'elle venait de découvrir une nouvelle manière de chasser. Avec l'aide de Whinney et de Bébé, elle pouvait maintenant chasser en toutes saisons et son Bébé ne manquerait jamais de viande.

Sans bien savoir pourquoi, elle se tourna vers Whinney. La jument était tranquillement couchée à son endroit habituel, nullement inquiète malgré la présence toute proche du lion des cavernes. Ayla la caressa et s'étendit près d'elle. Whinney souffla doucement, tout heureuse de la sentir près d'elle.

Chasser en plein hiver sans avoir besoin de creuser une fosse devint rapidement un jeu. Et même un sport. Depuis qu'Ayla s'était servie pour la première fois d'une fronde, elle avait toujours aimé chasser. Chaque fois qu'elle parvenait à maîtriser une nouvelle technique — dépistage du gibier, double jet de pierres, prise d'un animal au piège pour le tuer d'un coup d'épieu — elle avait l'impression d'avoir accompli un réel progrès. Mais jamais elle n'avait éprouvé autant de plaisir que depuis qu'elle chassait avec la jument et le lion des cavernes. Un plaisir que partageaient les deux animaux. Quand Ayla faisait les préparatifs, Whinney remuait la tête et piaffait d'impatience, les oreilles dressées et la queue levée, tandis que Bébé allait et venait dans la caverne en grognant.

En général, le trio se mettait en route au lever du jour. S'ils trouvaient rapidement le gibier, ils étaient souvent rentrés avant midi. Leur méthode consistait à le suivre et à l'approcher à la bonne distance. Ayla donnait le signal en brandissant sa fronde. Impatient de passer à l'attaque, Bébé bondissait aussitôt en avant. Pressée par Ayla, la jument galopait à sa suite. Avec un jeune lion des cavernes accroché sur son dos, les crocs plantés à la base de sa gorge, l'animal totalement paniqué était facile à rattraper. Quand Ayla arrivait à sa hauteur, elle lui donnait le coup de grâce.

Au début, ces expéditions n'étaient pas toujours couronnées de succès. Parfois, ils choisissaient un animal trop rapide ou alors Bébé lâchait prise et retombait sur le sol. Il fallait aussi qu'Ayla apprenne à manier son lourd épieu tout en chevauchant Whinney. Il lui arrivait de rater son coup. Parfois aussi Whinney n'arrivait pas à serrer d'assez près le gibier. Mais même quand ils échouaient, le sport se révélait très excitant et ils étaient prêts à recommencer dès le lendemain.

A force de pratique, ils firent des progrès. Dès que chacun des membres du trio devint conscient des besoins et des capacités des autres, ils se mirent à former une équipe très efficace — si efficace que le jour où Bébé tua une proie sans l'aide de qui que ce soit, le fait faillit passer inaperçu.

Fonçant au grand galop, Ayla vit le cerf vaciller. Quand elle arriva à sa hauteur, il était tombé. Whinney ralentit et le dépassa. Ayla mit pied à terre avant que la jument se soit immobilisée et revint en courant vers l'animal. Elle brandissait son épieu pour l'achever quand elle s'aperçut que Bébé avait fini le travail.

Elle avait déjà installé le cerf sur le travois quand elle réalisa soudain ce qui venait de se passer. Aussi jeune fût-il, Bébé était maintenant capable de chasser sans l'aide de quiconque ! Au sein du Clan, une telle prouesse aurait fait de lui un adulte. De même qu'Ayla avait été appelée la Femme Qui Chasse avant d'être une femme, Bébé était devenu adulte avant sa maturité. Pour lui aussi, il faudrait une cérémonie, se dit-elle. Mais comment faire pour que cette cérémonie ait un sens à ses yeux ? La réponse ne se fit pas attendre et Ayla sourit en pensant à la surprise qu'elle allait lui faire.

Elle s'approcha du travois et tira le cerf sur le sol. Puis elle rangea la natte et les deux longues perches dans les paniers placés sur le dos de la jument. C'est lui qui a tué ce gibier, se dit-elle. Ce cerf lui appartient. Bébé ne comprit pas tout de suite ce qui se passait. Il commença par faire des allées et venues entre le cerf et la jeune femme. Quand il vit qu'Ayla s'en allait sans emporter la dépouille, il planta ses crocs dans le cou du cerf et, plaçant l'animal sous lui, il le tira jusqu'à la plage, puis le long de l'étroit sentier, jusqu'à l'intérieur de la caverne.

Après cet épisode, Ayla ne nota pas tout de suite de changement notable. Ils partaient toujours chasser tous les trois. Mais la poursuite de la jument était bien souvent un simple exercice et le coup d'épieu d'Ayla de moins en moins nécessaire. Si elle voulait un morceau de viande, elle se servait la première. Si la peau l'intéressait, Bébé la laissait dépecer l'animal. Dans une troupe de lions, le mâle dominant avait toujours le droit aux plus beaux morceaux et il se servait le premier. Mais Bébé était encore jeune. Il n'avait jamais eu faim et était habitué à ce qu'Ayla ait le rôle dominant.

Malgré tout, à l'approche du printemps, il commença à quitter la caverne et à partir en exploration. Ses absences ne duraient pas longtemps, mais elles étaient fréquentes. Un jour, quand il rentra, il était blessé à l'oreille. Ayla en déduisit qu'il avait rencontré d'autres lions. Elle se dit que Whinney et elle ne lui suffisaient plus : il avait maintenant besoin de ses congénères. Elle soigna l'oreille blessée. Le lendemain, Bébé ne la quitta pas d'une semelle et, le soir, lorsqu'elle fut couchée, il vint se blottir contre elle et chercha ses doigts pour les sucer.

Il ne va pas tarder à me quitter, se dit Ayla. Il a besoin de vivre en bande, que des lionnes chassent pour lui et qu'elles lui donnent des lionceaux qu'il puisse dominer. Cette constatation lui remit en mémoire les paroles d'Iza. « Pars à la recherche de ton peuple et du compagnon qui t'est destiné », lui avait dit la guérisseuse. Le printemps sera bientôt là, se disait Ayla. Moi aussi, il va falloir que je parte. Mais pas tout de suite. Bébé a beau être énorme et beaucoup plus développé que les lions du même âge, ce n'est pas un adulte. Il a encore besoin de moi.

Les crues printanières réduisirent soudain leur liberté d'action. C'est Whinney qui en souffrit le plus. Quand Ayla voulait sortir, elle empruntait le raidillon qui menait aux steppes au-dessus de la caverne. Bébé n'avait aucun mal à la suivre dans son escalade. En revanche, ce passage était trop escarpé pour Whinney. Elle dut attendre la décrue pour pouvoir emprunter à nouveau le sentier qui menait à la rivière. Mais, même alors, elle restait irritable.

Ayla se rendit compte que quelque chose n'allait pas le jour où Bébé reçut un coup de sabot. C'était vraiment surprenant. La jument avait toujours fait preuve d'une patience d'ange à l'égard du jeune lion. Il lui arrivait parfois de le mordre pour le rappeler à l'ordre, mais jamais encore elle n'avait rué pour le chasser. Ayla pensa d'abord que ce comportement étrange était lié à la longue période d'inactivité que venait de connaître la jument. Puis elle se dit qu'il n'était pas normal que Bébé se soit permis une incursion sur le territoire de Whinney qu'habituellement il respectait. Il avait dû être attiré par quelque chose d'inhabituel. En s'approchant de la jument, la jeune femme prit conscience d'une forte odeur qu'elle avait vaguement notée depuis qu'elle était réveillée. La jument avait la tête basse, les jambes arrière écartées, la queue relevée sur le côté gauche. Son orifice vaginal était gonflé et agité de contractions. Après avoir jeté un coup d'œil à Ayla, elle poussa un cri perçant.

Dans un premier temps, la jeune femme se sentit soulagée. Voilà donc le problème, se dit-elle. Elle savait que les femelles avaient un cycle et qu'en général, chez les herbivores, l'accouplement avait lieu une fois par an. Pendant la saison des amours, les mâles se battaient souvent pour avoir le droit de s'accoupler et c'était la seule époque de l'année où mâles et femelles se mélangeaient, même ceux qui, en temps normal, chassaient séparément ou vivaient dans des troupeaux différents.

La saison des amours intriguait Ayla, au même titre que d'autres comportements qu'elle avait observés chez les animaux, comme, par exemple, le fait que chaque année le cerf perde ses bois et que ceux-ci repoussent, plus grands encore que l'année précédente. Quand elle était enfant, Creb se plaignait toujours qu'elle pose trop de questions au sujet de ce genre de choses. Il ne savait pas pourquoi les animaux s'accouplaient, même si, une fois, il s'était avancé jusqu'à dire que les mâles affirmaient ainsi leur domination sur les femelles ou que, comme les hommes, ils satisfaisaient leurs besoins.

Au printemps précédent, Whinney avait déjà réagi aux hennissements de l'étalon qui se trouvait dans les steppes, au-dessus de la caverne, mais elle n'avait pu aller le rejoindre. Cette fois-ci, son besoin de s'accoupler semblait beaucoup plus fort et Ayla avait beau la caresser, elle continuait à pousser des cris perçants.

Comprenant soudain ce que cela signifiait, Ayla sentit son estomac se contracter. Elle s'appuya contre la jument, exactement comme le faisait Whinney quand elle était inquiète ou effrayée. Whinney allait la quitter ! C'était tellement inattendu ! Préoccupée par l'avenir de Bébé et ses propres projets, Ayla n'avait pas eu le temps de s'y préparer. Elle avait oublié que la saison des amours allait revenir pour Whinney et qu'elle aurait alors besoin de trouver un étalon.

Le cœur déchiré, Ayla quitta la caverne et fit signe à Whinney de venir avec elle. Lorsqu'elles se retrouvèrent sur la plage, elle enfourcha la jument. Bébé s'apprêtait à les suivre mais Ayla fit le geste : « Arrête ! » Elle ne voulait pas que le lion des cavernes les accompagne. Bébé ne pouvait pas savoir qu'elle ne partait pas chasser et elle dut à nouveau refaire le même geste. Impressionné par sa détermination, le lion s'immobilisa et les regarda s'éloigner.

Dans les steppes, il faisait chaud et humide à la fois. Le soleil avait réussi à percer le brouillard matinal. Il brillait maintenant au centre d'un halo brumeux et son éclat faisait paraître le bleu du ciel plus pâle encore qu'il ne l'était déjà. Les légères brumes, provoquées par la neige en train de fondre, adoucissaient les contours sans limiter la visibilité et des poches de brouillard s'accrochaient encore au fond des endroits les plus humides. La perspective s'en trouvait modifiée, et tout semblait ramené au premier plan, ce qui donnait au paysage une immédiateté étonnante, le sentiment de vivre dans le présent, ici et maintenant, comme si l'univers se limitait à cet endroit. Les objets éloignés paraissaient tout proches et néanmoins il aurait fallu marcher interminablement pour les atteindre.

Ayla se laissait guider par sa monture, notant inconsciemment au passage les repères qui lui permettraient de regagner la caverne. La direction prise par Whinney lui importait peu et elle ne se rendait pas compte que son visage, déjà humide à cause de la brume, ruisselait de larmes. Elle repensait à ce jour lointain où elle avait découvert la vallée et aperçu pour la première fois la horde de chevaux dans la prairie. Elle se rappelait sa décision de s'installer dans cette vallée accueillante, ce qui l'avait obligée à tuer un des chevaux de la horde. Elle se souvenait de cette fameuse nuit où elle avait ramené Whinney avec elle pour la protéger des hyènes. Elle aurait dû se douter que cela ne pouvait pas durer indéfiniment, qu'un beau jour Whinney rejoindrait les siens, comme elle-même allait être aussi obligée de le faire.

Un changement dans l'allure de la jument la rappela à la réalité. Whinney avait trouvé ce qu'elle cherchait : une petite horde de chevaux à quelques pas de là.

Le soleil avait fait fondre la neige sur une petite colline, découvrant les pousses minuscules qui émergeaient du sol. Les chevaux étaient en train de manger ces jeunes pousses, qui les changeaient agréablement du fourrage sec de l'année précédente. Quand les chevaux de la horde, remarquant sa présence, levèrent la tête, Whinney s'arrêta. Ayla entendit le hennissement d'un étalon. Occupé à brouter sur un monticule un peu à l'écart, il avait une robe brun-rouge foncé. Sa crinière, sa queue et la moitié inférieure de ses jambes étaient noires. La jeune femme n'avait encore jamais vu un cheval au pelage aussi coloré. La plupart des chevaux sauvages avaient des robes brun grisâtre ou couleur de foin comme celle de Whinney.

L'étalon releva la tête en hennissant et retroussa sa lèvre supérieure. Puis il s'approcha au galop et s'arrêta à quelques pas de Whinney, piaffant sur place. Le cou cambré, la queue dressée, son érection était magnifique.

Whinney lui répondit en hennissant à son tour et Ayla se laissa glisser sur le sol. Elle étreignit une dernière fois la jument et commença à s'éloigner. Whinney tourna la tête pour regarder la jeune femme qui avait pris soin d'elle et l'avait élevée.

— Tu as trouvé ton compagnon, lui dit Ayla. Va le rejoindre.

Whinney se retourna vers l'étalon en hennissant doucement. Celui-ci vint se placer derrière elle et, baissant la tête, se mit à lui mordiller les jarrets pour qu'elle se rapproche de la horde, comme s'il ramenait au bercail une brebis égarée. Incapable de partir, Ayla regarda la jument s'éloigner. Quand l'étalon la monta, elle ne put s'empêcher de repenser à Broud et à la terrible douleur qu'elle avait éprouvée la première fois qu'il lui avait fait ça. Ensuite, cela avait seulement été désagréable. Jamais elle n'avait aimé qu'il la chevauche et le jour où Broud s'était désintéressé d'elle, elle en avait éprouvé un vif soulagement.

Même si Whinney poussait des cris perçants, elle n'essayait pas de repousser l'étalon et, en la regardant, Ayla se sentit agitée par d'étranges sensations. Elle ne pouvait détacher ses yeux de l'étalon qui, les pattes avant posées sur le dos de la jument, remuait rythmiquement son arrière-train en poussant des cris perçants. Elle sentit une chaude humidité entre ses jambes, une pulsation en accord avec les mouvements rythmiques de l'étalon et un désir incompréhensible. Le souffle court, le cœur battant à tout rompre, elle souffrait de désirer quelque chose dont elle n'avait pas idée.

Quand tout fut fini et que la jument suivit l'étalon, sans même un regard en arrière, Ayla ressentit un sentiment de vide insupportable. Elle réalisa soudain à quel point le monde qu'elle s'était construit dans la vallée était fragile, combien éphémère avait été son bonheur et à quel point son existence était précaire. Elle fit demi-tour et partit en courant vers la vallée. La gorge en feu et souffrant d'un point de côté, elle continuait à courir, comme si cette course éperdue avait le pouvoir de lui faire oublier son cœur meurtri et l'insupportable sentiment de solitude qu'elle éprouvait.

En descendant la pente qui rejoignait la prairie, elle trébucha, roula jusqu'en bas et resta un moment à essayer de retrouver son souffle. Même quand sa respiration eut repris un rythme régulier, elle ne se releva pas. Elle n'avait pas envie de bouger. Elle en avait assez de lutter, plus aucune envie de se battre et même de vivre. Elle avait été maudite, non ?

Puisque je suis déjà morte aux yeux du Clan, pourquoi ne puis-je pas tout simplement mourir ? se demanda-t-elle. Pourquoi faut-il toujours que je perde ceux que j'aime ? Un souffle chaud et un coup de langue râpeuse l'obligèrent à ouvrir les yeux.

— Bébé ! Oh, mon Bébé ! s'écria-t-elle en éclatant en sanglots.

Bébé rampa à côté d'elle et, rentrant les griffes, posa une de ses pattes antérieures sur elle. Roulant sur elle-même, Ayla le prit par le cou et enfouit son visage dans sa crinière.

Quand ses sanglots se furent calmés et qu'elle voulut se relever, elle fut forcée de reconnaître qu'elle avait fait une sacrée chute. Elle s'était ouvert les mains, écorché les coudes et les genoux, sa hanche et son menton étaient tout tuméfiés et elle portait une plaie à la joue droite. Traînant la jambe, elle rentra à la caverne.

Elle était en train de soigner ses blessures et ses contusions quand soudain elle se demanda : Que se serait-il passé si je m'étais cassé quelque chose ? Sans personne pour me porter secours, cela aurait été encore pire que de mourir... Et pourtant, il ne m'est rien arrivé de grave. Une fois de plus, mon totem m'a protégée. Il est possible que l'esprit du Lion des Cavernes m'ait envoyé Bébé parce qu'il savait que Whinney allait me quitter.

Bébé va partir, lui aussi, pensa-t-elle aussitôt. Il ne va pas tarder à chercher une compagne. Même s'il n'a pas été élevé au sein d'une troupe de lions, il en trouvera une sans difficulté. Il va devenir si grand et si fort qu'il n'aura aucune difficulté à défendre son territoire. En plus, c'est un excellent chasseur. Il ne mourra jamais de faim.

Je suis en train de parler de lui comme le ferait une mère du Clan réalisant que son fils est devenu un chasseur courageux, se dit-elle avec un sourire un peu forcé. Après tout, Bébé n'est pas mon fils... Ce n'est qu'un lion, un lion des cavernes comme les autres. Non, il n'est pas comme les autres ! corrigea-t-elle. Il est déjà aussi grand qu'un lion adulte et très en avance pour chasser. Il n'empêche qu'il ne va pas tarder à me quitter...

Durc et Ura doivent avoir grandi maintenant, eux aussi. Oda sera triste quand Ura la quittera pour venir vivre avec Durc dans le clan de Brun... Ce n'est plus le clan de Brun, mais celui de Broud maintenant. Je me demande dans combien de temps aura lieu le prochain Rassemblement du Clan ?

Ayla s'approcha de sa couche pour aller chercher le paquet de bouts de bois sur lesquels, chaque soir, elle faisait une entaille. Elle défit la lanière qui les entourait et les éparpilla sur le sol. Puis elle essaya de faire le compte des jours qu'elle avait passés dans la vallée. Elle eut beau placer les doigts de ses deux mains sur les entailles, il y en avait tellement qu'elle était incapable de s'y retrouver. Finalement, elle se dit qu'elle n'avait pas besoin de ces bouts de bois : en comptant les printemps, elle saurait combien d'années avaient passé. Durc est né au printemps qui a précédé le dernier Rassemblement du Clan, se dit-elle. Le printemps suivant a marqué la fin de son année de naissance, continua-t-elle en faisant une marque dans la poussière. Ensuite, c'est l'année où il a marché. (Elle fit une deuxième marque.) Il aurait dû être sevré au printemps suivant, calcula-t-elle en faisant une troisième marque. Mais comme je n'avais pas de lait, j'ai cessé de le nourrir bien avant.

C'est ce même printemps que je suis partie, poursuivit-elle en fermant à demi les yeux pour mieux se concentrer. Et cet été-là, j'ai découvert la vallée et Whinney. Le printemps d'après, j'ai trouvé Bébé. (Elle ajouta une quatrième marque.) Et ce printemps-ci... Ayla hésita un court instant. Elle n'avait aucune envie que le départ de Whinney lui serve de repère pour marquer le début d'une nouvelle année. Et pourtant, les faits étaient là. Elle fit une cinquième marque sur le sol.

Cela représente tous les doigts d'une main, se dit-elle en levant sa main gauche après avoir placé tous les doigts sur les marques. C'est l'âge de Durc aujourd'hui. (Elle tendit le pouce et l'index de sa main droite et replia les autres doigts). Voilà le nombre d'années avant le Rassemblement, ils emmèneront Ura avec eux pour qu'un jour elle devienne la compagne de Durc. Bien sûr, les deux enfants seront encore trop jeunes pour s'accoupler. Mais en la voyant, tout le monde comprendra qu'elle est destinée à Durc. Est-ce que mon fils se souvient de moi ? se demanda-t-elle soudain. A-t-il hérité des souvenirs du Clan ? A qui ressemblera-t-il le plus ? A moi ou à Broud ? Aux Autres ou à ceux du Clan ?

En rassemblant les bouts de bois, Ayla nota une régularité dans le nombre de marques entre les entailles plus profondes qu'elle faisait chaque fois que son esprit se battait et qu'elle saignait. Tant que je reste dans cette vallée, jamais le totem d'un homme ne se battra avec le mien, se dit-elle. Même si j'avais pour totem une souris, jamais je ne pourrais être enceinte. Pour mettre en train un bébé, il faut qu'un homme vous pénètre. C'est mon avis en tout cas.

Whinney ! songea-t-elle soudain. Etait-ce cela que l'étalon était en train de faire ? Mettrait-il un bébé dans le ventre de Whinney ? Oh, Whinney, ce serait tellement merveilleux !

En repensant à Whinney et à l'étalon, la respiration d'Ayla s'accéléra.

Puis elle pensa à Broud et la sensation agréable disparut aussitôt. Il n'empêche que c'était le membre de Broud qui avait mis Durc en train. S'il avait su qu'il allait me donner un enfant, jamais il ne m'aurait forcée, se dit Ayla. Durc prendra Ura comme compagne. Cette petite Ura n'est pas difforme. Je suis sûre qu'elle a commencé à grandir dans le ventre d'Oda après que celle-ci a été forcée par les Autres. D'après Oda, ces hommes me ressemblaient. Un jour, je saurai si c'est vrai...

Ayla ne tenait pas en place. Bébé avait quitté la caverne et elle décida de faire comme lui. Elle suivit les buissons qui bordaient la rivière et s'aventura jusqu'au fond de la vallée. Jamais encore elle n'était allée aussi loin à pied. Maintenant que la jument était partie, il lui faudrait reprendre l'habitude de marcher et de porter un panier sur le dos. Quand elle se retrouva tout au bout de la vallée, elle continua à suivre la rivière qui, arrêtée par l'escarpement de la falaise, obliquait alors vers le sud. Juste après cette boucle, le cours d'eau tourbillonnait autour de rochers disposés si régulièrement qu'on pouvait aisément y marcher. A cet endroit, la haute falaise s'élevait par paliers si bien qu'Ayla n'eut aucun mal à l'escalader. Elle se retrouva alors dans les steppes de l'ouest.

Il n'y avait pas de réelles différences entre l'est et l'ouest, sauf que de ce côté-là le terrain était légèrement plus accidenté. Ayla connaissait beaucoup moins bien cette région et en conséquence, elle était décidée à se diriger vers l'ouest le jour où elle quitterait la vallée. Elle fit demi-tour et reprit le chemin de la caverne.

Quand elle arriva, la nuit tombait et Bébé n'était toujours pas rentré. Le feu s'était éteint et il faisait froid. La caverne semblait plus vide encore que quand elle s'y était installée. Elle alluma un feu et fit chauffer de l'eau pour une infusion. Elle n'avait pas le courage de cuisiner et se contenta, pour dîner, d'un morceau de viande séchée et de merises sèches. Cela faisait bien longtemps qu'elle ne s'était pas retrouvée toute seule dans la caverne. Quand vint le moment de se coucher, elle alla fouiller dans son vieux panier de voyage et en sortit la couverture en peau qui lui avait servi à porter Durc. Avant de s'endormir, elle s'y enveloppa.

A peine avait-elle fermé les yeux qu'elle commença à rêver. Elle rêva que Durc et Ura avaient grandi et qu'ils vivaient maintenant ensemble. Puis elle rêva de Whinney : la jument était en compagnie d'un poulain au pelage bai, comme celui de l'étalon. Elle finit par s'éveiller en sueur après avoir fait un cauchemar. Elle venait à nouveau de rêver de ce tremblement de terre qui la terrifiait. Pourquoi ce rêve revenait-il régulièrement ?

Elle se leva, ranima le feu et fit réchauffer le reste de l'infusion. Bébé n'était toujours pas rentré. Assise en face du feu, la couverture en peau roulée dans son giron, Ayla repensa à l'histoire que lui avait racontée Oda. D'après elle, l'homme qui l'avait forcée lui ressemblait. Mais que voulait-elle dire par là ?

Ayla tenta d'imaginer le visage d'un homme qui ressemblerait au sien en essayant de se souvenir de sa propre image quand elle s'était regardée dans l'eau de l'étang. Mais la seule chose qu'elle se rappelait, c'était la longue chevelure qui lui encadrait alors le visage, jaune comme le pelage de Whinney, mais d'une teinte plus chaude et plus dorée que la robe de la jument.

Chaque fois qu'elle tentait d'imaginer un visage masculin, celui de Broud s'interposait, déformé par un ricanement triomphant. De guerre lasse, elle retourna se coucher. A nouveau elle rêva de Whinney et de l'étalon. Puis d'un homme qu'elle n'avait encore jamais vu. Ses traits étaient indistincts. Une seule chose était certaine : il avait de longs cheveux blonds.

15

— Tu te débrouilles très bien, Jondalar, dit Carlono. Nous finirons par faire de toi un homme du fleuve. Sur une grande embarcation, ce n'est pas grave de rater un coup de pagaie. Comme il y a d'autres pagayeurs, tu risques seulement de casser le rythme. Mais sur les petits bateaux, comme celui-ci, tu ne peux pas te permettre de perdre le contrôle. Rater un coup de pagaie peut être dangereux ou même fatal. Ne quitte jamais le fleuve des yeux. Tu ne sais pas quelle surprise il te réserve. Le fleuve est profond à cet endroit, c'est pourquoi il a l'air calme. Mais ne t'y fie pas. Tu n'as qu'à enfoncer ta pagaie dans l'eau pour sentir la force du courant. C'est contre lui que tu luttes.

Carlono continua ses explications tandis qu'ils faisaient prendre au canoë la direction du ponton des Ramudoï. Jondalar ne l'écoutait que d'une oreille. Il essayait avant tout de manœuvrer correctement sa pagaie. Mais cela ne l'empêchait pas d'enregistrer au niveau de ses muscles les conseils de Carlono.

— Il est faux de croire qu'il est plus facile de naviguer dans le sens du courant, disait Carlono. Quand on remonte le fleuve et qu'on lutte contre le courant, on fait très attention à ce qu'on fait. On sait que si on relâche un instant son effort, on va perdre ce qu'on a gagné. En plus, on peut voir ce qui vous arrive dessus et l'éviter. Tandis que quand le courant vous porte, l'attention se relâche. On risque alors d'être précipité sur un de ces gros rochers qui se trouvent au milieu du fleuve ou d'être heurté par un tronc. Il ne faut jamais tourner le dos à la Grande Rivière Mère, rappela-t-il. Quand on croit savoir à qui on a affaire et qu'on se dit que c'est gagné, c'est justement là que le fleuve vous réserve des surprises.

Carlono sortit sa pagaie de l'eau et se recula un peu sur son banc pour observer Jondalar. Le jeune Zelandonii se concentrait sur les mouvements de sa pagaie. Ses longs cheveux blonds étaient attachés par une lanière à hauteur de la nuque, une excellente précaution. Il portait la tenue des Ramudoï : un pantalon et une tunique en peau de chamois, coupés sur le même modèle que ceux des Shamudoï, mais adaptés à la vie sur le fleuve.

— Veux-tu que je descende quand nous serons arrivés au ponton ?

proposa Carlono. Tu pourrais aller faire un tour sans moi. Ça fait une différence quand on se retrouve tout seul avec le fleuve.

— Crois-tu que j'en sois capable ?

— Pour quelqu'un qui n'est pas né ici, tu as appris drôlement vite.

Jondalar avait très envie de voir s'il était capable de se débrouiller seul sur le fleuve. Les jeunes Ramudoï possédaient leur propre pirogue bien avant d'être adultes. Jondalar, lui aussi, avait fait ses preuves en tant que jeune Zelandonii. Il était à peine plus âgé que Darvo quand il avait tué son premier cerf. Il était maintenant capable de jeter une sagaie plus loin et plus fort que la plupart des hommes. Malgré tout, il ne se sentait pas l'égal des Sharamudoï. Pour être considéré comme un homme, un Ramudoï devait avoir harponné un esturgeon et un Shamudoï devait avoir chassé un chamois dans les montagnes sans l'aide de quiconque.

Il avait décidé qu'il ne s'unirait pas à Serenio tant qu'il ne se serait pas prouvé à lui-même qu'il pouvait être à la fois ramudoï et shamudoï. Dolando avait essayé de le convaincre qu'il était inutile de vouloir faire les deux. Personne ne doutait de sa valeur et tous ceux qui avaient chassé le rhinocéros avec lui étaient convaincus de ses qualités de chasseur.

Jondalar aurait été bien incapable de dire pourquoi il ressentait le besoin d'être meilleur que les autres. C'était bien la première fois que cela lui arrivait. Jamais encore il n'avait ressenti le besoin de surpasser d'autres hommes à la chasse. Son seul intérêt dans la vie, la seule tâche où il désirait exceller, était la taille du silex. Il s'y appliquait non pas pour surpasser les autres, mais parce qu'il éprouvait une intense satisfaction à perfectionner ses techniques de taille. Finalement, le shamud avait parlé en privé à Dolando et il lui avait dit qu'il fallait que le grand Zelandonii se prouve à lui-même qu'il pouvait faire partie de leur Caverne.

Jondalar vivait depuis si longtemps avec Serenio qu'il trouvait que le moment était venu de s'unir officiellement avec elle. Elle était pratiquement sa compagne. C'est en tout cas comme ça que la plupart des gens voyaient la chose. Tous les Sharamudoï avaient à la fois du respect et de l'affection pour lui et, aux yeux de Darvo, il était l'homme du foyer. Mais depuis cette lointaine soirée où Tholie et Shamio avaient été brûlées, une chose ou une autre s'en mêlant, il avait toujours repoussé sa décision. En outre, il était facile de s'installer dans la routine avec Serenio.

La jeune femme n'exigeait rien de lui et continuait à garder ses distances. Mais récemment Jondalar l'avait surprise en train de lui lancer un regard très étrange, presque halluciné, qui venait du fond de l'âme. Il avait décidé que le moment était venu de se prouver qu'il pouvait être un vrai Sharamudoï. Comme il avait fait part de son intention autour de lui, certaines personnes avaient pensé qu'il n'allait pas tarder à s'unir à Serenio bien que, pour l'instant, aucune Fête de la Promesse ne soit prévue.

— Ne va pas trop loin, lui conseilla Carlono au moment où il quittait la pirogue. Contente-toi d'apprendre à naviguer tout seul.

— Je vais emporter un harpon, dit Jondalar en prenant l'instrument qui se trouvait sur le ponton. J'en profiterai pour m'entraîner à le lancer.

Après avoir placé la longue hampe en bois au fond de la pirogue sous les bancs, il enroula la corde à côté et fixa l'extrémité en os garnie de pointes dans le support placé sur le flanc du bateau. La pointe du harpon, un dard barbelé et acéré, n'était pas le genre d'instrument qu'on puisse laisser traîner au fond d'un bateau. En cas d'accident, il était aussi difficile de l'extraire d'un homme que d'un poisson — sans parler de la difficulté qu'on avait à tailler un os avec des outils en silex. Il était rare que les pirogues des Ramudoï coulent, mais cela ne les empêchait pas de tanguer parfois dangereusement et il valait mieux attacher le matériel.

Tandis que Carlono tenait le bateau, Jondalar s'installa sur le siège arrière. Il prit la pagaie à double pale et s'éloigna du ponton. Maintenant que l'embarcation n'était plus équilibrée par un second passager, l'avant de la pirogue se soulevait davantage et elle était plus difficile à manœuvrer. Malgré tout, dès que Jondalar se fut adapté à ce changement, il glissa sans difficulté dans le courant en rasant l'eau et se servit de sa pagaie comme gouvernail, en la plaçant un peu à l'écart de la poupe. Au bout d'un certain temps, il se dit que le moment était venu d'essayer d'avancer à contre-courant.

Il avait descendu la rivière plus loin qu'il ne le pensait et, quand il arriva en vue du ponton, il songea un instant à rentrer. Mais changeant soudain d'avis, il continua à pagayer. Il s'était promis à lui-même d'égaler l'habileté des Ramudoï sur le fleuve et ce n'était pas le moment de flancher. Il sourit à Carlono qui le saluait de la rive et dépassa le ponton.

En amont, le fleuve s'élargissant, le courant était moins fort et il était plus facile de pagayer. Apercevant une petite plage, ombragée par des saules, Jondalar se dirigea vers elle. Il réussit sans mal à s'en approcher car la pirogue était une embarcation si légère qu'elle pouvait voguer dans des eaux peu profondes. Jondalar en profita pour se reposer un peu, se contentant de barrer avec sa pagaie pour ramener le bateau vers la berge chaque fois qu'il s'en éloignait. Il regardait distraitement le fleuve quand, soudain, son attention fut attirée par une longue forme silencieuse qui se déplaçait sous la surface de l'eau.

C'était encore un peu tôt pour les esturgeons. Habituellement, ils remontaient le fleuve au début de l'été. Mais le printemps avait été précoce et chaud, et les crues plus impressionnantes encore que d'habitude. En regardant de plus près, Jondalar aperçut d'autres poissons glissant silencieusement dans l'eau. Les esturgeons migraient ! Quelle chance il avait ! Il allait pouvoir pêcher le premier esturgeon de la saison !

Il posa sa pagaie au fond de la pirogue et se mit à assembler les différentes parties du harpon. En l'absence de tout gouvernail, la pirogue pivota sur elle-même. Elle fila légèrement dans le courant, puis lui présenta son flanc. Au moment où Jondalar fixait la corde du harpon à l'avant de la pirogue, l'embarcation avait retrouvé son assiette et s'était pratiquement immobilisée en travers du courant. Jondalar fouillait du regard l'eau du fleuve. Et il ne fut pas déçu. Une forme énorme et sombre se dirigeait vers lui en ondulant de la queue — il comprit alors d'où venait l'Haduma que son frère avait pêchée avec les jeunes Hadumaï.

Pour avoir déjà pêché avec les Ramudoï, il savait que l'eau modifiait la position réelle du poisson. L'esturgeon était légèrement décalé — une ruse employée par la Rivière pour cacher ses créatures. Quand le poisson s'approcha de l'embarcation, Jondalar modifia légèrement son angle de visée pour compenser la réfraction de l'eau. Penché par-dessus le flanc de la pirogue, il attendit un court instant et lança avec violence le harpon en direction de l'esturgeon.

Tout aussi violemment, la petite embarcation fut projetée dans la direction opposée et, se retrouvant dans le sens du courant, elle quitta aussitôt l'abri de la rive. Jondalar avait bien visé. La pointe du harpon s'était enfoncée dans la chair de l'esturgeon géant — mais sans lui faire grand mal. Il n'était nullement hors de combat et filait à toute vitesse vers le milieu du lit, là où l'eau était plus profonde. La corde se déroula rapidement, puis se tendit avec une secousse quand il n'y eut plus de mou.

Projeté en avant, Jondalar faillit passer par-dessus bord. Alors qu'il s'agrippait au flanc de la pirogue, sa pagaie rebondit et tomba dans l'eau. Comme il se penchait pour essayer de la rattraper, l'embarcation déséquilibrée manqua de chavirer. Par miracle, l'esturgeon qui se trouvait maintenant au milieu du courant commença à remonter le fleuve, redressant du même coup la pirogue et repoussant violemment Jondalar, complètement affolé, au fond de l'embarcation. Jondalar voyait passer à toute vitesse sous ses yeux les rives du fleuve. Il se pencha en avant et essaya de donner une secousse à la corde tendue dans l'espoir de déloger le harpon. L'avant de la pirogue piqua du nez et celle-ci commença à se remplir d'eau. L'esturgeon se jeta de côté et le bateau fit de même. Ballotté, secoué, Jondalar se cramponna de plus belle à la corde.

Il ne remarqua pas qu'il venait de dépasser la clairière où on fabriquait les bateaux et ne vit pas non plus les gens qui, debout sur le rivage, le regardaient passer, bouche bée, alors qu'il continuait à tirer des deux mains sur la corde dans l'espoir de déloger le harpon.

— Vous avez vu ? fit Thonolan. J'ai l'impression que mon frère a attrapé un poisson volant ! Moi qui croyais avoir tout vu ! continua-t-il en pouffant de rire. Avez-vous remarqué comme il tirait sur cette corde dans l'espoir de libérer le poisson ? (Plié en deux à force de rire, il se tapa sur la cuisse avant d'ajouter :) Ce n'est pas lui qui a attrapé un poisson mais le poisson qui l'a attrapé !

— Ce n'est pas drôle, Thonolan ! dit Markeno, qui avait bien du mal à garder son sérieux. Ton frère a des ennuis.

— Je sais. Je sais. Mais toi aussi tu l'as vu, non ? Remorqué par un poisson en amont du fleuve ! Reconnais qu'il y a de quoi rire.

Riant toujours, Thonolan aida Markeno et Carlono à mettre un bateau à l'eau. Quand Dolando et Carolio les eurent rejoints, ils s'engagèrent sur le fleuve en pagayant le plus vite possible. Les ennuis de Jondalar pouvaient très bien mettre sa vie en danger.

L'esturgeon commençait à s'épuiser. Le harpon enfoncé dans sa chair et cette longue course avec son fardeau finissaient par avoir raison de ses forces. Il était en train de ralentir.

Jondalar en profita pour réfléchir. Il ne savait pas où il était. Depuis la lointaine traversée en pleine tempête de neige, jamais il n'était remonté aussi haut. Comment faire pour s'arrêter ? Il eut soudain une idée : il suffisait de couper la corde.

Il venait de sortir son couteau en silex de son fourreau quand, brusquement, l'esturgeon, dans un dernier combat mortel, essaya d'échapper au dard planté dans sa chair. Il se battait avec une telle violence que, chaque fois qu'il s'enfonçait dans l'eau, il entraînait la pirogue avec lui. Même retourné, le canoë en bois aurait flotté facilement. Mais rempli d'eau, il risquait de sombrer au fond du fleuve. Tandis que Jondalar essayait de couper la corde, le bateau dansait sur l'eau, piquait du nez et était ballotté d'un côté et de l'autre. Jondalar ne vit pas le tronc qui, poussé par le courant, avançait sous l'eau, jusqu'au moment où celui-ci heurta de plein fouet la pirogue, lui faisant sauter le couteau des mains.

Le premier instant de surprise passé, Jondalar essaya de tirer la corde en hauteur pour lui donner du mou afin que la pirogue se redresse. Dans un dernier effort désespéré pour se libérer, l'esturgeon se précipita vers la rive et réussit finalement à déloger le harpon. Mais il était trop tard. Le peu de vie qui lui restait s'échappa par la blessure béante. L'énorme créature coula au fond de l'eau, puis réapparut à la surface, le ventre en l'air, secouée par un dernier mouvement convulsif qui témoignait du prodigieux combat mené par ce poisson des premiers âges.

A l'endroit où le poisson était venu mourir, le fleuve faisait un léger coude, créant un tourbillon, si bien qu'entraîné par les remous, l'esturgeon se retrouva dans le bras de décharge, tout près du rivage. Le bateau suivit le mouvement, ballotté à gauche et à droite, heurtant le tronc et le poisson qui lui barraient le passage.

Profitant de cette accalmie, Jondalar se dit qu'il avait eu bien de la chance de ne pas réussir à couper la corde. Sans pagaie, jamais il n'aurait pu manœuvrer le bateau et il aurait été entraîné par le courant. Le rivage était tout proche : une étroite plage caillouteuse qui s'interrompait net après le coude du fleuve pour faire place à une berge à pic, couverte d'arbres qui poussaient si près du bord que leurs racines étaient à nu. Peut-être pourrait-il trouver là de quoi fabriquer une nouvelle pagaie. Il prit une longue inspiration pour se préparer à plonger dans l'eau glaciale et se laissa glisser hors du bateau.

Le fleuve était plus profond qu'il ne le pensait : il n'avait pas pied.

Quand il sauta dans l'eau, la pirogue changea de position et fut aussitôt entraînée par le courant. L'esturgeon, lui, se rapprocha du rivage. Jondalar se mit à nager à la suite du bateau, avançant la main pour saisir la corde. Mais le léger canoë, rasant à peine la surface de l'eau, filait trop vite pour qu'il puisse le rattraper.

Le corps tout engourdi par l'eau glacée, il se dirigea vers le rivage. Arrivé à la hauteur de l'esturgeon, il le saisit par la gueule ouverte et le hala vers la plage. Après tout le mal qu'il s'était donné pour attraper ce poisson, il n'était pas question de l'abandonner. Mais l'esturgeon était si lourd qu'après l'avoir traîné sur quelques mètres, il l'abandonna sur la plage. « Je n'ai plus besoin de pagaie, maintenant que je n'ai plus de pirogue, se dit-il. Mais peut-être vais-je trouver un peu de bois pour faire du feu ». Trempé comme il l'était, il grelottait.

Quand il voulut prendre son couteau, il s'aperçut que le fourreau était vide. Il se souvint que le couteau lui avait échappé des mains au moment où il tentait de couper la corde. Et il n'en avait pas d'autre. Peut-être trouverait-il de quoi fabriquer une drille à feu et une sole, mais sans couteau il ne pourrait jamais fendre du bois ou récupérer sur les arbres l'écorce dont il avait besoin pour allumer son feu. Je peux toujours ramasser du bois, se dit-il.

Il regarda autour de lui et entendit une galopade dans les fourrés. Le sol était couvert de branches gorgées d'eau et pourrissantes, de feuilles et de mousse. Pas un morceau de bois sec à la ronde. Jondalar se dit que s'il trouvait des conifères il pourrait toujours détacher les branches sèches qui restaient à la base du tronc, mais il n'y avait pas sur les rives du fleuve de grandes forêts de conifères comme dans la région dont il était originaire. Subissant moins l'influence des grands glaciers du nord, le climat était plus doux et plus humide. Au lieu de la forêt boréale, c'était une forêt de feuillus, caractéristique des régions à climat tempéré.

Jondalar se trouvait dans une forêt de chênes et de hêtres où poussaient aussi quelques charmes et quelques saules. Au pied de ces arbres à l'écorce épaisse et brune, ou grise et lisse, pas de petites branches sèches qui lui auraient permis d'allumer un feu. On était au printemps et tous ces feuillus bourgeonnaient. Et sans le secours d'une hache en pierre, comment couper un de ces arbres ? Le corps agité de frissons et claquant des dents, Jondalar se mit à courir sur place dans l'espoir de se réchauffer. Mais il avait beau s'activer, se frotter les mains et se donner des claques dans le dos, il avait toujours aussi froid. Entendant à nouveau une galopade dans les fourrés, il se dit qu'il avait dû déranger un animal.

Brusquement, il se rendit compte de la gravité de sa situation. En voyant qu'il ne rentrait pas, allait-on partir à sa recherche ? Il n'était pas sûr que Thonolan remarque son absence. Ils se voyaient peu ces derniers temps, car son frère partait chasser le chamois avec les Shamudoï alors que lui passait la plupart de ses journées avec les hommes du fleuve. Il ne savait même pas ce que son frère devait faire ce jour-là.

Carlono va-t-il partir à ma recherche ? se demanda-t-il. Il sait que je remontais le fleuve en bateau. Le bateau ! se dit-il, en frissonnant, mais de crainte cette fois. Quand ils verront que la pirogue est vide, ils penseront que je me suis noyé. S'ils me croient noyé, pourquoi partiraient-ils à ma recherche ?

Hors d'haleine à force de courir sur place et de sauter, Jondalar se laissa tomber sur le sol et se roula en boule pour conserver sa chaleur. A nouveau, il entendit une galopade. Mais il n'eut pas le courage d'aller voir ce qui se passait. Et soudain il aperçut deux pieds — deux pieds nus, sales, mais incontestablement humains.

Il sursauta et leva les yeux. Debout en face de lui, si près qu'il lui aurait suffi d'allonger le bras pour le toucher, se trouvait un enfant aux grands yeux bruns enfoncés sous des arcades proéminentes. Un Tête Plate ! se dit Jondalar. Un jeune Tête Plate !

Muet d'étonnement, il se dit que maintenant qu'il avait surpris ce jeune animal, celui-ci allait disparaître derrière les buissons. Mais pas du tout : le jeune Tête Plate ne bougeait pas. Ils restèrent pendant un long moment face à face à se regarder, puis le Tête Plate lui fit un signe de la main, comme s'il voulait qu'il vienne avec lui. C'est en tout cas l'impression qu'avait Jondalar, même s'il n'arrivait pas à y croire. Le Tête Plate renouvela son geste et fit un pas en arrière.

Que me veut-il ? se demanda Jondalar. Me propose-t-il de le suivre ? Jondalar se leva et commença à avancer vers lui, persuadé que le Tête Plate allait déguerpir. Mais la jeune créature se contenta de reculer en renouvelant son geste. Jondalar le suivit, lentement au début, puis il accéléra l'allure.

Un moment plus tard, le jeune Tête Plate écarta des buissons et Jondalar aperçut une clairière au milieu de laquelle brûlait un feu qui laissait échapper très peu de fumée. En voyant Jondalar s'approcher du feu, la femelle qui se trouvait là sursauta et s'écarta, apeurée. Jondalar s'installa à croupetons devant le feu, heureux de pouvoir se réchauffer. Non loin de là, la femelle et le jeune Tête Plate émettaient des sons gutturaux et remuaient les mains, comme s'ils étaient en train de se dire quelque chose.

Jondalar, uniquement occupé à se réchauffer, leur prêtait peu d'attention.

Il se rendit à peine compte que la femelle se faufilait derrière lui et fut d'autant plus surpris quand il sentit qu'on posait une fourrure sur ses épaules. Il eut le temps de surprendre le regard qu'elle lui lançait avant qu'elle ne baisse la tête et qu'elle ne batte précipitamment en retraite. Il était incontestable qu'elle avait peur de lui.

Même mouillés, les vêtements en peau de chamois qu'il portait tenaient encore un peu chaud et, grâce à la fourrure et à la chaleur du feu, il cessa de trembler. Il réalisa alors où il se trouvait. Grande Doni ! C'était un camp de Têtes Plates ! Il approchait ses mains du feu pour les réchauffer quand il comprit tout d'un coup ce que ce simple geste impliquait. Il fut tellement surpris qu'il recula brusquement comme s'il venait de se brûler.

Du feu dans un camp de Têtes Plates ! Ils savaient donc faire du feu ! Il n'en croyait pas ses yeux et approcha à nouveau ses mains du feu comme s'il avait besoin que ses autres sens lui donnent la preuve qu'il n'était pas en train de rêver. Puis il saisit un des bouts de la fourrure posée sur ses épaules et la tâta du bout des doigts. Il s'agissait d'une peau de loup, tannée, et dont l'intérieur était étonnamment doux. Jondalar se dit que les Sharamudoï n'auraient pas fait mieux. En revanche, cette peau n'avait pas été taillée. Il s'agissait simplement de la dépouille d'un loup de belle taille.

Dès que Jondalar se sentit un peu réchauffé, il se releva et se plaça dos au feu. Il aperçut alors le jeune mâle qui le regardait. Qu'est-ce qui lui donnait à penser que c'était un mâle ? La peau dont il était vêtu ne laissait pas deviner ses formes. Mais son regard direct, aussi méfiant soit-il, ne trahissait aucune crainte. D'après les Losadunaï, les femelles Têtes Plates n'osaient pas affronter les hommes et elles s'enfuyaient à leur approche.

Ce jeune Tête Plate était plutôt un adolescent qu'un enfant, remarqua Jondalar en l'observant de plus près. Sa petite taille l'avait induit en erreur au début. Il possédait déjà une forte musculature et sa face commençait à se couvrir de poils.

Le jeune Tête Plate fit entendre un grognement et la femelle se précipita vers un tas de bois pour alimenter le feu. Jondalar en profita pour la regarder de plus près. Ce doit être sa mère, se dit-il. La femelle ne semblait pas supporter qu'il la regarde. Elle recula en baissant la tête. Jondalar la suivait des yeux mais, quand elle atteignit la limite de la clairière, il tourna la tête l'espace d'une seconde et quand il regarda à nouveau de son côté elle avait disparu. Elle s'était si bien cachée que s'il n'avait pas su qu'elle était à cet endroit jamais il n'aurait deviné sa présence.

Elle a peur de moi, se dit-il. Je me demande pourquoi elle ne s'est pas enfuie au lieu d'apporter du bois quand le jeune lui a dit de le faire. Qu'est-ce que je raconte ? se demanda-t-il. Comment ce jeune mâle a-t-il pu lui dire quelque chose ? Les Têtes Plates ne parlent pas ! Ce coup de froid m'a donné de la fièvre et je délire...

Jondalar avait beau se dire le contraire, il éprouvait la nette impression que le jeune mâle avait effectivement ordonné à la femelle d'aller chercher du bois. D'une manière ou d'une autre, il avait transmis cet ordre. Quand Jondalar se tourna à nouveau vers lui, le regard du jeune était nettement hostile. Il comprit que le Tête Plate n'avait pas apprécié qu'il regarde la femelle avec autant d'insistance et qu'il n'avait pas intérêt à s'approcher d'elle. J'ai l'impression qu'il ne fait pas bon s'intéresser aux femelles Têtes Plates quand il y a un mâle autour, de quelque âge que ce soit, se dit-il.

Quand Jondalar cessa de regarder dans la direction de la femelle, la tension baissa. Malgré tout, il avait la pénible impression que, debout l'un en face de l'autre, ils étaient en train de se jauger mutuellement, exactement comme l'auraient fait deux hommes. Cependant cet homme, si c'en était un, ne ressemblait en rien à ceux qu'il connaissait. Durant ses voyages, les gens qu'il avait rencontrés parlaient des langues différentes de la sienne, avaient des coutumes et des habitats différents — mais ils étaient tous humains.

Ce jeune Tête Plate était différent. Mais était-ce pour autant un animal ? Il était plus petit et plus trapu que Jondalar, mais ses pieds nus ressemblaient aux siens. Malgré ses jambes un peu arquées, il se tenait droit et marchait normalement. Il était plus poilu que la moyenne des hommes, surtout autour des bras et des épaules, mais on ne pouvait pas pour autant appeler cela un pelage. Jondalar avait déjà rencontré des hommes aussi poilus que lui. En dépit de sa jeunesse, il avait déjà un torse de taureau et une musculature puissante qui enlevaient toute envie de se bagarrer avec lui. Même chez les mâles adultes que Jondalar avaient précédemment rencontrés, cette musculature, aussi prodigieuse soit-elle, ne différait pas de celle des humains. Ce qui faisait vraiment la différence, c'était le visage et la tête. Mais quelle différence exactement ? Des arcades plus proéminentes, un front moins haut et qui fuyait vers l'arrière. Le jeune mâle avait le cou très court, pas de menton, simplement une mâchoire forte et un nez busqué. Même si son visage diffère de ceux des hommes que j'ai rencontrés jusqu'ici, c'est un visage humain, se dit Jondalar. Et ils savent faire du feu.

Mais ils ne parlent pas. Je me demande... s'ils ne communiquent pas entre eux ? Grande Doni ! Bien sûr que si, puisque ce jeune Tête Plate a réussi à me faire comprendre qu'il voulait que je le suive. Comment a-t-il su que j'avais besoin de me réchauffer ? Et comment se fait-il qu'un Tête Plate soit venu en aide à un homme ? Jondalar était complètement dérouté. Il n'empêche que ce Tête Plate lui avait probablement sauvé la vie.

Le jeune mâle semblait avoir pris une décision.

Utilisant le même geste qu'un peu plus tôt, il invita Jondalar à le suivre. Dès qu'ils s'éloignèrent du feu, Jondalar recommença à avoir froid, car ses vêtements étaient toujours humides, et il se félicita d'avoir conservé la fourrure de loup sur ses épaules. Ils traversèrent la clairière en sens inverse et quand ils arrivèrent en vue du fleuve, le Tête Plate se précipita en avant en émettant des sons aigus et en remuant les mains. Le petit animal qui avait commencé à s'attaquer à l'esturgeon disparut aussitôt dans les fourrés. Le poisson, aussi gros soit-il, n'allait pas tarder à être dévoré si on ne le surveillait pas.

En voyant avec quelle rage le jeune Tête Plate avait fait fuir le prédateur, Jondalar eut une soudaine intuition. Si ce jeune mâle l'avait aidé, n'était-ce pas à cause du poisson ? En voulait-il un morceau ?

Après avoir fouillé dans un des replis de la peau qui le couvrait, le Tête Plate sortit un éclat de silex et, se plaçant au-dessus de l'esturgeon, fit semblant de le couper en deux. Puis il fit des gestes qui signifiaient qu'une partie du poisson était pour lui et l'autre pour Jondalar. Il s'immobilisa alors et attendit. Sa proposition était on ne peut plus claire. Mais elle amenait Jondalar à se poser à nouveau toutes sortes de questions.

Où ce jeune Tête Plate avait-il trouvé cet outil ? Même s'il n'était pas aussi perfectionné que le sien — il s'agissait d'un éclat de silex épais et non d'une lame fine — ce couteau à bords tranchants semblait parfaitement fontionnel. Il avait été fabriqué par quelqu'un dans un but bien précis. Mais plus encore que cet outil, ce qui l'intriguait c'est que ce jeune ait réussi à lui faire comprendre ses intentions.

Le jeune mâle attendait toujours. Jondalar opina du bonnet en se demandant si ce mouvement allait être correctement interprété. Toute son attitude indiquait qu'il était d'accord. Pour le Tête Plate, cela avait plus de signification que le hochement de tête et il se mit donc aussitôt au travail.

Tout en le regardant faire, le jeune Zelandonii se disait : Il ne réagit pas du tout comme un animal. Un animal se serait précipité sur ce poisson pour en manger un morceau. Un animal plus évolué se serait dit que je représentais un danger pour lui et il aurait attendu que je sois parti avant de toucher à l'esturgeon. Jamais un animal n'aurait compris que j'avais froid et n'aurait pu me proposer de venir me réchauffer. Et surtout, jamais il ne m'aurait demandé de partager ce poisson avec lui ! Seuls les humains sont accessibles à la pitié et ce jeune Tête Plate a eu à mon égard un comportement humain.

Toutes les croyances de Jondalar — ancrées en lui depuis sa plus tendre enfance — étaient en train de vaciller. Les Têtes Plates étaient des animaux. C'était en tout cas ce que tout le monde disait. Cette évidence s'appuyait sur le fait que les Têtes Plates étaient incapables de parler. Etait-ce là la seule chose qui les différenciait des hommes ?

Jondalar aurait de bon cœur accepté que le jeune mâle emporte la totalité du poisson. Il était curieux de voir comme il allait s'y prendre pour le partager en deux. De toute façon, ce poisson était si gros que quatre hommes auraient eu du mal à le porter et, d'une manière ou d'une autre, il aurait fallu le découper.

Le jeune Tête Plate releva brusquement la tête.

Avait-il entendu quelque chose ?

— Jondalar ! Jondalar !

Le Tête Plate semblait interloqué. Jondalar écarta les buissons et se précipita vers la rive.

— Ici ! cria-t-il. Je suis ici, Thonolan !

Son frère était parti à sa recherche ! En apercevant le bateau qui voguait au milieu du fleuve, Jondalar recommença à crier. Les rameurs le saluèrent de la main et obliquèrent en direction de la rive.

En entendant un grognement dans son dos, Jondalar se retourna. L'esturgeon avait été partagé en deux sur toute sa longueur et le jeune Tête Plate était en train de placer la moitié qui lui revenait sur une peau étendue sur le sol. Il réunit les bords de la peau et posa le chargement sur son dos. La demi-tête et la demi-queue dépassant de son sac, il disparut dans les bois.

— Attends ! cria Jondalar en se précipitant à sa suite.

Il le rattrapa au moment où il atteignait la clairière. La femelle, qui portait un grand panier sur son dos, recula en le voyant. Il ne restait dans la clairière aucune trace de leur passage et même les traces de feu avaient disparu. Si Jondalar n'avait pas eu l'occasion de s'y réchauffer un peu plus tôt, jamais il n'aurait cru qu'il y avait eu un feu à cet endroit.

Enlevant la fourrure de loup de ses épaules, il la tendit à la femelle. Sur un grognement du mâle, celle-ci prit la fourrure, puis ils s'enfoncèrent tous deux dans les bois.

Jondalar frissonna dans ses vêtements mouillés et retourna vers la petite plage. Quand il y arriva, le bateau était en train d'accoster. Son frère sauta sur la rive et, tombant dans les bras l'un de l'autre, ils s'étreignirent longuement.

— Je suis tellement heureux de te voir, Thonolan ! s'écria Jondalar. Je craignais qu'en découvrant la pirogue, vous pensiez que je m'étais noyé.

— Combien de rivières avons-nous traversées ensemble, Grand Frère ? Je savais que tu étais un bon nageur. Quand nous avons découvert la pirogue, nous nous sommes doutés que tu ne devais pas être bien loin et nous avons continué à remonter le fleuve.

— Qui a pris la moitié de ce poisson ? demanda Dolando.

— J'en ai fait cadeau.

— Tu en as fait cadeau ! A qui ?

— A un Tête Plate.

— Un Tête Plate ! s'écrièrent en chœur les hommes debout sur le rivage.

— Pourquoi as-tu donné la moitié d'un aussi gros poisson à un Tête Plate ? demanda Dolando.

— Il m'a donné un coup de main et, en échange, m'a demandé la moitié de l'esturgeon.

— Qu'est-ce tu racontes ? demanda Dolando avec colère. Comment un Tête Plate peut-il demander quoi que ce soit ? Où est-il ?

Le chef des Sharamudoï semblait furieux, ce qui surprit beaucoup Jondalar. Habituellement, Dolando ne perdait jamais son sang-froid.

— Il est parti dans les bois, expliqua Jondalar. Quand je l'ai rencontré, j'étais trempé et je n'arrivais pas à me réchauffer. Il m'a emmené jusqu'à son feu et...

— Son feu ! le coupa Thonolan. Depuis quand savent-ils faire du feu ?

— J'ai déjà vu des Têtes Plates faire du feu, dit Barono.

— Moi aussi, il m'est arrivé d'en apercevoir quelques-uns de loin sur cette rive du fleuve, fit remarquer Carolio.

— Je ne savais pas qu'ils étaient revenus, intervint Dolando. Combien étaient-ils ?

— Juste un jeune mâle et une femelle. J'ai pensé que c'était peut-être sa mère.

— S'ils ont emmené des femelles avec eux, ils doivent être plus nombreux que ça, reprit Dolando en jetant un coup d'œil vers les bois. Ce serait une bonne idée d'organiser une chasse aux Têtes Plates et de débarrasser la forêt de toute cette vermine.

Dolando avait parlé d'un ton nettement menaçant. Jondalar savait, pour l'avoir déjà entendu faire quelques remarques à ce sujet, qu'il ne portait pas les Têtes Plates dans son cœur. Mais c'était la première fois qu'il laissait éclater une telle haine à leur égard.

Si Dolando était tacitement reconnu comme le chef des Sharamudoï, ce n'était pas parce qu'il était plus intelligent ou plus fort que les autres, mais parce qu'il possédait les qualités nécessaires pour ce poste de commandement et un réel pouvoir de persuasion. Il avait le don de s'attirer la sympathie de tous et de résoudre les problèmes qui se présentaient. Jamais il ne donnait d'ordres. Il cajolait, enjôlait, persuadait et transigeait. Il se débrouillait pour mettre de l'huile dans les rouages afin d'amortir les frictions qui s'élevaient inévitablement entre gens vivant ensemble. Il était astucieux et efficace, si bien que ses décisions étaient habituellement acceptées. Mais personne n'était tenu de s'y soumettre et cela entraînait parfois des discussions pour le moins animées.

Dolando avait suffisamment confiance en lui pour défendre son point de vue lorsqu'il était sûr d'avoir raison et pour demander l'avis de quelqu'un d'autre, possédant un savoir ou une expérience supérieurs à la sienne, quand le besoin s'en faisait sentir. Il avait tendance à ne pas intervenir dans les querelles personnelles et, quand il le faisait, c'était toujours à la demande de quelqu'un. Même s'il était plutôt calme, la cruauté, la bêtise ou la négligence pouvaient néanmoins le faire sortir de ses gonds, surtout lorsque ce type de comportement faisait courir des risques à la Caverne tout entière ou était dirigé contre un être faible et sans défense. Il y avait encore une chose qu'il ne supportait pas : c'était les Têtes Plates. Il leur vouait une véritable haine. A ses yeux, les Têtes Plates étaient des animaux vicieux et dangereux qui devaient être éliminés.

— J'étais gelé, rappela Jondalar, et ce jeune Tête Plate m'a aidé. Il m'a amené près de son feu et m'a donné une fourrure pour que je me réchauffe. S'il avait voulu emporter la totalité du poisson, j'aurais été bien incapable de l'en empêcher. Mais il n'a pas profité de la situation et m'en a laissé la moitié. Je n'ai nullement envie de lui donner la chasse.

— En général, ils ne font pas grand mal, dit Barono. Mais j'aime bien savoir quand ils recommencent à traîner par ici. Ils sont malins. Mieux vaut ne pas se laisser surprendre par eux lorsqu'ils sont en groupe.

— Ce ne sont que des brutes assassines... dit Dolando.

Barono ne releva pas cette remarque.

— Tu as eu de la chance de tomber sur un jeune Tête Plate et une femelle. Les femelles ne se battent pas.

Thonolan, qui n'appréciait pas le tour pris par la conversation, demanda :

— Comment allons-nous faire pour ramener cette magnifique demi-prise dans la maison de mon frère ? (Repensant soudain aux conditions dans lesquelles l'esturgeon avait été pêché, il ajouta en souriant :) Après tout le mal que ce poisson t'a donné, je suis étonné que tu en aies si facilement fait cadeau de la moitié.

Des rires fusèrent, encore teintés d'une certaine nervosité.

— Est-ce que ça veut dire que Jondalar est maintenant à moitié ramudoï ? demanda Markeno.

— Nous devrions l'emmener chasser avec nous, proposa Thonolan. S'il réussit à ramener un demi-chamois, il sera alors à moitié shamudoï et cela fera le compte.

— Je me demande laquelle des deux moitiés préférera Serenio ? demanda Barono en clignant de l'œil.

— J'en connais beaucoup qui se contenteraient de la moitié d'un pareil homme, renchérit Carolio.

Son sourire moqueur signifiait clairement qu'elle faisait référence à autre chose qu'à la haute stature de Jondalar. Pour ceux qui habitaient les abris proches du sien, ses exploits sexuels n'étaient plus un secret. Quand tout le monde éclata de rire, Jondalar rougit, mais il n'en voulut pas à Carolio car elle avait réussi à détendre l'atmosphère. Tout le monde semblait avoir oublié la nervosité provoquée par les propos de Dolando.

Ils allèrent chercher dans le bateau un filet en fibres qu'ils étendirent sur le sol à côté du poisson. Après y avoir placé l'esturgeon, ils le halèrent dans l'eau et attachèrent le filet à la poupe de l'embarcation.

Profitant du fait que tout le monde était en train de s'activer autour du poisson, Carolio s'approcha de Jondalar et lui expliqua à voix basse :

— Le fils de Roshario a été tué par les Têtes Plates. Il était encore tout jeune et n'avait pas encore pris de compagne. C'était un garçon plein d'humour et courageux. Dolando adorait le fils de son foyer et, après sa mort, il a embarqué tous les hommes de la Caverne avec lui et il a donné la chasse aux Têtes Plates qui se trouvaient dans la forêt. Plusieurs ont été tués et les autres ont filé. Déjà avant, Dolando ne les portait pas dans son cœur, mais depuis...

— Je comprends, dit Jondalar en hochant la tête.

Au moment où ils allaient embarquer, Thonolan lui demanda :

— Comment le Tête Plate a-t-il fait pour emporter la moitié de ce poisson ?

— Il l'a placée dans une peau et l'a embarquée sur son dos.

— Il l'a transportée sans l'aide de qui que ce soit !

— Et ce n'était qu'un jeune adolescent, précisa Jondalar.

Thonolan se dirigea vers l'abri en bois qu'habitaient Serenio, Jondalar et Darvo. Cet abri était construit avec des madriers appuyés sur une poutre faîtière qui s'inclinait vers le sol, si bien qu'il ressemblait à une tente. La paroi de devant, triangulaire, était beaucoup plus haute que celle du fond et les deux parois latérales avaient la forme d'un trapèze. On utilisait la même technique que pour les bordages des bateaux : les madriers se chevauchaient, le bord le plus épais recouvrant le bord le plus mince, et étaient reliés ensemble à l'aide de branches de saule.

C'était des abris solides, confortables et étanches. Il fallait qu'ils soient anciens pour que les parois en bois se fendent et qu'on aperçoive alors le jour au travers. Le surplomb en grès les protégeait en partie du mauvais temps et ils nécessitaient beaucoup moins d'entretien que les bateaux. L'ouverture pratiquée dans la paroi de devant laissait entrer la lumière pendant la journée et, lorsque la nuit tombait, le foyer, délimité par des pierres, éclairait l'intérieur de l'abri.

Thonolan passa la tête dans l'ouverture pour voir si son frère était réveillé.

— Entre, lui dit Jondalar, qui parlait du nez.

Il était assis sur la plate-forme qui servait de lit, emmitouflé dans des fourrures, et tenait un bol rempli d'un liquide fumant.

— Comment va ton rhume ? demanda Thonolan en s'asseyant sur le bord de la couche.

— Mon rhume va mal, mais moi, je me sens mieux.

— Personne n'a pensé que tes vêtements étaient mouillés et que tu devais grelotter avec le vent qui soufflait dans les gorges au moment où nous sommes rentrés.

— J'étais tellement heureux que vous m'ayez retrouvé que je ne me suis même pas rendu compte que j'avais froid.

— Et moi, je suis content que tu ailles mieux.

Thonolan semblait ne plus trop savoir quoi dire. Il se leva, fit quelques pas en direction de l'ouverture de l'abri, puis faisant soudain demi-tour, revint vers son frère.

— Est-ce que tu as besoin de quelque chose ? demanda-t-il.

Jondalar hocha la tête et attendit. Son frère avait quelque chose à lui dire, mais il n'arrivait pas à se décider.

— Jondalar... commença-t-il. (Il se tut pendant un court instant avant de continuer :) Cela fait un certain temps maintenant que tu vis avec Serenio.

Jondalar se dit que son frère allait lui conseiller de régulariser sa situation. Mais il se trompait.

— Quel effet cela fait-il d'être l'homme d'un foyer ? demanda Thonolan.

— Depus que tu t'es uni à Jetamio, toi aussi, tu es l'homme de ton foyer, lui rappela Jondalar.

— Je sais bien ! Mais je voulais te demander si cela fait vraiment une différence d'avoir un fils dans son foyer ? Jetamio a tant de fois essayé d'avoir un enfant et... elle vient encore d'en perdre un autre, Jondalar.

— Je suis désolé...

— Je m'en fiche qu'elle ait ou non un bébé ! s'écria Thonolan. Mais j'ai peur de la perdre. J'aimerais bien qu'elle arrête d'essayer.

— Je pense qu'elle n'a pas le choix. La Mère donne...

— Si c'est le cas, pourquoi ne la laisse-t-Elle pas en garder un seul ! hurla Thonolan en se précipitant vers la sortie.

Au passage, il frôla Serenio qui entrait.

— Il t'a dit pour Jetamio ? demanda cette dernière.

Jondalar hocha la tête.

— Elle a gardé cet enfant un peu plus longtemps que les précédents, reprit-elle. Mais pour elle, cela a été encore plus douloureux de le perdre. Je suis contente qu'elle soit heureuse avec Thonolan. Elle le mérite, la pauvre !

— Est-ce qu'elle va s'en sortir ?

— Ce n'est pas la première fois qu'une femme perd un enfant, Jondalar, rappela Serenio. Ne t'inquiète pas pour Jetamio — elle va bien. Je vois que tu as trouvé une boisson que j'avais préparée, ajouta-t-elle avec un sourire. C'est une infusion de menthe poivrée, de bourrache et de lavande. Le shamud m'a dit que ça serait bon pour ton rhume. Comment te sens-tu ? Je suis juste venue voir si tu étais réveillé.

— Je vais bien, répondit-il en essayant d'avoir l'air plus en forme qu'il ne l'était réellement.

— Dans ce cas, je retourne au chevet de Jetamio.

Dès qu'elle fut ressortie, Jondalar posa son bol et il s'allongea. Il avait le nez plein et la tête douloureuse. Il n'aurait pas su dire pourquoi, mais la réponse de Serenio l'inquiétait. Rien que d'y penser, son estomac se contracta douloureusement. Ce doit être le rhume, se dit-il.

16

L'été arriva, et avec lui une profusion de fruits que la jeune femme ramassa au fur et à mesure qu'ils mûrissaient. Elle obéissait là plutôt à une habitude qu'à un réel besoin. Il lui restait suffisamment de fruits secs de l'année d'avant, mais elle ne supportait pas de rester inactive.

Durant l'hiver, malgré les expéditions de chasse en compagnie de Bébé et de Whinney, elle avait eu du mal à trouver de quoi s'occuper. Elle avait bien tanné toutes les peaux des animaux qu'ils tuaient, continué à fabriquer des paniers, des nattes et des récipients en bois et accumulé assez d'outils et d'instruments pour satisfaire les besoins de tout un clan. Mais c'est avec impatience qu'elle avait attendu le retour de la belle saison pour reprendre la cueillette et le ramassage des plantes.

Elle continuait aussi à chasser en compagnie de Bébé, comme elle l'avait fait durant tout l'hiver, en modifiant un peu la méthode qu'elle avait employée jusque-là, du fait que Whinney était partie. Mais le lion était devenu un si bon chasseur qu'elle aurait pu facilement éviter de chasser. Non seulement elle avait d'importantes réserves de viande séchée, mais quand Bébé partait chasser seul et qu'il revenait avec du gibier — ce qui était le cas la plupart du temps — elle n'hésitait jamais à prélever un morceau de sa proie. Elle pouvait se le permettre à cause du rapport tout à fait exceptionnel qu'elle entretenait avec le lion. Elle était sa mère, donc, pour lui, un animal dominant. Elle chassait avec lui, elle était donc son égal. Et il était le seul être qu'elle puisse aimer.

En regardant vivre les lions sauvages, elle avait fait un certain nombre d'observations sur leurs habitudes de chasse, qui se trouvaient maintenant confirmées par celles de Bébé. Les lions des cavernes étaient des chasseurs diurnes pendant l'hiver et nocturnes en été. Bien que Bébé eût perdu son pelage d'hiver au printemps, son pelage d'été restait épais et, durant la journée, il faisait trop chaud pour la chasse. La seule chose qui l'intéressait, c'était de dormir, de préférence dans la niche située au fond de la grotte, qui restait fraîche tout l'été. Même en hiver, quand ils avaient retrouvé leur poil dru, les lions appréciaient de pouvoir se réfugier dans une caverne, à l'abri du vent glacial qui soufflait sur les steppes. Ces carnassiers possédaient d'étonnantes facultés d'adaptation. L'épaisseur et la couleur de leur pelage ainsi que leurs habitudes de chasse évoluaient en fonction des conditions climatiques — tant qu'il y avait assez de gibier pour les nourrir.

Le lendemain du départ de Whinney, quand Ayla s'était réveillée et qu'elle avait aperçu Bébé dormant à côté de la carcasse d'un faon tacheté — le petit d'un cerf géant —, elle avait pris une décision. Il fallait qu'elle quitte la vallée, cela ne faisait aucun doute, mais pas cet été. Bébé avait encore besoin d'elle, il était encore trop jeune pour vivre seul. Jamais il ne se ferait accepter dans une troupe de lions sauvages et le mâle dominant risquait de le tuer. Jusqu'à ce qu'il soit assez âgé pour s'accoupler et fonder sa propre troupe, il avait besoin de la sécurité de la caverne.

Iza lui avait conseillé de partir à la recherche de son peuple et elle était bien résolue à lui obéir. Mais, en même temps, la décision de temporiser la soulageait : elle avait peur de devoir échanger sa liberté contre la compagnie de gens dont elle ignorait tout. Une autre raison, qu'elle ne s'avouait pas, la poussait à rester le plus longtemps possible dans la vallée : elle ne voulait pas s'en aller avant d'être sûre que Whinney ne reviendrait jamais. La jument lui manquait terriblement. Elle avait partagé sa vie depuis le début de son installation dans la vallée et Ayla l'adorait.

— Debout, gros paresseux ! dit Ayla. Allons nous promener et voir si nous ne pouvons pas trouver quelque chose à chasser. Tu n'es même pas sorti la nuit dernière.

Après avoir donné une tape au lion, Ayla sortit de la caverne en faisant le geste qui signifiait : « Suis-moi ! » Bébé souleva la tête, bâilla en découvrant ses crocs et se mit à la suivre à contrecœur. Il n'était pas plus affamé qu'Ayla et aurait préféré continuer à dormir.

La veille, la jeune femme avait ramassé des plantes médicinales, une tâche qui lui plaisait beaucoup car elle lui rappelait de bons souvenirs. Quand elle était enfant, elle aimait qu'Iza l'envoie cueillir des plantes car cette activité lui permettait d'échapper à la surveillance des autres membres du clan, si prompts à désapprouver les actes qu'ils jugeaient malséants. Elle profitait de ces instants de liberté pour suivre ses tendances naturelles. Plus tard, elle avait continué à cueillir des plantes, tout heureuse d'apprendre son métier de guérisseuse, et ce savoir faisait maintenant intimement partie d'elle-même.

Pour elle, les plantes et leurs propriétés médicinales étaient si étroitement associées que pour les distinguer les unes des autres, elle se référait autant à leur usage qu'à leur aspect. Par exemple, les bouquets d'aigremoine suspendus tête en bas dans la partie la plus sombre de la caverne, non loin du foyer, étaient autant une infusion de fleurs et de feuilles sèches utilisée pour les blessures et les contusions internes qu'une plante vivace aux feuilles dentelées et aux minuscules fleurs jaunes poussant sur une tige piquante.

Le pas-d'âne en train de sécher sur des nattes tressées avait plusieurs usages. Avec les feuilles sèches, on préparait d'excellentes inhalations pour soulager l'asthme, on les utilisait aussi, mélangées à d'autres ingrédients, en infusion pour soigner la toux, et enfin, comme assaisonnement. Quand elle regardait les larges feuilles duveteuses et les racines de consoude qu'elle avait mises à sécher au soleil, elle songeait aussitôt au rôle que cette plante jouait dans la consolidation des fractures et la cicatrisation des blessures. Les fleurs de soucis qu'elle avait cueillies permettaient de soigner les plaies, les ulcères et les irritations de la peau. La camomille était une plante digestive, utilisée aussi pour nettoyer les blessures. Quant aux pétales d'aubépine qui flottaient dans un bol rempli d'eau et placé au soleil, elle s'en servait comme lotion astringente et rafraîchissante pour la peau.

Elle avait ramassé ces plantes pour remplacer celles qui lui restaient de l'an passé. Même si elle avait bien peu l'occasion d'utiliser toute cette pharmacopée, cela lui faisait plaisir de s'en occuper et lui permettait de ne pas perdre la main. Mais, compte tenu du nombre impressionnant de feuilles, de fleurs, de racines et d'écorces en train de sécher un peu partout, elle ne pouvait plus se permettre de ramasser quoi que ce soit et, n'ayant rien de précis à faire, elle se sentait désœuvrée.

Une fois sur la plage, elle contourna la saillie rocheuse et suivit la rangée de buissons qui bordaient la rivière. Le lion avançait à pas feutrés derrière elle en grognant, ce qui était sa manière à lui de parler. Les autres lions émettaient le même genre de son. Mais chaque lion avait une manière bien à lui de grogner, si bien qu'Ayla était capable de reconnaître le grognement caractéristique de Bébé, même lorsqu'il était loin d'elle. Elle identifiait aussi sans difficulté son rugissement. Il démarrait du plus profond de son poitrail par une série de grognements, puis s'enflait jusqu'à atteindre la résonance d'un coup de tonnerre.

Quand elle arriva à la hauteur d'un rocher où elle avait l'habitude de se reposer, elle s'arrêta. Elle n'avait pas vraiment envie de chasser et ne savait pas très bien quoi faire. Aussitôt Bébé s'approcha d'elle. Ayla gratta le pourtour de ses oreilles et l'intérieur de sa crinière. Son poil d'été était d'un beige légèrement plus foncé qu'en hiver et sa crinière, devenue rousse, évoquait l'ocre rouge. Bébé leva la tête pour qu'Ayla puisse le gratter sous le menton et se mit à grogner de contentement. Quand Ayla avança le bras pour le caresser de l'autre côté, elle s'aperçut que le lion lui arrivait maintenant juste au-dessous de l'épaule et qu'il avait presque atteint la taille de Whinney, en plus massif. Vivant continuellement avec lui, elle ne s'était pas rendu compte à quel point il avait encore grandi.

Les lions des cavernes qui vivaient dans les steppes de cette région froide et bordée par les glaciers avaient trouvé là un environnement idéal, qui convenait parfaitement à leur manière de chasser. Dans ces immenses prairies, le gibier était abondant et varié. Certains animaux atteignaient une taille énorme : les bisons et les bovidés étaient une fois et demie plus grands que le seraient plus tard leurs semblables, les cerfs géants possédaient des bois de trois mètres d'envergure et il y avait aussi des rhinocéros laineux et des mammouths laineux. Toutes les conditions étaient réunies pour qu'une espèce au moins de carnassiers se développe jusqu'à atteindre la taille requise pour chasser ce genre de gibier. Les lions qui viendraient ensuite n'atteindraient que la moitié de leur taille et sembleraient presque chétifs comparés à eux. Le lion des cavernes était le plus gros félin qui eût jamais vécu.

Bébé était l'exemple le plus abouti de ces prédateurs inégalés — énorme, puissant, plein de santé et de vigueur, comme en témoignait son poil luisant — et il se laissait caresser avec un plaisir évident. S'il avait décidé d'attaquer Ayla alors qu'elle lui grattait le flanc, la jeune femme n'aurait rien pu faire, mais il n'était pas plus dangereux pour elle qu'un chaton.

Ayla n'avait pas conscience de l'autorité qu'elle exerçait sur lui et l'obéissance de Bébé était du même ordre. Levant la tête ou la tournant de côté pour lui montrer où il désirait qu'elle le gratte, le lion s'abandonnait au plaisir sensuel que provoquaient en lui ces caresses. Et Ayla était tout heureuse de lui faire plaisir. Au moment où elle montait sur le rocher pour lui caresser l'autre flanc, elle eut soudain une idée. Sans réfléchir aux possibles conséquences, elle s'installa sur le dos du lion, comme elle l'avait fait tant de fois avec Whinney.

Même si Bébé fut un peu surpris, les bras posés sur son cou étaient familiers et le poids d'Ayla négligeable. Pendant un long moment, ils ne bougèrent ni l'un ni l'autre. Lorsqu'ils chassaient ensemble, pour donner à Bébé le signal du départ, Ayla faisait un large mouvement du bras, comme si elle allait lancer un projectile avec sa fronde, et criait un mot qui, pour elle, signifiait : « Vas-y ! » Comme elle avait très envie que le lion se mette en mouvement, elle refit le même geste et cria le même mot.

Sentant qu'il tendait ses muscles, elle saisit sa crinière à deux mains et Bébé bondit en avant. Il fonça à toute vitesse vers le fond de la vallée. Ayla ferma à demi les yeux à cause du vent qui soufflait sur son visage et faisait voler les longues mèches de cheveux qui s'échappaient de ses tresses. Elle ne pouvait pas diriger le lion comme elle faisait avec Whinney. Elle se laissait porter par lui, allant où il voulait et s'abandonnant au plaisir que provoquait chez elle cette course sans but.

La pointe de vitesse de Bébé fut de courte durée, exactement comme lorsqu'il chassait. Il ralentit, fit un large cercle et reprit le chemin de la caverne. Portant toujours la jeune femme sur son dos, il s'engagea sur l'étroit sentier et s'arrêta en arrivant à l'intérieur de la grotte. Ayla descendit et le serra dans ses bras, ne sachant pas comment exprimer autrement ce qu'elle éprouvait. Bébé fit claquer sa queue, puis il se dirigea vers le fond de la caverne. Dès qu'il eut rejoint sa place favorite, il s'étira et s'endormit presque aussitôt.

Tu m'as offert une sacrée balade, se dit Ayla en regardant le lion, et tu te dis que ça suffit pour aujourd'hui, n'est-ce pas, Bébé ? Maintenant tu peux dormir aussi longtemps que tu en as envie.

A la fin de l'été, les absences de Bébé commencèrent à s'allonger. La première fois qu'il resta absent plus d'une journée, Ayla se fit du souci et, la seconde nuit, elle était tellement inquiète qu'elle ne put fermer l'œil. Elle était au moins aussi fatiguée que lui quand, au petit jour, il regagna enfin la caverne. Il ne rapportait aucun gibier et, lorsqu'elle lui donna de la viande séchée, il la dévora avec tant d'appétit qu'elle alla chercher sa fronde et, malgré sa fatigue, partit chasser dans la vallée. Quand elle revint avec deux lièvres, Bébé se réveilla et, après avoir manifesté sa joie de la voir rentrer, il prit un des deux lièvres et l'emporta au fond de la caverne. Ayla mit l'autre bête de côté et elle alla se coucher.

La fois suivante, lorsqu'il s'absenta pendant trois jours, elle se fit moins de souci — mais elle se rendit compte en revanche à quel point la caverne semblait vide quand il n'y était pas. Quand il revint, il avait reçu quelques bons coups de griffe et elle en déduisit qu'il avait dû se battre avec d'autres lions pour une femelle. Contrairement aux chevaux qui s'accouplaient toujours au printemps, les lionnes pouvaient être en chaleur à n'importe quel moment de l'année.

Au fur et à mesure que l'automne avançait, les longues absences de Bébé devinrent de plus en plus fréquentes et, quand il rentrait à la caverne, c'était en général pour dormir. Ayla était certaine qu'il dormait aussi ailleurs, mais qu'à cet endroit, il se sentait moins en sécurité qu'à l'intérieur de la caverne. Elle ne savait jamais quand il allait rentrer, ni d'où il allait surgir. Parfois il empruntait l'étroit sentier qui menait à la caverne, apparaissant brusquement à côté d'elle, ou alors, plus impressionnant encore, il bondissait soudain sur la corniche, venant des steppes situées au-dessus de la grotte.

Ayla était toujours heureuse de le revoir, même si les manifestations d'affection de Bébé dépassaient parfois un peu les bornes. Quand s'élançant vers elle, il posait ses pattes avant sur ses épaules et la jetait au sol, elle se dépêchait de faire le geste qui signifiait « Arrête ! » pour mettre un frein à son enthousiasme débordant.

En général, il restait avec elle durant quelques jours et ils en profitaient pour chasser ensemble. De temps à autre, il rapportait aussi à la caverne une proie qu'il venait de tuer. Ayla était certaine que Bébé chassait pour son propre compte et qu'il devait défendre ses proies contre les hyènes, les loups ou les charognards qui essayaient de les lui voler. Quand il commençait à faire les cent pas à l'intérieur de la caverne, elle savait qu'il n'allait pas tarder à partir. La caverne semblait si vide sans lui qu'Ayla commençait à appréhender la venue de l'hiver et la perspective de le passer dans une complète solitude.

L'automne était très différent cette année-là : chaud et sec. Les feuilles avaient jauni, puis viré au brun sans aborder les lumineuses teintes automnales que les premières gelées réduisaient à néant. Brunes et flétries, elles s'agrippaient encore aux branches, tremblaient sous le souffle du vent qui aurait dû depuis longtemps les éparpiller sur le sol. Ni humide ni froid, sans bourrasques ni averses soudaines, cet automne troublant finirait par succomber à une attaque surprise de l'hiver. Inquiète à cette idée, Ayla s'attendait chaque matin à un changement brutal de température et était régulièrement surprise de découvrir que le ciel était toujours aussi bleu et clair. Elle passait la soirée assise sur la corniche à regarder le soleil sombrer derrière la terre, nimbé d'une légère brume qui lui retirait une partie de son éclat, au lieu d'assister à de splendides couchers de soleil sur fond de nuages chargés d'eau. Dès que la nuit était tombée, il y avait tellement d'étoiles qu'on avait l'impression qu'elles allaient faire voler en éclats le ciel noir.

Ayla ne s'était pas éloignée de la caverne depuis plusieurs jours et quand elle s'aperçut qu'il allait à nouveau faire une belle journée, elle se dit qu'elle avait tort de ne pas en profiter. L'hiver viendrait toujours assez vite, la confinant à l'intérieur de la grotte.

Dommage que Bébé ne soit pas là, se dit-elle. Je serais bien allée chasser avec lui. Pourquoi ne pas chasser seule ? se demanda-t-elle en prenant ses épieux. Non, corrigea-t-elle aussitôt. Sans Whinney et sans Bébé, ils ne me serviront à rien. Je vais juste prendre ma fronde. Faut-il que j'emporte une fourrure ? Il fait tellement chaud que je risque de transpirer. Je n'ai qu'à mettre une fourrure dans un panier que je porterai sur mon dos. Mais qu'est-ce que je vais faire d'un panier ? Je n'ai pas besoin de cueillir ou de ramasser quoi que ce soit. J'ai largement de quoi manger pour tout l'hiver. J'ai seulement envie de marcher. Je ne prendrai ni panier ni fourrure. Si je marche d'un bon pas, je n'aurai pas froid.

Ayla s'engagea dans l'étroit sentier qui menait à la rivière, un peu surprise d'être aussi libre de ses mouvements. Elle n'avait aucun chargement à porter, pas d'animal à nourrir, une caverne bien remplie. Elle n'avait à s'inquiéter de rien, sauf d'elle-même. Elle aurait préféré qu'il en soit autrement. Elle éprouvait à la fois un sentiment de liberté inhabituel et une étrange frustration.

Quand elle eut atteint la prairie, elle s'engagea dans la montée qui menait aux steppes de l'est et commença à marcher d'un bon pas, sans destination précise, se laissant simplement guider par sa fantaisie. Dans les steppes, la sécheresse était encore plus sensible que dans la vallée. L'herbe était si grillée que lorsque Ayla en cueillit un brin et le froissa entre ses doigts, il se désagréga. Le vent emporta aussitôt la fine poussière que contenait sa paume ouverte.

Le sol sous ses pieds était dur comme de la pierre et tout craquelé. Elle devait faire attention où elle mettait les pieds pour ne pas trébucher sur une motte de terre ou se casser la cheville dans un trou. Jamais encore elle n'avait vu une telle aridité dans les steppes et l'air était tellement sec qu'il semblait absorber la buée de sa respiration. Elle n'avait emporté qu'une petite gourde en se disant qu'elle pourrait toujours la remplir dans les cours d'eau qu'elle connaissait, mais la plupart de ceux-ci étaient à sec et, en fin de matinée, la moitié de sa gourde était vide.

Arrivée près d'un ruisseau où elle était certaine de pouvoir trouver de l'eau mais qui était à sec, lui aussi, elle se dit que mieux valait rebrousser chemin. Elle remonta le lit du ruisseau et arriva bientôt en vue d'une mare boueuse, tout ce qui restait d'un trou profond et habituellement rempli d'eau. En se baissant pour voir si ce qui restait au fond de la mare était buvable, elle aperçut des empreintes de sabots toutes fraîches. Il ne faisait aucun doute qu'une horde de chevaux s'était arrêtée à cet endroit il y a peu de temps. Quelque chose de familier dans l'une de ces empreintes l'amena à l'examiner de plus près. Ayla avait maintes fois pisté le gibier et elle connaissait trop bien l'empreinte des sabots de Whinney pour ne pas avoir remarqué les différences infimes dans le contour et la pression qui rendaient cette empreinte identifiable entre toutes. Elle était certaine que Whinney s'était arrêtée au bord du cours d'eau quelque temps plus tôt. Son cœur se mit à battre plus vite : la jument ne devait pas être bien loin.

Elle n'eut aucun mal à suivre la piste. En quittant la mare boueuse, un des chevaux avait glissé sur le bord d'une crevasse, laissant une trace de son passage dans la terre meuble, et plus loin, l'herbe était couchée dans le sens de leur progression. Ayla, tout excitée, se lança à leur poursuite. Cela faisait tellement longtemps que Whinney l'avait quittée ! La jument allait-elle la reconnaître ?

La horde était partie beaucoup plus loin qu'elle ne le pensait. Un animal avait dû lui donner la chasse car les chevaux s'étaient mis soudain à galoper à travers les steppes. Ayla entendit tout un remue-ménage, ponctué de grognements, avant de tomber sur une bande de loups occupés à dévorer une proie. Elle battit aussitôt en retraite. Elle s'était approchée assez près pour savoir que le cheval couché sur le sol n'était pas Whinney. A la vue de sa robe brun-rouge, elle se sentit soulagée. Mais cette teinte assez inhabituelle lui rappela celle de la robe de l'étalon et elle se dit que l'animal devait appartenir à la même horde.

Tout en continuant à suivre les chevaux à la piste, elle se mit à penser aux chevaux sauvages, se rendant compte pour la première fois à quel point ces animaux étaient vulnérables. Même si Whinney était jeune et en bonne santé, n'importe quoi pouvait lui arriver. En songeant aux dangers qu'elle courait, Ayla avait bien envie de la ramener avec elle.

Il n'était pas loin de midi quand elle aperçut enfin les chevaux. Ils étaient encore nerveux et, comme Ayla marchait dans le sens du vent, dès qu'ils sentirent son odeur, ils recommençèrent à avancer. Elle dut faire une large boucle pour pouvoir les aborder en marchant contre le vent. Elle put s'approcher alors suffisamment près pour reconnaître Whinney. Son cœur se serra et elle faillit éclater en sanglots.

Elle a l'air en pleine forme, se dit-elle, et elle a drôlement grossi. Non, corrigea-t-elle aussitôt. Elle est pleine ! Oh, Whinney, c'est merveilleux ! Ayla était folle de joie. Elle se demanda si Whinney se souvenait d'elle. Et, ne pouvant plus y tenir, elle siffla.

En entendant le son familier, la jument tourna la tête dans sa direction. Ayla recommença à siffler. Whinney s'approcha d'elle. Incapable d'attendre, Ayla se précipita à sa rencontre. Mais soudain une jument beige s'interposa. Arrivant au galop, elle mordit les flancs de Whinney et l'obligea à faire demi-tour pour rejoindre la horde. Rassemblant les autres chevaux, la jument de tête les entraîna à sa suite, fuyant cette femme qu'elle ne connaissait pas et qui pouvait représenter un danger.

Ayla avait le cœur brisé. Elle ne pouvait se lancer à la poursuite de la horde : les chevaux avançaient trop vite pour elle et elle ne s'était déjà que trop éloignée de la vallée. Si elle voulait être rentrée avant la nuit, elle avait intérêt à se remettre en route dès maintenant et à marcher d'un bon pas. Elle siffla à nouveau, tout en sachant que c'était trop tard. Puis, faisant demi-tour, elle reprit le chemin de la caverne. Le vent s'était levé et il était si froid que, pour s'en protéger, elle remonta la peau qu'elle portait sur les épaules.

Elle était tellement déprimée qu'elle ne pensait qu'à sa tristesse et à sa déception. Un grognement d'avertissement la ramena rapidement à la réalité. Elle venait de tomber sur la bande de loups qui, le museau couvert de sang, étaient en train de se repaître du cheval brun-rouge.

Je ferais mieux de regarder où je vais, se dit-elle en reculant prestement. Tout est de ma faute. Si je n'avais pas été aussi impatiente de revoir Whinney, peut-être que cette jument n'aurait pas entraîné la horde loin de moi. Tout en faisant un large détour pour éviter les loups, Ayla en profita pour jeter un nouveau coup d'œil à l'animal qui gisait sur le sol. Son pelage était bien foncé pour un cheval. Il était du même brun que celui de l'étalon qui avait couvert Whinney. Après avoir observé plus attentivement la forme de sa tête et de son corps, Ayla sentit un frisson lui courir dans le dos. C'était l'étalon à la robe baie ! Comment un cheval aussi jeune et fringant avait-il pu tomber dans les griffes des loups ?

L'angle anormal que faisait sa patte antérieure gauche lui fournit aussitôt la réponse. Même un pur-sang aussi vigoureux que celui-là pouvait se casser une patte en galopant sur un sol aussi traître. Une profonde crevasse avait permis aux loups de savoir quel goût avait un jeune étalon. Ayla hocha tristement la tête. C'est vraiment trop bête, se dit-elle, il avait encore tant de belles années devant lui ! Au moment où elle dépassait la horde de loups, elle finit par prendre conscience du danger qui la menaçait.

Le ciel, si dégagé pendant toute la matinée, était devenu une masse figée de nuages menaçants. Les hautes pressions qui avaient réussi jusque-là à tenir l'hiver à distance venaient de céder et le front d'air froid en profitait pour s'imposer. Le vent aplatissait l'herbe sèche, projetant en l'air les brins qu'il lui arrachait. La température baissait à toute vitesse. Ayla sentait que la neige n'allait pas tarder à tomber. Et elle était encore très loin de la caverne ! Elle regarda autour d'elle et se mit à courir. Pourrait-elle rentrer avant que la tempête de neige fasse rage ?

Elle n'eut pas cette chance. Elle se trouvait à plus d'une demi-journée de la caverne et l'hiver attendait son heure depuis trop longtemps. Au moment où elle atteignait le cours d'eau à sec, de gros flocons se mirent à tomber. Dès que le vent recommença à souffler, ces flocons se transformèrent en aiguilles de glace qui la pénétraient jusqu'à l'os, puis en rafales de neige plus glaciales encore quand le blizzard se leva. Les vents tourbillonnaient, changeaient de direction au gré des déplacements des masses d'air et ballottaient Ayla dans tous les sens.

Elle savait que son salut résidait dans le fait de continuer à avancer, mais elle commençait à se demander si elle se dirigeait toujours du bon côté. Le paysage était indistinct et elle avait de plus en plus de mal à se repérer. Elle s'arrêta pour essayer de déterminer où elle était et dans l'espoir aussi de faire taire le sentiment de panique qui l'étreignait. Comment avait-elle pû être assez stupide pour quitter la caverne sans emporter une fourrure ? Elle aurait dû prendre un panier et sa tente : au moins elle aurait pu s'abriter. Ses oreilles étaient glacées, ses pieds tout engourdis et elle claquait des dents.

Soudain, elle dressa l'oreille. Etait-ce le sifflement du vent qu'elle entendait ou autre chose ? Le même son se fit entendre à nouveau. Plaçant ses deux mains autour de sa bouche, Ayla siffla aussi fort qu'elle put. Puis elle écouta.

Le hennissement aigu d'un cheval résonna non loin de là. Elle siffla de nouveau et quand la silhouette de la jument se dessina dans la tempête, telle une apparition, Ayla se précipita vers elle, le visage inondé de larmes.

— Whinney ! Oh, Whinney ! dit-elle, répétant inlassablement le nom de la jument, la tête enfouie dans ses longs poils d'hiver et serrant dans ses bras son épaisse encolure.

Puis elle monta sur le dos de la jument et se baissa le plus possible pour profiter de sa chaleur.

Suivant son instinct, Whinney prit la direction de la caverne. C'est là qu'elle se rendait lorsqu'elle avait rencontré Ayla. La mort de l'étalon avait complètement désorganisé la horde. Grâce à la jument de tête, tous les chevaux étaient restés ensemble et Whinney les aurait certainement suivis si elle n'avait pas entendu le sifflement familier. Ce sifflement lui avait rappelé non seulement la jeune femme qui l'avait élevée, mais aussi la sécurité qu'elle représentait. N'ayant pas grandi dans cette horde, la jument de tête avait moins d'importance pour elle. Quand la tempête avait éclaté, Whinney s'était souvenue d'une caverne où elle avait vécu à l'abri des vents violents et de la neige aveuglante, et de l'affection que lui avait prodiguée une jeune femme.

Quand elles atteignirent la caverne, Ayla tremblait si fort qu'elle parvint tout juste à allumer du feu. La chaleur qui s'en dégageait n'aurait jamais suffi à la réchauffer et, prenant les fourrures de sa couche, elle les plaça à côté de Whinney et s'endormit contre la jument.

Les jours suivants, elle put à peine apprécier le retour de son amie.

Elle se réveilla avec de la fièvre et des quintes de toux qui lui raclaient la poitrine. Elle vécut alors d'infusions, quand elle avait le courage de se lever pour en préparer une. Whinney lui avait sauvé la vie mais elle ne pouvait pas l'aider à guérir une pneumonie.

Très affaiblie par la maladie, Ayla délirait. Mais l'affrontement qui eut lieu quand Bébé revint à la caverne la tira brusquement de son sommeil fiévreux.

Surgissant la plupart du temps des steppes situées au-dessus de la caverne, le lion avait bondi sur la corniche et il s'apprêtait à entrer quand une sommation retentissante l'arrêta net. Réveillée par les hennissements que poussait Whinney, Ayla vit que la jument avait les oreilles couchées de colère et qu'elle avait tellement peur qu'elle reculait en piaffant nerveusement. Quant au lion, il avait les babines retroussées, grognait sourdement et s'apprêtait à bondir. Ayla sauta de son lit et vint se placer entre le prédateur et sa proie.

— Arrête, Bébé ! Tu fais peur à Whinney ! Tu devrais être content qu'elle soit de retour ! (Puis se tournant vers la jument, elle ajouta :) C'est Bébé, Whinney ! Tu n'as rien à craindre. Arrêtez tous les deux ! leur intima-t-elle, persuadée qu'il n'y avait aucun danger puisque les deux animaux avaient été élevés ensemble.

Les odeurs de la caverne leur étaient familières et cela suffit à les calmer. Bébé s'approcha d'Ayla pour lui dire bonjour et se frotta contre elle. Whinney s'avança à son tour, soulevant le coude d'Ayla pour avoir des caresses. Puis elle hennit, non pas de peur ou de colère, mais de ce même hennissement qu'elle avait lorsqu'elle s'occupait du bébé lion. Bébé reconnut aussitôt sa nurse.

— Je t'avais dit que ce n'était que Bébé, dit Ayla à la jument en se remettant à tousser.

Après avoir ranimé le feu, elle alla chercher sa gourde et se rendit compte que celle-ci était vide. Elle s'enveloppa dans une fourrure, sortit sur la corniche et alla ramasser un bol de neige. Tout en attendant que l'eau bouille, elle essaya de contrôler les quintes de toux qui lui déchiraient la poitrine. Finalement, grâce à une décoction de racines d'aunée et d'écorce de merisier, sa toux se calma et elle retourna se coucher. Bébé s'était installé confortablement et Whinney était étendue à sa place habituelle contre la paroi du fond.

En fin de compte, la vitalité naturelle d'Ayla et sa robustesse eurent raison de la maladie. Mais elle mit du temps à guérir. Elle était folle de joie que les deux animaux soient à nouveau réunis, même si cette petite famille n'était plus tout à fait la même. Les deux animaux avaient changé. Whinney attendait un poulain et elle avait vécu au sein d'une horde de chevaux sauvages qui savaient quel danger représentaient les prédateurs. Elle se montrait plus réservée vis-à-vis du lion dont elle avait partagé les jeux dans le passé et Bébé, lui, avait cessé d'être un amusant petit lionceau. Il quitta la caverne dès que le blizzard se fut calmé et, au fur et à mesure qu'on avançait dans l'hiver, ses visites se firent plus rares.

Ayla eut encore des accès de toux jusqu'au milieu de l'hiver et elle continua à se soigner. Elle dorlota aussi la jument et lui donna à manger les céréales qu'elle avait ramassées et vannées à son intention. Elle avait recommencé à monter Whinney, mais sortait rarement. Un jour pourtant, elle se réveilla pleine d'énergie et, voyant qu'il faisait un froid sec et que le ciel était dégagé, elle se dit qu'un peu d'exercice ne lui ferait pas de mal.

Elle attacha avec une courroie les deux paniers sur la jument, prit ses épieux et les perches du travois, de la nourriture et des gourdes pleines d'eau, des vêtements de rechange, le panier qu'elle portait sur son dos, sa tente — tout ce dont elle pourrait avoir besoin au cas où elle serait à nouveau prise dans une tourmente. La seule fois où elle s'était montrée négligente, cela avait failli lui être fatal. Mieux valait être prudente. Avant de se mettre en route, elle plaça sur le dos de Whinney une peau tannée, une innovation qui datait du retour de la jument. Comme elle avait perdu l'habitude de monter Whinney, quand elle avait recommencé à aller se promener à cheval, elle était rentrée avec des cuisses douloureuses et irritées. C'est ce qui lui avait donné l'idée d'utiliser une couverture en peau.

Tout heureuse de prendre l'air et de se sentir à nouveau en pleine forme maintenant qu'elle ne toussait plus, Ayla laissa la jument avancer à sa propre allure jusqu'à ce qu'elles atteignent les steppes. Installée confortablement sur son dos, elle était en train de songer à la fin de l'hiver quand, soudain, elle sentit que Whinney tendait les muscles. Quelque chose venait à leur rencontre — quelque chose qui s'avançait furtivement, comme un prédateur. Whinney était beaucoup plus vulnérable maintenant qu'elle était pleine. Bien qu'Ayla n'eût encore jamais tué un lion des cavernes, elle saisit son épieu.

Dès que l'animal fut plus près, Ayla reconnut la crinière rousse et la cicatrice sur le nez. Elle se laissa glisser sur le sol et courut à sa rencontre.

— Bébé ! Où as-tu été ? Tu sais bien que je suis inquiète quand tu restes longtemps sans revenir.

Bébé semblait aussi heureux qu'elle de ces retrouvailles et il se frotta contre Ayla avec tant d'affection qu'il faillit la faire tomber. Le prenant par le cou, la jeune femme le gratta derrière les oreilles et sous la tête tandis qu'il grognait de plaisir.

Soudain, elle entendit le grognement d'un autre lion des cavernes. Bébé adopta aussitôt une position qu'Ayla ne lui avait encore jamais vue. Venant derrière lui, une lionne s'approcha avec précaution. Bébé émit un son rauque et elle s'immobilisa net.

— Tu as trouvé une compagne ! s'écria Ayla. Je savais que tu y arriverais ! Une lionne solitaire, ajouta-t-elle en regardant l'animal de plus près. Certainement une nomade. Tu vas être obligé de te battre pour avoir un territoire. Mais c'est déjà un bon début. Et un jour tu seras à la tête d'une magnifique bande de lions, Bébé !

Le lion se détendit un peu et avança la tête pour qu'Ayla le caresse à nouveau. Elle lui gratta le front et, après une dernière tape affectueuse, revint vers Whinney. La jument était excessivement nerveuse : elle connaissait l'odeur de Bébé mais pas celle de cette lionne étrangère. Ayla monta sur la jument et, quand Bébé voulut s'approcher, elle fit le geste qui signifiait : « Arrête ! » Le lion s'immobilisa, puis il fit demi-tour. En deux bonds, il rejoignit la lionne et disparut avec elle.

Bébé est parti maintenant, songea Ayla sur le chemin du retour. Il a rejoint les siens. Il viendra peut-être me faire une visite de temps en temps, mais jamais il ne reviendra vivre avec moi, comme l'a fait Whinney. (Elle se pencha en avant et caressa affectueusement l'encolure de la jument.) Je suis tellement heureuse que tu sois revenue, Whinney !

Le fait d'avoir vu Bébé avec une lionne rappela à Ayla à quel point son propre futur était incertain. Bébé a trouvé une compagne. Whinney, elle aussi, a eu un compagnon. Mais moi, en trouverai-je jamais un ?

17

Jondalar sortit de dessous le surplomb en grès et, depuis la terrasse couverte de neige, contempla les doux contours blancs de neige des collines érodées, de l'autre côté du fleuve. Darvo lui fit signe en agitant le bras. Le jeune garçon l'attendait près d'une souche placée non loin de la paroi, presque au bout de la terrasse, là où Jondalar avait l'habitude de tailler ses silex. Il avait choisi cet emplacement à l'extérieur du surplomb rocheux et à l'écart du passage qui menait aux abris pour bénéficier d'un maximum de lumière et aussi afin que personne ne risque de se blesser sur les éclats. Jondalar allait se diriger vers le jeune garçon quand il entendit la voix de Thonolan.

— Attends-moi, Jondalar !

Dès que son frère l'eut rejoint, ils firent un petit tour dans la neige suffisamment tassée pour qu'on puisse y marcher sans difficulté.

— J'ai promis à Darvo de lui enseigner quelques techniques de taille un peu particulières, expliqua Jondalar. Comment va Shamio ?

— Elle va mieux. Elle avait pris froid, mais c'est fini. Nous étions inquiets pour elle. Elle toussait tellement que parfois Jetamio restait éveillée toute la nuit. Nous avons l'intention d'agrandir notre abri avant l'hiver prochain.

Jondalar jeta un coup d'œil à Thonolan pour voir si les responsabilités de famille pesaient à son frère qui avait toujours été plutôt insouciant. Mais Thonolan paraissait parfaitement à l'aise et heureux de ce nouveau rôle et, voyant que son frère le regardait, il lui dit avec un sourire plein de fierté :

— J'ai une bonne nouvelle à t'annoncer, Grand Frère. As-tu remarqué que Jetamio avait pris du poids ? Je croyais que c'était simplement un signe de bonne santé. Mais je me suis trompé. Elle a de nouveau été bénie.

— C'est formidable ! Surtout qu'elle désire tellement avoir un bébé.

— Elle le sait depuis longtemps. Mais elle n'a rien voulu me dire de crainte que je me fasse du souci. Cette fois-ci, il semble qu'elle ait des chances de le garder. Le shamud a dit que rien n'était sûr encore mais que, si tout allait bien, elle devrait accoucher au printemps. Jetamio m'a dit qu'elle était sûre que c'était un enfant de mon esprit.

— Il se peut qu'elle ait raison. Qui eût cru que mon Petit Frère, libre et sans entraves, se retrouve un jour avec une compagne qui attend un bébé !

Le sourire de Thonolan devint radieux. Son bonheur crevait les yeux.

Il a l'air tellement content, se dit Jondalar en souriant à son tour, qu'on croirait que c'est lui qui attend un bébé.

— Là, à gauche ! dit Dolando à voix basse en montrant du doigt une saillie rocheuse qui se trouvait sur le flanc de la crête accidentée située au-dessus d'eux et dont la masse imposante bouchait toute la vue.

Jondalar regarda dans la direction indiquée sans rien apercevoir de précis, tellement il était impressionné par la majesté du paysage. Ils étaient arrivés à la limite des arbres et la forêt qu'ils venaient de traverser se trouvait à leurs pieds. Au début de leur ascension, elle était surtout composée de chênes. Ceux-ci avaient cédé la place à des hêtres, puis à des conifères : pins de montagne, sapins et épicéas. Jondalar avait aperçu de loin les sommets imposants, résultat de l'énorme poussée subie par la croûte terrestre et à peine avaient-ils laissé les arbres derrière eux qu'il n'avait pu s'empêcher de sursauter tellement cette vue, qui lui était pourtant familière, continuait à l'impressionner.

Les hauts sommets étaient si proches qu'on avait l'impression de pouvoir les toucher. On éprouvait alors une crainte respectueuse devant la force déployée par la nature pour donner naissance à ces hauts pics dénudés. Dépouillée de la forêt, la Grande Terre Mère exposait son squelette blanchi sur ces pentes arides. Au-dessus, le ciel était d'un bleu sublime — profond et uni —, une toile de fond parfaite pour les reflets aveuglants des rayons de soleil qui venaient se briser sur la glace recouvrant les crêtes et le fond des crevasses au-dessus des prairies de montagne balayées par le vent.

— Je le vois ! cria Thonolan. Un peu plus sur la droite, Jondalar. Là, sur cet affleurement rocheux.

Jondalar tourna légèrement la tête et aperçut à son tour un petit chamois plein de grâce qui se tenait en équilibre juste au-dessus du précipice. Son pelage d'hiver noir et épais dessinait des taches sur ses flancs alors que le reste de sa robe, gris-beige, se confondait avec la roche. Sur le sommet de la tête, deux petites cornes droites qui, à leur extrémité, s'incurvaient vers l'arrière.

— Je le vois, dit Jondalar. Et j'ai l'impression que c'est un mâle.

— Il se peut très bien que ce soit une femelle, corrigea Dolando. Elles aussi, elles portent des cornes.

— Ils ressemblent aux bouquetins de nos régions, n'est-ce pas, Thonolan ? En un peu plus petit. Mais, vu d'ici, on croirait presque un bouquetin.

Comment les Zelandonii chassent-ils le bouquetin, Jondalar ?

demanda une toute jeune femme, les yeux brillants de curiosité, d'excitation et d'amour.

Elle n'avait que quelques années de plus que Darvo et s'était entichée de Jondalar. Elle était née chez les Shamudoï, mais avait été élevée par les Ramudoï car sa mère avait eu comme second compagnon un homme du fleuve. Puis elle était revenue chez les Shamudoï quand la relation entre sa mère et son second compagnon s'était terminée d'une manière orageuse. Contrairement aux jeunes Shamudoï, elle n'était pas habituée à la montagne. Récemment, en apprenant que Jondalar appréciait les femmes qui chassaient, elle s'était découvert une passion pour la chasse. A sa plus grande surprise, elle trouvait cela très excitant.

— Je ne suis pas très au courant, Rakario, répondit Jondalar en lui souriant gentiment. (Il savait qu'il ne pouvait pas empêcher Rakario d'être amoureuse de lui, mais il ne faisait jamais rien qui puisse l'encourager.) Même s'il y a des bouquetins dans les montagnes qui se trouvent au sud de chez nous, et plus encore dans celles qui se trouvent à l'est, nous n'allons jamais chasser dans ces montagnes car elles sont trop éloignées de notre Caverne. De temps à autre, on profite d'une Réunion d'Eté pour organiser une partie de chasse dans les montagnes. Il m'est arrivé d'y aller, mais c'était simplement pour le plaisir et je suivais les directives des chasseurs qui s'y connaissaient mieux que moi. Je suis comme toi, Rakario : moi aussi j'apprends. Si tu veux l'avis d'un spécialiste, adresse-toi plutôt à Dolando.

Le chamois sauta d'un bond du roc où il se trouvait sur un autre rocher, plus haut encore, puis profita de sa position pour observer les alentours.

— Comment arrivez-vous à chasser un animal capable de faire de tels bonds ? demanda Rakario, stupéfaite par la grâce et l'agilité de l'animal. Comment le chamois fait-il pour conserver son équilibre ?

— Quand nous aurons tué une de ces bêtes, tu observeras ses sabots, répondit Dolando. Seule la partie externe est dure. La partie interne est aussi souple que la paume de ta main. C'est pourquoi les chamois ne glissent pas et qu'ils ont le pied aussi sûr. La partie la plus souple de leur sabot s'agrippe au sol et la partie la plus dure leur permet de conserver leur assise. Quand on les chasse, le plus important c'est de se rappeler que le regard des chamois est toujours dirigé vers le bas. Ils regardent où ils vont et ils savent tout ce qui se passe au-dessous d'eux. Leurs yeux sont situés assez loin à l'arrière de la tête, si bien qu'ils voient aussi ce qui est autour d'eux. Par contre, ils n'ont pas les moyens de voir ce qui vient de plus haut et de derrière. Et il faut en profiter. Le mieux c'est de les encercler en montant le plus haut possible et de les aborder par-derrière. En faisant bien attention et en étant très patient, on peut ainsi s'approcher d'eux à les toucher.

— Que va-t-il se passer s'ils partent avant que nous nous soyons approchés ? demanda Rakario.

— Regarde là-haut, lui conseilla Dolando. Est-ce que tu vois cette touche de vert sur les pâturages ? Pour les chamois, ces pousses de printemps constituent un véritable régal après le fourrage d'hiver. Le chamois solitaire que tu as vu est en train de faire le guet. Les autres — mâles, femelles et petits — sont cachés plus bas parmi les rochers et les buissons. Si ce pâturage leur plaît, je peux t'assurer qu'ils n'iront pas plus loin.

— Pourquoi restons-nous là à parler ? demanda Darvo. Allons-y !

Cela l'ennuyait que Rakario ne quitte pas Jondalar d'un pas et il était impatient que la chasse commence. Ce n'était pas la première fois qu'il y participait car Jondalar l'emmenait toujours avec lui lorsqu'il se joignait aux Shamudoï. Mais jusque-là il n'avait fait que traquer le gibier et observer les autres chasseurs. Tandis qu'aujourd'hui il avait la permission de tuer un animal. S'il réussissait, ce serait sa première prise et tout le monde le féliciterait. Mais ce n'était nullement une obligation. S'il ne tuait rien aujourd'hui, il pourrait essayer à nouveau une autre fois. Chasser une proie aussi agile et qui vivait dans un environnement auquel elle était parfaitement adaptée était difficile même pour les chasseurs les plus chevronnés. Quiconque réussissait à s'approcher suffisamment de l'animal pouvait tenter de le tuer, mais il fallait faire très attention à ne pas l'effrayer, car, lorsque les chamois prenaient peur et s'enfuyaient, personne n'était capable de les suivre de rocher en rocher ou de bondir comme eux par-dessus les précipices.

Dolando commença à gravir une formation rocheuse dont les strates parallèles étaient inclinées. Sur la face exposée aux intempéries, les couches les plus tendres des dépôts sédimentaires avaient été érodées et formaient des prises pour le pied qui facilitaient l'escalade. L'ascension qui allait leur permettre d'encercler les chamois et de les approcher par-derrière serait fatigante mais non périlleuse.

Suivant leur chef, les chasseurs se mirent en marche. Jondalar était parmi les derniers. Presque tous avaient commencé l'ascension du rocher escarpé quand il entendit la voix de Serenio. Il se retourna, très surpris. Serenio n'aimait pas chasser et en général, elle restait toute la journée à proximité des abris. Il se demandait ce qui avait pu la pousser à venir les rejoindre et, quand il aperçut son visage, un frisson de crainte le parcourut.

— Besoin... Thonolan... réussit à dire Serenio, encore tout essoufflée par sa longue course. Jetamio... Travail...

— Thonolan ! Thonolan ! appela Jondalar en mettant ses mains en porte-voix.

Une des silhouettes qui se trouvaient au-dessus de lui se retourna et il fit un grand geste pour que son frère comprenne qu'il fallait qu'il redescende.

En l'attendant, ni Serenio ni lui n'osaient parler. Jondalar avait très envie de demander si Jetamio allait bien, mais quelque chose le retenait de le faire.

— Quand les douleurs ont-elles commencé ? demanda-t-il finalement.

— Elle a eu mal au dos la nuit dernière, répondit Serenio. Mais elle n'a rien dit à Thonolan. Il avait prévu de partir à la chasse et elle avait peur qu'il décide de rester près d'elle si elle lui en parlait. Elle a dit qu'elle n'était pas certaine que ce soit le début du travail. Mais, à mon avis, elle voulait lui faire la surprise et qu'il trouve le bébé à son retour. Elle ne voulait pas qu'il s'inquiète ou qu'il se sente nerveux alors qu'elle était en train d'accoucher.

Cela ressemble bien à Jetamio, se dit Jondalar. Elle tient toujours à ménager Thonolan car elle sait qu'il est fou d'elle. Si Jetamio voulait faire la surprise à Thonolan, pourquoi Serenio est-elle montée à toute vitesse pour le prévenir ? se demanda-t-il soudain avec inquiétude.

— Il y a eu un problème, n'est-ce pas ?

Serenio baissa les yeux et prit une grande inspiration avant de répondre :

— Le bébé s'est présenté par le siège. Jetamio était trop étroite pour qu'il puisse passer. Le shamud pense que c'est à cause de la paralysie qu'elle a eue quand elle était jeune. Il m'a dit d'aller chercher Thonolan. Et de te demander de l'accompagner... pour l'aider... dans cette épreuve.

— Oh, non ! Grande Doni, non !

— Non ! Ce n'est pas possible ! Pourquoi ? Pourquoi la Mère l'a-t-Elle bénie avec un enfant pour les emporter ensuite tous les deux ?

Thonolan faisait les cent pas à l'intérieur de l'abri qu'il avait partagé avec Jetamio, en frappant rageusement sa paume ouverte de son poing. Jondalar était près de lui et il se sentait complètement impuissant. Mis à part le réconfort de sa présence, que pouvait-il lui proposer ? Personne d'ailleurs n'aurait pu faire plus. Un moment plus tôt, fou de douleur, Thonolan avait exigé en hurlant que tout le monde sorte de l'abri.

— Pourquoi la Mère l'a-t-Elle emportée, Jondalar ? Pourquoi elle, justement ? Elle avait si peu profité de la vie et déjà tellement souffert ! Etait-ce trop demander que de vouloir un enfant ? Un être de sa propre chair et de son propre sang ?

— Je ne sais pas, Thonolan. Même un zelandoni ne pourrait pas répondre à cette question.

— Pourquoi est-elle partie comme ça ? Dans de telles douleurs ? demanda Thonolan en s'arrêtant en face de son frère avec un regard suppliant. Elle m'a à peine reconnu quand je suis arrivé. Et j'ai lu dans ses yeux à quel point elle souffrait. Pourquoi fallait-il qu'elle meure ?

— Personne ne sait pourquoi la Mère donne la vie et la reprend.

— La Mère ! La Mère ! La Mère s'en moque ! Jetamio et moi nous L'honorions. Et cela ne L'a pas empêchée de reprendre Jetamio. Je La hais ! s'écria Thonolan en recommençant à faire les cent pas.

— Jondalar... appela Roshario.

Elle attendait à l'entrée de l'abri et n'osait pas entrer. Jondalar s'approcha d'elle.

— Le shamud a pratiqué une incision pour essayer de récupérer l'enfant dès que Jetamio a été... (Roshario se tut un court instant, incapable de continuer.) Il espérait pouvoir sauver l'enfant, reprit-elle en ravalant ses larmes. Parfois, c'est possible. Mais là, il était trop tard. C'était un garçon. Je ne sais pas s'il faut le dire à Thonolan ou non...

Comme elle souffre, elle aussi ! songea Jondalar. Roshario considérait Jetamio comme sa fille. C'est elle qui l'avait élevée, qui l'avait soignée lorsqu'elle avait été atteinte de paralysie et qui s'était occupée d'elle pendant sa longue guérison. Et bien entendu, elle était restée à ses côtés tout le temps qu'avaient duré l'accouchement et l'agonie finale.

Brusquement, Thonolan les repoussa et, prenant au passage son vieux sac, il se dirigea au pas de course vers le sentier qui contournait la corniche.

— Je crois que ce n'est pas le moment, répondit Jondalar en se lançant à la poursuite de son frère.

Au moment où il arrivait à sa hauteur, il lui demanda :

— Où vas-tu ?

— Je pars. Jamais je n'aurais dû m'arrêter. Je n'ai pas encore atteint le but de mon Voyage.

— Tu ne peux pas partir maintenant, dit Jondalar en l'attrapant par le bras.

Thonolan se dégagea d'un geste brusque.

— Pourquoi pas ? Qu'est-ce qui me retient encore ici ? demanda-t-il en éclatant en sanglots.

Jondalar l'arrêta à nouveau et, pivotant pour se retrouver en face de lui, il regarda ce visage si ravagé par la douleur qu'il en était méconnaissable. La peine de son frère était si profonde qu'il en était lui-même ébranlé jusqu'au fond de l'âme. Il y avait eu une époque où il enviait le bonheur de Thonolan et où il se demandait de quel genre d'imperfection il souffrait pour être incapable de connaître l'amour. Maintenant il en venait à se dire que cela valait peut-être mieux. A quoi bon aimer si on devait ensuite éprouver une telle angoisse et un chagrin aussi amer ?

— Tu ne peux pas partir avant que Jetamio et son fils aient été enterrés, dit-il.

— Son fils ? Comment sais-tu que c'était un garçon ?

— Le shamud a essayé de sauver le bébé. Malheureusement, il était trop tard.

— Je ne veux pas voir le fils qui l'a tuée !

— Thonolan, voyons ! Jetamio a demandé à être bénie avec un enfant. Et elle était tellement heureuse d'être enceinte ! Qui aurait osé la priver de ce bonheur ? Aurais-tu préféré qu'elle vive dans la tristesse toute sa vie ? Sans enfant et désespérant de ne jamais en avoir ? Elle a eu à la fois l'amour, en s'unissant à toi, et le bonheur d'être bénie par la Mère. Cela n'a pas duré longtemps, mais elle m'a dit un jour que jamais elle n'aurait cru qu'on puisse être aussi heureuse, que sa plus grande joie c'était que tu l'aimes et qu'elle soit enceinte. Elle disait toujours que c'était ton enfant, l'enfant de ton esprit. Peut-être la Mère savait-Elle que Jetamio ne pourrait jamais mettre un enfant au monde, peut-être a-t-Elle décidé de lui accorder cette ultime joie.

— Elle ne m'a même pas reconnu... remarqua Thonolan d'une voix brisée.

— Le shamud lui a donné quelque chose à la fin, Thonolan. Il n'y avait plus d'espoir qu'elle puisse accoucher, mais elle n'a pas trop souffert. Elle savait que tu étais à ses côtés.

— La Mère m'a tout pris en m'enlevant Jetamio, Jondalar. Je l'aimais tellement que, maintenant qu'elle n'est plus là, il ne me reste plus rien. Comment a-t-elle pu me quitter ? demanda-t-il encore en vacillant.

Jondalar s'avança aussitôt pour le soutenir et son frère s'effondra dans ses bras. Il laissa tomber sa tête sur l'épaule de son aîné, le corps secoué par des sanglots de désespoir.

— Pourquoi ne pas rentrer chez nous, Thonolan ? demanda Jondalar, incapable de cacher son propre désir. Si nous partons maintenant, nous aurons atteint le glacier quand l'hiver arrivera, et nous serons chez nous au printemps prochain. Pourquoi veux-tu que nous nous dirigions vers l'est ?

— Tu peux rentrer, Jondalar. Il y a longtemps que tu aurais dû le faire. Je t'ai déjà dit que tu étais un Zelandonii et que tu le resterais toute ta vie. Moi, je me mets en route vers l'est.

— Tu as dit que tu ferais un Voyage jusqu'à l'embouchure de la Grande Rivière Mère. Quand tu auras atteint la mer de Beran, que feras-tu ?

— Qui sait ? Peut-être que j'en ferai le tour ou que je partirai plus au nord pour chasser le mammouth avec la tribu de Tholie. Les Mamutoï disent qu'il y a une autre chaîne de montagnes plus loin à l'est... Rentrer chez moi ne signifie rien à mes yeux. Je préfère partir à la recherche de quelque chose de nouveau. Le moment est venu de nous séparer, Grand Frère. Tu vas aller vers l'ouest et moi, vers l'est.

— Si tu ne veux pas rentrer, pourquoi ne pas rester ici ? proposa Jondalar.

— Oui, pourquoi ne restes-tu pas avec nous ? demanda Dolando qui venait de les rejoindre. Et toi aussi, Jondalar. Shamudoï ou Ramudoï, cela n'a aucune importance. Vous faites partie de notre Caverne maintenant. Vous avez de la famille ici et des amis. Nous serions très tristes si l'un de vous partait.

— Dolando, tu sais que j'étais prêt à passer le reste de ma vie ici, rappela Thonolan. Mais maintenant, c'est impossible. Tout me rappelle Jetamio et j'ai sans cesse l'impression que je vais la voir apparaître. Chaque fois que je me réveille, je dois faire un effort pour me souvenir que je ne la reverrai jamais. Je suis désolé. Vous allez tous beaucoup me manquer, mais il faut que je parte.

Dolando hocha la tête. Il ne pouvait les obliger à rester mais il avait tenu à leur dire qu'ils faisaient partie de la famille.

— Quand nous quitterez-vous ?

— Dans quelques jours, je pense, répondit Thonolan. J'aimerais passer un marché avec toi, Dolando. A l'exception de mon sac et de mes vêtements, je compte vous laisser tout ce que je possède et j'aimerais qu'en échange tu me donnes un petit bateau.

— Je suis sûr que cela peut s'arranger. Vous allez descendre le fleuve. Et ensuite ? Vous diriger vers l'est ou rentrer chez vous ?

— Je pars vers l'est, répondit Thonolan.

— Et toi, Jondalar ?

— Je ne sais pas encore. Il y a Darvo et Serenio...

A nouveau, Dolando hocha la tête. Même si Jondalar ne s'était jamais uni officiellement à Serenio, cela ne lui simplifiait pas pour autant les choses. Il avait autant de raisons de rentrer chez lui, de rester chez les Sharamudoï ou de partir avec son frère. Et, pour l'instant, il aurait été bien difficile de dire laquelle de ces solutions il allait choisir.

— Rosario a cuisiné toute la journée, dit Dolando. Je crois qu'elle a besoin de s'occuper, cela lui évite de trop penser. Vous lui feriez très plaisir si vous veniez manger avec nous. Elle aimerait aussi inviter Serenio et Darvo, Jondalar. Et si Thonolan acceptait d'avaler un petit quelque chose, je crois qu'elle serait contente. Elle se fait du souci pour toi, conclut-il.

Pour Dolando aussi, cela a dû être terrible, se dit Jondalar. Il s'était fait tellement de tracas pour son frère qu'il n'avait pas pensé à la douleur des membres de la Caverne. Dolando avait autant aimé Jetamio que les autres enfants de son foyer. Jetamio comptait de nombreux amis. Tholie et Markeno faisaient, eux aussi, partie de la famille. Serenio, elle-même, avait pleuré. Et Darvo était si affecté par ce deuil qu'il refusait de lui parler.

— Je vais demander à Serenio, dit Jondalar. Darvo sera tout heureux de manger avec vous. Peut-être viendra-t-il sans nous. Il faudrait que je parle avec Serenio...

— Envoie-le-nous, proposa Dolando, en se disant qu'il ferait coucher l'enfant chez lui pour que sa mère et Jondalar puissent discuter tranquillement.

Les trois hommes se dirigèrent vers le surplomb en grès et s'approchèrent du foyer central où brûlait un feu. Ils restèrent là un bon moment sans pratiquement échanger un mot, appréciant de se retrouver tous les trois — même si ce plaisir avait un goût doux-amer. La séparation était proche et tous trois le savaient.

L'ombre portée des parois de la terrasse fraîchissait l'air sous le surplomb, même si les rayons du soleil pénétraient encore à flots dans les gorges. Réunis autour du feu, comme tant d'autres fois, c'était presque pour eux comme si rien n'avait changé, comme si cette accablante tragédie n'avait jamais eu lieu. Ils restèrent un long moment, debout dans le crépuscule, et même s'ils ne disaient rien, tous trois partageaient les mêmes pensées. Ils songeaient aux événements qui avaient amené deux jeunes Zelandonii à partager la vie des Sharamudoï et chacun se demandait s'il reverrait un jour les deux autres.

— Est-ce que vous allez enfin vous décider à venir manger ? demanda Rosario, incapable d'attendre plus longtemps.

Elle n'avait pas voulu intervenir avant, respectant ce dernier instant de communion entre les trois hommes. Au moment où elle les appelait, le shamud et Serenio sortirent d'un autre abri, Darvo se sépara du groupe de jeunes avec lequel il se trouvait pour s'approcher d'eux et d'autres gens s'avancèrent vers le foyer central, brisant irrévocablement l'intensité du moment. Rosario emmena tout son monde vers son propre abri, y compris Jondalar et Serenio. Mais ces derniers s'éclipsèrent peu après.

Ils se dirigèrent en silence vers le bord de la terrasse et, après avoir contourné la paroi rocheuse, allèrent s'asseoir sur un arbre couché pour contempler le coucher du soleil en amont du fleuve. Le spectacle, tout en teintes métalliques, incitait au silence. Au fur et à mesure que l'astre en fusion déclinait à l'horizon, les nuages gris plombé se rehaussèrent de reflets argentés, puis ils prirent une teinte dorée qui illumina la surface du fleuve. L'embrasement du ciel transforma l'or du ciel en cuivre brillant, puis en bronze plus mat et, pour finir, les nuages reprirent leur nuance argentée.

Au moment où ils redevenaient gris plombé, avant de s'assombrir encore, Jondalar avait pris une décision. Il se retourna pour regarder Serenio. Elle est belle, se dit-il, et facile à vivre. Il ouvrit la bouche pour parler.

— Rentrons, Jondalar, proposa Serenio avant lui.

— Serenio... commença-t-il. Je... Nous avons vécu...

La jeune femme posa un doigt sur ses lèvres.

— Nous parlerons plus tard.

Il lut dans ses yeux le désir qu'elle éprouvait et, prenant sa main, il la retourna et posa un baiser au creux de sa paume. Puis il fit courir ses lèvres sur son poignet et remonta le long de son bras vers son aisselle.

Serenio soupira, ferma les yeux et laissa tomber sa tête en arrière, l'invitant à continuer ses caresses. Une main posée à la base de son cou pour soutenir sa tête, Jondalar embrassa l'endroit où sa gorge palpitait, puis remonta le long de son cou et, après avoir mordillé son oreille, chercha sa bouche. Serenio attendait, tremblante de désir. Il l'embrassa si longuement et avec tant de passion que quand il se sépara d'elle, elle avait du mal à respirer.

— Rentrons, dit-elle à nouveau, d'une voix enrouée.

— Pourquoi pas là ? demanda Jondalar.

— Si nous restons dehors, ce sera fini trop vite. Je préfère être bien au chaud, avec un bon feu et des fourrures, et que nous prenions notre temps.

Récemment, leur manière de faire l'amour était devenue un peu routinière. Chacun d'eux savait ce qui faisait plaisir à l'autre et ils avaient tendance à reproduire toujours les mêmes caresses. Mais, cette nuit, Jondalar sentait que Serenio désirait autre chose que la simple routine et il était prêt à le lui donner. Il prit son visage entre ses deux mains, embrassa ses yeux et le bout de son nez. Puis, approchant ses deux lèvres de son oreille, il murmura :

— Je crois que nous ferions mieux de rentrer.

— C'est bien ce que je t'avais dit.

Marchant l'un à côté de l'autre, le bras de Jondalar posé sur l'épaule de Serenio et celui de la jeune femme lui enserrant la taille, ils contournèrent la paroi rocheuse. Pour une fois, Jondalar ne s'effaça pas pour avancer sur une seule file. Il ne fit même pas attention au précipice qui se trouvait sur sa droite. Sur la terrasse, il faisait nuit noire car les hautes parois interceptaient la lueur de la lune et les nuages cachaient la plupart des étoiles. Il était plus tard qu'ils ne l'auraient cru. Il n'y avait personne autour du foyer central, où des bûches continuaient à brûler, léchées par les flammes. En passant devant un des abris, ils aperçurent Dolando, Roshario et quelques autres, en train de discuter à l'intérieur, ainsi que Darvo qui, assis en face de Thonolan, était en train de lui lancer des dés en os. Jondalar sourit. C'était un jeu qu'il connaissait bien pour y avoir souvent joué avec son frère durant les longues nuits d'hiver, le genre de partie qui exigeait qu'on reste éveillé des heures entières, et mobilisait l'attention, vous faisant oublier tout le reste.

Dans l'abri qu'il partageait avec Serenio, il faisait sombre. Il mit du bois dans le foyer délimité par des pierres, puis alla chercher un morceau de bois rougeoyant dans le foyer central pour allumer le feu. Il posa deux planches en croix devant l'entrée et rabattit la peau pour fermer l'ouverture, créant ainsi un monde plein d'intimité et de chaleur.

Tandis que Jondalar enlevait ses vêtements de dessus, Serenio alla chercher deux coupes. Prenant la gourde en peau, il remplit les coupes avec du vin de myrtille. Le désir qu'il avait éprouvé un peu plus tôt était passé et, sur le chemin du retour, il avait eu le temps de réfléchir. Serenio est une femme jolie et passionnée, se disait-il en buvant. Il y a longtemps que j'aurais dû m'unir officiellement à elle. Peut-être accepterait-elle de rentrer avec moi si nous emmenions Darvo. Mais que nous restions ici ou que nous rentrions chez moi, je veux qu'elle devienne ma compagne.

Maintenant qu'il s'était décidé, il se sentait soulagé et content de lui. Pourquoi avoir attendu si longtemps ?

— Serenio, j'ai pris une décision, annonça-t-il. Je ne sais pas si je t'ai déjà dit ce que tu représentes pour moi...

— Pas maintenant, l'interrompit Serenio en le prenant par le cou et en posant ses lèvres sur les siennes.

Ce baiser passionné dura si longtemps que Jondalar se dit : Elle a raison, nous discuterons plus tard.

L'abri s'étant maintenant réchauffé, il l'entraîna vers la plate-forme qui leur servait de lit. Et très vite, il oublia le feu, uniquement occupé à explorer et à redécouvrir le corps de Serenio. Elle avait toujours réagi à ses caresses, mais cette nuit-là, elle s'y abandonna totalement. Bien qu'elle éprouvât à chaque fois du plaisir, elle semblait ne jamais se lasser de lui. Quand Jondalar, qui lui avait fait plusieurs fois l'amour, pensa avoir atteint la limite de ses possibilités, elle réussit à éveiller à nouveau son désir. Dans un dernier effort extatique, ils atteignirent une délivrance joyeuse, ayant enfin assouvi leur passion.

Ils s'endormirent tels qu'ils étaient, nus et couchés par-dessus les fourrures, et ce fut le froid qui, un peu avant l'aube, les réveilla. Le feu s'était éteint et Serenio en alluma un autre tandis que Jondalar, après avoir enfilé sa tunique, allait remplir sa gourde au bout de la terrasse. Il en profita pour se tremper dans l'eau froide et apprécia au retour la chaleur qui régnait à l'intérieur de l'abri. Il se sentait en pleine forme, rafraîchi par ce bain matinal, et si complètement assouvi qu'il était prêt à tout. Après avois mis les pierres à chauffer, Serenio sortit à son tour et revint bientôt toute mouillée, elle aussi.

— Tu trembles, dit Jondalar en posant une fourrure sur ses épaules.

— Tu avais l'air tellement heureux de ta baignade que j'ai voulu essayer. Mais c'est drôlement froid ! avoua Serenio en riant.

— L'infusion est presque prête. Je vais t'en apporter un bol. Assieds-toi là, lui proposa Jondalar en la poussant vers le lit et en la recouvrant d'une telle quantité de fourrures que seul son visage restait visible.

Vivre avec une femme comme Serenio ne serait pas désagréable du tout, se dit-il. Je me demande si j'arriverai à la persuader de rentrer avec moi ? A peine s'était-il posé cette question qu'une pensée désagréable lui traversa l'esprit. Et Thonolan, alors ? Comment le persuader de nous accompagner ? Je ne comprends pas pourquoi il veut partir vers l'est. Jondalar servit l'infusion de bétoine, un bol pour Serenio et un pour lui, puis s'installa au bord de la plate-forme.

— As-tu jamais pensé faire un Voyage ? demanda-t-il.

— Tu veux dire voyager dans des endroits que je ne connais pas et rencontrer des étrangers qui ne parlent pas la même langue que moi ? Non, Jondalar. Jamais je n'ai éprouvé le besoin de partir pour le Voyage.

— Mais tu comprends parfaitement le zelandonii. Quand nous avons décidé avec Tholie de nous enseigner mutuellement d'autres langues, j'ai été surpris de voir avec quelle rapidité tu apprenais. En plus, ce n'est pas comme si tu devais apprendre une langue inconnue...

— Où veux-tu en venir ?

— J'aimerais que tu rentres avec moi quand nous serons unis. Je suis sûr que les Zelandonii te plairaient...

— Qu'entends-tu par : quand nous serons unis ? Qui te dit que je vais m'unir à toi ?

Jondalar était interloqué. Nul doute qu'il aurait dû lui poser cette question avant de lui proposer de faire le Voyage en sa compagnie. Les femmes aimaient qu'on leur demande leur avis. Il ne fallait pas leur donner l'impression que c'était gagné d'avance.

— J'ai pensé que le moment était venu d'officialiser notre arrangement, dit-il avec un sourire penaud. Tu es belle et aimante, Serenio. Et Darvo est un garçon épatant. Je serai fier de le considérer comme le fils de mon foyer. Mais j'espérais que tu serais d'accord pour rentrer avec moi chez les Zelandonii. Bien entendu, si ce n'est pas le cas...

— Il n'est pas question d'officialiser quoi que ce soit, Jondalar. Je ne serai jamais ta compagne. C'est quelque chose que j'ai décidé il y a bien longtemps.

Jondalar était tellement embarrassé qu'il devint tout rouge. Jamais il n'aurait pensé que Serenio puisse refuser de devenir sa compagne. Il n'avait pensé qu'à lui, qu'à ses propres sentiments, sans imaginer un seul instant que Serenio puisse ne pas le juger digne d'elle.

— Je... je suis désolé, Serenio. Je pensais que tu étais attachée à moi. Jamais je n'aurais cru... Tu aurais dû me le dire avant... Je serais parti et je serais allé vivre ailleurs.

Jondalar se leva et commença à ranger ses affaires.

— Que fais-tu ?

— Je rassemble mes affaires pour pouvoir m'en aller.

— Pourquoi veux-tu partir ?

— Je n'en ai aucune envie, mais si tu ne veux pas que je reste ici...

— Après la nuit que nous avons passée ensemble, comment peux-tu imaginer que je ne veux plus de toi ? Cela n'a rien à voir avec le fait que je refuse de devenir ta compagne.

Jondalar revint vers elle et, après s'être assis sur le bord de la plate-forme, il essaya de lire au fond de son regard énigmatique.

— Pourquoi ne veux-tu pas t'unir à moi ? demanda-t-il. Est-ce que je ne suis pas assez... viril pour toi ?

— Pas assez viril ! s'écria Serenio. Oh, Mère ! Si toi, tu n'es pas assez viril, alors aucun homme sur terre ne l'est ! C'est justement ça le problème. Non seulement tu es viril mais tu as aussi toutes les qualités ! C'est trop, Jondalar ! Je ne peux pas vivre avec quelqu'un comme toi.

— Je ne comprends pas. Je te propose l'Union et toi, tu as l'air de dire que je suis trop bien pour toi.

— Vraiment, tu ne comprends pas ? Tu m'as donné plus que... n'importe quel autre homme. Si j'acceptais de devenir ta compagne, je serais plus heureuse que toutes les femmes que je connais. Elles m'envieraient. Elles souhaiteraient que leur compagnon soit aussi généreux, aussi prévenant et aussi bon que toi. Elles savent déjà qu'il suffit que tu touches une femme pour qu'aussitôt elle se sente plus vivante, plus... Jondalar, tu es tout ce qu'une femme désire.

— Si je suis... comme tu dis, pourquoi refuses-tu de devenir ma compagne ?

— Parce que tu n'es pas amoureux de moi.

— Serenio, tu sais bien que...

— Oui, je sais que tu m'aimes à ta manière. Tu as de l'affection pour moi, jamais tu ne ferais quelque chose qui risque de me blesser et tu as toujours été bon et même merveilleux. Mais j'ai toujours su que ce n'était pas suffisant. Même si parfois j'ai essayé de me convaincre du contraire. Il m'est arrivé aussi de me demander ce qui n'allait pas chez moi, ce qui me manquait pour que tu m'aimes vraiment.

— Tous les couples ne s'aiment pas à la folie, fit remarquer Jondalar en baissant les yeux. Si deux êtres ont des choses en commun et éprouvent de l'affection l'un pour l'autre, ils peuvent très bien vivre heureux ensemble.

— C'est vrai, reconnut Serenio. Et il est possible qu'un jour, je m'unisse à nouveau à un homme. Si d'autres choses nous rapprochent, nous n'aurons pas besoin d'être follement amoureux l'un de l'autre. Mais toi, ce n'est pas ton cas.

— Pourquoi ne pas tenter la chose avec moi ? demanda Jondalar.

Son regard exprimait une telle tristesse que Serenio faillit flancher.

— Parce que je t'aime, dit-elle. Je ne peux pas m'en empêcher. Aucune femme ne le pourrait. Et comme je t'aime, je souffrirais tous les jours un peu plus en voyant que tu ne partages pas mon amour. Je me flétrirais, je deviendrais une coquille vide et je trouverais le moyen de rendre ton existence aussi malheureuse que la mienne. Et toi, tu continuerais à être affectueux, bon et généreux car tu saurais parfaitement pourquoi je suis devenue comme ça. Mais tu finirais par te détester d'agir ainsi. Et tout le monde se demanderait comment tu fais pour supporter une femme aussi acariâtre. Je ne veux pas qu'une chose comme ça se produise. Ni pour toi, ni pour moi.

Quittant brusquement la couche où il était assis, Jondalar se dirigea vers l'ouverture de l'abri, puis, arrivé là, il fit demi-tour et revint vers Serenio.

— Pourquoi suis-je incapable d'aimer une femme, Serenio ? Les autres hommes tombent amoureux... Qu'est-ce qui ne va pas chez moi ?

Son regard exprimait une telle angoisse que Serenio en eut mal pour lui.

— Je n'en sais rien, Jondalar. Peut-être n'as-tu pas trouvé la femme qui te convient. Il se peut que le destin que te réserve la Mère sorte de l'ordinaire. Peu d'hommes héritent, comme toi, d'autant de qualités à la naissance. La femme avec laquelle tu vivras devra être capable d'assumer cela. Pour qu'elle ne soit pas complètement annihilée par ton amour, il faudra qu'elle ait reçu de la Mère autant de dons que toi. Même si tu m'aimais, je ne suis pas certaine que j'aurais supporté de vivre longtemps avec toi. Si un jour tu aimes une femme autant que tu aimes ton frère, il faudra qu'elle soit très forte.

— Je ne peux pas tomber amoureux mais, si j'en étais capable, aucune femme ne pourrait supporter mon amour, dit-il avec un sourire désabusé. « Méfions-nous des Dons de la Mère. » (Ses yeux, violets dans la lueur du feu, se remplirent d'appréhension.) Es-tu en train de me dire que si les femmes ne sont pas assez fortes pour supporter le genre d'amour que je porte à mon frère, il va falloir que je me tourne vers... un homme ?

— Je n'ai pas voulu dire que tu aimais ton frère comme si c'était une femme, corrigea Serenio en souriant. Tu n'es pas comme le shamud. Tu ne possèdes pas comme lui un certain sexe et les inclinations de l'autre. Si c'était le cas, il y a longtemps que tu le saurais et tu n'aimerais pas autant faire l'amour à une femme. Par contre, je peux t'assurer que tu aimes plus ton frère que les femmes que tu as rencontrées jusqu'ici. C'est pour ça que je voulais passer cette dernière nuit d'amour avec toi. Je sais que tu vas partir avec lui et je ne te reverrai pas.

A peine Serenio avait-elle fini de dire cela que Jondalar sut qu'elle avait raison. Jamais il n'abandonnerait son frère.

— Comment as-tu fait pour deviner ça ? demanda-t-il. J'étais persuadé que j'allais m'unir à toi et m'installer définitivement chez les Sharamudoï si tu refusais de rentrer avec moi.

— Je crois que tout le monde sait que tu vas suivre ton frère. Le shamud dit que c'est ton destin.

Jondalar, dont la curiosité n'avait jamais été satisfaite, demanda soudain :

— Le shamud est-il un homme ou une femme ?

— Tiens-tu vraiment à le savoir ?

— Non, reconnut Jondalar. Je pense que cela n'a pas d'importance. Le shamud n'a pas voulu me le dire... Peut-être ce mystère est-il important — à ses yeux, en tout cas.

Ils se turent tous les deux. Quand je me souviendrai d'elle, c'est ainsi que je la verrai, songea Jondalar en regardant Serenio. Les cheveux de la jeune femme étaient encore humides et tout emmêlés et comme maintenant elle avait chaud, elle avait repoussé la plupart des fourrures.

— Et toi, Serenio, que vas-tu faire ? demanda-t-il.

— Je t'aime, Jondalar, affirma à nouveau la jeune femme. Il ne me sera pas facile de t'oublier. Mais tu m'as apporté une chose essentielle. Quand je t'ai rencontré, j'avais perdu tant d'êtres aimés que je refusais tout ce qui pouvait ressembler à l'amour. Je savais que j'allais te perdre, mais cela ne m'a pas empêchée de t'aimer. Maintenant, je sais que je peux aimer à nouveau. C'est toi qui me l'as appris. Et tu m'as peut-être donné plus encore, ajouta-t-elle en souriant d'un air mystérieux. Dans quelque temps, un autre être va entrer dans ma vie. Même s'il est encore un peu tôt pour le dire en toute certitude, j'ai l'impression que la Mère m'a bénie. Je pensais que ce n'était plus possible après le dernier enfant que j'ai perdu. Cela faisait des années que je n'avais pas été bénie et ce sera peut-être un enfant de ton esprit. Je le saurai si le bébé a des yeux bleus.

— Si c'est le cas, je reste, annonça Jondalar en fronçant les sourcils. Pour m'occuper de toi et de l'enfant. Tu dois avoir un homme dans ton foyer.

— Ne t'inquiète pas, Jondalar. Mudo a dit que toutes celles qu'Elle bénissait devaient être secourues. C'est pourquoi elle a créé les hommes, afin qu'ils apportent aux mères et à leurs enfants les Dons de la Grande Terre Mère. La Caverne pourvoira à mes besoins, comme la Mère pourvoit aux besoins de tous Ses enfants. Il faut que tu suives ta destinée, et moi, la mienne. Je ne t'oublierai pas et si j'ai un enfant de ton esprit, je penserai à toi, exactement comme j'ai conservé le souvenir de l'homme que j'aimais quand Darvo est né.

Serenio avait changé, mais elle continuait à ne rien exiger de lui. Quand Jondalar la prit dans ses bras, elle le regarda au fond des yeux. Son regard ne dissimulait rien de ce qu'elle éprouvait : ni son amour pour lui, ni la tristesse qu'elle éprouvait à l'idée de le perdre, ni sa joie d'être enceinte.

Se frayant un chemin à travers une des fentes de l'abri, la pâle lueur de l'aube annonçait un nouveau jour. Jondalar se leva.

— Où vas-tu ? demanda Serenio.

— J'ai bu trop d'infusion, répondit-il en souriant. Mais garde le lit bien chaud. La nuit n'est pas finie. (Il se pencha vers elle et l'embrassa avant d'ajouter d'une voix enrouée par l'émotion :) Tu comptes plus à mes yeux que toutes les femmes que j'ai rencontrées jusqu'ici.

Et pourtant, ce n'était pas suffisant. Jondalar allait partir. Si Serenio lui avait demandé de rester, il l'aurait fait. Mais elle ne le lui demanda pas et, lorsqu'il revint, il lui offrit tout ce qu'il était en son pouvoir de lui donner. La plupart des femmes s'en seraient largement contentées.

18

— Mère m'a dit que tu voulais me voir.

Darvo était tendu et il regardait Jondalar d'un air méfiant. Tous ces derniers jours, il l'avait évité. Jondalar pensait savoir pourquoi. Il lui sourit d'un air tendu. Il hésitait à parler et cela ne faisait qu'accroître la nervosité du jeune garçon qui n'avait aucune envie que ses craintes soient confirmées. Jondalar n'avait pas plus envie que lui d'aborder le sujet. Finalement, il alla chercher un vêtement rangé sur une étagère et le déplia devant Darvo.

— Je pense que tu es assez grand maintenant pour porter ça, Darvo, dit-il, et j'aimerais t'en faire cadeau.

Quand Darvo aperçut la tunique zelandonii, richement décorée, ses yeux pétillèrent de plaisir. Mais, aussitôt après, son regard redevint méfiant.

— Tu t'en vas, n'est-ce pas ? demanda-t-il sur un ton accusateur.

— Thonolan est mon frère, Darvo...

— Et moi, je ne suis rien.

— C'est faux. J'ai beaucoup d'affection pour toi, et tu le sais. Mais Thonolan souffre tellement qu'il ne sait plus ce qu'il fait. J'ai peur qu'il fasse une bêtise. Je ne peux pas le laisser partir tout seul. Si ce n'est pas moi qui l'accompagne, qui le fera ? Essaie de comprendre, Darvo... Je n'ai aucune envie de repartir vers l'est.

— Est-ce que tu reviendras ?

Jondalar hésita un court instant avant de répondre.

— Je ne peux rien te promettre, dit-il. Je ne sais pas où nous allons et combien de temps nous voyagerons. C'est pourquoi je veux t'offrir cette tunique, ajouta-t-il en tendant le vêtement à Darvo. Comme ça, tu auras quelque chose qui te rappellera l'homme zelandonii. Je veux que tu saches qu'à mes yeux tu resteras toujours le premier fils de mon foyer.

Le jeune garçon jeta un coup d'œil à la tunique brodée. Des larmes jaillirent de ses yeux.

— Je ne suis pas le fils de ton foyer ! cria-t-il.

Faisant brusquement demi-tour, il sortit en courant.

Au lieu de se précipiter derrière lui comme il en avait d'abord eu l'intention, Jondalar replia la tunique et alla la déposer sur la couche de Darvo. Puis il sortit à pas lents de l'abri.

Carlono fronça les sourcils d'un air inquiet en regardant le ciel couvert de nuages.
— Je ne pense pas que le temps change, dit-il. Mais si jamais vous essuyez un grain, dirigez-vous aussitôt vers la rive. Vous aurez certainement du mal à trouver un endroit où aborder avant d'avoir passé la porte. Une fois de l'autre côté, vous verrez que la Grande Rivière Mère se divise en plusieurs bras en arrivant dans la plaine. N'oubliez pas de suivre la rive gauche. Avant d'atteindre la mer, le fleuve change de direction : il oblique vers le nord, puis à l'est. Juste après, il reçoit son dernier grand affluent, un large cours d'eau qui le rejoint sur la gauche. Non loin de là commence le delta, son débouché sur la mer. Mais il faudra que vous naviguiez encore longtemps et vous ne serez pas au bout de vos peines. Ce delta est immense et très dangereux. Il y a là des ensablements, des marais et des marécages. La Rivière se sépare à nouveau en plusieurs bras, quatre habituellement, mais parfois plus, car il y a aussi des bras secondaires. Il faut absolument que vous empruntiez le bras le plus à gauche, celui qui part vers le nord. Tout près de l'embouchure, sur la rive septentrionale, il y a un camp mamutoï.

Ce n'était pas la première fois que l'homme du fleuve leur donnait ces explications. Il avait même dessiné sur le sol une carte pour qu'ils aient une idée claire de leur itinéraire. Il répétait une dernière fois ses conseils pour plus de sûreté, sachant qu'ils en auraient besoin pour prendre des décisions rapides. Carlono n'était pas particulièrement heureux que les deux jeunes gens, qui ne connaissaient pas le fleuve, entreprennent ce voyage sans guide expérimenté. Mais ils avaient insisté pour partir seuls. Thonolan en tout cas avait été inflexible. Quant à Jondalar, il n'avait pas eu le choix. Il n'était pas question qu'il abandonne son frère. Il avait appris à manœuvrer un bateau, ce qui n'était déjà pas mal.

Les deux frères étaient debout sur le ponton et leur équipement était déjà rangé à l'intérieur de la petite embarcation. Mais leur départ ne provoquait pas la joyeuse excitation qui, d'ordinaire, accompagne ce genre d'aventure. Thonolan partait uniquement parce qu'il ne pouvait plus rester, et Jondalar aurait préféré prendre la direction opposée.

Depuis la mort de Jetamio, Thonolan avait beaucoup changé. Alors qu'il avait toujours été gai et sociable, il était devenu maussade. Sa morosité était ponctuée d'éclats coléreux. Dans ces cas-là, plus rien ne semblait compter à ses yeux et il pouvait faire preuve d'une témérité presque suicidaire. Quand, pour la première fois, il s'en était pris à son frère, si la dispute n'avait pas dégénéré, c'était uniquement parce que Jondalar avait refusé l'affrontement. Thonolan avait reproché à son frère de le couver comme un bébé et exigé le droit de mener sa vie comme il l'entendait. Lorsqu'il avait appris que Serenio était enceinte, il était entré en fureur, reprochant à son frère d'abandonner une femme qui portait peut-être un enfant de son esprit pour le suivre vers une destination inconnue. Il avait insisté pour que Jondalar reste chez les Sharamudoï et subvienne aux besoins de Serenio, comme le ferait tout homme digne de ce nom.

Bien que Serenio eût refusé de devenir sa compagne, Jondalar était d'accord avec son frère. Depuis sa plus tendre enfance, on lui avait seriné que l'unique but d'un homme dans la vie était de subvenir aux besoins d'une femme et de ses enfants, tout particulièrement quand cette femme attendait un enfant qui, d'une manière mystérieuse, avait de grandes chances d'avoir absorbé son propre esprit. Mais Thonolan refusait de rester. Et comme Jondalar craignait qu'il fasse une bêtise, il avait insisté pour l'accompagner. Leurs rapports s'en ressentaient, ils étaient extrêmement tendus.

Jondalar ne savait pas comment faire pour dire au revoir à Serenio et il était effrayé à l'idée de devoir affronter son regard. Mais, quand il se pencha vers elle pour l'embrasser, la jeune femme souriait et, même si elle avait les yeux rouges et gonflés, son regard n'exprimait aucune émotion particulière. Jondalar chercha Darvo et il fut déçu de voir que le jeune garçon ne s'était pas joint au groupe de ceux qui étaient descendus sur le ponton pour assister à leur départ. Pratiquement tous les Sharamudoï étaient là.

Thonolan était déjà installé à l'intérieur du petit bateau et Jondalar alla s'asseoir sur le siège arrière. Il prit une pagaie et, au moment où Dolando larguait la corde qui retenait l'embarcation, il jeta un dernier coup d'œil à la haute terrasse. Un jeune garçon se trouvait tout au bord. La tunique qu'il portait risquait d'être trop grande pour lui, pendant quelques années encore, mais les motifs qui la décoraient étaient sans conteste zelandonii. Jondalar sourit et brandit sa pagaie pour saluer le jeune garçon. Darvo répondit d'un signe de la main. Jondalar plongea alors sa pagaie à double pale dans l'eau du fleuve.

Quand les deux frères se retrouvèrent au milieu du courant, ils se retournèrent pour jeter un dernier regard au ponton noir de monde — à tous les amis qui avaient tenu à assister à leur départ. Alors qu'ils commençaient à descendre le fleuve, Jondalar se demanda s'il reverrait un jour les Sharamudoï ou même les Zelandonii. Ce Voyage avait perdu tout intérêt à ses yeux maintenant qu'il était entraîné, pratiquement contre sa volonté, si loin de chez lui. Qu'espérait donc trouver Thonolan en partant vers l'est ? Et lui, qu'est-ce qui l'attendait ?

Sous le ciel gris et bas, les hautes gorges avaient un aspect oppressant. Les montagnes aux flancs dénudés prenaient pied au fond de l'eau et formaient de véritables remparts qui enserraient le fleuve des deux côtés. Sur la rive gauche, une série d'escarpements rocheux au profil anguleux s'élevaient jusqu'aux lointains sommets couverts de glace. La rive droite était plus érodée et les montagnes aux sommets arrondis auraient pu passer pour des collines. Mais pour les deux hommes, assis au fond de la petite embarcation, elles restaient impressionnantes. Autour des gros rochers qui émergeaient de l'eau se formaient des tourbillons frangés d'écume.

Les deux frères faisaient intimement partie de l'élément liquide au sein duquel ils voyageaient et leur embarcation était entraînée par le fleuve au même titre que les débris qui flottaient à sa surface ou les limons qu'il remuait dans ses profondeurs. Ils n'étaient maîtres ni de leur vitesse ni de leur direction et se contentaient de manœuvrer pour éviter les obstacles. Lorsque le fleuve atteignait presque deux kilomètres de large et que leur petite embarcation se soulevait et s'enfonçait comme s'il y avait eu de la houle, ils avaient l'impression d'être en pleine mer. Quand les parois rocheuses se rapprochaient, ils sentaient la résistance que rencontrait le fleuve. Le courant devenait beaucoup plus fort au fur et à mesure que le même volume d'eau se frayait un passage entre les gorges.

Ils avaient parcouru plus d'un quart de leur route, environ quarante kilomètres, quand le grain que Carlono avait prévu éclata, fouettant la surface de l'eau avec une telle violence qu'ils craignirent que le bateau finisse par être submergé par les vagues. Les parois abruptes qui bordaient le fleuve rendaient impossible toute tentative d'accostage.

— Je n'ai pas besoin de toi pour manœuvrer, Thonolan, dit Jondalar. Mieux vaudrait que tu écopes.

Depuis qu'ils étaient partis, les deux frères n'avaient pas beaucoup parlé. Mais une partie de la tension qui régnait entre eux au moment du départ s'était dissipée alors qu'ils pagayaient de concert pour que l'embarcation ne change pas de cap.

Thonolan déposa sa pagaie au fond du bateau, saisit un outil carré en bois qui ressemblait à une pelle et s'en servit pour vider l'eau qui remplissait l'embarcation.

— Le bateau se remplit aussi vite que je le vide, lança-t-il par-dessus son épaule.

— Je ne pense pas que ça dure longtemps, répondit Jondalar qui continuait à lutter contre les vagues. Si tu continues à ce rythme-là, je crois que nous nous en sortirons.

L'averse s'arrêta brusquement et, bien que le ciel restât menaçant, ils réussirent à sortir des gorges sans autre incident.

Dès que le fleuve eut atteint les plaines, son cours s'élargit. Après avoir été si longtemps comprimé par les gorges, il profitait de la liberté qui lui était offerte. Des îles apparurent, couvertes de saules et de roseaux où nichaient des hérons et des grues, des oies et des canards migrateurs et quantité d'autres oiseaux.

La première nuit, les deux frères installèrent leur campement dans une prairie située sur la rive gauche. Les premiers contreforts des hauts pics montagneux s'étaient maintenant éloignés de la berge. Mais, sur la rive droite, la chaîne de sommets arrondis obligeait le fleuve à obliquer vers l'est.

Jondalar et Thonolan reprirent si rapidement leurs habitudes de voyage que jamais on n'aurait cru qu'ils s'étaient arrêtés pendant plusieurs années chez les Sharamudoï. Cependant, quelque chose d'essentiel avait changé. Ils avaient perdu leur insouciance et ce goût de l'aventure qui les poussait à aller de l'avant pour l'unique joie de la découverte. La fuite en avant de Thonolan avait, au contraire, un côté désespéré.

Jondalar avait tenté une fois encore de convaincre son frère de rebrousser chemin, mais comme Thonolan avait très mal réagi, il avait préféré ne pas insister. Il espérait qu'avec le temps sa souffrance s'apaiserait et qu'un beau jour il déciderait de rentrer et de recommencer sa vie. Tant que ce ne serait pas le cas, il était décidé à rester avec lui.

Portés par le courant, les deux frères voyageaient plus vite dans leur petite embarcation que s'ils avaient marché le long de la rive. Comme leur avait expliqué Carlono, lorsque le fleuve atteignit la barrière d'une ancienne chaîne de montagnes, bien antérieure aux massifs entre lesquels il avait coulé jusqu'ici, il obliqua vers le nord. Bien que cette vénérable chaîne montagneuse eût subi les outrages du temps, elle s'interposait encore entre le fleuve et la mer intérieure qu'il tâchait d'atteindre.

Nullement découragé, le cours d'eau avait cherché un autre passage et s'était recourbé vers le nord. Mais, alors qu'il obliquait à nouveau vers l'est pour atteindre la mer intérieure, il recevait un dernier affluent, une large rivière, qui augmentait encore le volume déjà énorme des eaux et des limons qu'il charriait. Maintenant que rien n'arrêtait plus sa course, la Grande Rivière Mère ne pouvait plus se contenter de son lit. Elle se divisait en plusieurs bras et formait un delta en éventail.

Ce delta n'était qu'un gigantesque marécage plein de sables mouvants, de marais salants et de dangereuses petites îles. Certaines îles limoneuses demeuraient en place pendant plusieurs années, suffisamment longtemps pour que des arbres rabougris réussissent à y pousser. Cela ne les empêchait pas d'être sapées par les infiltrations ou entraînées un beau jour par les crues saisonnières. Le fleuve comptait quatre embouchures, mais le cours de ces quatre bras principaux restait instable. Sans raison apparente, il arrivait que l'eau cesse de couler dans son lit habituel et qu'elle choisisse brusquement un autre parcours, déracinant les buissons et abandonnant derrière elle un bras mort rempli de sable encore humide.

La Grande Rivière Mère — longue de près de trois mille kilomètres et grosse des eaux de deux chaînes de montagnes couvertes de glaciers — n'allait pas tarder à atteindre sa destination finale. Mais le delta, avec ses deux mille cinq cents kilomètres carrés de boue, de limon, de sable et d'eau, constituait le tronçon le plus dangereux du fleuve.

Tant que Jondalar et Thonolan avaient suivi le plus profond des bras de gauche, ils n'avaient eu aucun mal à naviguer. Au moment où le fleuve remontait en direction du nord, il leur avait suffi de se laisser porter par le courant et quand le large cours d'eau avait reçu son dernier affluent, ils avaient simplement été déportés au milieu du lit. Mais les deux frères n'avaient pas prévu qu'aussitôt après le fleuve se divisait en plusieurs bras. Avant qu'ils aient eu le temps de s'en rendre compte, leur bateau se retrouva dans le bras central.

Même s'ils étaient familiarisés avec le maniement du petit bateau, ils étaient loin d'être des navigateurs aussi émérites que les Ramudoï. Ils tentèrent de faire faire demi-tour à leur pirogue pour remonter à contre-courant et entrer dans le bras de gauche qu'ils avaient manqué. La proue ayant à peu près la même forme que la poupe, il leur aurait suffi de se retourner sur leur siège et de pagayer dans le sens contraire, mais cela ne leur vint pas à l'idée.

Leur embarcation était maintenant en travers du courant, Jondalar criait des instructions à son frère pour qu'il fasse tourner l'avant du bateau et Thonolan commençait à perdre patience. Un tronc d'arbre, lourd et imbibé d'eau, descendait le fleuve, entraîné par le courant, et ses racines tentaculaires ratissaient tout ce qui passait à leur portée. Quand les deux hommes le virent, il était trop tard.

Dans un craquement de bois qui éclate, l'extrémité déchiquetée et noircie de l'arbre, qui avait été frappé par la foudre avant d'être enlevé par le flot, éperonna le flanc de la frêle embarcation. L'eau s'engouffra aussitôt dans la brèche et submergea la pirogue. Au moment où l'arbre fondait sur eux, une de ses longues racines s'enfonça dans les côtes de Jondalar, lui coupant la respiration. Une autre racine faillit crever un œil à Thonolan et lui laissa une longue estafilade sur la joue.

Soudain plongés dans l'eau glacée, les deux frères se raccrochèrent au tronc et ils virent de petites bulles se former à la surface de l'eau alors que leur embarcation, lestée de tout ce qu'ils possédaient, sombrait au fond du fleuve.

— Est-ce que ça va, Jondalar ? demanda Thonolan, qui avait entendu le cri de douleur poussé par son frère.

— Une des racines m'est rentrée dans les côtes. J'ai un peu mal mais je ne pense pas que ce soit grave.

Suivi par Jondalar, qui progressait moins vite que lui, Thonolan essaya de contourner le tronc d'arbre. Mais à chaque fois qu'ils tentaient de s'en dégager, le courant les ramenait vers lui, comme il le faisait des autres débris prisonniers de ses racines. Brusquement, le tronc vint buter contre un ensablement qui le stoppa net.

Contournant le tronc et se frayant un passage à travers le réseau des racines en partie découvertes, le fleuve expulsa les débris qui avaient été jusque-là maintenus sous l'eau par la force du courant. La carcasse toute boursouflée d'un renne remonta à la surface, juste devant Jondalar. Il fit un mouvement de côté pour l'éviter, réveillant la douleur qui lui taraudait les côtes.

Libérés du tronc, les deux frères gagnèrent à la nage une petite île qui se trouvait au milieu du bras. Même si quelques saules y poussaient, cette île était provisoire et condamnée à disparaître. Les arbres qui se trouvaient le plus au bord étaient déjà en partie submergés et ils ne portaient pas de bourgeons. Les racines de certains d'entre eux pendaient dans le vide et leurs troncs s'inclinaient dangereusement vers le fleuve qu'ils n'allaient pas tarder à rejoindre. Le sol était spongieux comme un marécage.

— Je crois que nous ferions mieux de continuer et de trouver un endroit plus sec, dit Jondalar.

— Tu souffres, n'est-ce pas ?

Jondalar reconnut que ça n'allait pas très fort, puis il ajouta :

— Nous ne pouvons pas rester là.

Ils se laissèrent glisser dans l'eau et, dès qu'ils eurent dépassé la barre de sable de l'île, le courant les entraîna en aval beaucoup plus vite qu'ils ne l'auraient cru et les transporta jusqu'à la terre ferme. Fatigués et frigorifiés, ils furent bien déçus quand ils virent qu'il s'agissait à nouveau d'une île, plus large et plus longue que la précédente et légèrement plus haute par rapport au niveau des eaux. Le sol était saturé d'humidité et il n'y avait pas un morceau de bois sec.

— Ce n'est pas ici que nous pourrons allumer un feu, dit Thonolan. D'après toi, où se trouve le camp mamutoï dont nous a parlé Carlono ?

— Au nord du delta, tout près de la mer, répondit Jondalar en regardant avec envie dans cette direction.

Il souffrait de plus en plus et n'était pas certain de pouvoir traverser à la nage un autre bras. Aussi loin que portait son regard, il n'apercevait que les remous qui agitaient le fleuve, des monceaux de débris et, çà et là, quelques arbres qui marquaient l'emplacement des îles.

— Il ne nous a pas dit à quelle distance du fleuve se trouvait ce camp, ajouta-t-il.

Ils pataugèrent dans la vase jusqu'à l'extrémité nord de l'étroite langue de terre et plongèrent à nouveau dans l'eau glacée. Remarquant une rangée d'arbres qui se trouvaient en aval et de l'autre côté du bras d'eau, Jondalar se dirigea de ce côté. Cette traversée les avait fatigués. Le souffle court, ils grimpèrent d'un pas chancelant sur une plage de sable gris. Leurs longs cheveux ruisselaient et leurs vêtements en cuir étaient trempés.

Le soleil de fin d'après-midi, qui avait réussi à percer les nuages, illumina le paysage sans les réchauffer pour autant. Tant qu'ils s'étaient activés, ils n'avaient pas eu froid mais quand le vent venu du nord commença à souffler, ils se mirent à trembler dans leurs vêtements mouillés et allèrent s'abriter derrière une rangée d'aulnes clairsemés.

— Nous n'avons qu'à camper ici, proposa Jondalar.

— Il fait encore jour. Mieux vaudrait continuer.

— Le temps que nous construisions un abri et allumions un feu, il fera nuit.

— Si nous repartons tout de suite, nous pourrons peut-être trouver le camp mamutoï avant la nuit.

— Je ne crois pas que j'en serai capable, avoua Jondalar.

— Montre-moi ta blessure.

Jondalar souleva sa tunique. L'endroit où il avait été blessé par la racine était en train de changer de couleur et il portait une entaille qui avait dû saigner. Le cuir de sa tunique avait fait office de pansement et arrêté le saignement. Mais la tunique avait été perforée et il se demanda s'il n'avait pas une côte cassée.

— M'asseoir près d'un feu ne me ferait pas de mal, dit-il.

Ils regardèrent autour d'eux l'eau boueuse agitée de remous, les bancs de sable en mouvement et toute cette végétation charriée en tous sens par le fleuve. Des fouillis de branches entrelacées à des troncs étaient entraînés par le courant vers la mer, s'accrochant de-ci de-là aux prises que leur offrait le fond. Dans le lointain, on apercevait des arbres et des buissons couverts de bourgeons qui avaient réussi à s'ancrer dans des îlots plus stables.

Partout où ils avaient pu s'enraciner poussaient des roseaux et des herbes des marais. Non loin de là, des touffes de carex hautes de un mètre et couvertes de feuilles vertes paraissaient plus vigoureuses qu'elles ne l'étaient en réalité. Des lis des marais, aux feuilles en forme de glaive, de la même hauteur, étouffaient les joncs aigus qui émergeaient péniblement du sol. Dans le marais près de la rive, les prêles, les roseaux et les scirpes atteignaient trois mètres et semblaient gigantesques comparés aux deux hommes. Des phragmites, couronnés de balais pourpre, les dépassaient encore d'un bon mètre.

Les deux frères avaient tout perdu quand leur embarcation avait sombré au fond du fleuve, emportant même les deux sacs qu'ils transportaient depuis le début de leur Voyage. Ils n'avaient plus que les vêtements qu'ils portaient sur le dos. Heureusement, depuis sa pêche à l'esturgeon mouvementée et sa rencontre avec les Têtes Plates, Jondalar transportait toujours sur lui une petite sacoche remplie d'outils.

— Je vais voir si ces massettes n'ont pas de tiges de l'an dernier suffisamment sèches pour fabriquer une drille à feu, dit-il en essayant de ne pas penser à la douleur qui lui taraudait le flanc. Essaie de trouver un peu de bois sec.

Non seulement les tiges de massette leur permirent de fabriquer une drille à feu mais, en entrelaçant les longues feuilles des roseaux et en les posant sur un cadre en bois d'aulne, ils confectionnèrent aussi un abri au toit en pente qui leur permit de bénéficier pleinement de la chaleur dégagée par le feu. Les extrémités vertes et les racines tendres de cette plante cuites sur les braises avec quelques rhizomes de lis et la base immergée des scirpes constituèrent le premier plat de leur repas. Un jeune aulne, taillé en pointe et lancé avec précision, leur permit de tuer deux canards sauvages qui furent cuits à leur tour sur le feu. Avec les longues tiges flexibles des scirpes, ils eurent vite fait de fabriquer des nattes qu'ils utilisèrent pour se protéger de l'humidité pendant que leurs vêtements séchaient, puis pour dormir.

Jondalar passa une mauvaise nuit. Sa blessure le faisait souffrir et il sentait que quelque chose n'allait pas à l'intérieur. Mais il n'était pas question qu'ils s'arrêtent tant qu'ils ne seraient pas sur la terre ferme.

Le matin, ils pêchèrent du poisson à la seine grâce à de grands paniers tressés, fabriqués avec des branches d'aulne et des feuilles de massette. Ils ramenèrent ces nasses vers la rive à l'aide de cordes faites d'écorce filandreuse. Ils rangèrent le matériel qui leur avait permis de faire du feu et les souples paniers à l'intérieur des nattes qu'ils attachèrent avec la corde. Portant chacun une natte en bandoulière et tenant chacun une lance, ils se remirent en route. Ces lances n'étaient que des bâtons dont l'extrémité avait été taillée en pointe mais elles leur avaient permis de dîner la veille au soir et, grâce aux paniers, ils avaient pu se procurer un second repas. Leur survie dépendait moins de leur équipement que de leur savoir-faire.

Les deux frères n'étaient pas tout à fait d'accord sur la direction à prendre. Thonolan était persuadé qu'ils avaient traversé le delta et il voulait se diriger vers l'est pour rejoindre la mer. Jondalar voulait aller vers le nord car il était sûr qu'il leur restait encore un bras à traverser. Ils choisirent finalement un compromis et se dirigèrent vers le nord-est. Il s'avéra que Jondalar avait raison et aux environs de midi, ils atteignirent le bras du fleuve situé le plus au nord.

— J'ai l'impression qu'il va falloir recommencer à nager, annonça Thonolan. En seras-tu capable ?

— Je n'ai pas le choix.

Ils s'apprêtaient à plonger dans l'eau quand soudain, Thonolan s'arrêta.

— Et si nous attachions nos vêtements sur un tronc d'arbre comme nous avons l'habitude de le faire ? proposa-t-il. Comme ça, nous ne les mouillerons pas.

— Je ne sais pas... commença Jondalar. (Plonger tout nu dans cette eau glaciale ne lui plaisait guère. Mais la proposition de son frère était raisonnable et il ne voulait pas recommencer à discuter avec lui.) D'accord, convint-il en haussant les épaules.

Sans vêtement, il faisait plutôt frisquet. Jondalar se dit qu'il ferait mieux de conserver autour de sa taille la sacoche dans laquelle il portait ses outils, mais Thonolan l'avait déjà rangée à l'intérieur de sa tunique et il était en train d'attacher tout ce qu'ils possédaient sur un tronc. Dès que Jondalar se retrouva dans l'eau, il eut l'impression que le fleuve était encore plus froid que la veille et il dut serrer les dents pour ne pas crier quand, après avoir plongé, il se mit à nager. L'eau glacée finit par engourdir ses côtes douloureuses. Nageant d'un côté seulement, il se laissa distancer par son frère qui poussait le tronc devant lui.

Lorsqu'ils sortirent de l'eau et se retrouvèrent debout sur le banc de sable qu'ils avaient choisi de rallier, l'embouchure de la Grande Rivière Mère était en vue et ils aperçurent pour la première fois la mer intérieure. Ils avaient atteint le but qu'ils s'étaient fixé au début de leur périple, et pourtant ils ne ressentaient aucune émotion particulière. Depuis qu'ils avaient quitté les Sharamudoï, leur Voyage n'avait plus de sens et ils le savaient. En outre, ils n'avaient toujours pas gagné la terre ferme. L'ensablement sur lequel ils se tenaient s'était trouvé jadis au milieu du lit. L'eau avait changé de parcours, laissant derrière elle un bras mort qu'il fallait maintenant traverser.

De l'autre côté de l'ancien lit, une berge haute et boisée leur tendait les bras. Sa base, sapée précédemment par le courant, était couverte de racines qui pendillaient à l'air libre. Le bras mort n'était pas resté vide longtemps : au milieu, il y avait encore de l'eau bourbeuse et un début de végétation avait commencé à pousser. Les insectes eux aussi avaient découvert l'eau stagnante et pour l'instant, ils s'acharnaient sur les deux hommes.

Thonolan, qui était en train de détacher leurs vêtements, changea bien vite d'avis.

— Il va falloir que nous traversions ce lit boueux, dit-il. Mieux vaudrait attendre d'avoir atteint la berge pour nous rhabiller.

Jondalar acquiesça d'un signe de tête. Il souffrait trop pour avoir la force de discuter. Il avait l'impression de s'être claqué un muscle en nageant et il tenait tout juste debout.

Après avoir écrasé un moustique, Thonolan commença à descendre le long de la déclivité qui, auparavant, reliait le haut de la berge au fond du lit.

Combien de fois leur avait-on répété qu'il ne fallait jamais tourner le dos à la Grande Rivière Mère et sous-estimer les dangers qu'elle recelait ? Même si le fleuve ne coulait plus à cet endroit, ce bras en faisait encore partie et pouvait réserver des surprises. Chaque année des millions de tonnes de limon entraînées vers la mer intérieure étaient déversées dans ce delta de deux mille six cent kilomètres carrés. Ce bras mort, régulièrement inondé par les marées de la mer intérieure, formait un marais salant, saturé d'humidité et mal drainé. Les herbes et les roseaux qui avaient réussi à y pousser enfonçaient leurs racines dans de la vase.

Dès qu'ils s'y engagèrent, les deux hommes se mirent à glisser le long de la pente et quand ils arrivèrent en bas, leurs pieds s'enfoncèrent dans la vase. Thonolan fila devant, oubliant que son frère n'était pas en état d'adopter sa longue foulée habituelle. Même s'il était encore capable de marcher, la descente le long de cette pente glissante n'avait pas arrangé sa blessure. Il avançait avec précaution et commençait à se sentir un peu ridicule de marcher tout nu dans ce marais alors que les insectes en profitaient pour le dévorer.

Son frère s'était tellement éloigné qu'il voulut l'appeler. Mais au moment où il relevait la tête, il vit Thonolan s'enfoncer et entendit le cri qu'il poussait pour appeler à l'aide. Oubliant sa blessure, il se mit à courir. Quand il fut assez près pour voir que son frère était en train de se débattre dans des sables mouvants, il fut pris de panique.

— Grande Doni, Thonolan ! cria-t-il en se précipitant vers lui.

— Reste où tu es ! hurla son frère. Sinon tu vas y avoir droit, toi aussi.

Plus Thonolan se débattait pour se libérer, plus il s'enfonçait. Jondalar jeta des coups d'œil frénétiques autour de lui dans l'espoir de lui tendre quelque chose qu'il pourrait attraper. Ma tunique ! se dit-il soudain. Il s'accrochera à une des extrémités et moi, je tiendrai l'autre. Puis il se rendit compte que c'était imposssible : le ballot de vêtements avait disparu. Il s'approcha d'un tronc d'arbre en partie enfoui dans la boue et tenta de lui arracher une de ses racines. Mais ses efforts ne servirent à rien : toutes les racines qui auraient pu venir facilement avaient été arrachées au tronc pendant son turbulent trajet dans le courant.

— Thonolan, où sont nos vêtements ? J'ai besoin de quelque chose pour te sortir de là.

Le désespoir que laissait percer la voix de Jondalar eut sur son frère un effet qu'il n'avait nullement désiré : s'infiltrant dans son esprit complètement paniqué, il lui rappela son propre désespoir. Un sentiment de calme acceptation envahit soudain Thonolan.

— Si la Mère a décidé que je devais La rejoindre, il faut La laisser faire, dit-il.

— Non, Thonolan ! Non ! Tu ne peux pas renoncer aussi facilement. Oh, Doni, oh Grande Doni, ne le laisse pas mourir ! implora-t-il en se laissant tomber à genoux. (Puis il s'étendit de tout son long dans la vase et tendit sa main à son frère en le suppliant :) Attrape ma main, Thonolan, je t'en prie, essaie de l'attraper.

Thonolan fut surpris par la douleur et la souffrance qu'exprimait le visage de son frère. Ce n'était pas la première fois que Jondalar le regardait ainsi. Et soudain, il comprit. Son frère l'aimait, il l'aimait autant que lui-même avait aimé Jetamio. D'un amour différent, mais aussi fort que le sentiment qu'il éprouvait pour Jetamio. Il comprit cela intuitivement et, alors qu'il avançait sa main vers celle de son frère, il sut aussi que, même si cette main tendue n'était pas en mesure de le sortir de ce bourbier, il ne pouvait pas refuser de s'y accrocher.

Sans qu'il en soit conscient, dès qu'il cessa de se débattre, il s'enfonça moins vite. Pour pouvoir atteindre la main de son frère, il adopta une position presque horizontale, répartissant le poids de son corps sur les sables mouvants, un peu comme s'il flottait sur l'eau. Quand il réussit enfin à toucher les doigts de son frère, celui-ci s'avança de quelques centimètres pour agripper fermement sa main.

— C'est comme ça qu'il faut faire ! lança en mamutoï une voix derrière lui. Tiens bon ! Nous arrivons !

Jondalar poussa un soupir de soulagement et relâcha ses muscles tendus par la peur et l'effort. Il réalisa alors qu'il tremblait de tous ses membres. Il ne lâcha pas pour autant la main de Thonolan. Un instant plus tard, on lui passa une corde pour qu'il l'attache autour des poignets de son frère.

— Détends-toi, conseilla-t-on à Thonolan. Etends-toi de tout ton long comme si tu voulais nager. Tu sais nager ?

— Oui, répondit Thonolan.

— Parfait ! Détends-toi. Nous allons te sortir de là.

Jondalar sentit des mains qui le tiraient en arrière. Un instant plus tard, son frère était debout à côté de lui. Ils suivirent alors une femme qui tâtait le sol à l'aide d'une longue perche afin de vérifier qu'il n'allait pas s'enfoncer sous leurs pieds. Personne ne sembla se formaliser du fait qu'ils ne portaient pas de vêtements jusqu'à ce qu'ils aient atteint la berge.

La femme qui avait dirigé l'opération de sauvetage se retourna alors vers eux pour les examiner de plus près. C'était une femme à la robuste carrure et dont le maintien imposait le respect.

— Comment se fait-il que vous voyagiez sans vêtement ? demanda-t-elle.

Les deux frères regardèrent leurs corps couverts d'une épaisse croûte de boue.

— Nous nous sommes engagés dans le mauvais bras et notre bateau a été heurté par un tronc d'arbre... commença Jondalar qui avait du mal à tenir sur ses jambes.

— Après le naufrage, nous avons réussi à faire sécher nos vêtements et nous avons pensé qu'il valait mieux ne pas les remettre pour nager puis traverser ce bras mort plein de boue, continua Thonolan. C'est moi qui les transportais car Jondalar était blessé...

— Blessé ? l'interrompit la femme. L'un de vous est blessé ?

— Oui, mon frère, répondit Thonolan.

Jondalar, qui souffrait terriblement, était pâle comme un mort.

— Il faut que le mamut s'occupe de lui, intervint la femme. Vous n'êtes pas mamutoï. Où avez-vous appris à parler notre langue ?

— Nous avons appris le mamutoï avec une femme qui vit chez les Sharamudoï et qui fait partie de ma parenté.

— Tholie ?

— Oui. Tu la connais ?

— Moi aussi, je suis parente avec elle. Tholie est la fille d'un de mes cousins. Nous sommes donc parents par alliance toi et moi. Je m'appelle Brecie des Mamutoï et je dirige le Camp du Saule.

— Je m'appelle Thonolan des Sharamudoï et voici mon frère, Jondalar des Zelandonii.

— Zel-an-donii ? demanda Brecie, étonnée. Je n'ai jamais entendu parler de ce peuple. Si vous êtes frères, comment se fait-il que tu sois sharamudoï et qu'il soit... zelandonii ? Il n'a pas l'air dans son assiette, continua-t-elle en regardant Jondalar. (Décidant qu'il valait mieux remettre cette discussion à plus tard, elle ajouta à l'intention d'un des hommes qui l'accompagnaient :) Aide-le. Je ne suis pas sûre qu'il puisse marcher.

— Je peux encore marcher, dit Jondalar qui faisait tout son possible pour ne pas s'évanouir. A condition que ce ne soit pas trop loin...

Il se sentit soulagé quand un des Mamutoï prit son bras tandis que Thonolan le soutenait de l'autre côté.

— Je serais parti depuis longtemps, Grand Frère, si je ne t'avais pas promis d'attendre que tu ailles mieux pour me remettre en route. Je m'en vais. Je pense que tu ferais mieux de rentrer, mais je ne veux pas recommencer à discuter de ça avec toi.

— Pourquoi veux-tu aller vers l'est, Thonolan ? Nous avons atteint l'embouchure de la Grande Rivière Mère et nous sommes maintenant au bord de la mer. Pourquoi ne pas rentrer chez nous ?

— Je ne vais pas vers l'est, mais plutôt en direction du nord. Brecie m'a dit qu'ils n'allaient pas tarder à partir chasser le mammouth dans cette région. Je pars devant et je les retrouverai dans un autre camp mamutoï. Je ne compte pas rentrer chez nous, Jondalar. J'ai l'intention de voyager jusqu'à ce que la Mère me rappelle à Elle.

— Ne dis pas des choses pareilles ! cria Jondalar. On dirait que tu vas mourir !

— Et alors ? cria Thonolan à son tour. Maintenant que Jetamio n'est plus là, la vie ne m'intéresse plus, avoua-t-il la gorge nouée par l'émotion qui l'étouffait.

— Comment faisais-tu avant de la rencontrer ? Tu es jeune, Thonolan. Tu as encore toute la vie devant toi. Il te reste encore plein de choses à découvrir. Peut-être rencontreras-tu un jour une femme comme Jetamio.

— Tu ne comprends pas. Tu n'as jamais été amoureux. Jamais je ne retrouverai une femme comme Jetamio.

— Tu vas donc la suivre dans le monde des esprits et m'entraîner avec toi !

Ce n'était pas de gaieté de cœur que Jondalar employait un tel argument. Mais s'il fallait culpabiliser Thonolan pour qu'il continue à vivre, il était prêt à le faire.

— Personne ne t'a demandé de me suivre ! Fiche-moi la paix et rentre de ton côté !

— Tous les gens souffrent lorsqu'ils perdent un être qu'ils aiment, Thonolan, mais ils ne le suivent pas pour autant dans l'autre monde.

— Un jour, cela risque de t'arriver à toi aussi, Jondalar. Un jour, tu aimeras tellement une femme que tu préféreras la suivre dans le monde des esprits plutôt que de vivre sans elle.

— Si les rôles étaient inversés, si je venais de perdre la femme que j'aimais et que je veuille mourir, est-ce que tu me laisserais tout seul ? Dis-moi la vérité. Est-ce que tu le ferais ? Est-ce que tu m'abandonnerais en sachant que je suis fou de douleur ?

Thonolan baissa les yeux pour échapper au regard anxieux de son frère.

— Non, reconnut-il, je suppose que je ne te laisserais pas tout seul si tu étais fou de douleur. Mais, tu sais, Grand Frère... (Il essaya de sourire et ne réussit qu'à crisper un peu plus son visage ravagé par la douleur.) Si je décide de voyager jusqu'à la fin de mes jours, tu ne pourras tout de même pas passer ta vie à me suivre. Tu en as déjà par-dessus la tête de voyager. Il faudra bien que tu rentres un jour ou l'autre, non ?

— C'est vrai, reconnut Jondalar. Mais si j'insiste pour que tu viennes avec moi, ce n'est pas simplement parce que j'ai envie de rentrer. C'est avant tout parce que je pense que tu as besoin de te retrouver au sein de ta Caverne, dans ta famille, parmi des gens que tu connais depuis toujours et qui t'aiment.

— Tu n'as toujours pas compris, Jondalar ! C'est en cela que nous sommes différents. Toi, tu te sens chez toi dans la Neuvième Caverne des Zelandonii, tandis que moi, je suis chez moi partout. Je me sens autant sharamudoï que zelandonii. Quand j'ai quitté les Sharamudoï, j'ai eu l'impression de prendre congé de ma propre famille. Et ça ne veut pas dire que les Zelandonii ne m'intéressent pas. J'aimerais bien savoir si Joharran a maintenant des enfants dans son foyer et si, en grandissant, Folara est devenue aussi belle qu'elle promettait de l'être. J'aimerais revoir Willomar, lui raconter notre Voyage et lui demander où il a l'intention de partir la prochaine fois. Je me souviens encore à quel point j'étais excité chaque fois qu'il rentrait d'expédition. J'écoutais ses récits et je rêvais de l'imiter. Il rapportait toujours un petit cadeau pour chacun. Pour toi, pour Folara et pour moi. Et toujours un cadeau magnifique pour notre mère. Quand tu rentreras, il faudra que tu fasses pareil, qui tu lui rapportes un cadeau.

Tous ces prénoms familiers éveillaient chez Jondalar des souvenirs poignants.

— Ce cadeau, c'est toi qui pourrais le lui rapporter, Thonolan. Ne crois-tu pas que notre mère serait heureuse de te revoir ?

— Elle savait que je ne rentrerais pas, Jondalar. Quand nous sommes partis, elle m'a simplement souhaité : Bon Voyage ! Si elle était inquiète, c'était à cause de toi.

— Pourquoi se serait-elle plus inquiétée pour moi que pour toi ?

— Je suis le fils du foyer de Willomar. Je pense qu'elle savait que je serais, moi aussi, un voyageur. Même si cela ne lui plaisait pas, elle l'acceptait. Elle connaît parfaitement tous ses fils — c'est pour cela qu'elle a demandé à Joharran de lui succéder à la tête de la Neuvième Caverne. Elle sait que tu es zelandonii dans l'âme. Si tu étais parti tout seul, elle aurait été certaine de te revoir. Mais tu es venu avec moi et elle savait que je ne reviendrais pas. Même si moi je ne le savais pas au départ, notre mère l'avait deviné. Elle a très envie que tu rentres car tu es le fils du foyer de Dalanar.

— Quelle différence cela fait-il ? Ils se sont séparés il y a très longtemps. Quand ils se rencontrent à la Réunion d'Eté, ils n'ont plus que des relations purement amicales.

— Même s'ils sont maintenant simplement amis, les gens continuent à parler de Marthona et de Dalanar. Leur amour a dû avoir quelque chose d'exceptionnel pour que les gens s'en souviennent encore aujourd'hui. Si Marthona te chérit autant, c'est parce que tu lui rappelles son premier amour. Tu es le fils du foyer de Dalanar et certainement le fils de son esprit. Tu lui ressembles tellement ! Il n'y a que là-bas que tu te sentiras chez toi. Marthona le sait et toi aussi. Promets-moi de rentrer un jour, Grand Frère.

Jondalar hésitait à faire une telle promesse. Qu'il continue à voyager avec son frère ou qu'il décide de rentrer, dans les deux cas il faudrait qu'il renonce à quelque chose qui lui tenait à cœur. Pour l'instant, il espérait encore pouvoir concilier les deux. S'il promettait à Thonolan de rentrer, cela impliquait que ce retour aurait lieu sans son frère.

— Promets-moi, Jondalar, insista Thonolan.

Quels arguments pouvait-il employer pour refuser ?

— Je te promets qu'un jour je rentrerai, dit-il.

— Il faut bien que quelqu'un revienne pour leur dire que nous sommes allés jusqu'à l'embouchure de la Grande Rivière Mère, dit Thonolan en souriant. Comme je n'y serai pas, c'est à toi de le faire.

— Pourquoi n'y seras-tu pas ? Tu pourrais rentrer avec moi...

— Si tu ne L'avais pas implorée, je pense que j'aurais rejoint la Mère quand je me suis enfoncé dans ces sables mouvants. Je sais que c'est quelque chose que tu n'arrives pas à admettre, mais je suis certain qu'Elle ne va pas tarder à venir me chercher. Et je ne me ferai pas prier pour La suivre.

— Tu ne vas tout de même pas essayer de te tuer ?

— Non, Grand Frère, répondit Thonolan en souriant. Il est inutile que je fasse quoi que ce soit. Je suis certain que la Mère va venir me chercher. Et je tiens à ce que tu saches que je suis prêt.

Depuis qu'il avait failli être entraîné par les sables mouvants, Thonolan avait la certitude qu'il n'allait pas tarder à mourir. Il n'avait pas peur et ne se rebellait pas. Son calme et son fatalisme effrayaient Jondalar. Son frère avait cessé de lutter : il n'avait plus envie de vivre.

— Ne crois-tu pas que nous ayons une dette vis-à-vis de Brecie et du Camp du Saule ? demanda-t-il dans l'espoir de le mettre en colère. Ils nous ont nourris, ils nous ont fourni des vêtements et des armes. Est-ce que tu aurais le front d'accepter tout ça sans rien leur donner en échange ? (Jondalar s'en voulait d'avoir promis à son frère de rentrer sans lui. Maintenant que Thonolan lui avait extorqué cette promesse, il ne se sentait plus aucune obligation envers qui que ce soit.) Tu es tellement persuadé du destin que te réserve la Mère que tu te fiches de ce qui peut arriver aux autres ! s'écria-t-il. J'ai raison, n'est-ce pas ?

Thonolan sourit à nouveau. Il comprenait la colère de son frère. Il aurait réagi exactement de la même manière si Jetamio lui avait annoncé qu'elle allait bientôt mourir.

— Je tiens à te dire quelque chose, Jondalar. Nous étions très proches l'un de l'autre...

— Nous le sommes toujours, non ?

— En effet. Tu pourrais en profiter pour te laisser aller quand tu es avec moi. Tu n'es pas obligé d'être parfait en toutes occasions et de te montrer aussi attentionné...

— J'ai si peu de défauts que Serenio a refusé de devenir ma compagne ! s'écria Jondalar d'une voix amère.

— Elle savait que tu allais partir. Si tu t'étais déclaré plus tôt, elle aurait certainement accepté. Et si tu avais insisté un peu plus, elle t'aurait certainement dit oui — tout en sachant que tu ne l'aimais pas. Tu n'avais pas envie de t'unir à elle, Jondalar.

— J'aurais tant aimé être amoureux d'elle !

— Je sais. Et c'est pourquoi je désire te dire quelque chose que j'ai appris grâce à Jetamio. Pour tomber amoureux, il faut être capable de se laisser aller à sa passion et il faut renoncer à tout maîtriser. On en souffre parfois, mais si on refuse de prendre ce risque, on ne peut pas être heureux. Celle dont tu tomberas amoureux ne ressemblera peut-être pas à la femme de tes rêves. Mais ça n'a pas d'importance. Tu l'aimeras pour ce qu'elle est vraiment.

— Je me demandais où vous étiez, intervint Brecie en s'approchant des deux frères. Nous avons organisé une petite fête pour votre départ.

— Je me sens votre obligé, Brecie, dit Jondalar. Vous vous êtes occupés de nous et vous nous avez fourni tout ce dont nous avions besoin. Je ne crois pas qu'il serait correct de vous quitter sans rembourser ce que je vous dois.

— Ton frère s'en est déjà chargé, Jondalar. Pendant ta convalescence, il a chassé tous les jours. Il a pris beaucoup de risques, mais c'est un chasseur chanceux. Tu ne nous dois rien.

Jondalar jeta un coup d'œil à son frère et vit que celui-ci souriait.

19

Dans la vallée, le printemps provoqua une explosion de couleurs flamboyantes avec une nette prédominance de verts tendres, mais ses premiers jours avaient été horribles, refroidissant sensiblement l'enthousiasme qu'éprouvait habituellement Ayla pour la nouvelle saison. L'hiver tardif avait été marqué par d'importantes chutes de neige et les premières crues furent d'une rare violence.

Après avoir été comprimé par l'étroite gorge située en amont, le torrent tumultueux se précipitait avec une telle force sur la saillie rocheuse que la caverne en tremblait à la base. Le niveau des eaux atteignait pratiquement la corniche et Ayla avait commencé à se faire du souci pour Whinney. En cas d'inondation, la jeune femme avait toujours la possibilité de rejoindre les steppes, mais ce passage était trop escarpé pour Whinney, d'autant qu'elle n'allait pas tarder à pouliner. Ayla avait passé plusieurs jours à surveiller anxieusement la rivière dont les flots tourbillonnants montaient toujours plus haut puis refluaient en léchant le bord de la corniche. En aval, la moitié de la vallée était inondée et les buissons qui, en temps normal, bordaient la rivière, disparaissaient sous l'eau.

Au pire moment de la crue, Ayla fut réveillée en pleine nuit par une détonation sourde, semblable à un coup de tonnerre, qui ébranla le sol de la caverne et la paralysa de terreur. Elle ne comprit ce qui s'était passé que quand la rivière retrouva son niveau habituel. Un énorme bloc de pierre, charrié par le cours d'eau, avait heurté la paroi et l'onde de choc s'était propagée à l'intérieur de la caverne. Sous l'impact, tout un pan de la paroi rocheuse s'était effondré et se trouvait maintenant en travers de la rivière.

L'obstacle avait dévié le cours de la rivière. La brèche dans la paroi formait une dérivation, bien pratique pour le cours d'eau, mais qui rétrécissait la plage. La majeure partie des ossements, des bois flottés et des galets avait disparu, entraînée par la crue. Et le bloc de pierre, arraché à l'étroite gorge située en amont, s'était logé non loin de la paroi.

Certains arbres et buissons, plus fragiles que d'autres, n'avaient pu résister à la force des eaux. Mais la plupart d'entre eux étaient toujours enracinés dans le sol. Quant aux cicatrices à vif que portait la terre après l'inondation, elles disparurent rapidement sous la végétation. Très vite, le paysage donna l'impression d'avoir toujours été ainsi.

Ayla fit comme la nature : elle s'adapta à ces changements, et n'eut aucun mal à trouver ailleurs les galets et les morceaux de bois flottés dont elle avait besoin. Malgré tout, à cause de cet événement, elle se sentait moins en sécurité qu'avant dans la vallée et dans sa caverne. Comme chaque année à la même époque le moment était venu de prendre une décision. Si elle choisissait de quitter la vallée, il fallait qu'elle parte au printemps pour pouvoir voyager pendant la belle saison et trouver un nouvel endroit où vivre avant l'hiver, au cas où elle ne rencontrerait pas ceux qu'elle cherchait.

Cette année, elle avait plus de mal encore que d'habitude à se décider. Depuis qu'elle avait été malade, elle craignait de se faire surprendre par la mauvaise saison dans une région inconnue. Elle avait mieux réalisé le danger qu'elle courait en vivant seule, et avait durement ressenti, aussi, à quel point la compagnie de ses semblables lui manquait. Whinney et Bébé, aussi affectueux soient-ils, ne lui suffisaient plus. Elle ne pouvait pas leur communiquer ses idées ou partager ses expériences avec eux. Elle ne pouvait pas leur raconter une histoire ou exprimer son émerveillement devant une découverte qu'elle venait de faire. Quand elle était malheureuse, ils ne pouvaient pas la consoler, ni la rassurer lorsqu'elle avait peur. Mais était-elle prête à sacrifier une partie de sa liberté et de son indépendance pour satisfaire son besoin de sécurité et de compagnie ?

A vivre seule dans cette vallée, elle avait pris conscience des contraintes auxquelles elle avait été soumise lorsqu'elle vivait au sein du Clan. Elle n'avait aucun souvenir de sa petite enfance, elle ignorait tout des Autres, elle se demandait avec inquiétude ce qu'ils allaient exiger d'elle. Elle savait qu'après avoir goûté à la liberté, il y avait certaines choses auxquelles elle refuserait maintenant de renoncer. Jamais elle n'accepterait de se séparer de Whinney, par exemple. Et que se passerait-il si les Autres lui interdisaient de chasser ou, pire encore, de rire quand elle en avait envie ?

Mais il y avait une question plus grave encore, qu'elle osait à peine se poser. Que ferait-elle si jamais les Autres ne voulaient pas d'elle sous prétexte qu'elle avait pour compagne une jument, qu'elle chassait et qu'elle aimait rire ? Tant qu'elle ne les avait pas rencontrés, elle conservait encore de l'espoir. Elle pouvait se dire qu'elle n'allait pas être obligée de vivre seule jusqu'à la fin de ses jours.

Pour l'instant, les circonstances lui permettaient d'ajourner sa décision. Tant que Whinney n'aurait pas mis bas, elle ne quitterait pas la vallée. Elle savait que les juments poulinaient au printemps. En tant que guérisseuse, elle avait si souvent joué le rôle de sage-femme qu'elle savait aussi que ce poulinage pouvait avoir lieu d'un jour à l'autre. Elle surveillait de près la jument, avait renoncé à ses expéditions de chasse et ne la montait que pour lui faire prendre de l'exercice.

— J'ai l'impression que nous avons raté le camp des Mamutoï, Thonolan. Nous avons dû marcher beaucoup trop à l'est.

Les deux frères suivaient les traces d'un troupeau de cerfs géants afin de se ravitailler en viande car leurs réserves étaient pratiquement épuisées.

— Je ne sais... Regarde !

Thonolan montra du doigt à son frère un cerf dont les bois atteignaient trois mètres d'envergure. Sachant combien ces animaux étaient peureux, Jondalar se demanda si le mâle avait senti le danger et s'il allait pousser un bramement. Mais avant qu'il ait pu donner l'alarme, une biche se précipita vers eux. Thonolan lança son arme comme il avait appris à le faire avec les Mamutoï. La large lame en silex fixée à l'extrémité de sa sagaie pénétra entre les côtes de l'animal, le tuant net et la biche vint s'effondrer pratiquement à leurs pieds.

Ils s'apprêtaient à récupérer leur gibier quand, soudain, ils comprirent pourquoi le mâle avait semblé si nerveux et pourquoi cette biche n'avait pas eu d'autre choix que de se précipiter sur la sagaie de Thonolan. Retenant leur souffle, ils virent une lionne des cavernes qui bondissait vers la biche. Elle semblait un peu surprise. Elle ne devait pas avoir l'habitude que ses proies tombent mortes sur le sol avant qu'elle les ait attaquées. Mais elle n'hésita pas longtemps. Après avoir reniflé la biche pour s'assurer qu'elle était bien morte, elle la saisit par le cou et se mit en route, traînant la dépouille sous elle.

— Cette lionne m'a volé mon gibier ! s'écria Thonolan d'un air indigné.

— Cette lionne chassait, elle aussi, et si elle pense que cette proie lui appartient, ce n'est pas moi qui vais lui dire le contraire.

— Je ne vais pas la laisser faire !

— Ne sois pas ridicule ! Tu ne vas tout de même pas disputer cette biche à une lionne des cavernes !

— Je ne vais pas rester les bras croisés alors qu'elle l'emporte.

— Laisse-lui cette biche, Thonolan, nous en tuerons une autre, dit Jondalar en emboîtant le pas à son frère qui était en train de suivre la lionne.

— Je veux simplement voir où elle l'emporte. Je ne pense pas qu'elle fasse partie d'une bande. Sinon, les autres lionnes se seraient déjà attaquées au cerf. Ce doit être une nomade et elle va mettre sa proie à l'abri de ses congénères. Nous pourrons regarder où elle va la cacher. Elle finira bien par repartir tôt ou tard. Nous en profiterons pour récupérer un peu de viande fraîche.

— Je ne veux pas de cette biche qui a été tuée par une lionne.

— Ce n'est pas la lionne qui l'a tuée, c'est moi. Cette bête porte encore ma sagaie enfoncée dans son flanc.

Discuter ne servait à rien. Ils suivirent la lionne jusqu'à un canyon sans issue encombré de rochers qui s'étaient détachés des parois. Ils attendirent et la virent ressortir un peu plus tard, comme Thonolan l'avait prédit.

— Ne descends pas dans ce canyon ! s'écria Jondalar en voyant que son frère s'y engageait. Cette lionne risque de revenir !

— Je vais juste récupérer ma sagaie et un peu de viande.

Thonolan avait franchi le bord du canyon et il commençait à y descendre en se frayant un passage parmi les éboulis. Jondalar le suivit à contrecœur.

Il avait plu pendant plusieurs jours et Ayla n'avait pas pu sortir. Quand elle vit que le soleil avait réussi à chasser les nuages, elle se dit qu'il fallait en profiter. Elle n'avait pas envie de parcourir avec Whinney les steppes de l'est, elle en connaissait chaque pouce de terrain. Elle décida donc d'explorer la région située à l'ouest de la vallée.

Après avoir attaché les paniers et les perches du travois sur la jument, elle descendit vers la rivière et suivit le cours d'eau jusqu'au fond de la vallée. En arrivant à l'endroit où la rivière obliquait vers le sud, elle se souvint du passage qu'elle avait emprunté pour jeter un coup d'œil en direction de l'ouest. Cette pente sablonneuse semblait un peu raide pour Whinney et elle préféra continuer en direction du sud pour voir s'il n'existait pas un accès plus pratique. Plus elle avançait vers le sud, plus la paroi rocheuse s'abaissait et, quand elle aperçut un endroit où la rivière était moins profonde qu'ailleurs, elle en profita pour traverser.

Le paysage était le même qu'à l'est de la caverne : partout des prairies à perte de vue. Mais Ayla ne le connaissait pas et, poussée par la curiosité, elle continua. Bientôt, elle arriva dans une région plus accidentée, creusée de canyons et dominée par des mesas, dont les parois abruptes semblaient avoir été coupées au couteau. Elle était allée beaucoup plus loin qu'elle ne l'avait prévu et, en arrivant près d'un canyon, elle se dit que le moment était venu de rentrer. Elle allait rebrousser chemin quand soudain elle entendit quelque chose qui lui glaça le sang : le rugissement assourdissant d'un lion des cavernes — et un cri.

Le cœur battant à tout rompre., Ayla s'arrêta. Elle avait beau ne pas avoir entendu de voix humaine depuis très longtemps, elle savait que ce cri avait été poussé par un être humain, un être comme elle, et non un membre du Clan. Elle était tellement stupéfaite qu'elle était incapable de réfléchir. Ce cri ne laissait aucun doute : c'était un appel à l'aide. Mais elle ne se sentait pas de taille à affronter un lion des cavernes et elle ne voulait pas non plus faire courir ce risque à Whinney.

La jument sentit son désarroi. Bien que le signal transmis par le corps d'Ayla eût été pour le moins hésitant, elle se dirigea néanmoins vers le canyon. Quand elles y arrivèrent, Ayla mit pied à terre et regarda à l'intérieur. C'était un cul-de-sac, obstrué par une barrière d'éboulis. La jeune femme entendit un grondement sourd et aperçut la crinière rousse. Elle comprit soudain pourquoi Whinney s'était avancée sans crainte.

— C'est Bébé, Whinney ! C'est Bébé !

Elle se précipita à l'intérieur du canyon sans penser que d'autres lions pouvaient s'y trouver et que Bébé lui-même n'avait plus rien d'un lionceau. C'était Bébé — un point c'est tout. Et Ayla n'avait pas peur de lui. Elle escalada les rochers qui la séparaient de lui. Bébé se retourna en grognant.

— Arrête, Bébé ! lui intima Ayla en faisant le geste qu'il connaissait et en émettant le son habituel.

Quand elle s'approcha de lui et le poussa pour examiner sa proie, le lion hésita un court instant. Mais il connaissait trop bien la jeune femme et celle-ci était trop sûre d'elle pour qu'il lui résiste. Il la laissa faire comme chaque fois qu'Ayla s'était approchée d'une de ses proies pour prélever un morceau de viande ou dépecer l'animal qu'il venait de tuer. En outre, il n'avait pas faim. Il avait commencé à manger la biche que la lionne avait apportée. S'il avait attaqué les intrus, c'était uniquement pour défendre son territoire — et encore, il avait hésité. Leur odeur lui rappelait trop celle de la jeune femme qui l'avait élevé et qui avait chassé avec lui.

Obéissant à ses réflexes de guérisseuse et poussée aussi par la curiosité, Ayla s'agenouilla près des deux hommes. Même si elle n'avait plus aucun souvenir de sa vie parmi les Autres, elle savait que ces inconnus étaient des hommes et elle comprenait enfin pourquoi Oda lui avait dit que les Autres lui ressemblaient.

Elle sut immédiatement qu'il n'y avait plus rien à faire pour l'homme brun. Il était couché dans une position anormale et avait la nuque brisée. Les marques de crocs sur sa gorge ne laissaient aucun doute sur la cause de sa mort. Bien qu'Ayla ne le connût pas, sa mort la bouleversa et ses yeux se remplirent de larmes. Elle avait l'impression d'avoir perdu quelque chose d'inestimable avant d'avoir eu la possibilité de l'apprécier. C'était la première fois qu'elle rencontrait un représentant de sa propre espèce et celui-ci était mort !

Elle aurait aimé pouvoir lui donner la sépulture que tout être humain exigeait. Mais après avoir examiné de plus près l'autre homme, elle se rendit compte que c'était hors de question. L'homme aux cheveux blonds respirait encore mais il avait été gravement blessé à la cuisse et était en train de se vider de son sang. Il fallait qu'elle le ramène le plus vite possible à la caverne pour le soigner et jamais elle n'aurait le temps d'enterrer son compagnon.

Pour arrêter l'hémorragie, elle fit un tourniquet en se servant de sa fronde et d'un galet parfaitement lisse. Profitant du fait qu'elle était occupée, Bébé s'était approché de l'homme brun et il était en train de le renifler. Je sais qu'il est mort, Bébé, songea-t-elle en repoussant le lion. Mais il n'est pas pour toi. Le lion des cavernes quitta d'un bond la plate-forme rocheuse et alla s'assurer que la biche se trouvait bien toujours au fond de la crevasse où il l'avait laissée. En entendant les grognements familiers, Ayla comprit qu'il était en train de s'alimenter.

Voyant que le garrot avait arrêté l'hémorragie et que la plaie ne saignait plus que légèrement, elle siffla Whinney et redescendit pour installer le travois. Après avoir examiné avec attention la solide natte tressée qu'elle venait de fixer entre les deux perches à l'arrière de la jument, elle se dit que celle-ci devrait pouvoir supporter le poids de l'homme blond. En revanche, elle ne savait quoi faire de l'homme brun et elle ne voulait pas le laisser là pour les lions.

Lorsqu'elle remonta chercher le blessé, elle s'aperçut que les rochers au fond du canyon avaient l'air bien instables — ils s'étaient amoncelés derrière un gros bloc de pierre qui ne semblait pas très stable, lui non plus. Elle se souvint soudain de l'enterrement d'Iza. Le corps de la guérisseuse avait été placé au fond d'une fosse peu profonde creusée dans le sol de la caverne et recouvert de pierres. Cela lui donna une idée. Elle traîna le corps de l'homme mort au fond du canyon, près de l'endroit où les rochers s'étaient entassés.

Bébé s'approcha pour voir ce qu'elle était en train de faire, le sang de la biche collant encore à ses babines. Il la suivit lorsqu'elle s'approcha de l'autre homme et renifla le blessé tandis qu'Ayla le tirait pour l'amener vers la jument.

— Va-t'en plus loin, Bébé !

Au moment où Ayla installait l'homme sur le travois, ses yeux papillonnèrent, il gémit de douleur, puis ses yeux se refermèrent. Ayla préférait qu'il soit inconscient. Dès qu'elle l'eut enroulé dans la natte, elle prit un long et lourd épieu et retourna vers la plate-forme rocheuse. Après un dernier regard pour l'homme couché au fond du canyon, elle appuya sa lance contre le bloc de pierre et s'adressa au monde des esprits en utilisant les gestes solennels du Clan.

Elle avait observé Creb, le vieux mog-ur, lorsqu'il avait renvoyé les esprits d'Iza vers l'autre monde. Elle avait répété les gestes qu'il avait faits le jour où il avait été tué par le tremblement de terre. Même si elle ignorait le sens exact de ces gestes sacrés, elle savait dans quel but on les faisait et c'était la seule chose qui importait. Ses yeux se remplirent de larmes en repensant à Iza et à Creb alors qu'elle accomplissait le rite silencieux à la mémoire de cet inconnu et qu'elle l'envoyait rejoindre le monde des esprits.

Puis elle reprit son épieu et, l'utilisant comme un levier, elle souleva le gros bloc et recula d'un bond tandis qu'un flot de pierres venait recouvrir le corps de l'homme mort.

La poussière retombait à peine qu'elle avait déjà fait sortir Whinney du canyon. Elle remonta sur la jument et reprit la route de la caverne. Elle s'arrêta plusieurs fois en chemin pour vérifier l'état du blessé et fit une courte halte pour ramasser des racines de consoude. Elle était pressée de rentrer, mais elle ne voulait pas trop demander à la jument. Quand, après avoir traversé le cours d'eau et dépassé le coude que faisait la rivière, elle aperçut de loin la falaise, elle poussa un soupir de soulagement. Ce n'était pas gagné pour autant. Et tant qu'elle n'eut pas atteint la corniche, elle n'osa espérer qu'elle avait réussi à ramener l'homme vivant.

Elle guida Whinney à l'intérieur de la caverne avec le travois et ranima le feu pour faire chauffer de l'eau avant de détacher l'homme inconscient et de le transporter sur sa couche. Elle enleva à la jument son harnachement, la remercia d'une caresse et, après avoir jeté un coup d'œil dans ses réserves, sélectionna les plantes dont elle allait avoir besoin. Avant de s'occuper du blessé, elle prit une profonde inspiration et saisit son amulette.

Elle avait les idées trop confuses et était trop inquiète pour adresser une prière précise à son totem. Mais elle voulait venir en aide à cet homme et désirait que son puissant totem la soutienne dans les efforts qu'elle allait faire pour le soigner. Il fallait absolument qu'elle lui sauve la vie. Pourquoi ? Elle aurait bien été incapable de le dire. Mais elle savait que c'était de la plus haute importance : cet homme ne devait pas mourir.

Elle remit du bois dans le feu et vérifia la température de l'eau qu'elle avait mise à chauffer dans un récipient en peau suspendu directement au-dessus du foyer.

Dès que l'eau commença à frémir, elle ajouta des pétales de soucis dans le récipient. Puis elle s'approcha de l'homme, toujours inconscient. Ses vêtements étaient déchirés à plusieurs endroits et il devait avoir d'autres blessures que celle qu'il portait à la cuisse droite. Il fallait qu'elle le déshabille pour s'en assurer. Mais comment allait-elle s'y prendre ? Cet homme n'était pas vêtu comme elle d'une peau attachée à l'aide d'une longue lanière.

En observant avec attention les vêtements qu'il portait, elle se rendit compte que la peau et la fourrure qui avaient servi à les fabriquer avaient été découpées, puis assemblées à l'aide de cordons pour recouvrir ses bras, ses jambes et son corps. Après avoir étudié de près ces assemblages, elle se dit que la seule solution consistait à couper ces vêtements comme un peu plus tôt elle avait coupé la peau qui recouvrait une de ses jambes pour pouvoir arrêter l'hémorragie. Quand elle eut découpé le vêtement qui couvrait le haut du corps du blessé, elle fut très surprise de découvrir qu'il en portait un autre par-dessous. On avait fixé sur ce vêtement des fragments de coquillages, d'os et de canines d'animal, ainsi que des plumes d'oiseaux. Ces décorations n'avaient pas été placées au hasard et Ayla, qui n'en avait encore jamais vu de pareilles, se demanda s'il s'agissait d'une sorte d'amulette. Elle n'avait aucune envie de toucher à cet étrange vêtement, mais elle n'avait pas le choix. Lorsqu'elle le découpa, elle s'appliqua à suivre le motif afin de l'abîmer le moins possible.

L'homme portait un autre vêtement qui lui couvrait le bas du corps. Des peaux, assemblées à l'aide de cordons, enveloppaient chacune de ses jambes, puis elles se rejoignaient, formant une sorte de poche bouffante attachée autour de la taille, avec un rabat sur le devant. Après avoir découpé ce vêtement, Ayla retira le garrot. Elle l'avait déjà desserré plusieurs fois pendant le voyage de retour pour ne pas interrompre totalement la circulation du sang dans la jambe blessée. Si on ne savait pas utiliser correctement un garrot, le remède pouvait être pire que le mal et le blessé risquait de perdre sa jambe.

Ensuite, Ayla étudia la manière dont il était chaussé. Là encore, les peaux avaient été découpées et assemblées pour s'adapter à la forme du pied. Elle coupa les lanières qui les retenaient et les lui enleva. Elle se pencha alors vers le blessé pour examiner ses blessures. Celle qu'il portait à la cuisse avait recommencé à saigner. Les autres entailles n'étaient que superficielles, mais elles risquaient de s'infecter. Chaque fois que Bébé l'avait griffée, même légèrement, Ayla avait observé que cela avait tendance à s'infecter. L'homme avait aussi un hématome sur la tête qu'il avait dû se faire en tombant lorsque le lion l'avait attaqué. Il était difficile de dire à quel point c'était sérieux. Elle s'en occuperait plus tard car la plaie qu'il portait à la cuisse nécessitait des soins rapides maintenant qu'elle avait retiré le garrot.

Ayla exerça une pression à la hauteur de l'aine afin d'arrêter le saignement, puis, pour nettoyer la plaie, elle utilisa une peau de lapin tannée, qu'elle avait écharnée et étirée afin de la rendre souple et absorbante, qu'elle trempa dans l'infusion de pétales de soucis. Cette préparation avait des propriétés astringentes et antiseptiques et elle comptait à nouveau s'en servir pour désinfecter les estafilades du blessé. Quand elle eut nettoyé la plaie extérieurement et intérieurement, elle s'aperçut qu'une partie du muscle, située en dessous de l'entaille externe, avait été déchirée. Elle saupoudra la plaie avec de la poudre de racine de géranium et nota l'effet coagulant que possédait cette préparation.

La main gauche toujours posée sur l'aine du blessé, elle plongea une racine de consoude dans l'eau pour la rincer, puis elle mâcha celle-ci jusqu'à ce qu'elle ait une consistance pâteuse et recracha cette pâte dans la solution de pétales de soucis afin de préparer un emplâtre. Avant de l'appliquer sur la blessure, elle remit le muscle en place et referma les deux lèvres de la plaie. Mais, dès qu'elle les lâcha, la plaie se rouvrit et le muscle reprit sa position antérieure.

Elle eut beau refermer à nouveau la plaie, cela ne servit à rien. Elle savait que si elle bandait la jambe du blessé, elle n'obtiendrait pas un meilleur résultat. En plus, elle craignait que la cicatrisation se fasse mal et qu'il ne puisse plus jamais se servir de sa jambe. Si je pouvais rester à côté de lui pour tenir les deux lèvres de la plaie le temps que ça cicatrise ! se dit-elle. Elle se sentait totalement impuissante et aurait aimé qu'Iza soit là pour la conseiller. Elle était persuadée que même si la vieille guérisseuse ne lui avait jamais expliqué comment il fallait traiter un cas de ce genre, elle aurait su quoi faire.

Soudain, elle se souvint d'une conversation qu'elle avait eue un jour avec Iza. « Comment pourrais-je devenir guérisseuse, alors que je ne suis pas ta vraie fille ? lui avait-elle demandé. Je n'ai pas tes souvenirs ! » Iza lui avait alors expliqué qu'elle lui avait transmis presque tout ce qu'elle savait et que cela lui suffirait, car elle possédait quelque chose d'autre. Un don, avait dit Iza, une manière de penser, une manière de comprendre... et la faculté d'aider ceux qui souffrent.

Si seulement je pouvais aider cet homme ! songeait Ayla. Elle jeta un coup d'œil autour d'elle et, apercevant les vêtements du blessé, cela lui donna une idée. Elle reprit les peaux qui recouvraient le bas de son corps et les examina à nouveau. Pour assembler ces morceaux de peau, on avait utilisé un cordon très fin. Il s'agissait d'un tendon d'animal. On avait enfilé ce tendon dans un trou d'un côté puis dans un second trou de l'autre, et ensuite on avait rapproché les deux côtés. Elle avait utilisé le même genre de méthode pour fabriquer des récipients en écorce de bouleau. Elle avait percé des trous, puis attaché les deux extrémités à l'aide d'un nœud. Pouvait-elle faire la même chose pour refermer la blessure de cet homme jusqu'à ce qu'elle soit cicatrisée ?

Elle commença par aller chercher dans ses réserves quelque chose qui ressemblait à un bâton brunâtre. Il s'agissait d'un tendon de cerf qui avait durci en séchant. Puis elle prit un caillou rond et lisse et se mit à frapper rapidement le tendon pour dissocier les longues fibres conjonctives de couleur blanche dont il était formé. Elle les sépara les unes des autres, choisit une des fibres et la plongea dans la solution des pétales de soucis. Comme le cuir, les tendons retrouvaient leur élasticité lorsqu'ils étaient mouillés et, à moins d'être traités, ils durcissaient en séchant. Dès qu'Ayla eut préparé plusieurs fibres, elle alla fouiller dans ses couteaux et ses forets pour voir si elle en trouvait un capable de percer de petits trous dans la peau du blessé. Elle n'arrivait pas à se décider quand, soudain, elle pensa aux éclats de bois qu'elle avait récupérés sur l'arbre frappé par la foudre la nuit de son arrivée. Iza utilisait ces éclats pour percer un furoncle ou une ampoule ou encore les enflures qui avaient besoin d'être drainées. Ces éclats conviendraient parfaitement pour ce qu'elle voulait faire.

Elle nettoya le sang qui avait coulé de la blessure et fit un trou dans la chair du blessé. L'homme remua et se mit à gémir. Il fallait qu'elle se dépêche si elle voulait ne pas trop le faire souffrir. Elle fit un second trou en face du premier, fit passer la fibre tendineuse à travers les deux trous, puis elle rapprocha les chairs et fit un nœud.

Comme elle ne savait pas comment elle allait s'y prendre pour retirer ces fibres lorsqu'elles seraient devenues inutiles, elle préféra faire le moins de nœuds possible. Finalement, elle en fit trois pour maintenir le muscle en place et quatre pour refermer la blessure. Quand elle eut fini, elle ne put s'empêcher de sourire en voyant qu'elle avait réussi à rapprocher les chairs et à remettre le muscle en place. Si la plaie ne s'infectait pas, cet homme pourrait à nouveau utiliser sa jambe comme avant. En tout cas, il y avait de grandes chances qu'il en soit ainsi.

Elle plaça l'emplâtre de racine de consoude sur la blessure et enveloppa la jambe avec une bande de cuir souple. Puis elle nettoya les estafilades qu'il portait à l'épaule droite et sur la poitrine. L'hématome qu'il avait sur la tête l'inquiétait un peu. Voyant que la peau n'avait pas saigné, elle prépara une infusion de fleurs d'arnica et appliqua une compresse sur l'endroit tuméfié, puis elle lui banda la tête par-dessus la compresse.

Quand il se réveillerait, elle lui ferait boire des remèdes qu'elle allait préparer pour lui. Mais, pour l'instant, elle ne pouvait rien faire de plus. Elle s'assit sur ses talons et, pour la première fois depuis qu'elle l'avait ramené, elle put le regarder à loisir.

Même s'il était moins robuste que les hommes du Clan, il était très musclé et ses jambes étaient incroyablement longues. Les poils blonds et bouclés qui lui couvraient la poitrine ne formaient plus qu'un fin duvet sur ses bras. Il avait la peau très pâle. Son système pileux était moins développé que celui des hommes du Clan, ses poils étaient plus longs et plus fins. Son sexe reposait sur une toison blonde et bouclée. Ayla avança la main pour le toucher et elle remarqua la cicatrice et les ecchymoses encore violacées qu'il portait à la hauteur des côtes. Elle en déduisit qu'il avait dû être blessé récemment.

Qui l'a soigné et d'où vient-il ? se demanda-t-elle.

Puis elle se pencha vers lui pour examiner son visage. Il semblait beaucoup plus plat que celui des membres du Clan et ses mâchoires étaient beaucoup moins proéminentes. Sa bouche était détendue et il avait les lèvres pleines. Remarquant qu'il possédait, lui aussi, un menton, Ayla toucha le sien, et elle repensa à son fils. Durc était né avec un menton parfaitement dessiné, lui aussi, alors que les membres du Clan n'en avaient pas. Le nez de cet homme, busqué et étroit, ressemblait au leur mais il était plus petit. Ses yeux fermés lui semblaient proéminents par rapport à ceux des gens du Clan, puis elle se rendit compte que cette impression venait du fait qu'ils n'étaient pas cachés sous des arcades saillantes. Son front, marqué de légères rides, était haut et droit. Comparé à celui des êtres parmi lesquels Ayla avait vécu, il était étonnamment bombé. Après avoir vérifié en le touchant que son propre front était pareil, elle se dit qu'elle avait dû paraître bien étrange aux yeux des membres du Clan.

Les cheveux de l'homme, longs et raides, étaient attachés par une lanière sur la nuque et ils étaient blonds, comme les siens. Un peu plus clairs, se dit-elle en songeant avec étonnement que cela lui rappelait quelque chose. Et soudain elle se souvint de son rêve. Elle n'avait pas vu son visage, mais l'homme qui lui était apparu en rêve avait les cheveux blonds !

Elle couvrit le corps du blessé et sortit sur la corniche, tout étonnée de voir qu'il faisait encore jour. Tant de choses s'étaient produites depuis le matin et elle avait dépensé une telle somme d'énergie qu'elle n'aurait jamais pensé que le soleil n'avait parcouru qu'un peu plus de la moitié de sa course. Elle essaya de mettre de l'ordre dans ses idées, mais mille questions se bousculaient dans sa tête.

Pourquoi avait-elle choisi de partir à cheval dans les steppes de l'ouest et comment se faisait-il qu'elle se soit trouvée justement là au moment où l'homme avait crié ? N'était-il pas incroyable que, parmi tant de lions des cavernes, ce soit Bébé qu'elle ait découvert dans ce canyon ? Son totem avait dû la conduire à cet endroit. Et que penser de l'homme qu'elle avait vu en rêve ? Il avait des cheveux blonds comme celui-là. Etait-ce le même homme ? Et que faisait-il dans ce canyon ? Même si Ayla ne pouvait prévoir la signification de cette rencontre, elle savait que sa vie ne serait plus jamais la même. Maintenant, elle avait contemplé le visage des Autres.

En sentant le museau de Whinney contre sa main, elle se retourna vers la jument. Whinney posa sa tête sur son épaule et Ayla leva les bras pour lui prendre l'encolure, puis elle y colla son front. Elle serra la jument contre elle comme si ce geste lui permettait de se raccrocher une dernière fois à son ancien mode de vie et d'apaiser les craintes qu'elle éprouvait concernant le futur. Puis elle caressa les flancs de la jument et sentit le petit qu'elle portait dans son ventre.

— C'est pour bientôt, Whinney. Mais cela ne t'a pas empêchée de m'aider à ramener cet homme. Jamais je n'aurais pu le transporter jusqu'ici sans ton aide.

Je ferais mieux de rentrer pour voir comment il va, se dit-elle, inquiète à l'idée que quelque chose puisse lui arriver si elle le laissait seul, même un court instant.

En s'approchant du blessé, qui n'avait toujours pas bougé, elle remarqua quelque chose d'anormal. Alors que les hommes du Clan avaient tous une barbe brune et broussailleuse, cet homme n'en avait pas ! Ayla lui toucha les mâchoires et sentit sous ses doigts une barbe naissante. Elle remua la tête d'un air étonné. Cet homme paraissait si jeune. Aussi grand et musclé soit-il, il lui donnait soudain l'impression d'être un jeune garçon, et non un homme.

Tandis qu'Ayla le regardait, il remua la tête en gémissant, puis murmura quelque chose. Pour elle, ces mots étaient incompréhensibles. Et pourtant, elle avait la curieuse impression qu'elle aurait dû les comprendre. Elle posa sa main sur son front, puis sur ses joues, et sentit qu'il avait de la fièvre. Je ferais mieux d'aller voir si j'ai de l'écorce de saule, se dit-elle.

Elle s'était toujours demandé pourquoi elle continuait à ramasser autant de plantes alors qu'elle mise à part, elle n'avait plus personne à soigner. Mais maintenant elle se félicitait d'avoir conservé cette bonne habitude. Même si certaines plantes, qui poussaient près de la caverne du Clan, étaient introuvables dans la vallée et dans les steppes, celles qu'elle possédait étaient largement suffisantes et elle avait même ajouté à sa pharmacopée certaines espèces introuvables plus au sud. Iza lui avait expliqué comment tester de nouvelles plantes sur elle-même. Malgré tout, elle n'était pas encore suffisamment sûre de l'efficacité de ces nouveaux remèdes pour les utiliser sur le blessé.

A côté de l'écorce de saule se trouvait une plante dont elle connaissait parfaitement les usages. Sa tige velue semblait jaillir au milieu de larges feuilles lancéolées et ses fleurs blanches étaient devenues brunes en séchant. Ayla avait longtemps pensé qu'il s'agissait d'une variété d'aigremoine jusqu'au jour où une autre guérisseuse, rencontrée au Rassemblement du Clan, lui avait dit que cette plante était de l'eupatoire pour faire tomber la fièvre, mais il fallait la faire bouillir jusqu'à ce qu'on obtienne un sirop épais, ce qui prenait du temps. En plus, cette préparation faisait abondamment transpirer et elle craignait d'affaiblir le blessé qui avait déjà perdu beaucoup de sang. Elle allait préparer le sirop et ne l'utiliserait que si la fièvre persistait.

Elle pensa alors aux feuilles de luzerne. Des feuilles fraîches mises à macérer dans de l'eau chaude facilitaient la coagulation du sang. Elle irait en ramasser dans la prairie. Elle allait aussi lui préparer un bon bouillon de viande pour qu'il reprenne des forces. Réfléchir aux soins qu'elle allait lui prodiguer lui faisait du bien : elle recommençait à avoir les idées claires. Depuis le début, elle était hantée par une pensée unique : il fallait qu'elle sauve cet homme. Il fallait qu'il vive.

Posant la tête du blessé sur ses genoux, elle essaya de lui faire boire un peu d'infusion d'écorce de saule. Ses yeux papillotèrent et il marmonna. Mais il était toujours inconscient. Les longues estafilades qu'il portait sur le corps étaient rouges et brûlantes et sa jambe droite était en train d'enfler. Ayla changea l'emplâtre et posa une compresse fraîche sur la blessure qu'il avait à la tête ; l'ecchymose était en train de diminuer. Au fur et à mesure que la nuit approchait, l'état du blessé semblait empirer et elle regretta que Creb ne fût pas là pour implorer les esprits comme il faisait lorsque Iza soignait un malade.

Quand la nuit fut tombée, l'homme commença à s'agiter dans son sommeil, à se débattre et à crier. Dans ce qu'il disait, un mot revenait très souvent, associé à d'autres sons, comme s'il lançait un avertissement. Ayla se dit que le mot qu'il répétait était peut-être le nom de l'homme qui l'accompagnait. A minuit, elle alla chercher une côte de cerf dont elle avait creusé une des extrémités et qui lui servit de cuillère afin de faire avaler au blessé quelques gorgées de la préparation d'eupatoire. En sentant ce goût amer dans sa bouche, l'homme se débattit et il ouvrit les yeux, sans pour autant reprendre conscience. Elle eut moins de mal ensuite à lui faire avaler une infusion de datura, comme s'il appréciait de se rincer la bouche pour chasser l'amertume du sirop. Le datura avait un rôle analgésique et soporifique et elle se félicitait d'en avoir ramassé tout près de la vallée.

Elle veilla le blessé durant toute la nuit. Un peu avant l'aube, la fièvre atteignit son maximum, puis elle commença à baisser. Ayla en profita pour laver le corps trempé par la transpiration avec de l'eau fraîche et, dès qu'elle eut changé les fourrures dans lesquelles il dormait, son sommeil devint plus calme. Elle s'allongea sur une fourrure à côté de sa couche et s'assoupit.

Elle ouvrit brusquement les yeux et, en voyant le soleil qui pénétrait à grands flots par l'ouverture, elle se demanda ce qui l'avait réveillée. En se retournant, elle aperçut l'homme couché sur son lit et se souvint soudain de ce qui s'était passé la veille. Le blessé semblait détendu et son sommeil était normal. Ce n'était pas lui qui l'avait réveillée mais la respiration précipitée de Whinney.

Comprenant ce qui se passait, Ayla bondit sur ses pieds et s'approcha de la jument.

— Ça y est, Whinney ? lui demanda-t-elle, tout excitée.

Elle avait déjà assisté des femmes qui accouchaient et elle-même avait eu un enfant, mais elle n'avait jamais joué le rôle de sage-femme pour une jument. Même si Whinney savait ce qu'il fallait faire, la présence d'Ayla à ses côtés semblait la rassurer et, tout à la fin, la jeune femme tira sur le poulain pour l'aider à sortir complètement. Elle sourit de plaisir en voyant la jument lécher la fourrure brune de son petit.

— C'est la première fois que je vois quelqu'un accoucher une jument, dit Jondalar.

En entendant ces sons étranges, Ayla se retourna aussitôt et regarda l'homme qui l'observait, appuyé sur ses coudes.

20

Ayla ne pouvait détacher ses yeux de l'homme. Tout en sachant qu'il était incorrect de dévisager quelqu'un ainsi, elle ne pouvait pas s'en empêcher. Maintenant qu'il était réveillé, elle découvrait quelque chose qui lui avait échappé jusqu'ici : cet homme avait les yeux bleus ! Comme les siens. Les gens du Clan avaient tous les yeux bruns. Elle n'avait encore jamais rencontré quelqu'un qui ait les yeux bleus, et d'un bleu si vif qu'il semblait presque surnaturel.

Clouée sur place par le regard de cet homme, elle ne bougea pas jusqu'à ce qu'elle réalise qu'elle tremblait de tout son corps. Honteuse d'avoir osé le regarder dans les yeux, elle rougit et détourna la tête. Non seulement il était impoli de dévisager qui que ce soit, mais une femme ne devait jamais regarder un homme dans les yeux, surtout lorsqu'il s'agissait d'un étranger.

Que va-t-il penser de moi ! se dit-elle en baissant les yeux et en essayant de recouvrer son sang-froid. Cela faisait tellement longtemps qu'elle vivait seule et elle ne se rappelait pas avoir jamais eu l'occasion de voir un représentant des Autres. Elle avait follement envie de relever la tête pour plonger son regard dans celui d'un autre être humain. Mais il lui semblait important de faire bonne impression. Elle ne voulait pas le rebuter par une attitude inconvenante.

— Je suis désolé, dit Jondalar. J'espère que je ne t'ai pas offensée.

Avait-il été grossier en lui adressant la parole le premier ou était-elle simplement timide ? Il lui avait parlé en zelandonii et, comme elle ne répondait pas, il répéta ses excuses en mamutoï, puis essaya le sharamudoï.

Ayla lui avait jeté quelques coups d'œil furtifs, comme faisaient les femmes du Clan lorsqu'elles attendaient qu'un homme leur fasse signe d'approcher. Mais l'homme ne faisait aucun geste, il se contentait de parler. Et les mots qu'il employait n'avaient rien à voir avec les sons dont se servait le Clan. Les membres du Clan employaient des syllabes hachées et gutturales, tandis que les mots de cet homme coulaient avec aisance. Ayla était bien incapable de déterminer où un mot se terminait et où un autre commençait. Même si le son de sa voix était agréable à l'oreille, elle était frustrée : elle sentait, plus ou moins consciemment, qu'elle aurait dû comprendre ce qu'il disait et elle en était pourtant incapable.

Elle attendait depuis un long moment qu'il lui fasse signe d'approcher ou de parler quand soudain elle se souvint de ce qui s'était passé lorsqu'elle avait été adoptée par le Clan : Creb avait été obligé de lui enseigner le langage par signes car, à l'époque, elle s'exprimait uniquement à l'aide de sons et le magicien s'était demandé si les Autres ne faisaient pas comme elle. Il était possible que cet homme ne connaisse pas les signes en usage dans le Clan. Elle devait donc trouver un autre moyen de communiquer avec lui, ne serait-ce que pour lui proposer les remèdes qu'elle avait préparés à son intention.

Jondalar était complètement perdu. Cette jeune femme n'avait pas l'air de comprendre ce qu'il disait : était-elle sourde ? Non, songea-t-il, puisqu'elle a tourné la tête la première fois que je lui ai parlé. Quelle femme étrange ! Où sont passés ceux avec lesquels elle vit ? Il tourna la tête pour regarder autour de lui et, en voyant la jument couleur de foin et son poulain à la robe baie, il commença à se poser d'autres questions. Que fait cette jument à l'intérieur d'une caverne ? Pourquoi a-t-elle eu besoin de cette femme pour mettre bas ? Jamais encore Jondalar n'avait eu l'occasion de voir une jument pouliner, même dans les plaines. Est-ce que cette femme possède des pouvoirs particuliers ?

Il avait l'impression de rêver, tout en sachant qu'il était parfaitement réveillé. C'est peut-être encore pire que ce que j'imagine, se dit-il soudain avec un frisson. Peut-être s'agit-il d'une donii, venue exprès pour moi. Ne sachant pas très bien s'il s'agissait d'un esprit bienveillant, il fut soulagé de voir que la jeune femme s'approchait du feu.

Elle marchait d'une drôle de manière, comme si elle était gênée qu'il la regarde. Cela lui rappelait quelque chose. Ces vêtements, eux aussi, étaient étranges. Elle avait l'air de porter simplement une peau d'animal, attachée autour d'elle par une longue lanière. Il avait déjà vu quelqu'un habillé comme ça. Mais il était incapable de se souvenir où et quand.

Sa coiffure aussi était très particulière : elle avait divisé régulièrement l'ensemble de sa chevelure, puis l'avait tressée. Jondalar avait déjà vu des femmes avec des nattes, mais jamais encore une coiffure comme la sienne.

Il la trouvait plutôt jolie. Elle devait être jeune, car ses yeux étaient encore pleins d'innocence. Mais pour autant que son vêtement informe le laissait deviner, elle possédait un corps de femme. Pourquoi évite-t-elle mon regard ? se demanda-t-il, plus intrigué que jamais.

Lorsqu'il sentit la bonne odeur du bouillon de viande qu'elle lui apportait, il se rendit compte à quel point il avait faim. Il voulut s'asseoir pour manger et découvrit alors que sa jambe droite et tout son côté droit lui faisaient mal.

Pour la première fois depuis qu'il avait ouvert les yeux, il se demanda ce qu'il faisait dans cette caverne. Et soudain il se souvint de Thonolan... du canyon dans lequel il avait pénétré à la suite de son frère... de l'effroyable rugissement... et du gigantesque lion des cavernes.

— Thonolan ! cria-t-il en regardant autour de lui, complètement paniqué. Où est Thonolan ?

Cette femme et lui mis à part, il n'y avait personne dans la caverne. Son estomac se contracta. Il connaissait la vérité, mais il ne voulait pas l'admettre. Peut-être Thonolan se trouvait-il dans une autre caverne. Peut-être quelqu'un d'autre s'occupait-il de lui.

— Où est mon frère ? demanda-t-il à nouveau. Où est Thonolan ?

Ayla reconnut sans peine le mot qu'il avait prononcé si souvent dans son sommeil lorsqu'il avait la fièvre. Elle devina qu'il demandait des nouvelles de son compagnon et baissa la tête pour bien montrer le respect qu'elle éprouvait vis-à-vis de l'homme mort.

— Où est mon frère ? répéta Jondalar en agrippant les bras d'Ayla et en la secouant dans l'espoir qu'elle réponde.

Ayla était gênée qu'il crie aussi fort et qu'il laisse libre cours à la colère et à la frustration qu'il éprouvait. Les hommes du Clan contrôlaient toujours leurs émotions, car le sang-froid était un signe de virilité.

Elle avait beau ne pas comprendre ses paroles, elle savait ce qu'il ressentait. La douleur qu'il éprouvait se lisait au fond de ses yeux et, s'il serrait les mâchoires, c'était pour mieux se refuser à l'évidence : au fond de lui-même, il savait que son frère était mort. Ceux qui avaient adopté et élevé Ayla ne communiquaient pas simplement grâce à des gestes. Les postures du corps et les expressions du visage faisaient aussi partie du langage du Clan, et même le fléchissement d'un muscle permettait d'introduire des nuances dans ce qu'on exprimait. Ayla connaissait donc parfaitement le langage du corps et la perte d'un être cher était une douleur universelle.

Les yeux remplis de tristesse et de compassion, elle hocha la tête, puis la baissa de nouveau. Jondalar ne pouvait plus nier l'évidence. Il lâcha la jeune femme et rentra les épaules.

— Thonolan ! Pourquoi a-t-il fallu que tu partes ? O Doni, pourquoi as-tu pris mon frère ? s'écria-t-il d'une voix tendue. (Il essayait de résister à la douleur qui l'envahissait, mais jamais encore il ne s'était senti aussi désespéré.) Pourquoi l'as-Tu pris et m'as-Tu laissé tout seul ? Tu savais pourtant que c'était le seul être que j'aie jamais aimé. Grande Mère ! C'était mon frère...

Ayla comprenait sa détresse. Elle aussi, elle avait perdu des êtres chers. Elle était malheureuse pour lui et voulait le réconforter. Avant de réaliser ce qu'elle faisait, elle l'avait pris dans ses bras, et se mit à le bercer alors qu'il continuait à crier le nom de l'être qu'il avait perdu. Jondalar ne connaissait pas cette femme, mais il sentit qu'elle avait pitié de lui.

Alors qu'il s'accrochait à elle, une force irrésistible jaillit soudain de lui, aussi incontrôlable que la poussée de lave d'un volcan. Il émit un sanglot et son corps fut secoué par des tremblements convulsifs. Des cris s'échappèrent de sa gorge nouée par l'angoisse et chaque fois qu'il respirait, l'air semblait lui manquer.

Jamais, depuis qu'il était enfant, il ne s'était laissé aller ainsi. Ce n'était pas dans sa nature de donner libre cours à ses sentiments. Ceux-ci étaient tellement puissants qu'il avait appris très vite à les maîtriser. Mais le choc provoqué par la mort de Thonolan ramenait au grand jour des souvenirs enfouis depuis des années.

Serenio avait raison : son amour était trop fort pour la plupart des gens. Et il en était de même de ses colères. Un jour, alors qu'il était adolescent, en passant sa colère sur un homme, il l'avait gravement blessé. Même sa propre mère avait été obligée de prendre ses distances. Elle n'avait pas semblé étonnée que les amis de son fils s'éloignent.

Jondalar les aimait trop, il se montrait trop possessif et exigeait trop d'eux. Elle avait retrouvé chez son fils les traits de caractère de l'homme dont elle avait été un temps la compagne : Jondalar ressemblait à Dalanar.

Seul son jeune frère s'était montré à la hauteur de son amour. L'attachement de Jondalar ne lui pesait pas et il chassait d'un grand éclat de rire les tensions qu'un tel sentiment pouvait provoquer entre eux.

Quand la mère de Jondalar s'était sentie dépassée et que les autres membres de la Caverne avaient commencé à se plaindre, elle l'avait envoyé vivre chez Dalanar. C'était une sage décision. Lorsque Jondalar était rentré, non seulement il avait appris son métier, mais il savait aussi contrôler ses émotions. Il était devenu un jeune homme de haute taille, musclé et remarquablement beau. Ses yeux d'un bleu extraordinaire et son charme inconscient reflétaient la profondeur de ses sentiments. Les femmes étaient particulièrement sensibles au fait qu'il possédait plus de qualités qu'il ne le laissait voir. C'était à qui réussirait à se l'attacher, mais aucune n'y était parvenue. Elles avaient beau essayer d'aller le plus loin possible, aucune ne réussissait à l'atteindre dans ce qu'il avait de plus intime et il leur donnait toujours plus que ce qu'il recevait. Il sut très vite jusqu'où il pouvait aller avec chacune d'elles, mais ces relations lui semblaient superficielles et le laissaient insatisfait. La seule femme capable de répondre à ses sentiments avait choisi une autre forme d'engagement. Et cela valait mieux : leur union aurait été une erreur.

Le chagrin de Jondalar était aussi intense que le reste de sa nature. Mais la jeune femme qui le serrait dans ses bras avait, elle aussi, beaucoup souffert. A deux reprises, elle avait tout perdu et senti le souffle glacial du monde des esprits — et pourtant elle avait persévéré. Elle sentait intuitivement que cet épanchement passionné dépassait les lamentations que provoquait d'ordinaire la perte d'un être cher et, puisant dans son propre chagrin, elle réussit à l'apaiser.

Quand les sanglots de Jondalar se calmèrent, elle se rendit compte qu'elle avait fredonné à mi-voix tout en le serrant contre elle. C'est ainsi qu'elle berçait Uba, la fille d'Iza, ou son propre fils pour qu'ils s'endorment. Elle connaissait l'effet apaisant de ce bourdonnement syncopé et elle l'utilisait pour se consoler de sa peine ou de sa solitude. Apaisé, Jondalar finit par la lâcher et il s'allongea la tête tournée du côté de la paroi. Quand, un instant plus tard, Ayla fit pivoter sa tête pour rafraîchir son visage trempé de larmes, il ferma les yeux. Il ne voulait pas — ou ne pouvait pas — la regarder. Son corps se détendit aussitôt après, et elle comprit qu'il s'était endormi.

Après avoir jeté un coup d'œil à Whinney et à son poulain, Ayla sortit de la caverne. Elle aussi, elle était épuisée. Mais elle éprouvait malgré tout un intense soulagement. J'avais si peur qu'il succombe sur le chemin du retour ! se dit-elle en s'approchant du bord de la corniche. Les yeux baissés sur la vallée, elle se souvint du long trajet plein d'angoisse, avec au cœur l'espoir fervent que le blessé ne meure pas sur le travois. Ce souvenir réveilla sa nervosité et elle revint en courant vers la caverne pour s'assurer que l'homme respirait toujours. Comme il continuait à dormir, elle plaça la soupe qu'il n'avait pas mangée à côté du feu, vérifia que les remèdes qu'elle voulait lui faire prendre étaient prêts pour son réveil et s'assit sans bruit sur la fourrure à côté de lui.

Elle ne se lassait pas d'étudier son visage, comme si elle espérait satisfaire en une seule fois l'ardent désir qu'elle éprouvait depuis tant d'années de contempler un autre corps humain. Maintenant qu'elle s'était un peu habituée, elle ne s'attachait plus aux détails de ses traits et commençait à appréhender son visage comme un tout. Elle aurait aimé pouvoir laisser courir son doigt le long de ses mâchoires et de son menton et toucher ses sourcils clairs et lisses.

Brusquement un détail la frappa. Quand, un peu plus tôt, elle avait essuyé son visage, celui-ci était trempé de larmes ! Ses yeux pleurent comme les miens, se dit-elle. Creb n'a jamais compris que je sois capable de verser des larmes. Il croyait que j'avais les yeux fragiles. Mais cet homme a pleuré, lui aussi. Et les Autres doivent faire comme lui lorsqu'ils souffrent.

Les émotions intenses qu'Ayla avait éprouvées depuis la veille et le manque de sommeil eurent raison de sa résistance : elle finit par s'endormir à côté du blessé. La nuit tombait quant Jondalar se réveilla. Il avait soif et, ne voulant pas déranger la jeune femme, il regarda autour de lui pour voir s'il n'y avait pas quelque chose à boire. Il entendit le bruit que faisaient la jument et son nouveau-né, mais put tout juste distinguer la forme de l'animal étendu près de la paroi, de l'autre côté de l'entrée de la caverne.

Il regarda alors la jeune femme. Elle était allongée sur le dos, à l'autre extrémité de la couche en face de lui, si bien qu'il ne distinguait que le contour de son menton et la forme de son nez. Se souvenant soudain de sa crise de larmes, il se sentit un peu honteux de s'être ainsi laissé aller. Puis les raisons de son chagrin lui revinrent en mémoire. La douleur chassa aussitôt tous les autres sentiments qu'il éprouvait. Il ferma les yeux pour ne pas se remettre à pleurer. Il essaya de toutes ses forces de ne pas penser à Thonolan, de ne pas penser à quoi que ce soit. Il finit par y arriver et ne se réveilla à nouveau qu'au milieu de la nuit. Cette fois-ci, ses gémissements tirèrent Ayla du sommeil.

Il faisait nuit noire à l'intérieur de la caverne car le feu était mort. Ayla se dirigea à tâtons vers le foyer, puis elle alla chercher des matériaux inflammables et du petit bois qu'elle tenait toujours en réserve. Elle prit la pyrite de fer et le silex et alluma le feu.

Jondalar avait beau avoir à nouveau de la fièvre, il était parfaitement réveillé. En la voyant faire, il se dit pourtant qu'il devait rêver. Comment avait-elle réussi à faire du feu aussi vite ? Lorsqu'il avait ouvert les yeux, il avait bien vu qu'il n'y avait plus de braises dans le foyer.

Lorsque Ayla s'approcha de lui avec une infusion froide d'écorce de saule, Jondalar s'appuya sur son coude pour prendre le bol et, malgré le goût amer de la préparation, il la but jusqu'à la dernière goutte pour calmer sa soif. Il avait reconnu le goût caractéristique de l'écorce de saule, un remède que tout le monde connaissait, mais il avait envie de boire de l'eau. Il éprouvait aussi une forte envie d'uriner, mais il ne savait comment expliquer ça à la femme qui s'occupait de lui. Il commença par retourner à l'envers le bol où se trouvait l'infusion afin de montrer qu'il était vide, puis il le remit à l'endroit et l'approcha de ses lèvres.

Comprenant instantanément ce qu'il voulait, Ayla alla chercher une outre pleine d'eau, remplit le bol et posa l'outre à la tête de sa couche. L'eau étancha sa soif, mais ne fit qu'accroître son autre problème et Jondalar, mal à l'aise, commença à se tortiller sur sa couche. Ayla, qui avait à nouveau compris ce qui se passait, alla chercher un morceau de bois dans le foyer et, s'en servant comme d'une torche, elle s'approcha de l'endroit où elle rangeait ses réserves pour y chercher un récipient adéquat.

Arrivée là, elle aperçut les lampes de pierre qu'elle avait fabriquées. Pous s'en servir, il suffisait de remplir de graisse fondue la cavité creusée à l'intérieur de la pierre et d'y placer une mèche en mousse. Jusqu'ici, elle n'avait pas utilisé de lampe pour s'éclairer, se contentant de la lueur du feu. Elle choisit une des lampes, retrouva les mèches qu'elle avait mises de côté et prit une outre remplie de graisse congelée, ainsi qu'une outre vide.

Elle posa l'outre pleine à côté du feu pour faire fondre la graisse contenue à l'intérieur et apporta l'autre à Jondalar. Incapable de lui expliquer pour quoi c'était faire, elle défit l'ouverture de l'outre et la lui montra. Comme il ne semblait pas comprendre, elle retira la fourrure qui lui couvrait les jambes et commença à glisser l'outre entre ses jambes. Cette fois-ci, Jondalar avait compris et il lui prit l'outre des mains.

Il se sentait un peu ridicule de devoir uriner couché sur le dos au lieu de se tenir debout sur ses deux jambes. Voyant qu'il était gêné, Ayla s'approcha du feu pour remplir la lampe en pierre. *C'est la première fois qu'il est blessé aussi gravement et qu'il ne peut pas marcher,* songea-t-elle en souriant. Quand elle alla chercher l'outre pour la vider dehors, Jondalar lui sourit d'un air un peu honteux. Elle lui rapporta le récipient vide, afin qu'il puisse l'utiliser en cas de besoin, puis après avoir rempli la lampe de graisse liquide et allumé la mèche, elle s'approcha de sa couche et retira à nouveau la fourrure.

Jondalar essaya de se redresser pour voir où il avait été blessé. Ayla l'aida à s'asseoir. Quand il vit qu'il avait la poitrine et le bras entaillés à plusieurs endroits, il comprit pourquoi il avait du mal à utiliser son côté droit, mais ce qui l'inquiétait surtout c'était la blessure qu'il portait à la cuisse droite. Il se demandait si cette femme était suffisamment experte dans l'art de soigner. Le fait qu'elle lui ait fait boire une infusion d'écorce de saule ne voulait rien dire : n'importe qui aurait fait de même.

Quand elle retira l'emplâtre rougi de sang qui recouvrait sa cuisse, il s'inquiéta de plus belle. Même si la lampe à huile n'éclairait pas autant que la lumière du soleil, ce qu'il pouvait voir ne laissait aucun doute sur la gravité de la blessure : sa jambe était enflée, la chair était meurtrie et à vif. Comme Jondalar se penchait, il crut apercevoir des nœuds qui rapprochaient les lèvres de la plaie. Jusqu'alors, il ne s'était jamais intéressé aux méthodes utilisées pour guérir. Mais avait-on jamais entendu dire qu'un zelandoni ait recousu un de ses patients ?

Il observa la jeune femme en train d'appliquer un autre emplâtre, fait de feuilles de chou cette fois. Il aurait bien aimé pouvoir lui demander à quoi servaient ces feuilles et parler avec elle pour savoir si elle était capable de le soigner. Malheureusement, elle semblait tout ignorer des langues qu'il avait utilisées jusqu'ici. En fait, maintenant qu'il y pensait, il se rendait compte qu'elle n'avait pas prononcé un mot depuis qu'il était avec elle. Comment pouvait-elle être une Femme Qui Guérit si elle ne savait pas parler ? Malgré tout, elle semblait connaître son métier et l'emplâtre faisait de l'effet : il souffrait déjà moins.

Il se détendit — que pouvait-il faire d'autre ? — et l'observa tandis qu'elle nettoyait les estafilades qu'il avait sur la poitrine et les bras. Lorsqu'elle défit la bande de peau qui enserrait sa tête, il prit conscience pour la première fois qu'il était blessé à cet endroit. Il leva la main et sentit sous ses doigts une bosse et un point douloureux avant qu'Ayla y pose une compresse fraîche.

Elle s'approcha alors du feu pour faire réchauffer la soupe.

— Ça sent bon, dit Jondalar en humant le fumet du bouillon de viande.

Le son de sa propre voix lui sembla soudain incongru. Même s'il était incapable d'en déterminer la raison, il y avait dans le silence que lui opposait la jeune femme quelque chose de plus que de la simple incompréhension.

Quand il avait rencontré pour la première fois les Sharamudoï, il ne connaissait pas leur langue et ses interlocuteurs ignoraient la sienne, mais cela ne les avait pas empêchés de se parler immédiatement. Cette femme n'avait pas essayé d'échanger le moindre mot avec lui et ses propres efforts ne provoquaient chez elle que des regards étonnés. Elle ne semblait pas seulement ignorer les langues qu'il avait employées, mais elle ne donnait pas l'impression de vouloir communiquer avec lui.

Ce n'est pas tout à fait exact, se dit Jondalar. Ils avaient réussi à communiquer puisqu'elle lui avait apporté à boire lorsqu'il avait soif et un récipient pour lui permettre d'uriner. Même s'il était incapable de se faire une idée précise de l'échange qu'il y avait eu entre eux quand un peu plus tôt il avait laissé libre cours à sa douleur, il avait senti qu'elle partageait sa peine et cela ajoutait encore aux questions qu'il se posait à son sujet.

— Je sais que tu ne me comprends pas, commença-t-il d'une voix légèrement hésitante. (Il éprouvait le besoin de parler même s'il ne savait pas trop quoi dire.) Qui es-tu ? demanda-t-il. Où est le reste de ton peuple ? (Même si la lampe à huile et le feu n'éclairaient pas la totalité de la caverne, il était persuadé que celle-ci n'abritait pas d'autres êtres humains.) Pourquoi refuses-tu de parler ?

La jeune femme le regarda, mais elle ne dit rien.

Une pensée étrange commença à s'insinuer dans l'esprit de Jondalar. Il se rappela sa conversation avec le shamud quand, assis près du feu, celui-ci lui avait parlé des épreuves auxquelles étaient soumis Ceux Qui Servent la Mère. N'avait-il pas dit alors qu'ils vivaient de longues périodes d'isolement ? Des périodes de silence pendant lesquelles ils devaient ne parler à personne ?

— Tu vis seule, n'est-ce pas ?

Ayla, qui le regardait toujours, remarqua que son visage exprimait l'étonnement — comme s'il la voyait pour la première fois. Songeant soudain au manque de courtoisie dont elle faisait preuve en le regardant, elle baissa les yeux sur le bouillon qu'elle tenait à la main. L'homme ne semblait pas gêné par son indiscrétion et il regardait autour de lui en continuant à émettre des sons. Elle remplit un bol de bouillon, puis elle s'assit en face de lui, le bol à la main. Elle baissa la tête pour lui fournir l'occasion de lui taper sur l'épaule et de l'inviter à se manifester. Comme rien ne se produisait, elle releva la tête et se rendit compte qu'il la regardait d'un air interrogateur tout en continuant à prononcer ces mots.

Il ne comprend pas ! songea-t-elle. Il ne voit pas ce que je lui demande. Il ne doit connaître aucun des signes que j'utilise. Comment allons-nous faire pour nous comprendre s'il ignore mes signes et si je ne connais pas ses mots ?

Cela faisait tellement longtemps qu'Ayla utilisait le langage du Clan qu'elle était incapable de se souvenir de la signification des sons.

Je n'appartiens plus au Clan, se dit-elle. J'ai été maudite et maintenant, pour eux, je suis morte. Jamais je ne pourrai vivre à nouveau parmi eux. Si je veux vivre avec les Autres, il faut que j'apprenne à parler comme eux. Il faut que je comprenne à nouveau ce que veulent dire les mots et que j'en emploie à mon tour si je désire qu'on me comprenne. Même si j'avais rencontré tout un clan au lieu de recueillir un homme seul, je n'aurais pas pu parler avec ses membres et ils ne m'auraient pas comprise. Est-ce pour cela que mon totem m'a poussée à rester dans cette vallée ? Jusqu'à ce que je trouve cet homme ? Pour qu'il m'apprenne à nouveau à parler ? Cette pensée lui fit courir un frisson dans le dos.

Jondalar avait continué à poser des questions, sans grand espoir d'obtenir une réponse. Comme la jeune femme se taisait toujours, il était persuadé maintenant qu'elle était au Service de la Mère ou qu'elle s'entraînait pour y entrer. Ainsi s'expliquait son art de guérir, qu'elle ait un pouvoir sur les chevaux, qu'elle vive seule et ne veuille par parler et même qu'elle l'ait trouvé et ramené dans cette caverne. Il se demandait où il était exactement tout en se disant que cela avait bien peu d'importance. Il avait de la chance d'être toujours en vie. Cela lui rappelait d'ailleurs les paroles du shamud.

A l'époque, s'il avait prêté attention à ce que lui disait celui-ci, il aurait su que Thonolan n'allait pas tarder à mourir. Mais le shamud ne lui avait-il pas dit aussi que son frère le conduisait où il ne serait jamais allé sans lui ? Pourquoi Thonolan, avant de mourir, l'avait-il conduit jusqu'ici ?

Ayla était en train de se demander comme elle allait faire pour commencer à parler. Soudain, elle se souvint que Creb avait démarré son apprentissage en prononçant son nom et en lui demandant le sien. Elle se redressa, regarda l'homme assis en face d'elle dans les yeux, et, tapant sur sa poitrine, elle dit :

— Ayla.

— Ça y est, tu as décidé de parler ! dit Jondalar en ouvrant de grands yeux. Est-ce que c'est ton nom ? demanda-t-il en pointant le doigt vers elle. Répète un peu.

— Ayla, dit-elle à nouveau.

Elle parlait avec un accent bien étrange. Le mot était coupé en deux et elle avait prononcé la fin de la première syllabe et le début de la seconde du fond de la gorge, comme si elle les avalait. Jondalar avait beau avoir entendu toutes sortes de langues, aucune d'elles ne possédait de sons comme celui-là. Il avait du mal à répéter le mot qu'elle venait de prononcer.

— Aaay-lah, dit-il en tentant de se rapprocher le plus possible de ce qu'il venait d'entendre.

Ayla eut bien du mal à reconnaître son nom. Certains membres du Clan avaient toujours eu des difficultés à le prononcer, mais jamais ils n'avaient émis un son semblable à celui qu'elle venait d'entendre. L'homme avait relié les deux sons ensemble et modifié leur hauteur si bien que la première syllabe semblait monter et la seconde descendre. Ayla ne se souvenait pas d'avoir entendu dire son nom ainsi, et pourtant cette prononciation semblait correcte. Elle pointa le doigt vers lui et se pencha pour écouter sa réponse.

— Jondalar, dit-il. Je m'appelle Jondalar des Zelandonii.

Il y avait trop de mots pour qu'Ayla puisse s'y retrouver. Elle hocha la tête et renouvela son geste.

— Jondalar, répéta-t-il plus lentement, comprenant qu'elle était perdue.

Ayla essaya d'imiter les mouvements de sa bouche.

— Geuh-da, réussit-elle à dire.

Jondalar se rendit compte qu'elle avait du mal à prononcer son nom. Il se demanda si elle n'avait pas une déformation de la gorge qui l'empêchait de parler. Etait-ce pour cela qu'elle n'avait pas répondu à ses questions ? En était-elle incapable ? Pour l'aider, il répéta son nom lentement, en séparant chaque syllabe, comme s'il s'adressait à un enfant en bas âge, ou à un simple d'esprit.

— Jon-da-lar... Jonn-dah-larrr.

— Gon-da-lah, dit Ayla, répétant le nom du mieux qu'elle put.

— C'est beaucoup mieux ! s'écria Jondalar en hochant la tête et en souriant.

Ayla n'en croyait pas ses yeux : cet homme était en train de sourire !

Pour elle, c'était une mimique naturelle. Mais, dans le Clan, à l'exception de Durc, elle n'avait jamais vu personne sourire.

La surprise d'Ayla était si drôle que Jondalar faillit pouffer de rire. Son sourire s'élargit et une lueur amusée dansa au fond de ses yeux. Sa gaieté était si communicative qu'Ayla lui fit en réponse un grand sourire radieux.

— Tu ne parles pas beaucoup, mais tu es ravissante quand tu souris, lui dit Jondalar en s'apercevant pour la première fois à quel point elle pouvait être attirante.

Ayla remarqua aussitôt le changement subtil de son attitude. Il continuait à sourire, mais quelque chose dans son regard avait changé. A la lueur du feu, ses yeux étaient devenus violet foncé et ils contenaient maintenant autre chose que de l'amusement. Ayla ignorait ce que signifiait un tel regard, mais son corps, lui, avait compris le message et il y répondait en éprouvant les mêmes sensations que le jour où elle avait observé Whinney et l'étalon. Son regard était si irrésistible qu'elle dut faire un effort pour détourner la tête. Elle se mit à tripoter maladroitement les fourrures qui recouvraient sa couche pour les remettre à leur place, puis elle prit son bol et se remit debout, évitant son regard.

— J'ai l'impression que tu es timide, lui dit Jondalar en lui lançant un regard empreint de douceur.

Elle lui rappelait les jeunes femmes avant les Premiers Rites et éveillait chez lui un désir doux et passionné qu'il éprouvait toujours lors de cette cérémonie. Ce désir lui étreignit les reins. Et aussitôt après il éprouva une cuisante douleur dans la cuisse.

— C'est aussi bien, reprit-il avec une grimace de douleur. De toute façon, je ne suis pas en état de faire quoi que ce soit.

Il se rallongea sur la couche après avoir repoussé les fourrures qu'elle avait placées dans son dos pour qu'il puisse rester assis. Il était épuisé, avait mal partout et, quand il avait le malheur de penser à ce qui avait provoqué son état, il souffrait encore plus. Il ne voulait pas se souvenir de ce qui était arrivé, ni penser à qui que ce soit. Il n'avait qu'une envie : fermer les yeux et oublier, ce qui mettrait fin à toutes ses souffrances. Quand Ayla lui toucha le bras, il ouvrit les yeux et vit qu'elle lui tendait un bol rempli de liquide. Dès qu'il eut bu, il sentit que sa cuisse lui faisait moins mal et qu'il était en train de s'assoupir. Ce qu'elle m'a donné à boire est en train de faire de l'effet, se dit-il. Comment a-t-elle pu deviner ce dont j'avais besoin alors que je n'ai rien demandé ?

Ayla avait remarqué sa grimace de douleur et elle savait qu'il était gravement blessé. En guérisseuse expérimentée, elle avait préparé l'infusion de datura avant qu'il ne se réveille. Dès qu'elle vit que son visage et son corps se détendaient, elle éteignit la lampe et couvrit le feu.

Elle n'avait aucune envie de se rendormir et se dirigea vers l'entrée de la caverne. Elle allait sortir quand elle entendit Whinney hennir doucement. Rebroussant chemin, elle rejoignit la jument, tout heureuse de voir que Whinney était couchée dans son coin habituel. Au début, l'odeur inconnue de l'homme à l'intérieur de la caverne l'avait rendue nerveuse. Mais si elle s'était couchée, c'est qu'elle avait fini par accepter sa présence. Ayla s'assit en face d'elle, à la hauteur de son poitrail, et en profita pour la gratter autour des oreilles. Le poulain, allongé contre les mamelles de sa mère, renifla avec curiosité en direction de la nouvelle venue. Ayla le caressa, puis elle tendit ses doigts. Le poulain les suça un court instant, puis voyant qu'il n'y avait rien à téter, il les lâcha.

Quel bébé magnifique, Whinney ! s'émerveilla Ayla, en s'adressant par la pensée à la jument. Quand il aura grandi, il sera comme toi, fort et vigoureux. Tu as quelqu'un avec toi, maintenant. Et moi non plus, je ne suis plus seule. J'ai encore du mal à le croire, ajouta-t-elle, incapable de retenir ses larmes. Tant et tant de lunes ont passé depuis que j'ai été maudite et que j'ai dû vivre seule. Et maintenant, il y a quelqu'un avec moi. Un homme, Whinney. Un homme qui fait partie des Autres. Et je pense qu'il va vivre, continua-t-elle en essuyant ses larmes avec le dos de sa main. Ses yeux sont comme les miens : ils pleurent lorsqu'il est triste. Il m'a souri et je lui ai souri à mon tour.

Moi aussi, je fais partie des Autres, ainsi que Creb me l'avait dit. Quant à Iza, elle m'avait dit qu'il fallait que je retrouve mon peuple et mon compagnon. Whinney ! Crois-tu que cet homme est le compagnon que je devais chercher ? Est-ce mon totem qui l'a amené ?

C'est Bébé qui me l'a amené ! Il a été choisi, exactement comme moi ! Il a été mis à l'épreuve et marqué par Bébé, par le lionceau des cavernes que m'avait fait découvrir mon totem. Maintenant, le Lion des Cavernes est aussi son totem. Avec un totem aussi puissant et semblable au mien, il pourra être mon compagnon. Je pourrai même avoir plusieurs bébés.

Mais les bébés ne viennent pas uniquement des totems, corrigea Ayla en fronçant les sourcils. Je sais bien que Durc a été mis en train le jour où Broud m'a forcée. Ce sont les hommes qui font les bébés, pas les totems. Et Gon-da-lah est un homme...

Soudain, Ayla repensa à l'organe de l'homme, durci par son besoin d'uriner, et à ses yeux bleus, si troublants. Une sensation étrange l'envahit. Pourquoi éprouvait-elle ce sentiment ? Cela avait commencé le jour où elle avait vu Whinney et l'étalon à la robe brun-rouge.

Cet étalon avait une robe brun-rouge ! se dit-elle. Et le poulain de Whinney a la même. L'étalon a mis en train son bébé. Gon-da-lah pourrait faire la même chose. Il pourrait être mon compagnon...

Mais voudra-t-il de moi ? Iza m'a dit que les hommes faisaient cela quand ils aimaient une femme. La plupart des hommes... Mais pas Broud. Broud ne m'aimait pas. Peut-être que cela ne me déplairait pas si Gon-da-lah...

Brusquement, Ayla devint toute rouge. Je suis si grande et si laide ! se dit-elle. Pourquoi aurait-il envie de me faire ça ? Pour quelle raison voudrait-il de moi comme compagne ? Il en a peut-être déjà une. Et que vais-je faire s'il décide de partir ?

Il ne faut pas qu'il parte. J'ai besoin qu'il m'apprenne à dire des mots. Si je comprends ce qu'il dit, peut-être acceptera-t-il de rester, bien que je sois grande et laide. Il faut absolument qu'il reste. J'ai été seule trop longtemps.

Prise de panique à cette idée, Ayla bondit sur ses pieds et sortit de la caverne. Le jour n'allait pas tarder à se lever et le noir du ciel était en train de se transformer en un bleu sombre et velouté. Les arbres et les repères familiers commençaient à avoir des contours bien définis. Plutôt que de rentrer dans la caverne pour voir l'homme, comme elle en mourait d'envie, Ayla se dit qu'elle ferait mieux de lui apporter quelque chose de frais pour son déjeuner.

Peut-être cela ne lui plaira-t-il pas que je chasse, songea-t-elle au moment d'aller chercher sa fronde. Elle avait décidé que personne ne lui interdirait de chasser. Malgré tout, au lieu de rentrer dans la caverne pour y prendre son arme, elle descendit vers la rivière, retira son vêtement et plongea dans l'eau. Ce bain matinal la détendit complètement. L'endroit où elle avait longtemps pêché n'existait plus depuis les crues printanières, mais elle en avait découvert un autre un peu en aval vers lequel elle se dirigea.

Quand Jondalar se réveilla, il sentit l'odeur de la nourriture en train de cuire et se rendit compte à quel point il était affamé. Après avoir utilisé l'outre pour vider sa vessie, il réussit à s'asseoir sur sa couche et regarda autour de lui. La jeune femme n'était pas là et la jument et son poulain non plus. Mis à part la litière où, un peu plus tôt, les deux chevaux étaient couchés, il ne semblait pas y avoir d'autre endroit où dormir à l'intérieur de la caverne et il n'y avait qu'un seul foyer. La jeune femme semblait y vivre seule en compagnie des deux chevaux.

Où était donc son peuple ? Existait-il d'autres Cavernes tout près ? Ceux avec qui elle vivait étaient-ils partis pour une lointaine expédition de chasse ? Là où la jeune femme mettait ses réserves, Jondalar apercevait toutes sortes de récipients, des peaux et des fourrures, des plantes suspendues à des claies, de la viande séchée et d'importantes réserves de nourriture. Il y avait de quoi nourrir toute une Caverne. Ces réserves étaient-elles uniquement destinées à la jeune femme ? Si elle vivait seule, pourquoi avait-elle besoin d'autant de choses ?

Qui m'a transporté jusqu'ici ? se demandait Jondalar. Est-il possible que son peuple m'ait amené dans cette caverne et laissé avec elle ? C'est ce qui a dû se passer ! Elle est leur zelandoni et ils m'ont transporté jusqu'ici pour qu'elle me soigne. Elle est bien jeune pour être une zelandoni, mais elle a l'air compétente. Elle a dû se retirer dans cette caverne pour se mettre à l'épreuve ou pour développer certains de ses pouvoirs — peut-être sur les animaux. Quand son peuple m'a découvert, comme il n'y avait personne d'autre, ils m'ont amené ici. Elle doit être une zelandoni très puissante pour exercer un tel contrôle sur les animaux.

Ayla revint dans la caverne, tenant à la main un os pelvien sec et blanchi, qui lui servait de plat et sur lequel elle avait posé une truite cuite. Elle sourit à Jondalar, surprise de voir qu'il était réveillé. Elle posa la truite à côté de sa couche et replaça dans son dos les fourrures qui lui servaient de dossier pour qu'il soit confortablement assis. Elle lui donna une infusion d'écorce de saule pour commencer, afin de faire baisser la fièvre et de soulager la douleur, puis elle posa le grand plat en os sur ses genoux. Elle ressortit à nouveau et revint avec un bol contenant des céréales cuites, des tiges de chardon crues et pelées et du cerfeuil sauvage. Elle apportait aussi les premières fraises.

Jondalar avait tellement faim qu'il aurait dévoré n'importe quoi mais, après les premières bouchées, il mangea plus lentement pour apprécier le goût des aliments. Grâce à Iza, Ayla connaissait les herbes qui servaient d'assaisonnement : la truite et les céréales avaient été relevées par sa main experte. Les tiges de chardon croquaient sous la dent et elles étaient tendres à souhait. Quant aux fraises, il y en avait très peu mais elles étaient mûres à point. Jondalar était impressionné. Sa mère était connue pour être une excellente cuisinière et, même si la saveur de ces plats était inhabituelle, il était sensible aux subtilités d'une nourriture bien apprêtée.

Ayla fut contente de voir qu'il prenait le temps de savourer son repas. Quand il eut terminé, elle lui apporta une infusion de menthe, puis elle s'occupa de changer ses pansements. La blessure à la tête était beaucoup moins enflée et à peine douloureuse. Les estafilades qui marquaient son côté droit et son bras étaient en voie de guérison. Peut-être conserverait-il quelques légères cicatrices, mais rien de grave. Il n'en était pas de même pour sa jambe. Allait-elle cicatriser correctement et pourrait-il s'en servir comme avant ? Ou resterait-il infirme ?

Après avoir enlevé l'emplâtre, Ayla se rendit compte que les feuilles de chou sauvage avaient bien rempli leur fonction : la blessure ne s'était pas infectée. De ce côté-là, il n'y avait plus rien à craindre. En revanche, il était trop tôt pour dire s'il pourrait retrouver l'usage de sa jambe. Le fait d'avoir rapproché et cousu les chairs semblait une bonne idée. La jambe avait presque retrouvé sa forme primitive. Le blessé conserverait une cicatrice et peut-être une légère déformation. Compte tenu de la gravité de la blessure, Ayla était plutôt contente du résultat.

Jondalar n'était pas du même avis. En voyant sa jambe pour la première fois en pleine lumière, il blêmit et avala péniblement sa salive. Il était beaucoup plus gravement blessé qu'il ne l'avait imaginé. Il comprenait ce que la jeune femme avait essayé de faire en rapprochant les chairs avec des nœuds. Même si cela avait des chances d'améliorer la cicatrisation, il n'était pas certain de pouvoir se resservir un jour de sa jambe.

Il lui demanda où elle avait appris à soigner et ne fut pas surpris de ne pas recueillir de réponse. Mis à part son nom, qu'elle reconnaissait, Ayla ne comprenait pas ce qu'il disait et elle aurait bien aimé lui demander de commencer à lui apprendre des mots. Frustrée d'être incapable de lui expliquer ce qu'elle voulait, elle sortit de la caverne pour aller chercher du bois.

Après son départ, Jondalar repensa au repas qu'on lui avait servi. Quelle que soit la source de son approvisionnement, cette femme avait tout ce qu'il fallait pour se nourrir et elle était capable de subvenir seule à ses besoins. Les fraises et les chardons avaient été cueillis le matin même et la truite était fraîche. Les céréales avaient été ramassées à l'automne précédent et engrangées en vue de l'hiver. Cela voulait dire qu'on avait pris des précautions pour ne pas connaître de famine à la fin de l'hiver ou au début du printemps. Cela signifiait aussi que le territoire alentour était parfaitement connu et que l'on y séjournait depuis un certain temps. Il suffisait d'ailleurs de jeter un coup d'œil au trou à fumée et au sol aplani par l'usage pour se rendre compte que cette caverne était habitée depuis un bon bout de temps.

Même si la caverne était pourvue de tout ce qu'il fallait en matière d'ustensiles, Jondalar, en les regardant de plus près, se rendait compte que ceux-ci étaient plutôt grossiers et qu'ils n'étaient ni gravés ni décorés. Il observa le bol en bois dans lequel il avait bu l'infusion. Ce récipient a été fabriqué avec beaucoup de soin, se dit-il. Vu la veine du bois, le bol avait été sculpté dans une loupe d'arbre. En l'examinant de plus près, Jondalar s'aperçut que, pour la fabrication de ce bol, on avait profité du motif suggéré par le grain du bois. Lorsqu'on regardait plus attentivement les nœuds et les veinures, il n'était pas difficile d'imaginer un petit animal. Etait-ce cette jeune femme qui avait fait ce récipient ? C'était subtil en tout cas. Et Jondalar préférait de loin ce bol à d'autres ustensiles moins délicats.

Le bol était profond, symétrique, avec un rebord évasé et il était parfaitement lisse. Même l'intérieur ne présentait aucune aspérité. Il était toujours difficile de sculpter un morceau de loupe et ce bol avait dû nécessiter plusieurs jours de travail. Il plairait beaucoup à Marthona, songea-t-il en repensant à la capacité qu'avait sa mère pour transformer les ustensiles les plus utilitaires en objets agréables. Elle avait véritablement un don pour faire ressortir la beauté des objets les plus simples.

Quand Ayla revint dans la caverne avec un chargement de bois, Jondalar leva les yeux et, en voyant de nouveau le vêtement primitif dont elle était habillée, il hocha la tête, tout étonné. Puis il jeta un coup d'œil à sa couche. Il était allongé sur une peau de bête, garnie de foin frais, que l'on avait posée au fond d'une fosse peu profonde. Il tira sur la peau pour l'examiner de plus près. Même si le bord était un peu raide et conservait encore quelques poils, le reste de la peau était extrêmement souple et d'une douceur veloutée. On avait raclé non seulement la partie interne de la peau, mais aussi la partie externe pour améliorer encore la souplesse du matériau. Mais les fourrures sous lesquelles il était couché l'impressionnaient encore plus. Il était beaucoup plus difficile d'étirer une peau de bête pour la rendre souple quand elle conservait ses poils. Habituellement, les fourrures étaient plus raides que les peaux. Alors que celles qui recouvraient sa couche avaient la même souplesse.

Ces peaux et ces fourrures lui rappelaient quelque chose, mais il n'aurait pas su dire quoi. Les ustensiles que cette femme utilise ont beau ne pas être décorés, ils sont d'une fabrication très soignée, songeait-il. Les peaux et les fourrures ont été travaillées avec beaucoup de soin mais elles n'ont été ni coupées pour s'adapter à une forme, ni cousues, ni lacées. Et aucun des objets que je vois autour de moi n'est décoré ou teint. Et pourtant cette femme a pensé à recoudre ma blessure. Il y a bien des contradictions dans tout cela.

Plongé dans ses pensées, Jondalar n'avait accordé que peu d'attention aux allées et venues d'Ayla qui se préparait à rallumer le feu à l'intérieur de la caverne. Il s'était néanmoins demandé pourquoi elle n'allait pas chercher une braise à l'extérieur et en avait déduit que le feu qui lui avait servi à cuisiner s'était éteint. Il la regarda, sans vraiment la voir, rassembler les écorces et autres matériaux inflammables au centre du foyer, puis prendre deux pierres et les frapper l'une contre l'autre. Aussitôt après des flammes s'élevèrent. Et avant que Jondalar ait le temps de réaliser ce qui s'était passé, le feu avait pris.

— Grande Mère ! s'écria-t-il. Comment as-tu fait pour allumer ton feu aussi vite ?

Il se rappelait vaguement qu'elle avait fait la même chose lorsqu'il s'était réveillé en pleine nuit, mais il avait préféré mettre cette impression sur le compte de la fièvre.

Ayla se retourna et lui lança un regard interrogateur.

— Comment as-tu allumé le feu ? demanda à nouveau Jondalar en se penchant en avant. Oh, Doni ! Elle ne comprend rien à ce que je dis ! dit-il en levant les bras d'un geste exaspéré. Est-ce que tu te rends seulement compte de ce que tu viens de faire ? Viens ici, Ayla, lui proposa-t-il en lui faisant signe du doigt pour qu'elle approche.

C'était la première fois qu'il se servait de ses mains pour s'exprimer et Ayla s'approcha aussitôt. Compte tenu de sa mimique, il y avait quelque chose qui l'inquiétait ou qu'il voulait savoir. Fronçant les sourcils, elle se concentra sur les mots qu'il prononçait pour essayer de comprendre.

— Comment as-tu fait du feu ? redemanda Jondalar en parlant le plus lentement possible et en montrant le feu.

— Fe... dit Ayla en essayant de répéter le dernier mot qu'elle venait d'entendre.

— Du feu, oui ! Du feu ! s'écria Jondalar en gesticulant en direction des flammes.

— Feu... réussit à dire Ayla.

— Oui, c'est ça ! Comment l'as-tu allumé ?

— Feu... répéta Ayla en s'approchant du foyer et en lui montrant ce que le mot semblait désigner.

Jondalar se laissa retomber sur les fourrures avec un soupir, réalisant soudain qu'il avait voulu à toutes forces lui faire comprendre des mots qu'elle ne connaissait pas.

— Je suis désolé, Ayla. Je me suis conduit comme un idiot. Comment pourrais-tu répondre à la question que je te pose alors que tu ne comprends pas ce que je te demande.

Son agitation l'ayant épuisé, Jondalar ferma les yeux. Ayla, au contraire, se sentait très excitée : elle possédait un mot, un seul, mais c'était déjà un début. Comment faire pour continuer et pousser l'homme à lui en apprendre d'autres ?

— Gon-da-lah... (Il ouvrit les yeux et vit qu'elle lui montrait à nouveau les flammes.) Feu...

— Feu, c'est ça, répondit Jondalar en hochant la tête avant de refermer à nouveau les yeux.

Il ne prête aucune attention à ce que je lui demande, se dit Ayla, furieuse d'être incapable de lui dire ce qu'elle voulait.

— Gon-da-lah... (Elle attendit qu'il eût rouvert les yeux.) Feu... répéta-t-elle, en lui lançant un coup d'œil plein d'espoir.

Que veut-elle ? se demanda Jondalar avec curiosité.

— Que veux-tu que je te dise au sujet de ce feu, Ayla ?

La position des épaules de Jondalar et l'expression de son visage laissaient entendre qu'il venait de lui poser une question. Elle avait réussi à éveiller son attention. Elle s'approcha alors du foyer pour y prendre un morceau de bois. Puis elle revint vers Jondalar et, le morceau de bois à la main, lui lança à nouveau un regard plein d'espoir.

Jondalar était un peu perplexe.

— Veux-tu que je te dise le mot pour ça ?

Pourquoi semblait-elle soudain si désireuse d'apprendre sa langue alors que jusqu'ici elle s'était refusée à parler ? Parler ! Elle essayait d'apprendre à parler ! Etait-il possible qu'elle ne sache pas parler et qu'elle veuille apprendre ?

— Bois, dit-il en montrant le bout de bois qu'elle tenait à la main.

— Bo... ?

— Bois, répéta Jondalar en articulant lentement et avec exagération.

— Booa, répéta Ayla en imitant les mouvements de sa bouche.

— C'est mieux, dit-il en hochant la tête.

Le cœur d'Ayla cognait dans sa poitrine. Avait-il compris ? Allait-il continuer ? Comme elle jetait un coup d'œil affolé autour d'elle, elle aperçut le bol dans lequel il avait bu. Elle s'en saisit et le tendit vers lui.

— Es-tu en train de me demander de t'apprendre à parler ?

Ayla secoua la tête en signe d'incompréhension et tendit à nouveau le récipient.

— Qui es-tu donc, Ayla ? D'où viens-tu ? Comment peux-tu faire autant de choses et être incapable de parler ? Pour moi, tu es vraiment une énigme. Mais j'ai l'impression que si je veux en savoir plus à ton sujet, il faut d'abord que je t'apprenne à parler.

Tenant toujours le bol à la main, Ayla s'assit à côté de lui et attendit avec inquiétude qu'il lui réponde. Elle avait l'impression qu'en disant autant de mots il risquait d'oublier celui qu'elle lui demandait. Elle souleva le bol pour lui rappeler sa question.

— Que veux-tu savoir ? « Boire » ou « bol » ? J'ai l'impression que ça n'a pas grande importance. Bol, dit-il en touchant le récipient.

— Bol, répéta Ayla, avec un sourire de soulagement.

Jondalar saisit l'outre pleine d'eau et en versa un peu dans le bol.

— Eau, dit-il.

— Eau, répéta Ayla sans trop de difficulté.

Lui prenant le bol des mains, il l'approcha de ses lèvres.

— Boire, dit-il.

— Boir-reu, dit Ayla après lui en roulant le *r* et en avalant un peu les syllabes. Boir-reu-eau.

21

— Regarde comme il fait beau, Ayla ! Je ne peux pas rester plus longtemps dans cette caverne. Je vais beaucoup mieux. Je suis sûr que je pourrais sortir. Au moins faire quelques pas dehors...

Ayla n'avait pas saisi tout ce que Jondalar venait de dire, mais elle avait compris le sens général : il désirait sortir.

— Nœuds, répondit-elle en touchant les points de sa jambe. Enlever nœuds. Demain matin, voir jambe...

Jondalar sourit d'un air victorieux.

— Tu vas enlever ces nœuds et demain, je pourrai sortir.

Même si Ayla avait du mal à s'exprimer, ce n'est pas pour autant qu'elle allait lui faire une promesse qu'elle ne pourrait pas tenir.

— Jambe pas... guérie, dit-elle après avoir cherché ses mots. Gon-da-lah pas sortir.

Jondalar sourit à nouveau. Il avait essayé de profiter du fait qu'elle ne le comprenait pas parfaitement pour lui forcer un peu la main. Elle ne s'était pas laissé faire et avait réussi à se faire entendre. Peut-être ne le laisserait-elle pas sortir demain, mais pour ce qui était d'apprendre à parler, elle faisait des progrès rapides.

Elle apprenait vite, mais d'une manière inégale. L'étendue actuelle de son vocabulaire était tout à fait étonnante : il suffisait qu'il lui dise une seule fois un mot pour qu'aussitôt elle le sache par cœur. Il avait passé la majeure partie d'un après-midi à nommer tous les objets qui leur venaient à l'esprit et, à la fin, Ayla avait répété sans se tromper tous les mots qu'il venait de lui apprendre en montrant les objets correspondants. En revanche, elle avait des problèmes avec la prononciation. Elle était incapable de reproduire certains sons quels que soient ses efforts.

Jondalar aimait néanmoins sa manière de parler : elle avait une voix grave, agréable, qui sonnait de façon étrange à cause de son accent. Pour l'instant, il ne corrigeait pas sa manière d'assembler les mots : cela viendrait plus tard. Mais elle avait d'énormes difficultés dès qu'ils abordaient des mots désignant des choses et des actions spécifiques. Les concepts abstraits les plus simples lui posaient problème : elle aurait voulu, par exemple, qu'il existe un mot distinct pour chaque nuance de couleur et elle avait du mal à comprendre qu'on utilise le mot *vert* pour désigner à la fois le vert foncé des aiguilles de pin et le vert pâle des feuilles de saule. Chaque fois qu'elle réussissait à saisir une abstraction, cela lui venait comme une sorte de révélation ou comme si elle se souvenait soudain de quelque chose qu'elle avait complètement oublié.

Le jour où Jondalar avait exprimé son admiration pour sa mémoire phénoménale, elle avait eu l'air d'avoir du mal à le comprendre — ou à le croire.

— Non, Gon-da-lah, lui avait-elle répondu. Ayla pas bien se souvenir. Ayla essayer. Ayla petite fille vouloir bonne... mémoire. Essayer, essayer tout le temps.

Jondalar n'avait pas insisté, mais il s'était dit qu'il aurait bien aimé posséder une mémoire comme la sienne ou un désir aussi puissant d'apprendre. Chaque jour elle faisait des progrès. Et pourtant elle n'était jamais satisfaite. Plus Jondalar la connaissait et plus il désirait qu'elle sache parler pour pouvoir répondre aux questions qu'il brûlait de lui poser. Cette femme était un vrai mystère ! Elle possédait dans certains domaines des connaissances et une habileté incroyables, alors que dans d'autres secteurs, elle était totalement naïve et ignorante. Certaines des techniques qu'elle utilisait — pour faire du feu, par exemple — étaient si perfectionnées que Jondalar n'en avait jamais vu d'exemple nulle part, mais d'autres étaient au contraire si rudimentaires qu'il avait du mal à en croire ses yeux.

Une chose était sûre : où que soient les autres membres de son peuple, cette femme était capable de subvenir seule à ses besoins. Et elle s'occupait parfaitement de lui, songeait Jondalar au moment où elle s'approcha de son lit avec une solution antiseptique qu'elle venait de préparer.

Ayla hésita un court instant avant de soulever la fourrure qui recouvrait ses jambes : elle était inquiète à l'idée de devoir retirer les nœuds qui retenaient les chairs ensemble. C'était la première fois qu'elle utilisait une telle technique et elle n'était nullement certaine du résultat. Cela faisait plusieurs jours qu'elle songeait à retirer ces points sans s'y décider. Maintenant que Gon-da-lah voulait sortir, elle était bien obligée de s'y résoudre.

Penchée sur la jambe du blessé, elle commença par examiner les nœuds de près. Puis elle tira doucement sur un des nœuds et s'aperçut que la peau avait repoussé autour du tendon de cerf. Elle se demanda si elle n'aurait pas dû les retirer avant. Mais il était trop tard pour avoir des regrets. Tenant le nœud avec ses doigts, elle coupa une des parties du tendon le plus près possible du nœud à l'aide d'un couteau en silex dont elle ne s'était encore jamais servie. Après avoir tiré à plusieurs reprises sur l'autre partie, elle se rendit compte qu'elle n'allait pas venir facilement. Finalement, elle prit le nœud entre ses dents et l'arracha d'un coup sec.

Jondalar avait tressailli sous la douleur. Ayla était désolée de le faire souffrir, mais satisfaite du résultat : un léger filet de sang s'écoulait à l'endroit du point de suture, mais les chairs n'avaient pas bougé. Elle enleva les points suivants le plus vite possible tandis que Jondalar serrait les dents et les poings pour ne pas hurler de douleur chaque fois qu'elle arrachait un nouveau nœud.

Dès qu'elle eut terminé, Ayla examina à nouveau la jambe et elle se dit que celle-ci semblait en état de supporter le poids du corps : Jondalar pourrait commencer à marcher le lendemain. Elle reprit le bol qui contenait la solution antiseptique et son couteau en silex et s'apprêtait à les ranger quand Jondalar l'arrêta :

— Montre-moi ce couteau, demanda-t-il en indiquant l'objet.

Ayla le lui tendit et l'observa tandis qu'il l'examinait.

— Ce n'est qu'un éclat de silex ! s'écria-t-il. Il a été fabriqué avec habileté, mais cette technique est vraiment rudimentaire. Ce couteau n'a même pas de manche. On s'est contenté de retoucher la base de la lame pour pouvoir le tenir sans se couper. Où as-tu trouvé ça, Ayla ? Qui a fait ce couteau ?

— Ayla faire.

Elle aurait aimé pouvoir lui expliquer qu'elle n'était pas aussi habile que Droog, mais qu'il était le meilleur tailleur de silex du clan et que c'était avec lui qu'elle avait appris à tailler. Plus Jondalar examinait son couteau et plus il semblait surpris. Ayla aurait voulu discuter avec lui des mérites de ce couteau et de la qualité du silex qu'elle avait utilisé. Malheureusement, elle ne possédait pas le vocabulaire nécessaire et elle était incapable d'exprimer ce genre de pensées. Pour elle, c'était très frustrant.

Maintenant que Jondalar était là, elle se rendait compte à quel point le contact avec un autre être humain lui avait manqué. Elle aurait aimé pouvoir parler de tout avec lui. Pour l'instant, c'était impossible. Elle avait l'impression de se retrouver devant un festin qu'elle aurait dévoré avec grand plaisir tellement elle était affamée et qu'elle devait se contenter de goûter du bout des lèvres.

Jondalar lui rendit son couteau en hochant la tête d'un air étonné. Cet instrument semblait couper parfaitement et il devait être d'une grande utilité, mais il l'obligeait à se poser de nouvelles questions. Comment une Femme Qui Guérit aussi expérimentée pouvait-elle utiliser un couteau aussi primitif ? Si seulement il pouvait lui poser la question et obtenir une réponse ! Jondalar avait envie, tout autant qu'Ayla, qu'elle apprenne à parler.

Jondalar se réveilla très tôt. Il faisait encore sombre à l'intérieur de la caverne, mais à travers l'ouverture de l'entrée et celle du trou à fumée, il pouvait apercevoir le ciel bleu nuit qui précédait l'aube. Peu à peu, le ciel s'éclaircit et il discerna les creux et les bosses des parois intérieures. Il avait si souvent contemplé ces parois qu'il les connaissait par cœur et n'avait qu'une envie : sortir pour voir autre chose. Il faillit appeler Ayla, mais changea d'avis en voyant qu'elle dormait à poings fermés.

La jeune femme était couchée sur le côté, en chien de fusil sous une pile de fourrures. Elle lui avait cédé sa couche et avait installé une natte sur le sol à côté de lui. Elle ne quittait pas ses vêtements pour dormir, prête à se lever à la moindre alerte. Alors que Jondalar l'observait, elle roula sur le dos et il en profita pour la regarder de plus près dans l'espoir de découvrir chez elle des traits distinctifs qui l'auraient renseigné sur ses origines.

Si l'on comparait sa charpente osseuse, la forme de son visage et ses pommettes à celles des femmes zelandonii, nul doute qu'elle était une étrangère. Mais, pour le reste, elle n'avait rien d'extraordinaire, sauf qu'elle était ravissante. Et même un peu plus, songeait Jondalar en la regardant pour la première fois avec attention. N'importe qui aurait dit en voyant la finesse de ses traits qu'elle était belle.

Sa manière de se coiffer avec de longues tresses qu'elle laissait pendre sur le côté et dans le dos et repliait sur le devant sortait de l'ordinaire, mais Jondalar avait déjà rencontré des femmes arborant des coiffures encore plus étonnantes. Deux de ses tresses étaient défaites et elle s'était contentée de placer les longues mèches derrière ses oreilles. Elle avait aussi sur la joue droite une traînée noire de charbon de bois. C'est normal, songea Jondalar. Depuis que j'ai repris conscience, elle ne m'a pratiquement pas quitté un seul instant. On peut dire qu'elle a pris soin de moi...

Ayla ouvrit soudain les yeux et poussa un cri.

Elle n'avait pas l'habitude de découvrir au réveil un visage couvert d'une barbe blonde et hirsute et deux grands yeux bleus aussi brillants. Dès qu'elle eut recouvré ses esprits, elle se leva et s'approcha du feu. Elle avait oublié de le couvrir la veille au soir et il était mort.

Voyant qu'elle s'apprêtait à le rallumer, Jondalar demanda :

— Veux-tu me montrer comment tu fais du feu, Ayla ?

Cette fois-ci, elle avait compris sa question.

— Pas difficile, répondit-elle. Ayla montrer.

Elle apporta près de sa couche un mélange d'écorces fibreuses et pelucheuses et d'herbes sèches dont elle se servait pour allumer le feu. Puis, prenant le silex et la pyrite, elle les frappa l'un contre l'autre pour lui montrer comment il fallait s'y prendre et lui tendit les deux pierres.

Jondalar reconnut aussitôt le silex. Après avoir examiné la seconde pierre, il se dit qu'il en avait déjà vu de semblables mais qu'il n'aurait jamais pensé qu'elles puissent servir à quoi que ce soit — et certainement pas à faire du feu. Bien qu'il ait vu Ayla les utiliser dans ce but, il avait encore du mal à le croire. Imitant le geste de la jeune femme, il frappa les deux pierres l'une contre l'autre et crut voir jaillir une minuscule étincelle. A la seconde tentative, l'étincelle était de plus belle taille et cela l'encouragea à continuer. Il essaya de nouveau et, avec l'aide d'Ayla, finit par enflammer le petit tas d'écorces et d'herbes qui se trouvait près de sa couche.

— Qui t'a appris à faire du feu de cette manière ? demanda-t-il en examinant à nouveau les deux pierres.

Ayla avait compris la question mais elle ne savait pas comment y répondre.

— Ayla faire, dit-elle.

— Oui, je sais, Je t'ai vue faire. Mais qui t'a montré ?

— Ayla... montré.

Comment lui dire qu'elle avait découvert les pierres à feu le jour où son feu s'était éteint et où elle avait cassé son coup-de-poing ?

— Ayla pas bien parler, dit-elle après avoir réfléchi un long moment sans trouver le moyen de lui expliquer quoi que ce soit.

— Ça viendra, la rassura Jondalar. Le jour où tu sauras parler, tu m'expliqueras tout ça. Il n'y en a plus pour longtemps... C'est aujourd'hui que je sors, non ? demanda-t-il en souriant.

— Ayla... regarder, dit-elle en retirant les fourrures pour examiner sa jambe.

A l'endroit des points, une petite croûte s'était formée et la guérison de la jambe semblait en bonne voie. Il était temps que Jondalar recommence à marcher. Allait-il pouvoir à nouveau se servir de sa jambe ? Toute la question était là.

— Oui, Gon-da-lah sortir, lui annonça-t-elle.

Jondalar lui fit un grand sourire. On eût dit un gamin à qui on venait d'annoncer qu'il allait partir à la Réunion d'Été après un long hiver.

Son enthousiasme était communicatif et Ayla lui sourit à son tour. Mais elle ne voulait pas qu'il sorte le ventre vide.

— Gon-da-lah manger, dit-elle.

Le repas fut prêt en un rien de temps : Ayla lui apporta la nourriture qu'elle avait cuite la veille et une infusion. Elle s'occupa aussi de nourrir Whinney et l'étrilla avec une cardère. Son poulain eut droit au même traitement. Ce n'était pas la première fois que Jondalar l'observait alors qu'elle s'occupait des chevaux mais cette fois-ci il remarqua qu'elle s'adressait à la jument en émettant un son qui ressemblait à un hennissement et quelques syllabes hachées et gutturales. Pour Jondalar, les gestes et les signes d'Ayla n'avaient aucune signification — il ignorait que ceux-ci faisaient partie intégrante du langage qu'elle employait pour s'adresser à la jument. Néanmoins, il se rendait compte qu'elle était en train de lui parler d'une manière qui lui échappait totalement. Et plus étonnant encore : il aurait juré que la jument la comprenait.

Alors qu'elle caressait les deux chevaux, il se demandait quel pouvoir magique lui avait permis de les charmer. Lui-même se sentait un peu subjugué et il fut tout heureux de voir qu'elle s'approchait de lui avec la jument et son poulain. D'habitude, quand Jondalar se retrouvait aussi près d'un cheval, c'est que l'animal était mort, et il était sidéré de voir que les deux animaux n'avaient absolument pas peur de lui. Au début, ses petites tapes manquaient d'assurance. Mais dès qu'il eut compris à quel endroit il fallait les caresser et les gratter, il découvrit que les deux animaux, et le poulain en particulier, y prenaient plaisir.

Se rendant compte soudain qu'il n'avait pas encore appris ce mot à Ayla, il lui dit en lui montrant la jument :

— Cheval.

Mais Whinney portait un nom, un nom composé de sons comme celui de Jondalar ou le sien.

— Non, dit-elle en hochant la tête. Whinney.

Pour Jondalar, le son qu'elle venait d'émettre n'était pas un nom, mais une parfaite imitation du hennissement d'un cheval. A nouveau, il était sidéré. Cette femme était incapable de parler, mais elle pouvait hennir comme un cheval et converser avec ses animaux. Elle devait posséder d'incroyables pouvoirs magiques.

En voyant son regard étonné, Ayla crut qu'il ne l'avait pas comprise. Après avoir touché sa poitrine, elle prononça son propre nom. Puis elle le montra du doigt et dit : « Gon-da-lah ». Ensuite, elle montra la jument et recommença à hennir avec douceur.

— Est-ce le nom de la jument ? Je serais bien incapable d'imiter ce son. Je ne sais pas parler aux chevaux, moi.

— Whinney, dit Ayla à nouveau en lui montrant la jument.

Jondalar essaya de l'imiter. Il émit un son qui ressemblait plus à un mot qu'à un véritable hennissement. Ayla parut s'en contenter et elle reconduisit les deux animaux vers leur endroit habituel.

— Il est en train de m'apprendre à parler, Whinney, expliqua-t-elle à la jument. Bientôt je connaîtrai tous ses mots. Mais je tenais à lui dire ton nom. Il faudra aussi que nous en trouvions un pour ton poulain. Peut-être pourrions-nous demander à Gon-da-lah de lui donner un nom.

Jondalar avait entendu dire que certains Zelandonii avaient le pouvoir d'attirer les animaux vers les chasseurs. Il savait aussi que certains chasseurs imitaient le cri de certains animaux, ce qui leur permettait de s'approcher de leurs proies. Mais jamais il n'avait entendu dire que quelqu'un soit capable de parler aux animaux et encore moins de les convaincre de vivre en sa compagnie. Et pourtant Ayla avait aidé la jument à mettre bas sous ses yeux et lui avait même permis de caresser son poulain ! Quel genre de pouvoir possède-t-elle ? se demanda-t-il soudain avec étonnement et un peu de crainte. Ayla, qui revenait vers lui en souriant, avait pourtant l'air d'une femme comme les autres. Une femme comme les autres, capable de parler aux animaux, mais non aux êtres humains...

— Gon-da-lah sortir ?

Perdu dans ses pensées, Jondalar avait presque oublié. Il sourit d'un air enthousiaste et, sans attendre Ayla, il essaya de se lever. Son enthousiasme fut de courte durée. Il se sentait très faible, sa jambe lui faisait mal, la tête lui tournait et il crut qu'il allait rendre son repas. Son sourire se transforma en une grimace douloureuse et il blêmit.

— Ayla aider, dit la jeune femme en avançant son épaule pour qu'il s'y appuie.

Au début, Jondalar n'osait pas trop s'appuyer sur elle, mais quand il vit qu'elle était assez forte pour supporter son poids et qu'elle savait s'y prendre pour l'aider à se lever, il accepta son aide.

Lorsqu'il se retrouva debout, appuyé sur sa jambe valide et s'accrochant des deux mains au pieu qui soutenait les claies, Ayla fut obligée de lever la tête pour le regarder et elle sursauta, tout étonnée. Elle savait que cet homme était plus grand que les hommes du Clan mais, comme elle l'avait toujours vu couché, jamais elle n'aurait imaginé qu'il la dépassait d'une bonne tête. C'était la première fois qu'elle voyait quelqu'un d'aussi grand.

Elle avait totalement perdu l'habitude de lever la tête pour regarder qui que ce soit. Un peu avant d'être devenue une femme, elle était déjà plus grande que tous les autres membres du Clan. Grande et laide, voilà ce qu'on disait d'elle. Trop grande, la peau trop claire et le visage trop plat. Aucun homme du Clan n'avait jamais voulu d'elle comme compagne, même après que son puissant totem eut été vaincu et qu'elle fut tombée enceinte. Ils savaient pourtant que si elle ne trouvait pas de compagnon avant la naissance de l'enfant, cela porterait malheur au bébé. Et en effet, cela avait porté malheur à Durc. Aux yeux des membres du Clan, il ne méritait pas de vivre et il était difforme. Heureusement, Brun avait fini par l'accepter. Et Durc s'en était très bien sorti. Il était déjà plus grand que les enfants de son âge quand elle était partie. Un jour, lui aussi dépasserait les membres du Clan. Mais jamais il n'atteindrait la taille de Jondalar.

Comparée à lui, Ayla se sentait soudain toute petite. Et maintenant qu'il était debout, elle ne le voyait plus du même œil. Il lui semblait plus âgé qu'au premier abord. Sa barbe avait poussé et lui couvrait les joues. Ce n'était pas un jeune homme comme elle l'avait cru au début, mais un homme pleinement adulte — grand et fort.

Bien que Jondalar n'en connût pas la cause, son regard étonné le fit sourire lui aussi : il était un peu surpris de voir que la jeune femme lui arrivait presque au menton. Sa manière de se déplacer et de se tenir la faisait paraître plus petite qu'elle ne l'était en réalité. Jondalar avait toujours été attiré par les grandes femmes et il se serait certainement retourné sur le passage d'Ayla s'il l'avait aperçue lors d'une Réunion d'Été.

— Gon-da-lah besoin... vêtement, dit Ayla qui venait de se rendre compte qu'il était tout nu. Besoin couvrir...

Comme Jondalar ne lui avait pas appris ce mot, elle montra du doigt ses parties génitales et ne put s'empêcher de rougir.

Ayla n'était pas pudique et ce n'était pas la première fois qu'elle voyait un homme nu. Elle désirait que Jondalar s'habille, non par crainte qu'il prenne froid, mais pour qu'il se protège des esprits maléfiques. Bien que tenue à l'écart des rites réservés aux hommes du Clan, elle savait que ceux-ci n'aimaient pas sortir sans couvrir leurs parties génitales. Elle était étonnée que le fait de penser à ça la trouble autant, la fasse rougir et accélère les battements de son cœur. Que lui arrivait-il ?

Jondalar baissa les yeux sur son sexe. Lui aussi était superstitieux pour tout ce qui touchait à cette partie de son anatomie. Mais il savait que si un zelandoni, à la demande de ses ennemis, lui jetait un sort ou si une femme le maudissait, il faudrait un peu plus qu'un vêtement pour le protéger de ces influences maléfiques.

En revanche, il avait appris que même si on pardonnait de bon cœur ses bévues à un étranger, la sagesse consistait, lorsqu'on voyageait, à faire attention aux allusions, même les plus subtiles, afin d'offenser le moins possible ceux qui vous receviez. Ayla lui avait montré ses parties génitales et elle avait rougi. Il en déduisait que cela la gênait qu'il sorte sans vêtement. De toute façon, il n'était pas agréable de s'asseoir par terre quand on était fesses nues et, quitte à s'habiller, autant le faire maintenant.

Tout à coup, il prit conscience de sa situation : debout sur une jambe, se tenant à un pieu pour ne pas tomber et tellement impatient de sortir qu'il ne s'était même pas rendu compte qu'il était tout nu. Il éclata de rire.

Pour Jondalar, rire était aussi naturel que respirer. Mais il n'en était pas de même pour Ayla. Elle avait grandi parmi des êtres qui ne riaient pas. Sachant que cette manifestation de joie était très mal vue, elle avait cessé de rire afin d'être plus facilement acceptée par le clan. Elle n'avait redécouvert la joie de rire qu'après la naissance de son fils quand elle s'était aperçue que lui aussi possédait cette faculté. Il n'était pas question qu'elle l'encourage ouvertement à rire mais dès qu'ils se retrouvaient seuls tous les deux, elle ne pouvait s'empêcher de le chatouiller et Durc lui répondait en gloussant de plaisir.

Pour elle, le rire était plus qu'une simple réponse spontanée : il représentait un lien unique en son genre avec son fils, cette part d'elle-même dont il avait hérité, et aussi une manifestation de sa propre identité. Grâce au lionceau des cavernes, elle avait redécouvert le plaisir de rire et il n'était plus question d'y renoncer car elle aurait alors renoncé non seulement au souvenir des moments de joie qu'elle avait partagés avec son fils, mais aussi à sa propre personnalité.

Durc mis à part, jamais elle n'avait encore entendu rire qui que ce soit. Et le rire de Jondalar était communicatif. Il riait de bon cœur et sans aucune retenue. Lorsque Ayla se rendit compte avec quel naturel il se moquait de lui-même, elle aima aussitôt son rire. Contrairement aux hommes du Clan, qui lui lançaient des regards de reproche chaque fois qu'elle avait le malheur de rire, Jondalar avait ri d'une manière si spontanée qu'on avait aussitôt envie de l'imiter. Non seulement on avait le droit de rire, mais il était impossible de faire autrement.

Le premier moment de surprise passé, Ayla se mit à sourire, puis elle éclata de rire à son tour. Elle ne savait pas ce qui avait provoqué l'hilarité de Jondalar. Elle riait pour faire comme lui.

— Gon-da-lah, dit-elle quand ils eurent recouvré leur sérieux. Ha-ha-ha-ha... quel mot ?

— Rire, répondit Jondalar.

— Ayla... rire.

— Ayla rit, corrigea Jondalar. Quand on en parle, on dit : « Le rire. » Mais quand on le fait, on dit : « Ayla rit. » (En voyant l'air dérouté d'Ayla, il comprit qu'il s'était aventuré un peu loin.) C'est un peu compliqué. Je t'expliquerai cela plus tard.

Ayla devint songeuse. Elle commençait à se rendre compte qu'il ne suffisait pas de connaître des mots pour savoir parler. Elle en connaissait déjà beaucoup, mais elle ne parvenait pas pour autant à exprimer ce qu'elle pensait. Ce qu'elle avait beaucoup de mal à saisir, c'était la manière dont les mots s'agençaient et le sens qu'ils prenaient alors. Quand Jondalar lui parlait, elle avait beau connaître la plupart des mots qu'il employait, elle devinait plus qu'elle ne comprenait ce qu'il était en train de dire et, pour décrypter son message, elle se servait pour une bonne part de sa capacité à lire le langage inconscient du corps. D'ailleurs, elle sentait à quel point leur conversation restait superficielle et manquait de précision. Le pire, c'est qu'elle *savait* qu'il lui aurait suffi de se souvenir pour pouvoir parler normalement avec lui. Mais chaque fois qu'elle croyait recouvrer la mémoire, elle ressentait une tension insupportable, comme un nœud très serré et douloureux qu'elle ne parvenait pas à défaire.

— Gon-da-lah rit ?

— Oui, c'est ça.

— Ayla rit. Ayla aime...

— ... rire et Jondalar aimerait bien sortir. Où sont mes vêtements ?

Ayla alla chercher les vêtements qu'elle avait coupés pour pouvoir les lui enlever. Ils étaient en piteux état : lacérés par les griffes du lion et tachés de sang. La tunique brodée avait perdu une partie de ses perles et de ses ornements.

— Je devais être grièvement blessé, dit Jondalar en examinant la jambe de son pantalon raidie par le sang séché. Il n'est pas question que je remette ces vêtements.

C'était aussi l'avis d'Ayla. Après avoir fouillé là où elle entreposait ses réserves, elle revint avec une peau qui n'avait jamais été utilisée et de longues lanières de cuir. Elle s'apprêtait à l'ajuster autour de la taille de Jondalar, à la manière des hommes du Clan, quand celui-ci l'arrêta.

— Je m'en occupe, Ayla, dit-il en pliant la peau en forme de bande qu'il plaça entre ses jambes, puis en la faisant remonter derrière et devant. Mais j'aurais quand même besoin d'un coup de main, ajouta-t-il au moment d'attacher la lanière autour de sa taille.

Ayla l'aida, puis elle lui présenta son épaule et lui indiqua qu'il pouvait appuyer sa jambe blessée sur le sol. Jondalar posa son pied par terre, avec précaution. C'était plus douloureux qu'il ne s'y attendait et il se demanda s'il allait y arriver. Prenant son courage à deux mains, il s'appuya un peu plus sur Ayla et avança à pas comptés. Quand ils atteignirent l'ouverture de la caverne, il sourit d'un air radieux et jeta un coup d'œil à la corniche en pierre et aux pins qui poussaient contre la paroi d'en face.

Dès qu'ils furent dehors, Jondalar s'appuya contre la paroi de la caverne et Ayla l'abandonna un court instant pour aller chercher une natte tressée et une fourrure qu'elle posa près du bord de la corniche à l'endroit où la vue était la plus belle, et elle y installa Jondalar.

Jondalar était fatigué, sa jambe le faisait souffrir, mais il était tout heureux de se retrouver enfin à l'air libre. Il aperçut Whinney et son poulain, qui avaient quitté la caverne peu après qu'il les eut caressés, dans la vallée qui lui sembla un vert et luxuriant paradis caché au creux des steppes arides. Jamais il n'aurait imaginé qu'un tel endroit puisse exister. Tournant la tête, il regarda en direction des gorges en amont et aperçut une partie de la plage couverte de galets, mais ses yeux plongèrent à nouveau vers la vallée verdoyante.

Celle-ci se déployait sous ses yeux jusqu'au lointain coude que faisait la rivière. Il n'y avait aucune trace d'habitation et Jondalar se dit qu'Ayla devait être la seule occupante de cette vallée. Après s'être assise un court instant près de lui, elle était retournée à la caverne et elle revint bientôt avec une poignée de graines. Après avoir lancé un trille mélodieux, elle jeta à la volée les graines sur la corniche non loin de l'endroit où était assis Jondalar. Que fait-elle ? se demanda-t-il, intrigué, avant d'apercevoir un oiseau qui, attiré par les graines, se posait sur la corniche. Aussitôt une nuée d'oiseaux de différentes tailles et de différentes couleurs se joignirent au premier et se mirent à picorer avec des mouvements saccadés.

Leurs chants emplissaient l'air tandis qu'ils se disputaient les graines en gonflant leurs plumes. Jondalar, qui observait leur manège, finit par se rendre compte qu'il n'y avait pas que les oiseaux qui chantaient : Ayla reproduisait merveilleusement leurs trilles, leurs gazouillis et même leurs piaillements ! Chaque fois qu'elle choisissait un chant différent, un des oiseaux venait se poser sur son doigt levé et, lorsqu'elle avait fini de chanter, il lui répondait, formant avec elle un véritable duo. A plusieurs reprises, elle réussit à s'approcher tout près de Jondalar avec l'oiseau toujours posé sur son doigt et resta là jusqu'à ce que l'oiseau s'enfuit à tire-d'aile.

Quand toutes les graines eurent disparu, la plupart des oiseaux s'envolèrent, sauf un merle qui chanta avec Ayla. Celle-ci imita à la perfection le riche pot-pourri musical du merle musicien.

Jondalar avait retenu sa respiration de crainte d'interrompre le concert et quand l'oiseau s'envola, il demanda :

— Où as-tu appris à faire ça, Ayla ? C'est vraiment extraordinaire ! Jamais encore je n'avais pu voir d'aussi près des oiseaux.

Ayla lui répondit par un sourire. Elle n'avait pas tout à fait compris ce qu'il venait de dire, mais elle sentait qu'il était impressionné. Elle se remit à siffler dans l'espoir que Jondalar lui dise le nom de l'oiseau qu'elle venait d'imiter. Mais celui-ci se contenta de sourire d'un air appréciateur. Tandis qu'Ayla lançait un nouveau trille, il songea avec une certaine inquiétude qu'elle imitait encore mieux le chant des oiseaux que ne le faisait le shamud avec sa flûte. Était-il possible qu'elle communie avec l'esprit de la Mère incarné dans ces oiseaux ? Quand l'un d'eux vint à nouveau se poser à ses pieds, Jondalar lui jeta un coup d'œil prudent.

Mais très vite, il oublia ses appréhensions, tout à la joie de sentir sur sa peau le soleil et la brise, et de contempler la vallée. Ayla était folle de bonheur elle aussi de se retrouver dehors en sa compagnie. La présence de cet homme lui semblait tellement extraordinaire qu'elle n'osait fermer les yeux de crainte qu'il disparaisse. Quand elle eut réussi à se persuader qu'il était vraiment là et qu'il n'en bougerait pas, elle ferma les yeux pour voir pendant combien de temps elle allait tenir, pour le simple plaisir de découvrir qu'il était toujours là lorsqu'elle les rouvrirait. Et quand Jondalar se mit à parler alors qu'elle avait toujours les yeux fermés, elle se laissa bercer avec délice par le son grave de sa voix.

Au fur et à mesure que la matinée avançait, il faisait de plus en plus chaud et Ayla commença à regarder en direction de la rivière. Ne voulant pas laisser Jondalar tout seul, elle n'avait pas pris son bain matinal. Mais il semblait aller parfaitement bien et il pourrait toujours l'appeler s'il avait besoin d'elle.

— Ayla aller dans l'eau, dit-elle en imitant avec ses bras les gestes de la nage.

— Nager, précisa Jondalar. Si je pouvais, j'irais bien nager avec toi.

— Nadger, dit Ayla.

— Nager, corrigea-t-il.

Elle répéta à nouveau le mot et, dès que Jondalar eut hoché la tête, descendit vers la rivière. Il faudra encore un certain temps avant qu'il puisse emprunter ce sentier, se dit-elle. Mais sa jambe est presque guérie. Je pense qu'il pourra à nouveau l'utiliser. Peut-être boitera-t-il un tout petit peu, mais il devrait pouvoir marcher aussi vite qu'avant.

Quand Ayla se retrouva sur la plage, elle se dit qu'elle allait profiter de ce bain pour se laver les cheveux. Elle se dirigea en aval pour aller chercher des racines de saponaires. En passant, elle aperçut Jondalar et le salua de la main. Puis elle revint sur la plage et disparut hors de sa vue. Elle s'assit sur le bord de l'énorme rocher qui s'était détaché de la paroi pendant les crues printanières et dénoua ses longues tresses. La nouvelle disposition des rochers avait créé un trou d'eau dans lequel elle avait pris l'habitude de se baigner. A cet endroit, la rivière était plus profonde qu'ailleurs et elle avait découvert dans la roche un creux qu'elle utilisait pour écraser les racines de saponaires et en extraire la saponine.

Jondalar la vit passer au moment où elle remontait la rivière et il admira sa brasse puissante et sans défaut. Au retour, Ayla se laissa paresseusement porter au fil de l'eau. Puis elle s'installa sur le rocher pour se faire sécher au soleil et elle en profita pour démêler ses cheveux avec une brindille, puis les brosser avec une cardère. Lorsque son abondante chevelure fut sèche, elle se dit qu'il était temps de rejoindre Jondalar. Elle allait se rhabiller quand elle s'aperçut que son vêtement était sale. Prenant la peau à la main, elle s'engagea dans le sentier.

Jondalar commençait à souffrir de sa longue exposition au soleil. Son léger hâle avait disparu durant son immobilisation à l'intérieur de la caverne et sa peau était redevenue aussi pâle que durant l'hiver. Après le départ d'Ayla, son dos avait commencé à le brûler. Mais il n'avait pas voulu déranger la jeune femme en se disant qu'elle avait droit à un moment de détente après s'être si longtemps occupée de lui. Puis il avait commencé à se demander ce qu'elle pouvait bien être en train de faire. Pourquoi ne revenait-elle pas ?

Quand Ayla arriva sur la corniche, il était en train de regarder du côté de la vallée.

Quel coup de soleil ! se dit-elle en apercevant son dos écarlate. Je devrais avoir honte ! Quelle guérisseuse je fais là ! Comment ai-je pu le laisser en plein soleil aussi longtemps ? ajouta-t-elle en se précipitant vers lui.

En l'entendant arriver, Jondalar tourna la tête. Il était content qu'elle soit là et un peu ennuyé qu'elle ait mis si longtemps à revenir. Mais quand il vit cette femme nue qui avançait vers lui en pleine lumière, il oublia aussitôt son coup de soleil et ouvrit la bouche de saisissement.

Sous sa peau dorée par le soleil, ses muscles vigoureux jouaient avec aisance tandis qu'elle s'approchait de lui. La forme parfaite de ses jambes n'était déparée que par les quatre cicatrices parallèles qu'elle portait sur la cuisse gauche. Ses fesses étaient rondes et fermes et, au-dessus de son pubis couvert de poils blond foncé, l'arrondi de son ventre était marqué par de très légers plis laissés par la grossesse. Ainsi, elle a eu un enfant, se dit Jondalar. Elle avait une ample poitrine avec des seins hauts et fermes comme ceux d'une jeune fille, aux aréoles rose foncé et dont le bout pointait. Ses bras étaient longs et pleins de grâce, et ils laissaient présager une force exceptionnelle.

Ayla avait grandi parmi des gens qui étaient forts par nature. Pour remplir les tâches dévolues aux femmes du Clan — soulever des poids, transporter de lourds chargements, travailler les peaux, couper du bois — son corps avait été obligé de développer une musculature adaptée aux efforts qu'on exigeait de lui. Grâce à la chasse, ses muscles avaient acquis une souplesse supplémentaire et les efforts qu'exigeait la vie solitaire n'avaient fait qu'accroître sa vigueur.

Jamais encore Jondalar n'avait vu une femme aussi musclée et il comprenait pourquoi elle n'avait eu aucun mal à le soulever et à supporter son poids. C'était la première fois qu'il voyait un corps aussi bien modelé. Mais il n'y avait pas que son corps. Son visage, qu'il avait trouvé jusque-là plutôt joli, lui apparaissait maintenant en pleine lumière.

Ayla possédait un long cou, marqué d'une petite cicatrice à hauteur de la gorge, un menton ravissant, des lèvres pleines, un nez droit et étroit, de hautes pommettes et de larges yeux bleu-gris. Ses traits finement ciselés conféraient à son visage un équilibre plein d'élégance. Ses longs cils et ses sourcils bien arqués étaient brun clair, légèrement plus foncés que sa chevelure dorée qui retombait en vagues sur ses épaules et jetait mille feux au soleil.

— Divine Grande Mère ! murmura Jondalar.

Il était ébloui. Cette femme était adorable, magnifique, époustouflante, d'une beauté à couper le souffle ! Pourquoi cachait-elle ce corps extraordinaire sous une peau informe ? Pourquoi tressait-elle sa superbe chevelure ? Dire que Jondalar avait cru qu'elle n'était que jolie ! Pourquoi ne l'avait-il pas regardée avant ?

Quand Ayla eut traversé la corniche et qu'elle se retrouva près de lui, il sentit qu'il la désirait avec une ardeur qu'il n'avait encore jamais éprouvée vis-à-vis d'aucune femme. Il brûlait d'envie de caresser son corps parfait et d'en découvrir les endroits secrets. Il désirait explorer ce corps et partager les Plaisirs avec Ayla. Lorsqu'elle se pencha vers lui et qu'il sentit la chaude odeur de sa peau, il faillit la prendre sur-le-champ, sans même lui demander son avis. Et c'est certainement ce qu'il aurait fait s'il en avait été capable. Mais il sentait aussi que ce n'était pas le genre de femme à céder facilement.

— Le dos de Gon-da-lah être... en feu ! s'écria Ayla.

Puis elle se tut, clouée sur place par l'intensité du regard de Jondalar qui l'attirait comme un aimant. Son cœur battait à tout rompre, elle avait les jambes molles et le visage brûlant. Un frisson parcourut tout son corps et elle sentit une soudaine humidité entre ses jambes.

Qu'est-ce qui ne va pas chez moi ? se demanda-t-elle en tournant la tête de côté pour échapper au regard de Jondalar. Baissant les yeux, son regard tomba sur la bande de peau soulevée par le membre viril en érection et elle éprouva soudain une folle envie de le toucher. Fermant les yeux, elle respira profondément et essaya de calmer ses tremblements. Lorsqu'elle ouvrit à nouveau les yeux, elle évita son regard.

— Ayla aider Gon-da-lah entrer caverne, dit-elle.

Malgré son dos brûlant et sa fatigue, Jondalar éprouva une nouvelle flambée de désir quand il s'appuya contre le corps nu d'Ayla pour regagner l'intérieur. Ayla l'installa à plat ventre sur la couche, puis, après avoir fouillé dans ses réserves, elle se précipita dehors.

Jondalar la vit revenir avec une pleine brassée de bardanes aux larges feuilles gris-vert et pelucheuses. Elle retira les feuilles des tiges, les coupa menu dans un bol, ajouta de l'eau froide, puis, à l'aide d'une pierre, les réduisit en une sorte de pâte.

— Ah, ça va mieux ! dit Jondalar en sentant l'effet apaisant de la préparation qu'Ayla était en train de lui appliquer sur le dos.

Tandis qu'elle le soignait, Jondalar se rendit compte qu'elle n'avait toujours pas passé de vêtement. Quand elle s'agenouilla à côté de lui, l'odeur de sa peau le poussa à avancer la main vers elle. Il lui caressa la cuisse, puis les genoux et remonta vers les fesses.

Prenant soudain conscience de cette main qui la caressait, Ayla tressaillit et s'arrêta net de le soigner. Ne sachant pas très bien ce qu'il était en train de faire, et encore moins ce qu'elle devait faire, elle s'immobilisa, le corps soudain raidi. Elle désirait qu'il continue à la caresser, de cela au moins elle était sûre. Mais quand Jondalar toucha la pointe de son sein, le frisson que cette caresse provoqua la surprit tellement qu'elle ne put s'empêcher de sursauter.

Jondalar fut surpris par le regard qu'elle lui lançait. Pourquoi avait-elle l'air choquée ? N'était-il pas naturel qu'un homme veuille caresser une femme aussi belle ? Surtout quand elle était juste à côté de lui. Ne sachant pas quoi penser, il retira sa main. On dirait que c'est la première fois qu'un homme la touche, se dit-il. Pourtant, elle avait porté un enfant. Puisqu'elle vivait seule, c'est qu'elle avait dû le perdre. Il n'empêche que pour que la Mère la bénisse, il fallait obligatoirement qu'elle ait connu les Premiers Rites.

Ayla était encore parcourue du souvenir des caresses de Jondalar.

Elle ne comprenait pas pourquoi il s'était arrêté. Un peu gênée, elle se leva et s'éloigna de lui.

Il est possible que je ne lui plaise pas, se dit Jondalar. Mais alors pourquoi s'est-elle agenouillée à côté de moi alors que mon désir était aussi évident ? Si elle s'est approchée de moi, ce n'est pas pour répondre à mon désir, corrigea-t-il, mais pour soigner mon coup de soleil. Il n'y avait rien de suggestif dans son attitude, bien au contraire. On aurait dit qu'elle n'avait pas conscience de l'effet qu'elle pouvait avoir sur moi. A-t-elle tellement l'habitude de ce genre de réaction qu'elle n'y prête même plus attention ? Son comportement ne ressemble en rien au dédain d'une femme pleine d'expérience. Et pourtant, il semble impossible qu'elle ne sache pas quel effet elle fait aux hommes.

Jondalar était en train de ramasser un bout de feuille de bardane qui venait de tomber de son dos quand, soudain, il se souvint que le shamud avait utilisé la même plante pour soigner les brûlures de Tholie et de sa fille. Ayla était vraiment une experte... Ce que tu peux être stupide, mon pauvre Jondalar ! se dit-il aussitôt. Le shamud t'a pourtant longuement parlé des épreuves qui attendent Ceux Qui Servent la Mère. Cette femme a dû renoncer aux Plaisirs. Si elle porte ce vêtement informe, c'est pour cacher sa beauté. Jamais elle ne se serait approchée aussi près de toi si tu n'avais pas eu un coup de soleil. Et dire que toi, tu n'as rien trouvé de mieux que de lui sauter dessus comme un adolescent !

La jambe de Jondalar l'élançait et, malgré l'emplâtre de feuilles fraîches, son dos le brûlait encore un peu. Finalement, il se coucha sur le côté et ferma les yeux. Il avait soif, mais il ne voulait pas bouger maintenant qu'il avait trouvé une position à peu près confortable. En plus, il était malheureux : non pas tant à cause de son corps douloureux, que parce qu'il avait l'impression d'avoir commis une erreur et qu'il en était affreusement gêné.

Il n'avait pas commis pareille bévue depuis qu'il était enfant ! Lui qui se contrôlait si bien d'habitude, là, il était allé trop loin et on l'avait remis à sa place. Cette femme si belle et qu'il désirait plus qu'aucune autre l'avait repoussé. Il imaginait facilement ce qui allait suivre. Elle allait faire comme si rien ne s'était passé et l'éviter chaque fois que ce serait possible. Le reste du temps, elle se montrerait distante et froide. Même si elle continuait à lui sourire, il lirait la vérité au fond de ses yeux. Elle le regarderait avec condescendance ou, pire, avec une pointe de pitié.

Ayla avait passé un vêtement et elle était en train de tresser ses cheveux. Elle avait honte d'avoir laissé Jondalar attraper un coup de soleil. C'était de sa faute : elle savait bien qu'il était incapable de rentrer sans son aide. Elle avait pris plaisir à nager et s'était lavé les cheveux au lieu de surveiller le blessé. Dire que je suis censée être une guérisseuse ! se disait-elle. Et une guérisseuse de la lignée d'Iza, la plus haute lignée de guérisseuses du Clan ! Que dirait Iza si elle savait que j'ai abandonné mon malade pour aller me baigner ! Ayla était mortifiée.

Jondalar avait été gravement blessé, il avait beaucoup souffert et voilà que par sa faute, il souffrait à nouveau.

Mais il y avait encore autre chose qui l'inquiétait : cet homme l'avait touchée. Elle sentait encore la chaleur de sa paume sur sa cuisse. Et il lui avait touché le sein, qui la picotait encore. Son membre viril était dressé et elle savait ce que cela voulait dire. Elle avait vu tant de fois des hommes faire signe à une femme quand ils voulaient assouvir leur désir. Broud avait fait ça avec elle et, rien que de repenser à son sexe dressé, elle en frissonnait encore de dégoût.

Mais Jondalar ne lui faisait pas du tout le même effet et s'il avait fait le geste approprié, elle n'aurait pas dit non... Ne sois pas stupide ! se dit-elle. Il n'aurait rien pu faire à cause de sa jambe. Pour l'instant, celle-ci supporte tout juste son poids.

Et pourtant, son sexe était dressé quand elle l'avait rejoint sur la corniche, et son regard... Ayla frissonna en repensant à ses yeux : ils étaient si bleus, si pleins de désir, si...

Ne trouvant pas le mot juste, elle arrêta de tresser ses cheveux et ferma les yeux. Gon-da-lah l'avait touchée...

Soudain elle sursauta et rouvrit les yeux. Pourquoi s'était-il arrêté de la caresser ? Lui avait-il fait signe ? Avait-il cessé ses caresses parce qu'elle n'avait pas acquiescé ? Dans le Clan, une femme était toujours disponible pour l'homme qui désirait assouvir son désir. C'est ainsi qu'on lui avait appris à se comporter dès que l'esprit de son totem s'était battu pour la première fois et qu'elle avait saigné. On lui avait aussi appris les gestes et les postures capables de donner envie à un homme d'assouvir son désir. Jusque-là, Ayla n'avait jamais compris qu'une femme désire se servir de ces gestes. Mais maintenant, pour la première fois, elle comprenait.

Ayla désirait que cet homme assouvisse son désir avec elle mais elle ne savait pas quel genre de signe il utilisait pour dire qu'il avait envie d'une femme ! L'ignorant, elle risquait de lui refuser sans s'en rendre compte ce qu'il demandait et peut-être ne ferait-il pas d'autres tentatives. Mais a-t-il vraiment envie de moi ? songea-t-elle. Je suis si grande et si laide.

Lorsqu'elle eut fini de replier ses tresses sur le dessus de sa tête, Ayla s'approcha du feu afin de préparer un remède contre la douleur pour Jondalar. Puis elle s'approcha de sa couche pour lui faire boire l'infusion. Il se reposait, couché sur le côté. Ne voulant pas le déranger, elle s'assit en tailleur à côté de lui et attendit qu'il ouvre les yeux. Même s'il était immobile, elle savait qu'il ne dormait pas : sa respiration n'avait pas le rythme régulier du sommeil et il avait le front légèrement froncé.

Jondalar faisait semblant de dormir. Il attendait, les muscles tendus, luttant contre l'envie d'ouvrir les yeux pour voir si elle était à côté de lui. Pourquoi se tenait-elle aussi tranquille ? Pourquoi n'était-elle pas repartie en voyant qu'il avait les yeux fermés ? Jondalar aurait bien aimé pouvoir bouger : il avait des fourmillements dans le bras. A force de rester dans la même position, sa jambe lui faisait mal et il avait le dos en feu. Peut-être était-elle repartie sans qu'il l'entende ? Et sinon, pourquoi restait-elle là à le regarder ?

Après avoir longuement fixé Jondalar, Ayla se dit qu'elle en prenait un peu trop à son aise. Non seulement elle n'avait pas cessé de regarder cet homme dans les yeux depuis qu'il vivait avec elle, ce que jamais une femme du Clan se serait permis, mais elle avait fait une grave entorse à ses devoirs de guérisseuse en le laissant seul au soleil. Peut-être était-il temps de se souvenir de ce qu'Iza lui avait appris. Assise en tailleur sur le sol, tenant le bol de datura entre ses deux mains, elle baissa les yeux et inclina la tête, comme faisaient les femmes du Clan, puis attendit que Jondalar lui réponde en lui tapant sur l'épaule.

Jondalar entrouvrit les yeux pour voir si elle était toujours là. Apercevant ses pieds, il baissa aussitôt les paupières. Que faisait-elle assise là ? Qu'attendait-elle ? Pourquoi ne s'en allait-elle pas et ne le laissait-elle pas seul avec sa peine et son humiliation ? Les yeux mi-clos, il jeta un nouveau coup d'œil. Ses pieds étaient toujours au même endroit ! Elle était assise en tailleur et tenait un bol entre les mains. Oh, Doni ! Comme il avait soif ! Était-ce pour lui ? Était-elle en train d'attendre qu'il se réveille pour lui proposer un médicament ? Elle aurait dû le secouer au lieu d'attendre.

Jondalar ouvrit les yeux. Ayla était assise à côté de sa couche, la tête baissée. Elle portait un autre vêtement, toujours aussi informe, et elle avait de nouveau tressé ses cheveux. La peau dont elle était vêtue était propre et n'avait jamais été portée. Son visage n'avait plus aucune trace de suie. Non seulement elle était propre et fraîche mais toute son attitude exprimait une candeur sans fard. Ni artifice, ni affectation, ni coups d'œil suggestifs.

Ses cheveux tressés serré et ce vêtement plein de plis et de poches ne faisait que renforcer cette impression. Là résidait l'astuce : dissimuler avec un art consommé son corps de femme et sa chevelure splendide. Elle ne pouvait pas cacher son visage mais l'habitude qu'elle avait de baisser les yeux ou de ne pas vous regarder en face détournait l'attention et on remarquait à peine sa beauté. Pourquoi se cachait-elle ainsi ? Cela faisait-il partie de l'épreuve qu'elle était en train de subir ? La plupart des femmes auraient au contraire mis en valeur un corps aussi magnifique, tiré tous les avantages possibles d'une chevelure pareille et donné tout ce qu'elles avaient pour posséder un visage d'une telle beauté.

Pourquoi reste-t-elle immobile ? se demandait Jondalar. Peut-être qu'elle ne veut pas me regarder, se dit-il en repensant, non sans honte, à ce qui s'était passé un peu plus tôt. Le bras tout engourdi à force de ne pas bouger, il finit par se décider.

Au moment où il bougeait son bras, Ayla leva les yeux. Ses efforts pour bien se conduire n'avaient servi à rien : Jondalar ne connaissait pas le signal et jamais il ne lui taperait sur l'épaule. Il fut surpris de voir qu'elle le regardait d'un air contrit et presque suppliant. Il n'y avait au fond de ses yeux ni condamnation, ni rejet, ni même de la pitié. Elle semblait au moins aussi gênée que lui. Qu'est-ce qui pouvait bien la gêner ?

Elle lui tendit le bol. Jondalar en but une gorgée. Le médicament était amer et il fit la grimace. Il finit pourtant le contenu du bol, puis se rinça la bouche avec l'eau que contenait l'outre placée à côté de sa couche. Il s'étendit à nouveau, mais ne réussit pas à trouver une bonne position. Ayla lui fit signe de se rasseoir et elle remit de l'ordre dans les fourrures et les peaux de son lit. Jondalar attendit un moment avant de se recoucher.

— Je me pose tellement de questions à ton sujet, Ayla, dit-il. J'espère qu'un jour tu pourras y répondre. Je ne sais pas où tu as appris à soigner et j'ignore même comment j'ai pu me retrouver ici. Mais je tiens à te dire à quel point je te suis reconnaissant. Non seulement tu m'as sauvé la vie, mais tu as aussi sauvé ma jambe. Si j'étais en vie mais que j'aie perdu ma jambe, jamais je ne rentrerais chez moi. (Il se tut un court instant avant de reprendre :) Je me suis conduit comme un imbécile. Mais tu es tellement belle, Ayla ! Je ne m'en étais pas rendu compte car tu caches parfaitement ta beauté. Tu dois avoir de bonnes raisons de le faire. Quand tu auras appris à parler, peut-être m'expliqueras-tu pourquoi tu agis ainsi. Si tu n'as pas le droit de me le dire, je l'accepterai aussi. Je sais que tu ne comprends pas tout ce que je dis mais je tenais malgré tout à ce que tu saches que je ne t'embêterai plus. Je te le promets.

22

— Ayla pas dire bien « Gon-da-lah ».

— Mais si, tu prononces bien mon nom.

— Non ! s'écria-t-elle en secouant la tête. Ayla pas bien prononcer. Apprends-moi.

— Jondalar. Jon-da-lar.

— Geeon...

— Jon, dit-il en articulant avec soin. Jondalar.

— Geon... reprit Ayla qui avait du mal à prononcer ce son inhabituel. Geon-da-larr, finit-elle par dire en roulant le r final.

— Bravo ! s'écria Jondalar.

Toute fière d'avoir réussi, Ayla eut un large sourire. Puis, avec une lueur malicieuse au fond des yeux, elle ajouta :

— Geeon-da-larr des Ze-lanne-do-nis.

Jondalar avait prononcé le nom de son peuple presque aussi souvent que son prénom et Ayla s'était exercée en cachette pour lui faire la surprise.

— C'est très bien ! s'écria-t-il.

Et il le pensait. Ayla arrivait à prononcer son nom presque parfaitement. Seul un Zelandonii aurait pu noter la différence. Le fait que Jondalar soit content la récompensait largement de ses efforts et elle sourit à nouveau, toute fière d'avoir réussi.

— Que veut dire « Zelannedoni » ? demanda-t-elle.

— C'est le nom de mon peuple. Le nom des Enfants de la Mère qui vivent dans le sud-ouest. Doni signifie : la Grande Terre Mère. Pour simplifier, on peut dire : les Enfants de la Terre. Du reste, tous les peuples s'appellent dans leur propre langue les Enfants de la Terre. Cela veut dire : les humains.

Ayla et Jondalar s'étaient arrêtés à l'ombre d'un bosquet de bouleaux dont les arbres avaient poussé à partir d'une souche commune. Debout l'un en face de l'autre, ils s'appuyaient chacun à un tronc du boqueteau. Jondalar était obligé de s'aider d'un bâton pour marcher et il boitait encore, mais il était heureux de se retrouver dans la prairie verdoyante de la vallée. Depuis sa première sortie, il avait poussé un peu plus loin tous les jours. Lorsqu'il avait fallu qu'il descende pour la première fois le sentier qui menait à la rivière, cela avait été une véritable épreuve, presque un supplice. Mais aussi, quel triomphe en arrivant en bas ! Maintenant encore, il lui était plus facile de grimper le sentier que de le descendre.

Il ne savait toujours pas comment Ayla était parvenue à le hisser jusqu'en haut alors qu'il était inconscient. Si d'autres l'avaient aidée, où étaient-ils ? Depuis longtemps il désirait lui poser la question. S'il ne l'avait pas fait au début, c'était parce qu'il savait qu'elle était incapable d'y répondre. Ensuite, il s'était dit que la demande pourrait lui sembler déplacée, puisqu'il s'agissait simplement de satisfaire sa curiosité. Il avait donc préféré attendre le moment propice. Sentant que c'était le cas, il sauta sur l'occasion.

— A quel peuple appartiens-tu, Ayla ? demanda-t-il. Où sont-ils ?

En voyant que son sourire s'effaçait, Jondalar regretta presque d'avoir posé cette question. Comme elle tardait à lui répondre, il se demanda si elle avait compris.

— Ayla, pas de peuple, finit-elle par répondre en quittant l'ombre du bouleau pour recommencer à marcher.

Jondalar reprit son bâton et la suivit en claudiquant.

— C'est impossible ! s'écria-t-il. Tu as eu une mère. Qui t'a élevée ? Qui t'a appris à soigner ? Où se trouve ton peuple maintenant ? Et pourquoi vis-tu toute seule ?

Ayla marchait devant lui, la tête basse. Elle n'essayait pas d'échapper aux questions de Jondalar. Aucune femme du Clan ne se serait permis de ne pas répondre à la question que lui adressait un homme. En fait, tous les membres du Clan, quel que soit leur sexe, répondaient toujours lorsqu'on leur posait ouvertement une question. Seulement, les femmes ne posaient pas de questions indiscrètes et personnelles aux hommes et eux-mêmes s'en posaient rarement entre eux. Quand on voulait savoir quelque chose, habituellement c'est aux femmes qu'on s'adressait. Les questions de Jondalar éveillaient toutes sortes de souvenirs chez Ayla, mais elle ne connaissait pas la réponse à certaines d'entre elles et ne savait pas comment répondre aux autres.

— Peut-être préfères-tu ne rien me dire...

— Non, dit-elle en le regardant d'un air inquiet et en secouant la tête. Ayla dire. Pas connaître les mots.

Jondalar se demanda s'il n'aurait pas mieux fait de ne rien demander. Mais il désirait savoir ce qu'il en était et Ayla semblait décidée à lui répondre. Ils s'arrêtèrent cette fois près d'un gros rocher déchiqueté qui était venu heurter la falaise avant de retomber dans le pré. Jondalar alla s'asseoir sur le bord du rocher à l'endroit où la roche formait un siège à bonne hauteur avec un dossier incliné.

— Comment s'appelle ton peuple ? demanda-t-il.

Ayla réfléchit un long moment.

— Peuple, dit-elle après avoir réfléchi. Homme... femme... bébé... (Elle s'interrompit, ne sachant comment expliquer ce qu'elle voulait dire.) Le Clan, ajouta-t-elle en faisant en même temps le geste qui exprimait ce concept.

— Comme une famille ? demanda Jondalar. Une famille est en général composée d'un homme, d'une femme et des enfants qui vivent dans le même foyer...

— Plus que... famille.

— Un petit groupe ? Quand plusieurs familles vivent ensemble, on appelle cela une Caverne, ce qui ne veut pas dire pour autant que ce groupe habite dans une caverne.

— Oui, dit-elle. Clan petit. Et plus. Clan veut dire tout le monde.

Quand Ayla avait employé ce mot la première fois, Jondalar l'avait à peine entendu et il n'avait pas remarqué le geste dont elle l'accompagnait. Pour lui, ce n'était pas vraiment un mot, plutôt un son guttural, et lorsque Ayla le prononçait, il avait l'impression là encore qu'elle avalait les syllabes. Jusqu'alors, elle n'avait fait que répéter les mots qu'il lui apprenait et c'était la première fois qu'elle prononçait devant lui un mot qui appartenait à sa propre langue. Cela l'intéressait d'autant plus.

— Klon ? dit-il en essayant d'imiter ce qu'il avait entendu.

Ce n'était pas tout à fait ça, mais il s'en fallait de peu.

— Ayla pas dire bien les mots de Jondalar. Jondalar pas dire bien les mots d'Ayla. Mais Jondalar dire presque.

— Je ne savais pas que tu connaissais des mots, Ayla. C'est la première fois que tu parles ta langue devant moi.

— Pas connaître beaucoup de mots. Clan pas parler mots.

— S'ils n'emploient pas de mots, comment font-ils pour parler ? demanda Jondalar qui n'y comprenait plus rien.

— Parler... les mains, dit Ayla, tout en sachant que cette explication n'était pas tout à fait exacte.

Elle nota que, dans l'espoir de se faire comprendre, elle s'était exprimée aussi bien par gestes qu'avec des mots. Comme Jondalar semblait toujours aussi perplexe, elle lui prit les mains et lui fit faire les gestes appropriés tout en répétant :

— Clan pas parler mots. Parler... les mains.

— Est-ce que tu es en train de me dire que ton peuple s'exprime avec ses mains ? demanda Jondalar, complètement stupéfait. Montre-moi. Dis-moi quelque chose dans ta langue.

Après avoir réfléchi, Ayla s'adressa à lui dans la langue du Clan.

— Je veux te dire tellement de choses ! commença-t-elle. Mais il faut d'abord que j'apprenne à parler ta langue. C'est la seule possibilité qu'il me reste maintenant. Je n'ai plus de peuple. Je ne fais plus partie du Clan. Pour les membres du Clan, je suis partie vers l'autre monde, comme l'homme avec lequel tu voyageais.

« J'aurais aimé te dire, pour soulager un peu ta peine, que j'ai accompli le rite au-dessus de sa sépulture pour l'aider à trouver son chemin vers l'autre monde. J'aurais aussi aimé que tu saches à quel point sa mort m'a attristée, moi aussi, même si je ne le connaissais pas.

« Je ne connais pas le peuple au sein duquel je suis née. J'ai dû avoir une mère et une famille, qui me ressemblaient... et qui te ressemblaient aussi. Tout ce que je sais, c'est qu'ils faisaient partie des Autres. Iza est la seule mère dont je me souvienne. C'est elle qui m'a transmis le pouvoir magique de guérir et qui a fait de moi une guérisseuse. Mais elle est morte maintenant. Et Creb aussi.

« Cela me fend le cœur de te parler d'Iza, de Creb et de Durc... avoua-t-elle. (Elle s'arrêta un court instant pour respirer avant de reprendre :) J'ai aussi été séparée de mon fils. Mais il est toujours vivant. C'est tout ce qu'il me reste. Et maintenant le Lion des Cavernes t'a envoyé. Je craignais que les Autres ressemblent à Broud, mais je trouve que tu ressembles plutôt à Creb. Tu es gentil et patient comme lui. J'aimerais que tu deviennes mon compagnon. Au début, j'ai pensé que c'était pour cela que tu m'avais été envoyé. J'avais vécu seule tellement longtemps et comme tu étais le premier représentant des Autres que je rencontrais, je désirais que tu deviennes mon compagnon, simplement pour en avoir un. N'importe qui d'autre aurait fait l'affaire...

« Mais maintenant ce n'est plus pareil. Plus je vis en ta compagnie et plus je m'attache à toi. Je sais bien que les Autres ne sont pas loin et que l'un d'eux pourrait être mon compagnon. Mais c'est toi que je veux. Et j'ai peur que tu t'en ailles dès que tu iras mieux. J'ai peur de te perdre, toi aussi. J'aimerais tellement pouvoir te dire à quel point je suis... reconnaissante que tu sois ici, j'en suis tellement heureuse que parfois j'ai du mal à le supporter. »

Ayla s'arrêta, incapable d'aller plus loin. Elle sentait pourtant qu'elle n'avait pas terminé.

Ses pensées n'avaient pas été totalement incompréhensibles pour l'homme qui la regardait. Les mouvements de ses mains — mais aussi de son visage, de ses yeux et de son corps tout entier — étaient si expressifs qu'ils l'avaient profondément remué. La manière dont Ayla s'exprimait faisait penser à une danse silencieuse. Le plus étonnant, c'est que les sons rauques qui accompagnaient ses mouvements gracieux s'accordaient parfaitement avec eux. Ce que Jondalar avait perçu était purement affectif. Il avait donc du mal à croire que ce qu'il ressentait puisse correspondre à ce qu'elle venait de lui dire. Mais quand elle s'arrêta, il eut soudain conscience qu'elle lui avait *vraiment* communiqué quelque chose. Il comprit aussi que le langage d'Ayla n'était pas, comme il l'avait cru, un simple prolongement des gestes qu'il lui arrivait de faire pour appuyer ce qu'il disait. C'était plutôt le contraire : les sons qu'elle utilisait n'étaient là que pour appuyer ce qu'elle exprimait avec son corps.

Quand elle s'arrêta, elle resta immobile un court instant d'un air songeur, puis elle se laissa gracieusement glisser sur le sol à ses pieds et inclina la tête. Jondalar attendit et, quand il vit qu'elle ne bougeait pas, il commença à se sentir mal à l'aise. Il avait l'impression qu'elle attendait quelque chose de lui et qu'elle lui rendait hommage. Il était normal d'adopter une attitude aussi respectueuse vis-à-vis de la Mère. Mais elle était connue pour être jalouse et Elle n'apprécierait certainement pas qu'un de Ses enfants reçoive l'hommage qui n'était dû qu'à Elle.

Finalement, Jondalar se baissa et toucha le bras d'Ayla.

— Lève-toi, lui dit-il. Que fais-tu ?

Même si le geste de Jondalar ne correspondait pas exactement à la tape sur l'épaule des hommes du Clan, il se rapprochait du signal utilisé pour indiquer à une femme qu'elle avait le droit de parler. Ayla releva la tête et regarda l'homme assis au-dessus d'elle.

— La femme assise veut parler, dit-elle. Ayla veut parler Jondalar.

— Tu n'as pas besoin de t'asseoir par terre pour me parler, répondit-il en s'avançant pour la relever. Si tu veux parler, parle tout simplement.

Ayla ne voulait pas bouger.

— Dans le Clan, faire comme ça, dit-elle en lui lançant un regard suppliant dans l'espoir qu'il comprenne. Ayla veut dire... continua-t-elle, incapable de retenir ses larmes tellement elle se sentait frustrée. Ayla pas bien parler. Ayla veut dire : Jondalar donner Ayla parler. Pour ça, Ayla veut dire...

— Es-tu en train de me dire merci ?

— Merci ? Pas comprendre.

— Tu m'as sauvé la vie. Tu as pris soin de moi, soigné mes blessures et tu m'as nourri : pour tout ça, je devrais te dire merci. Et même beaucoup plus que merci.

Ayla fronça les sourcils.

— Pas pareil. Homme blessé, Ayla soigner. Ayla soigner tous les hommes. Jondalar donner Ayla parler. C'est plus. Merci, pas assez.

— Même si tu as encore du mal à parler, tu exprimes bien ce que tu penses. Je comprends qu'en tant que Femme Qui Guérit tu soignes tous ceux qui en ont besoin. Ce n'est pas une raison pour penser qu'en me sauvant la vie, tu n'as rien fait d'extraordinaire. Et ce n'est pas parce que tu es une Femme Qui Guérit que je t'en serai moins reconnaissant. Pour moi, ce n'est pas grand-chose de t'apprendre ma langue, ou de t'apprendre à parler si tu préfères. Mais je commence à comprendre à quel point c'est important pour toi et pourquoi tu m'en es reconnaissante. Il est toujours difficile d'exprimer sa gratitude, dans quelque langue que ce soit. Moi, dans ce cas-là, je dis merci. Ta manière de le dire est bien plus belle. Mais lève-toi maintenant ! Sinon, je vais être obligé de venir m'asseoir à côté de toi.

Ayla sentit que Jondalar avait compris ce qu'elle voulait lui dire. Son sourire exprimait non seulement de la gratitude, mais aussi la joie d'avoir réussi à lui communiquer un concept aussi important à ses yeux. Eprouvant soudain le besoin d'extérioriser la joie qui l'habitait, elle se tourna vers Whinney et son poulain qui gambadaient non loin de là et siffla la jument. Aussitôt, Whinney dressa les oreilles et s'approcha. Ayla courut vers la jument et grimpa avec légèreté sur son dos.

Elles décrivirent un grand cercle dans la prairie suivies de près par le poulain. Depuis qu'elle soignait Jondalar, Ayla n'avait pratiquement pas remonté Whinney et, quand elle se retrouva à nouveau sur le dos de la jument, elle éprouva un sentiment de liberté enivrant. Quant à Jondalar, il était littéralement stupéfait. En la voyant sauter sur le dos de l'animal et partir au triple galop, il n'avait pu s'empêcher de frissonner. Cette femme était-elle un être surnaturel ou même une donii ? Cela lui rappelait un rêve imprécis où un esprit, qui avait pris la forme d'une jeune femme, repoussait un lion qui s'approchait de lui.

Tandis qu'Ayla galopait dans la prairie, il se souvint de la frustration qu'elle éprouvait devant son incapacité à parler. Une incarnation de l'esprit de la Grande Terre Mère n'aurait jamais connu ce genre de problème, réservé aux seuls humains. Mais, même si elle n'était pas un être surnaturel, elle possédait un don remarquable vis-à-vis des animaux. Les oiseaux répondaient à son appel et lui mangeaient dans la main. Quant à la jument, non contente de vivre avec elle, elle répondait quand on la sifflait et la laissait monter sur son dos. Que de mystères dans tout ça ! se dit-il au moment où le poulain revenait vers lui pour se faire caresser.

Maintenant qu'Ayla lui avait expliqué que son peuple s'exprimait à l'aide de gestes, il comprenait enfin pourquoi elle ne savait pas parler. Mais qui étaient-ils ? Et où se trouvaient-ils actuellement ? Elle lui avait dit qu'elle n'appartenait à aucun peuple et qu'elle vivait seule dans cette vallée. Mais il fallait bien que quelqu'un lui ait appris l'art de guérir ou transmis son pouvoir magique sur les animaux. Et les pierres à feu ? Qui lui avait appris à s'en servir ? Elle était bien jeune pour être une zelandoni douée d'autant de pouvoirs. D'habitude, il leur fallait des années pour en arriver là. Des années qu'elles passaient souvent coupées de tout contact humain. Etait-ce le cas d'Ayla ?

Jondalar avait entendu dire que parmi Ceux Qui Servent la Mère, il existait des groupes d'un genre très particulier dont les membres se consacraient à la pénétration des mystères les plus profonds. Ces groupes étaient très prisés et Zelandoni avait passé plusieurs années dans l'un d'eux. Ayla avait-elle vécu dans un groupe de ce genre dont les membres, pour accroître leurs pouvoirs, n'avaient pas le droit de parler et ne s'exprimaient qu'avec des gestes ? Vivait-elle seule maintenant pour perfectionner ses talents ?

Dire que tu as imaginé que tu pourrais partager les Plaisirs avec elle ! se dit-il au moment où elle revenait. Ce n'est pas étonnant qu'elle ait réagi ainsi ! Belle comme elle est, quel dommage qu'elle ait renoncé aux Plaisirs ! Il n'empêche qu'il faudra que tu respectes son choix.

Le poulain était en train de se frotter contre Jondalar. Il avait commencé à perdre son pelage de nouveau-né et il savait que Jondalar avait le chic pour le gratter aux endroits qui le démangeaient. Cette occupation lui faisait au moins autant plaisir qu'au poulain. Jusqu'à ce qu'il rencontre Ayla, il avait toujours considéré les chevaux comme des animaux que l'on chassait pour se nourrir. Jamais il n'aurait pensé qu'ils pouvaient aussi être des compagnons pour l'homme et répondre avec plaisir à ses caresses.

Ayla était tout heureuse de voir le lien qui était en train de se créer entre Jondalar et le poulain. Repensant soudain à l'idée qu'elle avait eue quelques jours plus tôt, elle lui proposa :

— Jondalar donner un nom au poulain ?

— Tu voudrais que je lui donne un nom ? C'est une bonne idée. Mais je ne sais pas si j'en serais capable. Je n'ai jamais donné de nom à qui que ce soit. Comment fait-on pour donner un nom à un cheval ?

Ayla n'était pas étonnée de sa réaction. Elle aussi, il lui avait fallu du temps pour se faire à l'idée qu'un cheval puisse avoir un nom. Les noms étaient chargés de signification et ils permettaient d'identifier les êtres. A compter du jour où Ayla lui avait donné un nom, Whinney était devenu un individu unique en son genre, distinct de ses congénères, ce qui n'allait pas sans conséquences. La jument n'était plus simplement un animal sauvage qui parcourait les steppes à l'intérieur d'une horde. Elle fréquentait des êtres humains, leur faisait confiance et dépendait d'eux pour sa sécurité. Au sein de son espèce, Whinney était unique en son genre. Elle portait un nom.

Mais cela impliquait des obligations pour Ayla : des efforts considérables pour assurer le bien-être de Whinney et des soucis. Il ne se passait pas un jour sans qu'elle pense à l'animal dont elle avait la charge. Leurs deux vies étaient liées d'une manière inextricable.

En demandant à Jondalar de donner un nom au petit de Whinney, elle espérait que la même chose se reproduirait entre lui et le poulain. Il n'y avait là aucun calcul de sa part. Elle désirait simplement que Jondalar ne la quitte pas. S'il s'attachait au poulain, il aurait une raison supplémentaire de rester afin de s'occuper de son protégé. Et du même coup, il resterait dans la vallée avec elle et Whinney.

Mais inutile de le brusquer : tant que sa jambe ne serait pas guérie, il ne s'en irait pas. Il faudrait encore pas mal de temps avant qu'il puisse quitter la vallée.

Ayla se réveilla en sursaut. Il faisait noir à l'intérieur de la caverne. Elle se mit sur le dos et essaya de percer les ténèbres environnantes. Incapable de se rendormir, elle quitta sa couche — une fosse peu profonde qu'elle avait creusée à côté de celle où dormait Jondalar. Au moment où elle passait près de Whinney, la jument souffla pour lui montrer qu'elle l'avait reconnue.

J'ai encore laissé le feu s'éteindre, se dit-elle en tâtonnant le long de la paroi pour trouver son chemin. Jondalar a moins l'habitude que moi de cette caverne. S'il a besoin de se lever en pleine nuit, il lui faudrait un peu de lumière.

Lorsqu'elle se retrouva sur la corniche, elle décida de rester un peu dehors et regarda le quartier de lune qui était en train de se coucher à l'ouest. La lune avait presque atteint le haut de la falaise de l'autre côté de la rivière et elle n'allait pas tarder à disparaître derrière. La nuit était bien avancée et on ne devait plus être très loin de l'aube. Au-dessous, tout était sombre et on apercevait d'autant mieux le reflet argenté des étoiles dans la rivière qui murmurait entre ses berges.

Le noir du ciel commença à évoluer imperceptiblement vers le bleu foncé. L'éclat de la lune faiblit jusqu'à ce que celle-ci disparaisse complètement derrière le sommet de la falaise. Ayla frissonna en voyant la dernière lueur s'éteindre comme si on venait de souffler une mèche.

Petit à petit, le ciel s'éclaircit, les étoiles s'estompèrent et finirent par disparaître à leur tour, absorbées par le bleu lumineux du ciel. Tout au bout de la vallée, l'horizon avait pris une teinte pourpre.

— J'ai l'impression qu'il y a un feu de prairie à l'est, dit Jondalar.

Ayla se retourna. Dans cette lumière blafarde, les yeux de Jondalar étaient bleu lavande, une teinte qu'elle ne les avait encore jamais vus prendre, même à la lueur du feu.

— Oui, grand feu. Beaucoup de fumée. Pas savoir Jondalar levé.

— Ça fait un certain temps que je suis réveillé. Je pensais que tu allais revenir te coucher. En voyant que ce n'était pas le cas, je me suis levé. Le feu s'est éteint.

— Je sais. Ayla négligente. Pas faire... Pas...

— Couvrir. Tu n'as pas couvert le feu et il s'est éteint.

— Couvrir le feu, répéta-t-elle. Je vais allumer nouveau feu.

Jondalar la suivit en baissant la tête pour entrer. L'ouverture était tout juste assez haute pour lui. Ayla alla chercher une pyrite de fer et un silex, puis elle rassembla des matières combustibles et du petit bois.

— Tu m'as dit que tu avais trouvé ces pierres à feu sur la plage. Est-ce qu'il y en a encore ?

— Oui. Pas beaucoup. Eau venir et les emporter.

— Une crue ? demanda Jondalar. La rivière déborde et emporte les pierres ? Nous ferions peut-être mieux de ramasser celles qui restent.

Ayla hocha la tête d'un air absent. Elle avait d'autres projets pour la journée. Pour les mener à bien, elle avait besoin de l'aide de Jondalar, mais elle hésitait à lui en parler. Elle n'avait plus beaucoup de viande et elle ne savait pas s'il la laisserait chasser. Jusque-là, elle s'était contentée de partir avec sa fronde et lorsqu'elle rentrait avec des gerboises, des lièvres ou des hamsters géants, il ne lui avait jamais posé de question. Mais elle devait chasser un plus gros gibier et, pour ce faire, il fallait qu'elle emmène Whinney et qu'elle creuse une fosse.

Si Bébé avait encore été là, cela lui aurait simplifié la tâche. Tant pis ! Elle se débrouillerait sans lui. Le vrai problème, c'était Jondalar. Comment allait-il réagir ? S'il s'opposait à son expédition, elle passerait outre. Elle ne faisait pas partie de son clan. C'est lui qui, au contraire, vivait dans sa caverne. Et il n'était pas en état de chasser à sa place. Il semblait apprécier de vivre dans la vallée, il s'était attaché à Whinney et à son poulain et paraissait avoir de l'affection pour elle. Elle n'avait aucune envie que tout ça soit remis en cause. Malgré tout, qu'il le veuille ou non, il fallait qu'elle parte chasser. Elle n'avait pas le choix.

Si elle voulait tuer du gros gibier, elle avait besoin non seulement de son accord mais aussi de son aide. Craignant que le poulain soit pris dans la débandade du troupeau et qu'il soit blessé, elle ne voulait pas l'emmener avec elle. Si Jondalar s'occupait de lui, elle était certaine qu'il resterait dans la caverne sans éprouver le besoin de suivre sa mère. Surtout qu'elle ne s'éloignerait pas longtemps. Elle pouvait très bien partir en reconnaissance afin de trouver un troupeau, creuser une fosse et ne chasser que le lendemain. Mais comment demander à cet homme de tenir compagnie au poulain en son absence ?

En préparant le bouillon matinal, elle jeta un nouveau coup d'œil à ses réserves de viande sèche et, voyant qu'il n'en restait presque plus, elle se dit qu'il fallait agir au plus tôt. Le mieux était de commencer par montrer à Jondalar qu'elle était douée pour la chasse en lui faisant une démonstration avec son arme favorite. S'il réagissait positivement en la voyant manier la fronde, elle pourrait alors lui demander son aide.

Ils avaient pris l'habitude de marcher tous les matins le long de la rivière, ce qui permettait à Jondalar de prendre de l'exercice et faisait plaisir à Ayla. Ce matin-là, avant de partir, elle attacha sa fronde à la lanière qui lui entourait la taille et attendit une occasion de s'en servir.

Elle n'eut pas à attendre longtemps. Alors qu'ils quittaient le bord de la rivière pour s'avancer dans la prairie, ils levèrent un couple de lagopèdes des saules. Ayla saisit aussitôt sa fronde. Tandis que la première pierre atteignait un des oiseaux en vol, l'autre essaya de s'enfuir à tire-d'aile, mais la seconde pierre l'arrêta net. Avant d'aller les chercher, Ayla jeta un coup d'œil à Jondalar. Il semblait stupéfait mais, plus important, il souriait.

— Ça alors ! s'écria-t-il. C'est donc comme ça que tu chasses ! Moi qui croyais que tu les attrapais au lacet. Qu'est-ce que c'est que cette arme ?

Ayla lui tendit la bande de peau, renflée au centre, et alla chercher les oiseaux.

— J'ai l'impression qu'il s'agit d'une fronde, dit-il au moment où elle revenait. Willomar m'a parlé d'une arme de ce genre. J'avais du mal à comprendre de quoi il s'agissait mais ce doit être ça. Tu es drôlement douée, Ayla ! Même quand on est habile, il doit falloir pas mal s'entraîner avant d'en arriver là.

— Tu aimes je chasse ?

— Si tu ne chassais pas, qui le ferait ?

— Hommes du Clan pas aimer femmes chasser.

Jondalar lui jeta un coup d'œil intrigué. Elle semblait inquiète. Même si les hommes n'aimaient pas la voir chasser, cela ne l'avait pas empêchée d'apprendre à se servir de cette fronde. Pourquoi avait-elle choisi ce matin-là pour lui faire une démonstration ? Et pourquoi avait-il l'impression qu'elle attendait qu'il lui donne son accord ?

— Chez les Zelandonii, la plupart des femmes chassent, surtout lorsqu'elles sont jeunes. Ma mère était réputée pour traquer le gibier. Je ne vois pas pourquoi une femme n'aurait pas le droit de chasser si elle en a envie. J'aime les femmes qui chassent, Ayla.

C'est ce qu'elle voulait que je lui dise, songea Jondalar en voyant à quel point elle semblait soulagée. De toute façon, c'était ce qu'il pensait. Mais pourquoi était-ce aussi important pour elle ?

— Je dois aller chasser, dit-elle. Besoin d'aide.

— J'aimerais bien t'aider. Mais je ne crois pas que j'en sois capable pour l'instant.

— Pas besoin d'aide pour chasser. Je prends Whinney, tu gardes poulain.

— J'ai compris ! s'écria Jondalar en riant. Tu veux que je m'occupe du poulain pendant que tu vas chasser avec la jument. D'habitude, c'est le contraire. Quand une femme a des enfants, elle s'occupe d'eux et c'est l'homme qui part chasser pour les nourrir. Ne t'inquiète pas : je resterai avec le poulain.

Ayla sourit de soulagement. Cela ne le gênait pas, vraiment pas.

— Moi, avant de faire quoi que ce soit, j'irais voir ce feu de prairie, lui conseilla Jondalar. Un feu aussi important risque de tuer pas mal de gibier.

— Feu tuer gibier ?

— J'ai entendu dire que parfois des troupeaux entiers mouraient asphyxiés par la fumée. Il arrive aussi que le gibier soit cuit à point grâce au feu ! Nos conteurs racontent l'histoire d'un homme qui, après avoir trouvé des animaux rôtis par un feu de prairie, avait eu beaucoup de mal à convaincre le reste de sa Caverne de goûter cette viande qu'il prétendait avoir fait cuire. C'est une histoire drôle et très ancienne.

Un sourire de compréhension illumina le visage d'Ayla. Un feu de prairie, avançant à vive allure, était capable de rattraper un troupeau. Peut-être qu'elle n'aurait pas besoin de creuser une fosse, tout compte fait...

Lorsqu'ils furent rentrés et que Jondalar la vit sortir ses paniers, ses sangles et le travois, il se demanda, intrigué, à quoi pouvait bien lui servir tout cet équipement.

— Whinney ramener la viande à la caverne, lui dit-elle en lui montrant le travois. Whinney ramener Jondalar.

— C'est comme ça que tu t'y es pris ! Je me demandais comment tu avais fait. Je me doutais bien que tu n'avais pas pu me ramener toute seule. Je pensais que d'autres personnes m'avaient trouvé et transporté jusqu'ici.

— Pas d'autres personnes. Je trouvé.. toi... autre homme.

Jondalar ne s'attendait pas à ce qu'elle lui parle de Thonolan. Repensant soudain à ce frère qu'il avait tant aimé, il blêmit.

— Tu l'as laissé sur place ! cria-t-il, le visage ravagé par la douleur. Tu ne pouvais pas le ramener, lui aussi ?

— Homme mort, Jondalar. Toi, blessé. Grave blessure.

A nouveau, Ayla se sentait terriblement frustrée. Elle aurait aimé pouvoir lui expliquer que l'homme avait eu une sépulture et que sa mort l'avait attristée, mais elle ne savait comment exprimer sa pensée. Son langage limité lui permettait de transmettre des informations mais pas d'exprimer des idées ou des sentiments. Même si elle avait su consoler Jondalar le jour de son arrivée, elle était incapable de lui dire qu'elle partageait sa tristesse.

Elle enviait la facilité avec laquelle il maniait les mots, sa capacité de les mettre spontanément dans l'ordre voulu et sa liberté d'expression. Elle avait l'impression de buter sur un obstacle indéfinissable et chaque fois qu'elle pensait être sur le point de le franchir, l'obstacle se dérobait. Son intuition lui soufflait qu'elle aurait dû savoir parler — mais cette connaissance était enfermée à double tour à l'intérieur d'elle-même et elle ne possédait pas la clef.

— Excuse-moi, Ayla. Je n'aurais pas dû te crier après. Mais Thonolan était mon frère...

Ce dernier mot ressemblait à un cri.

— Frère. Toi et l'autre homme... avoir la même mère ?

— Oui, répondit Jondalar.

Ayla hocha la tête et se retourna vers Whinney. Elle aurait aimé pouvoir dire à Jondalar qu'elle comprenait les liens qui unissaient deux hommes nés de la même mère : Brun et Creb étaient frères.

Quand elle eut attaché les paniers sur les flancs de la jument, elle alla chercher ses épieux à l'intérieur de la caverne et se mit à les fixer solidement. Jondalar, qui la regardait faire ses derniers préparatifs, commençait à se dire que la jument était un peu plus qu'une compagne pour la jeune femme. Cet animal présentait aussi un avantage inestimable. Il se rendait compte pour la première fois à quel point Whinney pouvait lui être utile. Mais à nouveau il était frappé par l'aspect contradictoire de ce qu'il avait sous les yeux : Ayla utilisait un cheval pour chasser et transporter la viande — un progrès dont il n'avait jamais encore entendu parler — et, à côté de ça, elle se servait d'armes plus primitives que tout ce qui lui avait été donné de voir jusqu'ici.

Pour avoir chassé avec toutes sortes de peuples, Jondalar savait que les armes variaient légèrement d'un groupe à l'autre, mais celles d'Ayla étaient radicalement différentes de tout ce qu'il connaissait. Encore qu'il avait la curieuse impression de les avoir déjà vues quelque part. L'extrémité était pointue et durcie au feu, la hampe droite et parfaitement lisse, mais elles semblaient vraiment grossières. Il était hors de question de s'en servir comme armes de jet et elles étaient encore plus grandes que celles utilisées pour chasser le rhinocéros. Comment arrivait-elle à chasser avec une arme pareille ? Comment s'y prenait-elle pour s'approcher suffisamment de l'animal pour pouvoir s'en servir ? Il faillit lui poser la question, mais y renonça de crainte de la retarder. Même si elle avait fait des progrès, elle avait des difficultés à s'exprimer et cela lui prendrait trop de temps.

Quand Ayla et Whinney furent prêtes, Jondalar emmena le poulain à l'intérieur de la caverne. Il caressa le jeune animal et lui parla jusqu'à qu'il fût certain que sa mère se trouvait assez loin pour qu'il ne pût pas la rejoindre. Cela lui faisait tout drôle de se retrouver seul dans la caverne. Poussé par la curiosité, il alluma une lampe et, la tenant à la main, il fit le tour des lieux. Les dimensions ne le surprirent pas : sa taille correspondait à peu près à ce qu'il imaginait. Elle ne possédait pas de passages latéraux, mais il découvrit la niche creusée dans une des parois. A l'intérieur de la niche, une surprise l'attendait : tout indiquait qu'elle avait été occupée récemment par un lion des cavernes et on pouvait encore y voir l'empreinte d'une patte, d'une patte de belle taille !

L'examen du reste de la caverne le convainquit qu'Ayla l'habitait depuis plusieurs années. Peut-être s'était-il trompé en pensant que l'empreinte du lion était récente. Il retourna alors vers la niche pour s'en assurer. Après l'avoir examinée avec soin, il se dit qu'aucun doute n'était possible : un lion avait séjourné un certain temps à l'intérieur de cette niche au cours de l'année précédente.

Un mystère de plus ! Connaîtrait-il un jour la réponse à toutes les questions qu'il se posait ?

Quitte à rester ici, autant que je me rende utile, se dit-il. Il décida d'aller ramasser des pierres à feu sur la plage et fouilla dans la réserve d'Ayla pour y choisir un panier qui n'avait pas encore été utilisé. Précédé par le poulain qui bondissait devant lui, il s'engagea sur le sentier escarpé qui menait à la rivière en s'aidant de son bâton. En arrivant près du tas d'ossements, il posa le bâton contre la paroi et continua à avancer. Le jour où il pourrait marcher sans son bâton, il s'estimerait heureux.

Comme le poulain cherchait à insinuer son museau dans sa main, il s'arrêta pour le caresser et le gratter et éclata de rire quand, un instant plus tard, le jeune animal se roula avec délice dans le trou bourbeux où il avait l'habitude de venir se vautrer avec sa mère. Poussant des petits cris de plaisir, les pattes en l'air, le poulain se tortillait dans la terre meuble. Au bout d'un moment, il se remit sur ses pattes, se secoua, en envoyant de la terre dans toutes les directions, puis il se dirigea vers un saule à l'ombre duquel il aimait se reposer et s'étendit au pied de l'arbre.

Jondalar avançait lentement, penché en avant pour examiner les pierres.

— J'en ai trouvé une ! cria-t-il, tout excité.

Son cri fit sursauter le poulain et il se sentit un peu idiot.

— En voilà une autre ! dit-il un moment plus tard en se baissant pour ramasser la pierre aux reflets cuivrés. (Il s'immobilisa soudain, l'œil attiré par une pierre beaucoup plus grosse.) Il y a aussi des silex ! s'écria-t-il.

Voilà donc où Ayla allait chercher les silex dont elle se servait pour fabriquer ses outils ! Si je pouvais trouver un percuteur et faire un perçoir... je pourrais fabriquer des outils ! se dit-il. Des lames qui couperaient parfaitement et des burins. (Relevant le buste, il s'approcha du tas d'ossements et de roches projetés par la rivière en crue contre la saillie rocheuse.) J'ai l'impression que je vais trouver mon bonheur parmi tous ces os et qu'il y a même des andouillers. Je pourrai aussi fabriquer une sagaie correcte.

Qui me dit qu'elle en voudra ? Peut-être a-t-elle de bonnes raisons d'utiliser ses armes. Mais cela ne m'empêche pas de fabriquer une sagaie pour moi. Ce sera mieux que de passer la journée à ne rien faire. Je pourrais peut-être aussi sculpter quelque chose. J'étais doué pour la sculpture avant d'abandonner...

Quand il eut fini de fouiller dans le tas d'ossements et de bois flottés, il contourna la saillie rocheuse pour examiner l'endroit qui servait de décharge à Ayla. Après avoir écarté les buissons envahissants, il découvrit des os, des crânes et des andouillers. En cherchant sur la plage un silex capable de faire un bon percuteur, il ramassa une poignée de pierres à feu. Quand il s'attaqua au premier rognon de silex, il avait le sourire aux lèvres : il ne s'était pas rendu compte à quel point la taille du silex lui manquait.

Il songea à tout ce qu'il allait fabriquer maintenant qu'il avait trouvé des silex. Il avait envie d'un couteau, un vrai, avec un manche, et d'une hache. Il voulait faire des sagaies et attacher les peaux dont il était vêtu en les trouant grâce à un perçoir. Peut-être Ayla serait-elle intéressée par ce qu'il faisait et pourrait-il lui montrer les techniques qu'il utilisait.

Alors qu'il craignait de s'ennuyer en son absence, il ne vit pas le temps passer et ce n'est qu'à la tombée du jour qu'il s'arrêta de travailler. Il rangea à l'intérieur d'une peau qu'il avait empruntée à Ayla ses nouveaux instruments de tailleur de pierre et les outils en silex qu'il venait de fabriquer, puis il regagna la caverne. Le poulain semblait avide de caresses et il en déduisit qu'il avait faim. Ayla avait préparé pour lui un gruau peu épais qu'il avait d'abord refusé, puis qu'il avait mangé, mais c'était à midi... Où donc était-elle ?

Quand la nuit fut tombée, Jondalar commença à s'inquiéter. Le poulain avait besoin de sa mère et Ayla aurait dû être rentrée. Il resta un long moment à l'attendre, debout au bord de la corniche, puis décida d'allumer un feu, au cas où elle aurait du mal à retrouver le chemin de la caverne. Il savait très bien qu'il n'y avait aucune chance qu'elle se perde, mais il fit malgré tout du feu.

Il était tard quand elle arriva enfin. En entendant le hennissement de Whinney, Jondalar s'engagea sur le sentier pour aller à leur rencontre, précédé par le poulain qui, lui aussi, avait entendu sa mère. Ayla descendit de la jument en arrivant sur la plage, puis elle tira une des bêtes qu'elle rapportait sur le sol et ajusta les deux perches pour que le travois puisse emprunter l'étroite piste qui menait à la caverne. Jondalar la rencontra au moment où elle s'engageait dans la côte avec Whinney et il s'écarta pour la laisser passer. Ayla alla chercher un bout de bois dans le feu et, après avoir tendu cette torche à Jondalar, elle hissa la seconde carcasse sur le travois. Il s'approcha en boitillant pour lui donner un coup de main, mais elle avait déjà fini. En la voyant transporter le cadavre du cerf mort, il eut à nouveau une preuve de sa force exceptionnelle et il comprit aussi comment elle l'avait acquise. La jument et le travois étaient bien utiles, et même indispensables, mais ne la dispensaient nullement des efforts physiques qu'exigeait sa vie solitaire.

Le poulain voulait téter sa mère, mais Ayla le repoussa jusqu'à ce qu'ils aient atteint la caverne.

— Toi raison, Jondalar, dit-elle au moment où ils atteignaient la corniche. Grand, grand feu. Jamais vu aussi grand feu avant. Loin, très loin. Beaucoup, beaucoup d'animaux.

Le son de sa voix obligea Jondalar à l'observer de plus près. Elle était exténuée et le carnage auquel elle avait assisté avait imprimé sa marque sur elle. Elle avait les yeux creux, les mains noires, le visage maculé de suie et de sang, et son vêtement était dans le même état. Après avoir enlevé le harnachement de Whinney et détaché le travois, elle passa son bras autour de l'encolure de la jument et appuya son front contre elle, d'un geste las. Whinney baissait la tête et, les pattes antérieures écartées pour que son poulain puisse téter, elle semblait aussi fatiguée qu'elle.

— Ce feu devait être très loin. Il est tard. As-tu chevauché toute la journée ?

Ayla releva la tête, l'air surpris. Pendant un court instant, elle avait oublié la présence de Jondalar.

— Oui, toute la journée, dit-elle en laissant échapper un soupir. Beaucoup animaux morts. Beaucoup venir chercher la viande. Loups. Hyènes. Lions. Un autre animal, jamais vu encore. Grandes dents, précisa-t-elle en plaçant ses deux index devant sa bouche ouverte pour imiter les longues canines de l'animal qu'elle avait vu.

— Tu as dû voir un tigre à dents de sabre ! s'écria Jondalar. Je ne croyais pas que ces animaux existaient vraiment. Lors de la Réunion d'Eté, un vieil homme avait l'habitude de raconter qu'il en avait vu un lorsqu'il était jeune, mais personne ne voulait le croire. Tu en as vraiment vu un ? demanda-t-il regrettant de ne pas avoir pu être avec elle.

Ayla acquiesça en frissonnant. Puis elle se raidit et ferma les yeux.

— Faire peur à Whinney, expliqua-t-elle. S'approcher sans bruit. Fronde faire fuir. Whinney et Ayla courir.

En entendant ce récit haché, Jondalar ouvrit de grands yeux étonnés.

— Tu as fait fuir un tigre à dents de sabre avec ta fronde ? Grande Mère, Ayla !

— Beaucoup de viande. Tigre... pas besoin Whinney. Fronde faire fuir.

Ayla aurait aimé lui raconter l'événement plus en détail et lui parler de la peur qu'elle avait éprouvée, mais elle n'en avait pas les moyens. Elle était trop fatiguée pour visualiser les mouvements capables de rapporter l'événement, puis pour trouver leur équivalent parmi les mots qu'elle connaissait.

Pas étonnant qu'elle soit fatiguée, se dit Jondalar qui en venait à regretter de lui avoir conseillé d'aller voir ce feu de prairie. C'est pourtant grâce à ce feu qu'elle avait pu ramener deux cerfs. Il ne fallait pas avoir froid aux yeux pour affronter un tigre à dents de sabre ! Ayla était une sacrée femme !

Après avoir jeté un coup d'œil à ses mains, Ayla redescendit vers la plage. Elle prit au passage la torche que Jondalar avait plantée dans le sol et l'emporta vers la rivière. Arrivée là, elle regarda autour d'elle et finit par trouver ce qu'elle cherchait : un plant d'ansérine dont elle écrasa les feuilles et les racines avec ses mains. Puis elle humidifia le mélange et, après avoir y ajouté un peu de sable, s'en servit pour se nettoyer les mains et le visage, avant de remonter à la caverne.

Lorsqu'elle rejoignit Jondalar, elle fut tout heureuse de voir qu'il avait mis des pierres à chauffer sur le feu et préparé une infusion. C'était exactement ce dont elle avait besoin. Elle lui avait laissé largement de quoi manger et elle espérait qu'il n'allait pas lui demander de cuisiner. Elle avait mieux à faire : il fallait qu'elle écorche les deux cerfs et qu'elle mette la viande à sécher.

Comme elle désirait récupérer les peaux, elle avait choisi deux animaux qui n'avaient pas été roussis par le feu. Malheureusement, lorsqu'elle voulut se mettre au travail, elle se souvint soudain qu'elle aurait dû fabriquer de nouveaux couteaux. A chaque usage, le bord tranchant de la lame perdait de minuscules éclats et, à la longue, celle-ci s'émoussait. Il était plus simple d'en fabriquer d'autres et d'utiliser ces vieilles lames comme racloir, par exemple.

Ce couteau émoussé, c'en était trop ! Alors qu'elle s'escrimait sur la peau, elle se sentit soudain tellement découragée qu'elle se mit à pleurer.

— Qu'est-ce qui ne va pas, Ayla ? demanda Jondalar.

Incapable d'exprimer ce qu'elle éprouvait, elle continua à taillader avec rage la peau qui lui résistait. Jondalar lui retira le couteau des mains et l'obligea à se lever.

— Tu es fatiguée. Pourquoi ne vas-tu pas t'étendre et te reposer ?

Ayla aurait bien aimé suivre son conseil.

— Enlever la peau du cerf et faire sécher la viande, dit-elle en hochant la tête. Pas attendre. Hyènes venir.

Jondalar ne prit pas la peine de lui dire qu'ils n'avaient qu'à transporter les cerfs à l'intérieur de la caverne : elle n'était plus en état de réfléchir normalement.

— Je m'en occupe, dit-il. Tu as besoin de te reposer. Va te coucher.

Cette proposition provoqua chez Ayla un élan de gratitude. N'ayant pas l'habitude que quelqu'un lui donne un coup de main, elle n'avait même pas songé à lui demander son aide. Les jambes molles et le corps parcouru de frissons, elle se faufila à l'intérieur de la caverne et se laissa tomber sur les fourrures de sa couche. Comme j'aimerais pouvoir le remercier, se dit-elle en sentant qu'elle recommençait à pleurer. Malheureusement, c'était impossible : elle était incapable de parler !

Durant la nuit, Jondalar fit de nombreuses allées et venues entre la corniche et l'intérieur de la caverne et plus d'une fois il s'immobilisa à côté de la jeune femme en fronçant les sourcils avec inquiétude. Ayla dormait d'un sommeil agité et elle devait rêver car elle se débattait et murmurait des mots inintelligibles.

Ayla errait dans le brouillard en appelant au secours. Une femme de haute taille, enveloppée de brume et dont le visage était indistinct, tendait les bras vers elle.

— Je t'ai dit que je ferais attention, mère, marmonnait Ayla. Mais où étais-tu partie ? Pourquoi n'es-tu pas venue quand je t'ai appelée ? J'ai eu beau t'appeler, jamais tu ne m'as répondu. Où étais-tu passée ? mère ! Ne t'en va pas de nouveau ! Reste là ! Attends-moi, mère ! Ne m'abandonne pas !

La brume s'éclaircit et la femme disparut, remplacée par une autre, petite et trapue. Ses jambes très musclées étaient légèrement arquées, mais elle se tenait parfaitement droite et marchait normalement. Son nez était large et busqué, avec une arête très saillante, et elle ne possédait pas de menton. Elle avait le front bas et le dessus de sa tête fuyait vers l'arrière. Son visage, normal par ailleurs, était posé sur un cou court et épais. Protégés par des arcades proéminentes, ses yeux bruns et intelligents étaient remplis d'amour et d'une indicible tristesse.

— Iza ! cria Ayla en voyant que la femme lui faisait signe. Viens à mon secours, Iza ! Aide-moi, je t'en prie ! (Iza, au lieu de répondre, la regardait d'un air interrogateur.) Est-ce que par hasard tu ne m'entends pas, Iza ? On dirait que tu ne comprends pas ce que je dis...

— Personne ne pourra te comprendre si tu ne parles pas comme il faut, intervint une autre voix.

Ayla aperçut un homme vieux et boiteux qui s'appuyait sur un bâton. Un de ses bras avait été amputé à la hauteur du coude et le côté gauche de son visage était défiguré par une cicatrice hideuse. Il n'avait pas d'œil gauche, mais au fond de son œil droit, on lisait un mélange de force, de sagesse et de compassion.

— Il faut que tu apprennes à parler, Ayla, dit-il en agitant son bras valide.

Il avait dû aussi s'exprimer avec des mots car Ayla avait entendu la phrase qu'il prononçait. Sa voix était celle de Jondalar.

— Comment pourrais-je parler ? Je n'arrive pas à me souvenir ! Aide-moi, Creb !

— Le Lion des Cavernes est ton totem, Ayla ! rappela le vieux Mog-ur.

Tel un éclair fauve, le félin bondit sur l'aurochs, plaquant au sol l'énorme bœuf sauvage à la toison brun-roux qui beuglait de terreur. Ayla sursauta. Le tigre à dents de sabre feula dans sa direction, la gueule et les crocs ruisselants du sang de l'aurochs. Il s'avança vers elle et plus il approchait, plus ses crocs s'allongeaient et devenaient acérés.

Ayla était maintenant à l'intérieur d'une grotte minuscule, tapie contre la paroi rocheuse qui se trouvait dans son dos. Un lion des cavernes rugit.

— Non ! Non ! hurla-t-elle.

Une patte gigantesque, toutes griffes sorties, s'enfonça et creusa dans sa cuisse gauche quatre entailles parallèles.

— Non ! Non ! hurla-t-elle alors que le brouillard tourbillonnait autour d'elle. Je ne peux pas me souvenir !

— Je vais t'aider, lui proposa la femme de haute taille en lui tendant les bras.

Pendant un court instant, le brouillard s'éclaircit et Ayla aperçut un visage qui ressemblait au sien. Prise d'une nausée, elle sentit soudain une odeur aigre et infecte, un mélange d'humidité et de racines à nu, exhalée par la terre qui, ébranlée par un tremblement de terre, venait de s'entrouvrir.

— Mère ! Mère !

— Que se passe-t-il, Ayla ? demanda Jondalar en la secouant.

Il se trouvait sur la corniche quand il avait entendu Ayla appeler dans une langue inconnue et il s'était précipité à l'intérieur aussi vite qu'il avait pu.

Ayla s'assit sur sa couche et il la prit dans ses bras.

— C'était à nouveau ce rêve, Jondalar ! Ce terrible cauchemar ! dit-elle en sanglotant.

— Tout va bien maintenant, Ayla.

— C'était un tremblement de terre. Elle a été tuée par un tremblement de terre.

— Qui a été tuée dans un tremblement de terre ?

— Ma mère. Et Creb, lui aussi, est mort comme ça. Je hais les tremblements de terre ! s'écria-t-elle en frissonnant.

La prenant par les deux épaules, Jondalar l'obligea à reculer pour qu'il puisse la regarder.

— Raconte-moi ton rêve, lui proposa-t-il.

— Il s'agit de deux rêves distincts qui reviennent régulièrement aussi loin que remontent mes souvenirs. Dans le premier, je suis tapie au fond d'une grotte minuscule et une patte gigantesque s'avance vers moi. Je crois que c'est comme ça que j'ai été marquée par mon totem. Le second rêve, jusqu'ici, je n'étais jamais arrivée à m'en souvenir, mais quand je me réveillais, je tremblais et j'avais mal au cœur. Cette fois-ci, je m'en souviens. Je l'ai vue, Jondalar. J'ai vu ma mère !

— As-tu écouté ce que tu disais ?

— Je ne comprends pas...

— Tu parles, Ayla ! Tu sais parler !

Même si sa langue d'origine était différente de celle de Jondalar, avant d'être adoptée par le Clan Ayla savait parler. Cet apprentissage précoce lui avait permis d'acquérir le maniement, le rythme et la perception du langage parlé. Elle avait totalement oublié qu'elle savait parler car elle avait été obligée de s'adapter au mode de communication du Clan et aussi parce qu'elle avait préféré oublier la tragédie qui l'avait laissée seule au monde. Mais quand Jondalar parlait, elle entendait et retenait inconsciemment plus que du vocabulaire. Elle était sensible aussi à la grammaire, à la syntaxe et à l'accentuation.

Comme n'importe quel enfant apprenant à parler, Ayla était née avec la capacité et le désir de s'exprimer verbalement et elle avait simplement besoin d'entendre parler. Mais elle était plus motivée qu'un jeune enfant et sa mémoire était meilleure. Elle avait donc appris plus vite. Même si elle n'était pas encore capable de reproduire exactement certaines sonorités et inflexions, elle parlait avec autant de facilité que si elle était née parmi les Zelandonii.

— Je parle ! Ça y est, je sais parler ! Je pense avec des mots.

Ils prirent soudain conscience que Jondalar la serrait dans ses bras. Aussitôt, celui-ci la lâcha.

— C'est déjà le matin ! s'étonna Ayla en voyant la lumière du jour qui entrait par le trou à fumée et l'ouverture de la caverne. Je ne savais pas que j'avais dormi aussi longtemps, ajouta-t-elle en repoussant les fourrures. Grande Mère ! Il faut que je m'occupe de faire sécher cette viande.

Jondalar sourit en l'entendant employer ses propres exclamations. C'était impressionnant de l'entendre soudain parler et plutôt amusant de l'entendre prononcer toutes ses phrases avec son accent inimitable.

Elle s'était précipitée vers l'ouverture de la caverne quand, soudain, elle s'arrêta, médusée. Elle se frotta les yeux et regarda à nouveau. La viande, coupée avec soin en petits morceaux de forme triangulaire, était suspendue sur les cordes tendues. Pour la faire sécher, on avait allumé de petits feux placés entres les cordes à intervalles réguliers. Etait-elle encore en train de rêver ? Les autres femmes du Clan avaient-elles soudain surgi pour l'aider ?

— J'ai mis à cuire un cuissot sur le feu, annonça Jondalar en souriant d'un air satisfait. Si tu as faim, ne te gêne pas.

— C'est toi qui as fait ça ?

— Oui, c'est moi, répondit-il en souriant de plus belle.

Même s'il n'était pas en mesure de chasser pour l'instant, il était au moins capable d'écorcher un animal et de mettre la viande à sécher, surtout maintenant qu'il avait fabriqué de nouveaux couteaux.

— Mais... tu es un homme ! s'écria-t-elle, complètement stupéfaite.

A ses yeux, la tâche accomplie par Jondalar durant la nuit était quelque chose d'incroyable. En effet, c'était uniquement en puisant dans leurs souvenirs que les membres du Clan acquéraient les connaissances et les aptitudes dont ils avaient besoin pour survivre. Dans leur cas, l'instinct avait évolué de telle façon qu'ils pouvaient se remémorer les aptitudes de leurs ancêtres et les léguer, emmagasinées à l'arrière de leur cerveau, à leurs descendants. Les hommes et les femmes accomplissaient des tâches différenciées depuis tant de générations que chaque sexe possédait des souvenirs distinctifs. Un homme était incapable de se charger des tâches dévolues aux femmes pour la bonne raison qu'il n'en possédait pas le souvenir.

Un homme du Clan aurait été capable de chasser les deux cerfs ou de les ramener à la caverne. Il aurait même pu les écorcher, mais il aurait alors accompli cette tâche moins bien qu'une femme. S'il avait eu faim, il aurait découpé l'animal en gros morceaux. Mais jamais ne lui serait venu à l'idée de préparer la viande pour la faire sécher et, s'il avait été dans l'obligation de le faire, il n'aurait pas su comment s'y prendre. Aucun homme du Clan n'aurait été capable de découper la viande en petits morceaux réguliers comme ceux qui étaient en train de sécher sur la corniche.

— Un homme n'a pas le droit de découper la viande ? demanda Jondalar.

Il savait que chaque peuple possédait ses coutumes et que certains étaient très à cheval sur les tâches dévolues aux hommes et aux femmes. Mais jamais il n'aurait pensé l'offenser en préparant le gibier qu'elle avait rapporté.

— Dans le Clan, les femmes ne peuvent pas chasser et les hommes ne peuvent pas... préparer la nourriture.

— Et pourtant, tu chasses...

Cette remarque la surprit : elle avait tendance à oublier à quel point elle pouvait être différente de ceux qui l'avaient élevée.

— Je ne suis pas une femme du Clan, dit-elle. Je suis comme toi, Jondalar. Je fais partie des Autres.

23

Ayla arrêta Whinney, descendit de la jument et tendit à Jondalar la gourde ruisselante. Il la porta aussitôt à ses lèvres pour étancher sa soif. Ils se trouvaient tout au bout de la vallée, pratiquement dans les steppes, et à bonne distance de la rivière.

Debout au milieu des hautes herbes dorées de la prairie qui ondoyaient sous la brise, ils avaient ramassé des grains de millet et de seigle sauvage. Il y avait aussi à cet endroit de l'orge à deux rangs, dont les grandes tiges en train de mûrir se balançaient dans le vent, du petit épeautre et une variété de blé à deux épillets. La tâche qui consistait à remonter la main le long de chaque tige pour la débarrasser de ses petits grains durs était plutôt pénible. Chacun d'eux portait, attaché autour du cou pour garder les mains libres, un panier divisé en deux parties. Dans l'une, ils plaçaient le millet, facile à ramasser mais qu'il faudrait ensuite trier, et dans l'autre, l'orge qui n'aurait pas besoin d'être battue.

Ayla remit son panier autour du cou et reprit son travail. Jondalar lui emboîta le pas. Ils continuèrent à ramasser des grains en avançant l'un à côté de l'autre jusqu'à ce que Jondalar s'arrête pour demander :

— Quel effet cela fait-il de monter à cheval, Ayla ?

— C'est difficile à dire, répondit-elle en s'arrêtant pour réfléchir. Quand on va vite, c'est très excitant. Mais c'est aussi très agréable d'avancer lentement. Cela me fait du bien de monter Whinney. (Elle allait reprendre sa tâche quand, soudain, elle lui demanda :) Veux-tu essayer ?

— Essayer quoi ?

— De monter Whinney.

Jondalar la regarda pour essayer de déterminer ce qu'elle en pensait vraiment. Cela faisait déjà un certain temps qu'il avait envie de monter Whinney, mais Ayla et la jument avaient une relation si intime qu'il avait craint de manquer de tact en le lui demandant.

— Cela me ferait plaisir, avoua-t-il. Mais est-ce qu'elle me laissera faire ?

— Je ne sais pas, répondit Ayla. (Elle jeta un coup d'œil au soleil pour vérifier l'avancement de la journée, puis proposa :) Nous pouvons toujours essayer.

— Maintenant ? demanda-t-il, un peu étonné de voir qu'elle prenait le chemin du retour après avoir fait passer le panier sur son dos. Je croyais que tu étais allée chercher de l'eau pour que nous puissions continuer à ramasser des grains.

— J'avais oublié que quand on est deux la cueillette va beaucoup plus vite. J'avais regardé uniquement le contenu de mon panier. Je n'ai pas l'habitude qu'on m'aide.

Elle ne cessait d'être étonnée par l'étendue de ses compétences. Non seulement il avait la volonté mais aussi la capacité de venir à bout de n'importe quelle tâche, même lorsqu'il s'y essayait pour la première fois. Il était curieux, tout l'intéressait et particulièrement ce qui était nouveau. Au fond, il lui ressemblait. Elle se rendait compte, en le voyant faire, à quel point son propre comportement avait pu sembler inhabituel à ceux du Clan. Cela ne les avait pas empêchés de l'adopter et ils avaient fait tout ce qu'ils avaient pu pour qu'elle s'adapte à leur mode de vie.

Jondalar fit basculer son panier sur son dos.

— Je suis content d'arrêter, avoua-t-il. Tu as déjà tellement de grains, Ayla ! Sans compter l'orge et le blé qui ne sont pas encore mûrs. Je ne comprends pas que tu fasses autant de réserves.

— C'est pour Whinney et son poulain. Il faut aussi que je leur ramasse de l'herbe. Même si Whinney continue à se nourrir dehors en hiver, quand la couche de neige est trop épaisse beaucoup de chevaux meurent.

Cette explication était suffisante pour mettre un terme aux objections de Jondalar. Ils reprirent leur marche au milieu des hautes herbes, appréciant la chaleur du soleil sur leur peau maintenant qu'ils ne travaillaient plus. Jondalar était maintenant aussi bronzé qu'Ayla. Le vêtement d'été de la jeune femme la couvrait de la taille aux cuisses et était pourvu de poches et de replis à l'intérieur desquels elle transportait ses outils, sa fronde et d'autres objets. En haut, elle ne portait rien si ce n'est une petite sacoche suspendue autour de son cou. Plus d'une fois, Jondalar s'était surpris à admirer son corps splendide, mais il s'était bien gardé de la toucher à nouveau. Il était en train de se demander comment Whinney allait réagir quand il essaierait de monter sur son dos. Il n'aurait aucun mal à l'éviter s'il lui prenait l'envie de se rebeller. Il boitait encore légèrement, mais sa jambe allait parfaitement bien et, avec le temps, sa claudication disparaîtrait complètement. Il était infiniment reconnaissant à Ayla du travail miraculeux qu'elle avait fait. Maintenant qu'il n'avait plus de raison de rester dans la vallée, il allait falloir songer au départ. Comme Ayla ne semblait pas pressée qu'il s'en aille, il remettait pour l'instant cette décision à plus tard. Il tenait à l'aider à se préparer en vue de l'hiver : c'est le moins qu'il pût faire pour elle avant son départ.

Jusque-là, il n'avait pas songé qu'il fallait aussi qu'elle nourrisse les chevaux pendant la saison froide.

— Cela doit représenter un sacré travail que de faire des réserves pour Whinney et son poulain, dit-il.

— Pas trop.

— Peut-être y a-t-il moyen de s'y prendre autrement, proposa Jondalar. Tu as dit qu'il leur fallait aussi du foin. Au lieu de cueillir des grains comme nous l'avons fait aujourd'hui, pourquoi ne pas couper les tiges entières et les ramener à la caverne ? Nous pourrions mettre les tiges de côté pour les deux chevaux et recueillir les grains dans un panier.

— Pourquoi pas, dit Ayla après avoir réfléchi à sa proposition. Si nous mettons les tiges à sécher après les avoir coupées, les grains devraient ensuite se détacher plus facilement. Cela vaudrait le coup d'essayer avec l'orge et le blé que nous n'avons pas encore cueillis. Je crois que ça pourrait marcher, Jondalar, conclut-elle avec un grand sourire.

Elle semblait tellement emballée par cette idée que Jondalar sourit à son tour. Son regard si séduisant reflétait son accord, mais aussi l'attrait irrésistible qu'exerçait Ayla sur lui. La réaction de la jeune femme ne se fit pas attendre.

— J'aime tellement quand tu me souris, Jondalar, avec ta bouche et tes yeux... avoua-t-elle avec une sincérité désarmante.

Jondalar éclata de rire — un accès de gaieté inattendu, spontané, exubérant et totalement gratuit. On peut dire qu'elle alors, elle est franche ! songea-t-il. C'est vraiment une femme extraordinaire !

La gaieté de Jondalar était contagieuse. Le sourire d'Ayla s'élargit, puis elle gloussa et se mit à rire à son tour, transportée par une joie sans frein.

Le souffle court, les yeux pleins de larmes, les côtes douloureuses à force d'avoir ri, ils finirent par retrouver leur calme. Ils auraient été bien incapables de dire ce qui avait provoqué leur accès d'hilarité. En tout cas, il leur avait fait du bien : ils se sentaient tous deux totalement détendus.

Quand ils se remirent en route, Jondalar prit Ayla par la taille, dans un réflexe affectueux, provoqué par cette gaieté partagée. Sentant qu'elle se raidissait, il laissa aussitôt retomber son bras. Il s'était juré et lui avait promis, même si elle n'était pas alors en mesure de le comprendre, qu'il ne chercherait pas à abuser d'elle. Si elle avait fait vœu d'abstinence, il n'était pas question qu'il se mette dans une position qui obligerait la jeune femme à refuser ses avances. Depuis cette promesse, il faisait tout son possible pour la respecter.

Mais il avait senti l'odeur de sa peau chauffée par le soleil et la rondeur de son sein contre ses côtes. Cela fait si longtemps que je n'ai pas couché avec une femme ! se dit-il soudain. La bande de peau qui couvrait son sexe était bien incapable de dissimuler son état. Se retenant pour ne pas arracher sur-le-champ son court vêtement à Ayla, il se détourna dans l'espoir de dissimuler le gonflement révélateur et se mit à avancer à grands pas pour la dépasser.

— Doni ! Comme je désire cette femme ! murmura-t-il entre ses dents.

Des larmes jaillirent des yeux d'Ayla quand elle le vit partir loin en avant. Qu'est-ce que j'ai fait pour qu'il me fuie ainsi ? se demanda-t-elle. Pourquoi ne m'a-t-il pas fait signe ? Pourquoi ne veut-il pas assouvir son désir avec moi ? Suis-je laide à ce point ? Elle se mit à frissonner en repensant au bras qui, l'instant d'avant, lui entourait la taille. Elle sentait encore tout au fond de ses narines l'odeur de l'homme. Au lieu d'essayer de le rattraper, elle ralentit l'allure car elle n'avait aucune envie de se retrouver en face de lui. Elle se sentait coupable comme une enfant prise en faute — mais elle ne savait même pas ce qu'on lui reprochait.

Jondalar avait atteint la rangée d'arbres qui poussaient le long de la rivière. Son besoin était si pressant qu'il était incapable de se retenir. Dès qu'il se retrouva à l'abri de l'écran de feuillages, il fit jaillir son sperme sur le sol. Puis, sans lâcher son sexe, il laissa retomber en tremblant sa tête sur le tronc de l'arbre à l'ombre duquel il s'était arrêté. Il se sentait soulagé, mais c'était tout. Au moins, il pourrait se représenter devant Ayla sans avoir envie de se jeter sur elle et de la forcer.

Il cassa une branche et s'en servit pour recouvrir avec la terre de la Mère l'essence de son Plaisir. Zelandoni lui avait dit que c'était gâcher le Don de la Mère que de le répandre, mais qu'en cas de besoin, il fallait le répandre sur le sol et le recouvrir de terre. Zelandoni avait raison, se dit-il. C'est vraiment du gâchis et on n'éprouve aucun plaisir.

Il continua à marcher le long de la rivière, retardant le plus possible le moment où il se retrouverait à nouveau à découvert. Ayla l'attendait à côté du gros rocher. Elle avait passé son bras autour du poulain et posé son front contre l'encolure de Whinney. Comme elle a l'air vulnérable ! songea Jondalar. On dirait qu'elle s'agrippe à ces deux animaux pour qu'ils lui remontent le moral et qu'ils la consolent. Alors que c'est moi qui devrais le faire ! Il était persuadé d'être à l'origine de sa détresse et se sentait aussi honteux que s'il venait de commettre un acte répréhensible. Il sortit à contrecœur de l'abri des bois et s'avança vers elle.

— Il y a des moment où un homme ne peut pas attendre pour uriner, mentit-il avec un pauvre sourire.

Ayla était stupéfaite. Pourquoi lui disait-il des mots qui n'étaient pas vrais ? Elle savait ce qu'il était allé faire. Il s'était soulagé.

Avant de se soulager, un homme du Clan aurait d'abord demandé à la compagne du chef. S'il était incapable d'attendre et qu'il n'y ait aucune autre femme pour lui permettre d'assouvir son désir, on aurait fait signe à Ayla, aussi laide soit-elle. De toute façon, aucun mâle adulte ne se serait soulagé en solitaire. Cette pratique était réservée aux adolescents qui, tout en étant déjà des hommes physiquement, n'avaient pas encore tué leur premier gibier. Mais Jondalar n'avait pas cette excuse et plutôt que de lui faire signe, il avait préféré se soulager. Ayla était plus que peinée : elle se sentait réellement humiliée.

Faisant semblant de ne pas avoir entendu et évitant de le regarder dans les yeux, elle lui proposa :

— Si tu veux monter Whinney, je vais la tenir pendant que tu grimpes sur ce rocher et que tu t'installes sur son dos. Si je lui explique que tu désires la monter, je pense qu'elle te laissera faire.

C'est vrai que c'est pour ça que nous avons arrêté de ramasser des grains, se souvint Jondalar. Où était passé son enthousiasme ? Dire qu'avant de traverser ce pré aux côtés d'Ayla, il se réjouissait tellement de monter la jument ! Faisant comme si rien ne s'était passé entre temps, il se hissa sur le rocher tandis qu'Ayla poussait la jument pour qu'elle s'approche de lui.

— Comment fais-tu pour que Whinney aille où tu veux ? demanda-t-il en évitant, lui aussi, de la regarder.

— Je ne fais rien de particulier, répondit Ayla après avoir réfléchi. Nous sommes d'accord toutes les deux et elle va où je veux aller.

— Mais comment sait-elle où tu veux aller ?

— Je n'en sais rien... avoua honnêtement Ayla qui n'avait jamais réfléchi à la question.

Tant pis ! se dit Jondalar. Je la laisserai m'emmener où elle veut. A condition qu'elle me laisse monter sur son dos. Il posa la main sur son garrot pour ne pas perdre l'équilibre, puis il écarta avec précaution les jambes.

Whinney baissa aussitôt les oreilles. L'homme qui se trouvait sur son dos était plus lourd qu'Ayla et les jambes qui pendaient le long de ses flancs ne lui transmettaient pas la tension musculaire à laquelle les cuisses et les jambes de la jeune femme l'avaient habituée. Malgré tout, Ayla n'était pas loin, elle lui tenait la tête et l'homme qui la montait ne lui était pas inconnu. Elle piaffa sans conviction, puis s'immobilisa presque aussitôt.

— Et maintenant, que dois-je faire ? demanda Jondalar, d'un air gauche.

Ayla caressa la jument, puis elle s'adressa à elle en utilisant les sons hachés et les gestes du Clan, mélangés à des mots zelandonii.

— Jondalar aimerait bien que tu l'emmènes se promener, Whinney.

La phrase avait été prononcée sur le ton qu'elle employait habituellement pour que Whinney se mette en marche, et de la main, elle l'invitait gentiment à avancer. C'était suffisant pour que la jument lui obéisse.

— Si tu sens que tu risques de tomber, accroche-toi à son cou, conseilla Ayla à Jondalar.

Whinney avait l'habitude qu'on la monte. Jamais elle ne faisait le gros dos, ni ne se cabrait. En revanche, quand on ne la guidait pas, elle avançait avec hésitation. Jondalar, qui désirait la rassurer, se pencha pour lui caresser l'encolure, imitant sans le savoir le mouvement que faisait Ayla quand elle voulait que la jument aille plus vite. Le bond en avant de Whinney le surprit et, suivant aussitôt le conseil d'Ayla, il l'attrapa par le cou, se penchant plus encore vers elle. Pour Whinney, cela signifiait : « Encore plus vite ! »

La jument partit au triple galop dans la prairie, filant droit devant elle, tandis que Jondalar s'accrochait tant bien que mal à son cou, ses longs cheveux blonds flottant derrière lui. Le vent lui fouettait le visage et quand il osa enfin entrouvrir les yeux, il aperçut le paysage qui défilait à une vitesse alarmante. Il avait peur — et à la fois, il trouvait ça sensationnel ! Il comprenait pourquoi Ayla n'avait pu lui décrire le sentiment qu'on éprouvait en montant à cheval. Cela lui rappelait les glissades sur les pentes gelées d'une colline ou encore sa course sur le fleuve quand l'esturgeon le tirait. Mais c'était encore plus excitant. Un mouvement sur le côté lui fit tourner la tête : le poulain galopait à côté de sa mère et il soutenait sans difficulté la même allure.

Un sifflement lointain mais aigu se fit entendre. Aussitôt, la jument fit volte-face et prit le chemin du retour.

— Redresse-toi ! cria Ayla au moment où il s'approchait.

Jondalar suivit son conseil. En arrivant à la hauteur de la jeune femme, la jument ralentit et il en profita pour se redresser complètement. Un instant plus tard, Whinney s'arrêtait près du rocher.

Lorsque Jondalar mit pied à terre, il tremblait un peu mais ses yeux brillaient d'excitation. Ayla caressa les flancs couverts de sueur de Whinney puis elle lui emboîta le pas alors que la jument reprenait au petit trot le chemin de la caverne avec son poulain.

— Le poulain l'a suivie sans se laisser distancer ! s'écria Jondalar. Quel coureur ! Comme il est rapide !

— Qu'est-ce qu'un coureur, Jondalar ? demanda Ayla. Et « rapide » ?

— Lors de la Réunion d'Eté, il y a toutes sortes de jeux, expliqua-t-il. Les plus passionnants sont les courses de vitesse. On appelle coureurs les Zelandonii qui participent à ces courses. Celui qui gagne est le plus rapide. On l'admire comme j'ai admiré ce poulain.

— Le poulain de Whinney serait le plus rapide, c'est sûr.

Ils continuèrent à marcher en silence. Quand celui-ci devint trop pesant, Jondalar demanda :

— Pourquoi m'as-tu dit de me redresser ? Dès que je l'ai fait, Whinney a ralenti. Cela m'a surpris parce que tu m'avais dit que tu ne savais pas comment tu te débrouillais pour lui faire comprendre ce que tu voulais.

— Je n'y avais encore jamais réfléchi, avoua Ayla. Mais quand je t'ai vu arriver, j'ai tout de suite pensé : « Redresse-toi ! » J'aurais été incapable de t'expliquer cela au départ. J'ai simplement senti qu'il fallait que tu ralentisses et que la seule solution, c'était que tu te redresses.

— Tu vois bien que tu diriges la jument. Sans t'en rendre compte, tu lui donnes certaines indications. Je me demande si l'on ne pourrait pas faire la même chose avec son poulain...

Quand ils eurent contourné la saillie rocheuse, ils aperçurent Whinney qui était en train de se rafraîchir en se roulant dans la boue au bord de la rivière avec des gémissements de plaisir. Son poulain était près d'elle et avait, lui aussi, les pattes en l'air. Jondalar sourit en voyant la scène et s'arrêta. Mais Ayla continua à marcher et, la tête basse, elle s'engagea dans l'étroit sentier qui menait à la caverne. Jondalar se précipita à sa suite.

— Ayla... commença-t-il. (La jeune femme se retourna.) Je... Je... bredouilla-t-il. Je... tenais à te dire merci.

C'était un mot qu'Ayla avait encore du mal à comprendre, un mot qui n'avait pas d'équivalent dans le langage du Clan. Les membres de chacun des groupes qui composaient le Clan dépendaient tellement les uns des autres pour leur survie que l'assistance mutuelle faisait intimement partie de leur mode d'existence. Remercier quelqu'un leur aurait semblé aussi étrange que si un bébé s'était soudain mis à dire merci à sa mère sous prétexte qu'elle s'occupait de lui. Faveurs ou cadeaux entraînaient l'obligation de les rendre en nature, et ils n'étaient pas toujours les bienvenus.

Au sein du Clan, ce qui se rapprochait le plus du remerciement était une forme de gratitude dont faisait preuve un membre de rang inférieur vis-à-vis d'un membre plus important — en général une femme vis-à-vis d'un homme — lorsqu'il ou elle avait reçu une faveur bien précise. Ayla avait l'impression que Jondalar voulait lui dire qu'il lui était reconnaissant de lui avoir permis de monter Whinney.

— Whinney t'a laissé s'asseoir sur son dos, Jondalar. Pourquoi me remercies-tu ?

— C'est grâce à toi si j'ai pu la monter, Ayla. En plus, j'ai bien d'autres raisons de te remercier. Tu as fait énormément pour moi et tu m'as soigné.

— Est-ce que le poulain remercie Whinney de s'être occupée de lui ? Tu avais besoin que quelqu'un s'occupe de toi et je l'ai fait. Pourquoi vouloir me dire merci ?

— Tu m'as aussi sauvé la vie !

— Je suis une Femme Qui Guérit, Jondalar. Il est inutile de me remercier, dit-elle simplement.

— Je sais bien que c'est inutile et que tu es une Femme Qui Guérit. Mais, pour moi, il est important que tu saches ce que je ressens. Quand quelqu'un vous aide, on le remercie. Cette marque de politesse fait partie de nos coutumes.

Ils s'engagèrent l'un derrière l'autre sur l'étroit sentier. Ayla ne disait rien et elle réfléchissait. Ce que venait de lui dire Jondalar lui rappelait les paroles de Creb. Mog-ur lui avait expliqué un jour qu'il était impoli de regarder de l'autre côté des pierres qui délimitaient le foyer d'un homme. Elle avait eu beaucoup de mal à respecter cet interdit : c'était encore plus difficile que d'apprendre le langage du Clan. Jondalar venait de lui expliquer qu'exprimer sa gratitude était une marque de politesse pour les Zelandonii et faisait partie de leurs coutumes. A nouveau, elle éprouvait la même difficulté : elle se sentait complètement perdue.

Pourquoi désirait-il lui exprimer sa gratitude alors qu'il venait de lui faire honte ? Si un homme du Clan avait manifesté un tel mépris à son égard, elle aurait carrément cessé d'exister à ses yeux. Elle allait avoir du mal à se plier aux coutumes des Zelandonii. Et même si elle était désireuse de les respecter, cela ne retirait rien au sentiment d'humiliation qu'elle éprouvait. Jondalar désirait mettre fin au malentendu qui les divisait. Il l'arrêta au moment où elle allait pénétrer dans la caverne et lui dit :

— Je suis désolé de t'avoir offensée.

— Offensée ? Je ne comprends pas ce mot.

— Je pense que tu es en colère à cause de moi et que je t'ai contrariée.

— Je ne suis pas en colère. Mais c'est vrai que je suis contrariée.

Qu'elle admette le fait aussi facilement étonna Jondalar.

— Je te fais toutes mes excuses.

— Tes excuses ! C'est encore de la politesse, non ? Une coutume de ton peuple ? A quoi sert un mot comme excuses, Jondalar ? Cela ne change rien à rien et je ne me sens pas mieux pour cela.

Elle a raison, songea Jondalar en se passant la main dans les cheveux. Quoi qu'il ait fait — et il pensait savoir quelle faute il avait commise —, s'excuser n'avançait à rien. De même que cela n'avait servi à rien de faire comme s'il n'y avait pas de problème. Il avait préféré éluder la question de crainte de se sentir plus gêné qu'avant. Mais ce n'était pas une solution.

Dès qu'ils se trouvèrent à l'intérieur de la caverne, Ayla se débarrassa de son panier et ranima le feu pour le repas du soir. Jondalar posa son panier à côté du sien, puis il s'installa sur une natte non loin du feu et la regarda préparer à dîner.

Même si elle utilisait maintenant les outils qu'il lui avait donnés après avoir découpé le cerf, pour certaines tâches elle préférait se servir des siens. Jondalar trouvait qu'elle maniait son couteau grossier, débité sur un éclat de silex bien plus lourd que ses propres lames, avec autant de dextérité que s'il s'agissait d'un couteau à manche, plus petit et plus sophistiqué. En tailleur de silex expérimenté, il comparait les mérites respectifs des deux outils. Il se disait que ce n'était pas tant une question de tranchant : les outils d'Ayla coupaient aussi bien que les siens. Mais si l'on voulait que chaque membre de la tribu possède ses propres outils, quelle quantité de silex il fallait utiliser ! Sans parler des problèmes de transport que cela devait poser.

Gênée qu'il la regarde avec autant d'insistance, Ayla s'éloigna du feu dans l'espoir de distraire son attention et s'approcha des claies pour y prendre de la camomille. Elle allait se préparer une infusion calmante. Son embarras manifeste rappela à Jondalar qu'il n'avait toujours pas osé aborder le problème. Prenant son courage à deux mains, il lui dit :

— Tu as raison, Ayla. Ça ne sert à rien de s'excuser. Mais je ne savais pas quoi dire d'autre. J'ignore en quoi j'ai pu te choquer. Dis-moi au moins pourquoi tu es contrariée.

Est-il encore en train de me dire des mots qui ne sont pas vrais ? se demanda Ayla. Il devrait pourtant savoir pourquoi je réagis ainsi. Malgré tout, Jondalar semblait gêné. Ayla baissa les yeux. Comme elle aurait préféré qu'il ne lui pose pas cette question ! C'était déjà suffisamment désagréable de subir une telle humiliation sans devoir, en plus, en parler. Mais Jondalar lui avait demandé quelque chose et elle se sentait obligée de lui répondre.

— Je suis contrariée parce que je vois bien que... personne ne veut de moi.

— Personne ne veut de toi ? Je ne comprends pas.

Pourquoi l'embêtait-il avec ses questions ? Voulait-il qu'elle se sente encore plus mal à l'aise ? Levant les yeux, elle lui jeta un coup d'œil. Jondalar était penché en avant et son regard, comme sa position, exprimait un mélange de sincérité et d'inquiétude.

— Aucun homme du Clan n'aurait jamais assouvi son désir tout seul s'il avait eu à ses côtés une femme acceptable. Mais toi, tu as préféré t'enfuir loin de moi. Crois-tu que ce soit agréable pour moi de savoir que je ne te plais pas ?

— Es-tu en train de me dire que tu te sens offensée parce que je n'ai pas... commença Jondalar en levant les yeux au ciel. Oh, Doni ! Comment as-tu pu être aussi stupide, mon pauvre Jondalar ! s'écria-t-il en prenant la caverne à témoin.

Comme Ayla semblait stupéfaite, il lui expliqua :

— Je croyais que tu ne voulais pas que je t'embête, Ayla. J'ai fait tout ce que j'ai pu pour respecter tes désirs. J'avais tellement envie de toi que c'en était parfois intenable. Mais quand je te touchais, tu te raidissais, comme si tu ne voulais pas de moi. Comment as-tu pu croire qu'un homme puisse ne pas vouloir de toi ?

Le poids qu'Ayla avait sur le cœur s'envola aussitôt. Jondalar la désirait ! Il avait cru qu'elle ne voulait pas de lui ! S'ils ne s'étaient pas compris, c'était à nouveau à cause d'une différence de coutumes.

— Pourquoi n'as-tu pas fait le geste ? demanda-t-elle. Que je veuille ou non n'avait pas d'importance...

— Bien sûr que si, c'est important ! s'écria-t-il. Est-ce que par hasard... tu ne me désires pas ? demanda-t-il en rougissant.

Il y avait au fond de ses yeux une lueur d'hésitation et son regard exprimait aussi la crainte d'être rejeté. C'était un sentiment qu'Ayla connaissait bien. Même si elle était un peu surprise qu'un homme puisse l'éprouver, les craintes de Jondalar firent fondre ses derniers doutes et ceux-ci furent aussitôt remplacés par un élan de tendresse.

— Je te désire, Jondalar. Depuis le premier jour où je t'ai vu. Quand tu étais si gravement blessé et que je ne savais pas si tu vivrais, je te

regardais et j'éprouvais... C'était un sentiment tellement profond...
Mais tu n'as jamais fait le geste !

Ayla se tut et baissa les yeux, gênée d'en avoir autant dit. Quand
une femme du Clan désirait un homme, elle le manifestait avec des
gestes un peu plus subtils que ça.

— Et moi, pendant tout ce temps, je croyais que... Quel est ce geste
dont tu n'arrêtes pas de parler ?

— Dans le Clan, quand un homme désire une femme, il fait un signe
bien précis.

— Montre-moi.

Ayla s'exécuta en rougissant. Habituellement, seuls les hommes
faisaient ce geste.

— C'est tout ? s'étonna Jondalar. Et après, que fais-tu, toi ?

Il fut un peu étonné de voir qu'elle se levait, puis qu'elle s'agenouillait
et se mettait en position.

— Si j'ai bien compris, l'homme fait le geste que tu m'as montré, la
femme se met en position, et c'est tout ! Ils sont prêts ?

— Si un homme n'est pas prêt, il ne fait pas signe à une femme.
N'étais-tu pas prêt, aujourd'hui ?

Ce fut au tour de Jondalar de rougir. Il avait oublié qu'il était prêt,
comme elle disait, et qu'il avait même failli la prendre de force. Comme
il aurait aimé connaître le geste dont elle venait de lui parler !

— Que se passe-t-il quand une femme ne veut pas ou qu'elle n'est
pas prête à le recevoir ?

— Si l'homme fait le geste, la femme doit se mettre en position.

Le visage d'Ayla s'assombrit : elle venait de repenser à Broud, à la
douleur et à l'avilissement qu'elle avait alors ressentis.

— N'importe quand ? demanda Jondalar en remarquant son changement d'expression. Même la première fois ? (Ayla hocha la tête.) C'est
ce qui est arrivé pour toi ? Un homme quelconque a fait le geste et tu
t'es exécutée ?

Vaincue par l'émotion, Ayla ferma les yeux. Puis elle hocha à
nouveau la tête.

— Tu veux dire qu'il n'y a pas de Premiers Rites ! s'écria Jondalar,
indigné. Personne n'est présent pour vérifier que l'homme ne fait pas
trop mal à la jeune fille ? Qu'est-ce que c'est que ces gens qui se
moquent éperdument que ce soit la première fois pour une femme ?
Qui la laissent à la merci du premier type qui veut la prendre sous
prétexte qu'il est en chaleur ? Qui trouvent normal qu'il la force si elle
n'est pas prête ? Qui se fichent que cela lui fasse mal ou non ? (Jondalar
avait bondi sur ses pieds et il faisait les cent pas à l'intérieur de la
caverne.) Quelle cruauté ! C'est vraiment inhumain ! Ce sont des gens
sans pitié !

La réaction de Jondalar était si inattendue qu'Ayla avait commencé
par le regarder en ouvrant de grands yeux. Mais, au fur et à mesure
qu'il s'échauffait, sûr d'être dans son bon droit, et que ses accusations
devenaient de plus en plus injurieuses, elle s'était mise à secouer la tête
pour bien montrer qu'elle n'était pas d'accord avec lui.

— Non ! s'écria-t-elle finalement. Ce n'est pas vrai ! Ces gens ont eu pitié de moi ! Iza a pris soin de moi. Ils m'ont adoptée et ont fait de moi un membre du Clan, même si j'étais née chez les Autres. Ils n'étaient pas obligés de faire cela. Creb n'avait jamais eu de compagne et il ne pouvait donc pas comprendre que Broud m'avait fait mal. En plus, Broud était dans son droit. Et quand je suis tombée enceinte, Iza a pris soin de moi. A force d'aller chercher des plantes pour que je ne perde pas le bébé, elle est même tombée malade. Si elle n'avait pas été là, je serais certainement morte au moment de la naissance de Durc. Brun a accepté mon fils même si tout le monde pensait qu'il était difforme. En réalité, Durc est fort et en excellente santé...

En voyant que Jondalar la dévisageait d'un air surpris, Ayla se tut soudain.

— Tu as un fils ? demanda-t-il. Où est-il ?

Elle ne lui avait jamais parlé de son fils car, malgré le temps écoulé, c'était encore très douloureux pour elle. Maintenant qu'elle le lui avait avoué, elle ne pouvait pas se dérober.

— Oui, j'ai un fils, reconnut-elle. Il vit au sein du Clan. Je l'ai confié à Uba quand Broud m'a obligée à partir.

— On t'a obligée à partir ? demanda Jondalar en se rasseyant. Comment quelqu'un peut-il obliger une mère à se séparer de son enfant ? Qui est ce... Broud ?

Comment lui expliquer ce qui s'est passé ? se demanda Ayla en fermant un instant les yeux.

— Broud est le chef, dit-elle en le regardant de nouveau. Quand Iza m'a trouvée, c'est Brun qui était le chef. Il a autorisé Creb à faire de moi un membre du Clan. Mais il était vieux et Broud a pris sa suite. Broud m'a toujours détestée, même lorsque j'étais enfant.

— Et c'est lui qui t'a fait mal, n'est-ce pas ?

— Quand je suis devenue une femme, Iza m'a expliqué que les hommes pouvaient maintenant me faire signe et elle m'a dit aussi qu'ils assouvissaient leur désir avec les femmes qu'ils aimaient. Mais ce n'était pas le cas de Broud. Lui, ce qui lui plaisait, c'était de m'obliger à faire quelque chose que je détestais. Malgré tout, je pense que c'est mon totem qui l'a poussé à faire cela. L'esprit du Lion des Cavernes savait à quel point je désirais un enfant.

— Ce Broud n'a rien à voir avec le fait que tu aies un bébé. La Grande Terre Mère bénit les femmes quand bon lui semble. Durc était-il le fils de l'esprit de cet homme ?

— Creb disait que les esprits des totems font les enfants et que la femme avale l'esprit du totem de l'homme. Si celui-ci est suffisamment fort pour vaincre l'esprit du totem de la femme, il lui prend sa force de vie et une nouvelle vie commence à l'inérieur du ventre de la femme.

— Quelle étrange manière de voir les choses ! En réalité, c'est la Mère qui décide de mélanger l'esprit d'un homme à celui de la femme qu'Elle veut bénir.

— A mon avis, ce n'est ni l'un ni l'autre : ce ne sont pas les esprits qui font les enfants. J'ai l'impression que la vie du bébé commence quand l'homme introduit son sexe gonflé de désir à l'intérieur d'une femme. A mon avis, c'est pour cela que les hommes ont des désirs aussi puissants et que les femmes désirent autant les hommes.

— C'est impossible, Ayla ! Si tu savais le nombre de fois où un homme peut pénétrer une femme avec son membre viril ! Jamais les femmes ne pourraient avoir autant d'enfants ! L'homme fait de la jeune fille une femme en partageant avec elle le Don du Plaisir de la Mère : il l'ouvre afin que l'esprit puisse la pénétrer. Mais le Don de Vie le plus sacré de la Mère n'est donné qu'aux femmes. Elles reçoivent les esprits, créent une nouvelle vie et deviennent mère comme Elle. Si un homme honore la Mère, s'il fait grand cas de Ses Dons et s'il s'engage à prendre soin d'une femme et de ses enfants, Doni peut permettre que les enfants de son foyer soient les enfants de son esprit.

— Qu'est-ce que le Don du Plaisir ?

— Ça y est, j'y suis ! s'écria Jondalar, stupéfait par ce qu'il venait de comprendre. Tu n'as jamais connu les Plaisirs, n'est-ce pas ? Je comprends enfin pourquoi tu t'es raidie chaque fois que... En fait, tu as été bénie par la Mère sans avoir été initiée aux Premiers Rites. Ton Clan doit être composé de gens bien étranges. Tous ceux que j'ai rencontrés pendant mon voyage connaissaient la Mère et ses Dons. Le Don du Plaisir, lui expliqua-t-il, c'est quand un homme et une femme se plaisent et se donnent l'un à l'autre.

— C'est quand un homme est prêt à assouvir son désir avec une femme ? Il introduit alors son sexe à l'endroit d'où sortent les bébés. C'est bien ça le Don du Plaisir ?

— C'est à la fois ça et beaucoup plus !

— Je veux bien te croire, convint Ayla. Mais tout le monde m'avait dit que je n'aurais jamais d'enfant car mon totem était trop puissant. Ils ont tous été très surpris. En plus, Durc n'était pas difforme, comme ils l'avaient prédit. Il était en partie comme moi et en partie comme eux. Mais ce n'est qu'après que Broud eut fait le geste que je suis tombée enceinte. Personne d'autre ne voulait de moi — j'étais bien trop grande et trop laide. Même lors du Rassemblement du Clan, aucun homme n'a voulu de moi comme compagne. Et pourtant, Iza avait fait de moi sa fille et j'avais donc hérité de son rang dans le Clan.

Il y avait dans les propos d'Ayla quelque chose qui tracassait Jondalar, quelque chose qui lui échappait et en même temps ne le laissait pas en repos.

— Tu m'as dit que tu avais été trouvée par une Femme Qui Guérit qui s'appelait Iza... Mais où donc t'a-t-elle trouvée ? D'où viens-tu, Ayla ?

— Je n'en sais rien. Iza m'a dit que j'étais née chez les Autres, parmi les gens comme moi. Et comme toi, Jondalar. Mais je n'ai gardé aucun souvenir de ma vie avant d'être adoptée par le Clan. Je ne me souviens même pas du visage de ma mère. Tu es le premier homme, semblable à moi, que je rencontre.

L'inquiétude qu'éprouvait depuis un moment Jondalar était en train de se préciser. Il ressentait un désagréable pincement au creux de l'estomac.

— J'avais entendu parler des Autres par une femme que j'ai rencontrée au Rassemblement du Clan, reprit Ayla. Et compte tenu de ce qu'elle m'a dit, j'avais plutôt peur d'eux... jusqu'à ce que je te rencontre. Cette femme avait une petite fille qui ressemblait tellement à Durc qu'elle aurait pu aussi bien être ma fille. Elle voulait que sa fille et mon fils s'unissent quand ils seraient en âge de le faire. Oda disait que sa fille était difforme. A mon avis, elle avait donné naissance à ce bébé après qu'un Autre l'eut forcée à assouvir son désir avec lui.

— Il l'a forcée ? Elle n'était pas consentante ?

— Non seulement il l'a forcée, mais il a tué sa première petite fille. Oda était en compagnie de deux femmes du Clan quand les Autres sont arrivés. Ils étaient nombreux et aucun d'eux n'a fait le geste. Quand un des Autres l'a agrippée, Oda a laissé tomber son bébé et la tête de la petite fille a heurté un rocher.

Brusquement, Jondalar se souvint de l'histoire de cette bande de jeunes dont Laduni lui avait parlé au tout début de son Voyage. Ils vivaient très loin à l'ouest. Mais s'ils avaient commis de telles horreurs, pourquoi d'autres ne feraient-ils pas comme eux ? La conclusion s'imposait. Mais avant de se résoudre à l'accepter, Jondalar avait besoin de certaines précisions.

— Ayla, tu n'as pas arrêté de me dire que tu ne ressemblais pas aux membres du Clan. Explique-moi en quoi ils sont différents de toi.

— Ils sont beaucoup plus petits. C'est d'ailleurs pourquoi j'ai été si surprise la première fois que je t'ai vu debout. J'étais beaucoup plus grande qu'eux, les hommes y compris. C'est pour ça qu'ils ne voulaient pas de moi : ils me trouvaient grande et laide.

— Quoi d'autre ? demanda Jondalar à contrecœur.

Il n'avait aucune envie de connaître la vérité et pourtant il fallait qu'il sache à quoi s'en tenir.

— Ils ont tous les yeux bruns. Iza a toujours pensé que mes yeux avaient quelque chose d'anormal car ils sont bleus comme le ciel. Durc avait les mêmes yeux qu'eux et des gros... je ne sais pas comment on appelle ça... des gros sourcils. Son front était comme le mien. Tandis qu'eux avaient la tête beaucoup plus plate...

— Des Têtes Plates ! s'écria Jondalar avec une moue de dégoût. Bonne Mère, Ayla ! Tu as vécu parmi ces animaux ! Tu as laissé un des mâles... (Jondalar s'interrompit en frissonnant.) Tu as donné naissance à un monstre, à un esprit mêlé, moitié humain, moitié animal !

Jondalar se recula comme s'il venait de toucher quelque chose de dégoûtant et bondit sur ses pieds. Sa réaction était due à un préjugé irrationnel, profondément ancré dans les mentalités, et qui n'avait jamais été remis en cause par la majorité des gens qu'il connaissait.

Ayla, abasourdie, le fixait d'un air perplexe. Mais quand elle vit que son visage reflétait le même genre de répugnance que celui que lui inspiraient les hyènes, elle saisit soudain le sens de ses paroles.

Des animaux ! Il traitait d'animaux les gens qu'elle aimait ! De hyènes puantes ! Creb, le doux et aimant Creb, le plus puissant magicien du Clan, un animal ? Et Iza alors ? Iza qui l'avait élevée comme si elle était sa mère et lui avait appris son métier de guérisseuse, Iza, elle aussi, était une hyène puante ? Et Durc ! Son fils !

— Tu n'as pas honte de les traiter d'animaux ! s'écria-t-elle en bondissant à son tour sur ses pieds pour lui faire face. (Jamais encore Ayla n'avait élevé la voix : elle était la première surprise de pouvoir crier aussi fort — et de distiller autant de venin.) Creb et Iza sont des animaux, alors ? Et Durc, mon fils, est à moitié humain ? Les gens du Clan ne sont pas des hyènes puantes, que je sache ! Est-ce que des animaux auraient recueilli une petite fille blessée ? Est-ce qu'ils en auraient fait une des leurs ? Se seraient-ils occupés d'elle ? Avec qui crois-tu que j'ai appris à cuisiner ? Qui m'a appris à soigner ? Sans ces soi-disant animaux, je ne serais pas là aujourd'hui, et toi non plus, Jondalar ! Avant de dire que les gens du Clan sont des animaux et que les Autres sont des humains, tu ferais mieux de comparer : le Clan a recueilli une petite fille qui était née chez les Autres, alors que les Autres n'ont pas hésité à tuer une petite fille qui faisait partie du Clan. Si je devais choisir entre humains et animaux, je choisirais tout de suite les hyènes puantes !

Sortant comme une folle de la caverne, Ayla dégringola le sentier et siffla Whinney.

24

De la corniche, Jondalar vit Ayla bondir sur le dos de la jument et descendre la vallée au triple galop. Il n'en revenait pas : c'était la première fois qu'elle se mettait en colère et elle était si douce habituellement que son éclat lui semblait encore plus stupéfiant.

Jusque-là, il avait eu l'impression d'être plutôt large d'esprit vis-à-vis des Têtes Plates : il pensait qu'il fallait les laisser tranquilles, ne pas les harceler et jamais il n'en aurait tué un à moins d'y être forcé. Mais cela le choquait profondément qu'un homme puisse prendre son Plaisir avec une femelle Tête Plate et il était carrément hors de lui à l'idée qu'un mâle Tête Plate ait pu faire de même avec une femme. La femme avait été souillée.

Lui qui avait désiré Ayla avec tant d'ardeur ! Ce qu'elle venait de lui avouer lui rappelait ces histoires vulgaires que racontent en ricanant les adolescents et les jeunes gens. Rien que d'y penser, il avait l'impression que son sexe se recroquevillait, comme s'il était déjà contaminé, et qu'après s'être ratatiné, il allait tomber en poussière. Doni soit louée, cette souillure lui avait été épargnée !

Pire encore, Ayla avait mis au monde un monstre, le produit de l'union d'esprits maléfiques dont on préférait ne pas parler entre personnes convenables. Certains soutenaient avec force que ces monstres n'existaient pas. Néanmoins, on continuait à en parler.

Ayla n'avait nullement nié le fait et elle avait défendu son fils... avec autant de véhémence que n'importe quelle mère à qui on dirait du mal de son enfant. Elle avait l'air offensée et elle était furieuse qu'il ait parlé des Têtes Plates dans des termes aussi péjoratifs. Avait-elle vraiment été élevée par une bande de Têtes Plates ?

Jondalar en avait rencontré quelques-uns durant son Voyage. Il s'était même alors demandé si ceux-ci étaient vraiment des animaux. Repensant à la rencontre qui avait eu lieu sur le bord du fleuve, il se dit que le jeune Tête Plate qui avait coupé en deux l'esturgeon avait utilisé une *lame exactement semblable à celles d'Ayla.* Et la femelle portait une peau informe qui ressemblait étrangement à celle de la jeune femme. D'ailleurs, Ayla se comportait comme cette femelle, surtout au début : elle avait tendance, elle aussi, à baisser les yeux et à adopter une attitude effacée, comme si elle ne voulait pas qu'on la remarque. Les fourrures qui recouvraient sa couche avaient le même grain et la même souplesse que la peau de loup que la femelle lui avait posée sur les épaules. Quant aux épieux d'Ayla, ces armes lourdes et primitives, ils étaient la réplique exacte de ceux que portaient les Têtes Plates que Thonolan et lui avaient rencontrés au début de leur Voyage.

Tout ça crevait les yeux depuis le début, mais il n'y avait pas prêté attention. Pourquoi s'était-il imaginé qu'Ayla faisait partie de Ceux Qui Servent la Mère et qu'elle vivait seule pour perfectionner ses talents ? Ce qui l'avait induit en erreur, c'était ses extraordinaires qualités de Femme Qui Guérit. Avait-elle vraiment été formée par une Tête Plate ?

Comme la colère lui va bien ! se dit Jondalar en l'observant de loin. Elle est vraiment de toute beauté ! Il avait connu pas mal de femmes qui élevaient la voix à la moindre provocation. Marona, qui avait failli devenir sa compagne, avait un caractère de chien. Lorsqu'elle se mettait en colère, on aurait dit une vraie mégère. Mais Jondalar était attiré par la force qui émanait de ces femmes exigeantes. Il aimait les femmes qui avaient du tempérament, qui ne se laissaient pas submerger par ses propres colères quand d'aventure il explosait. Jondalar s'était toujours douté que le calme apparent d'Ayla cachait une force intérieure peu commune. Regarde-moi ça, se dit-il. Comme elle est belle lorsqu'elle file sur le cheval !

Brusquement, comme s'il venait de recevoir une averse d'eau glacée, il se rendit compte de ce qu'il avait fait. Il devint blanc comme un linge. Ayla lui avait sauvé la vie et l'avait soigné et lui, en guise de remerciement, il s'était éloigné d'elle comme si elle le dégoûtait ! Il avait traité le fils qu'elle aimait de monstre ! Il était effaré par son insensibilité.

Il revint dans la caverne et se jeta sur sa couche. La couche d'Ayla, cette femme qu'il venait de traiter avec un mépris hautain.

— Oh, Doni ! cria-t-il. Comment as-tu pu me laisser faire ça ? Pourquoi ne m'en as-tu pas empêché ?

Il enfouit son visage sous les fourrures. Il se sentait aussi malheureux que lorsqu'il était enfant. A nouveau, il avait agi sans réfléchir. Lui qui pensait que jamais une telle situation ne se reproduirait. Il était donc incapable d'apprendre ? Pourquoi n'avait-il pas fait preuve de discrétion ? Sa jambe était pratiquement guérie et il n'allait pas tarder à partir. Pourquoi ne s'était-il pas contrôlé jusqu'à son départ ?

Et pourquoi donc était-il resté si longtemps ? Il aurait très bien pu remercier Ayla et se remettre en route pour rentrer chez lui. Rien ne le retenait dans cette vallée. Si, au lieu de la presser de questions indiscrètes, il était parti, il aurait conservé dans son souvenir l'image d'une femme magnifique et mystérieuse qui vivait seule dans une vallée, charmait les animaux et lui avait sauvé la vie.

Pourquoi n'es-tu pas parti ? se demanda-t-il à nouveau. Parce que tu étais bien incapable de quitter une femme belle et mystérieuse, mon cher Jondalar, et que tu le savais !

Si c'était le cas, pourquoi se tracassait-il ? Quelle différence cela faisait-il qu'elle ait... vécu avec les Têtes Plates ?

La différence, c'est que tu désires partager les Plaisirs avec elle. Et que maintenant tu penses qu'elle n'est pas assez bonne pour toi parce qu'elle a... parce qu'elle a laissé...

Imbécile ! Tu n'as même pas écouté ce qu'elle t'a dit. Elle ne l'a pas *laissé,* c'est lui qui l'a forcée ! Et sans qu'elle ait été initiée aux Premiers Rites. Et tu as osé lui jeter la pierre ! Elle t'a ouvert son cœur, elle a revécu cette scène douloureuse en te la racontant et toi, comment as-tu réagi ?

Tu es encore pire que ce Broud, Jondalar ! Au moins, avec lui, elle savait à quoi s'en tenir : elle savait qu'il la haïssait et qu'il voulait la faire souffrir. Mais toi ! Toi, elle te faisait confiance ! Elle t'a dit ce qu'elle ressentait pour toi. Tu aurais pu partager les Plaisirs avec elle quand tu aurais voulu, Jondalar ! Mais tu t'es senti blessé dans ton orgueil.

Si tu lui avais prêté un peu plus d'attention, tu te serais aperçu qu'elle ne se comportait pas comme une femme pleine d'expérience mais comme une jeune fille intimidée. Tu as pourtant tenu entre tes bras suffisamment de femmes et de jeunes filles pour faire la différence.

Le problème, c'est qu'elle n'a nullement l'air d'une jeune fille. C'est certainement la plus belle femme que tu aies jamais vue. Si belle, si intelligente et si pleine d'assurance que tu as eu peur qu'elle ne veuille pas de toi. Jondalar, l'homme que toutes les femmes désirent... ! Tu peux être sûr que maintenant elle ne voudra plus de toi !

Dire qu'elle n'a même pas conscience de sa beauté ! Qu'elle se croit grande et laide. Comment peut-elle penser une chose pareille ?

Tu oublies qu'elle a été élevée par des Têtes Plates. Comment se fait-il qu'ils aient recueilli une petite fille aussi différente d'eux ? Est-ce que nous aurions fait la même chose pour un des leurs ? Et quel âge avait Ayla lorsqu'ils l'ont adoptée ? Elle devait être toute jeune car les cicatrices qu'elle porte sur la cuisse sont très anciennes. Comme elle a dû avoir peur quand elle s'est retrouvée toute seule et qu'elle a aperçu cet énorme lion des cavernes !

Quand je pense que c'est une Tête Plate qui l'a soignée ! Comment une Tête Plate peut-elle connaître l'art de guérir ? Et pourtant, c'est bien d'eux qu'Ayla a appris son savoir et il est grand. Si grand que tu as même pensé qu'elle faisait partie de Ceux Qui Servent la Mère. Tu ferais mieux d'abandonner la taille du silex et de te mettre conteur d'histoires ! Tu ne voulais pas regarder la vérité en face. Et maintenant que tu es au courant, est-ce que ça change vraiment quelque chose ? Le fait qu'elle ait appris l'art de guérir chez les Têtes Plates change-t-il quoi que ce soit à l'état de ta jambe ? Ayla est-elle moins belle maintenant que tu sais qu'elle a donné naissance à un monstre ? Qu'est-ce que ça change là encore ?

Tu la désires toujours autant, Jondalar.

Il est trop tard. Jamais plus elle ne te fera confiance. Tu n'es qu'un imbécile ! cria-t-il en bourrant la fourrure de coups de poing. Imbécile ! Idiot ! Tu as tout gâché ! Pourquoi ne t'en vas-tu pas ?

C'est impossible ! Ce serait vraiment de la lâcheté ! En plus, tu n'as ni vêtement, ni armes, ni réserves de nourriture. Tu ne peux pas voyager sans rien.

Si tu veux t'équiper avant de partir, tu vas être obligé de demander à Ayla. Où trouverais-tu ailleurs ce dont tu as besoin ? Tu peux au moins lui demander quelques silex. Si tu as des outils, tu pourras fabriquer des sagaies. Tu chasseras pour faire des réserves de viande et avec les peaux, tu fabriqueras des vêtements, des fourrures de couchage et un sac. Il te faudra un certain temps avant d'être prêt à partir. Et ensuite tu en as pour un an au moins avant de te retrouver chez toi. Le Voyage va te sembler bien long maintenant que Thonolan n'est plus là.

Pourquoi Thonolan est-il mort ? se demanda-t-il en enfouissant à nouveau son visage dans les fourrures. Pourquoi n'est-ce pas moi qui me suis fait tuer par ce lion ? (Des larmes apparurent au coin de ses yeux.) Thonolan, s'il avait été à ma place, n'aurait jamais commis une erreur pareille. Comme j'aimerais savoir où se trouve ce canyon, Petit Frère ! Comme j'aimerais qu'un zelandoni ait été là pour t'aider à trouver ton chemin vers l'autre monde ! Quand je pense que ton corps a été abandonné à la merci des charognards...

Entendant un bruit de sabots sur le sentier, il se leva et sortit sur la corniche pour voir si Ayla était de retour. Ce n'était que le poulain.

— Que se passe-t-il, petit ? demanda-t-il. Elles ne t'ont pas attendu ? C'est de ma faute ! Mais elles ne vont pas tarder à rentrer... ne serait-ce que pour s'occuper de toi. Ayla n'a pas d'autre endroit où aller. C'est sa caverne, ici. Quand je pense qu'elle a vécu toute seule dans cette vallée ! Je ne sais pas si j'en serais capable... Quelle femme remarquable ! se dit-il. Je suis certain que, malgré ce que je lui ai dit, elle ne va pas verser une larme. Et, non contente de posséder une telle force d'âme, elle est aussi de toute beauté. Quand je pense à ce que j'ai perdu ! Je me suis conduit comme un idiot ! Oh, Doni ! Il faut absolument que j'arrange ça !

Jondalar se trompait. Ayla était en train de pleurer. Jamais encore elle n'avait autant pleuré. Ses larmes lui permettaient de mieux supporter sa douleur et n'enlevaient rien à sa force de caractère. Elle poussa Whinney jusqu'à laisser la vallée loin derrière elle et s'arrêta près d'un des affluents de la rivière qui coulait au pied de la caverne. A cet endroit, le cours d'eau faisait une boucle et formait un bras mort. La terre qui se trouvait à l'intérieur de cette boucle était régulièrement inondée et recouverte de limons qui favorisaient la croissance d'une végétation luxuriante. Ayla était souvent venue chasser à cet endroit des oies sauvages et des lagopèdes, ainsi que toutes sortes d'autres animaux, de la marmotte au cerf géant, qui ne pouvaient résister à l'attrait de la verdure.

Elle sauta à terre et s'approcha de la rivière pour boire et laver son visage trempé de larmes. Elle avait l'impression d'avoir fait un mauvais rêve. La journée tout entière n'avait été qu'une suite de hauts et de bas, une série d'émotions contradictoires qui la laissaient aussi étourdie que si elle avait gravi des pics vertigineux pour plonger aussitôt après dans les abîmes sans fond.

La matinée avait bien commencé. Jondalar avait insisté pour l'aider à ramasser des grains et elle avait été étonnée de voir avec quelle rapidité il s'adaptait à cette tâche pourtant nouvelle pour lui. Plus encore que le coup de main qu'il lui donnait, c'était le fait d'avoir de la compagnie qui lui avait fait plaisir et elle s'était rendu compte à quel point cela lui avait manqué.

Ensuite, ils avaient eu un léger différend. Rien de grave. Ayla voulait continuer à travailler et Jondalar voulait s'en aller car l'outre était vide. Quand elle était revenue après avoir été chercher de l'eau à la rivière et qu'il lui avait demandé s'il pouvait monter Whinney, elle s'était dit qu'elle venait peut-être de trouver un moyen pour qu'il reste avec elle. Il était déjà attaché au poulain. Si, en plus, il aimait monter à cheval, il attendrait certainement que celui-ci soit devenu adulte avant de s'en aller. Et quand elle lui avait dit oui, il avait sauté sur l'occasion.

Ils étaient d'excellente humeur tous les deux et ils s'étaient mis à rire. Ayla n'avait pas ri comme ça depuis que Bébé était parti. Elle aimait le rire de Jondalar — sa gaieté communicative lui réchauffait le cœur.

Et c'est alors qu'il l'avait touchée. Aucun homme du Clan ne se serait permis un tel geste s'il s'était trouvé à l'extérieur des pierres qui délimitaient son foyer. Mais peut-être caressait-il ainsi sa compagne la nuit quand il se retrouvait couché avec elle à l'abri des fourrures... Les Autres se permettaient-ils de tels gestes lorsqu'ils se trouvaient hors de leur foyer ? J'aime quand il me touche, se dit Ayla. Pourquoi s'est-il enfui ?

Ayla avait cru mourir de honte lorsqu'elle avait compris qu'il était allé se soulager à l'abri des arbres qui bordaient la rivière. Quand, de retour à la caverne, il lui avait dit qu'il la désirait et qu'il croyait qu'elle ne voulait pas de lui, elle avait failli pleurer de bonheur et senti qu'elle brûlait de désir pour lui. Et quand il s'était mis en colère à cause de Broud, elle s'était dit qu'elle devait lui plaire. Peut-être la prochaine fois serait-il prêt...

Mais jamais elle ne pourrait oublier la manière dont il l'avait regardée ensuite — comme un morceau de viande pourrie. Il avait même frissonné de dégoût.

Iza et Creb ne sont pas des animaux ! se dit-elle à nouveau. Ce sont des êtres humains. Des êtres qui ont pris soin de moi et qui m'aimaient. Pourquoi les déteste-t-il ainsi ? Ce sont eux qui sont arrivés les premiers sur la terre. Son espèce à lui n'est venue qu'ensuite... mon espèce, corrigea-t-elle. C'est donc ainsi que se comporte mon espèce ?

Je suis contente que Durc soit resté avec le Clan. Même s'ils pensent qu'il est difforme, même si Broud le hait parce qu'il est mon fils, jamais ils ne diront que c'est un animal... un monstre. C'est là le mot qu'il a employé et, compte tenu de sa réaction, il n'avait pas besoin de me l'expliquer.

Mon bébé, mon fils... murmura-t-elle en se remettant à pleurer. Il est fort et en parfaite santé — même pas difforme. Et ce n'est pas un animal... ni un monstre.

Comment Jondalar a-t-il pu changer d'attitude aussi rapidement ? se demanda-t-elle. Ses yeux bleus étaient posés sur moi... Et, tout d'un coup, il s'est reculé comme s'il venait de se brûler ou comme si j'étais un esprit maléfique dont seuls les mog-ur connaissent le nom. C'était encore pire que d'être frappée de la Malédiction Suprême. Les membres du Clan se contentaient de détourner la tête et de faire comme s'ils ne me voyaient plus. Ils ne me regardaient pas comme si j'étais un monstre.

Le soleil était en train de se coucher et il commençait à faire froid. Même en plein cœur de l'été, il faisait froid la nuit dans les steppes. Ayla, qui ne portait que son vêtement d'été, frissonna. J'aurais dû emporter ma fourrure et ma tente, se dit-elle. Non, corrigea-t-elle. Whinney aurait été inquiète pour son poulain et il aurait fallu rentrer pour qu'elle le nourrisse.

Quand Ayla quitta le bord de l'eau, Whinney, qui était en train de paître l'herbe grasse, leva la tête et trotta vers elle, levant du même coup un couple de lagopèdes. Instinctivement, Ayla porta la main à sa taille pour attraper sa fronde tout en se baissant pour ramasser deux galets. Les oiseaux avaient tout juste eu le temps de quitter le sol quand elle abattit le premier, puis le second tomba à son tour.

Elle venait de les ramasser et allait se mettre en quête de leur nid quand soudain elle s'arrêta. Pourquoi chercher les œufs ? se demanda-t-elle. Ai-je l'intention de préparer pour Jondalar le plat favori de Creb ? Pourquoi cuisinerais-je pour lui et justement ce plat-là ? Quand elle découvrit le nid — une légère dépression creusée dans le sol dur et qui contenait sept œufs — elle haussa les épaules et ramassa les œufs en faisant bien attention à n'en casser aucun.

Après avoir déposé les œufs à côté des deux oiseaux près de la rivière, elle cueillit des roseaux qui poussaient sur la berge. Elle eut vite fait de tresser un panier aux mailles lâches qui allait simplement lui servir à transporter les œufs et qu'elle jetterait ensuite. Toujours avec des roseaux, elle attacha par les pattes le couple de lagopèdes. Les plumes denses qui permettaient aux oiseaux de glisser sur la neige comme s'ils portaient des raquettes étaient déjà en train de pousser à la base de leurs pattes.

Leur plumage d'hiver est déjà en train de pousser ! songea Ayla en frissonnant. Elle ne voulait pas penser à cette morne saison. Et pourtant elle ne pouvait l'oublier : l'été ne servait qu'à engranger des réserves avant que vienne l'hiver.

Jondalar ne tarderait pas à partir ! Elle en était certaine. C'était ridicule de croire qu'il allait rester avec elle dans la vallée. Pourquoi resterait-il alors qu'il avait un peuple et une famille qui l'attendaient ?

— Pourquoi faut-il qu'il parte ! s'écria Ayla, surprise de s'entendre pour la première fois parler à haute voix alors qu'elle était seule. Heureusement qu'il m'a appris à parler, continua-t-elle. Si je rencontre des gens, je pourrai au moins m'adresser à eux. Et je sais maintenant que des gens vivent à l'ouest. Iza avait raison : les Autres doivent être très nombreux.

Elle installa les deux oiseaux sur le dos de la jument, tête en bas, et plaça le panier qui contenait les œufs entre ses jambes. Iza m'a dit de trouver un compagnon, songea-t-elle. Je croyais que c'était mon totem qui m'avait envoyé Jondalar... Mais est-ce que mon totem m'aurait envoyé un homme pour qu'il me regarde avec une telle répulsion ?

— Comment a-t-il pu me regarder ainsi ! cria-t-elle en éclatant soudain en sanglots. O Lion des Cavernes ! Je ne veux pas me retrouver seule à nouveau !

Ayla s'était laissée tomber en avant et elle recommençait à pleurer. Ses directives étaient plus qu'hésitantes, mais cela ne gênait pas Whinney : la jument connaissait le chemin du retour. Au bout d'un moment, Ayla se redressa. Personne ne m'oblige à rester, se dit-elle. Je suis capable de parler maintenant...

— Je pourrai leur dire que Whinney ne doit pas être chassée, poursuivit-elle à voix haute. Je vais faire mes préparatifs et au printemps prochain, je pars.

Cette fois, sa décision était prise. Jondalar lui-même n'allait pas pouvoir partir tout de suite. Il avait besoin d'armes et de vêtements. Il est possible que mon totem me l'ait envoyé pour que j'apprenne à connaître les Autres. Je vais profiter du fait qu'il est encore là pour lui poser un maximum de questions. Tant pis s'il me regarde avec dégoût ! J'en ai l'habitude. Lorsque je vivais au sein du Clan, j'étais obligée de supporter la haine de Broud. Je pense que je supporterai que Jondalar me regarde lui aussi... avec haine.

Elle ferma les yeux dans l'espoir d'arrêter ses larmes et saisit son amulette en se rappelant les paroles de Creb. « Quand tu découvres un signe laissé à ton intention par le Lion des Cavernes, mets-le dans ton amulette, lui avait dit le vieux mog-ur. Cela te portera chance. » Ayla avait suivi son conseil.

— Lion des Cavernes, implora-t-elle, j'ai été seule si longtemps ! Porte-moi chance !

Lorsque Ayla rejoignit la rivière, le soleil avait disparu derrière les parois des gorges en amont. La nuit n'allait pas tarder à tomber. Jondalar se précipita à sa rencontre vers la plage. Surgissant au galop au détour de la saillie rocheuse, elle faillit le renverser. Whinney fit un écart et manqua désarçonner sa cavalière. Jondalar tendit la main en avant pour reprendre son équilibre mais, quand il sentit qu'il venait de toucher la jambe nue d'Ayla, comme il était persuadé qu'elle le méprisait, il retira aussitôt sa main.

Il me déteste, se dit-elle. Il ne supporte pas de me toucher ! Ravalant un sanglot, elle fit avancer la jument. Whinney traversa la plage rocheuse et remonta le sentier en faisant rouler les pierres sous ses sabots. Ayla sauta de cheval et se précipita dans la caverne. Faute de pouvoir aller ailleurs, il ne lui restait qu'une solution : se cacher. Elle déposa le panier plein d'œufs à côté du foyer, ramassa au passage les fourrures dans lesquelles elle dormait et les transporta à l'endroit où elle rangeait ses réserves. Elle posa les fourrures sur le sol de l'autre côté des claies de séchage et au milieu des paniers inutilisés, des nattes et des récipients, puis elle se coula à l'intérieur et les rabattit par-dessus sa tête.

Un instant plus tard, elle entendit le bruit des sabots de Whinney, puis ceux de son poulain. Cachée sous les fourrures, elle tremblait et faisait de son mieux pour ne pas pleurer, douloureusement consciente des mouvements de l'homme à l'intérieur de la caverne.

Jondalar était pieds nus, elle ne l'entendit pas approcher et quand elle sentit qu'il était à côté d'elle, elle fit un effort pour arrêter de trembler.

— Ayla, dit-il. (Il n'obtint pas de réponse.) Ayla, je t'ai préparé une infusion. (Elle se raidit.) Il n'y a aucune raison que tu dormes ici, Ayla. C'est moi qui vais changer de place et m'installer de l'autre côté du foyer.

Il me déteste, se dit-elle. Il ne peut supporter de dormir près de moi. S'il pouvait s'en aller, simplement s'en aller...

— Depuis que tu es partie, j'ai réfléchi, reprit Jondalar. Même si je ne sais pas très bien pourquoi j'ai agi ainsi, je tiens à t'expliquer certaines choses. Quand je me suis réveillé pour la première fois dans cette caverne après avoir été attaqué par le lion, je ne savait pas où j'étais et je ne comprenais pas pourquoi tu ne répondais pas à mes questions. Pour moi, c'était un mystère et j'ai commencé à imaginer toute une histoire à ton sujet. Je pensais que tu étais une zelandoni en train de subir une épreuve, une femme qui avait répondu à l'appel de la Mère et qui était à Son Service. Lorsque tu as repoussé mes avances, j'ai cru que si tu refusais de partager les Plaisirs avec moi, c'est que cela faisait partie des épreuves que tu t'imposais.

Ayla l'écoutait. Elle ne tremblait plus, mais elle n'avait toujours pas bougé.

— Je ne pensais qu'à moi-même, avoua Jondalar en s'accroupissant à côté d'elle. Je ne sais si tu vas me croire mais je... euh... disons que j'ai la réputation d'être un homme plutôt attirant. La plupart des femmes recherchent mes... faveurs. J'ai toujours eu l'embarras du choix. Et j'ai cru que tu repoussais mes avances. Comme je n'en ai pas l'habitude, je me suis senti blessé dans mon orgueil. Mais plutôt que d'en convenir, j'ai préféré inventer une raison qui expliquait que tu ne veuilles pas de moi et je me suis imaginé que tu étais au Service de la Mère.

Jondalar se tut un court instant. Comme Ayla ne bougeait toujours pas, il ajouta :

— Si j'avais fait un peu plus attention, je me serais très vite rendu compte que ton attitude n'était pas celle d'une femme pleine d'expérience qui aurait repoussé mes avances, mais plutôt celle d'une jeune femme qui n'a pas encore été initié aux Premiers Rites — timide, un peu terrorisée et désireuse de plaire. S'il y avait quelqu'un de bien placé pour s'en rendre compte, c'était moi... Mais laissons cela. Ça n'a pas d'importance.

Ayla venait de repousser les couvertures et elle écoutait les paroles de Jondalar avec une telle attention qu'elle entendait bourdonner le sang dans ses oreilles.

— Mais je ne voyais que la femme en toi, Ayla, lui avoua Jondalar. Car, crois-moi, tu n'as rien d'une jeune fille. Je pensais que tu plaisantais quand tu me disais que tu étais grande et laide. Ce n'est absolument pas le cas. Même si aux yeux des Tê... de ceux qui t'ont élevée tu semblais trop différente, il faut que tu saches que tu n'es ni grande ni laide. Tu es d'une rare beauté, Ayla. La plus belle femme que j'aie jamais rencontrée.

Ayla s'était retournée et elle était en train de se redresser.

— Belle ? Moi ? s'écria-t-elle d'une voix incrédule. Tu te moques de moi, ajouta-t-elle en se rallongeant sous les fourrures de crainte d'être à nouveau blessée.

Jondalar avança la main pour la toucher, mais il se ravisa.

— Je ne peux pas t'en vouloir de ne pas me croire. Surtout après ce qui s'est passé aujourd'hui... Mais je crois que le moment est venu de regarder les choses en face. La vie n'a pas été tendre pour toi, Ayla. Tu as perdu tes parents et tu as été élevée par des... gens très différents. Tu as été séparée de ton fils, et il a fallu que tu quittes le seul foyer que tu avais pour affronter un univers inconnu et vivre seule. Peu d'êtres auraient survécu à de telles épreuves. Non seulement tu es belle, Ayla, mais tu possèdes aussi une extraordinaire force intérieure. Et il va falloir que tu sois encore plus forte. Il faut absolument que tu saches comment les gens considèrent ceux qui font partie de ce que tu appelles le Clan. Comme je te l'ai dit tout à l'heure, ils pensent que ce sont des animaux...

— Ce ne sont pas des animaux !

— Je n'en savais rien, Ayla. Certaines personnes les détestent. J'ignore d'ailleurs pourquoi. Les animaux — les vrais, ceux que nous chassons —, personne ne les hait. Peut-être qu'au fond d'eux-mêmes les gens savent que les Têtes Plates — c'est ainsi qu'on les appelle — sont aussi des êtres humains. Mais ils sont si différents de nous que cela nous fait peur et représente même une menace à nos yeux. Et pourtant, certains hommes obligent les femmes Têtes Plates à... je ne peux pas dire : partager les Plaisirs... ce n'est pas l'expression qui convient. Disons, comme toi, qu'ils assouvissent leur désir avec elles. Pourquoi font-ils ça s'ils les considèrent comme des animaux ? J'ignore si ce sont vraiment des animaux, si les esprits peuvent se mélanger et si les enfants naissent...

— Crois-tu vraiment que ce soit les esprits ? l'interrompit Ayla.

Jondalar semblait si sûr de lui qu'elle en venait à se dire qu'il avait peut-être raison.

— Que ce soit les esprits ou pas, tu n'es pas la seule à avoir eu un enfant qui est un mélange d'être humain et de Tête Plate, même si les gens n'en parlent pas...

— Les gens du Clan sont aussi des êtres humains ! l'interrompit Ayla.

— Tu ne vas pas cesser d'entendre ce nom de Têtes Plates, Ayla. Je tiens à te le dire. Il faut aussi que tu saches que le fait qu'un homme force une femme du Clan est une chose qu'on admet même si on ne l'approuve pas. Mais qu'une femme partage les Plaisirs avec un homme Tête Plate est... impardonnable aux yeux de la plupart des gens.

— Monstrueux ?

Jondalar blêmit, mais il continua.

— Monstrueux, oui, Ayla.

— Je ne suis pas un monstre ! s'écria-t-elle avec colère. Et Durc non plus ! Je n'aimais pas ce que Broud me faisait mais ce n'était pas monstrueux. Si un autre homme du Clan avait voulu assouvir son désir avec moi et qu'il n'ait pas agi par haine, comme Broud, j'aurais accepté comme n'importe quelle autre femme du Clan. Et si j'avais pu, j'aurais continué à vivre avec eux, même en tant que seconde compagne de Broud. Rien que pour rester avec mon fils. Je m'en fiche que, pour la plupart des gens, ce soit impardonnable.

Jondalar admirait son attitude. Mais il savait aussi quelles difficultés elle allait lui valoir.

— Je ne te demande pas d'avoir honte, Ayla. Je t'explique seulement à quoi il faut t'attendre. Il faudrait mieux peut-être que tu dises que tu appartiens à un autre peuple ?

— Pourquoi me demander de dire des mots qui sont faux ? De toute façon, j'en serais incapable. Dans le Clan, personne ne dit jamais quelque chose qui n'est pas vrai. Cela se verrait tout de suite et tout le monde s'en apercevrait. Il arrive parfois que quelqu'un se retienne de dire quelque chose. Si c'est par... politesse, il en a le droit. Mais personne n'est dupe. Quand tu me dis des mots qui ne sont pas vrais, je m'en aperçois aussitôt. Ça se voit sur ton visage, dans le mouvement de tes mains et de tes épaules.

Jondalar rougit. Ses mensonges étaient-ils donc si apparents ? Il se félicita d'avoir choisi d'être scrupuleusement sincère avec elle. Au moins lui avait-elle appris cela. Sa sincérité et sa franchise faisaient intimement partie de sa force intérieure.

— Il n'est pas utile que tu apprennes à mentir, Ayla. Je tenais simplement à te dire ça avant de partir.

Ayla sentit un pincement au creux de l'estomac. Il va partir, se dit-elle, prise d'une folle envie de se cacher à nouveau la tête sous les fourrures.

— Je savais que tu t'en irais un jour, dit-elle. Mais tu n'as rien pour voyager. De quoi as-tu besoin ?

— Si tu me donnes quelques silex, je pourrai fabriquer des outils et des armes. Il faudra aussi que je répare les vêtements que je portais quand tu m'as trouvé. Je récupérerai aussi mon havresac.

— Qu'est-ce qu'un havresac ?

— C'est le nom que donnent les Mamutoï au sac que je portais lorsque tu m'as trouvé. Le mot « havresac » n'existe pas en zelandonii. Nous disons : sac, tout simplement...

— Comment est-il possible qu'il y ait des mots différents ? demanda Ayla en ouvrant de grands yeux.

— Le mamutoï est une autre langue.

— Une autre langue ? Quelle langue m'as-tu apprise ?

— Je t'ai appris à parler zelandonii, la langue de mon peuple, dit Jondalar d'une voix mal assurée.

— Les Zelandonii vivent à l'ouest ?

— Très loin à l'ouest. Les Mamutoï vivent tout près d'ici.

— Tu m'as appris la langue d'un peuple qui vit très loin et tu ne m'as pas appris celle du peuple qui vit tout près ! Pourquoi ?

— Je n'ai pas réfléchi. Je t'ai appris ma propre langue, avoua-t-il d'un air malheureux.

J'ai tout fait de travers ! faillit-il ajouter.

— Toi mis à part, personne ne parle cette langue ?

Jondalar hocha la tête. Le cœur d'Ayla se serra. Elle avait cru que Jondalar lui avait été envoyé pour qu'elle apprenne à parler et il était le seul à qui elle puisse s'adresser !

— Pourquoi ne m'as-tu pas appris la langue que tout le monde parle ?

— Ce genre de langue n'existe pas.

— Je veux dire la langue que vous utilisez pour parler aux esprits ou à votre Grande Mère.

— Nous n'avons pas de langue spéciale pour nous adresser à Elle.

— Comment faites-vous lorsque vous rencontrez des gens qui ne parlent pas la même langue que vous ?

— Nous apprenons leur langue et ils apprennent la nôtre. Je parle trois langues et je connais aussi quelques mots dans d'autres langues.

Ayla s'était remise à trembler. Elle avait cru qu'elle pourrait quitter la vallée et s'adresser sans difficulté à ceux qu'elle rencontrerait. Qu'allait-elle faire maintenant ? Elle bondit sur ses pieds et Jondalar se leva, lui aussi.

— Je peux apprendre tous les mots que tu connais, Jondalar ! Il faut que tu me les enseignes ! J'y tiens absolument !

— Je ne peux pas t'apprendre deux autres langues, Ayla ! Cela nous prendrait trop de temps et je ne connais pas ces langues parfaitement. Il ne suffit pas de connaître les mots d'une langue pour savoir la parler.

— Nous pouvons déjà commencer avec les mots. Il faut commencer par le début. Comment dit-on feu en mamutoï ?

Après lui avoir répondu, Jondalar voulut à nouveau lui démontrer que c'était impossible. Mais Ayla ne lui en laissa pas la possibilité et elle continua à l'interroger en citant les mots zelandonii dans l'ordre où elle les avait appris. La liste était déjà longue quand Jondalar réussit à l'interrompre :

— A quoi cela sert-il ? Jamais tu ne pourras te rappeler tous ces mots en t'y prenant comme ça.

— Je reconnais que ma mémoire pourrait être meilleure. Si je me trompe, dis-le-moi.

Elle recommença par le mot feu, puis lui répéta tous les mots qu'il venait de lui apprendre dans les deux langues. Quand elle eut terminé, Jondalar lui lança un regard empreint de respect. Il se souvint soudain que lorsqu'elle essayait d'apprendre le zelandonii, elle n'avait eu en effet aucune difficulté à se rappeler les mots et que c'était la structure de la langue qui lui donnait du mal, ainsi que tout ce qui était abstrait.

— Comment fais-tu ? lui demanda-t-il.

— J'ai fait une erreur ?

— Aucune !

Ayla eut un sourire de soulagement.

— Quand j'étais enfant, j'avais beaucoup plus de mal. Il fallait toujours que je m'y reprenne à deux fois avant d'apprendre quelque chose. Iza et Creb ont vraiment fait preuve de patience avec moi. Certains membres du Clan pensaient que je n'étais pas très intelligente. Ça va mieux, mais il a fallu que je m'exerce pendant très longtemps et même maintenant, ma mémoire reste moins bonne que celle de la plupart des membres du Clan.

— Leur mémoire est supérieure à la tienne ! s'étonna Jondalar.

— Ils n'oublient jamais rien, expliqua Ayla. A la naissance, ils savent déjà pratiquement tout ce qu'ils ont besoin de savoir. Ils n'ont donc pas grand-chose à apprendre. Ils naissent avec des... souvenirs — je ne sais pas comment on pourrait appeler cela autrement. Il suffit de remettre en mémoire une chose à un enfant du Clan pour qu'il l'enregistre : on lui dit une seule fois et cela suffit. Les adultes n'ont plus besoin qu'on leur remette en mémoire quoi que ce soit, ils savent comment puiser dans leurs souvenirs. Mais moi, je ne possède pas les souvenirs du Clan. C'est pourquoi Iza était obligée de me répéter plusieurs fois la même chose jusqu'à ce que je m'en souvienne sans faire d'erreur.

Jondalar était stupéfait par l'extraordinaire mémoire d'Ayla, mais il avait du mal à saisir ce qu'elle voulait dire lorsqu'elle parlait des « souvenirs » du Clan.

— Beaucoup de gens pensaient que comme je ne possédais pas les souvenirs d'Iza, je ne pourrais jamais être guérisseuse. Mais elle, elle me disait que j'avais d'autres dons, qu'elle comprenait d'ailleurs à peine : une manière de savoir ce qui n'allait pas chez un malade et de découvrir le remède qui convenait. Comme je ne possédais aucun souvenir des plantes, elle m'a aussi expliqué comment il fallait faire pour essayer des plantes que je n'avais pas encore utilisées.

Ayla se tut un court instant pour regarder Jondalar. Voyant qu'il semblait intéressé, elle reprit :

— Le Clan possède aussi un langage très ancien, uniquement composé de gestes, et que tout le monde connaît. Ils utilisent l'Ancienne Langue au cours des cérémonies, pour s'adresser aux esprits ou lorsqu'ils veulent parler à quelqu'un qui n'utilise pas le même langage. Cette Ancienne Langue fait partie de leurs souvenirs, alors que moi, il a fallu que je l'apprenne. Comme je ne possédais aucun de leurs souvenirs, j'étais obligée d'être très attentive pour apprendre le plus vite possible. Car les gens s'impatientaient quand ils étaient obligés de me rappeler deux fois la même chose.

— Si j'ai bien compris, intervint Jondalar, ces... gens du Clan possèdent, en plus de leur propre langue, un langage très ancien connu de tous. Chacun est capable de parler... ou de communiquer plutôt, avec n'importe qui.

— C'est ce qui se passe en effet lors du Rassemblement du Clan.

— Nous parlons bien des mêmes gens ? Des Têtes Plates ?

— Oui, si c'est là le nom que tu donnes à ceux du Clan, dit Ayla en baissant les yeux. Tu l'as prononcé pour la première fois lorsque je te les ai décrits, juste avant de dire que j'étais un monstre.

Ayla se rappela le regard glacial dont il l'avait gratifiée lorsqu'elle lui avait parlé du Clan et son mépris non déguisé pour ceux qui l'avaient élevée. Le pire était qu'il avait eu cette réaction à un moment où, justement, elle avait l'impression qu'ils commençaient à se comprendre. Elle avait beau s'expliquer, il semblait avoir du mal à accepter ce qu'elle disait. Pourquoi s'était-elle laissée aller à discuter de nouveau avec lui ?

Soudain mal à l'aise, elle s'approcha du feu et, pour s'occuper, commença à plumer les deux lagopèdes que Jondalar avait posés à côté du foyer.

Jondalar comprenait sa réaction : il l'avait blessée trop profondément et avait perdu sa confiance. Il alla chercher les fourrures d'Ayla et les remit sur sa couche. Puis il prit les siennes et les déposa de l'autre côté du feu.

Ayla arrêta aussitôt de plumer les oiseaux et se précipita sur sa couche. Elle ne voulait pas que Jondalar la voie pleurer.

Couché dans ses fourrures de l'autre côté du foyer, Jondalar essayait de trouver une position confortable pour s'endormir. Il repensait aux dernières paroles d'Ayla. Les Têtes Plates semblaient posséder des souvenirs d'un genre bien particulier et un langage gestuel connu de tous. Il avait du mal à le croire. Et pourtant, il ne pouvait mettre ses paroles en doute : elle ignorait ce qu'était le mensonge.

Ayla avait vécu seule pendant des années. Même si elle appréciait la compagnie de Jondalar, la simple présence d'une autre personne exigeait d'elle un effort d'adaptation continuel et les émotions de la journée l'avaient épuisée. Elle ne voulait plus réfléchir ni penser à quoi que ce soit et n'aspirait qu'au repos.

Néanmoins, elle n'arrivait pas à s'endormir. Elle avait mis tous ses espoirs dans le fait de savoir parler et elle avait l'impression que Jondalar l'avait trompée. Pourquoi lui avait-il appris sa propre langue ? Il allait partir et elle ne le reverrait jamais. Au printemps, elle serait obligée de quitter la vallée pour rejoindre ceux qui vivaient à proximité. Il lui faudrait trouver un autre homme.

Mais elle n'avait aucune envie d'en chercher un autre. C'est Jondalar qu'elle désirait : Jondalar, son regard irrésistible et ses caresses. Au début, elle n'avait vu en lui que le premier représentant des Autres qu'il lui était donné de rencontrer. Même si elle ignorait à quel moment exactement le changement s'était produit, Jondalar était devenu un individu à part entière. C'est Jondalar qui lui manquait ce soir, le bruit de sa respiration et la chaleur de son corps, allongé à côté du sien. Que sa couche soit vide était encore plus dur à supporter que le douloureux vide intérieur qu'elle ressentait.

Jondalar, lui non plus, n'arrivait pas à trouver le sommeil. Privé de la chaude présence d'Ayla, il n'arrêtait pas de se tourner d'un côté et de l'autre en se faisant des reproches. Non seulement il avait accumulé les erreurs, mais il n'avait pas pensé à lui apprendre la langue dont elle allait avoir besoin. Son peuple habitait à plus d'une année de marche d'ici et jamais elle n'aurait l'occasion d'utiliser le zelandonii !

Repensant soudain au long Voyage qu'il avait effectué en compagnie de son frère, il le trouvait maintenant totalement inutile. Depuis combien d'années était-il parti ? Trois ans ? Quand il rentrerait, il aurait donc été absent quatre ans. Quatre ans de sa vie envolés ! Pour rien. Thonolan était mort, Jetamio aussi et même l'enfant de l'esprit de son frère. Que restait-il ?

Depuis son adolescence, Jondalar avait appris à contrôler ses émotions. Et pourtant, lui aussi, ce soir-là, il pleura. Il ne pensait pas seulement à la mort de son jeune frère, il songeait aussi à la chance merveilleuse qu'il avait laissé passer.

25

Jondalar venait de rêver de chez lui. Les images étaient encore si nettes dans son esprit lorsqu'il ouvrit les yeux et aperçut les parois de la caverne, qu'il se demanda où il se trouvait. Puis il se dit que les parois n'étaient pas à leur place habituelle. Enfin il comprit qu'étant couché de l'autre côté du foyer, il voyait pour la première fois la caverne sous un angle différent.

Ayla n'était pas là. Elle avait fini de plumer les lagopèdes, posé les deux oiseaux près du foyer et placé leurs plumes dans un panier fermé juste à côté. Cela devait faire un certain temps qu'elle était debout. Le bol de Jondalar — celui qu'il utilisait habituellement et dont le grain rappelait la forme d'un petit animal — était sorti. A côté du bol se trouvait un panier tressé serré dans lequel infusait sa boisson matinale, ainsi qu'une courte branche de bouleau fraîchement écorcée. Ayla savait qu'il aimait mâchonner l'extrémité d'une branche à son réveil pour débarrasser ses dents des dépôts accumulés pendant la nuit et elle avait pris l'habitude d'en préparer une pour lui chaque matin.

Jondalar se leva et s'étira. Il se sentait un peu raide d'avoir dormi à même le sol. Ce n'était pas la première fois qu'il dormait à la dure, mais le matelas en paille sur lequel il couchait d'ordinaire l'avait habitué à plus de confort. En plus, cette paille sentait bon et était toujours parfaitement propre. Ayla la changeait régulièrement pour qu'elle ne s'imprègne pas de mauvaises odeurs.

L'infusion était chaude, Jondalar en déduisit que la jeune femme ne devait pas être loin. Il remplit son bol et huma le parfum de menthe que dégageait la boisson. Chaque matin, il s'amusait à essayer de deviner quelles plantes elle avait utilisées. Il y avait presque toujours de la menthe, la plante préférée d'Ayla. Il avala une gorgée et crut reconnaître le goût des feuilles de framboisier et peut-être une note de luzerne. Il saisit la brindille de bouleau et sortit.

Debout au bord de la corniche, il mâchonna la brindille tout en regardant son jet d'urine jaillir en arc de cercle et mouiller la paroi de la falaise. Il n'était pas tout à fait réveillé et agissait de manière machinale. Lorsqu'il eut terminé, il se brossa les dents avec le bout de bois dont il avait hérissé les fibres en les mordillant, puis se rinça la bouche avec une gorgée d'infusion. C'était un rituel ravigotant à la suite duquel il se sentait les idées plus claires pour faire des projets pour la journée.

Son sentiment de bien-être s'évanouit vite : à peine avait-il fini de boire son infusion qu'il rougit brusquement en songeant à ce qui s'était passé la veille. La journée d'aujourd'hui risquait de ne ressembler en rien à celles qui l'avaient précédée. Et pour cause... Au lieu de jeter la brindille, il la fit tourner entre son pouce et son index en réfléchissant à ce que représentait ce petit bout de bois préparé chaque matin à son intention.

Il lui avait été facile de laisser Ayla prendre soin de lui : elle s'acquittait en effet de cette tâche avec une subtile délicatesse. Elle anticipait ses désirs sans qu'il ait besoin de lui demander quoi que ce soit. La brindille qu'il venait de mâcher en était un parfait exemple. Elle s'était levée avant lui, était allée la couper, en avait retiré l'écorce et l'avait placée à côté du foyer pour qu'il puisse s'en servir à son réveil. Quand avait-elle commencé à faire ça ? Il se rappelait qu'un matin, encore faible sur ses jambes, il avait cueilli une brindille en arrivant en bas du sentier. Le lendemain, Ayla en avait posé une à côté de son bol d'infusion. Il lui en avait été très reconnaissant car, à cette époque, ses pas étaient mal assurés.

Et l'infusion chaude, alors ? Quelle que soit l'heure de son réveil, il trouvait toujours une boisson chaude. Comment savait-elle qu'il n'allait pas tarder à ouvrir les yeux ? Depuis le début, l'infusion du matin était toujours à la bonne température quand il y trempait ses lèvres. Combien d'autres attentions, tout aussi délicates et discrètes, avait-elle eu pour lui depuis qu'elle l'avait recueilli ? Et il s'agissait toujours d'actes totalement désintéressés. Elle me rappelle Marthona, songea Jondalar. Elle aussi vous faisait des cadeaux ou vous consacrait du temps avec une telle bienveillance qu'on ne se sentait jamais son obligé.

— Je ne lui ai rien donné, rien apporté, dit-il à voix haute. Et quand je pense à ce qui s'est passé hier...

Il leva la main et, d'une pichenette, lança la brindille de l'autre côté de la corniche. Il aperçut alors Whinney et son poulain qui décrivaient avec entrain un large cercle au milieu de la prairie.

— Rapide, très rapide ! s'écria-t-il. Je suis certain que sur une courte distance il dépasserait sans mal sa mère.

— Sur une courte distance, la plupart des jeunes étalons sont en effet capables d'aller plus vite qu'une jument, mais pas sur une longue distance, dit Ayla qui arrivait en haut du sentier.

Jondalar se retourna pour la regarder. Ses yeux brillaient d'excitation et il souriait, tout fier du poulain. Son enthousiasme était communicatif et Ayla sourit à son tour, oubliant un instant ses craintes. Elle avait toujours espéré que Jondalar s'attacherait au poulain — malheureusement, maintenant cela n'avait plus d'importance.

— Je me demandais où tu étais, dit-il.

Il était tellement gêné de se retrouver en face d'elle que son sourire s'évanouit.

— J'ai démarré un feu dans la fosse à rôtir pour les lagopèdes et je suis descendue voir si on pouvait les mettre à cuire.

Il n'a pas l'air très heureux de me voir, se dit-elle en se dirigeant vers l'entrée de la caverne. Elle non plus, elle ne souriait plus.

— Ayla ! appela Jondalar en se précipitant à sa suite.

Quand elle se retourna, il ne sut plus quoi dire.

— Je... euh... j'aimerais fabriquer quelques outils. Si tu n'y vois pas d'inconvénient, bien entendu. Je ne veux pas te priver de tes réserves de silex.

— Tu peux prendre ce que tu veux. Chaque année, les crues printanières emportent une partie de ceux qui se trouvent sur la plage et en déversent d'autres.

— Il se peut que la rivière les arrache à un dépôt de craie situé en amont. Si j'étais sûr que ce ne soit pas trop loin, j'irais bien les chercher à la source. Les silex qu'on vient juste d'extraire sont de bien meilleure qualité. Dalanar extrait les siens directement du gisement situé à côté de sa Caverne et les silex lanzadonii ont la réputation de surpasser tous les autres.

Le regard de Jondalar s'était à nouveau animé, comme chaque fois qu'il parlait de son métier.

Il me fait penser à Droog, se dit Ayla. Il adore la taille du silex et tout ce qui s'y rattache. Elle sourit intérieurement en repensant à la fierté de Droog le jour où il avait découvert que le fils d'Aga, sa compagne, était en train de frapper deux pierres l'une contre l'autre. Il avait même offert à l'enfant un percuteur. Il aimait enseigner son savoir-faire, songea-t-elle. Bien que je sois une fille, cela ne l'a pas empêché de me montrer.

Voyant qu'elle était perdue dans ses pensées et qu'elle recommençait à sourire, Jondalar lui demanda :

— A quoi penses-tu, Ayla ?

— Je pensais à Droog, un tailleur de silex. Il me permettait de le regarder quand il travaillait à condition que je reste tranquille et que je ne l'empêche pas de se concentrer.

— Tu pourras regarder comment je travaille, proposa Jondalar. Mais j'aimerais bien aussi que tu me montres quelle technique tu utilises.

— Je ne suis pas une spécialiste. Je suis capable de fabriquer les outils dont j'ai besoin. Mais ceux de Droog étaient bien supérieurs aux miens.

— Tes outils m'ont l'air tout à fait pratiques et je serais curieux de voir comment tu t'y prends.

Ayla hocha la tête et s'enfonça dans la caverne. Elle tardait et Jondalar se portait à l'entrée de la caverne pour la héler quand elle ressortit. Il fit un tel bond en arrière pour l'éviter qu'il faillit tomber. Il ne voulait pas la toucher, même par inadvertance, de crainte de l'offenser à nouveau.

Ayla le prit pour du dégoût. Elle respira un grand coup, redressa les épaules et releva le menton. Elle ne lui laisserait pas voir à quel point elle souffrait. Elle s'engagea dans le sentier, portant d'un côté les deux lagopèdes et le panier plein d'œufs, de l'autre un gros paquet enveloppé dans une peau et attaché à l'aide d'une corde.

— Donne-moi quelque chose à porter, dit Jondalar en se précipitant à sa suite.

Ayla l'attendit, le temps de lui tendre le panier plein d'œufs.

— Il faudrait d'abord mettre les lagopèdes à cuire, dit-elle en déposant son ballot sur la plage.

Jondalar eut l'impression qu'elle attendait qu'il lui donne son accord ou qu'au moins il acquiesce à sa proposition. Et il ne se trompait pas de beaucoup. En dépit de ses années d'indépendance, certaines actions d'Ayla étaient encore fortement influencées par les manières du Clan.

— Bien sûr, vas-y ! dit-il. Avant de se mettre au travail, il faut d'abord que j'aille chercher mes outils.

Ayla emporta les deux oiseaux de l'autre côté de la paroi, là où, un peu plus tôt, elle avait creusé un trou qu'elle avait ensuite garni de pierres. Au fond de la fosse, le feu s'était éteint mais les pierres étaient si chaudes qu'elles grésillèrent quand elle y laissa tomber quelques gouttes d'eau. Il avait fallu qu'elle explore en tous sens la vallée pour trouver les légumes et les aromates dont elle avait besoin pour cuisiner ce plat et elle les avait posés à côté de la fosse. Elle avait cueilli du pas-d'âne pour la note légèrement salée que cette plante donnerait au plat. Il y avait aussi des oignons sauvages, de l'ail des ours, du basilic et de la sauge. Comme légumes, elle avait choisi des orties, de l'angélique et de l'oseille sauvages.

Elle farcit les lagopèdes avec leurs propres œufs placés à l'intérieur des légumes sauvages — quatre œufs dans un des oiseaux, trois dans l'autre. Normalement, on enveloppait les lagopèdes dans des feuilles de vigne avant de les mettre à cuire au fond de la fosse. Mais il n'y avait pas de vignes dans la vallée. Se souvenant qu'on enveloppait parfois le poisson dans de l'herbe fraîchement coupée pour le cuire, Ayla se dit que cela risquait de marcher aussi pour le gibier. Elle plaça les deux oiseaux au fond de la fosse, ajouta encore un peu d'herbe, empila les pierres par-dessus et les recouvrit de terre.

Lorsqu'elle le rejoignit, Jondalar avait étalé autour de lui son assortiment d'outils de tailleur de silex : en pierre, en os et en bois de cervidés. Ayla en reconnut quelques-uns. Elle posa ses propres outils sur le sol à portée de main, s'assit et étendit la peau sur ses genoux pour se protéger des éclats coupants qui risquaient de la blesser au cours de la taille. Levant les yeux, elle s'aperçut que Jondalar était en train d'examiner avec intérêt son attirail.

Quand il poussa quelques rognons de silex dans sa direction, Ayla pensa aussitôt à Droog. « L'habileté d'un bon tailleur de silex commence par le choix des pierres », avait-il coutume de dire. Pour ce qu'elle désirait faire, il lui fallait un silex au grain très serré. Après avoir examiné deux rognons, elle choisit le plus petit. Jondalar, qui approuvait son choix, hocha la tête.

Repensant soudain au fils du foyer de Droog qui avait fait preuve d'un goût marqué pour la taille du silex alors qu'il savait à peine marcher, elle lui demanda :

— Est-ce que tu as toujours voulu être tailleur de silex ?

— A un moment donné, je pensais que je serais sculpteur et j'ai même songé à entrer au Service de la Mère, répondit Jondalar. (Sa voix exprimait un regret poignant.) Mais les choses se sont passées autrement : je suis allé vivre chez Dalanar et j'ai appris la taille du silex. C'était un excellent choix — j'étais doué pour ce métier et il me plaît toujours autant. Je n'aurais jamais été un grand sculpteur.

— Qu'est-ce qu'un « sculpteur », Jondalar ?

— Ça y est, j'ai compris ! s'écria-t-il. Je sais ce qui manque ! Il n'y a dans cette caverne aucun objet gravé, sculpté, peint, décoré de perles ou même simplement coloré.

— Je ne comprends pas… avoua Ayla qui semblait consternée.

— Je suis désolé, Ayla. Comment pourrais-tu savoir de quoi je parle ? Un sculpteur est quelqu'un qui fait des animaux en pierre.

— C'est impossible ! intervint Ayla en fronçant les sourcils. Les animaux sont faits de chair et de sang. Ils vivent et ils respirent.

— Je ne te parle pas d'animaux réels, mais de statuettes qui représentent des animaux. Le sculpteur reproduit dans la pierre l'apparence de l'animal. Ou, si tu préfères, il la taille pour qu'elle ressemble à un animal. Certains sculpteurs font aussi des statuettes qui représentent la Grande Terre Mère. A condition bien entendu qu'Elle leur soit apparue lors d'une vision.

— Quelque chose qui ressemble à un animal ? Dans de la pierre ?

— Pas seulement dans de la pierre. On peut aussi utiliser le bois, l'os, une défense de mammouth ou des bois de cervidés. J'ai entendu dire que certains peuples faisaient des statues dans de la boue. Si la neige ne fondait pas au printemps, on pourrait aussi l'utiliser car elle permet de façonner des personnages ou des animaux très ressemblants.

Pour Ayla, qui ne comprenait rien à ce que lui racontait Jondalar, le mot « neige » fut un déclic. Cela lui rappela le jour où elle s'était servie d'un bol pour entasser de la neige contre la paroi extérieure de la caverne. N'avait-elle pas imaginé pendant un court instant que ce tas de neige ressemblait à Brun ?

— Façonner un personnage dans de la neige... dit-elle en hochant la tête. Je crois que je comprends.

Jondalar se dit que le meilleur moyen pour qu'elle comprenne vraiment était de lui montrer une sculpture. Quelle vie morne elle a dû avoir parmi les Têtes Plates qui l'ont élevée ! se dit-il. Même ses vêtements sont uniquement utilitaires. Se contentent-ils de chasser, de manger et de dormir ? Ils ne sont même pas sensibles aux Dons de la Mère. Ni beauté, ni mystère, ni imagination. Je me demande si elle se rend compte de ce qu'elle a raté.

Ayla prit le rognon de silex qu'elle avait choisi et l'examina avec attention pour savoir à quel endroit elle allait l'attaquer. Elle n'allait pas fabriquer un coup-de-poing car, même si c'était un outil très utile, il était plutôt facile à faire et Jondalar avait certainement envie qu'elle utilise une technique plus compliquée. Avant de se mettre au travail, elle saisit un objet qui ne figurait pas dans l'assortiment d'outils de Jondalar : un os de pied de mammouth, un os élastique sur lequel elle poserait le silex pour qu'il ne se fracasse pas pendant le travail. Elle le fit tourner jusqu'à ce qu'il eût trouvé sa place entre ses jambes.

Elle prit alors son percuteur, un outil en pierre semblable à celui de Jondalar, mais plus petit que le sien, adapté à sa main. Tenant le rognon qu'elle avait posé sur l'enclume en os de mammouth, elle le frappa avec force à l'aide de son percuteur. Un morceau de cortex, l'enveloppe extérieure du silex, tomba à côté de l'enclume, laissant apparaître l'intérieur gris foncé du rognon. Le morceau qui venait de se détacher possédait un épais renflement — le bulbe de percussion — à l'endroit qui avait été frappé par le percuteur. Puis son épaisseur allait en diminuant et, à l'opposé du bulbe, il se terminait par un bord fin. Il aurait pu être utilisé comme outil à découper — d'ailleurs les premières lames fabriquées par l'homme n'étaient rien d'autre que des éclats aux bords tranchants — mais l'outil qu'Ayla désirait fabriquer exigeait une technique plus élaborée.

Elle examina avec attention l'intérieur du silex. La couleur était bonne, le grain parfaitement lisse et il n'y avait aucune inclusion. Ce rognon allait permettre de fabriquer de bons outils. A nouveau, Ayla utilisa son percuteur.

Elle continua à débiter le rognon pour le débarrasser de son enveloppe crayeuse et Jondalar, qui l'observait, vit peu à peu apparaître la forme qu'elle était en train de lui donner. Quand l'enveloppe crayeuse eut disparu, elle frappa encore quelques coups, supprimant ici un renflement, détachant là un éclat, jusqu'à ce que le nucleus ait la forme d'un œuf quelque peu aplati. Elle échangea alors son percuteur en pierre contre un bout d'os solide. Plaçant le noyau sur la tranche et travaillant du bord vers le centre, elle s'attaqua avec son percuteur en os au sommet de l'œuf en pierre et se mit à en détacher des éclats. Ce percuteur possédait une plus grande élasticité et les éclats étaient plus fins, plus longs, avec un bulbe de percussion moins renflé. Quand elle eut terminé, le gros œuf en pierre du début avait une surface supérieure et ovale.

Imitant Droog qui, avant d'accomplir l'étape suivante, demandait toujours l'aide de son totem, Ayla s'arrêta de travailler, saisit son amulette et, fermant les yeux, adressa une pensée silencieuse à l'esprit du Lion des Cavernes. Pour ne pas rater la prochaine étape, il fallait non seulement être habile, mais aussi avoir de la chance. En outre, Ayla savait que Jondalar l'observait et cela la rendait nerveuse. L'important, ce n'était pas tant l'outil qu'elle était en train de fabriquer que la technique qu'elle utilisait. Si elle gâchait cette pierre, elle aurait beau répéter qu'elle n'était pas une spécialiste, Jondalar douterait des capacités de Droog et du Clan tout entier.

Il avait déjà remarqué qu'Ayla portait une amulette autour du cou et, en la voyant pour la première fois saisir à deux mains cet objet et fermer les yeux, il s'interrogea. Elle avait saisi ce petit sac avec respect, comme lui-même aurait saisi sa donii. Mais une donii était une statuette représentant une femme dans toute son abondance maternelle, un symbole de la Grande Terre Mère et du merveilleux mystère de la création. Cette petite poche bosselée ne pouvait en aucun cas avoir la même signification.

Ayla rouvrit les yeux et reprit son percuteur en os. Avant de détacher du noyau une tranche aux arêtes droites et tranchantes, il fallait d'abord qu'elle prépare une plate-forme de percussion. Pour ce faire, elle devait détacher près du bord un petit éclat perpendiculairement à la surface plane du silex.

Tenant fermement le nucleus pour qu'il ne bouge pas, elle visa avec soin. Elle devait non seulement frapper au bon endroit, mais aussi mesurer la puissance de son coup : si elle ne frappait pas assez fort, le petit éclat n'aurait pas l'angle désiré, et si elle frappait trop fort, elle briserait le bord tranchant qu'elle avait si soigneusement façonné. Elle prit une profonde inspiration, retint son souffle et frappa avec son percuteur en os. Le premier coup était important : s'il était réussi, c'était de bon augure. Un petit éclat se détacha, bien net. Ayla, soulagée, respira plus calmement.

Elle fit basculer le noyau pour pouvoir l'attaquer sous un autre angle et frappa à nouveau, avec plus de force cette fois. Le percuteur en os retomba exactement dans l'entaille et un éclat se détacha du noyau. La lamelle, toute en longueur, était de forme ovale. Sa surface supérieure, façonnée à petits coups au sommet de l'œuf, restait irrégulière. La face opposée, débitée dans l'épaisseur du noyau, était lisse, renflée à l'endroit où le percuteur avait frappé, puis s'amincissait jusqu'à former sur tout le pourtour un bord aussi coupant qu'une lame de rasoir.

Jondalar saisit l'outil.

— C'est une technique difficile à maîtriser, dit-il. Il faut faire preuve à la fois de force et de précision. Quel bord tranchant ! Ce n'est nullement un outil grossier.

Ayla poussa un soupir de soulagement. Non seulement elle avait parfaitement accompli sa tâche, mais elle venait de faire honneur au Clan. En réalité, le fait de ne pas être née au sein du Clan lui donnait un avantage supplémentaire. Si Jondalar avait observé un membre du Clan alors qu'il taillait un silex, il aurait été influencé par le fait qu'il se trouvait en présence d'un Tête Plate et il n'aurait pas jugé en toute objectivité sa performance.

Ayla le regardait qui contemplait le silex quand, brusquement, elle ressentit une sorte de décalage intérieur. Elle se mit à frissonner sans raison et il lui sembla qu'elle observait soudain Jondalar et elle-même de loin, comme si elle venait de quitter son propre corps.

Elle se souvint brusquement et avec netteté de la nuit où elle avait fait l'expérience d'une désorientation similaire. Elle se revoyait en train de s'enfoncer à l'intérieur d'une grotte, guidée par la lueur de lampes de pierre, puis agrippée à un pilier alors qu'elle se sentait invinciblement attirée vers un espace circonscrit par de lourdes colonnes de stalactites au plein cœur de la montagne.

Dix mog-ur étaient assis en cercle autour du feu. Mais seul Mog-Ur — Creb lui-même — avait deviné sa présence. La force de son esprit, déjà immense en temps ordinaire, était amplifiée cette nuit-là par le breuvage qu'Ayla, sur les conseils d'Iza, avait préparé à l'intention des sorciers. Elle aussi en avait absorbé sans le vouloir et était sous l'influence du breuvage magique. Par la seule force de son esprit, Creb l'avait tirée de l'abîme sans fond où elle était en train de sombrer et l'avait entraînée dans un voyage fascinant et terrifiant au cours duquel ils étaient remontés jusqu'à l'aube de l'humanité.

Au cours de ce voyage, le plus grand magicien du Clan, doté d'un cerveau exceptionnel, avait ouvert de nouvelles voies dans le cerveau d'Ayla, ranimant des dispositions qui, chez ses semblables, s'étaient atrophiées au cours des âges. Mais, même si leurs cerveaux se ressemblaient, ils n'étaient pas identiques. Ayla avait pu remonter en arrière avec lui jusqu'à l'aube de l'humanité, puis parcourir chaque stade du développement. Mais, à un moment donné, leurs chemins s'étaient séparés et, lorsqu'elle s'était aventurée plus avant sur le sien, elle s'était soudain retrouvée seule : Creb ne pouvait aller au-delà.

Ayla ne comprenait toujours pas pourquoi il avait été si douloureusement affecté par ce qui s'était passé cette nuit-là. Mais une chose était sûre : il n'avait plus jamais été le même et leur relation s'en était trouvée modifiée. Elle ne savait pas non plus que Creb avait ouvert de nouvelles voies dans son psychisme. Malgré tout, elle avait maintenant l'absolue certitude qu'elle avait été envoyée dans la vallée pour obéir à un dessein dont Jondalar faisait partie.

Alors qu'elle se voyait de loin, assise à côté de Jondalar sur cette plage rocheuse située au cœur d'une vallée reculée, des nuées en mouvement et des lueurs bizarres, émanant d'une atmosphère étrange et épaisse, puis happées par le vide, les entourèrent, les unissant l'un à l'autre. Elle comprit alors d'une manière confuse le sens de sa propre destinée : celle-ci lui apparut comme un nœud dont les nombreux fils étaient reliés au passé, au présent et au futur, une position clef dans une période de transition cruciale. Le corps baigné de sueurs froides, elle émit un son étranglé et sursauta en apercevant le visage inquiet qui se penchait vers elle. Puis elle frissonna pour chasser ce sentiment d'irréalité.

— Tout va bien, Ayla ?

— Oui, ça va.

Voyant qu'elle frissonnait sans raison et qu'elle avait la chair de poule, Jondalar éprouva le besoin de la rassurer. Mais il ne savait pas ce qui l'avait effrayée. Cela ne dura qu'un court instant. Il essaya de se défaire de cette impression de malaise, sans y parvenir.

— Je crois que le temps va changer, dit-il. Il me semble qu'un vent froid se lève.

Tous deux regardèrent le ciel : celui-ci était toujours aussi bleu.

— C'est la saison des orages, dit Ayla. Ils éclatent souvent brusquement.

Jondalar hocha la tête et, désireux de se raccrocher à quelque chose de solide, il lui demanda :

— Quelle est la prochaine étape, Ayla ?

La jeune femme se remit au travail. Concentrée sur sa tâche, elle débita cinq éclats de forme ovale et aux bords aussi tranchants que le premier et, après avoir examiné une dernière fois le bout de rognon pour voir si on ne pouvait pas en détacher une dernière lamelle, elle le jeta loin d'elle.

Puis elle choisit le plus fin des éclats et, à l'aide d'un galet rond et lisse, en retoucha un des bords afin d'émousser le dos de l'outil. Ensuite elle façonna en pointe l'extrémité à l'opposé du bulbe de percussion. Satisfaite, elle posa l'éclat dans sa paume et le tendit à Jondalar.

Celui-ci le prit et l'examina avec attention. La section médiane de l'outil était relativement épaisse puis diminuait au fur et à mesure qu'on s'approchait du bord, fin et coupant sur toute sa longueur. L'outil était assez large pour qu'on l'ait bien en main et son dos avait été émoussé pour que l'utilisateur ne se coupe pas. Il ressemblait un peu à la pointe de flèche des Mamutoï. Mais il n'était nullement destiné à être fixé au bout d'une lance. C'était un couteau sans manche, qu'on tenait directement dans la main, et pour avoir vu Ayla utiliser un outil semblable, Jondalar savait qu'il était étonnamment efficace.

Il reposa la lame et hocha la tête pour l'encourager à continuer. Ayla choisit une autre tranche de silex et, à l'aide d'une canine d'animal, détacha des éclats très fins au bout de l'ovale. Elle émoussait légèrement cette partie de l'outil pour renforcer le bord, afin que l'extrémité arrondie et coupante ne s'use pas trop vite quand on utiliserait l'outil pour écharner les peaux. Puis elle posa ce grattoir et choisit un autre éclat.

Elle commença par poser un gros galet lisse sur l'enclume en os de mammouth. Puis elle prit la canine qui lui servait de retouchoir et, l'appuyant sur le galet, elle s'en servit pour faire une entaille en forme de V au milieu du bord le plus long de son troisième éclat. L'entaille était suffisamment large pour que cet outil permette de tailler en pointe l'extrémité d'une lance. Avec un éclat ovale un peu plus long, toujours selon la même technique, elle fabriqua un outil qui permettrait de percer des trous dans le cuir, le bois ou l'os.

N'ayant pas besoin pour l'instant d'autres outils, elle décida de conserver les deux éclats qui restaient comme ébauches qu'elle ne façonnerait que plus tard. Après avoir repoussé son enclume en os, elle réunit les quatre coins de la peau et alla jeter les déchets de silex dans sa décharge, de l'autre côté de la saillie rocheuse. Les déchets du débitage étaient très coupants et capables d'entailler la plante des pieds, aussi épaisse fût-elle.

Jondalar n'avait rien dit. Mais quand elle revint, elle vit qu'il examinait ses outils, les prenant l'un après l'autre dans sa main comme s'il les essayait.

— Je vais t'emprunter la peau avec laquelle tu te protèges les jambes, dit-il.

Ayla lui tendit la peau. Elle était heureuse d'en avoir fini avec sa propre démonstration et curieuse de voir ce qu'il allait faire. Après avoir placé la peau entre ses jambes, Jondalar réfléchit un court instant, les yeux clos, puis, les rouvrant, il choisit un des rognons et l'examina de près.

Le minéral siliceux avait été arraché à des dépôts calcaires qui dataient du crétacé. Même s'il avait été transporté par la rivière en crue à travers l'étroit canyon situé en amont, puis abandonné sur la plage rocheuse, son enveloppe crayeuse témoignait encore de son origine. Parmi tous les minéraux qu'on rencontrait dans la nature, le silex était le mieux adapté à la fabrication d'outils. C'était une pierre dure et pouvant néanmoins être travaillée, grâce à sa structure cristalline minuscule. La forme qu'on lui donnait n'était limitée que par l'habileté de celui qui le taillait.

Jondalar était en train de chercher les caractéristiques distinctives du silex calcédoine, le plus clair et le plus pur. Il écarta tous les silex fissurés, ainsi que ceux qui, frappés à l'aide d'une autre pierre, émettaient un son indiquant des défauts ou des inclusions. Il finit par en sélectionner un.

Tenant le silex de la main gauche, il le posa sur sa cuisse et, de la main droite, il attrapa le percuteur en pierre et le fit sauter plusieurs fois dans sa main pour s'habituer à son contact. C'était un nouvel outil qu'il ne connaissait pas encore et chaque percuteur avait sa personnalité. Quand il l'eut bien en main, il frappa le silex, détachant un large morceau de l'enveloppe gris blanchâtre. A l'intérieur, le silex était d'un gris plus pâle que celui qu'Ayla avait taillé et il avait des reflets bleuâtres. Un grain serré. Une bonne pierre. Un bon présage. Jondalar continua à frapper.

C'est vraiment un expert, se dit Ayla qui l'observait. Parmi tous ceux qu'elle avait regardés travailler, seul Droog était capable de façonner une pierre avec une telle assurance. Mais la forme que Jondalar était en train de donner au silex était fondamentalement différente. Ayla se pencha pour observer le rognon de plus près.

Au lieu d'être ovoïde, le noyau de Jondalar était cylindrique, sans être tout à fait circulaire. En détachant des éclats des deux côtés, il était en train de former une arête qui courait sur toute la hauteur du cylindre. Quand il eut fini de retirer l'enveloppe crayeuse du silex, cette arête était encore inégale et onduleuse. Il posa son percuteur et saisit à la place un merrain de cervidé qui avait été coupé juste au-dessous du premier andouiller afin de supprimer toutes les branches.

Il utilisa ce percuteur pour débiter des éclats plus petits et rendre l'arête parfaitement rectiligne. Lui aussi, il était en train de préparer son noyau. Mais il ne comptait pas détacher de gros éclats dont la forme serait déterminée d'avance. Quand il fut satisfait de l'arête, il choisit un instrument qui, depuis le début, intriguait Ayla. Il s'agissait là encore d'un morceau de bois de cerf. Plus long que le premier, il portait deux branches qui sortaient de la tige centrale, dont la base était taillée en pointe.

Jondalar se mit debout et, bloquant le silex avec son pied, il plaça l'extrémité pointue de l'instrument juste au-dessus de l'arête taillée avec soin. Il saisit de la main gauche la branche la plus haute de telle sorte que l'autre, plus basse, se trouve face à lui. Puis, à l'aide d'un os long et massif, il frappa sur cette dernière.

Une fine lame tomba sur le sol. Sa longueur correspondait à la hauteur du cylindre en silex et sa largeur représentait à peu près le sixième de sa longueur. Jondalar examina la lame au soleil, puis il la montra à Ayla. La lame laissait passer la lumière. L'arête courait au milieu de la face externe sur toute sa longueur et cette lame possédait deux côtés tranchants.

En plaçant la pointe du perçoir en andouiller directement sur le silex, il n'était pas obligé de calculer avec autant de précision le point d'impact et la force de son coup. La puissance du choc était dirigée exactement où il le désirait et comme elle se propageait à travers deux objets intermédiaires élastiques — le percuteur en os et le perçoir en andouiller — l'éclat n'avait pratiquement pas de bulbe de percussion. C'était une longue lame étroite et uniformément fine.

La technique de taille de Jondalar représentait un perfectionnement révolutionnaire. L'important n'était pas seulement la lame qu'il venait de débiter mais la cicatrice que celle-ci avait laissée dans le noyau. L'arête avait disparu. A sa place se trouvait un long sillon encadré par deux arêtes. C'était là le but de son travail de préparation. Il déplaça le perçoir pour que la pointe de celui-ci se retrouve au-dessus d'une des deux arêtes, puis il frappa à nouveau avec son percuteur en os. Une autre longue lame se détacha, laissant deux autres arêtes sur le noyau. Jondalar renouvela l'opération.

Lorsqu'il eut terminé, il avait réussi à débiter dans le noyau d'origine vingt-cinq lames. Soit quatre fois le nombre d'ébauches débitées par Ayla dans le même volume de silex. Ces lames, longues, minces et aux bords tranchants, auraient pu être utilisées telles quelles comme instruments à découper, mais il ne s'agissait pas de produits finis. Elles allaient être façonnées pour répondre à toutes sortes d'usages et utilisées avant tout pour fabriquer d'autres outils. Selon la forme et la qualité du noyau de base, on pouvait, grâce à cette technique perfectionnée, tirer jusqu'à sept fois plus d'ébauches qu'Ayla à partir d'un noyau de taille équivalente. Cette nouvelle méthode ne permettait pas simplement au tailleur de silex de mieux contrôler son travail, elle donnait aussi au peuple des Cavernes une supériorité incomparable.

Jondalar saisit une des lames et la tendit à Ayla. Elle en vérifia aussitôt le tranchant en y appliquant légèrement son pouce, puis elle appuya sur le bord effilé pour mesurer sa résistance et retourna la lame. Ses deux extrémités étaient recourbées. Cela venait de la nature du matériau de base. Mais cette caractéristique était encore plus apparente à cause de la finesse de la lame. Lorsqu'elle ouvrit la main, elle vit que la lame oscillait sur son dos bombé. Sa forme incurvée ne l'empêchait pas d'être parfaitement fonctionnelle.

— Jondalar, c'est vraiment... vraiment merveilleux ! Très important ! Tu en as taillé tellement... Et ce n'est qu'un début, n'est-ce pas ?

— Ce n'est qu'un début, en effet, reconnut-il en souriant.

— Ces silex sont si fins et si beaux ! Ils doivent se casser plus facilement que les miens, mais en retouchant les extrémités, je suis sûre qu'on peut en tirer des grattoirs solides.

Ayla avait l'esprit pratique et elle imaginait d'avance les outils qui pourraient être fabriqués à partir de ses ébauches.

— Des grattoirs et aussi des couteaux. Pour faire un couteau, il faut façonner une soie qu'on encastrera ensuite dans un manche.

— Je ne sais pas ce que c'est qu'une « soie ».

Jondalar prit une des lames pour lui expliquer.

— Je vais commencer par émousser le dos de cette lame et tailler une des extrémités en pointe : cette partie constituera la lame du couteau. Si je détache quelques éclats sur la face interne de la lame, je pourrai même la redresser un peu. Et maintenant, à peu près à mi-hauteur de la lame, je vais détacher par pression des éclats pour former un talon terminé par une pointe. C'est la pointe qui s'appelle la soie.

Jondalar s'interrompit un court instant pour prendre un bout d'andouiller.

— Pour que mon couteau ait un manche, il suffit que j'encastre cette soie dans un morceau d'os, de bois ou d'andouiller comme celui-ci. Il faut d'abord faire tremper le morceau d'andouiller dans de l'eau bouillante pour le ramollir, puis faire pénétrer en force la soie au centre, là où le bois est le plus tendre. Quand l'andouiller sèche, il se resserre autour de la soie et le manche tient souvent très longtemps sans qu'on ait besoin de l'attacher ou de le coller.

Fascinée par cette nouvelle méthode, Ayla avait très envie de s'y essayer mais elle craignait d'enfreindre les coutumes ou les traditions du peuple de Jondalar. Il ne s'était pas formalisé de voir qu'elle chassait. Allait-il pour autant accepter qu'elle fabrique le même genre d'outils que les siens ?

— J'aimerais essayer... Est-ce que tu vois un... inconvénient à ce que les femmes fabriquent des outils ?

Sa demande fit plaisir à Jondalar. Les outils fabriqués par Ayla exigeaient une bonne dose d'habileté. Le meilleur tailleur de silex n'était jamais absolument sûr d'arriver au résultat souhaité. Et le plus mauvais pouvait réussir à fabriquer un outil potable — il suffisait de casser un silex accidentellement pour en tirer quelques éclats utilisables. Jondalar aurait donc très bien admis qu'Ayla essaie de défendre sa propre méthode. Mais elle semblait avoir saisi quel progrès représentait la sienne et avait envie de l'essayer. Comment aurait-il réagi si quelqu'un lui avait montré une technique constituant un progrès aussi radical ?

Je me serais empressé de l'apprendre, se dit-il en souriant.

— Les femmes peuvent être d'excellentes tailleuses de silex, répondit-il. Joplaya, ma cousine, est aussi habile que moi. Mais je me suis bien gardé de le lui dire. Elle est si taquine qu'elle n'aurait pas arrêté de le plaisanter à ce sujet, ajouta-t-il en souriant à ce souvenir.

— Dans le Clan, les femmes ont le droit de fabriquer des outils, mais pas des armes.

— Chez nous, les femmes peuvent fabriquer des armes. Quand un homme part chasser, il perd ou casse beaucoup d'outils et d'armes. Si sa compagne est capable d'en fabriquer, il en a toujours en réserve. C'est donc un avantage. En plus, les femmes sont plus proches que les hommes de la Mère. Certains hommes pensent que les armes fabriquées par les femmes portent chance lors de la chasse. Mais quand un chasseur revient bredouille, il en rejette toujours la faute sur celui qui a fabriqué les armes — et tout spécialement sur sa compagne.

— Crois-tu que je pourrais apprendre ?

— N'importe qui capable de fabriquer des outils comme les tiens est capable d'apprendre à en fabriquer selon ma méthode.

— Non, intervint Ayla après avoir réfléchi à la réponse de Jondalar. Je ne crois pas.

— Bien sûr que tu en serais capable !

— Ce n'est pas ce que je voulais dire. Moi, en effet, je suis capable d'apprendre cette technique. Droog le pourrait aussi, à mon avis. Mais les autres membres du Clan en seraient incapables. Tout ce qui est nouveau est très difficile pour eux. Ils n'apprennent qu'en puisant dans leurs souvenirs.

Sur le coup, Jondalar crut qu'elle plaisantait. Mais non, elle était tout à fait sérieuse. Si elle disait vrai, cela voulait dire que même si on leur en donnait la possibilité, même s'ils le désiraient, les tailleurs de silex du Clan étaient incapables d'apprendre !

Grâce à Ayla, Jondalar commençait à mieux connaître les Têtes Plates. Avant qu'elle ne lui en parle, jamais il n'aurait pensé qu'ils fabriquaient des outils, communiquaient entre eux ou qu'ils puissent avoir pitié d'une enfant perdue. Ayla mise à part, il en savait certainement plus maintenant sur les Têtes Plates que la plupart des gens. Cela pourrait être utile un jour...

Le fait de repenser aux Têtes Plates lui rappela soudain ce qui s'était passé la veille et il ne put s'empêcher de rougir de honte. Totalement absorbé par la taille du silex, il avait oublié son inqualifiable conduite. Il avait regardé Ayla travailler sans vraiment remarquer que ses longues tresses dorées brillaient dans la lumière, faisant ressortir sa peau bronzée, et que ses yeux gris-bleu étaient de la même couleur translucide que le silex calcédoine qu'il venait de tailler.

Oh, Doni ! Comme elle est belle ! se dit-il. Prenant soudain conscience qu'elle était assise tout à côté de lui, il sentit son sexe se durcir. Et son regard trahit ce qu'il éprouvait.

Son changement d'humeur était tellement inattendu qu'il prit Ayla au dépourvu. Comment un homme pouvait-il posséder des yeux d'un tel bleu ? Ni le ciel ni les gentianes qui poussaient dans les montagnes près de la caverne du Clan n'arboraient un bleu aussi profond. Elle ressentait à nouveau... ce sentiment si étrange : des fourmillements dans tout le corps et le désir qu'il la caresse. Elle était penchée en avant, comme s'il la tirait vers lui, et ce n'est qu'au prix d'un effort surhumain qu'elle réussit à fermer les yeux et à se reculer.

Pourquoi me regarde-t-il ainsi alors que je suis un monstre ? se demanda-t-elle. Pourquoi ne peut-il me toucher sans aussitôt bondir comme s'il venait de se brûler ? Son cœur battait la chamade et elle était aussi essoufflée que si elle venait de courir.

Jondalar s'était levé avant qu'elle ne rouvre les yeux, renversant la peau qui lui couvrait les jambes et éparpillant les lames qu'il venait de tailler avec tant de soin. Ayla le vit disparaître derrière la saillie rocheuse. La démarche raide, les épaules voûtées, il semblait malheureux — aussi malheureux qu'elle.

Une fois hors de sa vue, il se mit à courir, dévalant la prairie à toute vitesse jusqu'à ce que les jambes lui fassent mal et qu'il ne puisse plus respirer. Il ralentit alors et s'arrêta, haletant.

Imbécile ! se dit-il. Qu'est-ce qui t'a pris ? Ce n'est pas parce qu'elle a eu la gentillesse de t'offrir quelques silex qu'elle veut t'accorder plus ! Hier, elle s'est sentie blessée parce que tu ne lui as pas proposé de... Mais c'était avant que tu fiches tout en l'air !

Jondalar n'avait aucune envie de repenser à ce qui s'était passé la veille. Il imaginait ce qu'elle avait dû ressentir en voyant sa moue de dégoût. Nous en sommes toujours au même point, se dit-il. N'oublie pas qu'elle a vécu avec des Têtes Plates. Pendant des années. Qu'elle est devenue une des leurs. Qu'un de leurs mâles...

Il s'obligea à fouiller dans sa mémoire, ramenant au jour toutes les anecdotes obscènes, répugnantes et immondes qui, au sein de la Caverne, se rapportaient aux Têtes Plates — donc à Ayla. Lorsque, jeune garçon, il se cachait avec d'autres enfants de son âge dans les buissons pour échanger des gros mots, « femelle Tête Plate » en faisait partie. Un peu plus tard — il n'était pas beaucoup plus vieux, mais savait ce que voulait dire « se faire une femme » — il s'était retrouvé avec les mêmes garçons dans un des coins sombres de la caverne pour parler à voix basse des femelles Têtes Plates qu'ils allaient se faire et de ce qu'il leur arriverait s'ils osaient commettre un tel acte.

A cette époque, l'idée qu'un mâle Tête Plate puisse faire la même chose avec une femme était pour lui impensable. Il en avait entendu parler pour la première fois lorsqu'il était jeune homme. Quand ses amis racontaient des cochonneries, en riant sous cape comme des gamins, il était toujours question d'une femme et d'un mâle Tête Plate, l'histoire la plus ordurière étant celle d'un homme qui, en toute ignorance, avait partagé les Plaisirs avec une femme souillée par un Tête Plate. Le piquant de la plaisanterie était là : qu'il l'ait fait en toute ignorance.

En revanche, jamais on ne plaisantait au sujet des monstres — ou des femmes qui les portaient. Ces monstres étaient des mélanges impurs d'esprits, des créatures malfaisantes lâchées sur terre, que même la Mère, pourtant génératrice de toute vie, avait en horreur. Et les femmes qui mettaient ces abominations au monde étaient intouchables.

Ayla était-elle vraiment impure ? Souillée ? Répugnante ? Un monstre ? Elle, si honnête et si droite ! Et qui connaissait l'art de guérir. Si sage, si courageuse, si gentille et si belle. Est-ce qu'une femme d'une telle beauté pouvait être impure ?

Je suis certain qu'elle ne comprendrait même pas ce que ce mot veut dire, songea Jondalar. Mais que penseront d'elle ceux qui ne la connaissent pas ? Comment vont-ils réagir quand elle leur dira qu'elle a été élevée par des Têtes Plates ? Quand elle leur parlera de son... fils ? Que va penser Zelandoni ? Ou Marthona ? Car elle ne leur cachera pas la vérité. Elle ne les laissera pas dire du mal de son fils et elle leur tiendra tête. Je pense qu'elle est capable de tenir tête à n'importe qui. Même à Zelandoni. Elle a le pouvoir de guérir et elle sait charmer les animaux : elle aurait très bien pu devenir une zelandoni... Mais si Ayla n'est pas un esprit malfaisant, pensa-t-il soudain, alors, tout ce qu'on dit des Têtes Plates est faux !

Perdu dans ses pensées, Jondalar ne faisait pas attention à ce qui se passait autour de lui et, quand il sentit un museau dans le creux de sa main, il sursauta, tout étonné, puis caressa le poulain. Whinney était en train de brouter non loin de là. Quand Jondalar cessa de le caresser, le poulain bondit rejoindre sa mère. Jondalar reprit à pas lents le chemin de la caverne : il n'était nullement pressé de se retrouver en face d'Ayla.

Mais Ayla n'était pas remontée à la caverne. Elle avait contourné la saillie rocheuse et l'avait regardé descendre en courant la vallée. Que lui arrivait-il ? Elle aussi, elle éprouvait parfois le besoin de courir. Mais qu'est-ce qui l'avait poussé à s'éloigner tout d'un coup ? Etait-ce elle ? Après avoir posé la main sur la terre qui recouvrait la fosse à rôtir pour en vérifier la température, elle se dirigea vers le gros rocher. Jondalar, toujours perdu dans ses pensées, fut surpris de voir qu'elle l'attendait là, entourée par les deux chevaux.

— Je m'excuse, Ayla. Je n'aurais pas dû courir comme ça.

— Moi aussi, il m'arrive d'avoir besoin de courir. Hier, j'ai laissé Whinney courir à ma place. Elle va plus loin que moi.

— Je m'excuse pour ça aussi...

Ayla hocha la tête en se disant qu'il s'agissait là encore de politesse. Cela ne signifiait pas grand-chose. Elle s'approcha de Whinney, et la jument posa sa tête sur son épaule. Jondalar l'avait déjà vue agir ainsi lorsqu'elle était bouleversée : Ayla et la jument se réconfortaient mutuellement. Lui aussi, d'ailleurs, était en train de caresser le poulain.

Mais même si le poulain aimait les caresses, il était incapable de rester longtemps en place. Il releva la tête, et s'échappa d'un bond. Il fit une cabriole, virevolta pour revenir vers Jondalar et lui donna de grands coups de tête comme s'il lui demandait de venir jouer avec lui. Ayla et Jondalar éclatèrent de rire, ce qui fit aussitôt baisser la tension.

— Il faudrait que tu lui donnes un nom, rappela Ayla.

— Je ne sais toujours pas comment faire.

— Moi non plus, je ne savais pas. Jusqu'au jour où j'en ai donné un à Whinney.

— Que s'est-il passé pour ton... fils ? Qui lui a donné un nom ?

— Durc était le nom d'un jeune homme d'une légende. Creb savait que c'était ma légende préférée et je pense qu'il a choisi ce nom pour me faire plaisir.

— Je ne savais pas que ton Clan avait des légendes. Comment faites-vous pour raconter une histoire alors que vous ne parlez pas ?

— Nous faisons la même chose que vous avec les mots. Dans certains cas, il est plus facile de s'exprimer par gestes qu'avec des mots.

— C'est bien possible, reconnut Jondalar, en se demandant quel genre d'histoires les Têtes Plates pouvaient bien raconter — ou plutôt : montrer.

Jamais il n'aurait pensé qu'ils étaient capables d'inventer des histoires.

Ils regardaient le poulain qui, la tête haute et la queue dressée, galopait joyeusement non loin d'eux. Quel étalon ce sera ! se dit Jondalar. Il file à une rapidité !

— Rapide ! s'écria-t-il soudain. Si nous l'appelions Rapide ? Qu'en penses-tu ?

— Rapide ? Oui, je suis d'accord. C'est un nom qui lui va bien. Mais si nous décidons de l'appeler ainsi, il faut faire les choses correctement.

— Que veux-tu dire ?

— Quand on donne un nom à un enfant du Clan, il y a toujours une cérémonie. Je ne sais pas si cela convient pour un cheval, mais j'ai accompli cette cérémonie pour Whinney. Je vais te montrer.

Entraînant Jondalar et les deux chevaux à sa suite, Ayla prit la direction des steppes et s'arrêta près du lit d'une rivière, depuis si longtemps à sec qu'il était en partie comblé. Une des ses rives érodée laissait apparaître des strates horizontales de couleur brun-rouge. Sous le regard stupéfait de Jondalar, Ayla détacha de la terre rouge à l'aide d'un bâton, puis la ramassa, s'approcha de la rivière et y ajouta de l'eau pour former une pâte.

— Creb mélangeait l'ocre rouge avec de la graisse d'ours, expliqua-t-elle. Mais ici, il n'y en a pas. A mon avis, pour un cheval, mieux vaut utiliser de la boue : il peut s'en débarrasser dès qu'elle est sèche. De toute façon, ce qui compte, c'est de lui donner un nom. Il va falloir que tu lui tiennes la tête, Jondalar.

Jondalar fit signe au poulain de s'approcher, puis il le prit par l'encolure et le caressa pour qu'il se tienne tranquille. Utilisant l'Ancienne Langue du Clan, Ayla fit quelques gestes afin d'attirer l'attention des esprits. Elle écourta le rituel car elle ne savait toujours pas si les esprits n'allaient pas se sentir offensés qu'on attribue un nom à un cheval. Elle l'avait fait pour Whinney sans qu'il y eût de conséquences néfastes. Mais mieux valait ne pas prendre de risques. Lorsqu'elle eut terminé, elle prit de la boue dans sa main.

— Ce cheval s'appelle Rapide, dit-elle à haute voix et dans le langage du Clan.

Puis elle enduisit de boue la tête du poulain, depuis le toupet de poils blancs qui ornait le haut de son front jusqu'à ses naseaux.

Ayla avait fait si vite que le poulain n'avait pas pu s'échapper. Il piaffa, remua la tête pour se débarrasser de cette boue humide, puis donna un coup de tête dans la poitrine de Jondalar, laissant au passage une longue traînée rouge sur sa peau.

— J'ai l'impression qu'il vient de m'attribuer un nom, dit celui-ci en souriant.

Rapide, qui méritait bien son nom, s'était remis à galoper dans la prairie. Jondalar se frotta la poitrine pour retirer la traînée rouge.

— Pourquoi as-tu utilisé de la terre rouge ? demanda-t-il à Ayla.

— Elle n'est pas comme les autres... c'est de la terre magique... le Clan l'utilise pour les esprits.

— De la terre sacrée ? Pour nous, cette terre rouge est sacrée. Il s'agit du sang de la Mère.

— Oui, c'est du sang. Quand l'esprit d'Iza nous a quittés, Creb a enduit son corps d'un mélange d'ocre rouge et de graisse d'ours. Il appelait ça le sang de la naissance et il disait que grâce à ce sang, Iza pourrait naître à nouveau dans l'autre monde.

Jondalar était stupéfait.

— Ton Clan utilise la terre sacrée pour envoyer un esprit dans l'autre monde ? En es-tu sûre ?

— Quand on enterre quelqu'un correctement, on utilise toujours de la terre rouge.

— Nous aussi, nous faisons la même chose, Ayla. Nous mettons de la terre rouge sur le corps et à l'intérieur de la sépulture pour que l'esprit de celui qui nous a quittés retourne dans le ventre de la Mère et qu'il naisse à nouveau. Thonolan n'a pas eu de terre rouge, ajouta Jondalar avec un regard douloureux.

— Je n'en avais pas et je ne pouvais pas me permettre d'aller en chercher. Il fallait absolument que je rentre. Sinon, j'aurais dû enterrer

deux hommes au lieu d'un. J'ai demandé à mon totem et à l'esprit
d'Ursus, le Grand Ours des Cavernes, de l'aider à trouver son chemin.

— Tu l'as enterré ? Son corps n'a pas été abandonné à la merci des
charognards ?

— J'ai transporté son corps près de la paroi rocheuse et j'ai déplacé
un rocher pour faire tomber des pierres sur ton frère. Mais je n'ai pas
pu l'enduire de terre rouge.

Pour Jondalar, l'idée que les Têtes Plates enterraient leurs morts
était encore plus difficile à admettre que tout ce qu'il avait déjà appris
à leur sujet. Jamais un animal n'aurait agi ainsi. Seuls les humains
s'interrogeaient pour savoir d'où ils venaient et où ils allaient quand ils
mouraient. Etait-il possible que les esprits du Clan invoqués par Ayla
aient guidé Thonolan vers l'autre monde ?

— Si tu n'avais pas été là, Ayla, mon frère n'aurait même pas eu de
sépulture. Et moi, je ne serais pas en vie aujourd'hui.

26

— Je ne pense pas avoir jamais mangé quelque chose d'aussi bon,
dit Jondalar en reprenant un morceau de lagopède. Quel assaisonnement
subtil ! Où donc as-tu appris à cuisiner ainsi ?

— C'est Iza qui m'a appris à cuisiner, répondit Ayla. Où aurais-je
appris sinon ? C'était le plat favori de Creb.

La question de Jondalar l'avait un peu irritée. Pourquoi n'aurait-elle
pas su cuisiner ?

— Une guérisseuse connaît aussi bien les plantes aromatiques que les
plantes médicinales, Jondalar.

Il comprit au ton de sa voix qu'elle n'avait pas apprécié sa remarque.
C'était pourtant un compliment. Le repas était bon, et même excellent.
En fait, la cuisine d'Ayla était toujours délicieuse. Il était souvent
surpris par l'originalité des plats qu'elle préparait, mais cela ne le
gênait nullement : quand on voyageait, c'était pour faire de nouvelles
expériences. Et la saveur inhabituelle des mets n'enlevait rien à la
qualité de la nourriture.

En outre, elle ne s'était pas contentée de cuisiner : c'est elle qui avait
chassé les lagopèdes, cueilli les plantes et les légumes et préparé la fosse
à rôtir. Elle s'occupait de tout. Et toi, Jondalar, tu te contentes de
manger ! se dit-il. Tu ne lèves pas le petit doigt. Tu prends ce qu'on te
donne sans rien offrir en retour...

Sauf des compliments ! Des mots ! Tu ne peux pas lui reprocher de
réagir comme elle vient de le faire. Au lieu de lui dire qu'elle cuisine
bien, tu ferais mieux de chasser, de lui rapporter de la viande pour
remplacer celle que tu as mangé depuis que tu es à sa charge. Ce ne
serait pas grand-chose comparé à tout ce qu'elle a fait pour toi. Encore
que je ne suis pas sûr que tu lui rendrais vraiment service en allant
chasser. Elle se débrouille très bien sans toi.

Comment fait-elle avec des armes aussi encombrantes ? Je me

demande si je ne devrais pas... Va-t-elle penser que j'insulte son Clan si je lui propose de...

— Ayla... euh... j'aimerais te dire quelque chose... mais je ne voudrais pas te blesser.

— Pourquoi t'inquiètes-tu de ça maintenant ? demanda Ayla, toujours sur le même ton. Si tu as quelque chose à dire, dis-le.

— Il est un peu tard en effet pour s'inquiéter, reconnut Jondalar d'une voix chagrine. Mais j'étais en train de me demander... Comment t'y prends-tu pour chasser avec cette arme, ton épieu ?

Ayla semblait déconcertée par sa question.

— Je creuse une fosse, dit-elle, puis je fais peur à un troupeau pour qu'il se précipite vers le piège. Mais l'hiver dernier...

— Un piège ! la coupa Jondalar. Bien sûr ! C'est ce qui te permet de t'approcher près du gibier et de tuer avec cet épieu... J'ai une telle dette vis-à-vis de toi, Ayla, que je veux faire quelque chose pour toi avant de partir, quelque chose qui en vaille la peine. Mais je ne veux pas que tú te sentes offensée par ma proposition. Si cela ne te plaît pas, n'y pense plus et fais comme si je n'avais rien dit. D'accord ?

Ayla acquiesça, curieuse et inquiète à la fois.

— Tu sais chasser, reprit-il. Mais tu utilises des armes vraiment encombrantes. Si tu es d'accord, j'aimerais te montrer d'autres armes de chasse, bien plus pratiques.

L'irritation d'Ayla s'était envolée.

— D'autres armes de chasse ? Plus pratiques que les miennes ?

— Et aussi une nouvelle manière de chasser. Il faudra d'abord que tu t'entraînes un peu...

Ayla n'en revenait pas.

— Les femmes du Clan ne chassent pas et, au début, les hommes du Clan ne voulaient pas que je chasse — même avec une fronde. Brun et Creb m'ont finalement donné la permission de chasser pour apaiser mon totem. Le Lion des Cavernes est un totem mâle très puissant et il leur avait fait comprendre qu'il désirait que je chasse. Ils n'ont pas osé le défier. Ils ont fait une cérémonie spéciale, dit-elle en touchant la cicatrice qu'elle portait à la base du cou. Creb a offert mon sang en sacrifice aux Anciens et je suis devenue la Femme Qui Chasse. Quand je suis arrivée dans cette vallée, je n'avais que ma fronde. Mais cela ne suffisait pas pour faire des réserves de viande. J'ai donc fabriqué des armes semblables à celles des hommes du Clan et j'ai appris à chasser avec, comme j'ai pu... Jamais je n'aurais pensé qu'un homme me proposerait un jour de m'enseigner une autre technique de chasse, avoua-t-elle, la gorge nouée par l'émotion, en baissant les yeux. Si tu faisais ça pour moi, je t'en serais vraiment reconnaissante, Jondalar.

Le front de Jondalar, marqué l'instant d'avant d'un pli soucieux, se détendit soudain. Il crut voir une larme perler au coin des paupières d'Ayla. Etait-ce à ce point important pour elle ? Dire qu'il craignait qu'elle prenne mal sa proposition ! Arriverait-il un jour à la comprendre ? Plus il la connaissait, moins il la comprenait.

— Il va falloir que je fabrique certains outils spéciaux. J'aurai aussi besoin d'os. Les pattes de cerf que j'ai trouvées feront très bien l'affaire. Mais il faudra les mettre à tremper. Est-ce que tu as un récipient qui pourrait convenir ?

— J'ai beaucoup de récipients. Tout dépend de la taille qu'il te faut, dit-elle en se levant.

— Cela peut attendre la fin du repas, Ayla.

Mais Ayla était trop excitée pour songer encore à manger. Elle alla chercher une lampe en pierre tandis que Jondalar terminait son repas, puis elle se dirigea avec lui vers l'endroit de la caverne où elle rangeait ses réserves. Elle confia la lampe à Jondalar et commença à fouiller parmi les bols, les paniers et les récipients de toutes sortes, empilés les uns dans les autres. Jondalar souleva la lampe pour mieux y voir et regarda autour de lui, étonné par la quantité d'objets qu'elle avait fabriqués.

— C'est toi qui as fait tout ça ?

— Oui, répondit-elle en commençant à trier les récipients.

— Cela a dû te prendre des jours... des lunes... des saisons ! Combien de temps t'a-t-il fallu ?

— Plusieurs saisons, répondit-elle après avoir réfléchi. J'ai fabriqué tout ça pendant les saisons froides. Je n'avais rien d'autre à faire. Est-ce que la taille de ceux-là te convient ? demanda-t-elle.

Jondalar jeta un coup d'œil aux récipients qu'elle avait sortis et en choisit quelques-uns qu'il examina avec attention. C'était vraiment incroyable ! Ayla avait beau être habile, ces paniers tressés serré et ces récipients en bois parfaitement poncés avaient dû exiger du temps, depuis quand était-elle dans cette vallée ?

— Celui-ci fera parfaitement l'affaire, dit-il en indiquant une auge en bois à hauts bords.

Ayla réempila les autres récipients tandis qu'il l'éclairait avec la lampe. Quel âge avait-elle quand elle est arrivée dans cette vallée ? se demanda-t-il. Elle n'est pas très âgée. Mais peut-être que je me trompe... Il est difficile de lui donner un âge. Elle est naïve comme une jeune fille mais elle possède un corps de femme. Et elle a déjà eu un enfant. Quel âge peut-elle avoir ?

Ils descendirent le sentier. En arrivant près de la rivière, Jondalar remplit le récipient d'eau et examina les os qu'il avait trouvés dans la décharge d'Ayla.

— Celui-ci est fissuré, dit-il en lui montrant le tibia qu'il tenait à la main avant de l'éliminer.

Après avoir mis les os à tremper, ils remontèrent vers la caverne. Elle ne peut pas être si jeune que ça, se disait Jondalar. Il faut du temps pour devenir une Femme Qui Guérit. A-t-elle le même âge que moi ?

— Depuis combien de temps es-tu ici ? lui demanda-t-il au moment où ils entraient dans la caverne.

Ayla s'arrêta, ne sachant pas très bien comment répondre à sa question. Allait-elle lui montrer les bâtons sur lesquels elle avait marqué les jours ? Même si Creb lui avait enseigné comment faire, elle n'était pas censée être au courant. Jondalar risquait de la blâmer d'avoir fait ça. Qu'importe ! se dit-elle. De toute façon, il ne va pas tarder à partir.

Elle alla chercher le paquet de bâtons sur lesquels elle avait marqué les jours, le défit et les étala sur le sol.

— Qu'est-ce que c'est que ça ?

— Tu m'as demandé depuis quand je suis ici. Je ne peux pas te répondre. Mais depuis que je vis dans cette vallée, chaque soir j'ai fait une entaille dans un bâton. J'ai donc vécu dans cette caverne autant de nuits qu'il y a d'entailles.

— Sais-tu combien de jours cela fait ?

Ayla se rappela la frustration qu'elle avait éprouvée lorsqu'elle avait essayé de calculer ce que représentaient toutes ces entailles.

— Autant de jours qu'il y a d'entailles, répondit-elle.

Jondalar examina avec curiosité un des bâtons. Ayla ne connaissait pas les mots pour compter mais elle n'était certainement pas loin de comprendre à quoi ils servaient. Dans la Caverne de Jondalar, peu de gens avaient accès à ce genre de connaissance. Les mots pour compter possédaient un pouvoir magique et rares étaient ceux qui étaient initiés à leur signification. Zelandoni lui avait fourni quelques explications et, même si leur sens magique lui échappait en grande partie, il en savait plus à ce sujet que la plupart des gens qui n'étaient pas au service de la Mère. Où donc Ayla avait-elle appris à faire des marques sur des bâtons ? Comment une personne élevée par des Têtes Plates pouvait-elle avoir accès à ce type de connaissance ?

— Qui t'a appris à faire ça ? lui demanda-t-il.

— C'est Creb qui m'a montré. Il y a longtemps. J'étais encore une petite fille.

— Creb... l'homme dans le foyer duquel tu vivais ? Savait-il ce que ces marques signifiaient ? Ou se contentait-il de faire des entailles dans un bâton ?

— Creb était... Mog-ur... le plus grand magicien du Clan. Tous les clans comptaient sur lui pour savoir à quelle époque devait avoir lieu certaines cérémonies, comme le Rassemblement du Clan. Et Creb se servait de ces marques pour la déterminer. Un jour, il m'a montré comment il s'y prenait parce qu'il en avait assez que je lui pose des questions. A mon avis, il ne pensait pas que j'arriverais à comprendre car, même pour les mog-ur, c'était difficile. Ensuite, il ne m'en a jamais reparlé. Sauf le jour où il m'a surprise en train de marquer les jours d'un cycle de la lune. Et ce jour-là, il s'est mis très en colère.

— Ce... Mog-ur, dit Jondalar qui avait du mal à prononcer le mot, c'était un homme doté de pouvoirs magiques, comme un zelandoni ?

— Je ne sais pas. Pour toi, un zelandoni est un Homme Qui Guérit. Mog-ur n'était pas un Homme Qui Guérit. Iza connaissait les plantes médicinales, elle était la guérisseuse du clan. Tandis que Mog-ur connaissait les esprits. Il aidait Iza à guérir ses patients en parlant aux esprits.

— Un zelandoni peut être un Homme Qui Guérit, mais il peut aussi avoir d'autres dons. Nous appelons zelandoni tous ceux qui ont répondu à l'appel et qui sont au Service de la Mère. Certains d'entre eux n'ont aucun don particulier, juste le désir de Servir. Les zelandoni peuvent aussi parler à la Mère.

— Creb avait bien d'autres dons. C'était un puissant magicien. Il pouvait... il faisait... je ne saurais pas t'expliquer..

Jondalar hocha la tête : il était bien difficile d'expliquer les dons d'un zelandoni, d'autant plus qu'ils gardaient jalousement leurs secrets. Regardant à nouveau le bâton, il montra à Ayla les entailles plus profondes et demanda :

— Qu'est-ce que ça signifie ?

— C'est ma... ma... féminité, avoua-t-elle en rougissant.

Pendant toute la durée de leurs règles, les femmes du Clan étaient tenues d'éviter les hommes et ceux-ci les ignoraient complètement. Les femmes étaient victimes de cette exclusion parce que les hommes avaient peur de la force de vie mystérieuse qui leur permettait d'engendrer. Cela conférait à l'esprit de leur totem une puissance extraordinaire, capable de repousser l'essence fécondante de l'esprit du totem de l'homme. Quand la femme saignait, cela voulait dire que son totem avait gagné, qu'il avait blessé celui de l'homme — qu'il avait réussi à le chasser. Aucun homme n'avait envie que l'esprit de son totem soit entraîné dans une bataille durant cette période.

Cet interdit avait posé un véritable dilemme à Ayla peu de temps après qu'elle eut ramené Jondalar à la caverne. Elle n'avait pu s'isoler car l'état du blessé exigeait qu'elle reste constamment à son chevet. Elle avait donc passé outre. Plus tard, elle avait essayé de réduire au minimum ses contacts avec lui chaque fois qu'elle recommençait à saigner. Mais elle ne pouvait l'éviter totalement puisqu'ils partageaient la même caverne. Et comme il n'y avait pas d'autres femmes pour s'acquitter de ses tâches à sa place, il avait bien fallu qu'elle continue à chasser, à préparer les repas et même qu'elle mange avec lui, puisqu'il le désirait.

Elle évitait néanmoins toute allusion à ce sujet et se débrouillait pour qu'il ne s'aperçoive de rien. Le fait qu'il aborde une telle question la mettait mal à l'aise.

— La plupart des femmes font comme toi, dit Jondalar qui ne semblait nullement partager sa gêne. Est-ce Creb et Iza qui t'ont appris à tenir un compte de ces périodes ?

— Non, c'est moi qui l'ai fait pour savoir, répondit Ayla en baissant les yeux. Je voulais pouvoir prendre mes précautions au cas où cela m'arriverait lorsque j'étais loin de la caverne.

Elle fut très surprise de voir que Jondalar hochait la tête d'un air entendu.

— Les femmes racontent une histoire au sujet des mots pour compter, reprit-il. Elle disent que Lumi, l'astre lunaire, est l'amant de la Grande Terre Mère. Les jours où Doni saigne, Elle ne partage pas les Plaisirs avec lui. Cela le rend furieux et blesse son orgueil. Lumi se détourne d'Elle et cache sa lumière. Mais il est incapable de rester longtemps loin d'Elle. Comme il se sent seul et que la chaleur du corps de Doni lui manque, il réapparaît. Quand Lumi revient, Doni, bouleversée par son absence, refuse de le regarder. Lumi tourne alors autour d'Elle et brille pour Elle dans toute sa splendeur. Doni ne lui résiste pas longtemps : Elle s'ouvre pour l'accueillir et ils sont à nouveau heureux.

Ayla avait relevé la tête et elle l'écoutait, fascinée.

— C'est pourquoi la plupart des fêtes en l'honneur de la Mère ont lieu au moment de la pleine lune, ajouta Jondalar. Les femmes disent que leurs cycles correspondent à ceux de la Mère. Elles appellent l'époque où elles saignent l'époque de Lumi et elles peuvent dire quand celle-ci va arriver en regardant la lune. Elles disent aussi que Doni leur a donné les mots pour compter afin qu'elles puissent prévoir cette période même quand Lumi est caché par des nuages. Mais les mots pour compter servent aussi à bien d'autres choses, tout aussi importantes.

— Moi aussi, il m'arrive de regarder la lune mais cela ne m'empêche pas d'entailler aussi le bâton, expliqua Ayla encore un peu étonnée que Jondalar aborde un sujet féminin aussi intime avec une telle désinvolture. Qu'est-ce donc que ces mots pour compter ?

— Chaque entaille que tu fais sur ton bâton a un nom. On utilise ces noms pour compter toutes sortes de choses. Ils permettent par exemple de dire combien de rennes a vu un éclaireur ou à combien de jours du campement ces animaux se trouvent. S'il s'agit d'un grand troupeau, comme les troupeaux de bisons que l'on chasse à l'automne, on est obligé de faire appel à un zelandoni qui connaît une manière spéciale d'utiliser les mots pour compter.

Ayla sentit qu'elle était sur le point de comprendre ce que signifiait ces fameux mots pour compter. Elle allait enfin résoudre des questions dont les réponses lui avaient jusqu'ici échappé.

— Je vais te montrer, proposa Jondalar.

Il alla chercher les pierres placées autour du foyer, puis les disposa en ligne devant Ayla. Montrant du doigt chaque pierre l'une après l'autre, il commença à compter :

— Un, deux, trois, quatre, cinq, six, sept...

Ayla l'observait, de plus en plus fascinée.

Quand il eut fini, il chercha autre chose autour de lui qu'il puisse compter et saisit finalement quelques bâtons d'Ayla.

— Un, recommença-t-il en posant un bâton sur le sol. Deux, dit-il en plaçant le second bâton à côté du premier. Trois, quatre, cinq...

Cela rappela aussitôt à Ayla les paroles de Creb : « Année de naissance, année de la marche, année du sevrage... », lui avait dit le magicien en lui montrant au fur et à mesure chacun des doigts de la main.

Levant la main gauche, Ayla ouvrit les doigts, puis, sans quitter des yeux Jondalar, elle lui dit en montrant ses doigts :

— Un, deux, trois, quatre, cinq.

— C'est ça ! s'écria Jondalar. Quand j'ai vu tes bâtons, j'ai tout de suite pensé que tu n'aurais aucun mal à apprendre.

Avec un sourire triomphant, Ayla alla chercher un bâton et commença à compter les entailles. Quand elle arriva à cinq, Jondalar prit la relève.

Mais, avant d'arriver à la seconde entaille plus profonde, il dut s'arrêter. Il fronça les sourcils d'un air concentré.

— Est-ce que ces bâtons représentent le temps pendant lequel tu as vécu dans cette caverne ? demanda-t-il en lui montrant les quelques bâtons qu'elle était allée chercher.

— Non, répondit-elle en allant chercher les autres paquets.

Quand elle eut défait tous les paquets, Jondalar pâlit et ressentit un pincement au creux de l'estomac. Les entailles étaient si nombreuses que cela devait représenter des années ! Même si Zelandoni lui avait expliqué comment faire pour compter les plus grands nombres, il avait besoin de réfléchir.

Il était en train d'étudier les entailles quand soudain il eut une idée. Au lieu de compter les jours, il n'avait qu'à compter les entailles les plus profondes qui représentaient à la fois le début de la période de Lumi d'Ayla et d'un cycle de la lune. Chaque fois qu'il posait son doigt sur une entaille plus profonde, il faisait une marque dans le sol et disait en même temps à voix haute le mot correspondant. Lorsqu'il eut tracé treize marques dans le sol, il commença une nouvelle rangée. Mais il sauta la première marque et n'en fit que douze pour la deuxième rangée car Zelandoni lui avait expliqué que les cycles de la lune ne correspondaient pas exactement aux saisons de l'année. Quand il arriva à la fin des entailles d'Ayla, il avait dessiné trois rangées complètes sur le sol.

— Trois ans ! dit-il en lui lançant un regard empreint de respect. Tu as vécu trois ans ici ! Et moi, j'ai commencé mon Voyage il y a trois ans. Tu as vécu seule pendant tout ce temps ?

— J'ai d'abord vécu avec Whinney, puis ensuite...

— Mais tu n'as vu aucun être humain ?

— Non, aucun depuis que j'ai quitté le Clan.

Ayla repensa à la manière dont elle avait compté les années. Celle où elle était partie, avait découvert la vallée, puis adopté la jeune pouliche, elle l'avait appelée : l'année de Whinney. Au printemps suivant — le début du cycle de la nouvelle croissance —, elle avait découvert le lionceau. Pour elle, c'était l'année de Bébé. Un, disait Jondalar pour compter le temps écoulé entre l'année de Whinney et celle de Bébé. Deux, pour l'année de l'étalon. Trois, c'était l'année de Jondalar et du poulain. Ayla se souvenait mieux des années en utilisant sa propre méthode. Mais en examinant les entailles, Jondalar avait réussi à déterminer combien de temps elle avait vécu dans la vallée et elle voulait apprendre à se servir de ces mots pour compter.

— Sais-tu quel âge tu as, Ayla ? lui demanda soudain Jondalar. Combien d'années tu as vécu ?

— Laisse-moi réfléchir... (Elle leva sa main droite et ouvrit les doigts.) Creb m'a dit qu'Iza pensait que j'avais à peu près... cinq... années quand ils m'ont trouvée. (Jondalar traça cinq traits sur le sol.) Durc est né l'année du Rassemblement du Clan. Creb disait qu'il y avait ce nombre-là d'années entre chaque Rassemblement, précisa-t-elle en levant le pouce et l'index de la main gauche pour les ajouter aux doigts de sa main droite.

— Cela fait sept ans.

— Il y avait eu un Rassemblement du Clan l'été avant qu'ils me trouvent.

— Ça fait une année de moins, dit Jondalar en traçant d'autres traits sur le sol. Tu es sûre de ne pas t'être trompée ? demanda-t-il après réflexion. Cela voudrait dire que tu avais onze ans quand ton fils est né !

— Je ne me trompe pas, Jondalar !

— J'ai entendu dire qu'on pouvait mettre un enfant au monde à cet âge-là, mais c'est très rare. En général, c'est plutôt treize ou quatorze ans. Et certains pensent que c'est encore trop jeune. Tu étais encore pratiquement une enfant...

— Non, je n'étais plus une enfant depuis longtemps. J'étais trop grande pour ça, plus grande que tous les membres du Clan, y compris les hommes. Et j'avais largement dépassé l'âge auquel la plupart des filles du Clan deviennent des femmes. Je ne crois pas que j'aurais pu attendre plus longtemps, avoua Ayla en souriant. Bien des gens pensaient que je ne serais jamais une femme parce que mon totem était trop fort et que c'était un totem mâle. Iza ne se tenait plus de joie quand j'ai eu pour la première fois ma... période de Lumi. Et ensuite... (Son sourire disparut.) Ensuite, il y a eu l'année de Broud. Puis l'année de Durc.

— Tu as eu ton fils à onze ans... donc tu avais dix ans quand il t'a forcée ! Comment a-t-il pu faire une chose pareille !

— J'étais une femme. Plus grande que tous les membres du Clan. Plus grande que lui.

— Plus grande peut-être, mais pas aussi forte. J'ai rencontré quelques Têtes Plates. Ils sont drôlement forts. Je n'aimerais pas avoir à me battre avec l'un d'eux.

— Ce sont des hommes, Jondalar, corrigea-t-elle d'une voix douce. Pas des Têtes Plates — des hommes du Clan.

Ayla n'avait pas élevé la voix, mais elle serrait les mâchoires d'un air obstiné.

— Malgré ce qu'il t'a fait, tu prétends toujours que ce n'est pas un animal ?

— Si Broud, sous prétexte qu'il m'a forcée, est un animal, les hommes qui ont violé les femmes du Clan sont aussi des animaux, non ?

Jondalar n'avais jamais encore envisagé la question sous cet angle.

— Tous les hommes du Clan n'étaient pas comme Broud, reprit Ayla. Creb avait beau être un puissant mog-ur, cela ne l'empêchait pas d'être doux et gentil. Brun, le chef, était un homme volontaire, mais il était juste. Il était obligé de respecter les lois du Clan, mais cela ne l'a pas empêché de me donner l'autorisation de chasser et il a accepté Durc. Quand je suis partie, il m'a promis de s'occuper de lui.

— Quand es-tu partie ?

Ayla réfléchit : année de naissance, année de la marche, année du sevrage...

— Durc avait trois ans quand j'ai quitté le Clan, dit-elle.

Jondalar traça trois traits de plus sur le sol.

— Tu avais quatorze ans ? Seulement quatorze ans ? Et tu as vécu ensuite dans cette vallée pendant trois ans ? (Jondalar fit le compte des traits.) Tu as dix-sept ans, Ayla. Dix-sept ans qui, en l'occurrence, représentent toute une vie.

Le regard songeur, Ayla s'assit sur le sol pour mieux réfléchir.

— Durc a six ans maintenant, dit-elle au bout d'un moment. Les hommes ne vont pas tarder à l'emmener dans la clairière pour qu'il commence à s'entraîner. Grod va lui fabriquer un épieu à sa taille et Brun lui montrera comment s'en servir. Et s'il est toujours en vie, le vieux Zoug lui apprendra à se servir d'une fronde. Durc s'amusera à chasser des petits animaux avec Grev, son ami. Durc était plus jeune que Grev, mais il le dépassait déjà d'une tête. Il a toujours été très grand pour son âge. Il tient ça de moi. Il court vite. Je suis sûre qu'à la course, il les bat tous. Et il sera aussi très fort à la fronde. Il ne manquera pas d'affection. Uba l'aime beaucoup. Au moins autant que moi...

Le visage ruisselant de larmes, Ayla éclata en sanglots et, avant qu'elle puisse se rendre compte de ce qui se passait, elle laissa retomber sa tête sur l'épaule de Jondalar et se retrouva dans ses bras.

— Tout va bien, Ayla, dit celui-ci en lui tapotant gentiment l'épaule.

Mère à onze ans et séparée de son fils à quatorze ans ! Elle n'avait pas pu le regarder grandir et n'était même pas certaine qu'il soit en vie. Elle se raccrochait à l'espoir que quelqu'un prenait soin de lui, l'aimait et qu'on allait lui apprendre à chasser... comme à n'importe quel autre enfant.

Quand Ayla releva la tête et s'écarta de Jondalar, elle était vidée mais se sentait le cœur plus léger, comme si sa douleur pesait maintenant moins lourd. Pour la première fois depuis qu'elle avait quitté le Clan, elle avait pu partager son chagrin avec un autre être et elle eut un sourire de gratitude pour Jondalar.

Celui-ci lui sourit à son tour, avec tendresse et compassion. Son regard exprimait aussi un sentiment plus profond dont il n'avait pas conscience mais qui se lisait clairement dans ses yeux bleus et qui trouva aussitôt un écho chez Ayla. Ils restèrent un long moment les yeux dans les yeux à échanger en silence ce qu'ils n'osaient dire à haute voix.

Ayla, qui n'était pas encore très à l'aise quand on la regardait dans les yeux, finit par détourner la tête et se mit à ranger les bâtons. Il fallut un certain temps avant que Jondalar reprenne ses esprits et se décide à l'aider.

Même s'ils se rendaient compte qu'il n'y avait rien de choquant dans leur étreinte, ils évitaient de se regarder ou de se retrouver trop près l'un de l'autre afin de ne pas gâcher ce moment de tendresse imprévu.

Quand Ayla eut fini de ranger les bâtons, elle se tourna vers Jondalar et lui demanda :

— Quel âge as-tu ?

— J'avais dix-huit ans au début de mon Voyage, dit-il. Thonolan avait quinze ans... et dix-huit ans quand il est mort. Il était encore si jeune ! (Il se tut, le visage douloureux, avant de reprendre :) J'ai vingt et un ans, Ayla... C'est très âgé pour être encore seul. La plupart des hommes plus jeunes que moi ont déjà trouvé une compagne et fondé un foyer. Thonolan avait seize ans lors de la Cérémonie de l'Union.

— Quand je vous ai découverts, vous n'étiez que deux. Où est sa compagne ?

— Elle est morte. En mettant au monde un enfant. Le bébé est mort, lui aussi. (Les yeux d'Ayla se remplirent de pitié.) C'est pour ça que nous nous sommes remis en route. Il ne pouvait plus rester là-bas. Depuis le début, c'était son Voyage, plus que le mien. Il ne tenait pas en place et aimait l'aventure. Il n'avait peur de rien et se faisait des amis partout. Moi, je ne faisais que voyager avec lui. Thonolan était mon frère mais aussi mon meilleur ami. Quand Jetamio est morte, j'ai essayé de le convaincre de rentrer avec moi. Mais il n'a pas voulu. Il souffrait tellement qu'il voulait suivre Jetamio dans l'autre monde.

Se souvenant soudain du chagrin de Jondalar à l'annonce de la mort de son frère, Ayla se rendit compte qu'il souffrait toujours.

— Si c'était son désir, peut-être est-il plus heureux ainsi, dit-elle d'une voix douce. Il est difficile de continuer à vivre quand on perd quelqu'un qu'on aime autant.

Repensant au chagrin inconsolable de son frère, Jondalar eut l'impression qu'il le comprenait un peu mieux. Ayla avait peut-être raison... Après avoir elle-même tant souffert, elle devait savoir ce qu'on éprouvait en pareil cas. Thonolan avait du courage : il était intrépide et plein de fougue. Le courage d'Ayla était différent : elle ne se révoltait pas et, malgré ses souffrances, elle avait choisi de continuer à vivre.

Ayla n'arrivait pas à s'endormir. En entendant Jondalar remuer de l'autre côté du foyer, elle se demanda s'il dormait. Elle serait bien allée le rejoindre. Mais l'élan de tendresse qui les avait rapprochés un peu plus tôt semblait si fragile qu'elle craignait de le gâcher en lui demandant plus qu'il ne pouvait donner.

A la lueur des braises, elle apercevait la forme de son corps enveloppé dans les fourrures. Un de ses bras était sorti, ainsi que son mollet musclé, et son talon était posé sur le sol. Ayla le voyait bien plus distinctement quand elle fermait les yeux que quand elle regardait la forme allongée de l'autre côté du foyer. Ses longs cheveux blonds et raides retenus par une lanière à hauteur de la nuque, sa barbe d'un blond plus foncé et bouclée, ses yeux saisissants qui en disaient beaucoup plus long que ses paroles et ses grandes mains aux doigs sensibles lui apparaissaient alors bien plus clairement. Qu'il s'agisse de tailler un silex ou de caresser le poulain, il savait merveilleusement se servir de ses mains.

Comment un homme aussi fort et solide pouvait-il être aussi gentil ? Ayla avait senti la puissance de ses muscles quand il l'avait prise dans ses bras. Il ne semblait nullement honteux de montrer ses sentiments et de manifester son chagrin. Les hommes du Clan étaient plus réservés. Creb qui, Ayla le savait, l'aimait tendrement, ne se serait jamais laissé aller à exposer aussi ouvertement ses sentiments, même à l'intérieur des pierres qui délimitaient son foyer.

Durant la nuit, Ayla ne cessa de se tourner et de se retourner sur sa couche, jetant un coup d'œil au torse nu de l'homme couché de l'autre côté du foyer, ou à ses larges épaules, ou encore à sa cuisse droite marquée par une longue cicatrice. Pourquoi cet homme lui avait-il été envoyé ? Pour qu'elle sache se servir de nouveaux mots qu'il était en train de lui apprendre ? Il allait aussi lui montrer une nouvelle méthode de chasse. Qui aurait cru qu'un homme lui proposerait un jour une chose pareille ? Dans ce domaine aussi, il ne se conduisait pas comme les hommes du Clan. Peut-être pourrai-je faire quelque chose de spécial pour lui ? se dit-elle. Quelque chose pour qu'il se souvienne de moi.

Elle s'assoupit en songeant à quel point elle avait envie de se retrouver à nouveau dans ses bras, de sentir la chaleur de son corps et le contact de sa peau contre la sienne. Quand elle se réveilla, un peu avant l'aube, elle venait de rêver que Jondalar marchait en plein hiver au milieu des steppes, et dès qu'elle ouvrit les yeux, elle sut ce qu'elle allait faire. Elle voulait fabriquer un vêtement qui lui tienne chaud.

Elle se leva sans bruit, alla chercher les habits qu'il portait lorsqu'elle l'avait trouvé et s'approcha du feu pour les regarder. Il faudrait d'abord faire tremper la peau pour la débarrasser du sang qui l'imprégnait. Le pantalon était irrécupérable : il faudrait en refaire un autre. La tunique décorée pourrait être sauvée si elle parvenait à remettre les bras en place. Il en était de même de la pelisse. Les peaux qui lui protégeaient les pieds étaient en bon état, il suffirait de changer les lanières.

Ayla se pencha un peu plus vers les braises pour examiner l'assemblage. On avait percé de petits trous sur les bords des peaux, puis on avait assemblé celles-ci avec des tendons ou de fines bandes de cuir. Ayla avait déjà examiné ces vêtements le jour où elle les avait coupés. Elle ne savait pas si elle serait capable d'en fabriquer de semblables, mais elle pouvait toujours essayer.

Quand Jondalar remua, elle retint sa respiration. Elle ne voulait pas qu'il la voie avec ses vêtements car elle tenait à lui faire la surprise. Il se remit sur le dos et sa respiration redevint régulière : il dormait à poings fermés. Ayla fit un paquet des vêtements et alla le placer sous les fourrures de sa couche. Plus tard, elle trierait les peaux qu'elle tenait en réserve pour choisir celles dont elle avait besoin.

Une faible lueur pénétra à l'intérieur de la caverne. La respiration de Jondalar se modifia légèrement : il n'allait pas tarder à se réveiller. Ayla ajouta du bois sur les braises et mit les pierres à chauffer, puis elle installa le panier dans lequel elle faisait chauffer l'eau. Comme la gourde était presque vide, elle décida d'aller la remplir. En passant près de Whinney, elle entendit la jument souffler doucement et s'arrêta près d'elle.

— J'ai une idée formidable, Whinney, lui dit-elle dans le langage silencieux du Clan en souriant. Je vais fabriquer des vêtements pour Jondalar, des vêtements exactement comme les siens. Crois-tu qu'il aimera ça ?

Son sourire s'évanouit et, prenant la jument par l'encolure, elle posa son front sur le sien. Quand il aura ses vêtements, il me quittera, songea-t-elle. Je ne peux pas l'obliger à rester. Je ne peux que l'aider à préparer son départ.

Quand elle s'engagea sur le sentier, le jour se levait. En arrivant près de la rivière, elle enleva son vêtement en peau et plongea dans l'eau froide. Elle ressortit rapidement, se rhabilla, cueillit une brindille pour Jondalar et remplit sa gourde avant de remonter vers la caverne.

Ce matin, je vais essayer un nouveau mélange, se dit-elle. De la camomille et de l'herbe douce [1]. Elle écorça la brindille, la posa à côté du bol de Jondalar et prépara l'infusion du matin. Les framboises sont mûres, songea-t-elle, je vais aller en cueillir.

Elle posa le pot à infusion à côté du feu, alla chercher un panier et ressortit en compagnie de Whinney et de son poulain. Les deux chevaux broutèrent non loin d'elle tandis qu'elle cueillait des framboises, déterrait quelques carottes sauvages et ramassait des tubercules blanchâtres qu'elle préférait manger cuits, plutôt que crus.

Quand elle revint, Jondalar l'attendait sur la corniche ensoleillée. Elle le salua de la main tout en lavant les tubercules dans la rivière. Puis elle rejoignit la caverne et ajouta les carottes et les tubercules au bouillon de viande séchée qu'elle avait mis sur le feu un peu plus tôt. Elle goûta, ajouta quelques plantes aromatiques, partagea les framboises en deux parts égales et se servit un bol d'infusion froide.

— De la camomille, dit Jondalar, et quelque chose d'autre que je ne connais pas...

— Je ne sais pas comment on l'appelle, répondit Ayla. Ça ressemble à de l'herbe et c'est doux. Il faudra que je te montre cette plante.

Elle remarqua qu'il avait sorti ses outils de tailleur de silex ainsi que les lames qu'il avait fabriquées la veille.

— Je ne vais pas tarder à me mettre au travail, expliqua-t-il. J'ai besoin de fabriquer certains outils avant de m'attaquer aux sagaies proprement dites.

— Plus vite nous irons chasser, mieux ça vaudra. Cette viande séchée est vraiment trop maigre à mon goût. En fin de saison, les animaux ont refait leurs réserves de graisse. Je me réjouis d'avance à l'idée de manger un cuissot rôti tout dégoulinant de jus.

— Tu me fais venir l'eau à la bouche rien que d'en parler, Ayla, dit-il en souriant. Tu es vraiment une cuisinière extraordinaire !

Ayla rougit et baissa la tête. Elle était heureuse de savoir qu'il appréciait ses talents de cuisinière, mais trouvait étonnant qu'il fasse attention à quelque chose qui, pour elle, allait de soi.

— Je ne voulais pas te gêner, dit-il en voyant sa réaction.

---

1. En anglais *sweet grass,* « herbe douce ». Il s'agit de la glycérie. *(N.d.T.)*

— Iza disait toujours que les compliments rendent jaloux les esprits et que bien faire quelque chose devrait suffire.

— J'ai l'impression que Marthona aurait bien aimé ton Iza. Les compliments l'irritaient, elle aussi. Elle avait l'habitude de dire : Le meilleur compliment est le travail bien fait. Toutes les mères se ressemblent.

— Marthona est ta mère ?

— Oui, je ne te l'ai pas dit ?

— J'avais l'impression que c'était ta mère, mais je n'en étais pas sûre. As-tu d'autres frères et sœurs, en plus de celui que tu as perdu ?

— J'ai un frère aîné, Joharran. Il est maintenant le chef de la Neuvième Caverne. Il est né dans le foyer de Joconan. Quand ce dernier est mort, ma mère s'est unie à Dalanar. Je suis né dans le foyer de celui-ci. Puis Marthona et Dalanar se sont séparés, et ma mère a pris pour compagnon Willomar. Thonolan est né dans le foyer de Willomar, ainsi que ma jeune sœur Folara.

— Tu as aussi vécu chez Dalanar ?

— Oui, pendant trois ans. C'est lui qui m'a appris mon métier. J'avais douze ans quand je suis parti vivre chez lui et cela faisait déjà un an que j'étais un homme. J'étais aussi très grand pour mon âge. Et il valait mieux que je parte, ajouta-t-il avec une expression indéfinissable.

Il se tut un court instant, puis reprit, en souriant cette fois :

— C'est chez Dalanar que j'ai rencontré ma cousine Joplaya. Elle est la fille de Jerika et est née dans le foyer de Dalanar après que celui-ci eut pris Jerika comme compagne. Elle a deux ans de moins que moi. Dalanar lui a appris la taille du silex en même temps qu'à moi. Elle possède les qualités indispensables au tailleur de silex : la main sûre et l'œil exercé. Même si je ne lui ai jamais dit, elle maîtrise parfaitement son métier et, un jour, elle sera aussi forte que Dalanar.

— Il y a quelque chose que je ne comprends pas, Jondalar, avoua Ayla après avoir réfléchi. Folara a la même mère que toi et elle est donc ta sœur. Exact ?

— Oui, c'est ça.

— Tu es né dans le foyer de Dalanar et Joplaya aussi, mais elle, elle est ta cousine. Quelle différence entre sœur et cousine ?

— Les frères et les sœurs sont nés de la même mère. Les cousins sont moins proches. Je suis né dans le foyer de Dalanar — et je suis certainement le fils de son esprit. Tout le monde dit que je lui ressemble. Je pense que Joplaya est aussi la fille de son esprit car elle est grande comme lui, alors que sa mère est petite. Joplaya et moi nous sommes peut-être tous deux les enfants de l'esprit de Dalanar. Qui sait ? Personne ne peut jamais dire avec certitude quel esprit la Grande Mère a choisi de mélanger avec celui de la femme. C'est pourquoi Joplaya est ma cousine et non ma sœur.

— Peut-être qu'Uba était ma cousine... Mais, pour moi, elle était ma sœur.

— Ta sœur ?

— Ce n'était pas ma vraie sœur. Uba était la fille d'Iza et elle est née après que celle-ci m'eut recueillie. Iza disait que nous étions toutes les deux ses filles. Uba a trouvé un compagnon, mais ce n'était pas l'homme qu'elle avait choisi. Elle a été obligée de prendre pour compagnon un autre homme car sinon, celui-ci n'aurait pu s'unir qu'à une de ses sœurs. Et dans le Clan, les frères et sœurs n'ont pas le droit de s'unir.

— Chez nous non plus, dit Jondalar. Nous évitons aussi de nous unir entre cousins, bien que ce ne soit pas formellement interdit. Cela dépend de quels cousins il s'agit.

— Que veux-tu dire ?

— Nous avons toutes sortes de cousins. Les enfants de la sœur de ma mère sont aussi mes cousins. Et aussi les enfants de la compagne du frère de ma mère et aussi les enfants de...

— C'est trop compliqué ! dit Ayla en secouant la tête. Comment faites-vous pour savoir qui est votre cousin et qui ne l'est pas ? Presque toutes les femmes de ta Caverne doivent être tes cousines... Il ne doit pas en rester beaucoup que tu puisses choisir comme compagne.

— La plupart des gens ne s'unissent pas avec un membre de leur propre Caverne, mais plutôt avec quelqu'un qu'ils ont rencontré à la Réunion d'Eté. Il est rare qu'un homme prenne pour compagne une de ses parentes car, en général, nous savons quels sont nos cousins les plus proches, même quand ils appartiennent à une autre Caverne.

— C'est le cas de Joplaya ?

La bouche pleine de framboises, Jondalar se contenta de hocher la tête.

— Et si ce n'étaient pas les esprits qui faisaient les enfants ? demanda Ayla. Si c'était l'homme ? Cela voudrait dire qu'un garçon, par exemple, est autant le fils de l'homme que de la femme...

— Le bébé grandit à l'intérieur du ventre de la mère, Ayla. Il naît de la mère.

— Si c'est le cas, pourquoi les hommes et les femmes aiment-ils s'accoupler ?

— Pourquoi la Mère nous a-t-elle fait cadeau du Don du Plaisir ? C'est une question qu'il faudrait poser à Zelandoni.

— Pourquoi parles-tu tout le temps du « Don du Plaisir » ? Beaucoup de choses rendent les gens heureux et leur donnent du plaisir. Est-ce qu'un homme éprouve tant de plaisir que ça à introduire son sexe à l'intérieur de la femme ?

— Non seulement l'homme en éprouve, mais la femme aussi... Mais tu ignores tout de ça, Ayla. Tu n'as jamais été initiée aux Premiers Rites. Un homme t'a pénétrée, il a fait de toi une femme, mais ce n'est pas pareil. C'est vraiment honteux ! Comment ces gens ont-ils pu accepter une chose pareille ?

— Ils ne pouvaient pas savoir. Ce n'était pas ce qu'il me faisait qui était honteux, mais sa manière de le faire. Il ne faisait pas ça pour le Plaisir, mais par haine. Je souffrais et j'étais furieuse. Mais je n'en éprouvais aucune honte. Peu de plaisir, non plus. Je ne sais pas si c'est Broud qui a mis en train mon bébé, ou qui a fait de moi une femme pour que je puisse en avoir un, mais son fils m'a rendue très heureuse. Grâce à lui, j'ai éprouvé du plaisir.

— Le Don de Vie de la Mère est une joie. Mais il y a quelque chose de plus dans le Plaisir que partagent un homme et une femme. Ça aussi, c'est un Don qu'il faut accomplir avec joie, en l'honneur de la Mère.

Pour les enfants, je ne suis pas sûre qu'il ait raison, se dit Ayla. Et pourtant, il semble si sûr de lui ! Elle n'arrivait pas à le croire tout à fait et continuait à s'interroger à ce sujet.

Quand ils eurent fini de déjeuner, Jondalar se dirigea vers l'endroit de la corniche où il avait disposé ses outils. Ayla le suivit et s'installa non loin de lui. Il commença par étaler les lames devant lui afin de pouvoir les comparer : des différences minimes faisaient que certaines étaient mieux adaptées que d'autres à la fabrication d'outils bien précis. Jondalar choisit une des lames, la regarda à la lumière et la tendit à Ayla.

L'arête qui courait de haut en bas au milieu de la face externe était rectiligne. De l'arête centrale à chacun des bords, l'épaisseur de la lame diminuait régulièrement si bien qu'on pouvait voir le jour au travers. La partie supérieure de la lame se recourbait vers la face interne, renflée et lisse. Pour apercevoir les lignes de fracture qui rayonnaient à partir du bulbe de percussion très aplati, il fallait regarder la lame par transparence. Les deux bords étaient droits et effilés.

Jondalar tira sur un des poils de sa barbe et le coupa net pour vérifier le tranchant de la lame. Il aurait été difficile de trouver une lame plus parfaite que celle-ci.

— Je vais la garder pour tailler ma barbe, dit-il.

Ayla n'avait pas compris ce qu'il entendait par là. Habituée à ne pas interrompre Droog lorsqu'elle le regardait travailler, elle ne posa pas de question. Jondalar reposa la lame et en choisit une autre. Sur celle-ci, les deux bords tranchants allaient en diminuant, si bien qu'une des extrémités de la lame était plus étroite que l'autre. Jondalar prit un galet lisse, deux fois plus gros que son poing, et y posa l'extrémité étroite de la lame. A l'aide d'un percuteur en andouiller, il tapa sur l'extrémité pour lui donner une forme triangulaire. Appuyant les bords du triangle sur l'enclume en pierre, il en détacha alors de petits éclats. Quand il eut terminé, la lame possédait une pointe étroite et tranchante.

Il attrapa un bout de la bande en cuir qui lui ceignait les reins et se servit de l'outil pour y percer un trou.

— C'est un perçoir, expliqua-t-il à Ayla. Un outil qui permet de faire des trous dans le cuir avant d'assembler les diverses parties du vêtement avec du tendon.

Il a dû me voir examiner ses vêtements, songea Ayla. A-t-il deviné ce que je comptais faire ?

— Je vais aussi fabriquer un foret, continua Jondalar. C'est un outil semblable à celui-ci, mais plus grand et plus solide. On l'utilise pour percer des trous dans le bois, l'os ou les andouillers.

Ayla poussa un soupir de soulagement : Jondalar était en train de parler de ses outils, un point c'est tout.

— Moi aussi, j'utilise un... perçoir pour faire des trous dans les poches en peau, intervint Ayla. Mais le mien est beaucoup moins bien que celui-là.

— Veux-tu celui-ci ? demanda Jondalar. J'en referai un pour moi.

Ayla prit le perçoir et baissa la tête pour exprimer sa gratitude comme on faisait dans le Clan. Puis elle se souvint de ce que lui avait dit Jondalar.

— Merci, dit-elle.

Jondalar lui fit un grand sourire. Puis il prit une autre lame et la posa sur l'enclume en pierre. Avec son percuteur en andouiller, il tronqua une des extrémités de la lame, en lui donnant un angle légèrement aigu. Puis, tenant l'extrémité tronquée de manière qu'elle soit perpendiculaire au coup sec qu'il allait donner, il frappa un des bords de la lame pour en détacher un long morceau. Quand celui-ci fut tombé, il se retrouva avec une lame dont l'extrémité était tranchante, robuste et biseautée.

— Connais-tu ce genre d'outil ? demanda-t-il à Ayla.

Après avoir examiné la lame, la jeune femme fit non de la tête, puis elle la lui rendit.

— C'est un burin, dit Jondalar. Les graveurs et les sculpteurs utilisent un outil assez semblable à celui-là. Moi, je vais m'en servir pour fabriquer l'arme dont je t'ai parlé.

— Burin, burin, répéta Ayla pour s'habituer à ce mot nouveau.

Quand Jondalar eut fini de fabriquer les outils dont il avait besoin, il secoua la couverture en cuir sur laquelle il avait travaillé et alla chercher le récipient en bois dans lequel il avait mis les os à tremper. Il choisit un os long et, après l'avoir essuyé, le fit tourner dans sa main afin de choisir l'endroit où il allait l'attaquer. Il se rassit, bloqua l'os avec son pied et se servit du burin pour y graver une longue ligne dans le sens de la longueur. Puis il grava une deuxième ligne qui rejoignait la première en formant une pointe. Il ferma ce triangle tout en longueur en gravant à la base une troisième ligne plus courte que les deux premières.

A l'aide de son burin, il commença à détacher de longues rognures d'os en suivant la première ligne qu'il avait tracée. Il fit de même pour les deux autres lignes, pénétrant de plus en plus profondément à l'intérieur de l'os. Il refit une dernière fois le tour du triangle pour s'assurer que celui-ci n'adhérait plus nulle part et appuya alors fortement sur la base. Le triangle se détacha. Il le mit de côté, puis reprit l'os pour y graver une ligne qui, à nouveau, formait une pointe avec un des côtés qu'il venait de découper.

Ayla l'avait observé avec attention, bien décidée à ne rien rater. Mais quand son travail devint répétitif, elle le regarda plus distraitement et en profita pour réfléchir à la conversation qu'ils avaient eue un peu plus tôt. L'attitude de Jondalar avait changé. Ce n'était pas tant ce qu'il lui avait dit, plutôt sa manière d'envisager les choses.

Marthona aurait aimé ton Iza, avait-il remarqué et il avait ajouté que toutes les mères se ressemblaient. Sa mère pouvait donc aimer une Tête Plate ? Les deux femmes pouvaient avoir des points communs ? Ensuite, malgré la colère qu'il éprouvait à son égard, il avait dit, en parlant de Broud : « un homme t'a pénétrée. » Puis « ces gens » pour faire référence aux membres du Clan. Il ne s'en était pas rendu compte, ce qui faisait d'autant plus plaisir à Ayla. Il commençait à considérer les membres du Clan comme des « gens ». Pas des animaux, ni des monstres — mais des êtres humains à part entière.

Elle recommença à s'intéresser à Jondalar car il venait de changer d'activité. Il avait pris un des triangles en os pour en polir les bords tranchants et, à l'aide d'un racloir en silex, il en retirait de longs frisons. Un instant plus tard, il tendit à Ayla une pointe en os de forme arrondie.

— L'os peut être taillé en pointe comme le bois, expliqua-t-il. Il est plus solide, il se fend moins facilement et il est plus léger que le bois.

— Cette lance me semble bien courte.

Jondalar éclata de rire.

— Elle serait trop courte en effet, si je m'arrêtais là. Mais il ne s'agit que de la pointe de ma sagaie. Certains peuples utilisent des pointes de silex. C'est le cas des Mamutoï. Pour chasser le mammouth, il faut des pointes en silex. Elles sont plus fragiles et plus cassantes. Mais grâce à ses bords tranchants comme ceux d'une lame de couteau, la pointe en silex pénètre plus facilement dans la peau du mammouth. Pour chasser d'autres gibiers, on préfère les pointes en os. Et on y ajoute une hampe en bois.

— Comment fait-on tenir les deux ?

— Regarde, lui dit Jondalar en retournant la pointe pour lui montrer la base de celle-ci. Je peux fendre la base de cette pointe en me servant de mon burin et d'une lame de couteau, puis tailler l'extrémité de la hampe afin qu'elle s'encastre dans cette fente. (Pour qu'Ayla comprenne, il plaça l'index de sa main gauche entre le pouce et l'index de sa main droite.) Ensuite, j'ajoute de la colle ou de la poix, puis je ligature la hampe et la pointe avec un tendon ou une lanière en cuir humide. En séchant, le tendon se resserre et les deux parties de la sagaie tiennent ensemble.

— Cette pointe est si petite... Pour faire la hampe tu vas être obligé d'utiliser une branchette !

— Je vais utiliser une vraie branche. Mais beaucoup moins grosse que celles qui t'ont servi à fabriquer tes armes. Sinon, je n'arriverai jamais à la lancer.

— Tu vas la lancer ! s'écria Ayla.

— Tu lances bien des pierres avec ta fronde, lui rappela Jondalar. Tu peux faire la même chose avec une sagaie. Cela t'évite de creuser une fosse et, avec un peu d'entraînement, tu peux même lancer ton arme en pleine course. Tu as acquis une telle habileté avec ta fronde que tu n'auras aucun mal à apprendre.

— Si tu savais le nombre de fois où j'ai souhaité pouvoir chasser un cerf ou un bison avec ma fronde ! Jamais je n'aurais imaginé pouvoir lancer une arme capable de tuer du gros gibier. (Elle réfléchit un court instant et demanda :) Est-ce qu'on arrive à lancer avec autant de force ? Quand je lance des pierres avec ma fronde, elles volent plus loin et plus fort que si je les lançais à la main.

— Le lancer aura peut-être moins de force, mais tu auras l'avantage de te trouver à bonne distance de l'animal. Néanmoins tu n'as pas tout à fait tort. C'est dommage de ne pouvoir lancer une arme en se servant d'une fronde... (Jondalar s'arrêta en plein milieu de sa phrase.) Je me demande... (Il plissa le front : la pensée qu'il venait d'avoir était tellement extraordinaire qu'elle exigeait un examen immédiat.) Non, je ne pense pas que ce soit possible... avoua-t-il finalement. Où pouvons-nous trouver de quoi faire les hampes ?

— Près de la rivière, répondit Ayla. Si tu n'y vois pas d'inconvénient, j'aimerais bien apprendre à fabriquer des sagaies. J'apprendrai vite si tu es encore là pour me dire comment je dois m'y prendre.

— D'accord, répondit Jondalar d'une voix chagrinée.

Il ne pensait plus à son départ et regrettait qu'Ayla eût éprouvé le besoin de lui rappeler qu'il n'allait pas tarder à s'en aller.

27

Accroupie au milieu des hautes herbes dont les épis dorés ployaient sous le vent, Ayla se concentrait sur les contours de l'animal en brandissant une sagaie. Une longue mèche de cheveux blonds échappée d'une des tresses lui balayait le visage. Elle déplaça légèrement la longue hampe pour l'équilibrer, puis, un œil à moitié fermé pour mieux viser, bondit en avant et lança son arme.

— Je n'y arriverai jamais, Jondalar ! s'écria-t-elle.

Elle s'approcha d'un arbre matelassé avec une peau remplie de foin sec sur laquelle Jondalar avait dessiné au charbon de bois un bison et retira la sagaie qui s'était fichée dans la croupe du bison.

— Tu es trop sévère avec toi-même, Ayla, dit-il en souriant fièrement. Tu t'en sors beaucoup mieux que tu ne le crois. Tu apprends très vite et j'ai rarement vu quelqu'un d'aussi obstiné que toi. Tu t'entraînes chaque fois que tu as un moment de libre. A mon avis, c'est justement ça le problème. Tu t'entraînes trop. Il faudrait que tu te détendes un peu.

— C'est en m'entraînant que j'ai appris à me servir d'une fronde.

— Tu n'as pas su utiliser une fronde en l'espace d'une nuit ?

— Non, il m'a fallu des années. Et je ne veux pas attendre des années avant de savoir me servir d'une sagaie.

— Ce ne sera pas la peine. Je suis sûr que si tu partais chasser avec cette sagaie, tu rapporterais déjà quelque chose. La vitesse et la puissance de ces deux armes sont différentes. La distance de tir n'est pas non plus la même. Il faut que tu t'y habitues. Si tu tiens absolument à t'entraîner, reprends ta fronde.

— Je n'ai pas besoin de m'entraîner à la fronde.

— Non, mais tu as besoin de te détendre. Essaie. Tu verras que ça te fera du bien.

Dès qu'Ayla eut repris sa fronde, qu'elle sentit le contact familier de la bande en cuir au creux de sa main, et qu'elle retrouva le rythme et le mouvement du lancer, la tension qui l'habitait se dissipa. Son adresse incontestable lui procurait un sentiment de satisfaction bien agréable. Pas question qu'elle rate une cible ! Surtout quand celles-ci étaient immobiles. Et comme Jondalar applaudissait ses exploits, elle décida de lui faire une démonstration en règle.

Elle alla chercher des galets au bord de la rivière, puis, après les avoir posés sur le sol, traversa le champ pour se placer à la distance qui la séparait habituellement de ses proies. Elle montra à Jondalar sa technique du double jet, puis lui fit voir avec quelle rapidité elle pouvait à nouveau lancer deux autres projectiles.

Se piquant au jeu, Jondalar installa à son tour des cibles pour la mettre à l'épreuve. Il posa en rang au sommet d'un gros rocher quatre galets qu'elle fit tomber en moins de temps qu'il en faut pour le dire. Il lança alors en l'air deux pierres l'une après l'autre : elle les atteignit à mi-course. Il fit ensuite une chose qui la surprit beaucoup. Debout au milieu du champ, il plaça une pierre en équilibre sur chacune de ses épaules et attendit, avec un large sourire. Il savait qu'une pierre lancée avec une telle force était capable de le blesser — voire de le tuer — si elle l'atteignait à un endroit vulnérable. Ce test montrait à quel point il lui faisait confiance. Il avait aussi pour but d'obliger Ayla à prendre véritablement conscience de son talent.

Jondalar entendit le sifflement du premier projectile, puis tout de suite après, le choc produit par sa rencontre avec la pierre posée sur une de ses épaules. Un court instant plus tard, la seconde pierre était projetée derrière lui. Il n'avait pas bougé et son visage était resté de marbre malgré le danger que lui faisait courir ce tour de force. Un minuscule éclat s'était détaché de la seconde pierre au moment de l'impact pour venir se loger dans son cou. Il n'avait même pas tressailli, mais quand il retira l'éclat, un mince filet de sang coula sur son cou.

— Jondalar ! s'écria Ayla en voyant le sang. Tu es blessé !

— Ce n'est rien. Juste un éclat. Tu es vraiment très forte à la fronde, Ayla ! Je n'ai jamais vu quelqu'un se servir avec une telle maîtrise d'une arme de chasse.

Ses yeux brillaient de respect et d'admiration et il avait prononcé ces paroles élogieuses d'une voix voilée par l'émotion. Personne n'avait encore jamais regardé Ayla ainsi. Elle rougit et en eut les larmes aux yeux.

— Si tu pouvais lancer une sagaie comme ça... (Jondalar s'interrompit et ferma les yeux pour tenter d'imaginer la chose.) Veux-tu me prêter ta fronde ?

— Tu veux apprendre à t'en servir ?

— Ce n'est pas tout à fait ça...

Il ramassa une des sagaies et essaya d'introduire le bout de la hampe dans le renflement en peau où habituellement se trouvait le projectile en pierre. Mais il n'avait pas l'habitude de manier une fronde et après quelques tentatives infructueuses, il rendit son arme à Ayla et lui tendit la sagaie.

— Serais-tu capable de projeter cette sagaie avec ta fronde ? demanda-t-il.

Ayla avait compris ce qu'il essayait de faire. Elle choisit une autre formule : la bande en cuir était étirée par la hampe et elle tenait les extrémités de la fronde ainsi que la pointe de sagaie. Elle ne réussit pas à équilibrer correctement son arme — le projectile était trop long pour qu'elle puisse contrôler sa trajectoire et le lancer avec toute la force voulue — mais elle réussit malgré tout à projeter la sagaie à une certaine distance.

— Il faudrait que la fronde soit plus longue ou la sagaie plus courte, intervint Jondalar en essayant d'imaginer quelque chose qu'il n'avait encore jamais vu. En plus, cette fronde est trop souple. Il faudrait pouvoir appuyer la sagaie sur quelque chose. Quelque chose de solide... en bois ou en os... avec une butée à l'arrière pour que la sagaie ne glisse pas. Je crois que ça pourrait marcher, Ayla ! Je crois que je pourrai faire un... propulseur de sagaie.

Ayla observait Jondalar tandis qu'il travaillait sur son projet. Elle était au moins aussi fascinée par ce qu'il était en train de faire que par le fait qu'on puisse exécuter quelque chose à partir d'une idée. Ayant été élevée par des gens incapables d'innover, elle ne se rendait pas compte que lorsqu'elle avait inventé de nouvelles techniques de chasse ou le travois, elle avait fait appel à la même faculté créative.

Jondalar utilisait des matériaux qui convenaient à ses besoins et il adaptait ses outils en fonction de ses nouvelles exigences. Il demandait son avis à Ayla car elle avait une grande expérience du lancement d'un projectile. Mais il devint très vite évident que même si c'était la fronde d'Ayla qui lui en avait donné l'idée, le système qu'il était en train d'inventer était nouveau et unique en son genre.

Dès que les principes de base du propulseur furent bien établis, Jondalar consacra son temps à certaines modifications capables d'améliorer les performances de la sagaie. Souriant de plaisir à l'idée de ce qui allait suivre, il avertit Ayla que lorsqu'il aurait fabriqué deux prototypes, ils s'entraîneraient tous les deux.

Jondalar n'ayant plus besoin d'elle, elle en profita pour s'occuper des vêtements qu'elle comptait lui offrir. Sa tâche n'avait pas beaucoup avancé car elle n'y travaillait que le matin avant qu'il se réveille ou la nuit quand il dormait.

Maintenant qu'il était absorbé par les finitions et qu'il travaillait sur la plage ou faisait des essais dans le pré, elle pouvait s'installer sur la corniche. Elle étudia à la lumière du jour l'assemblage des différents morceaux de peau et trouva le procédé si intéressant qu'elle se dit qu'elle allait aussi fabriquer le même genre de vêtements pour elle. Elle n'essaya pas de reproduire le motif en perles qui ornait la tunique mais elle l'étudia avec soin en se disant que quand l'hiver serait là elle pourrait se lancer dans ce genre d'entreprise.

Tout en travaillant, elle observait Jondalar et chaque fois que celui-ci remontait de la plage, elle cachait son travail en cours pour qu'il ne s'aperçoive de rien.

Le jour où il arriva en courant, brandissant les deux propulseurs de sagaie qu'il venait de terminer, elle eut tout juste le temps de glisser son ouvrage sous une pile de peaux. De toute façon, Jondalar était tellement content d'avoir réussi qu'il ne s'aperçut de rien.

— Qu'en dis-tu, Ayla ! Crois-tu que ça va marcher ?

Ayla prit un des propulseurs pour le regarder. C'était un dispositif simple mais très ingénieux : un support en bois plat et étroit, long comme la moitié de la sagaie, avec une rainure centrale pour y poser la sagaie et, à l'arrière, une butée en forme de crochet taillée dans le bois. A l'avant du propulseur, Jondalar avait attaché de chaque côté deux boucles en cuir pour qu'on puisse y passer les doigts.

On commençait par placer le propulseur en position horizontale, un doigt passé dans chaque boucle afin de tenir à la fois le propulseur et la sagaie, cette dernière étant plaquée au fond de la rainure et bloquée par la butée arrière. Au moment du lancer, le fait que l'on tienne l'avant de l'engin par ces boucles faisait remonter brusquement l'arrière et avait pour effet d'accroître la longueur du bras qui lançait. Ce mouvement de levier augmentait la force et la vitesse de la sagaie.

— Je pense en effet que le moment est venu de s'entraîner, Jondalar.

Ayla et Jondalar passaient leurs journées à s'entraîner. Comme leur première cible tombait en lambeaux sous les coups répétés, ils en avaient installé une seconde sur laquelle Jondalar avait dessiné un cerf. Les armes qu'ils avaient employées jusque-là influaient sur leur manière d'utiliser le propulseur. Jondalar lançait plus haut car il était habitué à jeter son arme avec force au-dessus de sa tête. Ayla avait l'habitude de tenir sa fronde sur le côté si bien que la trajectoire de la sagaie était plus horizontale. Ils profitaient de cet entraînement pour rectifier légèrement le propulseur afin qu'il s'adapte parfaitement à leur style.

Une amicale compétition se développait entre eux. Ayla était incapable d'égaler la force du lancer de Jondalar, donc sa portée de tir. Mais Jondalar ne pouvait égaler la précision mortelle du tir d'Ayla. Ils étaient aussi étonnés l'un que l'autre par la supériorité extraordinaire de cette nouvelle arme de chasse. Grâce au propulseur, Jondalar était capable d'envoyer sa sagaie deux fois plus loin qu'avant, et même un peu plus, avec une force plus grande et une précision parfaite.

Ces séances d'entraînement permettaient aussi à Ayla de découvrir quelque chose qu'elle n'avait encore jamais connu. Elle s'était toujours entraînée et avait toujours chassé seule. Elle avait commencé par jouer avec une fronde en cachette, craignant toujours qu'on la surprenne l'arme à la main. Puis elle avait chassé pour de bon, mais toujours en secret. Ce n'est que de mauvaise grâce qu'on lui avait finalement donné la permission de chasser. Personne n'avait jamais chassé avec elle.

Personne ne l'avait jamais encouragée à continuer quand elle ratait une proie, ni partagé son triomphe lorsqu'elle avait bien visé. Personne n'avait jamais discuté avec elle de la meilleure manière d'utiliser une arme ou écouté avec intérêt ses suggestions. Et surtout personne n'avait jamais plaisanté ou ri avec elle. Ayla ignorait ce qu'était la camaraderie ou l'amitié.

L'ambiance avait beau être amicale, chacun d'eux gardait prudemment ses distances. Quand ils abordaient des sujets sans danger comme la chasse ou les armes, ils discutaient avec animation. Mais dès qu'un élément personnel se glissait dans la conversation, ils se taisaient, mal à l'aise, ou s'en tiraient par des faux-fuyants polis. Chaque fois qu'ils se touchaient par inadvertance, ils sursautaient et s'éloignaient avec raideur l'un de l'autre, non sans arrière-pensées.

— Demain ! annonça Jondalar en retirant sa sagaie, arrachant du même coup un peu de foin au large trou que portait la peau qui leur servait de cible.

— Que se passera-t-il demain ?

— Nous partons à la chasse. Nous nous sommes assez amusés comme ça. Il est temps de passer aux choses sérieuses.

— D'accord.

Après avoir ramassé les quelques sagaies éparpillées sur le sol, ils reprirent le chemin du retour.

— C'est toi qui connais la région, Ayla. Où irons-nous ?

— Je connais surtout les steppes qui se trouvent à l'est. Mais j'aimerais bien partir d'abord en reconnaissance avec Whinney. (Elle jeta un coup d'œil à la position du soleil avant de remarquer :) Il n'est pas tard.

— C'est une bonne idée, répondit Jondalar. Toi et la jument vous valez bien toute une équipe d'éclaireurs à pied.

— Est-ce que ça t'ennuierait de garder Rapide ? Je serais plus tranquille s'il ne venait pas avec nous.

— Qu'allons-nous faire de lui demain ?

— Nous serons obligés de l'emmener car nous avons besoin de Whinney pour rapporter la viande. Elle a l'habitude de chasser avec moi. Si je lui dis de rester à un endroit, elle m'obéira. Mais si son poulain prend peur et qu'il se met à courir, il risque d'être blessé par le troupeau en fuite. Je ne sais pas comment nous allons faire...

— Ne t'inquiète pas. Je vais essayer de trouver une solution.

Ayla siffla Whinney et son poulain. Elle monta sur la jument et partit au galop tandis que Jondalar retenait le poulain par l'encolure en le caressant et en le grattant aux endroits qui le démangeaient. Il n'eut aucun mal à le faire tenir tranquille et, dès qu'Ayla et la jument se furent éloignées, il ramassa les sagaies et les propulseurs et reprit le chemin de la caverne.

Il déposa les sagaies à l'entrée de la caverne. Incapable de rester en place, il s'approcha du feu, remua les braises et ajouta quelques bouts de bois. Puis il ressortit sur la corniche. Comme le poulain approchait son museau de sa main, il le caressa distraitement. Le poil de Rapide était en train de s'épaissir : l'hiver n'allait pas tarder.

Jondalar essaya de penser à autre chose. Les chaudes journées d'été se ressemblaient tellement qu'on avait l'impression que la belle saison durerait toujours. Il était facile de ne prendre aucune décision. Il serait toujours temps de penser à la saison froide... d'envisager le départ.

— Je ne suis pas comme toi, Rapide, déclara Jondalar. Je n'ai pas de pelage d'hiver, moi. Il va falloir que je me confectionne des vêtements d'ici peu. J'ai donné mon perçoir à Ayla et je n'en ai pas fabriqué d'autre. Je n'ai qu'à tailler quelques outils en l'attendant. Il faut aussi que je trouve un moyen de te garder à l'écart demain.

Jondalar regagna la caverne. Il était en train de fouiller dans les réserves d'Ayla pour voir s'il ne trouvait pas une longue lanière en cuir ou une corde solide quand il tomba sur les peaux qu'elle avait rangées à cet endroit, roulées les unes dans les autres. Elle sait apprêter les peaux, se dit-il en remarquant à quel point elles étaient souples et douces au toucher. Peut-être qu'elle me laisserait en utiliser quelques-unes...

Si ces propulseurs de sagaie marchent, je n'aurai pas besoin de lui demander quoi que ce soit. Je ramènerai suffisamment de peaux pour me faire des vêtements. Peut-être pourrais-je graver un porte-bonheur sur les propulseurs. Cela ne peut pas faire de mal. Tiens, voilà un rouleau de lanières de cuir ! Je devrais pouvoir m'en servir pour Rapide. Ce poulain mérite bien son nom. Qu'est-ce que ce sera quand il sera devenu un étalon ! Est-ce qu'un étalon laisserait quelqu'un monter sur son dos ? Est-ce que j'arriverais à le conduire où je veux aller ?

Tu ne le sauras jamais, Jondalar, se rappela-t-il à lui-même. Quand Rapide sera devenu un étalon, tu seras parti.

Jondalar prit les lanières en cuir, saisit au passage la peau qui contenait ses outils de tailleur de silex et descendit vers la rivière. Arrivé là, comme il avait chaud et qu'il transpirait, il enleva la bande de peau qui lui ceignait les reins, plongea dans l'eau et se mit à nager en remontant la rivière. D'habitude, il s'arrêtait à l'entrée des gorges. Mais cette fois-ci il poussa plus loin, dépassa les premiers rapides et après le dernier coude, aperçut soudain une cascade aux eaux rugissantes. Il fit alors demi-tour pour rentrer.

Le bain lui avait fait du bien et ce changement dans ses habitudes le poussa à continuer dans la même voie : il décida de se tailler la barbe.

Je vais commencer par ma barbe, se dit-il. Puis j'essaierai de trouver un système pour retenir Rapide. Je ne veux pas simplement lui attacher une corde autour du cou. Il faut trouver mieux. Ensuite, je fabriquerai un perçoir et un ou deux burins pour pouvoir graver un porte-bonheur sur les propulseurs. J'ai bien envie aussi de préparer le repas de ce soir. Ce ne sera peut-être pas aussi bon que la cuisine d'Ayla, mais je devrais pouvoir m'en sortir. Doni sait combien de fois j'ai préparé à manger en Voyage.

Qu'est-ce que je pourrais bien graver sur les propulseurs ? Si j'avais encore ma donii, cela suffirait à nous porter chance, mais je l'ai donnée à Noria. Je me demande si elle a eu un bébé avec des yeux bleus ? Ayla pense que ce sont les hommes qui mettent en train les enfants. Quelle drôle d'idée elle a là ! Et quelle vie elle a eu ! Elle en a vu de toutes les couleurs. C'est vraiment une femme exceptionnelle. Et de première force à la fronde. Elle se débrouille pas mal aussi avec le propulseur. Sur le sien, j'ai bien envie de graver un bison. Est-ce qu'ils vont marcher ? Je regrette de ne plus avoir de donii. Et si j'en sculptais une...

Quand le ciel s'assombrit, Jondalar, qui était remonté sur la corniche, commença à regarder en direction de la vallée pour guetter l'arrivée d'Ayla. Lorsque la vallée ne fut plus qu'un immense trou noir, il alluma un feu sur la corniche pour qu'elle puisse retrouver son chemin. A un moment donné, il crut entendre un bruit de sabots et saisissant une branche enflammée, il descendit vers la rivière. Il avait atteint la saillie rocheuse et s'apprêtait à la contourner quand il entendit le bruit des sabots de la jument.

— Pourquoi rentres-tu si tard ? demanda-t-il sur un ton tranchant qui surprit Ayla.

— Tu sais bien que je suis partie en reconnaissance pour essayer de trouver un troupeau.

— Mais la nuit est tombée depuis longtemps !

— Je sais. Il faisait presque nuit avant que je prenne la route du retour. Je pense avoir trouvé ce que nous cherchons : un troupeau de bisons au sud-ouest...

— Il faisait presque nuit et tu étais toujours à la poursuite des bisons ! Tu sais bien qu'on ne peut pas voir les bisons la nuit !

Ayla ne comprenait pas pourquoi il était si énervé.

— Je sais bien ! s'écria-t-elle. Et maintenant, si nous rentrions...

Avec un hennissement aigu, le poulain apparut dans le cercle de lumière de la torche. Il s'approcha aussitôt de sa mère et glissa son museau entre ses pattes avant qu'Ayla ait eu le temps de descendre. Jondalar réalisa qu'il s'était comporté envers Ayla comme s'il était en droit de la questionner sur son retour tardif. Il détourna la tête en rougissant et la suivit alors qu'elle pénétrait dans la caverne, trop gêné par sa propre conduite pour remarquer à quel point elle était fatiguée.

Dès qu'Ayla fut entrée, elle alla chercher une des fourrures dans lesquelles elle dormait, la posa sur ses épaules et s'approcha du feu.

— J'aurais dû emporter un vêtement chaud. Mais je ne comptais pas revenir si tard.

— Tu as froid, dit Jondalar en la voyant frissonner. Je vais t'apporter un bol de bouillon chaud.

Jusque-là, Ayla n'avait pas tellement prêté attention à lui, mais quand il s'approcha d'elle et lui tendit le bol, elle le regarda d'un air stupéfait.

— Qu'est-il arrivé à ton visage ?

— Que veux-tu dire ? demanda Jondalar avec une pointe d'inquiétude.

— Tu n'as plus de barbe !

— Je l'ai rasée, répondit-il avec un sourire.

— Rasée ?

— Coupée tout près de la peau. Je fais toujours ça l'été. Il fait chaud, je transpire et ma barbe me démange.

Ayla ne put s'empêcher d'avancer la main pour tâter ses joues, puis, lui caressant la peau dans l'autre sens, elle sentit que ses joues étaient râpeuses comme la langue de Bébé. Le jour où elle l'avait trouvé, il ne portait pas de barbe, mais elle avait oublié ce détail. Sans barbe, il paraissait beaucoup plus jeune et semblait presque émouvant, comme un enfant. Elle laissa courir ses doigts le long des fortes mâchoires et sur la légère fente de son menton.

Jondalar était d'une immobilité de pierre. Il sentait les effleurements d'Ayla dans tous ses nerfs. Même si ce geste avait été guidé par la curiosité et n'avait aucune intention érotique, il y réagit aussitôt. Son érection fut si rapide et si puissante qu'il en fut le premier surpris.

Il avait beau avoir l'air d'un tout jeune homme maintenant qu'il avait coupé sa barbe, le regard qu'il lança à Ayla était celui d'un homme — un homme terriblement désirable. Il voulut saisir sa main, mais Ayla réussit à la retirer et elle prit le bol qu'il lui tendait, puis but le bouillon qui lui parut insipide. Ce n'était pas la première fois qu'il la regardait ainsi. L'autre fois aussi, ils étaient assis près du feu. Mais aujourd'hui, c'était elle qui l'avait touché. Et plutôt que de lire à nouveau sur son visage ce même sentiment de dégoût, si dégradant pour elle, elle préféra baisser la tête.

Jondalar était désespéré d'avoir réagi presque violemment à son geste plein de douceur. Ayla évitait de le regarder, mais lui ne la quittait pas des yeux. Elle semblait si timide et si fragile quand elle baissait ainsi la tête... Elle lui faisait penser à une belle lame de silex, à la forme parfaite, aux bords délicats et translucides, et pourtant si robuste et si tranchante qu'elle n'avait aucun mal à fendre même le cuir le plus résistant.

Oh, Mère, elle est si belle ! se dit-il. Oh, Doni, Grande Terre Mère, je désire cette femme ! Je la désire si fort...

Ne supportant plus de la regarder, il bondit sur ses pieds. Puis il se souvint brusquement du repas qu'il avait préparé et alla chercher l'os de mammouth qui lui servait de plat.

Ayla l'avait entendu se lever. Il s'était éloigné d'elle si brusquement qu'elle était persuadée qu'à nouveau elle lui répugnait. Elle se mit à trembler et serra les dents dans l'espoir de s'arrêter. Jamais elle ne pourrait supporter de découvrir à nouveau au fond de ses yeux qu'elle était un monstre.

Bien qu'elle eût les yeux fermés, elle savait que Jondalar se trouvait maintenant en face d'elle et elle retint sa respiration.

— Ayla ? dit-il en voyant qu'elle tremblait malgré la fourrure et la chaleur du feu. Comme je savais que tu risquais de rentrer tard, j'ai préparé quelque chose à manger. Veux-tu y goûter ? Ou es-tu trop fatiguée ?

Avait-elle bien entendu ? Elle ouvrit lentement les yeux. Jondalar posa le plat en face d'elle. Puis il alla chercher une natte et s'assit à son côté. Il avait fait rôtir un lièvre et cuire des tubercules dans le bouillon de viande séchée qu'il venait de lui servir. Il y avait même quelques myrtilles.

— Tu as... cuisiné ça... pour moi ? demanda Ayla d'une voix incrédule.

— Je sais que ce n'est pas aussi bon que ce que tu fais d'habitude, mais je pense que ça ira. Je suis parti chasser avec ma sagaie car je ne voulais pas utiliser le propulseur avant demain, de peur que ça nous porte malheur. Allez, mange, ajouta-t-il.

N'ayant pas de souvenirs pour ça, les hommes du Clan étaient incapables de cuisiner. Jondalar n'était pas comme eux : il pouvait accomplir toutes sortes de tâches. Néanmoins, jamais Ayla n'aurait pensé qu'il puisse cuisiner alors qu'il y avait une femme pour le faire à sa place. Non seulement il en était capable et il l'avait fait mais, plus important encore à ses yeux, il avait eu l'idée de le faire. Quand Ayla vivait au sein du Clan, le fait qu'elle eût le droit de chasser ne l'avait pas pour autant dispensée de ses tâches habituelles. Elle était stupéfaite et profondément touchée par l'attention de Jondalar. Elle se rendait compte que ses craintes étaient sans fondement et elle ne savait plus trop quoi dire.

— C'est bon ? demanda Jondalar en la voyant mordre dans une cuisse.

— Merveilleux, répondit-elle, la bouche pleine.

Le lièvre était parfait. Mais eût-il été brûlé qu'elle l'aurait malgré tout trouvé délicieux. Elle sentait qu'elle allait pleurer. Jondalar était en train de sortir du bouillon une louche pleine de longues et fines racines. Ayla en prit une et la goûta.

— Ce sont des racines de trèfle, non ? C'est très bon.

— Oui, répondit Jondalar, tout fier de lui. Elles sont encore meilleures quand on les fait mariner dans l'huile. Chez nous, les femmes préparent ce genre de plat pour les hommes à l'occasion des fêtes car elles savent que c'est leur mets préféré. J'ai aperçu du trèfle en amont de la rivière et j'ai pensé que cela te ferait plaisir.

La surprise d'Ayla le récompensait largement de sa peine. Quelle bonne idée d'avoir préparé ce repas ! se dit-il.

— C'est tout un travail que de déterrer ces racines, dit-elle. Elles sont si fines qu'il en faut beaucoup pour faire un plat. Je ne savais pas que c'était aussi bon. C'est la première fois que j'en mange. J'utilisais ces racines uniquement comme remède, mélangées à d'autres plantes pour préparer un reconstituant au printemps.

— Nous aussi, habituellement, nous les mangeons au printemps. C'est une des premières nourritures fraîches.

En entendant un bruit de sabots sur la corniche, ils tournèrent tous deux la tête au moment où Whinney et son poulain pénétraient dans la caverne. Ayla se leva pour s'occuper d'eux. Chaque soir, les deux chevaux avaient droit au même rituel : des caresses, de l'affection, du foin frais, des grains et de l'eau. Après une longue chevauchée, Ayla les bouchonnait avec une bande de peau absorbante et les étrillait avec une cardère. Elle s'aperçut que l'eau, le foin frais et les grains étaient déjà tout prêts.

— Tu as aussi pensé aux chevaux, dit-elle en se rasseyant en face de Jondalar et en prenant une poignée de myrtilles.

— Je n'avais pas grand-chose d'autre à faire, dit-il avec un sourire. Tiens, au fait, il faut que je te montre quelque chose. (Il se leva pour aller chercher les deux propulseurs.) J'espère que tu n'y vois pas d'inconvénient, dit-il en lui tendant un des deux propulseurs. C'est pour nous porter chance.

— Jondalar ! s'écria Ayla qui osait à peine y toucher. C'est toi qui as fait ça ! (Sa voix exprimait une crainte respectueuse : elle avait déjà été surprise que Jondalar puisse dessiner la forme d'un animal sur la cible, mais là, c'était quelque chose de plus impressionnant encore.) C'est comme si tu avais pris le totem, l'esprit du bison, pour le mettre là-dessus !

En souriant, Jondalar lui montra son propre propulseur : il y avait gravé un cerf géant couronné d'énormes bois palmés.

— Comme c'est censé capturer l'esprit de l'animal, il faut que ce soit gravé sur l'arme, expliqua-t-il à Ayla. Je ne suis pas très bon graveur. Il faudrait que tu voies le travail de nos graveurs et de nos sculpteurs et de ceux qui peignent les murs sacrés.

— Je suis certaine que tu as donné à ces armes un pouvoir magique. Je n'ai pas vu de cerfs, seulement un troupeau de bisons. Je pense qu'ils sont en train de se rassembler. Mais est-ce qu'un bison peut être attiré par une arme qui porte un cerf ? Je peux repartir en reconnaissance demain pour voir si je ne rencontre pas des cerfs...

— Ça marchera aussi pour le bison. Mais tu risques d'avoir plus de chance que moi. Je suis content d'avoir gravé un bison sur le tien.

Ayla ne savait plus quoi dire : bien qu'il soit un homme, il ne voyait pas d'inconvénient à ce qu'elle ait plus de chance que lui à la chasse et cela lui faisait plaisir !

— J'ai aussi commencé à sculpter une donii pour qu'elle nous porte chance, mais je n'ai pas eu le temps de la finir.

— Qu'est-ce qu'une donii, Jondalar ? Est-ce que c'est votre Grande Terre Mère ?

— Doni est la Grande Terre Mère. Mais elle peut aussi apparaître sous d'autres formes qui sont toutes des donii. Une donii, c'est la forme que prend l'esprit de la Mère quand Elle chevauche le vent ou quand Elle nous apparaît en rêve. Les hommes rêvent souvent d'Elle sous les traits d'une belle femme — habituellement une femme aux formes généreuses — car les femmes sont les élues de Doni. Elle les a créées à Sa ressemblance pour qu'elles donnent la vie comme Elle-même est créatrice de toute vie. C'est pourquoi on La représente surtout sous les traits d'une mère. Quand un homme s'en va vers l'autre monde, la plupart du temps il y a une donii pour le guider — on dit que les femmes n'ont pas besoin de guide, qu'elles connaissent le chemin. Et certaines femmes disent aussi qu'elles peuvent se changer en donii quand elles veulent, en général pour poursuivre un homme de leur colère. Les Sharamudoï, un peuple qui vit à l'est d'ici, disent que la Mère peut prendre la forme d'un oiseau.

— Dans le Clan, dit Ayla, seuls les Anciens ont des esprits féminins.

— Et tes totems alors ? demanda Jondalar.

— Tous les esprits des totems protecteurs sont masculins, même ceux des femmes. Mais en général les totems des femmes sont choisis parmi les animaux les plus petits. Ursus, le Grand Ours des Cavernes, est le protecteur du Clan tout entier — le totem de chacun. Mais Ursus était aussi le totem personnel de Creb. Creb avait été choisi par l'Ours des Cavernes comme moi j'ai été choisie par le Lion des Cavernes, ajouta Ayla en montrant à Jondalar les quatre cicatrices qu'elle portait sur la cuisse gauche.

— Je n'aurais jamais pensé que les Tê... que ton Clan connaissait le monde des esprits, Ayla. J'ai encore du mal à le croire d'ailleurs. Je ne mets pas ta parole en doute mais cela me dépasse encore que les gens dont tu me parles et ceux que nous appelons les Têtes Plates soient les mêmes.

Ayla baissa la tête, puis elle le regarda à nouveau, d'un air très sérieux.

— Je pense que le Lion des Cavernes t'a choisi, Jondalar, dit-elle, et qu'il est maintenant ton totem. Creb m'a toujours dit qu'il était difficile de vivre avec un totem puissant. Lui, il avait perdu un œil dans l'épreuve, mais il y avait gagné un grand pouvoir. Le Lion des Cavernes est le plus puissant totem après Ursus et les épreuves auxquelles j'ai été soumise n'ont pas été faciles. Mais, à partir du moment où j'ai compris pourquoi il en était ainsi, je n'ai jamais regretté d'avoir un totem aussi puissant. Je tenais à te le dire au cas où le Lion des Cavernes serait maintenant ton totem.

— Cela signifie beaucoup de choses pour toi ce Clan, n'est-ce pas ?

— Je désirais devenir une femme du Clan, mais je n'y suis pas arrivée. Je n'étais pas comme eux. Je fais partie des Autres. Creb le savait et Iza m'a dit avant de mourir qu'il fallait que je parte et que je retrouve les miens. Je ne voulais pas quitter le Clan mais j'ai été forcée de le faire et jamais plus je ne pourrai revenir. J'ai été frappée de la Malédiction Suprême. Je suis morte.

Jondalar ne comprenait pas très bien ce qu'elle entendait par là, mais il en eut malgré tout la chair de poule.

— Je ne me souviens pas de la femme qui m'a donné naissance, continua Ayla. Ni de ma vie avant d'être adoptée par le Clan. J'ai essayé d'imaginer à quoi pouvaient bien ressembler les Autres sans jamais y parvenir. Et maintenant, quand je pense à eux, c'est toi que je vois. Tu es le premier représentant de ma propre espèce qu'il m'est donné de voir, Jondalar. Quoi qu'il arrive, je ne t'oublierai jamais.

Ayla sentit qu'elle en avait trop dit. Elle se tut et se leva. Puis elle lui rappela :

— Si nous partons chasser demain matin, il vaudrait mieux que nous allions nous coucher.

Jondalar savait qu'elle avait été élevée par des Têtes Plates, puis qu'elle avait vécu seule après les avoir quittés. Mais il n'avait pas vraiment réalisé qu'il était le premier homme qu'elle ait jamais rencontré. Il trouvait cette responsabilité accablante et n'était pas fier de la manière dont il l'avait assumée. Néanmoins, il savait comment on considérait les Têtes Plates. Si au lieu de réagir aussi violemment, il s'était contenté de le lui expliquer, cela aurait-il eu le même effet ? Aurait-elle su à quoi elle devait s'attendre ?

Il était inquiet au moment où il alla se coucher et, au lieu de s'endormir aussitôt, il resta allongé les yeux fixés sur le feu à réfléchir. Brusquement, sa vision se déforma et il se sentit pris d'une sorte de vertige. Il vit alors une femme qui semblait se refléter à la surface d'une mare dans laquelle on viendrait de jeter une pierre. Son image indécise ondulait à la surface de l'eau en cercles concentriques de plus en plus larges. Jondalar ne voulais pas que cette femme l'oublie — qu'elle se souvienne de lui était de la plus haute importance.

Il avait le sentiment d'une divergence, d'un choix, l'impression de se retrouver à la croisée des chemins sans que personne soit là pour le guider. Un courant d'air chaud hérissa les poils de sa nuque et il sentit qu'Elle était en train de le quitter. Il n'avait jamais eu conscience de Sa présence à ses côtés mais, maintenant qu'Elle était partie, il ressentait profondément le vide douloureux qu'Elle laissait derrière Elle. C'était la fin d'une période qui avait duré si longtemps, la fin de la glace, la fin d'un âge, la fin d'une époque où Elle subvenait à tous les besoins de Ses enfants. La Terre Mère abandonnait Ses enfants car il était temps qu'ils trouvent leur propre chemin, qu'ils forgent leurs vies, qu'ils assument les conséquences de leurs actes — qu'ils deviennent majeurs. Ce n'était pas pour demain, Jondalar ne le verrait pas et il faudrait encore bien des générations avant que cela ne se produise, mais le premier pas, inexorable, avait été franchi. Elle venait de transmettre à Ses enfants Son cadeau d'adieu, le Don de la Connaissance.

En entendant une plainte aiguë et surnaturelle, Jondalar comprit qu'il s'agissait des pleurs de la Mère.

Comme une corde trop tendue qui soudain se relâche, la réalité revint en force. Mais la corde avait été si tendue qu'elle ne pouvait retrouver ses dimensions d'origine. Il se rendit compte que quelque chose clochait. Il jeta un coup d'œil à Ayla qui se trouvait de l'autre côté du feu et vit que ses joues étaient couvertes de larmes.

— Qu'est-ce qui ne va pas, Ayla ?

— Je ne sais pas.

— Tu es sûre qu'elle va pouvoir nous porter tous les deux ?

— Non, je n'en suis pas sûre, dit Ayla en tenant Whinney qui portait ses deux paniers.

Rapide suivait derrière, tenu par une corde fixée à une sorte de licol, fabriqué avec des lanières de cuir. Ce licol lui laissait la liberté de brouter ou de bouger la tête et il ne risquait pas de lui serrer trop le cou et de l'étrangler. Au début, cela l'avait gêné mais il avait fini par s'y habituer.

— Si nous pouvons monter tous les deux sur Whinney, nous irons plus vite, reprit Ayla. Si elle n'aime pas ça, je le verrai tout de suite. Nous pourrons alors la monter chacun notre tour ou marcher à côté d'elle.

Lorsqu'ils eurent atteint le gros rocher qui se trouvait dans le pré, Ayla monta sur la jument, puis elle s'avança un peu et tint l'animal d'une main ferme pendant que Jondalar se hissait derrière elle. Whinney baissa les oreilles. Même si elle n'était pas habituée à porter ce poids supplémentaire, elle était robuste et se mit en route sur un signe d'Ayla. La jeune femme la maintint à une allure raisonnable et l'arrêta dès qu'elle sentit qu'elle avait besoin de se reposer.

Quand ils repartirent, Jondalar était déjà moins nerveux — mais il aurait préféré que ce soit le contraire. Maintenant qu'il se détendait, il était beaucoup plus sensible à la présence de la jeune femme devant lui. Il sentait qu'il s'appuyait contre son dos et que ses cuisses touchaient les siennes. Ayla elle-même commençait à sentir autre chose que le simple contact de la jument : une dure et chaude pression s'exerçait dans son dos que Jondalar était bien incapable de contrôler. A chaque cahot, ils étaient projetés l'un contre l'autre. Ayla souhaitait que cela s'arrête et, à la fois, elle n'en avait nulle envie.

Jondalar souffrait en silence. Jamais encore il n'avait été obligé de se retenir à ce point. Depuis sa puberté, il avait toujours trouvé le moyen d'assouvir ses désirs. Mais Ayla mise à part, il n'y avait aucune femme. Et il ne voulait pas à nouveau aller se soulager en solitaire.

— Ayla... dit-il d'une voix étouffée. Je crois... Je crois qu'il est temps de se reposer.

Ayla arrêta la jument et descendit le plus vite possible.

— Nous ne sommes plus très loin, dit-elle. Nous pouvons parcourir le reste du chemin à pied.

— Cela reposera Whinney.

Ayla savait que ce n'était pas à cause de Whinney qu'ils étaient descendus, mais elle ne dit rien. Ils marchèrent tous les trois de front, la jument étant au milieu. Ayla avait bien du mal à se concentrer sur les repères qu'elle avait enregistrés la veille et Jondalar, l'aine douloureuse, se félicitait de l'écran que lui fournissait la jument.

Quand ils aperçurent le troupeau, l'idée de chasser pour la première fois avec les propulseurs éteignit en partie leur ardeur. Malgré tout, ils prirent bien garde à ne pas se retrouver trop près l'un de l'autre.

Le troupeau de bisons était massé autour d'un ruisseau. Il était plus important que la veille. Des petits groupes étaient venus se joindre au troupeau qu'Ayla avait aperçu et d'autres suivaient. En fin de compte, des dizaines de milliers d'animaux à la toison brun-noir se rassembleraient sur des hectares de collines moutonnantes et de vallées, et formeraient un véritable tapis vivant qui résonnerait du bruit de leurs sabots et de leurs beuglements. Au sein d'une telle masse, la notion d'individu n'avait plus aucun sens : la survie de chacun dépendait du nombre.

Même si le troupeau qui se tenait autour du ruisseau était encore relativement petit, les animaux qui le composaient n'obéissaient déjà plus qu'à l'instinct grégaire. Plus tard, pour résister aux périodes de disette, ils seraient obligés de se scinder à nouveau en petits groupes familiaux et de se disperser à la recherche du fourrage.

Ayla emmena Whinney au bord de la rivière, près d'un pin courbé par le vent. Utilisant le langage par signes du Clan, elle dit à la jument de ne pas s'éloigner. Voyant qu'elle gardait instinctivement son petit près d'elle, elle se dit qu'elle avait eu tort de s'inquiéter : Whinney était parfaitement capable de veiller sur son poulain en cas de danger. Malgré tout, Jondalar s'était creusé la tête pour trouver un système capable de retenir le poulain et elle était curieuse de voir si cela allait marcher.

Après avoir pris chacun un propulseur et une poignée de sagaies, Ayla et Jondalar se dirigèrent vers le troupeau. Les sabots des bisons avaient eu raison de la croûte de terre qui recouvrait les steppes et la poussière soulevée par leur passage maculait les fourrures sombres et hirsutes. Cette poussière âcre et suffocante était semblable à la fumée qui signale le parcours d'un feu de prairie : elle permettait de suivre le troupeau à la trace. Et quand celui-ci était passé, on observait le même spectacle de désolation qu'après un feu de prairie.

Ayla et Jondalar firent le tour du troupeau pour se retrouver face au vent. Les yeux à moitié fermés, ils essayaient de repérer l'animal qu'ils allaient tuer tandis que le vent imprégné de la forte odeur des bisons leur envoyait de minuscules grains de sable dans le visage. Les petits meuglaient derrière leur mère et les jeunes bisons mettaient à rude épreuve la patience de leurs aînés en s'amusant à leur donner des coups de corne.

Un vieux mâle qui venait de se rouler dans un trou terreux était en train de se relever. Sa tête massive pendait en avant comme si elle avait du mal à supporter le poids de ses énormes cornes noires. Avec son mètre quatre-vingt-dix, Jondalar atteignait tout juste le garrot de l'animal. Le bison avait un train avant puissant et recouvert de fourrure alors que son arrière-train était bas et plus gracile. L'énorme bête n'étant plus de première jeunesse, sa viande dure et filandreuse n'intéressait pas Ayla et Jondalar. Mais quand il s'immobilisa pour les examiner d'un air soupçonneux, ils comprirent à quel point il devait encore être redoutable. Ils s'immobilisèrent à leur tour et attendirent qu'il soit parti avant de recommencer à avancer.

Plus ils approchaient du troupeau, plus le grondement sourd s'amplifiait, rythmé par toute la gamme des meuglements. Jondalar montra à Ayla une jeune femelle. La génisse ne portait pas de petits mais elle était en âge d'être couverte. Elle profitait de l'herbe d'été pour renouveler ses réserves de graisse. Ayla hocha la tête en signe d'acquiescement. Chacun d'eux plaça sa sagaie dans son propulseur et Jondalar indiqua d'un geste à Ayla qu'il comptait faire le tour de la génisse pour l'attaquer de l'autre côté.

La génisse avait-elle aperçu le mouvement de Jondalar ? Ou avait-elle été alertée par quelque instinct ? Toujours est-il qu'elle se rapprocha anxieusement du gros du troupeau. D'autres bêtes se mirent à l'entourer, faisant écran entre Jondalar et sa proie. Ayla se dit qu'elle n'allait pas tarder à leur échapper. Elle ne pouvait pas faire signe à Jondalar car celui-ci lui tournait le dos, ni crier car cela aurait alerté l'animal. Si la génisse continuait à s'éloigner, il ne pourrait plus l'atteindre.

Elle se mit en position. Jondalar se retourna vers elle au moment où elle allait lancer son arme. Comprenant aussitôt la situation, il saisit son propulseur. L'agitation de la génisse n'avait pas échappé aux autres bisons, pas plus que la présence des deux chasseurs. Ayla et Jondalar avaient pensé que le nuage de poussière soulevé par le troupeau suffirait à masquer leur approche, mais les animaux en avaient l'habitude. La génisse avait presque atteint la sécurité que lui offrait le gros du troupeau et d'autres bisons étaient en train de l'imiter.

Jondalar se précipita vers l'animal en levant son arme. Sa sagaie s'enfonça dans l'abdomen de la génisse. Celle d'Ayla vint se ficher dans son cou. Entraîné par son propre mouvement, le bison continua à avancer à la même allure. Puis il ralentit, se mit à tanguer, chancela soudain et s'affala sans vie sur le sol en brisant sous son poids la sagaie de Jondalar. Le troupeau avait senti l'odeur du sang. Quelques bêtes s'approchèrent de la génisse en meuglant. D'autres poussaient des mugissements sinistres, se bousculaient et tournaient sur elles-mêmes, ce qui accroissait d'autant l'excitation du troupeau.

Venant de deux directions différentes, Ayla et Jondalar se dirigeaient vers l'animal mort. Soudain, Jondalar commença à gesticuler et à crier. Ayla secoua la tête pour lui montrer qu'elle n'y comprenait rien.

Un jeune mâle, qui s'amusait à donner des coups de corne, venait de se faire remettre au pas par un vieux patriarche et, en faisant un bond de côté, il avait percuté un petit. Indécis et nerveux, il avait essayé de reculer mais le vieux bison lui avait coupé la route. C'est alors qu'il avait aperçu un bipède en mouvement. Il fonçait maintenant dans cette direction.

— Ayla ! Attention ! hurla Jondalar en se précipitant vers elle, la sagaie pointée en direction du jeune bison.

Tournant brusquement la tête, Ayla aperçut l'animal. Son premier réflexe fut de saisir sa fronde, car cette arme avait toujours été son meilleur moyen de défense, mais elle se ravisa et plaça une sagaie dans le propulseur. Jondalar avait déjà lancé la sienne. Les deux armes frappèrent le jeune bison presque en même temps. La sagaie de Jondalar transperça son flanc, le détournant momentanément de sa route. Celle d'Ayla se ficha dans son œil et l'animal mourut avant d'atteindre le sol.

L'agitation, les cris et l'odeur du sang précipitèrent la fuite des animaux grégaires dans une seule et même direction, le plus loin possible du théâtre des événements. Les derniers traînards dépassèrent les deux animaux qui gisaient sur le sol et rejoignirent le gros du troupeau dans sa panique qui faisait trembler la terre. La poussière était déjà retombée que le grondement sourd s'entendait encore.

Ayla et Jondalar restèrent un long moment à contempler, muets d'étonnement, les deux bisons couchés au milieu des vastes plaines.

— C'est fini, dit Ayla, complètement stupéfaite.

— Pourquoi ne t'es-tu pas enfuie ? cria Jondalar, qui avait eu très peur pour elle. Il aurait pu te tuer.

— Je n'allais pas tourner le dos à un bison en train de charger : il m'aurait certainement encornée. Peut-être que ta sagaie l'aurait arrêté avant, ajouta-t-elle après avoir jeté un coup d'œil au jeune bison. Mais je ne pouvais pas le savoir. C'est la première fois que je chasse avec quelqu'un. J'ai toujours été seule pour veiller sur moi.

Jondalar réalisa brusquement ce qu'avait dû être son existence. Il la vit sous un nouveau jour. Cette femme douce, gentille, aimante, a traversé des épreuves incroyables. Jamais elle ne s'enfuira devant quoi que ce soit. Même pas devant toi, Jondalar. Quand tu te laisses aller et que tu perds tout contrôle sur toi-même, les gens détalent. Avec elle, tu t'es montré sous ton plus mauvais jour et elle t'a tenu tête.

— Tu es merveilleuse, Ayla ! Belle et fougueuse ! Et une chasseresse unique ! Regarde ce que nous avons fait ! ajouta-t-il avec un grand sourire. Deux bisons ! Comment allons-nous faire pour ramener toute cette viande ?

Réalisant soudain ce qui venait d'arriver, Ayla eut un sourire satisfait. Une lueur de joyeux triomphe dansa au fond de ses yeux. Dommage qu'elle ne sourie pas plus souvent, se dit Jondalar en remarquant que son visage semblait illuminé de l'intérieur. Sans raison, il éclata brusquement de rire. Sa gaieté était communicative et Ayla l'imita aussitôt. Leurs deux rires fusèrent, tels deux cris de victoire.

— Tu es vraiment un grand chasseur, Jondalar ! s'écria-t-elle à son tour.

— C'est grâce aux propulseurs. Nous n'avons eu qu'à nous approcher du troupeau et avant qu'ils aient eu le temps de comprendre ce qui leur arrivait... nous en avons tué deux ! Est-ce que tu te rends compte de ce que ça veut dire ?

Ayla s'en rendait parfaitement compte. Grâce à ce propulseur, elle pourrait chasser tout ce qu'elle voudrait et à n'importe quelle saison de l'année. Elle n'aurait pas besoin de creuser de fosse. Elle pourrait chasser lorsqu'elle voyagerait. Le propulseur possédait tous les avantages de sa fronde et, en plus, il était parfaitement adapté au gros gibier.

— Je m'en rends compte. Tu m'as dit que tu allais m'enseigner un moyen plus facile de chasser et tu as dépassé tout ce que j'avais imaginé. Je ne sais pas comment te dire... Je suis tellement...

Ayla ne connaissait qu'une manière d'exprimer sa gratitude : celle qu'on utilisait au sein du Clan. Elle s'assit par terre en face de Jondalar et baissa la tête. Peut-être ne lui taperait-il pas sur l'épaule pour lui donner la permission de parler et de dire ce qu'elle ressentait, mais au moins, elle aurait essayé.

— Que fais-tu ? demanda-t-il. Ne reste pas assise comme ça.

— Quand une femme du Clan désire dire quelque chose d'important à un homme, c'est ainsi qu'elle s'y prend, expliqua-t-elle en relevant la tête. Je tiens à te dire à quel point je te suis reconnaissante de m'avoir fait cadeau de cette arme. Et aussi pour m'avoir appris à parler. Pour tout.

— Ayla, lève-toi, je t'en prie, dit-il en la remettant sur ses pieds. C'est toi qui m'as fait cadeau de cette arme et non le contraire. Si je ne t'avais pas vue utiliser ta fronde, jamais je n'aurais pensé à fabriquer un propulseur. C'est moi qui devrais te remercier et pas seulement pour cette arme.

Jondalar n'avait pas lâché ses bras et leurs deux corps se touchaient presque. Ayla le regardait dans les yeux. Elle aurait été incapable de détourner la tête et n'en avait aucune envie. Il se pencha vers elle et posa ses lèvres sur les siennes.

Ayla écarquilla les yeux. Elle ne s'attendait vraiment pas à ça. Elle en éprouva un véritable choc et resta sans bouger, ne sachant pas comment répondre à la pression des lèvres de Jondalar sur les siennes.

Il finit par comprendre et n'insista pas. Ce serait pour plus tard.

— Qu'est-ce que c'est que cette bouche sur la bouche ? demanda-t-elle.

— C'est un baiser, Ayla. C'est la première fois qu'on t'embrasse, n'est-ce pas ? J'aurais dû m'en douter. Mais quand on te voit, il est difficile d'imaginer que... Quel idiot je fais parfois !

— Pourquoi dis-tu ça ? Tu n'es pas idiot.

— Si ! Jamais je n'aurais pensé que j'étais idiot à ce point. Mais passons... Il faut que nous trouvions un moyen de ramener ces deux bisons car je sens que si je reste encore longtemps près de toi, je serai incapable de faire les choses correctement. Comme elles doivent être faites la première fois...

— De quoi parles-tu ?

— Des Premiers Rites, Ayla. Si tu m'y autorises...

28

— Je ne pense pas que Whinney aurait pu les ramener si nous n'avions pas laissé les têtes sur place. C'était une bonne idée. (Ayla aida Jondalar à sortir du travois la dépouille du jeune bison et à la placer sur la corniche.) Que de viande ! Cela va nous prendre du temps de découper tout ça. Nous avons intérêt à nous y mettre tout de suite.

— Ça peut attendre, Ayla, dit Jondalar en lui souriant. Je crois que tes Premiers Rites passent avant. Je vais t'aider à débarrasser Whinney de son harnachement, puis j'irai me baigner. Je suis tout en sueur et couvert de sang.

— Jondalar... commença Ayla d'une voix hésitante. (Elle était émue et intimidée.) Ces Premiers Rites, est-ce que c'est une cérémonie ?

— Oui, répondit-il.

— Iza m'a appris à me préparer pour les cérémonies. Pour celle-là, y a-t-il quelque chose de spécial de prévu ?

— D'habitude les femmes plus âgées aident la jeune femme à se préparer. Je ne sais pas ce qu'elles lui disent ou ce qu'elles font. Tu n'as qu'à faire ce que tu juges le mieux approprié.

— Je vais aller chercher de la saponaire pour me purifier comme Iza m'a appris à le faire. J'attendrai que tu aies fini de te baigner. Pour me préparer, je préfère être seule, ajouta-t-elle en rougissant et en baissant les yeux.

Elle est aussi timide qu'une jeune fille avant les Premiers Rites, songea Jondalar en sentant l'habituelle vague de tendresse et d'excitation. Même les rites de purification d'Ayla étaient adaptés à la situation. Il lui prit le menton, l'embrassa à nouveau et s'éloigna d'elle.

— Moi aussi, j'aurais besoin de saponaire.

— Je vais en chercher pour nous deux.

Quand Ayla eut déterré les plantes et regagné la caverne, Jondalar plongea avec délice dans la rivière. Il se frictionna tout le corps avec l'écume savonneuse, défit ses cheveux et les frotta à leur tour. Cela faisait longtemps qu'il ne s'était pas senti aussi bien dans sa peau. Il plongea à nouveau dans l'eau, nagea presque jusqu'à la cascade, revint vers la plage, ceignit sa bande de peau et remonta en courant vers la caverne. Ayla avait mis à rôtir un morceau de viande au fumet délicieusement bon. Jondalar se sentait incroyablement détendu et heureux.

— Je suis contente que tu sois revenu, dit Ayla. Il va me falloir un certain temps pour me purifier correctement.

Elle prit le bol qui contenait un liquide fumant et de la prêle, pour ses cheveux, ainsi qu'une peau qu'elle n'avait encore jamais portée.

— Prends tout ton temps, lui dit Jondalar en déposant un léger baiser sur ses lèvres.

Elle s'était déjà engagée dans le sentier quand elle s'immobilisa pour se tourner vers lui.

— J'aime cette bouche sur la bouche, dit-elle. Ce baiser.

— J'espère que tu aimeras aussi le reste, dit-il après qu'elle fut partie.

Il pénétra dans la caverne et s'approcha du cuissot de bison qui était en train de rôtir. En tournant la broche, il s'aperçut qu'Ayla avait mis des racines enveloppées dans des feuilles à cuire sous la braise. Elle avait dû aller déterrer ces racines pendant qu'il se baignait et avait aussi préparé une infusion.

Apercevant les fourrures dans lesquelles il dormait de l'autre côté du foyer, il alla les chercher et les installa, avec un plaisir évident, à côté de celles d'Ayla. Puis se souvenant de la donii qu'il avait commencé à sculpter, il prit le ballot où il rangeait ses outils, s'assit sur une natte et ouvrit la peau de daim pour en sortir l'ébauche de la statuette.

Après un coup d'œil au morceau de défense de mammouth auquel il avait commencé à donner la forme d'une femme, il se dit que c'était le moment ou jamais de le terminer : pour célébrer correctement une des plus importantes cérémonies en l'honneur de la Mère, une donii était indispensable. Il prit le morceau d'ivoire et quelques burins, puis alla s'installer sur la corniche.

Il travaillait depuis un certain temps déjà quand il réalisa soudain qu'au lieu de sculpter une forme maternelle aux courbes généreuses, il avait donné au morceau d'ivoire l'apparence d'une jeune femme. Alors qu'il avait eu l'intention de reproduire la coiffure de la donii qu'il avait donnée à Noria — une ondulation qui lui aurait en partie masqué le visage —, celle de sa statuette évoquait des tresses. Des nattes serrées qui lui couvraient toute la tête, sauf le visage. L'emplacement du visage était vide. Jamais on ne représentait le visage d'une donii. Qui aurait pu supporter de contempler le visage de la Mère ? Qui le connaissait ? La Mère était à la fois toutes les femmes et aucune en particulier.

Jondalar cessa de sculpter pour regarder en amont de la rivière, puis en aval dans l'espoir d'apercevoir Ayla. Allait-il être capable de provoquer son Plaisir ? Lorsqu'il accomplissait les Premiers Rites lors de la Réunion d'Eté, il ne s'était jamais posé ce genre de questions. Mais les jeunes femmes qu'il initiait partageaient les mêmes coutumes que lui et étaient préparées à ce qui allait se passer.

Dois-je lui expliquer ? se demanda-t-il. Non, je ne saurais pas quoi lui dire. Mieux vaut simplement lui montrer. Si quelque chose ne lui plaît pas, elle saura bien me le dire. Elle est tellement franche !

Quel effet cela va-t-il me faire d'initier au Don du Plaisir une femme aussi sincère ? Une femme qui ne dissimulera pas ce qu'elle ressent et qui ne fera pas semblant d'éprouver du Plaisir ?

Pourquoi se conduirait-elle autrement que les autres jeunes filles ? Parce qu'elle est différente. Elle a déjà été ouverte et cela a été très douloureux pour elle. Comment lui faire surmonter cette première expérience épouvantable ? Et si elle n'éprouve aucun Plaisir ? Si je ne parviens pas à lui en faire éprouver ? J'espère être capable de lui faire oublier ce début désastreux. Pour ça, il faudrait que je puisse la séduire, triompher de sa résistance et m'emparer de son esprit.

M'emparer de son esprit ?

Jondalar regarda à nouveau la figurine qu'il tenait à la main. Et soudain son esprit s'emballa. Pourquoi représentait-on un animal sur les armes de chasse ou sur les parois des cavernes ? Pour entrer en contact avec l'esprit qui lui avait donné naissance, vaincre sa résistance et s'emparer de son essence.

Ne sois pas ridicule ! songea-t-il. Tu ne peux pas t'emparer de l'esprit d'Ayla de cette manière. Ce ne serait pas correct : une donii n'a jamais de visage. Jamais on ne représente les êtres humains — une statuette qui ressemblerait à quelqu'un risquerait d'emprisonner l'essence de son esprit.

Personne n'a le droit d'emprisonner l'esprit de quelqu'un d'autre. Tu n'as qu'à lui donner cette donii ! Son esprit lui sera alors rendu. Garde la donii pendant quelque temps, puis offre-lui... après.

Si tu représentes son visage sur cette statuette, Ayla ne va-t-elle pas se transformer en donii ? Tu as déjà plus ou moins l'impression qu'elle en est une à cause de son art de guérir et du pouvoir magique qu'elle possède sur les animaux. Si elle est une donii, elle risque de vouloir s'emparer de ton esprit. Serait-ce si grave que ça ?

Tu désires conserver une part d'elle-même, Jondalar. La part d'esprit que conservent toujours les mains de celui qui façonne un objet. Tu désires cette part d'elle-même, non ?

Oh, Grande Mère, conseille-moi ! Est-ce si terrible de mettre le visage d'Ayla sur une donii ?

Jondalar contempla la petite statuette en ivoire. Puis il prit son burin et commença à sculpter la forme d'un visage, un visage aux traits familiers.

Quand il eut terminé, il tint la figurine en ivoire à bout de bras pour mieux la voir et la fit lentement tourner. Un vrai sculpteur aurait fait mieux, mais le résultat était plutôt satisfaisant. Ce n'était pas exactement ressemblant : il n'avait pas vraiment reproduit les traits d'Ayla mais plutôt l'image qu'il avait d'elle.

Il chercha dans la caverne un endroit où placer la statuette. Il ne voulait pas qu'Ayla la voie pour l'instant mais désirait qu'elle ne soit pas trop loin. Apercevant un ballot de peaux posé contre la paroi à côté de la couche de la jeune femme, il glissa la donii à l'intérieur.

Il ressortit ensuite pour guetter le retour d'Ayla. Pourquoi tardait-elle ? Jetant un coup d'œil aux deux bisons couchés sur le sol, il se dit que cela pouvait attendre. Puis apercevant les sagaies et les propulseurs posés contre la paroi extérieure, il les prit pour les rentrer. Il se trouvait à l'intérieur de la caverne quand il entendit un crépitement de gravier sur la corniche. Il se retourna pour voir ce qui se passait.

Ayla ajusta la lanière en cuir qui maintenait son vêtement, remit son amulette autour de son cou et repoussa en arrière ses cheveux encore humides qu'elle avait démêlés avec une cardère. Après avoir ramassé son vêtement sale, elle s'engagea sur le sentier. Elle se sentait nerveuse et excitée à la fois.

Elle pensait avoir compris ce que Jondalar entendait par « Premiers Rites » et était touchée qu'il désire faire ça avec elle. La cérémonie risquait de ne pas se passer trop mal — même avec Broud, après un certain temps, elle n'avait plus eu mal. Si les hommes faisaient signe aux femmes qui leur plaisaient, était-ce la preuve que Jondalar commençait à s'attacher à elle ?

En arrivant en haut du sentier, Ayla fut brusquement tirée de sa rêverie par le brusque mouvement d'une grosse masse rousse aux contours indistincts.

— Va-t'en ! hurla Jondalar. Va-t'en, Ayla ! C'est un lion des cavernes !

Debout à l'entrée de la caverne, il brandissait sa sagaie en direction d'un énorme félin qui grognait sourdement et qui, ramassé sur lui-même, s'apprêtait à bondir.

— Non, Jondalar ! cria Ayla en se précipitant en avant. Non !

— Que fais-tu, Ayla ? Oh, Mère, arrête-la ! cria-t-il en voyant qu'elle s'interposait entre le lion et lui.

Ayla fit un geste impératif et cria dans le langage guttural du Clan :

— Arrête !

Au lieu de bondir sur Jondalar, le lion des cavernes donna un violent coup de reins pour raccourcir sa trajectoire et vint atterrir aux pieds d'Ayla. Puis il frotta sa tête massive contre ses jambes. Jondalar était sidéré.

— Bébé ! Oh, Bébé ! Tu es revenu ! lui dit Ayla par gestes.

Puis, sans une hésitation, sans la moindre crainte, elle entoura de ses bras le cou de l'énorme lion.

Bébé la fit tomber sur le sol le plus doucement possible. Bouche bée, Jondalar vit alors l'énorme bête poser ses pattes antérieures autour de la jeune femme dans ce qui lui apparut comme le plus proche équivalent d'une étreinte. Puis il lécha avec sa langue râpeuse les larmes de joie qui coulaient sur le visage d'Ayla.

— Ça suffit, Bébé ! dit-elle en s'asseyant. Si tu continues à me lécher la figure, il ne va plus rien me rester.

Comme elle le grattait derrière les oreilles et autour de la crinière, Bébé roula sur le dos pour lui présenter sa gorge en grognant de contentement.

— Je pensais que je ne te reverrais jamais, Bébé, dit-elle quand le lion se fut remis sur le ventre.

Il était plus grand encore que dans son souvenir et bien qu'il fût un peu plus maigre qu'avant, il semblait en parfaite santé. Il portait des cicatrices qu'elle ne lui avait encore jamais vues et elle se dit qu'il avait dû se battre pour son territoire et sortir vainqueur. Elle se sentit toute fière de lui. Bien que Jondalar n'eût toujours pas bougé, le lion se mit à grogner dans sa direction.

— Arrête de grogner, Bébé ! intervint Ayla. C'est l'homme que tu m'as amené. Toi aussi, tu as une compagne maintenant. Et même certainement plus d'une...

Le lion se remit debout, tourna le dos à l'homme et se dirigea vers un des bisons.

— Es-tu d'accord pour que je lui en donne un ? demanda Ayla sans se retourner. Avec une seule de ces bêtes, nous en avons déjà largement assez.

Jondalar était toujours debout à l'entrée de la caverne et il n'avait pas lâché sa sagaie. Il était tellement abasourdi qu'au lieu de répondre il ne réussit à émettre qu'un son étouffé. Puis retrouvant sa voix, il dit :

— D'accord ? Tu penses bien que je suis d'accord ! Tu peux même lui donner les deux ! Laisse-le emporter tout ce qu'il veut.

— Bébé n'a pas besoin de ces deux bisons, répondit Ayla.

Jondalar n'avait pas compris le mot qu'elle employait pour désigner le lion, mais il se dit que ce devait être son nom.

— Non, Bébé ! Ne prends pas la génisse ! intervint-elle, en utilisant à nouveau un mélange de gestes et de sons.

Quand Jondalar vit que le lion se détournait de la génisse pour s'approcher du jeune bison, il eut un hoquet de surprise. Bébé venait de saisir entre ses énormes crocs le cou rompu du bison et il le traînait hors de la corniche. Il s'engagea alors dans le sentier, suivi par Ayla.

— Je ne serai pas longue, dit-elle. Je vais descendre avec lui. Il risque de rencontrer Whinney et son poulain et de faire peur à Rapide.

Jondalar la regarda s'éloigner jusqu'à ce qu'elle disparaisse de sa vue. Puis il la vit réapparaître au pied de la falaise qui longeait la vallée, marchant tranquillement derrière le lion qui traînait le bison sous son ventre.

Quand ils eurent atteint le gros rocher, sur un signe d'Ayla le lion lâcha sa proie. Jondalar, qui n'en croyait pas ses yeux, vit la jeune femme grimper sur le dos du prédateur. Elle leva son bras qu'elle lança en avant, puis agrippa la crinière de l'énorme félin au moment où celui-ci bondissait. Accrochée fermement à sa monture, sa longue chevelure flottant au vent, Ayla filait à toute allure à travers le pré. Puis le lion ralentit et la ramena vers le rocher.

Il saisit à nouveau le jeune bison et commença à descendre vers le fond de la vallée. Ayla était restée debout à côté du rocher et elle le regardait s'éloigner. A un moment donné, il s'arrêta à nouveau, lâcha le bison, grogna, puis émit un tel rugissement que Jondalar en fut glacé jusqu'aux os.

Quand le lion eut disparu, Jondalar prit une profonde inspiration et s'appuya à la paroi de la caverne. Il avait du mal à retrouver ses esprits et était un peu effrayé. Qu'est-ce que c'est que cette femme ? se demanda-t-il. Quel pouvoir magique a-t-elle ? Les oiseaux et les chevaux, passe encore... mais un lion des cavernes ? Le plus gros lion que j'aie jamais vu...

Est-elle une... donii ? A part la Mère, qui est capable de faire obéir les animaux ? Et son art de guérir ? Ou sa prodigieuse facilité à apprendre à parler ? Elle parle maintenant mamutoï presque aussi bien que moi... Est-elle une incarnation de la Mère ?

En entendant Ayla arriver, il frissonna de crainte. Il s'attendait presque à ce qu'elle lui annonce qu'elle était une incarnation de la Grande Terre Mère et si elle l'avait fait, il l'aurait crue sur parole. Mais au lieu de ça, il vit apparaître en heut du sentier une jeune femme échevelée dont le visage était sillonné de larmes.

— Qu'est-ce qui ne va pas ? demanda-t-il en oubliant aussitôt ses craintes.

— Pourquoi faut-il que je perde tous mes bébés, répondit Ayla avec un sanglot.

Jondalar blêmit. Ses bébés ? Le lion était son bébé ? Il se souvint soudain d'avoir entendu la veille les pleurs de la Mère, la Mère de tout ce qui vivait sur terre.

— Tes bébés ? demanda-t-il, complètement abasourdi.

— D'abord Durc et ensuite Bébé.

En attendant à nouveau ce mot étrange qu'elle avait prononcé un peu plus tôt, il lui demanda :

— Est-ce le nom du lion ?

— Oui, cela veut dire : le petit, le nourrisson, traduisit-elle pour Jondalar.

— Tu appelles ça un petit lion ! Jamais je n'en ai vu d'aussi gros !

— C'est vrai, reconnut Ayla en souriant avec fierté. Je me suis toujours débrouillée pour qu'il ait largement à manger. Il a été beaucoup mieux nourri que s'il avait grandi dans une troupe de lions. Mais quand je l'ai recueilli, il était tout jeune. Je l'ai appelé Bébé et je ne lui ai jamais donné d'autre nom.

— Tu l'as trouvé ? demanda Jondalar qui avait encore du mal à la croire.

— Sa mère l'avait abandonné, croyant qu'il était mort. Il avait été piétiné par un des cerfs que j'étais en train de chasser. Ce n'était pas la première fois que je recueillais un animal blessé. Brun m'avait donné la permission de le faire à condition que ce ne soit pas des carnivores. J'ai donc hésité avant de ramener ce lionceau. Mais quand j'ai vu que les hyènes s'approchaient de lui, je les ai fait fuir avec ma fronde et je l'ai emporté.

Perdue dans ses souvenirs, Ayla se tut un court instant avant de reprendre avec un petit sourire :

— Bébé était si drôle quand il était petit qu'il n'arrêtait pas de me faire rire. Mais cela me prenait du temps de chasser pour le nourrir. Jusqu'au jour où nous avons commencé à chasser ensemble. Tous les trois, avec Whinney. Je ne l'avais pas revu depuis... (Elle s'interrompit, réalisant soudain à quoi correspondait leur dernière rencontre.) Je suis désolée, Jondalar, reprit-elle. Bébé est le lion qui a tué ton frère. Mais si ça avait été un autre lion, jamais je n'aurais pu l'empêcher de s'approcher de toi.

— Tu es une donii ! s'écria Jondalar. Je t'ai vue en rêve. Je croyais qu'une donii était venue me chercher pour me conduire dans l'autre monde. Mais, au lieu de m'emmener, elle a chassé le lion.

— Tu as dû reprendre connaissance à un moment donné, puis t'évanouir à nouveau de douleur quand je t'ai transporté vers le travois. Il fallait faire vite. Je savais que Bébé ne me ferait pas de mal. Mais j'ignorais ce qui se passerait si sa lionne revenait avant que je sois partie.

Jondalar avait du mal à en croire ses oreilles.

— Tu as chassé avec ce lion ? demanda-t-il.

— Si je voulais qu'il mange à sa faim, il n'y avait pas d'autres moyens. Au début, il se contentait de poursuivre la proie et c'est moi qui la tuais d'un coup d'épieu. Mais quand il a été en âge de les tuer lui-même, je prélevais un morceau de gibier avant qu'il s'y attaque ou je dépeçais la bête quand j'avais besoin de la peau...

— Tu l'écartais, comme tu as fait pour la génisse ? Tu sais bien pourtant que c'est dangereux d'enlever de la viande à un lion. J'ai déjà vu un lion tuer son propre petit rien que pour ça !

— Moi aussi, je l'ai déjà vu, Jondalar. Mais Bébé est différent. Il n'a pas été élevé dans une troupe de lions. Il a grandi avec Whinney et moi. Nous chassions ensemble et il avait l'habitude de partager le gibier avec moi. Je suis contente qu'il ait trouvé une lionne. Comme ça, maintenant, il vit comme les autres lions. Whinney a vécu, elle aussi, dans une troupe de chevaux pendant un certain temps. Mais elle n'était pas heureuse et elle est revenue.

Ayla secoua la tête et baissa les yeux.

— Non, reprit-elle. Ce n'est pas vrai. Je pense qu'elle était heureuse avec l'étalon et le reste de la troupe. Mais c'est moi qui étais malheureuse sans elle. J'étais folle de joie quand elle est revenue après que l'étalon eut été tué.

Ayla alla chercher son vêtement sale qu'elle avait abandonné en haut du sentier, puis rentra dans la caverne. Jondalar posa sa sagaie qu'il tenait toujours à la main contre la paroi rocheuse et la suivit à l'intérieur. Ayla était perdue dans ses pensées. Le retour de Bébé évoquait pour elle tant de souvenirs ! Elle tourna la broche placée au-dessus du feu et attisa les braises. Puis elle alla chercher l'estomac d'onagre qui lui servait d'outre, versa de l'eau dans le panier qu'elle utilisait comme bouilloire, et mit des pierres à chauffer dans le foyer.

Encore un peu ahuri par la visite du lion des cavernes, Jondalar la regardait faire. Il avait eu un choc en voyant ce lion sur la corniche mais ce n'était rien comparé à sa stupéfaction quand Ayla s'était interposée entre lui et l'imposant prédateur et qu'elle l'avait arrêté d'un geste. Jamais personne ne voudrait croire une chose pareille.

Observant Ayla de plus près, il s'aperçut soudain qu'elle n'était pas coiffée comme d'habitude : ses cheveux tombaient librement sur ses épaules. Cela lui rappela aussitôt le jour où il l'avait vue pour la première fois ainsi. Elle remontait de la plage, le soleil jouait dans sa chevelure et aucun vêtement ne couvrait son corps magnifique.

— ... du bien de revoir Bébé, continuait Ayla. Ces bisons devaient se trouver sur son territoire. Il a dû sentir l'odeur du sang et nous suivre à la trace. Il a été surpris de te voir là. Je ne sais pas s'il se souvenait de toi... Comment se fait-il que tu te sois retrouvé coincé dans ce canyon sans issue ?

— Euh... Quoi ? Désolé, Ayla, mais je n'ai pas entendu ta question.

— Je me demandais comment tu as pu te retrouver coincé dans ce canyon, répéta Ayla en le regardant.

Les yeux de Jondalar avaient pris une teinte violette et son regard la fit rougir. Il dut faire un effort pour se concentrer sur la réponse.

— Thonolan venait de tuer une biche qu'une lionne était en train de chasser. La lionne a emporté le gibier et Thonolan a voulu la suivre. J'ai essayé de l'en dissuader, mais il n'a pas voulu m'écouter. Nous avons suivi cette lionne jusqu'au canyon et nous l'avons vue ressortir. Thonolan a voulu en profiter pour récupérer sa sagaie et un peu de viande. Mais le lion ne l'a pas laissé faire. (Jondalar ferma les yeux pendant un court instant.) Je ne lui en veux pas, reprit-il. C'était idiot de suivre cette lionne, mais rien n'aurait pu l'arrêter. Il a toujours été casse-cou. Mais après la mort de Jetamio, c'était encore pire. Il voulait mourir. De toute façon, je n'aurais jamais dû le suivre.

Sentant sa tristesse, Ayla préféra changer de sujet.

— Whinney n'était pas dans le pré. Je pense qu'elle a dû aller sur les steppes avec Rapide. Elle rentrera plus tard. C'était une bonne idée de mettre des courroies autour du cou du poulain. Mais je pense que même s'il n'avait pas été attaché à Whinney, il serait resté près d'elle.

— La corde était trop longue. Je n'aurais jamais cru qu'elle puisse s'accrocher dans un buisson. Mais, grâce à elle, les deux chevaux sont restés ensemble. Il faudra y repenser si, un jour, tu veux qu'ils restent à un endroit précis. Rapide en tout cas. Est-ce que Whinney fait toujours ce que tu lui demandes ?

— J'en ai l'impression. Avec Bébé c'est différent. Quand je monte sur son dos, c'est lui qui va où il veut. Mais il avance à une telle vitesse ! ajouta-t-elle, les yeux pétillants de joie au souvenir de sa récente chevauchée.

Jondalar était en train de penser à la même chose et il la revoyait en train de monter le lion à la crinière rousse, ses longs cheveux blonds volant au vent. Il avait eu peur pour elle mais avait aussi trouvé cela très excitant. Elle aussi, elle l'était. Libre, sauvage et si belle...

— Tu es vraiment une femme excitante, Ayla.

— Excitante... répéta-t-elle, un peu surprise. On pourrait dire ça du propulseur de sagaie ou quand on monte Whinney et qu'elle va très vite ?

— C'est ça. Mais pour moi, toi aussi, tu es excitante et... très belle.

— Jondalar, tu te moques de moi. Une fleur est belle. Ou alors le ciel quand le soleil disparaît derrière le sommet de la falaise. Mais moi, je ne suis pas belle.

— A ton avis, une femme ne peut pas être belle ?

Ayla détourna la tête pour échapper à son regard insistant.

— Je ne sais pas... Mais je ne suis pas belle. Je suis grande et laide.

Jondalar lui prit les mains et l'obligea à se lever.

— Maintenant, lequel de nous deux est le plus grand ?

— Toi, avoua-t-elle dans un souffle.

— Tu vois bien que tu n'es pas trop grande. Et tu n'es pas laide non plus. C'est drôle que la plus belle femme que j'aie jamais rencontrée pense qu'elle est laide...

Ayla avait entendu ce qu'il venait de dire mais elle était trop attirée par l'intensité de son regard et la proximité de son corps pour prêter attention à ses paroles. Jondalar se pencha vers elle, posa ses lèvres sur les siennes et la prit dans ses bras.

— Jondalar... J'aime ce baiser.

— Je crois qu'il est temps, Ayla, dit-il en la conduisant vers sa couche. (Comme elle semblait étonnée, il ajouta :) Il est temps de commencer les Premiers Rites.

Quand ils furent assis sur les fourrures, Ayla lui demanda :

— Quel genre de cérémonie est-ce ?

— C'est une cérémonie qui fait de la jeune fille une femme. Je ne peux pas t'expliquer cela dans le détail. En général, les femmes plus âgées expliquent à la jeune fille ce qui va se passer, elles lui disent que cela risque de lui faire mal, mais qu'il est nécessaire d'ouvrir le passage pour qu'elle devienne une femme. Elles choisissent un homme pour le faire. En général, les hommes aiment bien être choisis. Mais certains ont peur.

— Pourquoi ont-ils peur ?

— Ils ont peur de faire mal à la jeune fille, d'être maladroit ou encore que leur faiseur-de-femmes ne se redresse pas.

— Le faiseur-de-femmes ? Cela veut dire leur organe, non ? Que de noms on lui donne !

— C'est vrai, reconnut Jondalar en pensant à d'autres termes encore, souvent vulgaires ou humoristiques.

— Quel est le vrai nom ?

— La virilité, répondit-il après avoir réfléchi. Mais « faiseur-de-femmes » convient aussi.

— Que se passe-t-il quand leur virilité ne se redresse pas ?

— Il faut aller chercher un autre homme. Mais la plupart des hommes aiment être choisis.

— Aimais-tu être choisi ?

— Oui.

— Et as-tu été souvent choisi ?

— Oui, répondit à nouveau Jondalar.

— Pourquoi ?

Jondalar sourit en se demandant si toutes ces questions étaient dues à la curiosité ou à la nervosité.

— Je pense que c'est parce que j'aime ça. Pour moi, ça compte énormément que ce soit la première fois pour la femme.

— Comment pourrais-je avoir une cérémonie des Premiers Rites ? Pour moi, ce n'est pas la première fois et je n'ai plus besoin d'être ouverte.

— Je sais. Mais les Premiers Rites ne se résument pas à ça.

— Je ne comprends pas. Qu'est-ce que c'est d'autre alors ?

Jondalar recommença à sourire et posa ses lèvres sur les siennes. Ayla se pencha vers lui et fut toute surprise de sentir que la langue de Jondalar essayait de s'insinuer entre ses lèvres. Elle recula.

— Que fais-tu ?

— Tu n'aimes pas ça ? demanda-t-il en lui lançant un regard consterné.

— Je ne sais pas.

— Veux-tu recommencer ? proposa-t-il en se disant qu'il ne fallait surtout rien précipiter. Si tu t'allongeais, tu serais plus détendue.

Il la poussa gentiment vers les fourrures et se pencha vers elle, appuyé sur un coude. A nouveau il posa ses lèvres sur les siennes. Dès qu'elle se fut un peu détendue, il effleura légèrement ses lèvres du bout de sa langue puis il releva la tête : Ayla souriait et elle avait fermé les yeux. Quand elle les rouvrit, il se pencha à nouveau vers elle pour l'embrasser, appuyant plus fort ses lèvres contre les siennes. Lorsque la langue de Jondalar voulut forcer ses lèvres, Ayla ouvrit les siennes sans se faire prier.

— Je crois que j'aime ça, dit-elle après ce nouveau baiser.

Le sourire de Jondalar s'élargit. Ayla lui posait des questions et faisait des expériences. Il était content qu'elle ne sache pas à quel point il la désirait.

— Et maintenant ? demanda-t-elle.

— Toujours la même chose.

— D'accord.

Jondalar lui reprit la bouche, explorant ses lèvres, son palais et sa langue. Puis il laissa ses lèvres courir le long de sa mâchoire et mordilla son oreille. Quand il eut couvert sa gorge de baisers et qu'il l'eut caressée du bout de la langue, il remonta vers sa bouche.

— Pourquoi est-ce que je frissonne comme si j'avais la fièvre ? demanda Ayla. Mais ce sont des frissons agréables, pas comme ceux que l'on a quand on est malade.

— Oublie que tu es guérisseuse. Ce n'est pas une maladie. Si tu as chaud, pourquoi n'enlèves-tu pas ton vêtement ?

— Ça va. Je n'ai pas chaud à ce point-là.

— Est-ce que ça t'ennuierait si je défaisais la lanière qui retient ton vêtement ?

— Pourquoi ?

— Parce que j'en ai envie.

Jondalar se battit un long moment avec la lanière sans cesser de l'embrasser. Comme il ne parvenait pas à la défaire, Ayla dit dans un souffle :

— Laisse-moi faire.

Elle défit sans difficulté le nœud, puis se cambra sur la fourrure pour enlever la lanière. Quand le vêtement en peau glissa loin d'elle, Jondalar retint sa respiration.

— Ayla ! O Doni ! Quelle femme ! s'écria-t-il.

Sa voix était enrouée par le désir et son sexe en érection. Il l'embrassa presque avec violence, enfouit son visage dans son cou et suça sa peau avidement. Quand il releva la tête et vit la marque rouge, il respira un grand coup pour maîtriser son ardeur.

— Il y a quelque chose qui ne va pas ? demanda Ayla en fronçant les sourcils.

— Ce qui ne va pas c'est que je te désire trop. Je veux que ce soit bien aussi pour toi, mais je ne sais pas si je vais pouvoir attendre. Tu es tellement... femme, tellement belle.

Le visage à nouveau détendu, Ayla lui dit en souriant :

— Tout ce que tu feras sera très bien, Jondalar.

Il l'embrassa à nouveau, avec plus de douceur cette fois, désireux plus que jamais de provoquer son Plaisir. Il caressa un des côtés de son corps, sentant au creux de sa main la plénitude de son sein, le creux de sa taille, la douce courbe de sa hanche et les muscles durs de sa cuisse. Ayla tressaillait sous ses caresses. Il effleura de la main sa toison blonde et bouclée, remonta vers son ventre, puis vers le renflement de sa poitrine. Il sentit que le bout de son sein durcissait sous sa paume.

Il embrassa la petite cicatrice qu'elle portait à la base de la gorge, puis il chercha son autre sein et se mit à en sucer le bout.

— Cela ne fait pas le même effet qu'un bébé, dit Ayla, rompant d'un coup le charme.

Jondalar s'assit pour la regarder.

— Tu n'es pas censée analyser la chose, Ayla, dit-il en éclatant de rire.

— Je ne comprends pas pourquoi cela ne fait pas le même effet et je ne vois pas pourquoi un homme téterait comme un bébé, dit-elle, un peu sur la défensive.

— Tu veux que j'arrête ? Tu n'aimes pas ça ?

— Je n'ai pas dit que je n'aimais pas ça. C'est agréable quand un bébé tète. Quand c'est toi qui le fais, c'est différent, mais c'est agréable aussi. Je le ressens plus bas à l'intérieur de moi. Jamais un bébé ne m'a fait cet effet-là.

— C'est pourquoi je te fais ça, Ayla. Je veux te caresser, te donner du Plaisir et en éprouver, moi aussi. C'est le Don du Plaisir de la Mère à Ses enfants. Elle nous a créés pour que nous connaissions ce Plaisir et en acceptant Son Don, nous L'honorons. Veux-tu me laisser te donner du Plaisir, Ayla ?

Jondalar ne l'avait pas quittée des yeux. Ses cheveux dorés, éparpillés sur la fourrure, encadraient son visage. Le regard brûlant, les yeux dilatés, Ayla ouvrit ses lèvres tremblantes pour répondre. Puis elle y renonça et se contenta de hocher la tête en fermant les yeux.

Jondalar posa un baiser sur une de ses paupières et sentit une larme sous ses lèvres. Il goûta au liquide salé du bout de la langue. Ayla ouvrit les yeux et lui sourit. Il embrassa le bout de son nez, ses lèvres et à nouveau le bout de ses seins. Puis il se releva.

Ayla l'observa tandis qu'il sortait du foyer la viande rôtie et les tubercules qu'elle avait mis à cuire sur les cendres. Elle attendit qu'il revienne, se réjouissant d'avance elle ne savait pas très bien de quoi. Jondalar avait éveillé chez elle des sensations dont elle n'aurait jamais cru son corps capable, mais aussi un désir indicible.

Après avoir rempli d'eau un bol, Jondalar revint vers elle.

— Je ne veux pas que quoi que ce soit risque de nous interrompre. Peut-être as-tu soif ?

Ayla secoua la tête. Jondalar but une gorgée et posa le bol par terre. Puis il défit la lanière qui retenait sa bande de peau et la jeune femme vit pour la première fois son prodigieux membre viril dressé. Son regard n'exprimait que confiance et désir. Jondalar n'y vit nulle trace de la peur qu'inspirait souvent la taille de son sexe aux jeunes femmes sans expérience lorsqu'elles le voyaient pour la première fois — et même à d'autres femmes, plus âgées.

Il s'allongea à côté d'elle et contempla son abondante chevelure, ses yeux immenses, son corps magnifique, cette femme d'une beauté exceptionnelle qui attendait qu'il la caresse, qu'il éveille chez elle des sensations qui, il le savait, étaient pour l'instant encore en sommeil. Il voulait faire durer le plus longtemps possible cette première prise de conscience. Il se sentait plus excité qu'il ne l'avait jamais été lors des Premiers Rites. Contrairement aux jeunes filles qu'il avait initiées jusqu'ici, Ayla ne savait pas à quoi s'attendre, personne ne lui avait décrit ce rite en détail. On avait simplement abusé d'elle.

O, Doni, aide-moi à faire ça bien ! songea-t-il.

Pour l'instant, au lieu de se réjouir, il avait surtout l'impression d'une responsabilité accablante.

Ayla était toujours allongée. Elle ne bougeait pas, mais tremblait de tout son corps. Elle avait l'impression d'avoir attendu depuis toujours quelque chose qu'elle était incapable de nommer mais que Jondalar pouvait lui donner. Elle ne pouvait pas expliquer pourquoi le simple regard de Jondalar, ses mains, sa bouche ou sa langue lui faisaient perdre la tête mais elle désirait qu'il continue à la caresser. Pour l'instant, elle éprouvait un sentiment d'inachèvement. En la caressant, Jondalar avait éveillé chez elle des appétits ignorés qu'il fallait maintenant satisfaire.

Après l'avoir contemplée en silence, Jondalar ferma les yeux et recommença à l'embrasser. Ayla attendait, les lèvres entrouvertes. Elle guida la langue de Jondalar à l'intérieur de sa bouche et commença à explorer timidement la sienne. Il se releva un peu et lui sourit d'un air encourageant. Il prit entre ses lèvres une de ses longues mèches blondes, puis enfouit son visage dans sa chevelure épaisse et dorée. Il embrassa son front, ses yeux, ses joues, avide de l'explorer tout entière.

Il approcha sa bouche de son oreille et son haleine chaude lui fit courir des frissons dans tout le corps. Jondalar mordilla le lobe de son oreille, puis le suça. Il trouva sans mal les nerfs sensibles de son cou et de sa gorge. Ses grandes mains exploraient l'arrondi de son menton et de ses mâchoires, suivaient le contour de ses épaules et de ses bras. Quand il atteignit sa main, il la porta à sa bouche, embrassa sa paume, caressa chacun de ses doigts et remonta à l'intérieur de son bras.

La bouche de Jondalar se posa sur la cicatrice qu'Ayla portait en bas de la gorge, puis vint se loger en dessous de l'un de ses seins. Il décrivit alors avec sa langue des cercles décroissants jusqu'à ce qu'il atteigne l'aréole. Quand il prit le mamelon dans sa bouche, Ayla gémit et il ressentit une soudaine chaleur au niveau du bas-ventre.

Tout en caressant son autre sein, il suça le mamelon doucement au début, puis plus fort dès qu'il sentit qu'Ayla se pressait contre lui. Sa respiration s'était accélérée et elle gémissait doucement. Jondalar respirait lui aussi bruyamment et il se demandait s'il allait encore pouvoir attendre. Il releva la tête pour la regarder : Ayla avait fermé les yeux et sa bouche était entrouverte.

Jondalar l'embrassa à nouveau, glissant sa langue à l'intérieur de ses lèvres. Quand il la retira, Ayla, suivant son exemple, explora sa bouche à son tour. Il redescendit alors vers sa gorge, puis vers le sein qu'il n'avait pas encore sucé. Quand il posa ses lèvres sur le mamelon durci, Ayla se pressa contre lui avec ardeur et elle frissonna en sentant qu'il lui répondait en le suçant à pleine bouche.

La main de Jondalar descendit vers son ventre, puis vers sa hanche, et s'approcha de l'intérieur de ses cuisses. L'espace d'un instant, Ayla tendit ses muscles, puis elle écarta les jambes. Lorsqu'il prit dans sa main l'éminence blonde et bouclée, il sentit une chaude humidité. Son sexe répondit aussitôt. Il s'immobilisa pour tenter de se contrôler. Quand il sentit sa main se mouiller à nouveau, il faillit se laisser aller.

Abandonnant le mamelon, sa bouche commença à descendre vers l'estomac, puis vers le nombril. Quand il atteignit la petite éminence, il releva la tête pour la regarder. Le dos arqué, Ayla poussait des petits cris plaintifs. Elle était prête. Jondalar embrassa la toison bouclée et quand sa langue toucha le sommet de l'étroite fente, elle se releva en poussant un cri, puis retomba sur les fourrures avec un gémissement.

Jondalar changea de position pour glisser sa tête entre ses jambes. Il entrouvrit les replis et savoura longuement et amoureusement ce premier contact. Inondée d'un flot de sensations exquises, Ayla n'avait plus conscience du bruit qu'elle faisait tandis que Jondalar explorait chaque crête, chaque repli.

Il se concentra sur elle pour essayer de freiner son propre désir, et posa ses lèvres sur le petit renflement qui constituait le centre de son plaisir. Quand Ayla commença à se tortiller et à sangloter, transportée par une extase qu'elle n'avait encore jamais connue, il faillit perdre son contrôle. Il introduisit deux de ses doigts dans le passage humide et commença à la caresser à l'intérieur.

Brusquement Ayla poussa un cri et Jondalar sentit que ses doigts devenaient tout mouillés. Ses mains se crispèrent et se décrispèrent convulsivement au même rythme que la respiration haletante d'Ayla.

— Jondalar ! cria-t-elle. Oh, Jondalar, j'aimerais tellement... J'ai besoin de quelque chose...

A genoux, les dents serrées pour mieux se retenir, Jondalar était en train d'essayer de la pénétrer le plus doucement possible.

— J'essaie de ne pas te faire mal, avoua-t-il sur un ton presque douloureux.

— Ça ne me fait pas mal, Jondalar...

C'est vrai que ce n'était pas la première fois ! Quand Ayla cambra le dos pour l'accueillir, il la pénétra, un peu surpris encore de ne sentir aucune obstruction. Et sa surprise ne fit que croître quand il se sentit aspiré dans les chaudes profondeurs sans que rien n'arrête sa progression. Quand Ayla l'eut accueilli totalement, il se retira, puis la pénétra à nouveau profondément. Comme il la pénétrait une troisième fois, il sentit que les parois de sa merveilleuse cavité caressaient son membre viril sur toute sa longueur. Il la pénétra alors avec un total abandon qu'il n'avait encore jamais connu, laissant pour la première fois entièrement libre cours à son propre désir.

— Ayla... Ayla... Ayla... cria-t-il.

Sentant qu'il approchait du point culminant, il se retira une fois encore. Les muscles et les nerfs tendus à l'extrême, Ayla se souleva vers lui. Il se laissa à nouveau glisser en elle. Leurs deux corps se tendirent, Ayla hurla le nom de Jondalar au moment où il la pénétrait totalement.

L'espace d'un instant qui sembla éternel, ses cris, venus du fond de sa gorge, s'élevèrent au diapason de ceux d'Ayla qui répétait son nom en sanglotant tandis qu'ils atteignaient ensemble le paroxysme du plaisir. Puis, avec un sentiment de délivrance exquis, Jondalar se laissa retomber sur elle.

Pendant un long moment, on n'entendit que le bruit de leurs respirations. Ils auraient été bien incapables de bouger. Ils s'étaient donnés totalement l'un à l'autre, et même s'ils savaient que c'était fini, ils n'avaient aucune envie que l'expérience qu'ils venaient de partager se termine. Ayla ignorait qu'un homme puisse lui faire éprouver du plaisir et pour elle, c'était une véritable révélation. Quant à Jondalar, même s'il savait qu'il éprouverait du plaisir en éveillant celui d'Ayla, elle l'avait surpris au-delà de toute attente et il en avait ressenti une jouissance incroyable.

Rares étaient les femmes assez profondes pour l'accueillir totalement. Il avait appris à contrôler sa pénétration et y réussissait parfaitement. Mais jamais il n'aurait pensé pouvoir un jour éprouver en même temps l'émoi des Premiers Rites et l'infinie jouissance d'une totale pénétration.

Chaque fois qu'il était choisi pour les Premiers Rites, il déployait tous ses efforts : cette cérémonie l'obligeait à se surpasser. Il faisait très attention à ne rien brusquer et sa propre jouissance était liée avant tout au plaisir qu'il éveillait chez la jeune femme. Mais, grâce à Ayla, il venait de dépasser ses rêves les plus fous. Il éprouvait un assouvissement, une satisfaction profonde. Comme s'ils avaient réussi à ne plus former qu'un seul être.

— Je dois commencer à me faire lourd, dit-il en s'appuyant sur un coude.

— Non, répondit Ayla d'une voix languide. Tu n'es pas lourd du tout. Je n'ai pas du tout envie que tu te lèves.

Jondalar se pencha vers elle et lui embrassa le cou.

— Moi non plus, je n'en ai pas envie, dit-il. Mais je crois que ça vaudrait mieux.

Il se retira, s'allongea à côté d'elle et glissa son bras sous sa tête pour qu'elle puisse venir se nicher au creux de son épaule.

Ayla était totalement détendue et heureuse de sentir sous sa tête le bras de Jondalar, ses doigts qui lui caressaient l'épaule et ses pectoraux musclés contre sa joue. Les battements du cœur de Jondalar se confondaient avec les siens et elle respirait l'odeur musquée de son corps mélangée à celle de leurs Plaisirs. Jamais personne ne l'avait prise dans ses bras et elle avait encore du mal à croire à son bonheur.

— Jondalar, dit-elle au bout d'un moment, comment sais-tu ce qu'il faut faire ? Jamais je n'aurais cru être capable d'éprouver de telles sensations.

— Quelqu'un m'a montré comment il fallait s'y prendre pour répondre aux besoins d'une femme.

— Qui ?

Ayla sentit que Jondalar se crispait et elle remarqua un changement dans le ton de sa voix.

— Chez nous, les femmes plus âgées et plus expérimentées ont l'habitude d'enseigner ce genre de chose aux jeunes gens.

— Tu veux dire que vous aussi, vous avez une cérémonie comme les Premiers Rites ?

— Non, pas tout à fait. Il n'y a pas de cérémonie à proprement parler. Dès qu'un jeune homme est en chaleur, les femmes le savent. Comme le jeune homme est nerveux et qu'il n'a pas confiance en lui, une femme plus expérimentée — ou parfois même plusieurs — s'occupe de lui et l'aide à dépasser ses premières appréhensions.

— Dans le Clan, quand un garçon a tué son premier gros gibier, il y a une cérémonie de la virilité. Qu'il soit déjà physiquement un homme ou non n'a aucune importance. Ce qui compte, c'est qu'il soit capable de chasser un gros gibier, donc d'assumer les responsabilités d'un adulte.

— Chez nous aussi, la chasse a une grande importance. Mais certains hommes ne chassent jamais. Moi, par exemple, si j'avais voulu, j'aurais pu ne pas chasser, me contenter de tailler des outils et de les troquer ensuite contre de la viande ou des peaux. Malgré tout, la plupart des hommes chassent et la première fois qu'un garçon parvient à abattre une bête, on considère toujours ça comme un moment très important. Il n'y a pas de cérémonie particulière mais le gibier qu'il a tué est partagé entre tous les membres de la Caverne et il est le seul à ne pas y goûter. Pendant le repas, il entend des commentaires élogieux : à quel point cette bête était grosse et combien sa chair est tendre et délicieuse. Les hommes invitent le nouveau chasseur à se joindre à eux pour parler ou jouer aux dés. Les femmes le traitent comme un homme et lui lancent des plaisanteries. La plupart d'entre elles se tiennent à sa disposition s'il en a envie. Quand on abat son premier gibier, on se sent vraiment un homme.

— Mais il n'y a pas de cérémonie de la virilité ?

— Chaque fois qu'un homme fait d'une jeune fille une femme, qu'il l'ouvre et qu'il laisse sa force de vie s'écouler en elle, il réaffirme qu'il est un homme. C'est pour ça que son membre est appelé un faiseur-de-femmes.

— Peut-être que lorsqu'il s'en sert, il met aussi en train les bébés...

— C'est la Mère qui bénit la femme avec des enfants, Ayla. La femme les met au monde et c'est grâce à elle qu'il y a des enfants dans le foyer d'un homme. Doni a créé l'homme pour qu'il subvienne aux besoins de la femme qui attend un bébé ou qui doit s'occuper des enfants en bas âge. Je ne peux pas t'en dire plus. Seule Zelandoni le pourrait...

Peut-être a-t-il raison, se dit Ayla en se pelotonnant contre Jondalar. Mais s'il se trompe, il se peut que j'attende déjà un bébé. Un enfant comme Durc dont je pourrai m'occuper et qui ressemblera à Jondalar...

Mais qui m'aidera à l'élever quand il sera parti ? se demanda-t-elle soudain avec inquiétude en se rappelant à quel point sa première grossesse avait été difficile et qu'elle avait failli mourir au moment de l'accouchement. Sans Iza, je ne serais plus en vie aujourd'hui. Et si j'ai un bébé alors que je vis seule, qui prendra soin de lui pendant que je chasse ? Il risque de mourir si je le laisse tout seul.

Je ne peux pas avoir d'autre bébé maintenant ! se dit-elle brusquement. Il faut que j'utilise les remèdes d'Iza ! De la tanaisie ou du gui ou... Non, je ne pourrai pas trouver de gui ! Le gui ne pousse que sur les chênes et il n'y en a pas par ici. Mais certaines autres plantes conviendront aussi. Cela peut être dangereux. Mais mieux vaut perdre l'enfant maintenant plutôt que les hyènes le dévorent plus tard.

— Il y a quelque chose qui ne va pas, Ayla ? demanda Jondalar en prenant dans sa main un de ses seins.

— Non, répondit-elle en repensant aussitôt à ses caresses.

Jondalar lui sourit et sentit son désir s'éveiller à nouveau. Déjà ! se dit-il. Ayla me fait le même effet que la main d'Haduma !

Son regard exprimait clairement ce dont il avait envie. Peut-être veut-il à nouveau partager les Plaisirs avec moi, se dit Ayla en lui souriant à son tour. Mais son sourire disparut très vite. Même si je n'attends pas encore d'enfant, si nous partageons à nouveau les Plaisirs, je risque d'en avoir un cette fois-ci. Mieux vaudrait que je prenne le remède secret d'Iza, celui dont elle m'a dit de ne parler à personne, ce mélange de fil d'or et des racines de sauge — cette variété de sauge que mangent les antilopes.

Iza lui avait dit que les plantes qui composaient ce remède étaient dotées d'un tel pouvoir magique qu'elles donnaient encore plus de force au totem de la femme et permettaient à celui-ci de repousser l'essence fécondante de l'homme. Quand Iza lui avait parlé de ce remède, Ayla venait de tomber enceinte. Iza n'avait pas pensé à lui en parler plus tôt car elle croyait qu'Ayla possédait un totem trop puissant pour que celui-ci puisse un jour être vaincu par celui de l'homme. Que mon totem soit trop puissant ne m'a pas empêché de tomber enceinte, se dit-elle. Et cela peut très bien se reproduire. Le remède d'Iza a marché pour elle. Je vais le préparer pour moi. Sinon je risque de devoir prendre autre chose plus tard pour perdre le bébé. Si ça ne tenait qu'à moi, je préférerais le garder. J'aimerais bien avoir un bébé de Jondalar...

Ayla sourit à Jondalar avec une telle tendresse qu'il voulut se pencher vers elle pour l'embrasser. Mais comme elle se relevait au même moment, il reçut en plein sur le nez l'amulette qu'elle portait autour du cou.

— Je t'ai fait mal, Jondalar ?

— Qu'est-ce que tu as mis là-dedans ? On dirait que c'est plein de pierres ! dit-il en se frottant le nez et en s'asseyant. Qu'est-ce que c'est que ça ?

— C'est pour que l'esprit de mon totem puisse me trouver, expliqua Ayla. Ce petit sac contient la part de mon esprit qu'il connaît et moi, chaque fois qu'il m'envoie un signe, je le place à l'intérieur. Tous les membres du Clan en ont un. Et Creb m'a dit que si je le perdais, je mourrais.

— C'est un porte-bonheur ou une amulette, dit Jondalar. Ton Clan doit comprendre les secrets du monde des esprits. Plus tu m'en parles et plus j'ai l'impression qu'ils ressemblent aux êtres humains. Ayla, ajouta-t-il d'un air contrit, c'est parce que j'ignorais tout ça que j'ai aussi mal réagi lorsque tu m'as parlé d'eux pour la première fois. C'était vraiment honteux de ma part et je te refais toutes mes excuses.

— C'est vrai que c'était honteux. Mais je ne t'en veux plus et je ne suis plus en colère. Tu m'as permis de sentir... Pour aujourd'hui, pour les Premiers Rites, je tiens à te dire... merci.

— Je crois bien que personne ne m'a encore remercié pour ça, dit Jondalar en souriant. Mais, moi aussi, je tiens à te dire merci. Pour moi, ça a été une expérience vraiment exceptionnelle. Je n'avais pas éprouvé autant de plaisir depuis... (Il s'interrompit un court instant, puis ajouta :) depuis Zolena.

— Qui est Zolena ?

— Zolena n'est plus. C'était une femme que j'ai connue quand j'étais tout jeune.

Jondalar se laissa retomber sur les fourrures et, les yeux fixés sur le plafond de la caverne, il resta silencieux si longtemps qu'Ayla pensa qu'il ne lui en dirait pas plus. Mais soudain il commença à parler, s'adressant plus à lui-même qu'à elle.

— Elle était très belle à cette époque-là. Tous les hommes parlaient d'elle et elle hantait les pensées des jeunes garçons. Moi aussi, je ne cessais de penser à elle et la nuit où ma donii m'a visité, elle avait revêtu les traits de Zolena. Quand je me suis réveillé, mes fourrures étaient imprégnées de l'essence de mon Plaisir et mes yeux pleins de Zolena.

» Je me suis mis à la suivre et à la contempler en cachette. Je suppliais la Mère de me la faire rencontrer. Le jour où elle est venue, je n'en croyais pas mes yeux. Je la désirais tellement et voilà qu'elle venait me trouver !

» Au début, je me suis contenté de prendre mon plaisir. J'étais très développé pour mon âge — dans tous les sens du terme. Mais peu à peu, Zolena m'a appris à me contrôler et à satisfaire les besoins d'une femme. Grâce à elle, j'ai compris que, même lorsqu'une femme n'était pas assez profonde pour m'accueillir tout entier, nous pouvions malgré tout éprouver du plaisir : pour ça, il fallait que je me retienne le plus longtemps possible et que je la prépare à me recevoir.

» Avec Zolena, je n'avais pas d'inquiétude à avoir. Elle aussi, elle savait se maîtriser et elle était capable de donner du plaisir à tous les hommes, quelle que soit la taille de leur virilité. Tous la désiraient — mais c'est moi qu'elle avait choisi. Et au bout d'un certain temps, elle n'a plus choisi que moi, qui étais encore pourtant un gamin. Mais il y avait un homme qui lui courait après, tout en sachant qu'elle ne voulait pas de lui. Quand il nous voyait ensemble, il lui conseillait de prendre un homme pour changer. Il était moins âgé que Zolena, mais plus vieux que moi. Et ses réflexions me rendaient furieux.

Jondalar se tut un court instant et ferma les yeux.

— Je me suis conduit comme un idiot ! reprit-il. Jamais je n'aurais dû agir ainsi car cela a attiré l'attention sur nous. Mais il ne voulait pas la laisser tranquille et me mettait en fureur. Un jour, j'ai perdu mon sang-froid et je l'ai frappé sans pouvoir m'arrêter.

» On a commencé à dire que ce n'était pas bon pour un garçon aussi jeune d'aller toujours avec la même femme. Quand un jeune homme fréquente plusieurs femmes, il a moins de chance de s'attacher à l'une d'elles. Les jeunes gens sont censés prendre une compagne de leur âge et les femmes plus âgées ne doivent servir qu'à l'initier. Quand un jeune homme s'attache à une femme plus âgée, les autres femmes ont tendance à critiquer cette dernière. Pourtant, il n'y avait rien à reprocher à Zolena : je ne désirais qu'elle, les autres femmes ne m'intéressaient pas.

» A l'époque, je les trouvais grossières et même violentes. Elles n'arrêtaient pas de taquiner les hommes, les jeunes tout particulièrement. Moi aussi, j'étais violent à ma manière : je les repoussais et je leur répondais grossièrement.

» Il y avait celles qui choisissaient les hommes pour les Premiers Rites. Tous les hommes avaient envie d'être choisis — ils ne parlaient que de ça. Même si c'était un honneur et très excitant, il n'empêche qu'ils étaient toujours inquiets à l'idée de ne pas être à la hauteur. Et ces femmes en profitaient pour les taquiner chaque fois qu'elles étaient ensemble et qu'elles voyaient passer un homme.

» Tiens, celui-là n'est pas mal, lança Jondalar en prenant une voix de tête pour les imiter. Accepterais-tu de m'apprendre une chose ou deux ? Ou alors : Celui-là, je n'ai rien pu lui apprendre. Est-ce que quelqu'un d'autre veut essayer ?

» Les hommes finissent par savoir répondre à ce genre de plaisanteries, dit-il en reprenant sa voix normale. Mais pour un jeune homme, c'est difficile. Quand il traverse un groupe de femmes en train de rire, il se demande toujours si ce n'est pas à ses dépens. Zolena ne ressemblait pas à ces femmes. Celles-ci ne l'aimaient pas beaucoup. Peut-être parce que les hommes l'aimaient trop. Chaque fois qu'elle se rendait à une fête en l'honneur de la Mère, c'était toujours elle qui était choisie en premier...

» L'homme que j'avais frappé a perdu plusieurs dents. C'était terrible pour un homme aussi jeune : il ne pouvait plus mastiquer et plus aucune femme ne voulait de lui. Encore aujourd'hui, je regrette d'avoir fait ça... C'était tellement idiot ! Ma mère l'a dédommagé et il est parti vivre dans une autre Caverne. Mais il venait à la Réunion d'Eté et chaque fois que je l'apercevais, je ne pouvais m'empêcher de sursauter.

» Zolena avait parlé à plusieurs reprises d'entrer au service de la Mère. Moi-même, je pensais être sculpteur et La servir ainsi à ma manière. Mais à cette époque, Marthona s'est aperçue que j'étais doué pour la taille du silex et elle a demandé à Dalanar de me prendre chez lui. Un peu avant que je parte chez les Lanzadonii, Zolena quitta notre Caverne pour suivre un entraînement très particulier. Marthona ne s'était pas trompée : il valait mieux que je parte. Et quand je suis revenu trois ans plus tard, Zolena n'était plus...

— Que lui est-il arrivé ? demanda Ayla, qui osait à peine poser la question.

— Ceux Qui Servent la Mère renoncent à leur propre identité et prennent celle du peuple pour lequel ils intercèdent auprès de la Mère. En échange, la Mère leur octroie des Dons qui resteront toujours inaccessibles à Ses enfants ordinaires : ils ont accès à la magie, à la connaissance, à l'art de guérir et possèdent alors les pouvoirs extraordinaires. Parmi les Servants de la Mère, nombreux sont ceux qui répondent à Son Appel sont très doués, ils rejoignent rapidement les rangs de Ceux Qui Servent la Mère. C'est ce qui est arrivé à Zolena. Juste avant que je parte, elle est devenue la Grande Prêtresse Zelandoni, la Première parmi Ceux Qui Servent la Mère.

Jondalar se leva d'un bond et regarda par l'ouverture de la caverne le ciel qui se teintait de rouge.

— Il fait encore jour et j'ai bien envie d'aller me baigner, dit-il en sortant rapidement de la caverne.

Ayla ramassa son vêtement en peau et la lanière en cuir puis elle lui emboîta le pas. Quand elle arriva sur la plage, Jondalar était déjà dans l'eau. Elle retira son amulette et prit son élan pour plonger. Jondalar était déjà loin en amont. Elle le rencontra à mi-parcours alors qu'il revenait.

— Jusqu'où es-tu remonté ?

— Jusqu'à la cascade... Je n'avais encore jamais parlé à personne de Zolena, Ayla.

— As-tu revu Zolena ?

Jondalar eut un rire plein d'amertume.

— Pas Zolena, corrigea-t-il. Zelandoni. Oui, je l'ai revue. Nous sommes restés bons amis. J'ai même partagé les Plaisirs avec Zelandoni. Mais je n'étais plus le seul...

Il repartit en nageant à toute vitesse. Ayla fronça les sourcils, secoua la tête et regagna à son tour la plage. Elle glissa son amulette autour de son cou, enfila son vêtement en peau et l'attacha avec la lanière en remontant le sentier. Quand elle pénétra à l'intérieur de la caverne, Jondalar était debout en face du feu et il regardait les braises. Sa peau était encore humide et il frissonnait. Ayla garnit le feu avec du bois, puis elle alla chercher une des fourrures dans lesquelles il dormait.

— La saison est en train de changer, dit-elle. Les soirées sont plus fraîches. Couvre-toi sinon tu vas attraper froid.

Jondalar plaça la fourrure sur ses épaules. Ce n'est pas suffisant, se dit Ayla. Et si je lui offrais les vêtements que j'ai préparés pour lui. De toute façon, il ne va pas tarder à partir...

Elle se dirigea vers le ballot de peaux qui se trouvait près de sa couche.

— Jondalar... commença-t-elle.

Toujours perdu dans ses pensées, il lui lança un regard distrait. Quand Ayla voulut défaire le ballot, quelque chose tomba à ses pieds. Elle le ramassa aussitôt.

— Qu'est-ce que c'est ? demanda-t-elle, surprise et effrayée à la fois.

— C'est une donii, répondit Jondalar en voyant qu'elle tenait la figurine en ivoire.

— Une donii ?

— Je l'ai sculptée pour toi, pour tes Premiers Rites. Il y a toujours une donii lors des Premiers Rites.

Ayla baissa la tête pour ne pas éclater en sanglots.

— Je ne sais pas quoi dire... Je n'ai jamais rien vu de semblable. Elle est belle. On dirait une vraie personne. Une personne qui me ressemblerait...

— J'ai voulu qu'elle te ressemble, Ayla, expliqua Jondalar. Un vrai sculpteur aurait certainement fait mieux... Non ! corrigea-t-il. Jamais un sculpteur n'aurait fait une donii comme celle-ci. Je ne sais même pas si j'aurais dû. D'habitude, une donii n'a pas de visage — personne ne connaît le visage de la Mère. Mettre ton visage sur cette donii, c'est risquer que ton esprit soit emprisonné à l'intérieur de cette statuette. C'est pourquoi je tiens à ce que ce soit toi qui l'aies. Elle t'appartient. Je t'en fais cadeau.

— Comme c'est drôle que tu l'aies placée à cet endroit ! dit Ayla en défaisant le ballot. Moi aussi, j'ai quelque chose pour toi.

Jondalar déplia les peaux qu'elle lui tendait et quand il vit la garniture de perles, ses yeux brillèrent de plaisir.

— J'ignorais que tu savais coudre et décorer un vêtement avec des perles, dit-il en examinant les vêtements.

— Pour les perles, je me suis contentée de découper les motifs qui ornaient la tunique que tu portais et de les replacer sur celle-là, expliqua-t-elle. J'ai défait tes anciens vêtements et j'ai découpé des peaux à la même taille. Comme j'avais étudié la manière dont elles tenaient ensemble, j'ai fait la même chose et j'ai utilisé le perçoir que tu m'avais donné. Je ne sais pas si je m'en suis servie correctement, mais ça a marché.

— C'est parfait ! s'écria Jondalar en plaçant la tunique puis le pantalon devant lui pour vérifier la taille. Je comptais justement fabriquer de nouveaux vêtements pour voyager. Cette bande de peau suffit tant que je reste ici, mais...

Trop tard ! Il venait de le dire à voix haute. Comme ces esprits malfaisants qui, au dire de Creb, tiraient leur pouvoir d'avoir été appelés à voix haute par leur nom, le départ de Jondalar était maintenant un fait. Ce n'était plus une vague idée qui se concrétiserait un jour prochain, mais une évidence. Plus ils y pensaient, plus ce départ leur pesait. Ils avaient l'impression que quelque chose de tangible et d'oppressant venait de pénétrer dans la caverne et ne pourrait plus jamais en être chassé.

Jondalar replia rapidement les vêtements.

— Merci, Ayla, dit-il. Je suis très touché. Ces vêtements me seront très utiles quand il fera plus froid. Je n'en ai pas besoin pour l'instant, ajouta-t-il.

Incapable de répondre, Ayla se contenta de hocher la tête. Les yeux voilés de larmes, elle serra la donii contre sa poitrine. Elle aimait cette statuette qui sortait des mains de Jondalar. Des mains capables de façonner dans l'ivoire une image qui lui restituait la tendresse qu'elle avait ressentie quand il avait fait d'elle une femme.

— Merci, dit-elle en utilisant la formule de politesse qu'il lui avait apprise.

— Ne la perds pas, lui conseilla Jondalar en fronçant les sourcils. Comme elle a ton visage, elle possède peut-être aussi ton esprit et ce serait dangereux pour toi que quelqu'un d'autre l'ait entre les mains.

— Mon amulette détient une partie de mon esprit et l'esprit de mon totem. Cette donii possède maintenant une partie de mon esprit et celui de votre Grande Mère. Dois-je la considérer elle aussi comme mon amulette ?

Jondalar n'avait pas réfléchi à ça. Grâce à cette donii, Ayla faisait-elle maintenant partie des Enfants de la Terre ? Peut-être aurait-il mieux valu qu'il ne touche pas à des forces qui le dépassaient. Mais peut-être était-il l'agent de ces forces ?

— Je n'en sais rien, avoua-t-il. Mais ne la perds pas.

— Si tu penses que c'est dangereux, pourquoi as-tu mis mon visage sur cette donii ?

— Parce que je voulais m'emparer de ton esprit, Ayla, dit-il en lui prenant les mains. Pas pour le garder. Je comptais te le rendre de toute façon. Mais je voulais te faire éprouver du Plaisir et je n'étais pas sûr d'y arriver. Nous, nous revérons la Mère depuis notre plus tendre enfance. Toi, tu as été élevée différemment et j'avais peur que tu ne comprennes pas. Je voulais te séduire, c'est pour ça que j'ai reproduit ton visage sur cette donii.

— Tu n'avais pas besoin de mettre mon visage sur cette donii pour ça. Avant que je sache ce qu'étaient les Plaisirs, j'aurais été heureuse si tu avais simplement voulu assouvir ton désir avec moi.

— Non, Ayla, dit-il en la prenant dans ses bras. Même si tu étais prête depuis longtemps, j'avais besoin de comprendre que c'était la première fois pour toi. Sinon, cela ne se serait pas bien passé.

Envoûtée à nouveau par son regard, Ayla s'abandonna dans ses bras. Seuls comptaient ces bras qui la serraient, cette bouche plaquée contre la sienne, ce corps pressé contre le sien et ce désir vertigineux. Elle se rendit à peine compte que Jondalar la soulevait et s'éloignait du feu.

Quand elle se retrouva allongée sur les fourrures de sa couche, elle sentit que Jondalar détachait la lanière en cuir de son vêtement. Elle ouvrit avidement les jambes pour accueillir son membre dressé.

Furieusement, presque avec désespoir, il s'enfonça en elle, comme s'il avait besoin de se convaincre à nouveau qu'elle était faite pour lui et qu'il n'avait pas besoin de contrôler sa pénétration. Ayla se souleva pour venir à sa rencontre, animée par la même passion que lui.

Il se retira, puis la pénétra à nouveau, sentant la tension monter. Porté par le plaisir de pouvoir la pénétrer totalement et de s'abandonner sans retenue à sa passion, il se laissa entraîner avec une joie débridée par les vagues du désir qui s'élevaient toujours plus haut. Ayla le rencontrait à chaque crête et, le dos arqué, accompagnait tous ses mouvements.

Les sensations qu'Ayla éprouvait allaient bien au-delà de ce que provoquait chez elle ce mouvement de va-et-vient. Chaque fois que Jondalar la pénétrait, c'est son corps tout entier — ses nerfs, ses muscles, ses tendons — qui l'accueillait et lui répondait. Jondalar sentit son désir croître, s'enfler, atteindre un point culminant — et aussitôt après, un insupportable crescendo quand la tension éclata alors que, le corps secoué de frissons, il s'abattait sur elle pour la pénétrer une dernière fois. Ayla s'était redressée pour venir à sa rencontre. Elle partagea avec lui l'explosion finale et frénétique qui provoqua dans tout son corps une libération voluptueuse.

29

Encore à moitié endormie, Ayla se retourna, quelque chose la gênait. Elle s'éveilla complètement et glissa sa main sous les fourrures. Quand elle eut attrapé l'objet, elle vit à la lueur du feu mourant qu'il s'agissait de la donii de Jondalar. Elle se souvint alors de ce qui s'était passé la veille et découvrit que Jondalar était couché à côté d'elle.

Nous avons dû nous endormir juste après avoir partagé les Plaisirs, songea-t-elle en se blottissant contre lui et en refermant les yeux. Mais le sommeil la fuyait. Les événements de la veille lui revenaient peu à peu en mémoire et elle les passait en revue : la chasse, le retour de Bébé, et surtout, ce qui s'était passé ensuite avec Jondalar. Ce qu'elle éprouvait pour lui se situait bien au-delà des mots qu'elle connaissait et la remplissait d'une joie inexprimable. Elle continua à penser à Jondalar et n'y tenant plus, elle préféra se lever et se glissa sans bruit hors de sa couche sans lâcher la donii.

Alors qu'elle s'avançait vers l'ouverture de la caverne, elle aperçut Whinney et Rapide. Les chevaux ne dormaient pas et la jument hennit doucement à son adresse. Ayla fit demi-tour pour s'approcher d'eux.

— Est-ce que ça a été pareil pour toi, Whinney ? murmura-t-elle. Est-ce que l'étalon t'a donné du Plaisir ? Jamais je n'aurais imaginé que c'était comme ça, Whinney ! Pourquoi cela a-t-il été aussi épouvantable avec Broud et si merveilleux avec Jondalar ?

Désireux qu'on s'occupe de lui, le poulain avança la tête. Ayla le gratta et le caressa. Puis, après lui avoir donné une petite tape, elle reprit en s'adressant à nouveau à Whinney :

— Même si Jondalar dit le contraire, je suis sûre que c'est l'étalon qui t'a donné Rapide. Il est presque de la même couleur que lui. Et les chevaux brun-roux sont tellement rares ! Moi aussi, j'aimerais bien avoir un bébé de Jondalar. Mais c'est impossible. Qu'est-ce que je ferais d'un bébé quand il sera parti ? (Cette pensée provoqua chez elle un sentiment proche de la terreur et elle devint pâle comme une morte.) Il va s'en aller, Whinney ! Jondalar va bientôt partir !

Elle se précipita hors de la caverne, dégringola le sentier et, le visage noyé de larmes, continua à courir dans une sorte de brouillard. Stoppée net par la saillie rocheuse, elle se laissa tomber sur le sol en sanglotant. Jondalar va s'en aller. Jamais je ne le supporterai ! Que puis-je faire pour l'en empêcher ? Rien !

Elle se recroquevilla, se tapit au pied de la paroi, baissant la tête comme si elle essayait d'éviter un coup. Elle allait à nouveau se retrouver seule. Pire que seule : sans Jondalar. Que vais-je devenir quand il ne sera plus là ? Faudra-t-il que je parte à la recherche des Autres et que j'essaie de vivre avec eux ? Non ! Ils ne voudront pas de moi ! Ils vont me demander d'où je viens et ils détestent ceux du Clan. Ils me traiteront de monstre. A moins que je mente...

Je ne pourrai pas. Je ne veux pas faire honte à Creb et à Iza. Ils m'aimaient et m'ont élevée. Uba est ma sœur et elle s'occupe de Durc. Le Clan est ma famille. Quand je me suis retrouvée seule au monde, c'est eux qui ont pris soin de moi. Et maintenant, les Autres ne veulent plus de moi.

Jondalar va partir. Je vais vivre seule dans cette vallée toute ma vie. Mieux aurait valu mourir. Broud m'a maudite. Et il a fini par gagner. Comment pourrais-je vivre sans Jondalar ?

Elle pleura jusqu'à ce qu'il ne lui reste plus une seule larme à verser et elle éprouva alors un sentiment de vide désespéré. Quand elle voulut s'essuyer les yeux, elle s'aperçut qu'elle n'avait pas lâché la donii. Elle la fit tourner dans sa main, émerveillée autant par la figurine elle-même que par le fait qu'on puisse façonner une femme dans un morceau d'ivoire. A la lueur de la lune, la statuette lui ressemblait encore plus. Les cheveux tressés, les yeux noyés dans l'ombre, la forme du nez et les joues lui rappelaient sa propre image qu'elle avait un jour aperçue reflétée à la surface de l'étang.

Pourquoi Jondalar avait-il mis son visage sur ce symbole de la Terre Mère que les Autres révéraient ? Celle que Jondalar appelait Doni s'était-elle emparée de son esprit ? Son esprit était-il maintenant lié à Doni ? Comme il était lié, par l'intermédiaire de son amulette, à celui du Lion des Cavernes et à celui d'Ursus, le Grand Ours des Cavernes, le totem du Clan. Quand elle était devenue guérisseuse, elle avait reçu une partie de l'esprit de chacun des membres du Clan et personne n'avait rappelé ces esprits quand Broud l'avait maudite et qu'elle avait quitté le Clan.

Le Clan et les Autres, les totems et la Mère : tous revendiquaient une part invisible de son esprit. Mon esprit doit avoir du mal à s'y retrouver — même moi, je ne sais plus très bien où j'en suis.

Une rafale de vent glacial l'obligea à regagner la caverne. Elle ranima le feu mourant et mit de l'eau à chauffer pour se préparer une infusion calmante. Elle n'avait toujours pas envie de dormir. En attendant que l'eau chauffe, elle contempla les flammes comme elle l'avait déjà fait tant de fois pour y trouver un semblant de vie. Les langues de feu dansaient le long du bois, léchaient une branche à laquelle elles n'avaient pas encore goûté, puis s'en emparaient et la dévoraient.

— Doni ! cria Jondalar dans son sommeil. C'est toi ! C'est toi !

Ayla bondit sur ses pieds et s'approcha de lui. Il devait être en train de rêver car il remuait dans son sommeil et prononçait des phrases sans suite. Soudain ses yeux s'ouvrirent et il lui lança un regard surpris.

— Ça va, Jondalar ?

— Ayla ? Ayla ! C'est toi ?

— Oui, c'est moi.

Ses yeux se refermèrent et il murmura quelques paroles incohérentes. Il ne s'était pas réveillé, comme l'avait cru Ayla : les quelques mots qu'il venait d'échanger avec elle faisaient partie de son rêve. Il semblait plus calme maintenant. Elle attendit qu'il fût complètement détendu pour s'approcher à nouveau du feu. Quand elle sentit qu'elle avait sommeil, elle retira son vêtement et se glissa sous les fourrures à côté de lui.

Jondalar courait comme un fou pour atteindre l'entrée de la caverne. Jetant un coup d'œil au-dessus de lui, il aperçut le lion des cavernes. Non, non ! Thonolan ! Thonolan ! C'est lui que le lion poursuivait maintenant, et il s'apprêtait à bondir. Soudain la Mère apparut et d'un geste, elle chassa le lion.

Quand elle se retourna, Jondalar vit Son visage : c'était celui de la donii qu'il avait sculptée pour Ayla. Il l'appela :

— Doni ! C'est toi ! C'est toi !

Le visage sculpté s'anima et les cheveux de la Mère se transformèrent en un halo doré entouré d'une lueur rougeoyante.

— Oui, c'est moi.

La donii-Ayla se mit à grandir et changea de forme : elle ressemblait maintenant à l'ancienne donii que Jondalar avait donnée à Noria. Ses formes généreuses et maternelles se dilatèrent et elles atteignirent bientôt la taille d'une montagne. Elle commença alors à donner naissance à tout ce qui vivait sur terre. Toutes les créatures de la mer s'écoulèrent de sa profonde caverne, charriées par les eaux de la naissance, suivies aussitôt par les nuées d'insectes et d'oiseaux. Puis ce fut le tour des animaux terrestres — lapins, cerfs, bisons, mammouths, lions des cavernes — et tout de suite après, Jondalar aperçut dans le lointain de vagues silhouettes humaines en partie masquées par le brouillard.

Le brouillard s'éclaircit, les silhouettes se rapprochèrent et il les reconnut. C'étaient des Têtes Plates ! En l'apercevant, ils s'enfuirent à toutes jambes. Jondalar se lança à leur poursuite en criant. L'une des femmes se retourna : elle avait le visage d'Ayla. Jondalar se précipita vers elle. Mais les brumes l'enveloppèrent et elle disparut à sa vue.

Jondalar tâtonnait à travers le brouillard rouge. Il entendit un rugissement lointain, semblable au grondement d'une chute d'eau. Plus il avançait et plus le grondement augmentait. Il fut brusquement submergé par un torrent humain qui sortait des entrailles de la Grande Terre Mère, une montagne énorme qui avait le visage d'Ayla.

Il joua des pieds et des mains pour se frayer un chemin à travers la foule et finit par atteindre l'immense caverne, la profonde ouverture de la Mère. Il La pénétra et son membre viril explora Ses chauds replis jusqu'à ce que Ses profondeurs se referment sur lui. Jondalar allait et venait à l'intérieur de la Mère avec une joie effrénée. Puis il vit que Son visage était couvert de larmes et Son corps secoué par des sanglots. Il voulait La consoler, Lui dire de ne pas pleurer, mais il était incapable de parler. Il sentit qu'on le repoussait.

Il se retrouva soudain au milieu de l'immense foule qui s'écoulait de Ses entrailles, perdu parmi les gens qui tous portaient une tunique brodée de perles. Il voulait retourner vers la Mère, mais le flot humain l'entraîna comme un tronc d'arbre charrié par les eaux de la naissance — comme la Grande Rivière Mère avait entraîné le tronc auquel était accrochée sa tunique ensanglantée.

Il tordit le cou pour essayer de voir ce qui se passait derrière lui et aperçut alors Ayla, debout à l'entrée de la caverne. Les sanglots de la jeune femme résonnèrent dans ses oreilles, puis dans un grondement de tonnerre, la caverne s'effondra sur elle et il se retrouva tout seul, en train de pleurer.

Quand il ouvrit les yeux, il faisait toujours nuit. Le feu allumé un peu plus tôt par Ayla s'était éteint. Le noir était si absolu qu'il n'était pas certain d'être réveillé. Il ne voyait pas les parois de la caverne, ne discernait aucun détail de son environnement habituel et avait l'impression d'être suspendu dans un vide insondable. Les images de son rêve étaient la seule chose à laquelle il pût se raccrocher. Des pans entiers du rêve lui revenaient en mémoire et à force d'y réfléchir, il finit par le reconstituer entièrement.

Quand les ténèbres s'estompèrent et qu'il discerna les contours de l'ouverture et du trou à fumée, les images qui l'avaient visité dans son sommeil commencèrent à prendre un sens. Il se rappelait rarement ses rêves, mais celui-ci s'était imposé à lui avec une telle force, une telle précision dans les détails qu'il était certain qu'il lui avait été envoyé par la Mère. Qu'avait-Elle essayé de lui dire ? Si seulement un zelandoni avait été là pour l'aider à interpréter son rêve !

Lorsque la lumière de l'aube pénétra dans la caverne, il vit le visage d'Ayla auréolé par sa chevelure en désordre et prit soudain conscience de la chaleur de son corps allongé à côté de lui. Il avait terriblement envie de l'embrasser. Mais il se contenta de prendre entre ses lèvres une des longues mèches blondes. Puis il se leva sans faire de bruit. Il se servit un bol d'infusion et emporta la boisson sur la corniche.

Dehors, il faisait froid, il frissonna. Pendant un court instant, il songea aux vêtements en peau qu'Ayla avait fabriqués pour lui. Puis il chassa cette idée. Il contempla le ciel en train de s'éclaircir à l'est et la vallée qui émergeait peu à peu de la nuit. Il repensa ensuite à son rêve et essaya d'en démêler les fils et d'élucider son mystère.

Pourquoi Doni avait-Elle éprouvé le besoin de lui montrer que toute vie venait d'Elle ? C'était quelque chose qu'il savait, une évidence ancrée en lui depuis sa plus tendre enfance. Pourquoi dans son rêve lui était-Elle apparue alors qu'Elle donnait naissance aux poissons, aux oiseaux, aux animaux à fourrure, aux...

Aux *Têtes Plates* ! Bien sûr ! Elle avait voulu lui dire que les membres du Clan étaient aussi Ses enfants ! Pourquoi personne n'avait-il songé à cela plus tôt ? Si la Mère était créatrice de *toute* vie, pourquoi les gens du Clan étaient-ils aussi calomniés ? On les traitait d'animaux, comme si les animaux étaient des êtres malfaisants. Pourquoi les assimilait-on à des êtres malfaisants ?

Parce que justement ils n'étaient pas des animaux ! Ils étaient humains, une espèce différente d'êtres humains ! C'était ce qu'Ayla n'avait cessé de lui répéter.

Il comprenait pourquoi la donii qui avait arrêté le lion dans son rêve avait le visage d'Ayla — personne ne voudrait jamais croire qu'elle soit capable de faire une chose pareille et pourtant c'était la vérité, une vérité plus invraisemblable encore que son rêve. Mais pourquoi son ancienne donii avait-elle, elle aussi, le visage d'Ayla ? Pourquoi la Grande Terre Mère en personne lui était-Elle apparue sous les traits d'Ayla ?

Jondalar savait qu'il ne comprendrait jamais toute la signification de son rêve et il sentait qu'une part importante de celui-ci lui échappait complètement. Repensant aux dernières images qui l'avaient visité dans son sommeil, il revit Ayla, debout à l'entrée de la caverne, avant que celle-ci s'effondre, et faillit crier pour la prévenir du danger qui la menaçait.

Les yeux fixés sur l'horizon, il ressentait le même sentiment de désolation qu'il avait éprouvé lorsqu'il s'était retrouvé tout seul à la fin de son rêve. Des larmes mouillaient ses joues. Pourquoi ce désespoir ? Que cherchait-il à découvrir sans y parvenir ?

Il se souvint brusquement de tous ces gens qui portaient des tuniques brodées de perles et quittaient la caverne. Ayla avait fait cette tunique pour lui alors qu'elle ne savait même pas coudre. Elle lui avait offert la tenue de voyage qu'il porterait lorsqu'il quitterait la vallée.

Quitter la vallée ? Quitter Ayla ? Le ciel s'embrasa. Jondalar ferma les yeux et entrevit une lueur rouge sous ses paupières closes.

Grande Mère ! songea-t-il. Tu n'es qu'un pauvre idiot, Jondalar ! Quitter Ayla ? Comment pourrais-tu la quitter ? Tu l'aimes ! Comment as-tu pu être aussi aveugle ? Pourquoi a-t-il fallu que la Mère t'envoie un rêve pour t'aider à comprendre une chose aussi simple ? Une chose à la portée de n'importe quel enfant ?

Jondalar se sentit aussitôt débarrassé d'un grand poids. Il éprouvait une liberté joyeuse, une légèreté toute nouvelle. Je l'aime ! Ça y est, je suis tombé amoureux ! Je l'aime ! Jamais je n'aurais pensé qu'une chose pareille puisse m'arriver ! Et pourtant, j'aime Ayla !

Débordant de joie, prêt à crier son bonheur à la face du monde entier, il se précipita à l'intérieur de la caverne pour annoncer à Ayla qu'il l'aimait.

Il retourna sur la corniche, prit une pyrite et un silex et alluma un feu. Pour une fois qu'il était réveillé avant elle, il allait lui faire la surprise d'une infusion bien chaude. Il alla chercher de la menthe, prépara la boisson et revint à l'intérieur : Ayla dormait toujours.

Elle respirait régulièrement, le visage encadré par son abondante chevelure blonde. Jondalar résista à la tentation de la réveiller. Pour qu'elle dorme alors qu'il faisait grand jour, elle devait être bien fatiguée.

Il emprunta le sentier qui menait à la plage, se nettoya les dents avec une brindille, puis alla nager. Ce bain matinal lui fit du bien : il se sentait en pleine forme et terriblement affamé. Ils n'avaient même pas pensé à manger. En se souvenant de la raison de cet oubli, il se mit à sourire et sentit son membre se redresser.

Il éclata de rire. Tu t'es retenu tout l'été, Jondalar, se dit-il. Tu ne peux pas reprocher à ton faiseur-de-femmes d'être impatient. Surtout maintenant qu'il sait ce qu'il a raté. Mais ne la brusque pas. Elle a peut-être besoin de se reposer — elle n'a pas l'habitude des Plaisirs. Il remonta le sentier en courant et se glissa sans bruit à l'intérieur de la caverne. Les chevaux étaient partis brouter. Ils ont dû quitter la caverne pendant que je me baignais. Ayla dort toujours. J'espère qu'elle n'est pas malade. Dois-je la réveiller ? Elle se retourna dans son sommeil, exposant un de ses seins, ce qui ne fit qu'accroître le désir de Jondalar.

Il réussit à se maîtriser, s'approcha du feu et se servit un second bol d'infusion. C'est alors qu'Ayla commença à bouger.

— Jondalar ! appela-t-elle en se dressant. Où es-tu, Jondalar ?

— Je suis là, dit-il en se précipitant vers elle.

Ayla s'accrocha à lui.

— Je pensais que tu étais parti.

— Je suis là, Ayla, répéta-t-il en la prenant dans ses bras pour qu'elle se calme. Ça va mieux ? demanda-t-il un instant plus tard. Je vais t'apporter un bol d'infusion.

Ayla prit le bol qu'il était allé remplir pour elle et, après y avoir trempé ses lèvres, elle lui demanda :

— Qui a préparé cette infusion ?

— Moi, dit-il en s'agenouillant à côté d'elle. Je tenais à ce que tu puisses boire une infusion chaude à ton réveil. Mais elle est tout juste tiède.

— Tu as fait ça pour moi ?

— Oui, Ayla. Je n'ai encore jamais dit ça à aucune femme, mais.... je t'aime.

— Tu m'aimes ? demanda-t-elle. (Elle voulait s'assurer que le mot qu'il venait d'employer correspondait bien à ce qu'elle osait à peine imaginer.) Que veut dire « aimer » ?

— Que veut dire.... ! Jondalar ! Espèce d'idiot prétentieux ! s'écria-t-il en se relevant brusquement. Toi, le grand Jondalar, l'homme que toutes les femmes désirent. Tu as fini par y croire toi-même. Tu prenais bien garde de ne jamais prononcer ce mot que toutes les femmes attendaient. Et tu étais très fier de ne l'avoir jamais dit à aucune femme. Tu as fini par tomber amoureux — et tu refusais de l'admettre. Il a fallu que Doni t'envoie ce rêve pour que tu t'en rendes compte ! Et quand tu déclares ton amour à la femme que tu aimes, elle ne sait même pas ce que ce mot veut dire !

Ayla l'observait alors qu'il faisait les cent pas dans la caverne en discourant avec lui-même sur l'amour.

— Jondalar, que veut dire « aimer » ? demanda-t-elle, un peu contrariée qu'il n'ait pas répondu à sa question.

— C'est un mot que j'aurais dû t'expliquer depuis longtemps, répondit-il en s'agenouillant à côté d'elle. L'amour, c'est le sentiment qu'on éprouve pour une personne à laquelle on est très attaché. C'est le sentiment qu'éprouve une mère pour ses enfants ou un homme pour son frère. Quand un homme dit à une femme qu'il l'aime, c'est qu'il est tellement attaché à elle qu'il désire partager sa vie et ne jamais être séparé d'elle.

Ayla ferma les yeux et ses lèvres se mirent à trembler. Avait-elle bien entendu ? Bien compris ce qu'il venait de dire ?

— Je ne connaissais pas ce mot, Jondalar, mais je savais depuis longtemps ce qu'il signifiait. J'ai compris le sens de ce mot le jour où je t'ai recueilli et plus je vivais avec toi, mieux je le comprenais. J'ai tant de fois désiré connaître ce mot pour pouvoir exprimer ce que j'éprouvais. (Ayla eut beau fermer les yeux, elle ne put s'empêcher de verser des larmes de joie et de soulagement.) Moi aussi, je... t'aime, Jondalar.

Jondalar la prit dans ses bras et se releva avec elle. Il l'embrassa tendrement sans la serrer trop fort, comme s'il venait de découvrir un trésor et qu'il ait peur de le casser ou de le perdre. Ayla entoura sa poitrine de ses bras pour bien s'assurer qu'elle ne rêvait pas, craignant, si elle le lâchait, qu'il s'évanouisse comme les images d'un rêve. Jondalar embrassa son visage mouillé de larmes et quand elle laissa retomber sa tête contre lui, il enfouit son visage dans sa chevelure dorée pour essuyer ses propres larmes.

Il était incapable de dire quoi que ce soit. Il ne pouvait que la serrer contre lui en s'émerveillant de la chance qui lui avait permis de la rencontrer. Il avait fallu qu'il voyage jusqu'aux confins de la terre pour trouver une femme dont il puisse tomber amoureux et rien maintenant ne pourrait les séparer.

— Pourquoi ne pas rester ici ? demanda Ayla. Il y a dans cette vallée tout ce dont nous avons besoin pour vivre. A deux, ce sera bien plus facile. Grâce aux propulseurs, nous n'aurons aucun mal à chasser. Whinney nous donnera un coup de main et Rapide aussi.

Ils marchaient dans la prairie sans but précis. Ils avaient récolté tous les grains dont Ayla pensait avoir besoin, chassé et fait sécher suffisamment de viande pour se nourrir tout l'hiver, cueilli et engrangé des fruits mûrs et des racines, ainsi que toutes les variétés de plantes nécessaires pour cuisiner et se soigner. Ils avaient même rassemblé toutes sortes de matériaux dans le but de s'occuper pendant l'hiver. Ayla voulait en profiter pour décorer des vêtements. Jondalar comptait sculpter des jeux en ivoire, puis apprendre à jouer à Ayla. Mais pour elle, la seule chose qui comptait, c'était que Jondalar l'aimât — jamais plus elle ne serait seule.

— C'est une très belle vallée en effet, convint Jondalar.

Pourquoi ne pas rester là avec Ayla ? se dit-il. Thonolan avait bien choisi de vivre avec Jetamio. Mais ils n'étaient pas tout seuls... Pendant combien de temps supporterait-il de vivre sans voir personne ? Ayla avait tenu trois ans. Et ils ne resteraient pas seuls longtemps. Quand Dalanar avait fondé sa Caverne, il n'y avait avec lui que Jerika et la mère de sa compagne, Hochaman. Très rapidement, d'autres gens s'étaient joints à eux et des enfants étaient nés. Ils pensaient déjà à fonder une Seconde Caverne de Lanzadonii. Pourquoi ne pas fonder une nouvelle Caverne, comme Dalanar ? Ce ne serait pas une mauvaise idée. A condition que ce soit avec Ayla...

— Tu as besoin de rencontrer d'autres gens, Ayla. Et je veux que nous retournions ensemble chez moi. C'est un long Voyage, mais je pense que nous pourrions le faire en un an. Je suis sûr que tu vas aimer ma mère et que ce sera réciproque. Joharran et Folara seront heureux aussi de te connaître. Et je te présenterai Dalanar.

Ayla baissa la tête, puis la redressa pour regarder Jondalar.

— Comment vont-ils m'accueillir quand ils sauront que j'ai vécu au sein du Clan et que j'ai eu un fils qui, à leurs yeux, est un monstre ?

— Tu ne peux pas te cacher des gens tout le reste de ta vie. Est-ce que cette femme... Iza... ne t'a pas dit qu'il fallait que tu retrouves les tiens ? Elle avait raison, tu sais. Ce ne sera pas facile pour toi, surtout au début. La plupart des gens ne savent pas que ceux du Clan sont humains. Mais tu as réussi à me le faire comprendre et d'autres vont commencer à réfléchir. Dès qu'ils te connaîtront un peu, les gens t'aimeront, Ayla. Et je serai avec toi.

— Je ne sais pas... Peux-tu attendre un peu que je réfléchisse ?

— Bien sûr.

Nous ne pouvons pas entreprendre un aussi long Voyage avant le printemps, se dit-il. Si nous partions maintenant, nous pourrions passer l'hiver chez les Sharamudoï. Mais nous pouvons aussi bien le passer ici. Cela permettra à Ayla de s'habituer à cette idée.

Ils s'étaient éloignés de la rivière et étaient presque arrivés à la hauteur des steppes quand Ayla se baissa pour ramasser un objet qui lui semblait vaguement familier.

— C'est ma corne d'aurochs ! s'écria-t-elle en enlevant la terre qui recouvrait l'objet. Je l'utilisais pour transporter le feu. Je l'ai trouvée alors que je voyageais après avoir quitté le Clan... J'avais mis une braise à l'intérieur pour allumer les torches qui m'ont permis de faire fuir les chevaux vers mon premier piège. C'est la mère de Whinney qui est tombée au fond de la fosse et quand j'ai vu que les hyènes s'attaquaient à cette toute jeune pouliche, je les ai chassées et je l'ai emmenée avec moi. Il s'est passé tellement de choses depuis...

— Bien des gens transportent du feu quand ils voyagent. Mais nous, grâce aux pierres à feu, nous n'avons aucun souci à nous faire. (Il plissa le front et réfléchit un court instant avant de demander :) Nous avons tout ce qu'il nous faut pour l'hiver ?

— Tout, répondit Ayla.

— Pourquoi n'entreprenons-nous pas un Voyage ? Un court Voyage, ajouta-t-il quand il vit sa détresse. Tu n'as jamais exploré les steppes qui se trouvent à l'ouest. Nous pourrions emporter des réserves de nourriture, une tente, des fourrures, et aller faire un tour de ce côté-là. Nous n'irions pas très loin.

— Que ferons-nous de Whinney et de Rapide ?

— Nous n'avons qu'à les emmener avec nous. Nous pourrons monter Whinney de temps en temps et elle portera une partie de notre équipement et la nourriture. Ce serait amusant, Ayla. Rien que nous deux...

Ayla n'avait pas l'habitude de voyager pour le plaisir et avait un peu de mal à se faire à cette idée.

— Rien que nous deux... Pourquoi pas ? répondit-elle en songeant que ce serait peut-être une bonne idée d'explorer les steppes de l'ouest.

— Il y a moins de terre au fond, dit Ayla. Mais c'est le meilleur endroit pour une cache. Et nous pourrons utiliser les pierres qui sont tombées.

Jondalar éleva la torche qu'il tenait à la main pour éclairer le recoin où ils se trouvaient.

— Plusieurs petites caches, ce serait mieux, non ?

— Si un animal arrive à en démolir une, il n'emportera pas toutes nos réserves. Tu as raison.

Jondalar approcha la torche pour inspecter les vides entre les blocs de pierre éboulés au fond de la caverne.

— J'ai déjà examiné cet endroit et j'ai eu l'impression qu'un lion des cavernes l'avait occupé.

— Bébé s'était installé là. Et il n'était pas le premier. Elle avait déjà été occupée par des lions bien avant que je m'y installe. J'ai pensé que c'était un signe de mon totem, qu'il voulait que je m'arrête de voyager et que je passe l'hiver dans cette caverne. Jamais je n'aurais pensé que j'y resterais aussi longtemps. Aujourd'hui, je crois que mon totem voulait que j'attende ta venue. L'esprit du Lion des Cavernes t'a guidé jusqu'ici et il t'a choisi pour que tu aies un totem aussi fort que le mien.

— Je pense plutôt que c'est Doni qui me servait de guide.

— Peut-être t'a-t-Elle guidé jusqu'ici, mais je crois que l'esprit du Lion des Cavernes t'a choisi.

— Il est possible que tu aies raison. L'esprit de Doni s'incarne dans toutes les créatures, donc dans le lion des cavernes. Les desseins de la Mère sont impénétrables.

— Avoir pour totem le Lion des Cavernes n'est pas facile, Jondalar. Les épreuves auxquelles il m'a soumise étaient si difficiles que j'ai parfois pensé que j'allais en mourir. Mais la récompense était à la hauteur des difficultés. Et je pense que le plus beau cadeau qu'il m'ait fait, c'est toi, conclut-elle d'une voix douce.

Jondalar plaça la torche dans une des fentes de la paroi et prit Ayla dans ses bras. Elle répondit à son baiser avec une telle ardeur qu'il dut faire un effort pour s'écarter d'elle.

— Nous ferions mieux d'arrêter là, dit-il, sinon nous ne serons jamais prêt pour le départ. Tu me fais le même effet que la main d'Haduma...

— Qui est Haduma ? demanda Ayla.

— Une très vieille femme que nous avons rencontrée, Thonolan et moi, au début de notre Voyage. Elle était la mère de cinq générations et hautement révérée par ses descendants. Elle possédait de nombreux pouvoirs de la Mère. Les hommes croyaient que lorsqu'elle touchait leur virilité, celle-ci se redressait autant de fois qu'ils le désiraient et qu'ils pouvaient alors satisfaire toutes les femmes qu'ils voulaient. Sans avoir le pouvoir d'Haduma, certaines femmes savent comment faire pour encourager un homme. Toi, tu n'as pas besoin de ça, Ayla. Il suffit que tu sois à côté de moi pour que je te désire. Ce matin, la nuit dernière. Combien de fois hier ? Et le jour précédent ? Jamais encore je n'ai désiré une femme à ce point-là. Mais si nous recommençons, nous n'aurons jamais fini de préparer ces caches.

Ils déblayèrent les roches, se servirent d'un levier pour déplacer le plus gros bloc et commencèrent à installer les caches. Jondalar était un peu étonné qu'Ayla soit aussi silencieuse et réservée. Il en venait à se demander si son attitude n'était pas due à quelque chose qu'il aurait dit ou fait. Peut-être aurait-il dû se montrer un peu moins passionné ? Il était presque incroyable qu'elle réponde toujours positivement à ses avances.

Il savait que certaines femmes aimaient se faire prier avant de partager les Plaisirs avec un homme, même si elles en avaient autant envie que lui. Parfois, cela lui avait posé des problèmes. Mais il avait vite appris à ne pas se montrer trop passionné : pour une femme, c'était plus excitant quand un homme se faisait un peu prier.

Quand ils se mirent à ranger les réserves de nourriture au fond de la caverne, Ayla devint plus réservée encore : elle baissait souvent la tête et s'agenouillait régulièrement, comme si elle avait besoin de se reposer avant de reprendre son chargement de viande séchée ou son panier rempli de tubercules. Lorsqu'ils commencèrent à faire des allées et venues entre la plage et la caverne pour prendre des pierres destinées à recouvrir leurs réserves, elle semblait carrément bouleversée. Jondalar était sûr d'avoir commis une faute, mais il ne savait pas laquelle. En fin d'après-midi, quand il vit qu'Ayla s'escrimait rageusement sur un bloc de pierre bien trop lourd pour elle, il lui dit :

— Nous n'avons pas besoin de cette pierre, Ayla. Nous ferions mieux de nous reposer maintenant. Allons nager.

Ayla repoussa les cheveux qui lui tombaient dans les yeux, défit la longue lanière qui retenait son vêtement et retira son amulette. Jondalar éprouva aussitôt une excitation familière. C'était le cas chaque fois qu'il voyait son corps. On dirait un lion, se dit-il en admirant sa grâce nerveuse alors qu'elle plongeait dans le cours d'eau. Il s'élança derrière elle.

Nageant à contre-courant, elle frappait l'eau avec une telle violence qu'il se dit qu'elle avait besoin de passer sa colère sur quelque chose et il la laissa le distancer. Quand il la rattrapa, elle se laissait flotter sur le dos au gré du courant et semblait plus détendue. Lorsqu'elle se remit sur le ventre, Jondalar, qui se trouvait à sa hauteur, laissa courir sa main depuis ses épaules jusqu'à ses fesses douces et arrondies.

Elle fila comme une flèche et sortit de l'eau. Quand il regagna la plage, elle avait déjà remis son amulette et son vêtement en peau.

— Qu'est-ce que j'ai fait de mal ? demanda-t-il, debout en face d'elle.

— Rien, répondit-elle. C'est de ma faute. Toute la journée, j'ai essayé de t'encourager mais tu ne connais pas les gestes du Clan.

Quand Ayla était devenue une femme, Iza lui avait expliqué ce qu'elle devait faire quand elle saignait, comment se nettoyer après avoir été avec un homme, et elle lui avait aussi indiqué les gestes et les positions qui pouvaient inciter un homme à lui faire signe. Sur ce dernier point, Iza ne se faisait pas d'illusions : Ayla aurait beau utiliser ces gestes, jamais un homme du Clan ne la trouverait attirante.

— Quand tu poses tes mains sur moi d'une certaine manière ou tes lèvres sur les miennes, je sais que tu me fais signe. Mais moi, je ne sais pas comment faire pour t'encourager.

— Pour m'encourager, la seule chose que tu aies à faire c'est d'être là, Ayla.

— Ce n'est pas ce que je voulais dire... Je ne sais comment m'y prendre pour te dire que je désire partager les Plaisirs avec toi. Tu m'as dit que certaines femmes connaissaient le moyen d'encourager un homme...

— C'est ça qui t'inquiète, Ayla ? Tu veux apprendre à m'encourager ?

Elle lui répondit par l'affirmative puis baissa la tête, soudain gênée. Les femmes du Clan n'étaient jamais aussi directes. Lorsqu'elles voulaient montrer à un homme qu'elles le désiraient, elles faisaient preuve d'une retenue excessive comme si elles pouvaient à peine supporter la vue d'un mâle aussi viril — néanmoins, grâce à des coups d'œil timides et des postures innocentes qui rappelaient celle de la femelle en position pour être pénétrée, elles lui faisaient clairement comprendre qu'il était irrésistible.

— Regarde comme tu m'as encouragé ! dit-il.

Son érection était si évidente qu'Ayla eut aussitôt la preuve qu'il disait la vérité. Elle eut un sourire ravi.

— Ayla, reprit-il en la soulevant dans ses bras, le simple fait que tu sois vivante me donne envie de partager les Plaisirs avec toi. Dès que je t'ai vue, je t'ai désirée, ajouta-t-il en s'engageant dans le sentier. Tu es si attirante que tu n'as pas besoin de faire quoi que ce soit. Si tu me désires, tu n'as qu'à me le dire ou à faire comme ça, conclut-il en l'embrassant sur les lèvres.

Il entra dans la caverne et la déposa sur les fourrures de la couche. Puis il l'embrassa à nouveau, à pleine bouche. Ayla sentit son membre viril contre elle, rigide et chaud. Jondalar se releva et lui dit avec un sourire moqueur :

— Tu m'as avoué que tu avais essayé de m'encourager toute la journée. Qui te dit que tu n'y as pas réussi ?

Il fit alors un geste tout à fait inattendu.

— Jondalar ! s'écria-t-elle en lui lançant un regard stupéfait. C'est... le signal des hommes du Clan !

— Si toi, tu essaies de m'encourager avec les gestes du Clan, pourquoi n'aurais-je pas le droit de te rendre la politesse ?

— Mais... je...

Ayla était tellement stupéfaite qu'elle en bafouillait. Sans plus attendre, elle se leva, lui tourna le dos, se mit à genoux et écarta les jambes.

En imitant le geste des hommes du Clan, Jondalar ne songeait qu'à plaisanter. Mais la vue de ses fesses rondes et fermes et de son sexe rose foncé et si tentant lui sembla soudain irrésistible. Avant de se rendre compte de ce qu'il faisait, il se retrouva à genoux derrière elle et s'enfonça aussitôt dans ses chaudes profondeurs.

Dès qu'Ayla s'était retrouvée en position, elle avait repensé à Broud. Pour la première fois elle avait eu envie de se refuser à Jondalar. Mais cette posture avait beau provoquer chez elle des associations détestables, elle avait été conditionnée si jeune à obéir au signal qu'elle était incapable de passer outre.

Quand Jondalar la pénétra, elle se mit à crier, éprouvant un plaisir totalement inattendu. Grâce à cette position, le contact du membre viril de Jondalar l'excitait à d'autres endroits, provoquant des sensations toutes nouvelles. Quand Jondalar, qui s'était retiré, la pénétra de nouveau, elle se plaqua contre lui et songea soudain à l'étalon qui avait couvert Whinney. Elle éprouva une délicieuse sensation de chaleur et des picotements dans tout le corps. Elle se redressa et recula son bassin, remuant au même rythme que Jondalar, en gémissant et en poussant des cris perçants.

— Ayla ! Oh, Ayla ! Ma belle femme sauvage ! cria Jondalar sans interrompre son mouvement de va-et-vient.

Il la prit par les hanches et l'attira contre lui. Ayla se redressa pour aller à sa rencontre au moment où il s'engouffrait en elle avec un frisson de plaisir.

Ils restèrent ainsi un long moment, tremblant tous les deux. Ayla avait laissé retomber sa tête en avant. Jondalar se coucha sur le côté, l'entraînant avec lui et ils restèrent allongés sans bouger. Jondalar se lova contre elle sans se retirer, et saisit son sein dans sa main.

— Je dois reconnaître que ce signal n'est pas mal, finit-il par dire en lui mordillant l'oreille.

— Au début, je n'en étais pas sûre. Mais avec toi, Jondalar, tout est toujours très bien. Tout n'est que Plaisir...

Debout sur la corniche, Ayla appela Jondalar qui se trouvait sur la plage, puis elle lui demanda :

— Qu'est-ce que tu cherches ?

— Je regardais si je trouvais des pierres à feu.

— Ce n'est pas la peine. Celle que j'ai trouvée en premier n'est toujours pas usée. Ces pierres durent très longtemps.

— Je sais. Mais j'en ai trouvé une et je m'amusais à en chercher d'autres. Tout est prêt ?

— Nous avons tout ce qu'il nous faut, répondit Ayla en s'engageant dans le sentier. Nous ne pourrons pas rester absents longtemps. Le temps change vite à cette époque de l'année. Le blizzard peut se lever à n'importe quel moment.

Jondalar plaça les pierres qu'il venait de ramasser dans un sac, jeta un dernier coup d'œil autour de lui, puis il leva les yeux et aperçut Ayla.

— Comment es-tu habillée ? s'écria-t-il.

— Ça ne te plaît pas ?

— Bien sûr que ça me plaît ! Où as-tu trouvé ces vêtements ?

— C'est moi qui les ai fabriqués quand je faisais les tiens. J'ai suivi le même modèle, mais en l'adaptant à ma taille. Je ne savais pas si je pourrais les porter. C'est une tenue d'homme, non ?

— Oui, reconnut Jondalar. Mais les femmes portent une tenue qui ressemble beaucoup à la tienne. La tunique est un peu plus longue et les décorations légèrement différentes. Ce sont des vêtements mamutoï. J'ai perdu mes propres vêtements au moment où nous sommes arrivés à l'embouchure de la Grande Rivière Mère. Cette tenue te va très bien, Ayla. Et tu vas l'apprécier quand il commencera à faire froid.

— Je suis contente que tu l'aimes. Je voulais être habillée... à ta manière.

— Je crois que je n'ai plus rien d'un Zelandonii, Ayla. Regarde un peu de quoi nous avons l'air ! Habillés comme les Mamutoï et partant en voyage avec deux chevaux ! Whinney transporte la tente, la nourriture et des peaux de rechange. Cela me fait tout drôle de partir sans autre chargement que mes armes et un sac rempli de pierres à feu ! J'ai l'impression que si quelqu'un nous voyait, il serait plutôt surpris. Mais pas autant que moi. J'ai du mal à me reconnaître, Ayla. Tu as fait de moi un autre homme. Et je t'en aime d'autant plus.

— Moi aussi, j'ai changé, Jondalar. Et moi aussi, je t'aime.

— Allons-y, proposa-t-il.

Ayla se sentait totalement perdue à l'idée de quitter la vallée et elle éprouva le besoin de se retourner pour contempler le paysage familier.

— Regarde, Jondalar ! s'écria-t-elle. Les chevaux sont revenus ! Je ne les avais jamais revus depuis que j'ai tué la jument. Je suis contente qu'ils soient de retour. J'ai toujours pensé que c'était leur vallée.

— C'est la même troupe ?

— Je ne sais pas. L'étalon avait une robe couleur de foin, comme Whinney. Mais je ne le vois pas, cela fait si longtemps...

Whinney, elle aussi, avait remarqué les chevaux et elle hennit bruyamment. Les autres chevaux lui répondirent et Rapide dressa les oreilles. Puis la jument rejoignit Ayla, suivie par son poulain qui trottait derrière elle.

Ayla continua à suivre la rivière vers le sud jusqu'à ce qu'elle aperçoive le passage escarpé qui rejoignait les steppes. Ils traversèrent alors la rivière. Arrivés en haut de la pente, elle monta avec Jondalar sur Whinney et ils prirent la direction du sud-ouest. Le terrain devint plus accidenté : il était parsemé de canyons rocheux et dominé par des pentes abruptes qui conduisaient à des plateaux. Quand ils approchèrent d'un passage entre des blocs de rochers déchiquetés, Ayla mit pied à terre et examina avec attention le sol. Ne voyant pas d'excréments frais, elle s'engagea dans le canyon sans issue, puis escalada un des rochers qui s'étaient détachés de la paroi. Jondalar l'avait suivie et il s'approcha avec elle de l'éboulis de pierres qui se trouvait au fond du canyon.

— C'est là, dit-elle en lui tendant une petite bourse qu'elle venait de sortir de sa tunique.

Jondalar avait reconnu l'endroit.

— Qu'est-ce que c'est que ça ? demanda-t-il en prenant la bourse.

— De la terre rouge, Jondalar. Pour sa tombe.

Incapable de parler, il se contenta de hocher la tête. Ses yeux se remplirent de larmes et il ne fit aucun effort pour se retenir. Il prit une poignée d'ocre rouge qu'il dispersa au-dessus des pierres, puis il renouvela son geste. Ayla l'attendait tandis qu'il contemplait, les larmes aux yeux, l'amas de pierres. Quand il pivota pour partir, elle fit un geste au-dessus de la sépulture de Thonolan.

Ils chevauchèrent un long moment sans échanger un mot.

— Thonolan faisait partie des élus de la Mère, dit Jondalar. Elle l'a rappelé à Elle.

Ils continuèrent à avancer.

— Pourquoi as-tu fait ce geste ? demanda-t-il soudain.

— Je demandais au Grand Ours des Cavernes de le protéger lors de son voyage vers l'autre monde, de lui souhaiter bonne chance.

— Je tiens à te remercier, Ayla. Je te suis reconnaissant de l'avoir enterré et aussi d'avoir imploré l'aide des totems du Clan. C'est vrai, je suis sincère. Grâce à toi, je pense, il trouvera son chemin vers le monde des esprits.

— Tu as dit qu'il était courageux. Les braves n'ont besoin de personne pour trouver leur chemin. A mon avis, pour ceux qui sont sans peur, ce doit être une aventure excitante.

— Il était courageux et il aimait l'aventure. Et il débordait de vie, d'entrain et d'enthousiasme. Sans lui, je n'aurais pas entrepris ce Voyage. (Il resserra l'étreinte de ses bras.) Et je ne t'aurais pas rencontrée.

« C'est ce que le shamud voulait dire en parlant de mon destin. "Il te mène là où tu n'aurais pas songé aller." Thonolan m'a mené vers toi... avant de rejoindre sa bien-aimée dans le monde des esprits. Je ne voulais pas qu'il s'en aille, mais je comprends maintenant pourquoi il est parti.

Ils poursuivaient leur route vers l'ouest et le paysage accidenté laissa de nouveau place à des steppes plates à perte de vue, traversées par des rivières et des torrents qui s'écoulaient du grand glacier du nord. L'eau se frayait un passage à travers de rares canyons aux hautes parois, et serpentait dans des vallées en pente douce. Les quelques arbres qui parsemaient les steppes avaient tellement de mal à pousser qu'ils étaient tout rabougris, même quand ils croissaient au bord de l'eau, et ils avaient des formes torturées, comme pétrifiés au moment où ils se courbaient pour échapper à une violente rafale.

Chaque fois qu'ils le pouvaient, Ayla et Jondalar suivaient des vallées qui leur permettaient de s'abriter du vent et de trouver du bois. Même dans ces endroits protégés, les bouleaux, les saules, les pins et les mélèzes n'étaient pas très abondants. Les animaux, eux, en revanche, pullulaient : les steppes constituaient une réserve inépuisable de bêtes de toutes sortes. Grâce aux propulseurs, Ayla et Jondalar tuaient tout le gibier qu'ils voulaient et ils ne manquaient jamais de viande fraîche. Bien souvent, ils abandonnaient derrière eux les restes du gibier aux prédateurs et aux nécrophages.

La lune avait parcouru la moitié de son cycle depuis leur départ quand Jondalar et Ayla, qui avaient chevauché toute la matinée, aperçurent dans le lointain une colline avec un soupçon de verdure. C'était une journée magnifique, chaude et sans un souffle de vent. Aiguillonné par la proximité du corps d'Ayla, Jondalar avait glissé la main sous la tunique de la jeune femme pour la caresser. Quand ils se retrouvèrent au sommet de la colline, ils aperçurent en bas une agréable vallée arrosée par une large rivière. Ils atteignirent le cours d'eau au milieu de la journée.

— Quelle direction prenons-nous ? demanda Ayla. Le nord ou le sud ?

— Ni l'une ni l'autre. Installons notre campement.

N'ayant pas l'habitude de s'arrêter aussi tôt dans la journée, Ayla allait émettre une objection. Mais quand Jondalar lui mordilla le cou en lui caressant le sein, elle changea d'avis.

— D'accord, dit-elle, trouvant l'idée excellente.

Elle passa une jambe par-dessus le dos de Whinney et se laissa glisser sur le sol. Jondalar descendit à son tour puis il l'aida à débarrasser la jument des paniers qu'elle portait pour qu'elle puisse se reposer et brouter tranquillement. Il reprit alors Ayla dans ses bras et l'embrassa en glissant à nouveau la main sous sa tunique.

— Pourquoi ne me laisses-tu pas l'enlever ? demanda-t-elle.

Elle fit glisser sa tunique par-dessus sa tête, détacha la lanière qui retenait son pantalon et le retira lui aussi. Au moment où Jondalar retirait sa tunique, il l'entendit glousser. Lorsqu'il regarda à nouveau dans sa direction, elle avait disparu. Riant toujours, Ayla plongea dans la rivière.

— J'ai envie de me baigner, dit-elle.

Jondalar eut un sourire malicieux et, après avoir retiré son pantalon, il se précipita lui aussi dans l'eau. La rivière était froide et profonde et agitée par un fort courant. Ayla, qui la remontait, nageait si vite qu'il eut du mal à la rattraper. Quand il arriva à sa hauteur, il se mit à barboter pour pouvoir l'embrasser. Ayla s'échappa en riant et se précipita vers la berge.

Jondalar fit comme elle. Mais, le temps qu'il atteigne la berge, elle était déjà sortie de l'eau et remontait la vallée en courant à toute vitesse. Il se lança à sa poursuite. Il allait la rattraper quand elle fit un brusque crochet. Jondalar se précipita derrière elle et finit par l'attraper par la taille.

— Je ne te laisserai pas t'échapper encore une fois, dit-il en la serrant contre lui. Si je continue à te pourchasser, je vais m'épuiser. Et je ne pourrai plus te donner du Plaisir, ajouta-t-il, enchanté par ses taquineries.

— Je ne veux pas que tu me donnes du Plaisir.

Stupéfait, Jondalar la lâcha.

— Tu ne veux pas que... dit-il, le front plissé par l'inquiétude.

— Je veux te donner du Plaisir.

Le cœur de Jondalar reprit son rythme normal et il la serra à nouveau dans ses bras.

— Tu me donnes toujours du Plaisir, Ayla.

— Je sais que ça te plaît de me donner du Plaisir. Mais je te parle d'autre chose. Je veux apprendre à te donner du Plaisir.

Incapable de lui résister, Jondalar la serra plus fort dans ses bras. Son membre viril était dur et il embrassa Ayla avidement. Ce fut un très long baiser.

— Je vais te montrer comment faire pour me donner du Plaisir, dit Jondalar.

Il la prit par la main et l'emmena vers un endroit tapissé d'herbe près de la rivière. Une fois installés, il l'embrassa à nouveau, puis descendit vers son cou en la poussant doucement pour qu'elle s'allonge sur le sol. Il avait atteint sa poitrine et s'apprêtait à l'effleurer du bout de la langue quand Ayla se rassit brusquement.

— Je veux te donner du Plaisir, dit-elle.

— J'éprouve une telle satisfaction chaque fois que je te donne du Plaisir que je ne vois pas très bien ce que ça changerait si c'était toi qui m'en donnais.

— Ta satisfaction serait-elle moins grande ?

Jondalar éclata de rire.

— Tout ce que tu fais me plaît, Ayla. Je t'aime, ajouta-t-il en la regardant au fond des yeux.

— Moi aussi, je t'aime, Jondalar. Surtout lorsque tu me regardes comme ça. Et plus encore peut-être quand tu me souris et quand tu ris. Personne ne riait dans le Clan. Je ne veux plus jamais vivre avec des gens qui m'interdisent de sourire ou de rire.

— Personne ne t'empêchera plus de rire, Ayla. Tu es magnifique quand tu souris. (En entendant ça, elle ne put s'empêcher de sourire.) Ayla, oh, Ayla ! murmura Jondalar en enfouissant sa tête dans son cou pour l'embrasser.

— J'aime quand tu me caresses et quand tu m'embrasses, mais je veux savoir ce qui te fait plaisir.

— Tu n'as qu'à me faire ce que tu aimes que je te fasse, lui proposa Jondalar.

— Est-ce que ça te plaira ?

— Nous pouvons toujours essayer.

Ayla le poussa pour qu'il s'allonge sur l'herbe, puis elle se pencha vers lui pour l'embrasser. Jondalar lui répondit en prenant bien garde de se maîtriser. Quand Ayla commença à effleurer son cou avec sa langue, il tressaillit.

— Est-ce que ça te plaît ? demanda-t-elle en relevant la tête pour le regarder.

— Oui, Ayla, ça me plaît.

Il disait la vérité. Il était obligé de se retenir pour ne pas répondre à ses avances et cela ne faisait qu'attiser son désir. Ses baisers légers provoquaient dans tout son corps des sensations fulgurantes. Ayla n'avait pas confiance en elle et elle était aussi inexpérimentée qu'une jeune fille qui aurait atteint la puberté mais n'aurait pas encore connu les Premiers Rites — et pour Jondalar, il n'y avait rien de plus séduisant. Des baisers aussi tendres avaient plus de pouvoir sur lui que les caresses ardentes et sensuelles d'une femme expérimentée — car ils étaient interdits.

La plupart des femmes étaient plus ou moins disponibles mais les jeunes filles qui n'avaient pas connu les Premiers Rites étaient intouchables. Et pour un homme, jeune ou vieux, il n'y avait rien de plus excitant que d'échanger en cachette des caresses avec une jeune fille inexpérimentée au fond d'une caverne. Quand une jeune fille devenait pubère juste après la Réunion d'Eté, sa mère s'arrachait les cheveux en songeant à ce qui risquait de se passer pendant la longue période qui la séparait de la prochaine Réunion. La plupart des jeunes filles avaient une expérience des Premiers Rites grâce aux baisers et aux caresses qu'elles avaient échangés avec des hommes et, pour quelques-unes, ce n'était pas la première fois — Jondalar était bien placé pour le savoir même s'il ne s'était jamais permis de divulguer pareille découverte.

Il avait toujours été attiré par les jeunes filles inexpérimentées et leur manque de pratique était pour beaucoup dans le plaisir que lui procuraient les Premiers Rites. Ayla, avec ses caresses, lui faisait le même effet. Quand elle embrassa son cou, il frémit et ferma les yeux, s'abandonnant totalement.

Ayla descendit plus bas, traçant sur son corps de larges cercles qui le chatouillaient agréablement. Pour lui, ces caresses étaient presque une torture, une torture exquise, un mélange de chatouilles et de stimulations fulgurantes. Quand Ayla s'approcha de son nombril, il lui prit la tête pour qu'elle descende plus bas, jusqu'à ce que son membre viril se retrouve contre sa joue. Sa respiration s'était accélérée et elle aussi se sentait très excitée. Incapable de supporter plus longtemps les effleurements de sa langue, Jondalar guida sa bouche vers son sexe dressé. Ayla releva la tête pour le regarder.

— Jondalar, veux-tu que je...

— Uniquement si tu en as envie, Ayla.

— Est-ce que tu aimerais ça ?

— Oui, murmura Jondalar.

— Alors j'en ai envie.

Quand il sentit qu'elle prenait son membre en érection dans sa bouche, Jondalar gémit de plaisir. Ayla explora le bout arrondi et lisse, la petite fissure et découvrit pour la première fois la douceur de cette peau si fine. Comme Jondalar gémissait sous ses caresses, cela lui donna confiance et elle commença à tracer des cercles avec la langue autour de son membre viril. Quand il cria son nom, elle s'enhardit encore, accéléra ses caresses et sentit une chaude humidité entre ses jambes.

— Oh, Doni ! Ayla ! Ayla ! Où as-tu appris à faire ça ? cria-t-il quand elle prit son membre à pleine bouche, essayant d'aller le plus loin possible.

Ayla continua à le caresser ainsi jusqu'à ce qu'elle sente qu'il désirait autre chose. Elle s'installa alors au-dessus de lui, s'empala sur son membre en érection et laissa Jondalar la pénétrer. Elle arqua le dos et sentit son Plaisir quand il s'enfonça profondément en elle.

Jondalar ouvrit les yeux pour la regarder et se sentit transporté. Le soleil qui l'éclairait par-derrière avait transformé sa chevelure en un nuage doré, ses yeux étaient fermés, sa bouche ouverte et son visage baigné d'ivresse. Elle avait le dos cambré, ses seins fermes aux aréoles légèrement plus foncées pointaient en avant et son corps souple luisait au soleil. Son membre viril, enfoui au plus profond d'elle-même, semblait prêt à céder sous l'extase.

Ayla se souleva, puis redescendit quand Jondalar leva les hanches pour venir à sa rencontre. Son désir s'enfla et devint si puissant qu'il aurait été incapable de le maîtriser même s'il l'avait voulu. Ayla se souleva une fois encore et quand elle retomba sur lui, elle sentit jaillir l'essence de son Plaisir.

Il se redressa, la tira vers lui et prit le bout de son sein dans sa bouche. Après un moment, Ayla s'allongea à côté de lui. Il se pencha alors sur elle pour l'embrasser, puis nicha sa tête entre ses deux seins. Il en suça un, puis l'autre et l'embrassa à nouveau. Puis il s'allongea à son tour, totalement détendu.

— J'aime te donner du Plaisir, Jondalar.

— Jamais aucune femme ne m'en avait donné autant.

— Mais tu aimes quand même mieux me donner du Plaisir...

— Ce n'est pas que j'aime mieux mais... Comment fais-tu pour me connaître aussi bien ?

— C'est toi qui m'as appris et tu es très doué, comme pour tailler les outils. (Ayla sourit, puis se mit à glousser.) Jondalar a deux métiers. C'est un tailleur d'outils et un faiseur-de-femmes.

Jondalar se mit à rire. Mais il riait un peu jaune. Même si Ayla plaisantait, elle se rapprochait dangereusement de la vérité. Et ce n'était pas la première fois qu'il entendait cette plaisanterie.

— Tu as raison, avoua-t-il. J'aime donner du Plaisir, j'aime ton corps .. je t'aime, Ayla.

— J'aime aussi que tu me donnes du Plaisir, Jondalar. J'ai alors l'impression d'être remplie d'amour. Mais de temps en temps, moi aussi, je veux t'en donner.

— D'accord, répondit-il en riant à nouveau. Puisque tu as envie d'apprendre, je peux t'enseigner d'autres choses. Un homme et une femme peuvent se donner mutuellement du Plaisir. Je crois que maintenant c'est mon tour. Mais tu as fait ça si parfaitement que même si Haduma me touchait je ne crois pas que je me redresserais.

— Cela n'a pas d'importance, Jondalar.

— Qu'est-ce qui n'a pas d'importance ?

— Même si ta virilité ne devait jamais plus se redresser, je t'aimerais quand même.

— Ne dis pas des choses pareilles ! s'écria-t-il avec un frisson de crainte.

— Ta virilité se redressera, annonça Ayla sur un ton solennel.

Incapable de conserver son sérieux, elle se remit à glousser.

— Il y a des choses avec lesquelles il ne faut pas plaisanter, dit Jondalar d'un air faussement choqué.

Puis il éclata de rire à son tour. C'était la première fois qu'Ayla faisait de l'humour et cela lui plaisait.

— J'aime te faire rire, Jondalar. Rire avec toi est presque aussi agréable que de t'aimer. J'ai l'impression que tant que tu riras avec moi, tu ne cesseras pas de m'aimer.

— Cesser de t'aimer, Ayla ? demanda Jondalar en se redressant pour la regarder. Je t'ai attendue toute ma vie sans même savoir ce que j'attendais. Tu es tout ce que je désirais et tu dépasses même mes rêves les plus fous. Tu es vraiment une énigme fascinante. Tu es d'une franchise extraordinaire, tu ne caches jamais rien. Et pourtant, jamais je n'ai rencontré une femme plus mystérieuse que toi.

» Tu possèdes une force extraordinaire, tu es indépendante et totalement autonome. Mais cela ne t'a pas empêchée de t'agenouiller à mes pieds, sans honte, sans ressentiment, aussi naturellement qu'on s'agenouille pour honorer Doni. Tu es courageuse et tu n'as peur de rien. Tu m'as sauvé la vie, soigné pendant toute ma convalescence, tu as chassé pour moi et pourvu à tous mes besoins. Tu n'as pas besoin de moi, Ayla. Cependant, j'ai envie de te protéger et de m'assurer qu'il ne t'arrivera rien de mal.

» Je pourrais vivre toute ma vie avec toi sans réussir à vraiment te connaître. Il me faudrait plusieurs vies pour explorer tous les mystères que tu recèles. Tu possèdes la sagesse séculaire de la Mère et la fraîcheur d'esprit d'une jeune fille qui n'a pas encore connu les Premiers Rites. Et tu es la plus belle femme qu'il m'ait jamais été donné de voir. J'ai encore du mal à croire à ma chance, Ayla. Jusqu'à ce que je te rencontre, je me croyais incapable d'aimer. Maintenant je sais que c'était toi que j'attendais. Je pensais que je ne tomberais jamais amoureux et maintenant je tiens plus à toi qu'à la vie.

Ayla avait les larmes aux yeux. Jondalar embrassa ses paupières, puis il la serra contre lui, comme s'il craignait de la perdre.

Quand ils se réveillèrent le lendemain, le sol était couvert d'une fine couche de neige. Ils laissèrent retomber la peau qui se trouvait à l'entrée de la tente et retournèrent se pelotonner sous les fourrures. Une soudaine tristesse s'abattit sur eux.

— Il faut rentrer, Jondalar.

— Je suppose que tu as raison, dit-il en remarquant que la respiration d'Ayla dégageait de la buée. La saison n'est pas encore très avancée. Nous ne risquons pas d'être pris dans une tempête de neige.

— On ne sait jamais. Dans les steppes, le temps change parfois très vite.

Ils sortirent tous deux de la tente et commencèrent à lever le camp. Une grande gerboise sortit de son gîte souterrain et, debout sur ses pattes postérieures, bondit en avant. Mais elle n'alla pas loin car Ayla avait pris sa fronde. Elle souleva l'animal par la queue, une queue presque deux fois plus longue que son corps, puis saisissant ses pattes postérieures, dont l'extrémité ressemblait à un sabot, elle le lança sur son épaule pour le rapporter vers leur camp. Elle dépouilla alors l'animal et l'embrocha.

— Je suis triste de rentrer, dit-elle à Jondalar qui était en train de faire du feu. C'était vraiment... amusant. Simplement voyager et s'arrêter où on veut. Ne pas s'inquiéter de rapporter du gibier. S'arrêter à midi parce qu'on a envie de se baigner ou de partager les Plaisirs. Je suis heureuse que tu aies pensé à me proposer ça.

— Moi aussi, je suis triste que ce soit fini, Ayla. C'était bien agréable.

Jondalar se releva et se dirigea vers la rivière en ramassant du bois pour le feu, aidé par Ayla. Ils passèrent le coude que faisait le cours d'eau et s'approchèrent d'un tas de bois mort tout près de la berge. Ayla entendit soudain quelque chose. Elle leva les yeux et se rapprocha aussitôt de Jondalar.

— Holà ! lança une voix.

Un petit groupe de gens se dirigeait vers eux en faisant de grands gestes. Sentant qu'Ayla se serrait craintivement contre lui, Jondalar la prit par l'épaule pour la rassurer.

— Tout va bien, Ayla. Ce sont des Mamutoï. Je ne crois pas t'avoir dit qu'ils s'appellent aussi les chasseurs de mammouths. Ils doivent penser que nous sommes des Mamutoï.

Quand le groupe fut tout prêt, Ayla se tourna vers Jondalar.

— Ces gens, dit-elle, surprise et émerveillée, ils sourient. Ils me sourient, Jondalar !

Impression S.E.P.C. à Saint-Amand-Montrond (Cher)
N° d'édit. : 6215. N° d'imp. : 500-302. D.L. avril 1994